K.

Ruth Berger

Der Seelenarzt

Roman

Kindler

1. Auflage Juli 2010

Redaktion Nicole Seifert
Satz Janson PostScript (InDesign)
bei Pinkuin Satz und Datentechnik, Berlin
Druck und Bindung GGP Media GmbH, Pößneck
Printed in Germany
ISBN 978 3 463 40568 1

Der Seelenarzt

Frankfurt, Mai 1853,
Anstalt für Irre und Epileptische

Man sieht es fast immer. Es gibt kleinste Anzeichen: der gehetzte Blick wie suchend, eine seltsame Haltung, die nicht ganz zur gewöhnlichen Ordnung gelungene Kleidung oder Körperpflege.

Die Kranke, eine an sich propere, aber nun von ihrem verrückten Habitus entstellte, noch sehr junge Person, wird rechts von einer ältlichen Frau am Arm geführt, links hält sie ein junger Mann. Hoffmann glaubt, die Begleiter seien Mutter und Bruder, doch am Ende erweist sich, es sind keine Verwandten, Kollegen bloß, Angestellte in dem Geschäft, in dem offenbar auch die Kranke bis heute gearbeitet hat.

Hoffmann sieht das Trio durchs Fenster der Schreibstube die Kastenhospitalgasse entlangkommen. Als es läutet und der Verwalter öffnet, gesellt er sich hinzu. Da spricht ihn die Kranke sofort an, als hätte sie ihn erkannt; fragt aufgeregt: Ob er der Doktor sei, ob er ihr nicht helfen könne, es sei etwas ganz falsch mit ihr, sie könne gar nicht denken, sie *sei* es gar nicht mehr, jemand habe sie vertauscht.

Ihre Begleiter unterbrechen die Kranke und dann sich gegenseitig mit Erklärungen: Bis vor zehn, zwölf Wochen sei die Pauline bis auf ein bisschen Bleichsucht noch ganz gesund gewesen, dann sei es losgegangen, dass sie gelegentlich seltsame Dinge gesagt habe, wie etwa, jemand auf der Straße habe ihr nachgesehen und wolle sie bei der Polizei verraten. Auch habe sie sich mit einem Mal ganz verschlossen und in sich gekehrt benommen und keine Scherze mehr gemacht, als hätte sie wieder einen Freund oder sonst ein Kümmernis. Vorgestern früh aber habe man sie vollkommen verrückt auf ihrer Kammer angetroffen, gerade so, wie er sie jetzt sehe, sie rede seitdem nur unsinniges Zeug und könne auch nicht mehr arbeiten; der Prinzipal, also der Herr Reuter, habe sich letzte Woche schon beschwert. Familie habe die Pauline Franck keine, deshalb habe man das Mädchen hierhergebracht.

Die Begleiter verabschieden sich. Hoffmann geht vorneweg, und Antoni, der Verwalter, führt hinter ihm die Kranke. Im Gang ist es düster. Es herrscht der übliche Lärm: Aus der Weiberabteilung zetert eine Manikerin, was wenigstens halbwegs die Stöhnlaute der armen alten Kraus übertönt; hier unten bei den Männern gibt der eingebildete Operntenor ein schräges Ständchen, begleitet von den Rufen anderer Irrer. An der Ecke zum Treppenhaus steht groß, krumm und nach Exkrementen stinkend der Betteljude Schwarzschild. Der ist auf Kosten seiner Gemeinde hier, wo er als Jude eigentlich nicht hingehört, aber das teure, exklusive Rothschild'sche Judenspital weigert sich, ihn zu nehmen. Stumpf stiert er vor sich hin und wiegt rhythmisch seinen Oberkörper.

«Guten Morgen, Herr Schwarzschild», wirft Hoffmann ihm freundlich zu, während Antoni die Tür zur Schreibstube aufschließt. Schwarzschild springt erschrocken nach hinten und murmelt: «Gott soll hüten! Gott soll hüten!», und dann etwas von vierunddreißig Fürsten, die er ernähren müsse.

Ein Gutes hat das Tollhausambiente: Es gibt Neuankömmlingen einen heilsamen Schock. Wenn mich mein Denken, mein Tun an diesen Ort gebracht haben, dann muss etwas falsch damit gewesen sein! Dieser Gedankengang hat nach

Hoffmanns Ansicht schon bei vielen den Genesungsprozess angestoßen.

«So, mein Kind. Nun setzen Sie sich.»

Sie ist wächsern blass im Gesicht, bis auf je einen glühenden rosa Fleck auf beiden Wangenknochen. Hoffmann greift ihr nach dem Handgelenk, die kleine, zarte Hand ist eiskalt, der Puls rast.

«Herr Doktor?»

Ihre Stimme klingt flach, zugleich verängstigt. Typisch für eine Melancholie.

«Ja?»

«Ich bin mir sicher, ich bin es nicht. Bitte, Sie müssen dort hingehen, zu Reuter, in die Mansardenkammer, und auch im Geschäft nachsehen.»

«Was soll ich dort nachsehen?»

«Ob ... ob dort nicht noch ein Mädchen ist wie ich. Das hier bin ich nicht.»

Diese Idee scheint also wirklich ein fixer Wahn bei ihr zu sein. Hoffmann hat in seinen zwei Jahren in der Anstalt die abstrusesten Vorstellungen erlebt, aber so etwas noch nicht.

Er schreitet ruhig zur Wand, nimmt den halbblinden Spiegel über der Konsole ab, bringt ihn der Kranken und hält ihn ihr vors Gesicht.

Sie sieht hinein, dann mit verzogenem Mund nach unten und beginnt, hektisch an ihren Fingernägeln zu zupfen.

«Das sind doch Sie im Spiegel, nicht wahr?»

Sie schüttelt kaum merklich den Kopf. «Sieht mir ähnlich, aber bin ich nicht.»

Aha! Sie sieht es, aber spürt es nicht, dass sie es ist! Hoffmann dagegen fühlt sich plötzlich erleuchtet. Diese bedauernswerte junge Person leidet zwar nach üblichen Maßstäben an einem Wahn. Doch sagt sie nicht die Wahrheit? Sie ist es ja tatsächlich nicht: Jedenfalls nicht die, als die sie sich kennt. Ihre Seele ist gefangen in einem Gehirn, das sich krankhaft verändert hat, so sehr, dass sie sich darin nicht mehr wiederfindet.

Er zündet sich eine Zigarre an.

«Ich geb Ihnen fürs Erste ein Brechmittel», sagt er.

Familie Hoffmann,
über vierzig Jahre zuvor, 1809 bis 1812

Der werde keine sechs Wochen alt, erklärte der alte Lausberg, Heinrichs Großvater mütterlicherseits, als er das Siebenmonatskind sah. Er verweigerte ein Taufgeschenk, es lohne nicht. Statt des Kindes aber starb er selbst kurz nach dieser Prophezeiung, ebenso seine Tochter, die Kindsmutter. Dem winzigen Heinrich mussten zu der Zeit die Säuglingskleider noch mit Watte ausgestopft werden, damit sie passten. Er war also zweifellos zu jung, beim Tod der Mutter einen Verlust zu spüren. Der Vater, Philipp Hoffmann, ein Architekt und Bauzeichner, der zwei Jahre zuvor zum Wasser-, Wege- und Brückeninspektor der Stadt gekürt worden war, blieb ihm zum Glück erhalten. Ebenso die freundliche Amme. Die Mutter vermisste niemand. Ein gutes Jahr nach der Hochzeit war der Vater längst zu der Überzeugung gelangt, mit seiner ersten Frau einen Fehlgriff getan zu haben. Er hatte zwar die richtige Schwiegerfamilie gewählt, aber daraus die falsche Tochter.

Eigentlich hatte ihm von Anfang an das blutjunge, sanfte Nettchen Lausberg besser gefallen als die Schwester Marianne mit dem harschen Temperament. Nur war Heinrichs Vater kaum in der Position gewesen, Nettchen zu umwerben und dabei frecherweise die ältere Marianne zu übergehen. Er war selbst schon sechsunddreißig; außerdem war es Anmaßung genug, dass er, aus einfachen Verhältnissen stammend, bei den Lausbergs auf Brautschau ging. Die Familie Lausberg gehörte zum alten Frankfurter Kaufmannsstand, besaß Immobilien überall in der Stadt, und ihr Weinhandel auf der Alten Mainzer Gasse war so groß, dass die Fasswagen morgens von einem Ende der Straße zum anderen standen. In den Wohnetagen des Lausberg'schen Hauses hingen die Rembrandts und Rubense, die Breughels und Frans Hälse herum wie anderswo Tapeten. Hätte die französische Verwaltung Philipp Hoffmann nicht empor- und zum Straßen- und Brückeninspektor erhoben, er hätte sich dort gar nicht blicken lassen dürfen.

Als die harsche Marianne gestorben und ein, zwei Jährchen ins Land gegangen waren, da bandelte der Architekt Hoffmann doch noch mit dem sanften Nettchen an.

Nettchen hatte nichts dagegen. Zwar war sie deutlich mehr in ihren kleinen Neffen Heinrich verliebt als in dessen humorlosen Vater, aber für eine Ehe reichte die Zuneigung allemal. Und die Verhältnisse waren leider jetzt so, dass sie froh sein musste, von zu Hause wegzukommen. Das Geschäft lag in den Händen ihrer beiden älteren Brüder, und dort lag es nicht gut. Bruder Numero eins kümmerte sich um nichts, weil er derart unter Hautflechten litt, dass er quasi sein Schwefelbad nicht verließ. Weil die Nachbarn in der Mainzer Gasse die Schwefeldämpfe nicht ertrugen, siechte und badete er in einem Gartenhäuschen vor der Stadt.

Bruder Numero zwei, Carl, derjenige, der das Geschäft hauptsächlich versorgen musste, war träge und nicht der Gescheiteste. Es war wohl kaum Esprit, der ihn dazu verleitete, erst ein Fräulein Ameis und nach dessen baldigem Tod ein Fräulein Brust zu heiraten. Fräulein Brust war backfreudig, ihr Mann erwies sich nur im Kinderzeugen als begabt. Bei Carls erstem Sohn und künftigem Erben merkte man bereits, dass der Junge mindestens so einfach von Gemüt war wie der Vater. Ehrlich gesagt, hielt Nettchen das Kind für nahe am Schwachsinn.

Fazit: Die Zukunft des Weinhandels Lausberg war trübe. Nettchen sah schon jetzt die Schlangen von Fasswagen in der Mainzer Gasse kürzer werden. Als da ihr Schwager Philipp Hoffmann eines Tages meinte: Ob sie ihm nicht den Gefallen tun wolle, er brauche dringend eine Mutter zu dem kleinen Heinrich und sie sei ihm schon immer lieb und teuer gewesen – da atmete Nettchen auf und sagte ja.

Es wurde eine bescheidene Hochzeit ohne Feier. Nach der Trauung ging Nettchen am Arm ihres Gatten zu Fuß in ihr neues Heim, ein Haus mit Garten in der Weißfrauenstraße. Sie kannte es gut, weil es ihrem Vater gehört hatte. Schwager Hoffmann hatte es nach dessen und Mariannes Tod geerbt. Hier war es nicht so eng wie ums Eck in der Alten Mainzer Gasse. Es gab sogar ein Trottoir. Schon von weitem sah sie vor dem Haus den kleinen Heinrich an der Hand der Amme warten. Bald lief er mit seinen kurzen Beinchen fröhlich auf sie zu.

«Tante Nettchen! Tante Nettchen! Das bist ja du!»

«Ja, wer denn sonst, Richelchen», sagte sie und lachte. Der Junge drückte seinen flachsblonden Kopf in ihre Rockfalten. Ihr Mann tadelte: «Heinrich! Na! Was sollst du sagen?» Heinrich bekam große Augen, dann stellte er sich stocksteif vor Nettchen auf und deklamierte: «Guten Tag, Mutter!»

Nettchen lachte wieder, sie war ein bisschen peinlich berührt. Weil sie nicht wusste, was sie ihrerseits sagen sollte, ging sie in die Knie und nahm den Kleinen in den Arm. Sie war ja doch froh, dass der Richel jetzt ihrer war. Ganz offiziell.

«Diese Vergesslichkeit, der Junge hat nur Stroh im Hirn», hörte sie von oben ihren Mann sagen. «Das muss von Lausbergs kommen, von meiner Seite hat er das nicht.»

Mai 1853, Anstalt für Irre und Epileptische

Hoffmann will sich heut einmal beim Gottesdienst blicken lassen. Die Neue von gestern sitzt auch im Betraum. (Von der Wärterin gebracht?) Ihre dunkelbraunen Haare, in der Mitte grob gescheitelt, hängen offen nach unten. Sie besieht ihre Hände im Schoß, ganz in sich gekehrt; von dem Lärm und den Szenen um sie herum scheint sie gar nichts wahrzunehmen.

«Herr Doktor!»

Der fesche Kommis, wie heißt er gleich, Völker, strebt auf Hoffmann zu, mit wie üblich erregtem Ausdruck und einem Billardstock in der Hand. (Er hat Billard gespielt? Das ist doch ein Fortschritt!)

«Herr Doktor, bitte, Sie müssen sich meinen Urin ansehen! Es läuft jedes Mal, wenn ich Urin ablasse, in Strömen Samen mit heraus! Ich bin vergiftet, der Samen sitzt mir bis ins Hirn!»

«Das will ich aber nicht hoffen, Herr Völker. Ich kann Ihnen gerne den Gefallen tun und Ihren Urin überprüfen. So eine gute Stunde nach dem Gottesdienst, bis dahin müssen Sie sich gedulden.»

Völker kommt noch näher, beide Hände am Billardstock. «Herr Doktor?», flüstert er. «Wer ist denn das Fräulein?»

Er deutet auf das neue Mädchen, das mit gesenktem Kopf vor sich hin sieht.

«Ein Neuzugang. Geben Sie mir einmal das Queue, Herr Völker, dann müssen Sie es nicht tragen.»

Völker gehorcht, schlurft dann, urplötzlich gebückt und leidend, auf die Bank mit dem Mädchen zu, Hoffmann zur Aufsicht hinterher. Bei der Neuen angekommen, beugt Völker sich hinunter, bis er seinen Kopf auf der Höhe ihres

Gesichts hat, und stöhnt zum Steinerweichen. Als sie aufschreckt, sagt er:

«Gestatten, Völker. Ich bin auf den Tod krank, die Doktoren haben mich mit Kampfer verdorben. Und woran leiden Sie?»

Hoffmann glaubt beinahe, den fliegenden Atem der Neuen zu hören, obwohl das bei dem Lärm hier schlechterdings nicht möglich ist. Er versteht ja unterm allgemeinen Stimmengewirr kaum, was sie dann schließlich sagt: Sie wisse nicht, die Mutter habe ihr das Hirn weggenommen. Sie glaube, sie sei irgendwo verloren gegangen.

«Das tut mir leid für Sie», sagt Völker der Neuen. «Falls Sie es nicht wissen, Sie sind hier in der Irren–»

Mitten im Satz schreit er auf, weicht zwei Schritte zurück, wirft beinahe einen alten Mann mit senilem Blödsinn um, der den Mittelgang entlangtapert, und brüllt: «Herr Doktor! Sie stirbt, sie stirbt, sie hat einen Blutsturz!»

Hoffmann umquert die Bank. Vor der Patientin geht er in die Hocke, sieht an der dunklen Haargardine vorbei und hellrotes Blut in breitem Strom an ihrem Kinn herunterfließen. Darüber klafft ein Riss in der Unterlippe.

«Keine Sorge, Fräulein Franck, Sie haben sich nur die Lippe aufgebissen.»

Sie wischt mit der Hand an ihrem tropfenden Kinn herum, er greift sein eigenes Schnupftuch und gibt es ihr. Normalerweise gehört eine derart klaffende Wunde genäht, aber an der Lippe?

«Fräulein Franck, wie geht es Ihnen denn heute? Haben Sie gut geschlafen?»

«Ich kann gar nicht mehr schlafen.» Flacher, melancholischer Ton.

«Haben Sie etwas gegessen?»

«Hab's versucht.» Das kommt heraus, als ob ihr selbst das Sprechen zu anstrengend wäre. Prompt beißt sie sich wieder in die blutende Lippe und zuckt zusammen vor Schmerz. Aha, Schmerz spürt sie noch. Aber an der Lippe sagt das nicht allzu viel, beim paralytischen Wahnsinn oder der Rückenmarkserweichung beginnt die Sinneslähmung ja an den unteren Gliedmaßen. Ihm fällt ein, dass er die Pauline Franck gestern bei ihrer Ankunft nicht körperlich untersucht hat. Er wird nachlässig, das kann er sich nicht leisten.

Kurzentschlossen setzt er sich neben die neue Patientin. Während des Gottesdienstes, der gleich darauf beginnt, wirkt sie gänzlich irre, kichert immer wieder, murmelt vor sich hin, alles mit einem schlafwandlerischen Ausdruck im Gesicht. Sie gehört wohl doch hinter die Absperrung zu den Unruhigen. Hoffmann wartet mit trommelnden Fingern auf dem Billardqueue das Ende der Predigt ab.

«So, Fräulein Franck. Wollen Sie bitte einmal mitkommen, es war gestern wenig Zeit, ich würde Sie gerne noch einmal näher befragen.» Dabei sieht er ihr prüfend auf die Lippe. Die Blutung ist beinahe versiegt.

Sie erhebt sich brav, lässt, ohne es zu merken, das blutige Tuch fallen. Er hebt es auf und führt sie. Sie müssen mit einem Pulk Männer ins Erdgeschoss, von denen viele alles unter sich gehen lassen und auch so riechen. An der Schreibstube lässt er die Kranke vor, macht sich nach dem Eintreten daran, von innen abzuschließen; er will nicht gestört werden. Da stößt die Franck einen Schreckenslaut aus. Hoffmann wendet sich um und findet sie auf dem Boden kauernd.

«Was ist denn los?»

«Da war jemand am Fenster. Ein Gesicht.» Sie zittert.

«Je nun, das kommt einmal vor, wir sind hier zu ebener Erde.»

Es ist ein Fluch der derzeitigen unzweckmäßigen Anstalt, mitten in der Stadt gelegen, fast ums Eck von der Hauptwache. Schulbuben, Schwatztanten, Verwandte und Freunde der Kranken, ständig glotzt jemand zu den Fenstern herein, ja, es werden bei offenem Fenster ganze Gespräche mit den Patienten geführt, was oft einen schädlichen Einfluss hat. Doch er sieht jetzt niemanden. Ist die Franck einer Halluzination aufgesessen? Rasch öffnet er das Fenster, lehnt sich hinter dem bauchig geschwungen Gitter hinaus und wirft einen kurzen Blick in beide Richtungen. Ein Stück weiter auf der baumlosen, engen Gasse ist ein Passant zu sehen, von hinten.

Hoffmann schließt das Fenster. «Haben Sie einen Mann gesehen oder eine Frau?», fragt er das Mädchen, das noch immer am Boden hockt.

«Einen Mann.» Das kommt geflüstert.

«Dann hatten Sie keine Sinnestäuschung, da war wirklich jemand.»

«Ist er noch da?», haucht sie.

«Nein, er ist schon weitergegangen.»

Unsicher steht sie wieder auf.

«Übrigens waren heute morgen zwei Freundinnen von Ihnen hier, sagt mir der Wärter, und haben Kuchen abgegeben. Haben Sie den bekommen?»

Sie kichert, blickt ihn nicht an.

«Fräulein Franck? Haben Sie den Kuchen bekommen?»

«Kuchen? Ach so. Ja.»

«So, nun setzen Sie sich einmal hier auf den Stuhl.»

Er geht die wichtigsten Reflexe durch, erst die Patellarsehne, dann die Pupillen. Beides in bester Ordnung. Keine Zeichen einer progredienten Paralyse also. Sie wäre auch ungewöhnlich jung dafür.

Er nimmt sich die Akte.

Pauline Franck. Vierundzwanzig Jahre alt, ledig, verwaist. Handlungsangestellte. Melancholie mit fixem Wahn (erkennt sich selbst nicht mehr, glaubt, sie sei «vertauscht» worden).

«Gestern haben Ihre Kollegen angegeben, Sie hätten

keine Familie. Nun habe ich im Betsaal gehört, wie Sie Ihre Mutter erwähnten. Wo wohnt die Mutter denn?»

Nach einem Zögern: «Ich habe keine Mutter.» Hoffmann führt das Zögern auf den schlechten, unkonzentrierten Zustand der Patientin zurück.

«Also sind Sie Vollwaise?»

Sie nickt.

«Geschwister, Tanten, Onkel?»

Vages Kopfschütteln, Blick in den Schoß. Reiben an der Hand. Verzweifelter Ausdruck. Ganz leise: «Das sind nicht meine Hände.»

Nicht die geringste Verbesserung seit gestern.

Hoffmann gibt das Schreiben auf, stellt sich vor sie, nimmt ihre Hand und kneift. «Haben Sie das gespürt?»

«Ja.»

«Ist es dann nicht doch Ihre Hand?»

«Nein. Das bin ich nicht, das hat die andere gespürt, nicht ich.»

So ist es immer. Man kann einem Wahn nicht mit Argumenten beikommen.

Ihr Puls geht nach wie vor zu schnell. Hoffmann wird, Sonntag hin oder her, gleich heute kalte Duschen probieren. Sie gehört zu den Heilbaren, bei denen man alles daransetzen muss, das Hirn durch starke Mittel schnell wieder aus dem verkorksten Zustand herauszutreiben. Bleibt nämlich eine Geisteskrankheit länger bestehen, wird sie unweigerlich chronisch.

Er klingelt; statt des Verwalters erscheint dessen Frau in der Tür. Hoffmann ist das ganz recht.

«Bringen Sie die Kranke fort in ihre Abteilung. Und sorgen Sie dafür, dass man mir in etwa zehn Minuten den Völker bringt.» Dem will er ja beim Urinlassen zusehen. Die Verwaltersfrau verschwindet mit dem Mädchen.

Hoffmann, endlich allein, streicht die dunkelblonde Haartolle hinters Ohr, kratzt sich im Bart und blickt auf die Akte Franck. *Melancholie mit fixem Wahn.*

Er nimmt die Feder, setzt *Ursachen? Auslöser?* hinzu.

Nun sind ja alle Geisteskrankheiten die Folge organischer Krankheiten des Gehirns. Hoffmann hat diese seine Ansicht schon Anno 51 vor der Senckenbergischen Gesellschaft vorgetragen. Am sichersten weiß er es vom Altersschwachsinn oder der Paralyse, wo ihm bei der Sektion eine regelrechte Organzerstörung entgegentritt: Hirnschwund, Verhärtung oder Erweichung der Rinde, vergrößerte Hohlräume, nicht selten auch ein erweichtes Rückenmark. Zugegeben, bei den anderen Krankheiten, die den Verstand nicht ganz zerstören, sind die Schäden subtiler, keineswegs immer sichtbar. Doch Hoffmann hat wenig Zweifel, dass sie vorhanden sind und ursächlich für die Geistesstörung. Es ist immer das erkrankte Gehirn, das eine Krankheit der Seele bewirkt. Allerdings glaubt er, dass die Seele ihren Teil dazu beitragen kann. Eine heftige seelische Bewegung kann einen organischen Schaden an der Hirnmaterie verursachen. Sicher nicht bei einem völlig gesunden Hirnsubstrat, denn die Wirkung der Seele aufs Hirn ist gering. Doch ist das Hirngewebe bereits geschwächt, durch körperliche Krankheit, durch ererbte Empfindlichkeit, so kann ein seelischer Aufruhr hinreichen, eine echte Geisteskrankheit auszulösen. Nach zwei Jahren in der Anstalt glaubt Hoffmann, die typischen Auslöser zu kennen: häuslicher Kummer, Geldsorgen und fanatischer, bigotter Pfaffeneinfluss.

Für den Arzt gilt es dann, den seelischen Schädiger zu identifizieren, sodass er den Kranken von ihm fernhalten kann. Meist muss man nicht lange suchen: Die Kranken bauen den Auslöser ihrer Krankheit in ihren Wahn ein. Wer durch Geldnot seelisch erkrankt ist, der bildet sich ein, er wird bestohlen und betrogen; wer die Neckereien der Arbeitskollegen nicht vertragen hat, der glaubt sich im Wahn von diesen verfolgt und beobachtet.

Doch bei der jungen Pauline Franck? Da dreht sich der Wahn, soweit sie einen hat, ganz um sie selbst.

Ursache: Organisch bedingte krankhafte Veränderung am Hirnsubstrat, notiert er. *Äußere Auslöser: Keine vorhanden.*

Familie Philipp Hoffmann, 1816

Das kleine Mundwerk stand nicht still, es war kaum auszuhalten.

«Richel, jetzt hör einmal auf zu plappern. Du musst jetzt ganz still schweigen, bis wir an zwanzig Haufen Chausseesteinen vorbei sind. Zähl schön mit, von eins an.»

Leider war der Heinrich bislang Philipp Hoffmanns einziger Sohn geblieben. Philipp hatte den Jungen im Grunde herzlich lieb. Aber er musste konstatieren, dass das Kind die Neigung der Familie Lausberg zu Verschrobenheit und Verblödung geerbt hatte. Die leibliche Mutter war ja zweifelsohne charakterlich krankhaft gewesen, Großvater und Urgroßvater waren aufs höchste exzentrisch, der Onkel Carl dumm wie Bohnenstroh, der Cousin schwachsinnig. Was Wunder, dass der Richel sich kein Gedicht merken konnte und nicht die geistige Kraft und Ausdauer besaß, sich einmal eine Stunde still mit einem Bilderbuch oder dergleichen zu befassen. Stattdessen belästigte er seines Vaters Amts- und Geschäftskundschaft, indem er den ganzen Tag unten bei der Tür auf der Treppe umherhüpfte und jeden anplapperte, der hereinkam. Und das auch noch per Du.

Immerhin hatte der Architekt Philipp Hoffmann Geschäftsbetrieb. Er war ganz gut durch die Wirren der letzten Jahre gekommen, wider Erwarten, denn er hatte die Befreiung der deutschen Länder von der Fremdherrschaft nicht gerade bejubelt. Bedeutete die «Befreiung» seiner Ansicht nach doch nichts weiter als den Wechsel von einer aufgeklärten, modernen Verwaltung zurück in den bornierten alten Reichsstadtmief. Zwar schimpfte Frankfurt sich jetzt offiziell nicht mehr Reichsstadt, sondern «Freie Stadt». Aber es war doch ganz der gleiche korrupte Verein wie vor den Franzosen, der die Stadt regierte. Solche Leute eben, bei denen ein ererbter Weinausfahrer wie der dumme Carl Lausberg allemal mehr galt als ein aus eigner Kraft Aufgestiegener wie Philipp Hoffmann.

Aber Philipp hatte bei dem Wechsel der Regierung die Faust klugerweise nur in der Tasche geballt, auch als die von dem «Franzosenknecht» Dalberg eingesetzten Beamten einer nach dem andern wieder entlassen wurden. Die Juden als Erste, die nun wieder grundsätzlich nicht Beamte sein durften (die taten ihm allerdings am wenigsten leid. Gott, was hatte dieser Baruch gejammert, dem er jüngst einen Plan für ein Zwerchhaus entworfen hatte: Sein Sohn wäre als Jude aus dem Polizeidienst entlassen worden, das Geld für das ganze teure Jurastudium umsonst ausgegeben – dabei schwamm der Baruch doch in Geld wie all diese Finanzjuden). Jedenfalls war er, Philipp Hoffmann, glücklicherweise in seinem Pöstchen als Wege- und Brückeninspektor belassen worden. Dafür musste er doppelt dankbar sein, denn er wusste, es war nur das Amt, das seinen Namen bekannt machte und ihm auf diese Weise endlich eine private Architektenkundschaft zuführte. Früher hatte er sich als Zeichenlehrer für Handwerker durchschlagen müssen. Jetzt baute er Häuser für Leute mit Rang und Namen.

Demnächst würden Hoffmanns selbst umziehen, wie schon öfter, diesmal, um den Rothschilds das frischgebaute Geschäftshaus trocken zu wohnen. Das hieß, man konnte in der Zeit das von Lausbergs geerbte Haus in der Weißfrauenstraße vermieten. Acht, neun Monate später würde es in das hoffentlich dann fertige, zur Alterssicherung gebaute eigene Haus in der Neuen Mainzer Straße gehen. Ein Nomadenleben. Aber so ließ sich trefflich sparen; man wusste ja nicht, ob das Geld auch in Zukunft noch fließen würde. Nettchen beschwerte sich natürlich: Wegen der Packerei würde sie nichts sagen, aber diese feuchten, dunklen, frischverputzten Wohnungen, das sei so schlecht für Heinrichs Gesundheit.

Tatsächlich kränkelte der Junge unentwegt. Doch nach Philipps Ansicht lag es an der zu frühen Geburt, die ihm nachhing. Abhärtung konnte dem Jungen nur guttun. Er hatte Heinrich deshalb jetzt zum Schwimmunterricht gegeben, den ein Herr Kleeblatt auf der Maininsel am Untermaintor gab.

Gegen das geistige Zurückbleiben des Kindes jedoch ließ sich wenig ausrichten. Zufällig wohnte man in der Weißfrauenstraße fast gegenüber der neuen Volksschule. Es war die erste städtische Elementarschule Frankfurts und natürlich, wie alles Fortschrittliche, ein Franzosenerbe. Da Philipp fand, das öffentliche Schulwesen müsse unterstützt werden, führte er ihm prompt seinen einzigen Sohn zu. Bislang jedoch, ohne dass es gegen Heinrichs Zerstreutheit und Flausenhaftigkeit geholfen hätte. Wie man gerade wieder sah.

«Herrgott, nun sitz doch einmal still! Du bist mir ein rechter Zappelheini!»

Sie rollten am Ziel der Fahrt ein, der Baustelle am lauten, belebten Untermainkai. Philipp wollte überprüfen, ob eine Lieferung Holz eingetroffen und wie die Qualität ausgefallen sei. Zwecklos natürlich, den Jungen auf dem Wagen zu halten. Er war schon unten.

Ohne jedes Benehmen sprach er sofort fröhlich den Bauarbeiter an, der auf den Wagen zukam: «Soll ich dir was erzählen, Onkel? Du kannst dir's aussuchen, entweder ich erzähl dir vom Mondreiter oder von Fallrüben.» Der Mann lachte.

Gott sei Dank sah man dem Kind nicht an, dass es schon sechs war. Sonst hätte Philipp sich wirklich seines Sohnes geschämt.

«Ist das Holz schon da, Franck?», fragte er.

Anstalt für Irre und Epileptische, Mai 1853

Pauline steht am Fenster. Unter ihr liegt die Straße, aber sie sieht sie nicht, so sehr prasselt es von allen Seiten auf sie ein. Ihre Mutter, Theo. Dann wieder die Fremden. Alle tummeln sich um sie und in ihrem Kopf, haben das Regiment übernommen. Für sie ist hier kein Platz. Inzwischen streiten sich die Stimmen auch nicht mehr, inzwischen sagen sie alle dasselbe: Die Pauline ist schuld. Die Verbrecherin. Und die Mutter: Ich schäm mich für die Pauline.

Sie sieht es wieder vor sich, das eine, einzige Mal, dass sie ihrer Mutter gegenüberstand. *Was hast du getan, du bist meine Tochter nicht.* Sie dachte damals, das ist der schlimmste Tag in meinem Leben. Da ahnte sie nicht, was noch kommen würde. Das war auch, bevor die Mutter ihr das Hirn weggenommen hat. Jetzt kann sie gar nicht mehr denken. Die Mutter. Woher weiß die Mutter überhaupt, was sie getan hat? Weil sie alles weiß. Sie hat Spione überall.

PAULINE. WARUM ARBEITEN SIE NICHT?

Das ist bestimmt der Herr Reuter.

«Ich kann nicht. Das bin gar nicht ich», sagt sie, aber er hört nicht zu. Niemand hört ihr zu.

Heinrich, 1816 bis 1821

Als der kleine Heinrich die städtische Weißfrauenschule zum ersten Mal betrat, da war er schwächlich, winzig für sein Alter und den Umgang mit Erwachsenen, nicht aber mit anderen Kindern gewohnt. Die schönsten Voraussetzungen also, um vom ersten Tag an den Spott- und Prügelknaben für die rauferprobten Kraftmeier der Klasse abzugeben. Diese, die Klasse nämlich, umfasste um die achtzig Schüler. Lehrer gab es zwei. Der eine, namens Gräf, war ein kleines, rundes, stadtbekanntes Original, nannte seine Zöglinge gern «ihr Viecher», konnte aber niemandem etwas Böses tun. Der andere Schulmeister rühmte sich selbst als streng. Eine Strenge, die er an den Schwächsten seiner Schüler am härtesten ausspielte, weil diese es als Schlappschwänze ja verdienten. Eines Tages erfuhr der Gestrenge zu seinem Schrecken, dass ausgerechnet sein bevorzugtes Opfer, der kleine Heini Hoffmann, derjenige seiner Schüler war, der aus besseren Kreisen kam als der Rest – worauf er den Jungen schlagartig als seinen herausragenden Liebling behandelte.

Heinrich beeindruckte der Sinneswechsel der unangenehmen Person wenig. Er ertrug stoisch die schulischen Unbilden (von denen er zu Hause nichts erzählte), indem er die Schultage träumend in einer Phantasiewelt verbrachte.

Eines Sonntags griff ihm Mutter Nettchen in die flachsblonden Haare und zog eine Laus hervor. Das kam ihr gerade recht. Während sie den Nissenkamm herbeitrug und Heinrich zwecks Bearbeitung damit auf den Hof scheuchte, erklärte sie durch diverse offene Türen ihrem Mann: So, jetzt reiche es, diese neumodische Weißfrauenschule und ihre Gassenbuben, das sei nichts für «unseren Richel». Ein Hauslehrer müsse her, wie es üblich sei, und das komme auch gleich der Sophie zugute. (Heinrich hatte inzwischen zwei kleine Schwestern, Sophie war die ältere.)

Der Vater fügte sich *nolens volens* dem Dekret seiner Frau. Zwar war er überzeugt, dass sie Heinrich in jeder Hinsicht zu sehr verwöhne. Andererseits hatte die Weißfrauenschule sichtbarlich bislang nichts Gutes bewirkt. Schlimm, aber wahr: Heinrich konnte bis heute nicht lesen. Vielleicht würde ein Hauslehrer noch etwas ausrichten können.

Aus Sparsamkeit wurde der Bewerber mit der geringsten Lohnforderung gewählt. Es war ein schlanker junger Mann mit nur einem Auge und von großer Herzenswärme, in dessen Unterricht die Kinder mit nur unwesentlich weniger als der üblichen Geschwindigkeit Lesen und Schreiben lernten. Als dies erreicht war, kam bei Heinrich (er war ja der Junge) auch das Lateinische dran. Hier war man in den Anfangsgründen, als eines späten Julitages Vater Hoffmann unangekündigt ins Studierzimmer trat. Die Schüler wie der Lehrer sahen ihn pausbäckig an, mit grotesk überladenen Mündern, aus denen dicht an dicht grüne Kirschenstiele staken. Natürlich war momentan keiner der drei physisch in der Lage, Vater Hoffmann auf seine entrüsteten Äußerungen verständlich zu antworten. Es wurde aber doch klar, dass man hier das Resultat eines lausbubenhaften Wettbewerbs unter den Übeltätern vor sich hatte. Angesichts dieser nunmehr offenbarten Missstände wurde der einäugige Pädagoge stehenden Fußes gefeuert. Was für Heinrich bedeutete, dass er wieder in eine Schule musste. In das Gymnasium diesmal, er war ja nun alt genug.

Das Frankfurter Gymnasium war seit mehreren Jahrhunderten in den kalten, dunklen, bröckelnden Räumen des Barfüßerklosters untergebracht. Im Unterschied zu der Weißfrauenschule mit ihren Gassenbuben waren die Zustände in dieser Kaderschmiede der Elite zivilisiert. Das hieß, dass die

Herren Gymnasiasten sich selten gegenseitig, sondern hierarchiegemäß die Herren Professores ihre Schüler prügelten. Die Zöglinge ließen ihre eigene Zerstörungslust gern an toter Materie in städtischem Besitz aus. Bestens eignete sich zu diesem Zwecke die Dauerbaustelle gleich nebenan. Dort war eine ultramoderne Paulskirche im Werden, zum Ersatz für die abgerissene mittelalterliche Barfüßerkirche. Man konnte wunderbar mit Pflastersteinen Zielwerfen auf die zum Schutz des Rohbaus schon eingesetzten Fenster üben. Da hinter der Paulskirche eine Konditorei lag, fand man bei jedem Gang dorthin Gelegenheit zu diesem Sport. Nach einigen Jahren waren alle Fenster zerschlagen, und im künftigen Paulskirchensaal sprossen junge Birken.

Heinrich war noch immer klein für sein Alter. Im Gymnasium aber war er dank seiner Neigung zu Scherzen und Unfug bei den Schulkameraden schnell beliebt. Auch das Singen in der Kirche machte ihm Spaß. (Die Gymnasiasten bildeten den Kirchenchor der Barfüßergemeinde.) Heinrich ging also nun längst nicht mehr ungern in die Schule.

Stillsitzen und dem Unterricht folgen waren allerdings nach wie vor nicht seine Stärken. Er zappelte, kippelte, gähnte viel und malte unter dem Tisch lustige Männchen aufs Papier. Der Französischunterricht schien ihm besonders hirnrissig (*c'est une* dies, *c'est un* das, *je suis*, *tu es*, *il est* – sinnlos und endlos wiederholt!). Er nutzte den günstigen Umstand, dass es dem Lehrer nicht auffiel, wenn er fehlte, und schwänzte künftig Französisch. Stattdessen ging er auf der Neuen Kräme oder der Zeil spazieren.

Andere Lehrer waren aufmerksamer, sodass er in deren Unterricht zumindest körperlich anwesend sein musste. In Mathematik verstand er leider gar nichts (Dividieren? Was war denn das? Es sah jedenfalls furchtbar kompliziert aus.). In den restlichen Fächern gab es nichts zu verstehen. Physik, Geologie und dergleichen neumodische Dinge wurden gar nicht erst unterrichtet. In Geschichte las der Lehrer Stunde um Stunde aus einem sterbenslangweiligen Buch vor, über dem er selbst fast einschlief. Betreffs der Literatur erfuhr man, dass kein Schriftsteller etwas tauge außer Platen und Goethe und man deshalb sonst nichts lesen solle. In Religion hatten die Schüler eine gedruckte Lebensgeschichte der heiligen Monika diktatweise in ihre Hefte zu übertragen. In Griechisch musste man ein halbes Jahr lang eine Rede von Demosthenes, von der man nicht wusste, wovon sie handelte, ins Lateinische übertragen. Heinrich sah Wort für Wort erst im griechisch-deutschen, dann im deutsch-lateinischen Wörterbuch nach und hängte unverstandene lateinische Wortreihen mit geratenen Endungen aneinander. Das schien ihm übrigens die vom Lehrer bevorzugte Methode zu sein.

Leicht ließ sich aus dem Unterricht dieser Pädagogen ablesen, was sie für den Zweck der humanistischen Bildung hielten: Es handele sich nämlich bei dieser um das Eintrittsbillett für eine höhere Beamtenlaufbahn. Da Eintrittsbilletts nicht umsonst zu haben waren, musste man die Schüler dem Gegenwert entsprechend traktieren.

In der Quarta fiel dem Mathematiklehrer auf, dass er von dem kleinen Hoffmann noch nie eine richtige Antwort bekommen hatte.

«Hoffmann, Hoffmann, ja, da hofft man, und dann war's doch wieder vergebens!», kalauerte er, während er rhythmisch mit seinem Stock aufs Pult schlug.

«Jetzt komm einmal vor, Hoffmann. Komm einmal vor zur Tafel, du Tropf. Jetzt muss ich doch einmal auf Herz und Nieren prüfen, ob da nicht irgendwo ein Funken Verstand in dir verborgen ist, und sei's ein kleiner. Körner, halt die Goschen dahinten, sonst werf ich dir das Buch an den Kopf. Und nimm die Hände aus den Taschen, ein braver Deutscher tut das nicht. So, Hoffmann. Pfui, du stinkst wie ein Bootsknecht. Nun rechne uns einmal schriftlich vor: Was macht 0,3242 dividiert durch 16?»

Heinrich nahm es möglichst stoisch. Er schrieb brav die Zahlen an, mit einem Divisionszeichen in der Mitte, zog einen langen Strich darunter. Sein Hirn war wie ausgeleert, aber das machte keinen Unterschied, er hätte das so oder so nicht zustande gebracht. Hilf- und wahllos begann er, Ziffern unter den Strich sowie neben das Gleichheitszeichen zu malen.

«Hoffmann!»

Er sah halbherzig auf.

«Hoffmann! Du Aff! Was ist das?»

Der Stock schnellte knallend auf seine erfundenen Zahlen an der Tafel. Heinrich zuckte.

«Da! Null durch sechzehn ist drei? Was soll das! Willst du mich verstuhlgängeln?»

«Nein.»

«Ja was! Ja, du gottverdammter Aff! Null durch sechzehn ist wie viel?»

«Weiß ich nicht.»

«Ja, Herrgott, was gibt es denn da nicht zu wissen?»

Heinrich schwieg. Wie man ein Nichts teilen konnte, war ihm ein unergründliches Mysterium.

Der Herr Professor schwang gefährlich den Stock.

«Ich weiß halt nicht, wie das geht», brachte Heinrich hervor, «das Dividieren, mein ich.»

«Du weißt nicht, wie das geht? DU WEISST NICHT, WIE DAS GEHT? So, Hoffmann. Dann will ich dir jetzt einen großen, unverdienten Gefallen tun. Weil du die dümmste Nuss hier in der Klass bist, werd ich's dir ganz persönlich noch einmal demonstrieren. Körner, Schwamm.»

Der kleine Gustav Körner kam vor, wischte Heinrichs erfundene Rechnung weg, setzte sich wieder.

Der Herr Gymnasialprofessor Magister Mathematicae Reisch begann, Zahlen anzuschreiben.

«So, Hoffmann. Nun pass gut auf. Null durch sechzehn ist Null. Komma. Drei durch sechzehn ist Null. Zwounddreißig ...»

Als der Herr Professor mit seiner Litanei und Rechnung zu Ende war, schrieb er mit bedrohlich knirschender Kreide eine neue Aufgabe an.

«So, Hoffmann. Jetzt du.»

Heinrich stand ratlos davor. Natürlich konnte er es nicht.

Der Herr Professor Reisch krempelte sich die Hemdsärmel auf.

«So, Hoffmann, du Aff, du erbärmlicher. Weißt du, was du dir jetzt verdient hast?»

Er griff Heinrich am Arm, rammte ihn mit dem Rücken gegen die Tafel, dass die krachte, und den Bruchteil einer Sekunde später hatte Heinrich eine Faust im Gesicht. Den ersten Moment spürte er nur einen starken Druck, dann schoss mit Macht der Schmerz ein.

«Setzen, Hoffmann.»

Heinrich schwindelte. Er torkelte an seinen Platz und merkte erst, als er saß, dass ihm Blut übers Gesicht und auf die Kleider lief. Vorsichtig tastete er nach seiner Nase. Ab war sie nicht, dafür schien sie unförmig gewachsen. Das Blut kam von innen, lief ihm jetzt auch den Rachen hinunter. Er hustete. Ihm war elend.

«... wie ein Schwein, als hätt mer ihn abgestochen ...», hörte er durch Wolken den Reisch sagen.

Die nächste Stunde verbrachte Heinrich in einem Leidenskokon. Danach hatte es aufgehört zu bluten und tat nur noch in erträglichem Maße weh. Er konnte in der Pause schon wieder witzeln, obwohl ihm eigentlich zum Heulen war.

Zwei Stunden später war die Schule aus. Er musste in seinem lädierten, blutverkrusteten Zustand durch die Stadt. Das Hemd war hinüber, Rock und Hose auch, und dass die Nase grotesk aussah, das wusste er von den anderen.

Als er zu Hause in die dunkle Küche trat, sie wohnten damals am Mainkai, riss Mutter Nettchen die Augen auf. «Richel! Um Himmels willen!» Mit aufgeregten Fragen und sanfter Hand versicherte sie sich, dass im Prinzip noch alles dran sei an ihrem Liebling, wenn ihr auch die Nase Sorgen machte (er war doch so ein hübscher Junge, was ein Jammer, wenn die Nase nun schief werden würde ...). Dann verschwand sie mit einer Schüssel, um kaltes Wasser zu holen.

«Wer war denn das, der kleine Körner doch nicht?», fragte Schwesterchen Sophie komplizenhaft. Da betrat der Vater den Raum.

«Ja, Heinrich! Was muss ich sehen! Bei all deiner Nichtsnutzigkeit, nun prügelst du dich auch noch!»

«Ich hab mich nicht geprügelt, das war der Reisch», hörte Heinrich sich sagen und ahnte kommende Tränen in der eigenen Stimme. Inzwischen hatte er dröhnende Kopfschmerzen.

«Wie, der Reisch? Der Professor Reisch?»

«Ja.»

Der Vater fiel baff auf einen Stuhl. Mutter Nettchen kehrte mit der Schüssel zurück, der Vater sah sie gar nicht, starrte Heinrich an.

«Wie kommt denn verdammt nochmal der Professor Reisch dazu, dich so zu schlagen?»

Jetzt flennte Heinrich wirklich, spürte, wie die Blutkrusten sich spannten, während er unter Tränen das Gesicht verzog. Egal. Jetzt war alles gleich.

«Ich hab eine Aufgabe nicht lösen können. Das Dividieren, das ist so schwer, ich kann das einfach nicht.»

Der Vater stand plötzlich wieder, vorgebeugt, die Hände auf den Tisch gestützt.

«Potz Teufel! Mein Sohn kann nicht dividieren? Der Sohn eines Architekten kann das Dividieren nicht lernen? Bei allen guten Geistern, Heinrich! Was tust du mir an?»

Während die Mutter ihrem Kind wortlos mit einem nassen Leinzipfel im Gesicht wischte, musste Heinrich einem väterlichen Vortrag lauschen, des Inhalts, dass die Mathematik die einzige Wissenschaft sei, die er unbedingt erlernen müsse, denn sie sei als einzige nützlich und als einzige unzweifelhaft wahr.

(«Wenn ich dereinst vor dem Herrgott stehe, und der sagt mir, Brutus hat nicht den Caesar erstochen, dann werde ich sagen, lieber Gott, das weißt du besser als ich; wenn er aber sagen würde: Das Hypothenusenquadrat im rechtwinkligen Dreieck ist nicht gleich dem Quadrat der beiden Katheten, dann müsste ich ihm sagen, lieber Gott, da täuschst du dich, das ist eine unumstößliche mathematische Wahrheit!»)

Heinrich bestärkte dieser Vortrag bloß in der Annahme, dass ihm im Kopf offenbar gerade die Hirnwindung fehle, mit der andere Menschen Mathematik betrieben. In anderen Fächern, da ahnte er, dass er mit viel Fleiß und Lernen würde mithalten können, in Mathematik aber lag das außerhalb jeder Möglichkeit.

«So, Heinrich. Nach dem Essen gehst du zu Jäger und kaufst dir von deinem eigenen Wochengeld Schellenbergs Rechenbuch in allen drei Teilen. Ich lasse dir derweil Schreibhefte binden. Und dann wirst du jeden Tag, *jeden* Tag von nachmittags vier bis um abends acht hier sitzen und Exempel rechnen. Und zwar so lange, bis du im Schlaf dividieren kannst.»

«Herr Doktor, für den Neuzugang ist schon wieder jemand dagewesen. Für das Mädel, mein ich, die Jungfer Franck. War ein junger Mann an der Pfort diesmal. Ich hab gesagt, es wär noch zu früh bei ihr, ist doch recht, oder?»

«Ist recht, Antoni. Wegen der Jungfer Franck, der will ich heute noch kalte Duschen verpassen. Ich hoffe, Sie haben die Leich von gestern schon weggeschafft?»

«Nein, Herr Doktor, die Leich liegt noch in der Badestub.»

«Ja, dann aber schleunigst fort damit.»

«Aber Herr Doktor, ich muss Ihnen sagen, mich plagt wieder der Rheumatismus, und wir haben in der Leichenstub auch keinen Sarg mehr übrig. Und ob wir heut am Sonntag am Friedhof –»

«Gut, dann pack ich selbst mit an, und wir schaffen das *Corpus delicti* erst einmal nach nebenan in die Waschküche.»

Minuten später überquert Hoffmann, den stämmigen Wärter Pfefferle im Gefolge, den mit Irren bevölkerten Innenhof und betritt die Badestube. Hier ist es düster. Auf einem langen Tisch liegt nackt der ausgemergelte Tote. Hoffmann hat ihn gestern schon notdürftig wieder zugenäht, einige Gläser mit Organteilen stehen allerdings noch offen auf dem Boden herum und verbreiten Alkoholdämpfe, die sich mit dem Algen- und Schimmelmuff der Badestube mischen. Der Verstorbene hat unter Darmtuberkulose gelitten, das gibt interessante Präparate.

Hoffmann öffnet die Tür zur Waschküche und marschiert dann zurück zum Sektionstisch.

«So, Pfefferle, ich nehm den Mann an den Armen, Sie an den Füßen! Der Kerl wiegt doch nichts, den schaffen wir leicht.»

«Wenn Sie's sagen, Herr Doktor.» Der stramme Pfefferle wirkt wenig begeistert. Genau wie der Verwalter Antoni wünscht er sich Hoffmanns Vorgänger Varrentrapp zurück. Der ist höchstens einmal die Woche in der Anstalt aufgekreuzt und hat den Betrieb nicht gestört. Hoffmanns neue Sitten und Spleens gehen hier allen mächtig gegen den Strich.

Seit Hoffmann vor zwei Jahren die Anstalt übernommen hat, hat er jeden einzelnen Verstorbenen seziert: für den dringend notwendigen Fortschritt in der psychiatrischen Wissenschaft. Glücklicherweise ist er selbst von Natur aus ekelresistent. Das ist ihm als Arzt sehr nützlich und hat ihm schon während des Studiums Vorteile verschafft. So konnte er beispielsweise damals an der Universität zu Halle seinem Professor gefällig sein, als der Freiwillige suchte, um eine Choleraleiche kosmetisch zu bearbeiten. Zweck der Operation war, den Hallenser Stadtphysikus sowie den Leipziger Abgesandten an der Nase herumzuführen, die den Todesfall begutachten wollten. Falls die Herren Cholera feststellten, würde die Stadt wieder für Wochen abgeriegelt. Darauf hatte in Halle niemand Lust, am wenigsten aber die Professoren der medizinischen Fakultät. Hoffmann und sein Freund Götz, die einzigen Freiwilligen des Vertuschungskommandos, rissen Witze, während sie die eingeschrumpelte Haut der vom Durchfall ausgetrockneten Choleraleiche stundenlang mit nassen Schwämmen wässerten. Als die Schrumpeln beseitigt waren und die spitze Leichennase nicht mehr ganz so spitz aussah, nahm sich Hoffmann unerschrocken auch noch Gedärm und die Harnblase vor: Da mussten die Hohlräume erst wieder hergestellt werden, da die trockenen Schleimhäute aneinanderklebten.

Auf der Basis solcher Studienleistungen konnte er, nach Frankfurt heimgekehrt, natürlich gut als Leichenbeschauer oder Anatom tätig werden. Genau das ist er auch lange gewesen, bevor man ihm dank guter Beziehungen die Leitung der Irrenanstalt angetragen hat. Alles neben seiner gewöhnlichen ärztlichen Praxis, versteht sich.

Als Hoffmann und Pfefferle aus der Waschküche zurückkommen, steht die Wärterin Grimmig in der Badestube. Die hat Hoffmann vorhin geschickt, die Patientin Franck zu holen.

«Herr Doktor, bei der Franck ist es schlimmer geworden. Die hört Stimmen und sieht überall Gesichter und faselt vor sich hin. Sollen wir sie jetzt trotzdem reinholen? Sie steht im Hof mit der Christine.»

«Ja, sicher.»

Dummes Volk. Wenn es schlimmer geworden ist, hat die Patientin Behandlung doch erst recht nötig. Hoffmann hat den Eindruck, dass die Krankenwärter gern nach Ausreden suchen, nicht arbeiten zu müssen.

Die Kranke wirkt in der Tat hektisch erregt, als sie hereingebracht wird, erkennt ihn offenbar nicht. (Beginnende Dementia?)

«Ich bin der Arzt, Kindchen», sagt er, als sie nackt und zitternd vor ihm steht, der Körper so jung, glatt und makellos noch, die Seele schon zerrüttet. Er führt sie zum Bottich, drückt einen aufkommenden Zweifel weg. Nun probiert er es eben mit den Güssen, warme Bäder zur Beruhigung kann man ihr später immer noch geben. Es ist ja so oder so egal, im Grunde seines Herzens weiß Hoffmann, er fischt im Trüben, er probiert nur. Kaum etwas von dem, was die Kapazitäten als wirksam anpreisen, hat sich in seinen zwei Jahren hier verlässlich bewährt.

Sie windet sich vor dem Bottich, will nicht einsteigen.

«Kommen Sie, gleich wird Ihnen geholfen, das Wasser wird Ihnen guttun.»

Da legt sie sich die Hand übers Gesicht. «Nein, nein, ich hab nichts getan, ich wusste nicht, du lieber Gott, ich will, ich will, ich hab, die Mütze, an der Tür.» Ihre Zunge überschlägt sich fast.

Eine Blutkongestion im Gehirn zweifellos, die kalten Güsse sind doch das Richtige. Hoffmann nickt den Wärtern zu. Sie heben gemeinsam mit ihm die Kranke in den Bottich, wo sie sich, mit einem Blick wie ein verwirrtes Tier, wider Erwarten brav setzt. Die Frauen übernehmen das Füllen an der Pumpe, Pfefferle die Leiter. Hoffmann geht bis zur Wand zurück, während der Wärter mit dem ersten vollen Eimer nach oben klettert. Von der Plattform in drei Meter Höhe gießt er den eiskalten Inhalt der Kranken über den Rücken. Es klatscht und spritzt, sie schreit auf, fasst sich mit beiden Händen an den Kopf.

«Aber, aber Fräulein Franck. Das ist doch nur ein bisschen kaltes Wasser. Das tut Ihnen gut. – Zwanzig Güsse, Pfefferle, danach einen Eisbeutel auf den Kopf für zwei Stunden.»

Am liebsten würde Hoffmann hierbleiben, all das selbst erledigen und ihr dazu auch noch ein Blasenpflaster auflegen. Doch er muss fort. Ein Blick auf die Uhr – Nettchen und Therese werden sich wundern, wo er bleibt, wenn er nicht bald geht. Um eins soll es das Sonntagsessen geben. Neben der Mutter und den Schwestern ist heut das Ehepaar August Passavant geladen. Die Herrschaften hat er länger nicht gesehen. Es sind alte Nachbarn von früher vom Mainkai, zugleich Verwandte seines Freundes und Schwagers Eduard Passavant-Cornill.

Also verabschiedet er sich und marschiert durch das herrlichste Maiwetter den kurzen Weg nach Hause.

In der Obertertia fiel dem neuen Französischlehrer auf, dass ein gewisser Hoffmann auf der Klassenliste nie zum Unterricht erschien. Es folgten Szenen voller Peinlichkeiten und privaten wie amtlichen Donnergewittern. An deren Ende stand die Verordnung von Privatunterricht im Französischen. Und das zusätzlich zu Heinrichs mathematischem Frondienst. Zwei Jahre hatte er jetzt viele Stunden täglich auf einen Stuhl gepresst mit den verhassten Zahlen vor sich und dem Vater im Nacken zugebracht. Immerhin hatte es geholfen: Die Erleuchtung kam langsam, aber nach einigen Monaten und Tausenden von Übungsaufgaben konnte er wirklich im Schlaf dividieren. Worauf der Vater ihm leider zum Lohn statt des Rechenbuchs ein Algebrabuch auf den Tisch haute. Heinrich hätte am liebsten geschrien. Berge vollgeschriebener Übungshefte stapelten sich in seinem Zimmer. Nach all der Plackerei war er trotz schlechter Begabung den anderen in Mathematik weit voraus. Nur der Professor Reisch hatte es noch nicht gemerkt.

Inzwischen war allerdings den Lehrern der anderen Fächer so allmählich und im Gefolge des Französischskandals aufgegangen, dass der Heinrich Hoffmann zwar ein lustiger, redegewandter Bengel war, aber faul, unkonzentriert und eigentlich gänzlich ahnungslos. Prompt blieb er in der Obertertia sitzen.

Der Vater raufte sich die Haare: die Schande! Die Mutter schwieg, aber war auch nicht froh. War es doch eine Geistesschwäche durch ihr, das Lausberg'sche, Erbe?

Zu den übelsten Befürchtungen gab in der Tat Anlass, was man in den folgenden Ferien feststellen musste: dass nämlich Heinrich durch den Schock der Nichtversetzung keineswegs geläutert war. Am Zeugnistag hatte er fleißiges Arbeiten gelobt. Doch davon war nichts zu merken. Heinrich lief ständig durchs Haus, man sah ihn tausend Dinge anfangen und bei nichts lange bleiben.

Der Vater entschloss sich durchzugreifen.

Heinrich fand eines Morgens nach dem Kaffee auf seinem Tisch ein von väterlicher Hand verfasstes Schreiben. Es begann mit den Worten: *Da der Heinrich in ungeregelter Tätigkeit und leichtsinniger Vergesslichkeit fortlebt und überhaupt nicht imstande ist, seine Betriebsamkeit nach eigenem freien Willen auf eine vernünftige und zweckmäßige Weise zu regeln* ... Dieser vielversprechende Beginn führte über eine Reihe von bösen Zukunftsprophezeiungen zu dem Schluss, dass die letzte Ferienwoche keinesfalls auch noch ungenutzt verstreichen dürfe und der Vater folgende Zeiteinteilung befehle: *Fünf Uhr: aufstehen; zwanzig Minuten fürs Waschen. Bis zum Kaffee Klavierübung. Acht bis zehn Uhr: Zeichnen. Zehn Uhr bis Mittagessen: lateinische und griechische Grammatik. Zwei bis vier Uhr: Klavierübung. Vier bis sieben Uhr: deutsche, französische und englische Grammatik. Sieben bis neun Uhr: Algebra.*

Heinrich fragte sich beim Lesen unwillkürlich, ob ihm denn erlaubt sein werde, zwischendurch das Klosett aufzusuchen. Und tatsächlich stellte sich in der folgenden Woche heraus, dass Besuche dieses Ortes, weil zum Bummeln, wenn nicht zu Schlimmerem Anregung bietend, strengstens reglementiert wurden.

Tatsache war aber auch, dass Heinrich unglücklich war, sitzengeblieben zu sein. Er fühlte sich bloßgestellt, abgeschnitten von den Freunden. Als die Schule wieder begann, da war es sein Glück, dass das strenge Paukregiment des Vaters Früchte brachte. Die Schüler der neuen Klasse merkten sofort, dass Heinrich ein ausgezeichneter Rechner war – und da entdeckte es endlich auch der Reisch. Der Latein- und Klassenlehrer, sein alter, lobte ihn für ein paar richtige grammatische Formen überschwänglichst, um das zarte Keimchen einer Wende zu Fleiß und Ordnung zum Wachsen anzuregen. Heinrich stellte seinerseits erstaunt fest, dass er inzwischen das Lernen gelernt hatte. Und eine Lektion fürs Leben: Angeborene Ruhelosigkeit und Zerstreutheit, so nun seine Überzeugung, sei keine Entschuldigung für mangelnden Schulerfolg, sondern durch härtesten Fleiß auszugleichen. (Die werten psychiatrischen Kollegen, die ihn später als Entdecker einer Krankheit namens Aufmerksamkeitsdefizitsyndrom feierten, die hatten ihn irgendwie missverstanden.)

Derart geläutert, paukte Heinrich bald auch aus eigenem Antrieb. Er hatte ein heimliches Ziel, und er erreichte es: Bald war er Primus der Klasse und durfte doch noch in die Sekunda aufsteigen.

Fürs Morgengebet des folgenden Schultages ließ er sich entspannt neben den alten Freunden nieder und verlautete lässig, er sei jetzt übrigens wieder dabei im Verein.

«Was! Mann, das ist ja superb! He, Leute, der Hoffmann ist wieder bei uns!»

Seine Freunde, der kleine, zarte Gustav Körner, der hochgeschossene Daniel Hechtel und der kräftige, dunkle Ernst Beer, konnten sich gar nicht einkriegen. «Das muss gefeiert werden!», rief Beer und wurde von Körner und Hechtel sekundiert, bis eine näselnde Stimme von vorn sie alle übertönte:

«Beer, ich weiß ja, dass Sie an Ihren Preziosen unbeschnitten sind, aber Sie können den Juden doch nicht verleugnen. Sie haben keinerlei Respekt vor der christlichen Andacht. Und Hechtel, an Ihren verderbten Anlagen besteht ebenfalls kein Zweifel, nachdem die Großtante bekanntlich als Kindsmörderin geköpft wurde. Gehen Sie ruhig alle beide zum Teufel, wo Sie hingehören, doch wollen Sie bitte die anständigen Deutschen hier ungestört das Morgengebet verrichten lassen.» Das war der Rektor, der bigotte Frömmler, der sie im Religionsunterricht mit Heiligenviten plagte.

Eine Feier zu Heinrichs Rückkehr war bei dessen Lernpensum sowieso nicht drin – bis ein freier Montag anlässlich des Völkerschlachttages Heinrichs Vater bewog, seinem Sohn am Sonntag davor einen Ausflug mit den Kameraden zu gönnen. Der kleine Körner konnte leider nicht, der musste in der elterlichen Leihbücherei aushelfen. Zu dritt – Heinrich, der lange Hechtel und Beer – marschierten sie durchs Rebstöcker Wäldchen zum Biegwald in Rödelheim, wo sie, die Erwachsenen mimend, im Forsthaus Wein bestellten.

Heinrich war nach dem Marsch bei schönem Wetter sehr durstig, der Wein sehr billig und der Ausgang der Sache sehr schlecht. Von den beiden Freunden gestützt, torkelte er am Nachmittag durch Nebengassen zurück in die Stadt; er wusste eigentlich gar nichts mehr, außer dass er keinesfalls nach Hause wollte. Beer war plötzlich verschwunden, Hechtel erbarmte sich und nahm Heinrich mit auf seine Stube im Niederländischen Waisenstift, gleich neben dem Goethehaus. Der weitere Verlauf an diesem und dem nächsten Tag war so, dass Heinrich über mehrere Jahre akuten Ekel spürte, wenn er Wein bloß roch. Er beschränkte sich daher fortan darauf, bei alkoholträchtigen Anlässen nur pro forma ein paar Schlucke herunterzuwürgen. Als später in der Prima Beweise verwegener Männlichkeit vonnöten wurden, verlegte er sich ersatzweise aufs Rauchen. Außerdem erschien er bei allen, selbst den feierlichsten Gelegenheiten nicht mit Zylinder, sondern mit Schirmmütze à la Burschenschaft. Die Haare waren sowieso zu lang.

Dem Vater waren diese neuen Moden gar nicht recht. (Er war der Ansicht, das burschenschaftliche Motto «Ehre, Freiheit, Vaterland» sei als Moralkodex ein bisschen wenig.) Andererseits rutschte der Junge immerhin glatt und ohne weitere Stolperer aufs Abitur zu.

Dieses, nämlich das Abitur, war Anlass für das zweite

Besäufnis in Heinrichs Leben. Es sollte um einiges folgenschwerer ausfallen als das erste.

Die Freunde, Heinrich, Hechtel, Beer und Körner, hatten sich mit mehreren Flaschen Wein unter eine Linde in die Friedberger Anlage gesetzt. Hinter ihnen lagen das städtische Waisenhaus und das Gefängnis. Nach vorn, Richtung Stadt, blickten sie auf eine Baustelle: Hier an der Seilerstraße wurde das neue Waisenhaus hochgezogen, ein riesiger, schmuckloser Klotz (der so sehr nach Kaserne aussah, dass er viele Jahre später auch eine wurde). Das Mauerwerk war bis zum fünften Geschoss gediehen. Das Dach fehlte noch.

Natürlich lehnte ein Gerüst an der Fassade. Heinrich hatte als Sohn eines Architekten in der Kinderzeit viel Bekanntschaft mit Gerüsten gemacht. Es dämmerte schon, er hatte langsam und bislang unbeschadet ein, zwei Viertel Wein getrunken, da kam ihm eine brillante Idee: Man könne doch auf das Gerüst klettern. Von da oben hätte man bestimmt einen Blick bis zum Spessart.

Die Anekdoten aus der verflossenen Schülerzeit waren längst alle erzählt, und die Freunde fanden die Idee mit dem Gerüst prickelnd. Erhebend sogar, ganz passend zu dem Anlass, den sie heute feierten.

Durchs hohe Gras, in dem Grillen sirrten, schlenderten die vier hinüber zu der Baustelle. Das Gerüst war genau so eines, wie es Heinrich aus seiner Kindheit kannte: aus ungehobelten Holzpfählen, die an den Querverstrebungen mit Hanfseilen zusammengebunden waren.

Es stellte sich bald heraus, dass die Konstruktion für ungeübte Betrunkene nicht leicht zu erklettern war. Beer, in den letzten Jahren stark in die Breite gewachsen, schaffte es nicht mal auf den ersten Querbalken. Körner, nur nüchtern affenflink, ließ es dort bewenden und sah durchs Gebälk zu, wie Daniel Hechtel und Heinrich Hoffmann höher kletterten.

«Mir reicht's jetzt, da wird einem ja schwindelig», befand der lange Hechtel, als die Fensterbrüstungen des zweiten Geschosses vor ihm auftauchten. Vor allem waren seine Hände und Fußsohlen schweißnass. Er hatte Angst abzurutschen und fragte sich, wie er es von hier wieder hinunterschaffen sollte. Da musste man ja nach unten sehen. Gruselig.

Heinrich, mit Mühen ganz oben angekommen, rief den anderen zu, der Blick sei phänomenal. (Du lieber Gott. Wenn er hier runterfiel, war er tot.) Als er im Abstieg begriffen war, setzte glücklicherweise die alte Kletterroutine aus der Kindheit wieder ein. Im zweiten Stock steckte er mal neugierig den Kopf durchs Fenster ins düstere Innere: ein riesiger Saal gähnte ihn an. «Das soll ein Waisenhaus werden?», rief er hinunter. «Sieht eher aus wie eine Manufaktur.»

«Na sicher», rief Beer hoch, «das wird auch eine Manufaktur. Hast du nicht gehört, die armen Würmer müssen zehn Stunden am Tag spinnen und weben!»

Dieses Gerücht hielt sich jedenfalls hartnäckig in der Stadt. Kein Wunder: Während das feine Waisenstift der Niederländischen Gemeinde, wo Daniel Hechtel wohnte, im Hirschgraben neben dem alten Goethe'schen Haus lag, waren die städtischen Waisen bislang in einem düsteren Gemäuer, dem ehemaligen Pestilenzhaus, untergebracht. Bis vor kurzem noch hatten sie hier gemeinsam mit Verbrechern gehaust. Genauer: bis Napoleon kam und sein «Knecht» Dalberg den unwilligen Frankfurtern von oben dekretierte, dass mit diesen vorsintflutlichen Zuständen nun Schluss sein müsse. Dalberg ließ für die Verbrecher das separate Gefängnis nebenan erbauen. (Der städtische Senat hatte das eigentlich auch schon immer vorgehabt. Doch irgendwie ließ sich nie Geld dafür auftreiben.) Zugleich befahl Dalberg, den Waisenkindern neben Beten, Arbeiten und Katechismus auch noch ein paar andere nützliche Dinge beizubringen. Lesen, Schreiben und Rechnen beispielsweise.

Wie sich die Zustände im städtischen Waisenhaus seitdem entwickelt hatten, wusste niemand so genau. Die Waisen wurden nur zweimal im Jahr zu Festen vor die Mauern gelassen, man hatte daher wenig Gelegenheit, sie zu fragen.

Als Heinrich sicher unten anlangte, es war nun beinahe dunkel, fand er seine Freunde vor, wie sie im Begriff waren, eines der Hanfseile an den Gerüstbalken zu entknoten.

«Was macht ihr denn da?»

«Den Bauherren von der Waisenquälanstalt eine nette Überraschung bereiten», sagte Körner.

«Wir lassen das Gerüst umfallen», erläuterte Beer. «Komm, hilf mit. Es müsste doch reichen, wenn wir hier auf der untersten Ebene alle Knoten lösen. Mann, geht das auf die Arme.»

Nun ja, zum Glück war es keine Baustelle seines Vaters. Also machte sich Heinrich mit ans böse Werk. Eigentlich waren sie aus dem Streichealter heraus. Aber man baut halt nur einmal sein Abitur.

«Wisst ihr noch, die Fenster an der Paulskirche?», bemerkte Hechtel, eifrig mit einem Knoten beschäftigt. Alle vier lachten.

«Oder wie der kleine Schmidt dem Salbader eine geknallt hat?», warf Körner ein. Der Salbader war der frömmelnde Rektor, der eines Tages, als er seinen buckligen Schüler Schmidt obszön beleidigte und schlagen wollte, selbst eine fing. Worauf Schmidt leider von der Schule abgehen musste.

Heinrich schwitzte. Er konzentrierte sich auf das Hanfseil, das er gerade in Bearbeitung hatte. Als er klein war, hatte ihm einmal ein Arbeiter seines Vaters gezeigt, wie man so einen Gerüstknoten schlägt. Es waren ganz spezielle Knoten. Man bekam sie weiß Gott schlecht auf. Wie machten die das, wenn sie das Gerüst wieder abbauten? Von oben angefangen jeden Knoten einzeln lösen? Elende Schinderei.

Nach einer halben Stunde Zerstörungswerk waren sie gerade erst halb durch mit der untersten Reihe. Die Konstruktion wankte nicht einmal.

«Verdammt, ich bin müde», fluchte Körner.

«Ich glaub auch, wir hören auf», kam es von Hechtel.

«Mann, ihr Luschen», motzte Beer. Man hörte ihm aber an, dass er selber keine Lust mehr hatte.

«Die haben morgen genug Arbeit, wenn sie die Knoten alle neu machen müssen», befand Heinrich.

Müde, etwas unzufrieden und mit einem vage unguten Gefühl trennten sich die vier und gingen zu ihren jeweiligen Eltern nach Hause, um sich fürs bestandene Abitur loben zu lassen. Sogar Hechtel, der Bewohner des Niederländischen Waisenstifts, marschierte zu seiner Mutter. Er war nämlich nur Halbwaise. Die Mutter hatte neu geheiratet. Ihr neuer Mann hatte zwar die Schreinerwerkstatt von Meister Hechtel selig, nicht aber dessen Sohn übernehmen wollen. Gegen einen gelegentlichen Besuch hatte er jedoch nichts einzuwenden.

Am nächsten Morgen vor fünf Uhr betrat der Polier Franck die Baustelle des neuen städtischen Waisenhauses an der Seilerstraße. Er holte den Rollenzug aus dem Schuppen. Den wollte er vor Arbeitsbeginn an seinem neuen Platz anbringen. Über die Planken beim Hauptportal betrat Franck das Gebäude und trug die Rolle die seitliche Haupttreppe hoch. Die Haupttreppe war gemauert und einläufig. In den Decken war bislang eigentlich nur die Balkenlage eingezogen. Doch um ohne Balancieren in jedem Geschoss vom Treppenende zum nächsten Treppenanfang zu gelangen, hatten sie entlang des Weges schon einmal locker ein paar Dielenplanken aufgelegt.

Im obersten Stockwerk angekommen, stieg Franck über die erstbeste Fensterbrüstung auf das Gerüst.

Unter ihm wackelte es. Er wollte sich irgendwo festhalten, doch seine Hände reagierten nicht, klebten an der Rolle. Die gab ihm Übergewicht, das Undenkbare geschah, er fiel. So schnell geht das also, dachte er noch und: Vorbei, vorbei. Dann die Erschütterung des Aufpralls.

Leider war er nicht sofort tot. Die Agonie dauerte sechs Stunden.

Mai 1853, Dr. Hoffmann'sche Wohnung in der Hochstraße

Frau Louise Passavant, Tischgast bei Hoffmanns, sieht von ihrem Teller hoch.

«Wie, sagtest du, heißt die Person?»

«Franck, Pauline Franck.»

Bei dem schönen Maiwetter heute stehen bei Hoffmanns die Fenster offen. Von der Straße dringt der übliche Wagenlärm herein. Hoffmann hat als Tischunterhaltung von der neuen Patientin und ihrem kuriosen Wahn berichtet. Anlässlich der Nachfrage wird ihm siedend heiß klar, dass er in seiner Zerstreutheit etwas übersehen hat: Nämlich dass die Gäste, das Ehepaar August und Louise Passavant, persönliches Interesse an der Sache haben könnten.

Frau Passavant blickt prompt ihren greisen, schwerhörigen Mann von der Seite an. «Hörst du, August?», sagt sie im Brüllton. «Eine Pauline Franck. Könnte das nicht eine Verwandte von unserem Theo sein?»

«Den Namen Franck gibt's öfter», lispelt der zahnlose alte Herr, dessen Glatze von weißem, fiedrig nach oben gekämmtem Haar umkränzt ist. Doch seine Frau, eine magere, langgesichtige, ondulierte Matrone Anfang fünfzig, lässt sich davon nicht beirren. «Wie heißt denn die Mutter?», fragt sie nun Hoffmann, dem seine Gedankenlosigkeit inzwischen arg peinlich ist.

«Das weiß ich nicht», gibt er zu. «Das Mädchen ist Vollwaise. Hat auch keine Geschwister. Sie war viel zu verwirrt, mir Namensangaben zu den Eltern zu machen.»

Damit scheint für Frau Passavant das Thema vom Tisch. Nicht allerdings für Hoffmann, dem unwillkürlich der Gedanke kommt, Theo Franck, der Ziehsohn der Passavants, sei ein dunkler Typ ganz wie die neue Patientin und etwa im gleichen Alter. Wahrscheinlich reiner Zufall. Aber er muss da doch einmal nachforschen. Falls tatsächlich eine Verwandtschaft besteht, muss der gute Theo ja als erblich belastet betreffs Geisteskrankheiten gelten. (Gibt es nicht in letzter Zeit wieder irgendwelche Schwierigkeiten mit ihm?) Das wäre natürlich dumm für die Passavants. Denn diese Familie ist mit Tragödien wahrhaftig schon genug gestraft.

Heinrich, 1828

Zwei Tage nach Heinrichs Abitur kam der Vater mittags kalkweiß und schäumend nach Hause: «Mein alter Polier ist tot. Vom Gerüst gestürzt, an der Baustelle vom Waisenhaus. Irgendein Verbrecher hat unten am Gerüst die Seile aufgeknotet. Wenn ich den erwisch, der das gemacht hat, dem dreh ich den Hals mit eigener Hand um.»

Heinrich war so erschrocken, dass er nicht einmal rot wurde. Er aß mechanisch weiter. Das war schlimm. Sehr schlimm. Mit fliegenden Gedanken versuchte er, sich die Sache irgendwie schönzureden. So schön jedenfalls, dass er sie schnell vergessen konnte. Was geschehen war, war geschehen. Daran ließ sich nichts mehr ändern. Sie hatten ja nicht ahnen können, dass jemand auf das Gerüst steigen würde, ohne die losen Seile zu bemerken.

Jetzt blieb nichts, als die Sache und seine Beteiligung daran stur zu ignorieren. (Es war ja auch nicht seine Idee gewesen!)

Tags darauf traf er die anderen wieder, anlässlich einer Abiturfeier bei Körners. Seine Freunde gaben keine merklichen Anzeichen, dass sie von dem Unfall gehört hatten – bis vielleicht darauf, dass der famose Gerüststreich verdächtigerweise von keinem der Beteiligten erwähnt wurde. Heinrich beschloss, seinerseits den Mund zu halten.

Familien Franck und Passavant, 1828

Es wurde Theos erste Erinnerung. Der Papa kam nach Hause und war kaputt. Die Mama weinte. Das war schlimm. Eine Mama weint doch nicht. Nein, sagte sie, der Papa wird nicht wieder ganz. Den kann man nicht reparieren.

Frau Louise Passavant war damals beinahe noch in der Blüte ihrer Jugend. Onduliert, aufgeregt und geschäftig rauschte sie, sobald sie von der Tragödie hörte, zum Kondolenzbesuch bei Francks. Die Witwe Henriette Franck war im gleichen Alter wie sie und bis zu ihrer Heirat Hausmädchen bei ihr gewesen.

In der Franck'schen Altstadtwohnung in einem der fingerbreiten Gässchen südwestlich vom Römer war es zappenduster. Henriette, klein, dunkel und rundlich, saß verkrampft auf einem vier Generationen alten Sofa, hatte den kleinen Theodor auf dem Schoß und hielt sich sozusagen an ihm fest. Ihre Augen waren rot und die Lider geschwollen. Doch in dem schlechten Licht sah man es kaum.

«Das tut mir entsetzlich leid für Sie, Henriettchen.» Sich vorbeugend, tätschelte Frau Passavant der Sitzenden zur Begrüßung die Hand und nahm sich dann selbst einen Stuhl. Es roch nicht gut. Henriettes ältere Schwester Lotte war in der dunkelsten Ecke hinter einem Tisch zu erkennen und zog ein Gesicht. Den Toten erahnte man im Nebenzimmer. Zum Glück sah man durch die halboffene Tür nichts als die Füße.

«Was soll jetzt nur werden?», klagte Henriette. Es war nach dem Tod ihres Gatten und Ernährers allzu offensichtlich, dass genau dies die Frage war.

«Das findet sich, das findet sich», beruhigte Frau Passavant und tätschelte erneut.

«Nichts findet sich», fauchte Schwester Lotte aus dem Hintergrund. «Am Ende müssen sie zu uns. Was mein Mann sagen wird, weiß ich nicht. Wir haben Sorgen genug.»

Lotte und ihr Mann hatten die altersschwache Mutter zu Hause. Sie betrieben eine Schneiderei, die in den letzten Jahren wegen der vielen billigen Konfektionsware aus England kaum noch etwas abwarf.

Frau Passavant ignorierte Lotte. «Ich spreche mit meinen Bekannten», tröstete sie Henriette. «Sie werden nicht lange stellungslos sein.»

Die Witwe jammerte heiser: «Aber was soll ich denn mit dem Theo machen, wenn ich in Stellung gehe?»

Frau Passavant jubilierte innerlich ob dieser Frage. Sie warf einen kurzen Blick auf das Kind. Der Kleine, ein gutes Jahr alt, war zu liebreizend mit seinen Pausbäckchen und den großen dunklen Augen.

«Auch da findet sich etwas», sagte sie. «Er ist ja mein Patenkind. Gell, Theochen, bist mein Patensöhnchen?» Sie kniff ihn in die Backe. «Sorgen Sie sich nicht, Henriettchen, ich werde den Jungen schon nicht verkommen lassen.»

Louise Passavant war eine geborene Neufville. Sie hatte ihren werten Gatten, einen reich beerbten Textilkaufmann, im Alter von siebzehn Jahren geehelicht, vielmehr, sie war ohne viel eigenen Antrieb von ihm geehelicht worden. Der Gatte war damals zweiundvierzig Jahre alt und seine Geheimratsecken schickten sich an, auch noch den letzten Rest Haare in ihrer Mitte zu vertreiben. Sobald die Hochzeit vorüber war, behandelte August Passavant seine Frau wie das dumme Kind, das sie in seinen Augen war, wobei er eine Neigung zu überfallartigen Schimpftiraden zeigte. Er war hypochondrisch veranlagt, sie musste auf sein Diktat täglich die Beschaffenheit seines Stuhls notieren sowie alles, was er gegessen hatte. Das eine, was ihr ursprünglich ganz gut an ihm gefallen hatte, das war ein gewisser herb-aromatischer Duft gewesen. Nun stellte sich heraus, der Duft kam von dem Bergamottenöl, das er sich zur Haarwuchsförderung in die Kopfhaut rieb. Da es nichts half, wechselte er bald von Bergamotte zu Eukalyptus, ein irgendwie an Brustkatarrh erinnernder Geruch, den Louise scheußlich fand. Im Ehebett zeigte er eigenartige Vorlieben, wie etwa, dass sie ihm Seidenstrümpfe über das Glied ziehen sollte. Mit der einen Hand musste sie dann den Strumpf auf und ab bewegen und mit der anderen ihm die Hoden massieren. Sie bezweifelte, dass andere Männer dies ebenso hielten.

Bei alledem hatte die junge Frau Louise Passavant sich mit den Kindern getröstet, die sie sicher bald bekommen würde. Nur stellten die sich nicht ein. Heute schon zehn Jahre Ehefrau, hatte sie die Hoffnung auf eigene Kinder ziemlich verloren. Henriette hingegen: kaum verheiratet, schon kam der Nachwuchs. Am liebsten hätte Louise letztes Jahr nein gesagt zu der Bitte, Patin bei dem ersten Kind der Francks zu werden, so zerfressen von Neid auf ihr ehemaliges Hausmädchen war sie. Aber dann hatte sie sich beherrscht, sich nichts anmerken lassen und großherzig zugestimmt.

Der Kleine entwickelte sich prächtig, war drollig, fidel und gesund, genau wie man sich's wünscht. Irgendwo in einer dunklen Ecke ihrer Seele hatte Frau Passavant seit einigen Monaten eitle Tagträume gepflegt, in denen diese scheußliche bengalische Seuche namens Cholera seine Eltern hinraffte und sie, die Patin, gnädig den Jungen an Mutters statt aufnehmen würde. Vielleicht war jetzt im wahren Leben ihre Stunde gekommen. Bloß nichts falsch machen, bloß alles ganz ruhig in die richtigen Bahnen lenken.

Bei ihrem Mann sollte sie nicht auf zu viel Widerstand stoßen. Ihn trieben ohnehin ähnliche Wünsche um. Im letzten Jahr hatte er mit seinem Bruder in München verhandelt: Er wollte den ältesten Neffen aufnehmen (ein Kind der ersten, etwas verkorksten Ehe des Bruders) und ihn als seinen Erben heranziehen.

Der Neffe wäre auch Louise genehm gewesen. Aber sie hätte ihn längst nicht so gerne bei sich aufgenommen wie den kleinen Theo. Der Neffe war nämlich schon neun Jahre alt, außerdem war er ein Passavant, hätte sich zweifellos mehr ihrem Mann zugehörig gefühlt als ihr, der Eingeheirateten. Allerdings war nun leider im letzten Jahr der bestellte Neffe, keine Woche nachdem er mit der Eilpost angeliefert worden war, ganz grausam an einem Starrkrampf gestorben. (Louise hatte den Verdacht, daran sei die Blatternimpfung schuld, die er kurz zuvor erhalten hatte.) Der Münchner Bruder hatte daraufhin ersatzweise eine Tochter angeboten, deren er drei besaß. Das wäre Louise ja sehr recht gewesen. Aber das wollte wiederum Gatte August partout nicht. Er suche unbedingt einen Jungen, den er ins Geschäft einführen könne. Den gab es nun. Man musste dem Gatten und allen anderen Beteiligten das nur begreiflich machen.

Von dem Kondolenzbesuch im Hause Franck heimgekehrt, mühte sich Louise geschickt, den Boden für ihre Pläne zu bereiten. Sie begann, indem sie sich fürs Abendessen eigens neu ondulierte. Bei der Mahlzeit saß sie wie üblich an einem Ende des langen Esstisches, und Gatte August, in blauem Blusenhemd und bordeauxroter Weste, am anderen. Wie ebenfalls üblich monologisierte sie. August neigte abends zu mürrischer Schweigsamkeit, sie aber hielt Stille bei Tisch nicht aus. Für heute hatte sie ihr Thema.

«Es ist wahrlich ein Jammer für mein Patensöhnchen. Es hat ja gute Anlagen, die Eltern verständige, hart arbeitende Leute voll Kraft und Gesundheit. Und nun muss ein solches Unglück den Jungen aller Aussichten berauben. Am Ende wird er wohl gar im Waisenhaus bei Landstreichern und Gesindel landen. Das Henriettchen hat sich vor lauter Unglück verstiegen und gemeint, ob wir den Kleinen nicht nehmen könnten. Auf Dauer, an Kindes statt, wenn du verstehst, was ich meine. Da hab ich ihr gesagt, Henriettchen, es tut mir leid, aber da versteigen Sie sich. Das ist zu viel verlangt.»

Ihr Mann unterbrach unwirsch. «Notiere: Grünkohl, zwei Löffel. Ich probier ihn doch noch einmal, obwohl er mir neulich so üble Winde gemacht hat.»

Louise notierte. Hatte er ihr überhaupt zugehört? Hartnäckig setzte sie ihren Monolog fort.

«Darauf Henriettchen: Aber gnädige Frau, Ihrem Gatten fehlt doch der Nachfolger im Geschäft. Ich dachte, Sie könnten den Jungen gut gebrauchen! Er hat ja sogar große Ähnlichkeit mit der Familie ihres werten Gatten. Wenn Sie wollen, können Sie ihn gut als Ihren leiblichen Sohn ausgeben, ich würde Ihnen da keine Schwierigkeiten machen. Ich sage daraufhin: Henriettchen, es tut mir leid für Ihren Sohn, aber schlagen Sie sich das aus dem Kopf, wir nehmen ihn definitiv nicht.»

Gatte August sah sie scharf an, lehnte sich zurück und schluckte hastig einen Bissen herunter.

«Moment, Moment. Sag einmal, Louise, wie kommst du dazu, eine solche Entscheidung zu treffen, ohne mich gefragt zu haben? Ja, das ist doch eine Frechheit! Es ist ja nicht so, dass du nicht wüsstest, dass ich mir einen Jungen im Haus wünsche! Warst du nicht dabei, wie ich die Diarrhöe bekommen hab vor lauter Unglück, als der Friedrich am Starrkrampf erstickt ist? Und jetzt sagst du der Frau: Nein, mein Mann will keinen Ziehsohn! Sag einmal, bist du noch ganz gescheit?»

Drei Tage später zog der kleine Theo Franck bei seiner bisherigen Patentante und ihrem Mann ein. Man deklarierte dies vor der Bekannt- und Verwandtschaft als einen Akt der Mildtätigkeit gegenüber einem armen Waisenkind, dem man freundlicherweise Heim, Nahrung und Bildung werde zukommen lassen. Und so war es ja auch. (Über eine regelrechte Adoption würde man sich Gedanken machen, wenn das Kind herangereift war und sich als folgsam, strebsam und geschäftstüchtig erwies.)

Die Mutter, das «Henriettchen», hatte man dazu gebracht, etwas zu unterschreiben, das die Verhältnisse regelte. Sie sollte den Jungen nur einmal im Jahr sehen dürfen, damit er sich besser eingewöhne.

Henriette wusste bei der Beerdigung nicht, um wen sie mehr weinte, um ihren Mann oder um ihren Sohn.

Das Grab war eines der ersten auf dem neuen Hauptfriedhof. Das Portal war grandios, das Gelände kahl. Sie fror. Schwester Lotte ging neben ihr und hielt sie am Arm. Von ihres Mannes Seite waren nur Berufskollegen und Auftraggeber gekommen. Außer zwei uralten Großtanten in Bensheim besaß er keine Angehörigen.

Als der Sarg niedergelassen wurde, begann es in Strömen zu regnen. Ein älterer Herr, den sie nicht einordnen konnte, hatte einen Schirm dabei und hielt ihn ihr über den Kopf.

«Der Architekt Hoffmann ist ja bekanntermaßen in der Stadt der Wasserspezialist», sagte jemand anderer in scherzhaftem Ton. Von dem Sprecher sah sie nur die lange, magere Figur bis zur Brust, der Rest blieb hinter schwarzem Schirmtuch verborgen. «Aber, aber, Moritz, das ist hier nicht der Moment für Bonmots», rügte der ältere Herr mit Schirm.

Ach, natürlich, das war der Architekt Hoffmann. Der jetzt die neue Wasserleitung für die Stadt bauen sollte. Den Dachdeckermeister Moritz kannte sie von der Hochzeit.

Das Regenwetter hielt sich eine ganze Woche. An deren Ende fing Henriette auf Vermittlung von Frau Passavant in einer Villa an der Bockenheimer Landstraße zu arbeiten an. Ihr war den ganzen Tag flau. Es stank hier nach Jauche, weil der Dauerregen die mehr schlecht als recht angelegten Drainagekanäle zum Überlaufen brachte. Stellenweise kam das jauchige Wasser direkt aus der sumpfigen Erde gequollen. Doch ihr schlechtes Gefühl im Magen, das kannte sie zu gut, das kam höchstwahrscheinlich leider woanders her.

Acht Monate später gebar Henriette eine Tochter. Sie nannte sie Pauline und gab sie zu ihrer Schwester. Fürs Erste.

Mai 1853, Anstalt für Irre und Epileptische

Hoffmann beschließt am Montag früh, ausnahmsweise die Visite bei den Frauen als Erstes zu erledigen, wegen der Franck, nach der er möglichst bald sehen will.

Einmal zur andern Zeit im zweiten Stock, schon entdeckt man Unerfreuliches. Irgendjemand scheint das heut anstehende Fensterputzen mittendrin unterbrochen zu haben, Eimer und Lumpen stehen unordentlich im Flur herum, eine Wasserlache glänzt auf den Dielen, und als Hoffmann die Türe zu dem angrenzenden Schlafzimmer öffnet, findet er dort im Bett, die Hosen halb herunter, den jungen Wärter Kranz auf einem feisten, blödsinnigen Mädel mitten im Debauchieren vor.

«Aber, aber! Sofort aufgehört!», ruft er und schiebt die beiden auseinander, gerade rechtzeitig, offenbar. Du lieber Gott! Patienten mit Patientinnen im Hof, Patienten mit ebensolchen gleichen Geschlechts in der Männerabteilung, das hat er alles schon erlebt. Die Kranken haben ihre Triebe nicht im Griff, ja, bei vielen scheint die Krankheit von einer Übererregung der Geschlechtsorgane auszugehen. Aber dies …

«Ich muss doch sehr bitten, schämen Sie sich denn nicht!» Damit meint er natürlich Kranz, den Wärter, denn das Mädchen ist geistig jenseits von Gut und Böse.

«Ja nu, tut mir leid, Herr Doktor! Sie hat mir in den Schritt gegriffen, da überkam es mich! Aber glauben Sie mir, ich hätt sie nicht schwanger gemacht.»

«Sparen Sie sich Ihre Ausflüchte. Das kommt nicht wieder vor, und wenn doch, geht es Ihnen an den Kragen!»

Hoffmann sieht lieber nicht hin, wie Kranz sich die Hose über den Schlamassel zieht, sondern schreitet davon, eine Wärterin zu holen, damit die bei der Blödsinnigen nach dem Rechten sieht. Immerhin: Nun hat er wieder ein Negativum mehr über die Zustände in der Anstalt zu berichten. Er sammelt fleißig schlechte Vorkommnisse und andere Beschwerdegründe, denn er ist dabei, die Stadt zu überzeugen, dass ein neues, ein größeres und moderneres Haus gebaut werden muss. Außerhalb, denn hier in der Stadt ist es viel zu eng für eine moderne Nervenheilanstalt, die ja Gärten und viel ummauerten Auslauf für die Kranken benötigt.

Hinter der Tür zum Hauptbau trifft er auf die rotwangige Wärterin Grimmig.

«Frau Grimmig! Sie kommen mir gerade recht. Wie geht es denn nach den kalten Güssen gestern dem Fräulein Franck?»

«Ach, schlecht, Herr Doktor. Wir haben sie in der Nacht in die Jack gesteckt. Jetzt ist sie eingesperrt auf einer Zelle.»

«Tobsucht?»

«Sie fuchtelt halt und läuft hin und her und sieht überall Gespenster. Das heißt, jetzt mit der Jack fuchtelt sie natürlich nicht mehr. Den Mund können wir ihr ja leider nicht zubinden, sie redet die ganze Zeit und ganz abgehackt, dass man nichts versteht. Mir kommt sie jetzt ganz blödsinnig vor.»

Das Schlimmste ist, dass Pauline nicht weglaufen kann. Die Plage und der fremde Körper folgen ihr überallhin. Es sitzt im Kopf, aber dann doch wieder auch nicht, einmal ist es eine Ratte, die in der Ecke hockt und sie wissend ansieht. Am wenigsten stört sie noch, wenn das Agathchen Jung auftaucht, ihre Kollegin von Reuter. Nur kann sie nie hören, was das Agathchen sagt, weil die anderen so laut reden. (DU BIST SCHULD! – MÖRDERIN! – DIE GANZE STADT WEISS ES! – FRÄULEIN FRANCK, WARUM ARBEITEN SIE NICHT?)

Schritte vor ihrer Tür, Tapp, Tapp, immer näher.

VERSTECK DICH, DUMMES DING! – NEIN! MACH AUF, DER NIKOLAUS!

Da muss sie fast lachen. Die Tür geht quietschend von selbst auf und wird immer größer, dahinter wirklich der Nikolaus. VERSTECK DICH, ER SCHLÄGT DICH! ERSCHLÄGT DICH!

Sie will sich wehren, aber ihre Arme bewegen sich nicht.

Dem Nikolaus schnurrt der lange Bart zu einem kurzen Bart zusammen, plötzlich sieht er viel jünger aus. Kennt sie den Mann nicht irgendwoher?

«Fräulein Franck, wissen Sie, wer ich bin?»

Sie kichert.

«Ich bin Ihr Arzt, der Doktor Hoffmann. Ich höre, Sie hätten Gesichtshalluzinationen? Sie würden Leute sehen, die gar nicht da sind?»

DUMMCHEN, SAG IHM NICHTS! – DOCH, DOCH! – DER NIKOLAUS!

«Wer sind Sie?», fragt sie.

«Ihr Arzt, der Doktor Hoffmann. Haben Sie keine Angst. Ich würde Sie gern etwas fragen. Kennen Sie einen Theodor Franck-Passavant?»

SAG IHM NICHTS! – DOCH! DOCH! – SAG IHM NICHTS!

«Lassen Sie mich, ich, ach, ich weiß doch nichts.»

Theo! Da ist sein Gesicht, schemenhaft in der Ecke, und lacht sie aus. Sie drückt sich an die Wand. Draußen Schritte.

«Was sehen Sie, Fräulein Franck?»

SAG IHM NICHTS!

«Haben Sie keine Angst, Fräulein Franck. Es wird alles gut. Sie sind sehr aufgeregt, ich würde Ihnen gerne zur Beruhigung ein warmes Bad machen lassen.»

NICHT INS BAD! DU ERTRINKST! – DOCH, DOCH, ERTRINK! ERTRÄNK! TOT! TOT! TOT!

«Ich hab Angst, Herr Nikolaus, nicht ins Bad, bitte.»

«Immer mit der Ruhe. Vielleicht sind Sie heute wirklich zu aufgeregt. Wir werden morgen weitersehen. Noch einmal: Theo Franck. Sind Sie verwandt mit ihm?»

«Nein, nein, ich hab das nicht gewusst! Gar nicht! Nicht meine Schuld!»

«Ist ja gut, Kind. Kommen Sie, ich fühle Ihnen den Puls. Ich muss Sie hier am Hals anfassen.»

LASS IHN. – NEIN! ER WÜRGT DICH! ERWÜRGT!

Der Puls ist hundertundfünfzehn und sehr hart. Hoffmann fragt die Wärterin Grimmig nach dem Stuhlgang der Patientin.

«Obstipiert, seit sie hier ist.»

«Gut. Dann vorläufig kein Opium. Geben Sie zwei Löffel Rizinus. Ich komme später nochmal vorbei, dann machen wir ein Blasenpflaster.»

Er verlässt die Kranke mit einem drückenden Gefühl der Hilflosigkeit. Er ist in diesem Haus ein Verwalter der Krankheit, mehr nicht.

Henriette und Pauline, 1830

An einem strahlend sonnigen Wintertag kam die Tante mit den schwarzen Haaren und holte Pauline ab. Sie fasste sie fest an der Hand und lief mit ihr über lange gepflasterte Straßen, bis Pauline müde war und sie endlich an einem sehr großen Haus ankamen. Drin waren riesige Flure, da liefen viele große Kinder in blauen Anzügen umher. Pauline merkte, wie sich ihr Gesicht verzog und es hinter den Augen kitzelte. Sie kannte das Gefühl. Gleich würde sie weinen.

Die Tante klopfte an einer Tür und trat mit ihr ein.

«Ich hatte einen Antrag bei der Waisenstiftung gestellt», sagte Henriette zu dem Mann hinter dem Schreibtisch. «Ich bin die Frau Moritz, die Mutter von der Pauline Franck. Hier ist die Kleine nun. Hör auf zu weinen, es tut dir niemand was.»

«Ah. Ich weiß schon. Der Antrag Franck.»

Der Mann, ganz in Grau, kramte im Schrank eine Akte hervor, legte sie auf den schweren Eichentisch, setzte sich. Am hohen Fenster hielt eine Gardine die Sonne draußen.

«So. Das Kind Pauline Franck. Sie haben in Ihrem Antrag angegeben, der Vater war der Beisasse Paul Franck, anno 28 bei einem Unfall gestorben. Das Pflegeamt hat nun aber gewissen Zweifel bezüglich der Vaterschaft aufgrund eines Attests, das beim Konsistorium vorliegt. Sie hatten sich wohl ein paar Wochen nach dem Tod ihres Mannes ein Attest ausstellen lassen, dass Sie nicht schwanger seien, damit Sie vom Trauerjahr befreit würden.»

Henriettes größter Fehler. Keine Woche nach der Beerdigung hatte der hagere Dachdeckermeister Wilhelm Moritz angefangen, ihr den Hof zu machen. Sie ahnte ja, dass sie schon wieder schwanger war. Sie brauchte also dringend eine Versorgung. Zugleich wusste sie aber, dass das Letzte, was ein Mann an einer Braut wünscht, Kinder seines Vorgängers sind. Also sagte sie dem Moritz kein Wort von ihrem Verdacht. Sie hoffte, wenn alles sehr schnell ginge, könnte sie ihm weismachen, es sei sein Kind.

Er tat ihr aber nicht den Gefallen, gleich mit ihr Verkehr zu haben. Nur vom Heiraten «nach dem Trauerjahr» war die Rede, das allerdings schon bei seinem ersten Besuch. («Ich will Sie nicht im Unklaren lassen, Henriette. Ich suche eine Frau, und der Paul hat immer sehr lobend über Sie gesprochen. Nach dem Trauerjahr also, wenn Sie nichts dagegen hätten …»)

Solcherart inoffiziell verlobt, hatte sich Henriette insgeheim beim Pfarrer erkundigt, ob man irgendwie um das Trauerjahr herumkommen könne. Das Witwen auferlegte sogenannte Trauerjahr währte in Frankfurt kein Jahr, sondern zehn Monate und hatte mit Trauer rein gar nichts zu tun. Vielmehr diente es dazu, die Witwen an genau dem zu hindern, was Henriette vorhatte: ihren neuen Männern Kinder der alten unterzuschieben.

Der Pfarrer erläuterte Henriette, wenn man ein Attest von einem Arzt habe, wonach man nicht schwanger sei, dann müsse man das Trauerjahr nicht einhalten.

Zurück in ihrer Mansarde an der Bockenheimer Landstraße, betrachtete Henriette ihren flachen Bauch, dann mit dem Taschenspiegel ihre Schamlippen, die sich noch kaum verändert hatten, und beschloss, ganz unschuldig tuend beim Arzt ein Attest zu erbitten. Es stellte sich heraus, für solche Dienste nahm der städtische Arzt und Geburtshelfer Geld, und zwar nicht zu knapp. Sie bekam eine Rechnung über zehn Gulden ausgehändigt und dazu tatsächlich ihr Attest.

Was so gar nichts half. Der Moritz fand es unanständig, das Trauerjahr nicht abzuwarten. («Wie sieht das denn aus: Als müssten wir heiraten.») Nachdem Henriette ihm nun gerade die ärztliche Beglaubigung ihrer Nicht-Schwangerschaft unter die Nase gehalten hatte, schien es ihr unmöglich, ihm plötzlich zu gestehen, wie es sich wirklich verhielt. Am besten, sie würde so tun, als wäre sie selbst über ihren dicken Bauch überrascht, wenn er sich irgendwann zeigte. Ansonsten bemühte sie sich noch mehrfach ziemlich heftig, den Moritz ins Bett zu bekommen. Doch der Mann hatte eine eiserne Beherrschung. Einmal fragte er: «Sag mal, legst du es drauf an?», und musterte sie ganz unangenehm dabei. Dumm war der Moritz nicht.

Als es von ihrem Bauch her so weit war, dass sie bei einem Spaziergang ihrem Zukünftigen gestehen musste: Ich fürchte, ich erwarte ein Kind noch vom Paul, da explodierte der Moritz. Mit geballten Fäusten tigerte er auf dem nassen braunen Laub vor der Bank hin und her, auf der sie gesessen hatte.

«Wenn wir nicht in der Öffentlichkeit wären», zischte er, «ich würd dir eine pfeffern. Das wusstest du doch von Anfang an, du falsche Schlange. Und ich sollte's als meines aufziehen.»

Sie leugnete, aber vor schlechtem Gewissen nur schwach. Sie hasste den Moritz in dem Moment. Doch er hatte ja recht.

Irgendwann blieb er stehen, hob den Zeigefinger wie zur Belehrung.

«So, jetzt sag ich dir was. Wärest du von Anfang an ehrlich gewesen, ich hätte dich mit dem Kind geheiratet. Aber so nicht. So nicht. Ich halte mein Eheversprechen nur unter einer Bedingung: Vor der Hochzeit musst du das Kind loswerden. Bring es unter, wo du willst, bei deiner Schwester, oder es gibt ja hier schließlich für Kinder von Witwen ein Waisenhaus. Das ist vielleicht das Beste. Mir ist das egal. Ich will nur niemals während unserer Ehe von dem Kind hören müssen. Das wird dein Treuebeweis an mich sein.»

Der graue Verwalter beugte sich vor.

«Frau Moritz, haben Sie mir zugehört? Wollen Sie sich bitte zu dem Attest erklären. Ist das Kind nicht doch von ihrem zweiten Mann?»

«Nein, nein. Natürlich nicht, sonst hätte er es ja anerkannt. Als der Doktor das Attest ausgestellt hat, da war ich wohl schon im zweiten Monat. Deshalb bin ich ja überhaupt zum Arzt, weil ich mich so ein bisschen nach Schwangerschaft gefühlt hab, bloß, es hätt auch die Aufregung sein können durch den Todesfall. Jedenfalls wollte ich dann sichergehen, dass ich nicht vielleicht als Witwe in Umständen bin. Das musste ich ja wissen, ich bin doch in Stellung gegangen damals. Aber ich hab dann bald gemerkt, der Doktor hatte sich leider getäuscht.»

«Gut. Ihre finanziellen Verhältnisse haben Sie ja offengelegt. Ihre Tochter war also bislang bei einer Verwandten?»

«Bei meiner Schwester. Aber die hat sich nur fürs erste Jahr bereit erklärt. Jetzt sind es schon zwei. Es geht jetzt nicht mehr. Denen steht das Wasser bis zum Hals.»

«Hat Ihnen eigentlich jemand gesagt, dass wir im Waisenhaus keine Verpflichtung haben, Kinder unter sechs Jahren aufzunehmen?»

«Ja, nein, aber –»

«Wir haben uns für besonders dringliche Fälle dazu durchgerungen, solche Kinder auf unsere Kosten in Pflegehaushalten unterzubringen. Ihrer ist ein dringlicher Fall, weil der Vater beim Bau unseres Waisenhauses verunfallt ist und wir uns daher in einer Fürsorgepflicht sehen. Wir werden Ihnen aber zum Schutz der Pflegefamilie nicht sagen, wo Ihre Tochter sich befindet. Das ist so üblich. Sie erhalten einmal im Jahr Nachricht, ob sie noch lebt. Wenn sie sechs Jahre alt geworden ist, wird sie hier ins Haus überstellt, dann erhalten Sie wiederum Nachricht und dürfen sie jeden Sonntag eine Stunde besuchen kommen.»

Noch eine Unterschrift. Dann konnte Henriette gehen.

Draußen hatte sie ein seltsames Gefühl. Als ob sie innen hohl wäre und es mit jedem Schritt auf dem Pflaster in ihrem Körper eine Art Klang geben würde.

Vielleicht war es die Erleichterung.

Mai 1853, Anstalt für Irre und Epileptische

Der sezierte Tote liegt zwar nicht mehr in der Badestube, doch auf den Steinfliesen stehen immer noch die Einmachgläser mit diversen seiner Gewebe herum. In einem der Gläser schwimmt das Gehirn, das klassische, atrophierte Organ eines Menschen mit senilem Blödsinn. Hier will Hoffmann noch einmal mit dem Mikroskop heran.

Diese Forschung ist vielleicht das Wichtigste, was er tun kann, nicht für die jetzigen Kranken, aber für die Kranken künftiger Generationen. Er will seinen Teil dazu beitragen, die Wissenschaft von den Seelenkrankheiten zumindest ein wenig voranzubringen. Dafür plant er einen systematischen Bericht über seine Beobachtungen in der Anstalt. Kein Geschwafel, keine blumigen Theorien, keine neuen Krankheitsnamen, mit denen andere Ruhm erwerben, aber eigentlich nur ihr Nichtwissen übertünchen. Sondern Zahlen, Fallbeschreibungen, Sektionsresultate. Nicht zuletzt auch Erfahrungen über die Wirkung oder Nichtwirkung von Medikamenten. (Er ahnt nicht, dass die ärztlichen Kollegen an Fakten aus der Feder eines Bilderbuchautors kein Interesse haben. Seine Schrift, die beste psychiatrische Studie seiner Zeit, wird kaum je gelesen werden.)

Mit beiden Händen hebt Hoffmann die triefende graue Masse aus dem Alkohol und legt sie auf den Tisch. Wie erbärmlich es aussieht, dieses physische Substrat der menschlichen Seele. Wie unvorstellbar, dass sie sich darin erschöpfen soll.

Aus dem weißen Apothekerschrank holt er ein längliches Glasplättchen und legt es auf dem Tisch bereit. Das Mikroskopieren hat er von dem Juden Wallach gelernt, dem Leibarzt des Kurfürsten, der zum Ärger der Frankfurter Ärzteschaft jetzt hier zur Praxis zugelassen ist. Er schneidet ein kleines Karree Gewebe aus dem Frontallappen, legt es auf den Tisch, nimmt ein Rasiermesser und trennt ein hauchdünnes Scheibchen von dem glibberigen Klumpen ab. Mit einem zweiten Messer zieht er nun den dünnen Gewebefetzen, der an der Klinge klebt, von dieser ab und legt ihn auf das Glasplättchen. Nachdem er einen Tropfen Wasser dazugegeben hat, drückt er zur Fixierung ein hauchfeines

Abdeckplättchen darauf. Die Kapillarkraft des Wassers hält es fest. Nun nimmt er den fertigen Objektträger zur Fensterbank, wo das Mikroskop steht, und spannt die Glasplatte unterm Objektiv ein.

Das Auge am Okular, schiebt er die Platte umher, bis er den dünnen Rand seines Schnitts im Blick hat. Nun dreht er zum nächsthöheren Objektiv und stellt scharf. Ah! Neuerdings ist ja viel von Elementarzellen in der grauen Hirnsubstanz die Rede. Der gesamte Organismus, einschließlich des Gehirns, scheint aus Zellen zu bestehen. Er muss davon ausgehen, dass es sich bei den kleinen dreieckigen Strukturen in Rindenschnitten um solche handelt. Bei diesem Schnitt hier zeigt sich aber in dem Gewebe außerhalb der Zellen etwas Seltsames: rundliche Flecken. Pigmentflecken, wie sie im Alter auch an der Haut vermehrt auftreten? Hoffmann hat so etwas im Gehirn noch nie gesehen. Rätselhaft.

«Entschuldigung, Herr Doktor.»

Hoffmann sieht auf. Der Verwalter Antoni steht müde in der Tür und massiert sich sein schmerzendes Kreuz.

«Ja?»

«Ich hab an der Pfort eine Person, die sagt, sie ist die Mutter von der Franck. Die will Sie unbedingt sprechen. Es wär dringend. Was soll ich ihr ausrichten?»

«Die Mutter von der Franck? Das ist ja ganz erstaunlich. Die Franck sagt, sie hat keine Mutter, und heut Morgen erst schreibt mir das Pflegeamt, sie ist ein Waisenhausmündel. Wen, sagt die Frau, will sie sprechen? Mich oder ihre Tochter?»

«Ei, ich hab's doch gesagt, mit Ihnen will die sprechen. Was soll ich ihr denn nun mitteilen?»

«Setzen Sie sie in die Schreibstube. Ich muss hier noch etwas fertig machen, so lange soll sie sich gedulden.»

Hoffmann reibt sich quer zum Kinn den Bart, den er seit '48 trägt. Im Geiste hört er die Mädchenstimme der Franck, am Sonntag im Betsaal: «Die Mutter hat mir das Gehirn weggenommen.» Na, da ist er mal gespannt.

Wieder blickt er durchs Mikroskop. Doch jetzt fehlt die Konzentration. Also lässt er alles, wie es ist, schließt die Badestube ab und begibt sich geradewegs zu der angeblichen Mutter seiner Patientin.

Heinrich, 1829 bis 1832

Um die Zeit, als Heinrich Abitur machte, legte der dumme Onkel Carl Lausberg mit dem Weinhandel einen Bankrott hin, dass die Späne flogen. Sein flechtenkranker Bruder und Kompagnon erschoss sich im Schwefelbad, die unverheirateten Schwestern Lausberg machten zwecks Gelderwerbs in ihrer Wohnung eine Schule für höhere Töchter auf, und Schwager Philipp Hoffmann, der musste den Schock verdauen, alle Ersparnisse verloren zu haben. Carl hatte ihm in den letzten Jahren Geldanleihen für die Firma abgeschwatzt, als «profitable Anlage». Außerdem steckte noch unausgezahltes Erbe des alten Großvaters Lausberg in der Firma, Geld, auf das man sich im Hause Hoffmann für die Alterssicherung verlassen hatte.

Glücklicherweise erhielt der Architekt Hoffmann just in dieser Zeit von der Stadt den mit Geld und Ehre dotierten Auftrag, eine neue Frischwasserleitung in die Stadt zu bauen. So konnte er dem Sohn eine Studienkasse finanzieren. Eine, die Heinrich zwar alles andere als üppig fand, die ihn aber nicht gerade der Armut anheimstellte.

Der Vater Hoffmann hatte seinerzeit als Architekturstudent ein Kämmerchen mit mehreren Bettgenossen bewohnt und sich ganze Winter aus einem einzigen Kartoffelsack ernährt. Heinrich dagegen bezog jetzt zwei hübsche Heidelberger Dachstuben mit Neckarblick für sich allein. Seine gefühlte Knappheit bestand bloß darin, dass er sich, wie die meisten anderen, fürs Essen kein teures Lokal leisten konnte, sondern einen Mittagstisch für Studenten ausgucken musste. Beim ersten, den er probierte, lagen auf dem Grund der Suppenterrine Maden, die Heinrich mit seinem seziererischen Blick sofort entdeckte. Er und die, denen er die Maden gezeigt hatte, wechselten zu einem anderen Mittagstisch im Haus einer Professorenwitwe. Da gab es sonntags immer Gänseeintopf, eine kräftig gepfefferte, leicht ranzig riechende Brühe, in der außer Knochen und Fleisch zu Dekorationszwecken stets ein Gänsekopf schwamm.

Am dritten Sonntag beschlich Heinrich das Gefühl, dass der Gänsekopf ihn ansah wie ein alter Bekannter. Aus dem Kritzelheft, das er immer bei sich trug, riss er einen Streifen Papier, schrieb darauf «Ja, ich bin's!» und schob das Zettelchen in einem von der Hausherrin unbeobachteten Moment dem Kopf in den Schnabel. Als Heinrich am Sonntag der Folgewoche dem obligaten Gänsekopf den Schnabel öffnete, lachte ihm fettgetränkt sein Zettel entgegen. Man musste wohl doch eher sechzehn als zwölf Kreuzer zahlen, um etwas Essbares auf den Teller zu bekommen. Das hieß sparen am Geld für Zechgelage.

Heinrich war trinkfester geworden. Aber was ihn am Heidelberger Studenten- und Verbindungsleben beglückte, war nicht der Bierkonsum. Er war der Allemannia beigetreten, und deren Pflege der vaterländischen Kultur schloss außer Kampftrinken und Tapferkeitsproben bei Fechtturnieren noch Singen und kostümierte Umzüge ein. Im Vordergrund stand jedenfalls die allgemeine Geselligkeit. Da war Heinrich vorne mit dabei, er war ja schon seit Schulzeiten gewohnt, unter Gleichaltrigen den Witzbold zu spielen, und vom Singen konnte er sowieso nie genug kriegen. Übrigens war er hier weitgehend in Gesellschaft alter Freunde. Seine halbe Frankfurter Klasse studierte in Heidelberg, und fast alle waren mit ihm zur Allemannia gegangen. Das Heidelberger Idyll entpuppte sich dabei als gefährliches Pflaster für die Kinder steiniger Frankfurter Gassen, denn im Sommer lockte die Natur sie aus ihren Seminarstuben hinaus in Wald, Berg, Wiesen und den Neckar und stahl ihnen die Zeit. Ebenfalls verlockend waren die Schülerinnen eines Mädchenpensionats, da konnte man für den späteren Ernstfall schon mal üben.

Nach drei Jahren wurde Heinrich durch einen vorwurfs- und sorgenreichen Brief seines Vaters unangenehm daran erinnert, dass der Zweck seines Hierseins sei, irgendwann Examen zu machen. Und zwar in Medizin. Medizin hielt der Vater für das beruflich Reellste. Da sei man unabhängig und man müsse keinen Kram vertreten, an den man selbst nicht glaube, wie als Pfarrer oder Advokat.

Dummerweise konnte Heinrich sich nicht an viel greifbaren Lehrstoff aus den letzten Jahren erinnern. Außer Kneipenliedern war lediglich etwas aus der Anatomievorlesung bei Tiedemann hängengeblieben. Nun konnte aber gerade der Tiedemann ihn nicht leiden. Tiedemann war ein steifer, konservativer alter Herr im langen Samtrock, und Heinrich trug im Unterricht provokant die blau-weiß-schwarzen Farben der Allemannia. Die Allemannia war zwar harmlos – ein Corps, keine Burschenschaft, ihr Patriotismus unpolitisch-humanistisch –, aber für verkrustete Herrschaften mit dem Habitus des Heiligen Römischen Reiches war das Anstoß genug. Bei Tiedemann konnte Heinrich keinen Blumentopf gewinnen. Außer Anatomie hatte er noch Botanik, Zoologie, Pathologie, Chemie und Physiologie «gehört», aber das war ihm zum einen Ohr rein und zum anderen raus. Sofern er nicht sowieso in der Vorlesung geschlafen oder mit dem Bleistift unterm Tisch Bildchen gekritzelt hatte.

Gut, also jetzt schnell wieder fleißig werden! Er wusste doch aus der Schulzeit, wie es ging.

Bloß machten ihm die Heidelberger Freunde einen Strich durch die Rechnung. Es gab immer jemanden, der fand, dass er unbedingt jetzt gleich zum Schwimmen, heut Abend mit zur Kneipensitzung oder morgen zum Singkränzchen kommen müsse. Außerdem war Heinrich in der Allemannia längst Consenior und hatte massive Verpflichtungen.

Nach einem weiteren düster-vorwurfsvollen Brief des Vaters, wonach in den kommenden Zeiten des Umbruchs nur der bestehen könne, der etwas Praktisches wie Chirurgie gelernt habe, alle anderen jedoch untergehen würden, beschloss Heinrich, das Übel an der Wurzel zu packen. Er trat aus der Allemannia aus. Ganz verstecken vor den Freunden konnte er sich in Heidelberg nicht, aber die Maßnahme schaffte ausreichend Freiraum, um zumindest in den praktischen Fächern Chirurgie und Geburtshilfe Anwesenheit und Eifer zu zeigen. Dem Vater schrieb er, er plane, sein letztes Studienjahr anderswo zu verbringen, und zwar in Halle, das in der Medizin einen ausgezeichneten Ruf besitze. Der Vater, sehr erleichtert, schrieb, er würde das befürworten.

Als Heinrich in den folgenden Ferien heimkam, fand er den Vater in seinem Schreibzimmer in seltsamer Stimmung vor. Es sei heut alles nichts mehr, sagte er. Mit Frankfurt gehe es bergab, und die Studienkosten in Halle – er habe sich erkundigt, was da für die Unterkunft genommen werde, horrend, die jungen Architekten bauten ihre Häuser wohl mit Marmor, und ob Heinrich eigentlich gehört habe, dass die Cholera wieder im Anmarsch sei? Gewiss werde Frankfurt diesmal nicht verschont bleiben.

«Was hat denn der Vater?», fragte Heinrich später in der Küche Mutter Nettchen.

«Ich glaube, es ist das Alter», sagte die.

Mai 1853, Anstalt für Irre und Epileptische

Die Frau zuckt zusammen, als Hoffmann zu ihr in die Schreibstube tritt. Mitte fünfzig, nicht groß, eisgraues Haar umrahmt von breiter Leinenhaube, taubenblaues, bescheidenes Kleid. Die Augen sind dunkel unter starken Brauen, das Gesicht, ehemals wahrscheinlich voll und rund, hängt schlaff in den Kragen.

«Ich bin der Doktor Hoffmann. Und wer sind Sie?»

Sie druckst: «Sie haben doch hier eine Pauline Franck. Ich bin die Mutter.»

Er setzt sich, nimmt eine Zigarre aus der Schachtel. Was ihn am Mikroskopieren stört, wie auch an der Visite, das ist, dass sich dabei nicht gut rauchen lässt.

«Wie heißen Sie denn?»

«Moritz, Johanna Henriette. Der Franck war mein erster Mann.»

«Ach so. Da haben Sie Ihre Tochter ins Waisenhaus gegeben, als sie wieder geheiratet haben?»

«Ganz recht. Ich will auch die Pauline jetzt gar nicht sehen. Sie ist ja eine etwas verdorbene Person geworden, wir stehen uns nicht gut miteinander.»

«Verdorbene Person? Inwiefern?»

Die Frau rutscht nervös auf ihrem Sitz.

«Ei, dass sie debauchiert hat, zum Beispiel.»

Hoffmann erinnert sich, dass die Kollegin aus der Handlung Reuter, die die Patientin gebracht hat, von einem verflossenen Freund sprach.

«Tatsächlich? Mit wem hat sie denn debauchiert?»

«Ach, mit diesem und jenem. Dass die Männer sich gar nicht wehren konnten, so hat sie sich rangeschmissen.»

Hoffmann ist irritiert. Er hat die Patientin nicht als leichtes Mädchen eingeschätzt. Beinahe ist er enttäuscht.

«Gibt es denn in Ihrer Familie sonst Geisteskrankheiten?»

«Nein. Also, Herr Doktor, ich wollte sie eigentlich nur warnen, dass Sie der Pauline nichts glauben dürfen. Sie ist ja sowieso jetzt verrückt, aber sie hat auch sonst viel gelogen. Glauben Sie kein Wort von dem, was sie erzählt, nichts stimmt.»

So, so. Hoffmann glaubt jetzt vor allem der Mutter kein Wort mehr. Da gibt es wohl etwas zu verbergen. Etwas, was man der Kranken angetan hat vielleicht. Er nimmt einen tiefen Zug an seiner Zigarre, lehnt sich zurück und bläst genüsslich Rauchschwaden aus.

«Was soll ich ihr denn zum Beispiel nicht glauben?»

Die Mutter zögert.

«Ach, alles, sage ich doch. Am besten glauben Sie der gar nichts.»

«Hm. Frau Moritz, haben Sie eine Vorstellung, wie es Ihrer Tochter augenblicklich geht?»

«Wieso, wie meinen Sie das? Ich weiß bloß, da, wo sie arbeitet, haben sie gesagt, sie wär verrückt geworden.»

«Ihre Tochter ist im Augenblick so schwer geisteskrank, die wäre gar nicht imstande, wissentlich zu lügen. Wann haben Sie denn die Pauline zuletzt gesehen?»

Wieder ein Zögern.

«Ich weiß nicht genau. Im letzten Jahr wohl.»

Sein Unwillen über diese Frau, oder ist es bloß Ungeduld, quillt allmählich über.

«Aha. Das ist ja lange genug her. Also, Frau Moritz, wollen Sie bitte dem Herrn Verwalter Antoni, wenn er gleich wiederkommt, noch Ihre Adresse angeben. Ich habe mich jetzt um meine Kranken zu kümmern. Auf Wiedersehen.»

Er instruiert nebenan den Antoni, dann marschiert er, Zigarre im Mundwinkel, raus und übern Hof zur Badestube. Noch im Geiste beschäftigt mit der Geschichte der

Moritz, schließt er auf und trottet zum Mikroskop und dem offenen Protokollbuch am Fenster. Übrigens wird er wohl die Patientin Franck noch auf Schwangerschaft untersuchen müssen. Wenn sie tatsächlich einen liederlichen Lebenswandel gehabt hat – ist ihre Krankheit dann etwa doch keine Melancholie, sondern der Wahn der beginnenden Paralyse? Allerdings hat er an den Pupillen keine Lähmung gesehen.

Hoffmann legt die Zigarre ab, kneift das linke Auge zusammen und sieht durchs Mikroskop. Wo war er stehengeblieben? Ach ja. Diese Pigmentflecken. Das muss er dringend für seinen Forschungsbericht notieren. Er nimmt das Protokollbuch zur Hand und trägt ein: Männl. Patient, 75 Jahre, Flecken im grauen Hirngewebe bei *Dementia senilis*.

Die Zigarre schmort derweil die Fensterbank an. Immerhin ist sie diesmal nicht in den Alkohol gefallen, wie es ihm leider auch schon passiert ist.

Familie Passavant, 1832

Frau Louise Passavant und ihr Mann August wohnten seit ihrer Heirat am Main, und zwar im Haus neben dem Architekten Hoffmann. Nettchen und Louise trafen sich öfter zum Nähen und Schwatzen, wenn die gestrengen Gatten außer Haus waren. Sohn Heinrich war in seiner Gymnasiastenzeit stets bei Passavants eingeladen, wenn dort ein Familienfest stattfand. Der Passavant'sche Neffe zweiten Grades, Eduard, mit Heinrich im selben Alter, sollte durch ihn unterhalten werden, was auch vorzüglich funktionierte. Die ganze Frankfurter Sippschaft der Passavants lernte Heinrich so kennen.

An dem Februarabend 1832, an dem Heinrich aus Heidelberg heimkehrte, hatte sich im Haus nebenan Herr August Passavant in sein Billardzimmer zurückgezogen. Das war nach dem Abendessen so Sitte. Abwesend betastete Herr Passavant mit einer Hand seine wachsende Glatze, während er sich mit der anderen durchs Frankfurter Intelligenzblatt blätterte. Diese vielen Anzeigen. Dienstmädchen, frische Fische, Miederwaren, Spendenaufrufe für wohltätige Damenclubs. Lauter Weiberkram. Ah. Hier hatte er, was er suchte. *Der unerbittliche Zug der Cholera asiatica gen Westen setzt sich fort. Wie unsere Korrespondenten aus Berlin und Sachsen berichten …*

Nach der Lektüre des Artikels hatte Passavant schweißnasse Hände. Er stand auf und stellte sich vor die Europakarte, die an die Schmalwand des Raumes angeschlagen war. Im Osten und Norden steckte sie voller Fähnchen, als dokumentiere sie den Stand eines Krieges. Bislang war Berlin der äußerste westliche Ausläufer der Krankheitsfront. Aus dem bereitstehenden Kasten nahm August ein neues Fähnchen, ein rotes, für «akut befallen», und steckte es in den Punkt, der die Stadt Halle markierte.

Während all dessen waren Frau Louise und das Kindermädchen dabei, den fünfjährigen Theodor zu Bett zu bringen. Dies hatte sich neuerdings zu einem schwierigen Manöver entwickelt. Theo begann schon zu greinen, sobald nur das Wort Bettzeit genannt wurde. (Zeitweise hatte er sogar ohrenbetäubend gekreischt, doch das hatte er sich abgewöhnt, seit sein Ziehvater mit der Pferdepeitsche dagegen vorgegangen war.) Man musste den Jungen an den Armen schleifen, um ihn auf sein Zimmer zu bekommen. Dort war er jetzt, das Gesicht weinerlich verzerrt, und wehrte sich mit Treten und Beißen, während die Frauen ihm die Tagkleider vom Leib schälten. Das Mädchen übernahm dabei das Ausziehen, Louise hielt das Kind fest, schüttelte es und gab Klapse, wenn nötig – nicht, dass es half. Sie wusste, dass sie eigentlich wohl fester schlagen musste. Nun hatte aber Theo in letzter Zeit so oft harte Prügel vom Ziehvater erhalten, dass sie sich hierzu nicht durchringen konnte. Man sah ja die Striemen noch.

«Au! Theo!»

So, jetzt bekam er doch rechts und links mit Schmackes eine gescheuert. Er hatte ihr an der Frisur gezerrt. Eine Locke hatte sich gelöst, hing ihr quer übers Gesicht und übers Auge, dass sie gar nichts mehr sah. Ausgerechnet jetzt kam ihr Mann hinzu.

«Louise, wie siehst du denn aus? Also, das sind ja hier Zustände. Ich muss schon sagen. Dabei habe ich hier extra für dich eine schöne Überraschung. Soeben vom Boten gebracht.» (Louise hatte mit halbem Ohr die Glocke gehen gehört. Das war es also gewesen.)

Theo war beim Eintritt ihres Mannes ganz still geworden und sah drein, als könne er kein Wässerchen trüben. Bei Louise regte sich ein Hassgefühl auf das Kind, das sie allabendlich quälte und als inkompetente Mutter dastehen ließ.

Sie stand auf, schweißnass, hob die losgerissene Strähne nach oben und steckte sie notdürftig wieder fest, während Gatte August sich auf dem blau-weiß gestreiften Polsterstuhl am Bett des Kindes niederließ und sein mitgebrachtes Päckchen auszupacken begann. Theo stand nackt und barfuß vor dem Bett, sah den Ziehvater an und rührte sich nicht.

«Soll ich noch bleiben, der Herr?», erkundigte sich das Mädchen.

«Fragen Sie nicht so dumm. Dienstboten soll man sehen, aber nicht hören, genau wie Kinder.»

Das Mädchen trat einen Schritt zurück, unsicher, ob es denn nun gehen solle oder nicht.

Herr Passavant entfaltete den Inhalt des Päckchens, ein Wäschestück, aber keineswegs für Damen. «Ein Geschenk für dich, Theodor», verkündete er und hielt es mit beiden Händen hoch. Es war eine Art Leibchen, das mit diversen Lederriemen und mit je einem eisernen Halter für Penis und Hodensack versehen war.

«Ich habe mir das von einem Medizinalienbedarf in Reims schicken lassen», erläuterte er seiner Frau. «Ein Onanistenkorsett. Du siehst also, ich scheue keine Mühe. – So, Theodor, nun zieh das einmal an. Es wird eine Wohltat für dich sein. Du musst dann auch nicht mehr die Hände festgebunden bekommen.»

Wackelig auf einem Bein balancierend, begann Theo brav, von oben in das Korsett zu steigen.

Also, dachte Louise, was er alles kann, wenn August es befiehlt! Und er hatte eben dem August auch wieder dieses liebreizende Lächeln gegeben, sie bekam das gar nicht mehr zu sehen, nur ihr Mann.

Der polterte plötzlich los.

«Ja, verdammt, Sie Kuh, glauben Sie, ich bezahle Sie fürs Rumstehen!? Sie sehen doch, dass hier Abfall auf dem Boden liegt!»

Das Mädchen klaubte wortlos die Überreste des Päckchens zusammen und verschwand.

Theo hatte zum guten Schluss nach seinen Beinen auch die Ärmchen durch die vorgesehenen Öffnungen gebracht und stand still. Das Korsett schlingerte ihm um den Leib. Der Eisenaufsatz hing zwischen den Knien.

«Es ist zu groß», befand Louise.

«Unsinn. Du siehst doch die Riemen, es muss noch festgebunden werden. Das wirst du ja wohl noch fertigbringen.»

Er reichte ihr eine Zeichnung mit französischer Gebrauchsanweisung, die sich als Beilage in dem Päckchen befunden hatte. Louise ging hinter Theo in die Hocke. Sie warf einen Blick auf das Blatt, legte es ab und begann, die

Lederriemen in die vorgesehenen Schnallen zu stecken und auf kleinster Größe festzustellen.

«Louise! Bevor du die da unten festmachst, musst du natürlich das Du-weißt-schon da reintun, wo es hingehört!»

Er meinte, sie solle Theos Glied in diesen eisernen Schlauch über dem Hodenschützer stecken.

«Ja, ich weiß. Aber wie?»

«Ja, Herrgott, von innen, natürlich.»

So viel war ihr auch klar. Sie hob zweifelnd die Brauen und griff von der Oberschenkelöffnung her unter das Korsett. Dort fand sie ein butterweiches Pimmelchen und versuchte, es in die schmale eiserne Höhlung zu schieben. Natürlich vergeblich. Das wusste man doch, dass so etwas nicht ging.

«Es geht nicht», sagte sie.

«Es ist ja wirklich fast ein Wunder, dass du dich selbst anziehen kannst, nicht wahr, Louise?»

«Wenn du mich für so dumm hältst, dann mach du es doch.»

«Sei nicht frech, sonst werde ich mich demnächst einmal nicht mehr so dezent zurückhalten. Fort da, lass mich probieren. Theodor, du legst dich einmal schön auf dein Bett. Auf den Rücken. So.»

August Passavant setzte sich seinerseits auf den Bettrand. Louise sah im Stehen zu, wie ihr Mann seine große, adrige Hand bei dem Kind unter das Korsett schob.

Dort war er mühsam zugange. Irgendwann rötete sich sein Gesicht.

«Ja, das glaubt man doch nicht. Soll ich's der Mama sagen? Soll ich's ihr sagen? Stell dir vor, Louise, der Junge ist geschlechtlich so verderbt, der bekommt bei diesen unschuldigen Berührungen schon einen Strammen.»

Manche brauchen dafür eben keine Seidenstrümpfe, dachte Louise, verkniff sich jedoch, es zu sagen.

«Jetzt ist es aber vorbei mit dem Spaß», sagte August, zog

die Hand hervor und drückte den Eisenaufsatz nach unten. «So, Louise. Das Ding sitzt. Nun komm und schnalle gefälligst hier die beiden Bänder an, während ich festhalte.»

Sie standen zu zweit über das Korsett gebeugt, August roch nach ranziger Butter, Eukalyptus und schlechten Zähnen. Als das Werk geschafft war, trat Louise gleich zwei Schritte zurück. Theo hatte die ganze Zeit stillgehalten wie eine Puppe. Jetzt lag er unanständig korsettiert vor ihnen wie eine Persiflage auf Eros oder sonst welche griechischen Götter. August beugte sich vor, drehte den Jungen zur Seite und zog an den Gürteln herum.

«Louise! Nun sieh einmal hier! Nun sieh dir einmal das an! Da unten kann er ja selbst mit den Händen dranlangen und es wieder öffnen!»

Ach, merkte er es jetzt auch? Louise hatte das beim ersten Blick auf das famose Korsett gesehen.

«Ja», sagte sie trocken.

«Was heißt hier ja? Ist dir das also ganz gleich?»

«Nein.»

«Louise.» August richtete sich kerzengerade auf. «Solche schnippischen Antworten verbitte ich mir. So. Und jetzt binde gefälligst dem Jungen wie üblich die Hände fest, du siehst ja, dass es nötig ist.»

Während ihr Mann breitbeinig stehend Aufsicht führte, band Louise Theos rechten Arm mit Gürtelriemen an den rechten oberen Bettpfosten, den linken an den linken. Als sie zuzog, wimmerte das Kind.

«Es ist nur zu deinem Besten!», verkündete ihr Mann dem Jungen. «Du weißt es doch. Sag es mir: Was passiert, wenn du dich unten anfasst?»

«Dann bekomm ich Hirnweichung und dann komm ich ins Irrenhaus.»

«Hirnerweichung bekommst du! Noch einmal das Wort.»

«Hirnerweichung.»

«Richtig. Und wenn du dann ins Irrenhaus kommst, da wirst du den Rest deines elenden Lebens angekettet auf dem kalten Steinboden liegen, das kannst du mir glauben. Sei uns dankbar, dass wir keine Mühe scheuen, dich davor zu bewahren. So, Louise. Licht aus hier, und du kommst mit.»

Sie hatte es geahnt. Draußen ging er ihr sofort ans Mieder. Es war seit Jahren das erste Mal.

Mai 1853, Anstalt für Irre und Epileptische

«Herr Doktor?»

Ruhe zur Forschung hat Hoffmann hier nicht gerade.

«Ja, Antoni?»

«Ich hab eben vergessen Ihnen zu sagen, der Völker hat mir einen Brief für Sie abgegeben. Der Hypochonder. – Wie riecht denn das hier? Brennt das etwa irgendwo?»

«Ich hab fürs Mikroskopieren was erhitzen müssen.»

«Aber Herr Doktor, nicht, dass Sie mir hier wieder … mer könnt ja meinen, dass Sie die Anstalt abbrennen wollen, damit Ihnen die Stadt eine neue baut.»

«Beruhigen Sie sich, Antoni, es brennt nichts. Was ist nun mit dem Völker?»

«Ei, der Völker meint, es wär wichtig, mit dem Brief, den er Ihnen geschrieben hat. Er wollt das Gleiche auch ans Pflegeamt schreiben.»

Wichtig ist es garantiert nicht. Aber Hoffmann ist ja hier so weit fertig, also begleitet er den Antoni durch den Hof zurück nach vorn. Auf dem Hof liegen neben den Tobsuchtszellen die Abtritte, es stinkt heute durch das warme Wetter bestialisch. Dazu sieht man Rattennester in den Ecken. Unzumutbare Zustände. Das Pflegeamt hat er schon überredet; irgendwie wird er auch den Senat noch überzeugen, dass wirklich ein Neubau auf größerem Gelände hermuss. Vielleicht ein paar drastische Beschreibungen über die Missstände in den Zeitungen lancieren, der Bürgerseele das Grausen einjagen und den Leuten dabei klarmachen, dass die Irren nicht irgendein fremder Volksstamm sind, sondern ihre eigenen Eltern, Kinder, Verwandten, sie selbst. Dass eine Geisteskrankheit jeden treffen kann, jederzeit. In Wahrheit wissen die Menschen das natürlich schon. Sie wollen nur nicht daran erinnert werden, und das ist der Grund, warum so wenig Geld und Interesse für die Irrenanstalt vorhanden ist.

In der Schreibstube ist es duster wie zur Dämmerung, draußen zieht ein Gewitter auf. Für besseres Licht nimmt Hoffmann den Brief des Patienten Völker ans vergitterte Fenster.

An alle Menschen!

§ 1: Dass ich angegriffene Nerven habe, stelle ich nicht in Abrede, aber wann das Ende kommen wird, kann ich selbst nicht bestimmen. Die Menschen können mir dasselbe allerdings geben, wenn sie oben Unterstrichenes heute noch angreifen.

§ 2: Andernfalls, wenn sie in § 1 Unterstrichenes nicht angreifen, sondern mir eine gute Schleimsuppe, Weißbrot und ein Stück Rindfleisch zum Mittagessen geben, so glaube ich, überleben zu können.

§ 3 Die in § 2 angeführten Wünsche, besonders Unterstrichenes, sind keine Bitten von mir, sondern nur Ansichten.

Hoffmann lässt den Brief sinken und seufzt. Keine Besserung bei Völker. Ein Jammer. Er hat den jungen Mann, wie er es mit gebildeten Patienten zu tun pflegt, zur Beschäftigung Übersetzungen aus dem Französischen und Englischen anfertigen lassen, und die sind meist wunderbar. Schade, dass dieser begabte Geist jetzt von der Krankheit zerrüttet wird. Übrigens ist bei Völker wie so oft geschlechtliche Ausschweifung schuld. Er hatte eine Geliebte, auf deren Kammer er viel Zeit verlotterte, und der erste klare Ausbruch kam nach einem Zusammensein mit ihr. Da kehrte er heim und griff seine Mutter an: Sie wolle ihn vergiften.

Moment, apropos Mutter. Ist das dort hinten nicht die Mutter von der Franck, wie heißt sie, Moritz? Hoffmann öffnet das Fenster und lehnt sich so weit hinaus, wie es das Gitter zulässt. Am Ende der Kastenhospitalgasse sieht er die taubenblau gekleidete Rückseite einer kleinen Frau. Deren Kopf ist hinter ihrer weißen Haube verborgen, aber den jungen Mann, mit dem sie spricht, den kann er recht gut erkennen. Und wenn das nicht Theo ist, der Ziehsohn der Passavants, dann müsste er sich sehr täuschen.

Plopp! Ein dicker Tropfen fällt Hoffmann auf die Nase. Der Regen ist da.

Heinrich, 1832

Zwar war der Vater sehr dagegen. Doch studentische Vaterlandsromantik und Abenteuerlust trieben Heinrich dazu, nach Halle nicht zu fahren, sondern zu laufen. (Es war schließlich Frühling, des Jahres ebenso wie seines Lebens. Den musste man nutzen, solange er anhielt.) Eine Karte besaß er nicht, er nahm die Himmelsrichtungen zu Hilfe und fragte sich durch. Im Schwarzatal in Thüringen hatte er das Gefühl, am deutschesten Ort auf der Welt angekommen zu sein: verwachsen, verwunschen, dunkel; zwischendurch blitzte die Sonne durch die Wipfel und brachte das schwarze

Wasser zum Glänzen. In Paulinzella bei der Klosterruine, wo er zum Essen blieb, herrschte große Aufregung. Am Nachmittag sollte angeblich die Welt untergehen. Oder der Antichrist sollte kommen, hier gingen die Meinungen auseinander.

«Aber wie kommen Sie denn darauf?», fragte Heinrich die versammelten Dorfbewohner, die dem Fremden beim Essen zusahen.

Ja, ob er denn nicht gehört habe?

Nein, er habe nicht gehört.

Du lieber Gott! Ob er hinterm Mond lebe? Heute sei doch der Tag, wo der Planet Merkur durch die Sonne gehen werde.

Heinrich lachte. «Aber davon geht doch die Welt nicht unter!»

«Ja, was wissen denn Sie!», sagte ein altes Bauernweib. Schlagartig fing es an zu regnen. «Sehen Sie, es fängt schon an!»

Bei Ilmenau traf er auf einen alten Förster, der behauptete, mit Goethe Spaziergänge gemacht zu haben. Hier war Heinrich also schon auf klassischem Terrain, ein erhebendes Gefühl. Dafür war es mit dem Idyll bald vorbei, es wurde städtisch: Jena, Erfurt, Weimar, dann Leipzig, wo er sich mit dem jungen Eduard Passavant-Cornill, Binding und ein paar anderen Nachwuchskaufleuten aus Frankfurt traf (trotz der Cholera in Halle war Messe). All das beeindruckte ihn nach dem Schwarzatal allerdings wenig. Außerdem war das Land so flach und schnöde geworden, dass er von Leipzig aus für den Rest des Weges faul einen Einspänner mietete. Auf der Strecke nach Halle standen wegen der Cholera überall Wachtposten, die Passierscheine kontrollierten. Unterwegs fragte ihn der Kutscher, ein grauer Mann mit buschigem Backen- und Kinnbart, warum er denn gerade jetzt nach Halle müsse.

«Zum Studium.»

Ob er keine Angst vor der Cholera habe?

«Nein», prahlte Heinrich. Die Mathematik sage ihm, dass er keine haben müsse.

Der Kutscher schielte nach hinten und sah ihn an, als halte er ihn für leicht meschugge.

«Wieso die Mathematik? Was hat denn die Mathematik mit der Cholera zu tun?»

Heinrich strahlte. Er war seinem Vater sehr dankbar, dass er mit so etwas jetzt glänzen konnte.

«Ei, ganz einfache Rechnung: In den Städten, wo die Cholera gewütet hat, sind nie mehr als zehn Prozent der Bevölkerung an der Epidemie gestorben. Also stehen die Chancen mindestens neunzig Prozent, dass mir nichts passieren wird. Das ist doch sehr gut. Es haben schon Leute auf schlechtere Chancen ein Geschäft abgeschlossen.

«Sie haben Nerven, junger Mann. Warten Sie ab, die Übermütigen trifft es als Erste.»

Heinrich lachte. Er genoss das Privileg, jung und sorglos zu sein.

Ein Witz war denn allerdings auch der Abriegelungsring oder *Cordon sanitaire* um die Stadt Halle. Pferd und Wagen mussten am Posten abgestellt werden, nicht jedoch der Kutscher. Der kam mit in die Stadt, um von der Wache einen Schein ausgestellt zu bekommen, wonach er Halle nicht betreten habe.

Heinrich sah die bröckelnden, niedrigen Lehmhäuschen der östlichen Bezirke, die ungepflasterten Straßen, die offenen, stinkenden Kotkanäle; so viel Armut hätte er in einer deutschen Stadt nicht für möglich gehalten. In seiner Privatunterkunft, halbwegs ordentlich in Nähe der Wache und des roten Turms, fragte man ihn als Erstes, ob er eigentlich die Blattern schon gehabt habe. Heinrich verneinte.

«Dann werden Sie die jetzt bekommen. Die Blattern gehen nämlich auch um in der Stadt. Falls Sie die Cholera zu wenig fanden als Empfangskomitee.»

Wenigstens würde er hier nicht viel spaßige Ablenkung vom Studium finden.

Anstalt für Irre und Epileptische, Mai 1853

Seit einiger Zeit schon ist es still geworden bei Pauline im Kopf. Als ob die Stimmen sie vergessen hätten. Oder vielleicht treffen sie sich gerade heimlich irgendwo, all ihre Peiniger, und reden über sie und schmieden Pläne, und deshalb hört sie nichts von ihnen.

Still, so still. Als ob sie plötzlich wieder richtig denken könnte. Pauline blickt sich um. Sie ist in einem großen Raum mit anderen Frauen. Viele sitzen über Handarbeiten. Zupfen Flachs. Alles sieht ganz alltäglich aus. Keine Ratten, keine Fratzen, die ihr zublinzeln. Eigentlich ist es gar nicht still, merkt sie, in dem Raum herrscht Lärm, die Frauen reden alle durcheinander. Sie lauscht ängstlich. Geht es um sie? Ist da nicht irgendwo doch eine bekannte Stimme?

Nein. Vielleicht ist es ja nur ein Komplott, damit sie sich in Sicherheit wiegt. Aber fürs Erste scheint alles ganz harmlos. Bis auf – halt. Ach so. Sie ist ja in die Zwangsjacke verschnürt. Die Arme stecken in langen Leinenschläuchen, über Kreuz festgebunden. Das Ganze drückt auf den Brustkorb. Aber es fühlt sich an, als sei das ihr eigener vertrauter Körper, der so eingeschnürt ist, und kein fremder. Nur sicher kann sie sich nicht sein. Vielleicht, wenn sie die Jacke los ist, dann kann sie sich ihre Hände ansehen. Kann prüfen, ob es ihre sind.

Pauline erhebt sich, schlängelt sich durch zum Rand, wo eine rotwangige Frau steht, die Wärterin.

«Entschuldigen Sie, können Sie mir vielleicht die Jacke ausziehen? Dann kann ich auch arbeiten wie die anderen.»

«Dafür ist es aber noch ein bisschen früh, Fräulein. Da müssen Sie mindestens einen ganzen Tag und eine Nacht am Stück ruhig gewesen sein. Gestern Abend waren Sie ja noch ganz wild.»

«Ach, bitte, Sie können mir die Jacke doch später wieder anziehen, wenn Sie wollen.»

«Heute bleibt die Jack dran. Wir haben hier unsere Regeln. Da kommt der Doktor, da können Sie ihn gleich selbst fragen.»

DER NIKOLAUS!

Pauline schrickt zusammen. Da ist sie wieder, die Stimme. Eine, von der sie nicht mal weiß, wem sie gehört. Schnell geht sie wieder zu ihrem alten Platz zurück. Vielleicht hat es an dem Platz gelegen, dass es eben so still war. Vielleicht können die Stimmen sie gerade an dieser Stelle im Raum nicht erreichen.

Als sie sich wieder setzen will, glänzt ihr auf der Sitzfläche des Stuhls eine Blutlache entgegen.

MÖRDERIN! MÖRDERIN! TOT!

Heinrich, 1832 bis 1833

Arm, wie Halle war, zählten vier Fünftel seiner Bürger zu denen, die bei Krankheit kostenlose Hilfe benötigten. Die lieferte ihnen die städtisch-universitäre Poliklinik von Professor Peter Krukenberg. Krukenberg, eine kleine, verwachsene Person, war eigentlich Pathologe und demnach für tote Patienten zuständig – aber da sich um die lebenden sonst niemand kümmerte, hatte er es zu tun beschlossen. Speziell galt das für die Cholerakranken, mit denen viele andere Ärzte in der Stadt nicht belästigt werden wollten. Ein schöner Nebeneffekt war, dass Krukenbergs Studenten als Mitarbeiter der Poliklinik üben konnten.

Kaum angekommen, bekam Heinrich wie seine Kommilitonen einen städtischen Bezirk zugeteilt, an dessen Kranken er sich und die gelernten Methoden ausprobieren musste. Im schwarzen Zylinder wohlgemerkt; man konnte ja als «Doktor» unmöglich mit einer Studentenmütze aufkreuzen. Da Heinrich Zylinder bisher so verabscheut hatte, musste er sich einen leihen.

Was die Cholera betraf, so erlebte er binnen der ersten Woche auf drastische Weise, dass sein ärztliches Tun vollkommen sinnlos war. Von Professor Krukenberg hatte er gelernt: Die Cholera in ihrer tödlichen Form sei ursächlich eine Krankheit der Haut. Diese sei bei den Kranken kalt, ausgetrocknet und schlecht durchblutet, wogegen mit Einreibungen vorgegangen werden müsse, die die Durchblutung verbesserten. Das allerbeste Einreibungsmittel aber sei die Salzsäure, wegen ihres stark hautreizenden Charakters. Das hörte sich sehr folgerichtig an. Bloß war bei Heinrichs Patienten nicht die geringste positive Wirkung der Maßnahme zu erkennen.

«Während ich unten fleißig die Beine mit Säure einrieb, starb mir der Mann oben weg», schrieb er in einem Bericht an den Professor. (Die Studenten hatten über ihre Fälle Buch zu führen.) Krukenberg lachte über die possierliche Formulierung. Entspannt hörte er sich Heinrichs mündlich vorgetragene Kritik an, wonach auch die übrigen Choleramittel – als da waren: Brech- und Abführmittel, Aderlässe, Blutegel – in der Praxis nicht gerade hilfreich schienen. «Ich sage ja sowieso», kommentierte der bucklige Professor, «man soll bei der Cholera, besonders in der Endphase, die Mittel eher sparsam einsetzen.» Wichtig seien bloß die Einreibungen und natürlich, dass der Patient trotz seines Durstes möglichst wenig trinke.

Heinrich verließ Krukenberg mit dem schönen Gefühl, dass der ein angenehmer, uneitler Professor sei, zugleich aber in der bösen Ahnung, dass die angeblich wissenschaftlichen Mittel gegen die Cholera ungefähr so nützlich und erprobt waren wie Hexenzauber und Exorzismus. Ja, ebenso gut könnte an der Altweiberweisheit etwas dran sein, dass man Wasser vor dem Trinken abkochen solle. (Ein Aberglaube, den die Wissenschaft natürlich längst widerlegt hatte: Es war ja bewiesen, dass das Kochen gerade die feinsten, reinsten Bestandteile des Wassers verflüchtigte, während die bösen Schlacken zurückblieben.)

Im Mai und Juni klang die Seuche in Halle ab. Die Abriegelung wurde aufgehoben.

Krukenbergs Medizinstudenten waren bislang derart vielbeschäftigte Leute gewesen, dass von fröhlichem Studentenleben keine Rede war. Heinrich war das nach den Heidelberger Erfahrungen ganz recht. Aber nach den vielen harten Wochen wollten er und ein paar Kollegen nun doch einmal das schöne Wetter nutzen und zur Burg Giebichenstein wandern (die einzige Attraktion weit und breit), wo es eine Gaststätte gab.

Da erhielt er statt seines monatlichen Wechsels vom Vater einen bloßen Brief: Es sei augenblicklich finanziell so eng, dass er nichts schicken könne; Heinrich solle sehen, wie er mit dem Rest vom letzten Monat und mit Anschreiben durchkomme.

Rest? Welchem Rest?

Heinrich hatte geahnt, dass die privaten Aufträge für seinen Vater in den letzten Jahren nachgelassen hatten. Die

Ersparnisse waren mit dem Lausberg'schen Weinhandel den Bach runtergegangen, das wusste er, ebenso wusste er, dass das städtische Gehalt des Vaters seit Jahrzehnten nicht erhöht worden war. Dennoch traf ihn diese Nachricht unerwartet und ins Mark.

Er teilte den Freunden mit, er habe Kopfschmerzen und müsse außerdem lernen, könne also nicht mit zu dem Ausflug. Nein, auch in der nächsten Woche habe er keine Zeit. Auch in kein Lokal in der Stadt wolle er mit. Bald war er als Hysteriker verschrien, konnte aber vor den anderen einfach nicht zugeben, dass sein Vater pleite war. Seine durchgewetzte Hose stopfte er mit schwarzem Zwirn, den er der Vermieterin nachts aus dem Nähkästchen stahl.

Im Juni flatterten ihm per Wechsel gerade einmal zwei Drittel des üblichen Geldes ins Haus, ohne die Nachzahlung für Mai, die er erhofft hatte. Dazu bekam er Nachricht, der Vater habe, um wieder flüssig zu werden, das Haus am Mainkai an Senator Miltenberg verkauft und sich mit der Mutter und den Schwestern im ersten Stock des Wolfsecks eingemietet. Heinrich kannte das Wolfseck, ein nobel heruntergekommenes Haus mit dem Muff des Mittelalters an der Ecke von Hauptwache und Eschenheimer Straße. Im Parterre war irgendein Geschäft oder eine Kneipe. Nicht weit entfernt lag die städtische Irrenanstalt, dorthin waren sie als Kinder manchmal zum Gaffen gelaufen.

Nun bekam Heinrich wieder regelmäßig Geld geschickt, doch weit weniger als zuvor. Mit der Frechheit der Verzweiflung erklärte er seiner stirnrunzelnden Vermieterin, er wolle ohnehin bald umziehen und werde beim Auszug alles auf einmal zahlen, das sei doch einfacher als diese wöchentliche Kleckerei. Sie konfiszierte darauf seine Sachen, soweit er sie nicht auf dem Leib trug, darunter einen Stapel Bücher, der dummerweise geliehen war. Im August brach erneut die Cholera aus. Heinrich erwischte sich bei dem Gedanken, seine Vermieterin möge sterben. Doch sie überstand die Epidemie ebenso unbeschadet wie er selbst die Krankheit und den Tod mehrerer seiner Patienten. Vielleicht stimmte es tatsächlich, was Krukenberg behauptete, dass nämlich die *Cholera asiatica* nicht im mindesten ansteckend sei. Wenn die Seuche allerdings durch faule Erddünste verbreitet wurde (so die Krukenberg'sche Erklärung), warum war sie dann ausgerechnet entlang der Reiserouten von Bengalen nach Europa gekrochen? Es war alles sehr rätselhaft. Man konnte fast den Homöopathen Hahnemann und andere Wirrköpfe verstehen, die meinten, die Krankheit würde durch winzige, unsichtbare Tierchen ausgelöst – wenn auch die meisten Wissenschaftler über derlei Spinnereien herzlich lachten.

Ungeachtet seiner fachlichen Zweifel stand sich Heinrich ausgezeichnet mit dem Professor Krukenberg. Anfang Januar schrieb er fröhlich dem Vater, dass er noch in diesem Wintersemester zu promovieren gedenke. Er rechnete als Reaktion mit schriftlichem Lob und Jubelbekundungen (soweit der Vater zum Ausdruck solcher Gefühle in der Lage war). Stattdessen las er im Antwortschreiben: Dies komme sehr ungünstig, die Summe für die Promotionsgebühr könne aus dem Familienbudget derzeit nicht abgezweigt werden.

Heinrich war noch immer ratlos über diese Nachricht, als er einen Brief seines alten Frankfurter Schul- und Heidelberger Studienfreundes Gustav Körner erhielt. Der kleine Körner schrieb: Er gehe doch recht in der Annahme, dass Heinrich nach wie vor für Freiheit, Einheit und Vaterland sei? Dann auf nach Haus, nach Frankfurt! Es stehe im Geheimen fest, dass man von den Burschenschaften in wenigen Wochen zur Tat schreiten und dem Vaterland die ersehnte Freiheit und Einheit bringen werde! Und von wo würde die Revolution ausgehen? Von Frankfurt natürlich, das als Hauptstadt des deutschen Bundes auch die Hauptstadt des vereinigten Deutschlands sein müsse. Der Plan: Am Tag der

Tage würde man frühmorgens die Hauptwache, die Konstablerwache und die übrigen Gefängnisse stürmen und mit den erbeuteten Waffen die Gesandten im Bundespalais gefangen nehmen. Der Rest ergäbe sich von selbst: Nachdem die Bürger der Stadt letztens den geflohenen polnischen Freiheitskämpfern so viele Sympathiebeweise entgegengebracht hätten, sei es ja wohl keine Frage, auf wessen Seite die Frankfurter sich im eigenen Freiheitskampf schlagen würden! Ebenso das Militär, einmal über die Ziele der Revolutionäre informiert. Nach erfolgtem Handstreich würden die Burschenschaftler auf dem Römerplatz die Deutsche Republik ausrufen. Heinrich werde in dieser gloriosen Stunde wohl kaum fehlen wollen! Wann die Kameraden mit seinem Eintreffen rechnen könnten?

Das war Heinrich nun sehr unangenehm. Gerade jetzt, wo er mit der Promotion fast so weit war. Andererseits: Schlüge er sich heimlich nach Frankfurt und unter die Revoluzzer, wäre er auf halbwegs honorablem Wege seine akuten Hallenser Sorgen mit den Mietschulden los.

Mai 1853, Hoffmann'sche Wohnung in der Hochstraße

Hoffmann legt die Zigarre im Aschenbecher auf der Fensterbank ab und zieht sich im Sitzen die Weste aus. Ihm ist heiß. Sie genießen im Erker die Abendsonne.

«Ich bin mir aber ziemlich sicher, ihn erkannt zu haben, Theres. Auch auf die Entfernung. Und dann ist da der Name und die Ähnlichkeit. Das wäre doch wirklich zu viel des Zufalls. Nein, ich muss davon ausgehen, meine Patientin Pauline Franck ist eine Schwester oder Halbschwester von Theo Franck-Passavant.»

«Irgendeine Verwandtschaft wird es schon sein», kommentiert Therese, wieder in demselben, merkwürdig trotzigen Ton. «Vielleicht sind sie aber auch bloß Cousin und Cousine.»

Sie sitzt schräg zur untergehenden Sonne. Die zarten Härchen um die Schläfe schimmern orange im goldenen Licht, und am linken Mundwinkel werden die Vorboten des heraufziehenden mittleren Alters ausgeleuchtet. Hoffmann würde seine Frau jetzt gern auf dieses Zeichen ihrer und seiner Vergänglichkeit küssen, aber wegen der Gegenwart von Mutter Nettchen verkneift er es sich.

«Ich denke doch, dass sie Geschwister sind», sagt er. «Aber so oder so muss ich Passavants informieren. Denen muss man doch sagen, dass ihr Theo eine geisteskranke Verwandte hat. Leider ist so etwas ja oft familiär.»

«Ich finde, du lässt das lieber», widerspricht Therese. «Entweder Passavants wissen es sowieso. Es war doch am Sonntag beim Essen schon von dem Mädchen die Rede und ob es verwandt mit Theo sein könnte. Die werden sich doch inzwischen erkundigt haben. Falls Passavants es aber noch nicht wissen, warum sollte man es ihnen sagen? Wem wäre denn damit gedient? Dem Theo bestimmt nicht.»

«Nein, aber Passavants. Stell dir vor, sie hätten den Theo als Haupterben eingesetzt. Das überlegen sie sich dann vielleicht nochmal.»

Er sieht Thereses Augenbrauen sich im Blendlicht kräuseln; bevor sie aber widersprechen kann, kommt Schwiegermutter Nettchen ihr zuvor:

«Ach, Richel, du machst dir ganz umsonst Gedanken. Meines Wissens geht das August Passavant'sche Geld nicht an den Theo. Louise hätte das zwar gern. Aber ihr Mann will alles an die entfernte Blutsverwandtschaft verteilen. Das

Geschäft sowieso, das macht doch jetzt schon der Eduard. Louise wird natürlich als Witwe einen Anteil kriegen, davon könnte sie dann Theo abgeben, soviel sie will. Aber was sie kriegt, wird nicht sehr viel sein, und das Haus nur auf Lebenszeit. Jedenfalls, Louise hat sich schon oft bei mir beschwert, ihr Mann wäre so hartherzig mit Theo, was das Erbe betrifft.»

«Was macht der Theo denn eigentlich? Studiert er noch?»

«Nein, nicht mehr. Richel, es blendet mich, sei so gut und zieh an dem Fenster hinter dir die Jalousie ein Stück nach unten.» Hoffmann steht auf, reckt sich nach der Schnur und tut wie befohlen. Der Erker ist von drei Seiten befenstert und wegen seiner Helligkeit der übliche Sitzplatz. Die Hausfront geht nach Nordwesten, sodass man eigentlich jedes Licht gebrauchen kann, doch an einem wolkenlosen Sommerabend wie diesem schlägt die waagrecht stehende Sonne zu heftig ein.

«Der Theo hat Jus studiert», setzt Mutter Nettchen ihren Bericht fort. «In Marburg, glaub ich, das ist aber schon ein bisschen her. So fünfundzwanzig, sechsundzwanzig muss er jetzt sein. August hat ihm einen Assessorposten besorgt, als er mit dem Studium fertig war, doch der Junge wollte lieber ins Geschäft einsteigen. Also hat August ihn ins Kontor genommen, aber in einer ganz untergeordneten Position. Das passte dem Theo auch wieder nicht. Er hat sich dann lieber alleine mit Geldgeschäften versucht. Louise hat immer mal gemunkelt, er hätte Schulden gemacht und der August dürfe davon auf keinen Fall was erfahren. Aber Theos Glück scheint sich gewendet zu haben. Seit letztem oder vorletztem Jahr höre ich, er wäre gut bei Kasse. Louise ist ganz stolz. Er macht jetzt irgendwas an der Börse, dafür hat er wohl einen Riecher. – Also, Heinrich, ich bin derselben Meinung wie Therese, lass doch schlafende Hunde ruhen und sag den

Passavants nichts in der Sache. Ich jedenfalls werde schön meinen Mund halten, es sei denn, Louise fragt mich. So, und jetzt gehe ich nach Haus und lasse euch allein, ihr dürft auch mal ein paar Minuten für euch haben, es ist selten genug.»

Nettchen, weißhaarig inzwischen und zur guten Hälfte zahnlos, steht ohne Weiteres auf und entschwindet aus dem Raum; gleich danach hört man die Wohnungstür gehen. Hoffmann fühlt sich von Nettchens plötzlichem Abgang überrumpelt – und was sollte dieser Spruch am Schluss, war das ein versteckter Hinweis, dass er seine Frau vernachlässige?

Er sieht Therese an. Doch die zwinkert ihm nicht etwa zu oder macht sonst eine zweisame oder liebende Ehefrauenmiene, sondern blickt stur aus dem Fenster. Beziehungsweise sie tut so. Hoffmann hat den Eindruck, ihr Blick geht völlig ins Leere.

Er steht auf und zieht an der Westseite des Erkers die Jalousie wieder hoch. «Ich sehe dein Gesicht lieber in der Sonne», kommentiert er. Therese lächelt künstlich und kurz im goldenen Licht, blinzelt und sieht weiter nach draußen.

Aha, sie schmollt. Und überlässt es nach der Weiber Weise ihm, den Grund herauszufinden.

Als Hoffmann sich setzt, schiebt er den Stuhl absichtlich weit nach vorn, sodass seine Knie Thereses berühren.

«Du findest es also unmöglich», sagt er, «dass ich Passavants warnen wollte wegen der schlechten Erbanlagen von ihrem Theo.»

Sie sieht ihn endlich an. «Allerdings. Stell dir vor, du wärst Theo und müsstest erleben, wie deine Eltern dich unentwegt beobachten, ob du vielleicht schon Zeichen von Verrücktheit zeigst. Irgendwann glaubst du selbst dran und wirst es, damit du nur endlich Ruh hast.»

«Ach, Theres, du übertreibst. Aber der Theo Franck-Passavant ist natürlich ein fescher Kerl, kein Wunder, dass dir das Herz für ihn blutet. Nimm's mir nicht krumm, ich hab eben meinerseits mit den Zieheltern mitgefühlt, die es vielleicht doch wissen sollten, wenn sie ihrer Väter Vermögen einem labilen Geist anvertrauen. Denen fühl ich mich mehr verpflichtet. Also, Theres, wir sind beide gute Menschen, wir haben die Sache nur von entgegengesetzten Enden betrachtet.»

«Apropos verpflichtet. Weißt du eigentlich, wem du in der Sache am allermeisten verpflichtet bist?»

Du lieber Gott. Ihr Blick durchsticht ihn fast. So kennt er Therese gar nicht. Es sei denn natürlich, es geht gegen Sklavenhalter, Kriegstreiber und andere Barbaren. Da kann sie schon heftig werden, seine Theres. Aber doch nicht mit ihm.

«Wie meinst du das, wem bin ich sonst verpflichtet?»

«Ja, wem wohl? Du, der große, opferbereite Arzt, der sich mit ganzer Kraft für seine Kranken einsetzt. Der in der ganzen Stadt die Werbetrommel rührt, damit Unsummen in einen riesigen Anstaltsneubau gesteckt werden, der angeblich nur den Kranken dienen soll.»

«Angeblich? Sag mal, Therese –»

«In Wahrheit bist du nämlich in der Sache mit den Passavants am meisten, nein, sogar ausschließlich dem kranken Mädchen verpflichtet. Hast du es eigentlich gefragt, ob du es uns zur Unterhaltung am Essenstisch servieren darfst? Genau das hast du nämlich, letzten Sonntag. Unter Namensnennung, Pauline Franck heißt die, die denkt, ihr Körper wäre vertauscht, ich bin bestimmt nicht die Einzige, die sich das gemerkt hat. Wie ist das noch gleich mit dem hippokratischen Eid? Gibt es da nicht eine Schweigepflicht?»

Hoffmann versteht immer noch nicht, was mit Therese los ist, doch ist jetzt peinlich berührt. Da hat sie ihn an einer Schwachstelle erwischt.

«Du liebes bisschen, Theres. Ja, das war wirklich falsch

von mir, es passiert mir immer wieder mal, dass mir ein Name rausrutscht, ich muss mir das abgewöhnen. Aber ich dachte natürlich, es wäre kein Schaden für die Patientin, ich habe ja nicht damit gerechnet, dass jemand am Tisch sie kennt. So eine einfache Handlungsangestellte.»

«Genau. Eine einfache, brave Person. Deren Schicksal dich eigentlich nicht interessiert, du arbeitest halt deine nutzlosen Arzneien an ihr ab, notierst ein paar Kuriositäten für die Nachwelt und nimmst dir den nächsten Irren mit dem gleichen Programm vor. Hauptsache, alle Welt hält dich für einen großen Mann.»

Hoffmann fühlt sich in einen schlechten Traum versetzt, kann nicht glauben, was da aus Thereses Mund geschossen kommt. Ist sie etwa dabei, geisteskrank zu werden?

«Sag mal, wie redest du plötzlich mit mir? Du stellst mich hin, als wär ich ein eitler Windbeutel, der sich bloß für seinen Ruhm interessiert und seine Kranken vernachlässigt. Aber das ist doch genau, was ich nicht bin und nicht sein will. Das weißt du doch.»

«Du bist jedenfalls auch nicht der Held, für den du dich neuerdings ausgibst.» Ihre Augen huschen zur Seite, dann nach unten. Ganz leise beginnt sie plötzlich, etwas zu erzählen: «Ich bin heute, weil ich Tinte brauchte, in deiner Schreibstube gewesen. Da habe ich auf dem Tisch ein Papier gesehen, über die Mängel der Anstalt und was in dem Neubau anders sein müsste. Es sah aus wie was Offizielles zur Vorlage bei der Stadt. Da habe ich mal reingesehen, das interessiert mich ja auch. Und was habe ich gefunden?»

Aha. Hoffmann weiß nur zu gut, was jetzt kommen wird. Er tut unschuldig.

«Was denn?»

«Unter anderem habe ich gesehen, dass du die Stadt glatt belügst. Da schreibst du beispielsweise, in der jetzigen Anstalt könnten Männer und Frauen nicht voneinander getrennt werden; das stimmt doch gar nicht, es gibt doch dort eine Frauen- und eine Männerabteilung –»

«Nun sieh es nicht so eng, Therese», unterbricht er, «das ist doch nur eine Zusammenfassung. Was ich an der Stelle meine, ist, die Geschlechter können nicht *ausreichend* getrennt werden, auf dem Hof beispielsweise –»

Jetzt wird sie laut. «Tu bloß nicht so, als ob du nicht absichtlich übertrieben hättest. Aber darum geht es ja gar nicht. In deinem Papier steht, als wäre das schon entschieden, dass der Arzt und seine Familie in der neuen Anstalt ihre Wohnung haben müssten. Als hätte ich dir nicht klipp und klar gesagt, dass ich das nicht will.»

Hoffmann seufzt. «Ach, Theres. Ich weiß ja, dass es dir nicht passt. Aber es muss eben sein, bei einer Anstalt im Grünen.»

Therese gibt ihm einen Blick voll heißer Wut. Mit einem Ruck steht sie auf, macht ein paar Schritte bis in die Mitte des Raumes, dreht sich wieder zu ihm und verschränkt die Arme.

«Heinrich, ich weiß nicht, was in deinem Kopf vorgeht. Frag mal deine Freunde, du hast doch so viele, was deren Frauen dazu sagen würden. Es ist eine Zumutung, eine ganz üble: Du willst mich und die Kinder draußen vor die Stadt setzen, irgendwo in die Landschaft, wo wir weder Gesellschaft noch eine Schule noch eine Möglichkeit zum Einkaufen haben. Und als würde das nicht reichen, befindet sich die Wohnung auch noch in einer Irrenanstalt, sodass die Kinder inmitten von Verrückten aufwachsen; jeder weiß, dass ihnen das nicht zuträglich sein kann, und gefährlich ist es noch dazu.»

Hoffmann hat es unterdessen geschafft, sich eine neue Zigarre anzuzünden. Er fühlt sich gleich besser, lehnt sich bequem zurück und schlägt ein Bein übers andere.

«Ja, Theres, du hast ja recht. Ich weiß, das ist für euch

nicht angenehm. Aber die Kranken brauchen nun einmal ihren Arzt zu jeder Tages- und Nachtzeit.»

Das beeindruckt Therese überhaupt nicht. Im Gegenteil, sie legt erst richtig los.

«Die Kranken, ganz bestimmt! Tut mir leid, Heinrich, ich hab die Nase voll von deinem märtyrerhaften Getue, ich kauf es dir nicht ab, dass du damit ein Opfer für die Kranken bringst. Es geht in Wirklichkeit um dich, um deine Bequemlichkeit. Du hast keine Lust, zweimal täglich den Weg auf dich zu nehmen. Und du denkst, wenn du in der Anstalt wohnst, dann muss dir die Stadt mehr Geld geben, sodass du die Privatpraxis aufgeben kannst. Das ist alles. Weißt du noch, warum du damals unbedingt die Leitung der Irrenanstalt haben wolltest?»

Hoffmann erwischt sich, wie er an den Nägeln kaut, und nimmt schnell die Hand mit der Zigarre nach unten.

«Ich weiß nicht, was du meinst.»

«Wörtlich hast du gesagt: Mit einer freien Praxis müsstest du immer den Patienten hinterherlaufen, das sei nichts für dich und wie schön es doch wäre, wenn du irgendeine städtische Stellung hättest, am besten, du könntest vom alten Varrentrapp die Irrenanstalt übernehmen. Da wären die Patienten eingesperrt und könnten dir nicht weglaufen. Bloß um deine Bequemlichkeit ging es, damals schon, und nicht etwa darum, dass du dich zum Irrenarzt berufen fühlst, obwohl du heute so tust.»

«Also, Theres, jetzt reicht es mir aber mit den Unterstellungen. Ich tue nicht so, ich mache nur meine Arbeit so gut als möglich an dem Platz, an den ich gestellt ...»

Da ist sie aus dem Zimmer.

«Therese!», ruft er ihr erzürnt hinterher und springt auf.

Keine Reaktion. Also wirklich! Bekommt sie vielleicht ihre Menstruation? Seine weiblichen Irren haben oft ihre schlimmsten Phasen kurz davor.

Da öffnet sich die Tür wieder. Doch es ist Carl, der den rotbraunen Kopf hereinstreckt. Hat der Junge etwas gehört?

«Du, Papa?»

«Ja?»

«Da ist jemand für dich unten an der Tür», erklärt Carl mit dem üblichen albernen Gesicht, das er im Moment immer zieht.

«Carl! Erstens, mein Sohn, sagt man nicht ‹jemand›, sondern man fragt nach dem Namen, wenn man ihn nicht weiß. Du bist doch kein kleiner Rotzlöffel mehr. Zweitens bittet man die Person herein und lässt sie nicht an der Tür stehen.»

Manchmal bekommt Hoffmann einen Schreck, wenn er Carl unvermittelt sieht. Was für einen Sprung der Junge im letzten Jahr gemacht hat! Er ist Anfang des Monats zwölf geworden, sieht aber beinahe noch älter aus. Das ist nicht mehr das schüchterne, pausbackige Kleinkind, für das er damals den Struwwelpeter gezeichnet hat. Mit dem neuen Carl hat er sich allerdings noch nicht recht angefreundet. Von gewissen Schulschwierigkeiten abgesehen.

Es ist die Verwaltersfrau Antoni, die er jetzt unten an der Schwelle vorfindet. Und nein, sie wolle nicht hereinkommen. Sie sei nur auf dem Weg zu ihrer kranken Schwester in Bockenheim, da habe der Mann zu ihr gesagt: Ei, da kommst du doch bei Hoffmanns am Haus vorbei, richte doch bei der Gelegenheit dem Doktor das mit der Franck aus.

Hoffmann fühlt einen Eishauch am Rücken.

«Was ist mit der Franck?»

«Ach, 's ist ja nun glimpflich geendet, aber die hätt sich vorhin beinahe ertränkt. In der Waschschüssel. Hat einfach den Kopf hineingelegt. Das muss man sich einmal vorstellen, wie das gehen soll, aber es wär ihr am Ende noch gelungen, wenn ich nicht dazugekommen wär. Da war sie halb weggetreten und hatte Wasser geschluckt. Ich muss Ihnen aber gestehen, wir hatten ihr am Nachmittag Besuch erlaubt, weil sie heut ganz zahm war. Sie waren ja nicht da, dass man Sie hätt fragen können. Ich will nicht hoffen, dass es an dem Besuch gelegen hat. Wir haben sie jetzt an den Stuhl gebunden, die Jack reicht ja nun nicht mehr.»

«Wer war denn der Besuch?»

«Ihr Bruder. Hat er jedenfalls gesagt. Sonst hätt mer ihn nicht hineingelassen, wenn's nicht ein Verwandter gewesen wär.»

«Dunkle Haare, Locken?»

«Ja. Ein hübscher Kerl, gut angezogen.»

«So, so.»

«Ach, Herr Doktor, eh ich's vergesse, sie faselt jetzt andauernd von einem Kind, und wir müssten es Ihnen sagen, es müsst ein Kind beschützt werden.»

Hoffmann seufzt. Er holt die Uhr hervor. Es ist halb acht, eigentlich wollte er heut gar nichts mehr tun als zu Abend essen und ein bisschen dichten. (Er arbeitet an einer humorigen Gedichtsammlung über das Eheleben.) Aber nein, jetzt wird er noch einmal in die Anstalt gehen. Um Therese Lügen zu strafen, die ihm vorgeworfen hat, er habe nicht genügend Interesse an seinen Patienten und speziell nicht an dieser Patientin. Was etwas pikant ist, da er für die kleine Pauline Franck eher zu viel Interesse als zu wenig verspürt. Die reizt ihn zutiefst in ihrer unschuldigen Traurigkeit und mit ihrer cremigen Haut an dem zarten, weichen Körper. Er ist am Sonntag wegen schlechten Gewissens eigens bei den Güssen früher gegangen. Aber das kann Therese ja nicht ahnen.

Vielleicht hat sie sich bis heute Nacht wieder beruhigt.

Heinrich, 1833

Heinrich wusste, dass er die richtige Entscheidung getroffen hatte, als er am 4. April 1833 die Zeitung in den Händen hielt – es war Gründonnerstag, genau einen Tag nach dem Termin, an dem Körner und Kumpane in Frankfurt die Revolution ausrufen wollten.

«Binnen einer Viertelstunde hatten die beherzt eingreifenden Truppen die Ordnung vollkommen wiederhergestellt ... Viele Studenten verhaftet ... Die Aufrührer fanden bei den Frankfurter Einwohnern nicht den mindesten Anklang für ihre verbrecherischen Pläne.»

Er las den Artikel mit Grausen. Was die Zeitung aussparte, erfuhr er aus einem Brief des Vaters, der am Abend eintraf.

All die armen, lieben Brauseköpfe, Körner unter ihnen, saßen nun in den Gefängnissen, die sie kurz zuvor noch à la Sturm auf die Bastille geöffnet hatten. Saßen und warteten aufs Todesurteil wegen Hochverrats. Wussten vielleicht erst jetzt, dass ihr Spiel längst nicht mehr Spiel, sondern Ernst geworden war. Heinrich war flau bei dem Gedanken an Gustav Körner.

Ein Teil davon war schlechtes Gewissen. Wäre die Aufforderung, sich an der Revolution zu beteiligen, nicht gerade von Körner gekommen, seinem guten Schulfreund Körner, sondern beispielsweise von Georg Varrentrapp oder Siegmund Jucho oder wen er sonst in Frankfurt an gestandenen, vaterländisch-liberal gesinnten jungen Leuten kannte, er hätte wahrscheinlich mitgemacht. Doch Gustav Körner, da hatte er unwillkürlich den Schulbuben vor sich gesehen, den kleinen Quirl mit den vielen Streichen im Kopf.

Heinrich hatte nach Körners Aufforderung, zwecks Revolution nach Frankfurt zu kommen, zunächst eine halbherzige Zusage verfasst. Doch in der Nacht hatte er schlaflos im Bett gelegen. Gegen zwei wurde ihm klar, warum ihm so mulmig war: Der letzte gemeinsame Streich mit Körner war der vom Abitur gewesen, der irregeleitete, an dessen Folgen ein Bauarbeiter gestorben war. Diese Frankfurter Revolutionsgeschichte nun fühlte sich für ihn an, als sei sie nichts weiter als wieder ein Streich, ein dummer, unausgegorener, der gründlich danebengehen konnte, wie bei Kindern, die mit dem Feuer spielen oder mit der Schere oder den Baugerüsten Erwachsener, von denen sie nicht wissen, wie gefährlich sie sind.

Und er hatte recht behalten. Es hatte sechs Tote unter dem Militär gegeben, das den Aufstand niedergeschlagen hatte. Tote, die man, wäre man dabei gewesen, zu verantworten hätte, nicht nur vor dem Gericht, auch vor dem Gewissen.

Drei Tage nach den schlechten Nachrichten über den misslungenen Frankfurter Wachensturm bekam Heinrich wiederum einen Brief, wüst gekrakelt, ohne Absender und Unterschrift. Auch ohne Anrede, ja sogar der Adressat war als «Untermieter Fam. Röger» anonymisiert.

Falls Du Dich sorgst: Habe zwar ein Bajonett in die Schulter bekommen, konnte mich aber zum Glück davon und dann zu Frau Dr. M. stehlen, wurde sogleich verbunden und versteckt, schließlich gestern in Frauenkleidern aus der Stadt, nun unterwegs nach Frankreich, Verlobte kommt nach, die neue Welt wartet. Es gibt eine freidenkerische Kolonie in St. Louis, der wir uns anschließen werden. In alter Freundschaft. Dunkle Zeiten kommen, Du wirst Deinen Teil fürs Vaterland noch tun.

Das war Körner, zweifellos. (Und Frau Dr. M. war die Frau des liberalen Arztes Mappes.) In Frauenkleidern aus der Stadt! Glimpflich und mit Jux davongekommen, als sei für Körner die Zeit der Spiele und Streiche noch immer nicht vorbei.

Kurz darauf kam noch ein unerwarteter Brief, von Schwesterchen Sophie, die selten schrieb.

He, Richel, brüderliche Tranfunzel! Melde gefälligst dem Vater, dass Du wohlauf in Halle bist! Du hast auf seinen Brief zum Wachensturm noch nichts von Dir hören lassen, was unmöglich von Dir ist. Du kennst doch den Vater, der glaubt natürlich jetzt, Du wärest auch dabei gewesen und würdest in der Hauptwache im Kerker sitzen und schmachten. Übrigens hat er gute Nachrichten für Dich. Das Geld für die Promotion ist nämlich endlich da, und irgendein Bethmann'sches Stipendium spendiert Dir danach ein Jahr chirurgische Hospitation in Paris oder Wien. Hier ist die Stimmung mau, kannst mir glauben, ich würde gerne mit Dir tauschen.

Waisenhaus 1834,
ein Jahr nach dem Wachensturm

Henriette stand vorm Zaun und sah durch die schmiedeeisernen Gitterstäbe in den Hof. Man hatte ihr geschrieben, vom Pflegeamt, dass ihre Tochter Pauline ab jetzt nicht mehr in Pflegefamilien, sondern im Waisenhaus untergebracht sei. Sie könne das Mädchen von nun an immer sonntagnachmittags um drei eine Stunde besuchen. Henriette bezweifelte allerdings, ob sie das wirklich tun sollte. Sie hatte wenig Zeit, hatte ja allein einen Haushalt zu versorgen und natürlich von ihrem neuen Mann, dem Moritz, zwei Kinder, wovon eins leider viel kränkelte. Dann war da noch Theo. Den besuchte sie jedes Jahr zu Weihnachten bei Passavants. Danach konnte sie sich immer mehrere Tage nicht beruhigen. Es war gar keine Freude dabei, ihn zu sehen, es schmerzte bloß, er war ja doch von allen ihr Liebling.

Eigentlich wollte sie diese Quälerei mit der Pauline gar

nicht erst anfangen. Und übrigens war heute sowieso nicht Sonntag. Sie war nicht zu einem Besuch hier. Gegen Abend hatten die Kinder Turnen auf dem Hof, so viel war ihr aufgefallen, als sie die letzten Tage aus Neugierde immer mal am Waisenhaus vorbeigegangen war. Heute Abend war sie deshalb noch einmal hergekommen, mit mehr Zeit. Sie wollte einfach nur die Kleine mit den Augen suchen und ein wenig beobachten.

Sie hatte allerdings nicht damit gerechnet, dass sie nach vier Jahren Trennung ihre eigene Tochter nicht wiedererkennen würde. Die Mädchen sahen alle gleich aus, alle in hellblauem Zwilch, alle mit Zöpfen. Ein paar hatten sehr blonde Haare, von denen konnte es natürlich keine sein, aber die anderen – da kam beinahe jede in Frage. Henriette hatte erst eine im Auge gehabt, war sich fast schon sicher gewesen, da sah sie in ein anderes Gesicht: Die hätte es genauso sein können.

Nach zehn Minuten machte Henriette sich auf den Heimweg. Am liebsten hätte sie sich geschüttelt, um das ungute Gefühl loszuwerden, das sie mitnahm.

Mai 1853, Anstalt für Irre und Epileptische

Hoffmann will, als er am Abend die Anstalt betritt, natürlich direkt zur Franck, aber das ist schwierig. Es geht ihm wie einem Reisenden im Orient, dem sich überall nach Bakschisch heischende Hände entgegenstrecken: Herr Doktor hier, Herr Doktor da, die Finger an seinem Rockzipfel, wenn er nahe genug kommt, und Flehen im Ton, als könnte er mit bloßem Handauflegen das Elend nehmen.

An guten Tagen, und seine Tage sind meistens gut, sieht er solches Verhalten als den Beweis an, wie beliebt er bei seinen Kranken ist. In trüberen Momenten, wie heut Abend, sieht er darin bloß die Verzweiflung, in der sich seine Patienten befinden und gegen die er mit all seinen Behandlungen und guten Worten so wenig ausrichten kann.

Natürlich kann er auch der Pauline Franck nicht helfen. Wozu ist er eigentlich gekommen, fragt er sich, als er vor ihr steht oder vielmehr über ihr. Weil es schon auf die Nacht zugeht, hat man sie von dem Zwangsstuhl heruntergenommen und auf das Bett geschnürt. Mit den Armen an den Bettpfosten sieht das Ganze aus wie eine weibliche Kreuzigungsszene. Dann wird die junge Schmerzensgestalt lebendig.

«Sie sind doch der Doktor Hoffmann?»

Irgendetwas an der Stimme klingt heut anders. Und Hoffmann weiß plötzlich wieder, wozu er hier ist: nicht um Thereses Vorwürfe zu widerlegen, sondern um Trost zu spenden, die wichtigste, vornehmste Aufgabe eines Arztes.

«Ja, Kindchen, das ist richtig, ich bin der Doktor Hoffmann. Frau Grimmig, binden Sie doch einmal der Kranken eine Hand los, solange ich hier bin.»

Er setzt sich bei der Franck auf den Bettrand, nimmt ihre freigebundene Hand in seine, und die Patientin lässt die Berührung ohne jeden Widerstand zu. Er deutet das als gutes Zeichen. Die Hand ist aber feucht und eiskalt.

«Ich höre, es wäre Ihnen heute Nachmittag sehr schlecht gegangen. Sie hätten sich sogar ertränken wollen.»

«Das stimmt.»

Er sieht Tränen bei ihr aufquellen, ebenfalls ein gutes Zeichen, denn schwere Geisteskrankheit stumpft den Gefühlsausdruck ab. Jetzt entzieht sie ihm die Hand, legt sie sich über die Augen, schluckt. Nach einigen Momenten reckt sie sich auf den Ellenbogen gestützt halb hoch und sieht ihn todtraurig, aber wach an.

«Wissen Sie, Herr Doktor, manchmal ist mir ganz absonderlich im Kopf. Ich kann das gar nicht beschreiben, als wär mir das Hirn auseinandergenommen worden und falsch wieder zusammengesetzt. Was kann das denn nur sein?»

Eine deutliche Besserung.

«Das ist eine Geisteskrankheit, Kindchen. Eine schwere Melancholie. Glücklicherweise geht so etwas meist nach ein paar Monaten wieder vorüber.»

Meist ist seine optimistische Schätzung. Genaueres wird er in einigen Jahren wissen, er hat die statistischen Erhebungen erst 1851 begonnen. Doch nach seiner bisherigen Erfahrung sind es gerade die Fälle mit den schweren Halluzinationen, bei denen die Geistesstörung am ehesten wieder folgenlos abklingt.

«Kann das sein, dass daher auch … ich höre auch Stimmen, Herr Doktor. Am Anfang waren sie ganz leise, aber neuerdings sind sie meistens sehr laut. Als ob mir meine Verwandten was ins Ohr sagen. Nein, nicht ins Ohr, es fühlt sich an, als sprechen sie direkt in meinem Kopf.»

«Ja, Kindchen, das kommt auch von der Krankheit. Solche Einbildungen sind eine häufige Begleiterscheinung der Melancholie.»

«Sie meinen, ich bilde mir das ein? Die Stimmen hören sich aber echt an.»

«Träume sind ja auch oft sehr lebensecht. Sie müssen sich ihre Sinnestäuschungen so vorstellen wie Träume im Wachsein.»

«Aber was die Stimmen sagen … woher kommt das denn? Das kann ich mir doch nicht alles ausgedacht haben.»

«Es verhält sich eben genau wie bei Träumen. Die Phantasie setzt aus Ihren Erinnerungen, Gefühlen und Vorstellungen eine Illusion zusammen.»

Sie lacht leise auf, wie im Galgenhumor.

«Das kann schon sein, vielleicht haben Sie recht. Aber woher soll ich denn immer wissen, wo die Wirklichkeit aufhört und wo die Einbildung anfängt?»

Sie lässt sich zurückfallen und starrt an die gekalkte Zimmerdecke. Hoffmann wagt nicht, erneut ihre Hand zu nehmen, die Patientin ist so klar und so erwachsen plötzlich, kein krankes Kindchen, bei dem man das darf.

Er scheut sich sogar, den Suizidversuch noch einmal anzusprechen. Als handele es sich um eine delikate Sache, die man in Damengesellschaft nicht in den Mund nehmen darf. Dabei ist er hier gerade am Bett einer festgezurrten Geisteskranken und nicht auf einem feinen Empfang. Also!

«Als Sie sich ertränken wollten, war das auch eine Stimme, die Sie dazu gebracht hat?»

«Psst!» Sie rollt wieder auf den Ellenbogen, ängstlich lauschend. «Haben Sie das gehört?», flüstert sie.

«Nein. Was meinen Sie denn?»

«Eine Stimme, aber von weitem. Es hört sich an wie … wie jemand, den ich kenne.»

«Hier hört man immer von irgendwoher Stimmen. Aus dem Gang. Die Räume ringsum sind voll mit kranken Frauen. Und von unten hört man die Männer.»

Sie seufzt, lässt sich zurückfallen und legt neuerlich die Hand auf die Augen.

«Fräulein Franck, haben sie mitbekommen, was ich Sie eben gefragt habe?»

«Nein, ich weiß nicht.»

Er setzt neu an. «Sie hatten heute Besuch. War es vielleicht der Besuch, der Sie so aufgeregt hat, dass Sie sich das Leben nehmen wollten?»

Er spürt, wie ein Ruck durch sie und damit auch das Bett geht.

«Ja! Ja, es war der Besuch, der mich so … der mich dazu getrieben hat. Herr Doktor Hoffmann, können Sie vielleicht … das war mein … ein Verwandter, er tut mir überhaupt nicht gut. Überhaupt nicht. Können Sie dafür sorgen, dass er nicht mehr zu mir gelassen wird?»

DUMMCHEN. KANNST NICHT FLIEHEN.

«Das kannn ich. Wie heißt denn der junge Mann?»

«Theodor Passavant.»

Aha. So nennt er sich also gegenüber Dritten. Gibt sich garantiert für einen echten Passavant aus.

«Ich werde allen strikte Anweisung geben, dass Ihr Verwandter keinen Zutritt erhält. Gibt es sonst noch jemanden, den Sie nicht sehen wollen?»

KANNST NICHT FLIEHEN. DUMMCHEN.

«Nein … ich weiß nicht.»

«Es haben ja meines Wissens hier schon allerlei Leute nach Ihnen gefragt. Wollen Sie mir vielleicht zur Sicherheit die Namen der Personen aufschreiben, die zu Ihnen gelassen werden dürfen?»

KANNST NICHT FLIEHEN.

«Ja. Ja, das mach ich.»

MACHST DU NICHT. MACH DU NICHT. MACHT.

Hoffmann trägt für Karikaturen und Gelegenheitsgedichte immer Notizblock und Bleistift bei sich, die er jetzt aus der Rocktasche hervorkramt und der Kranken so auf dem Bettlaken zurechtlegt, dass sie mit ihrem freien Arm etwas aufschreiben kann.

Sie nimmt den Stift, mustert ängstlich das Papier, als wäre es eine bissige Schlange. Hoffmann hat genügend Erfahrung, um zu wissen, dass der luzide Moment vorüber ist.

In der Tür taucht die Verwaltersfrau Antoni auf, schwer atmend von der Treppe, das alte Gesicht geädert und mit grauem Hautton. Sie trägt einen Strauß aus zarten Maiblumen in der Hand.

«Stellen Sie sich vor, Herr Doktor, dieser alberne Hypochonder, wie heißt er, Völker. Der hat durch einen, der

Ausgang hatte, in der Stadt Blumen bestellt. Sie wären fürs Fräulein Franck. Was machen wir nun damit?»

«Liebe Frau Antoni, Sie werden doch wohl irgendwo eine Vase haben?»

«Aja sicher, bei uns in der Wohnung hätt ich eine Vase, bloß wo wollen wir die denn hier hinstellen, es ist doch kein Platz, und dann schmeißt mir heut Nacht eine von den Irren die gute Vase um.»

Hoffmann sieht sich um in dem kleinen Raum, in dem sich fünf Betten drängen. Zustände sind das, wo man den Kranken nicht einmal einen Blumenstrauß hinstellen kann. Den Völker muss er allerdings betreffs der Franck im Auge behalten.

Er greift unters Bett nach dem Nachttopf – leer. Den kann die Franck ans Bett fixiert ohnehin nicht benutzen.

«Hier, Frau Antoni, da haben Sie Ihre Vase. Füllen Sie etwas Wasser ein und tun Sie die Blumen dazu, wir stellen sie direkt hier ans Bett vom Fräulein Franck, da wird schon niemand dranstoßen, und wenn, ist es auch nicht schlimm.»

«Aber Herr Doktor! Man kann doch nicht Blumen in einen Nachttopf …»

«Wir sind hier im Irrenhaus, da kann man.»

Allerdings muss man aufpassen, dass man nicht irgendwann selbst völlig verschroben wirkt. Hoffmann gilt in der Stadt ohnehin schon als Original (auf dieser Karikatur, die einer seiner Feinde vom Städel'schen Kunstinstitut mal gezeichnet hat, sieht er aus wie ein Hampelmann). Aber das liegt wahrscheinlich eher am Charakter als am Beruf.

Die Pauline Franck hält ihm jetzt den Zettel hin, ängstlicher Blick, zittrige Hand.

Er nimmt das Papier, liest:

Böse Macht
Hilfe

Keine Liste von Besuchernamen, die sie ihm hätte schreiben sollen. Es ist müßig, sie darauf hinzuweisen.

«Fräulein Franck, keine Angst. Es kann Ihnen hier niemand etwas tun. Ich bin morgen wieder bei Ihnen, dann reden wir weiter.» Er drückt ihre Hand.

Auf dem Weg nach draußen sieht er noch in der Schreibstube vorbei und ergänzt die Krankenakte Franck. *31. 5.: Melancholie mit Halluzinationen, Aufregung und Selbstmordgedanken (halbherziger Suizidversuch trotz Zwangsjacke). Leichte Paranoia. Fixer Wahn betreffs der Leibesvertauschung nimmt ab (?).*

Dann ist jetzt auch die Abschrift der Akte aus dem Waisenhaus eingetroffen, die er angefordert hat. Er überfliegt sie, stutzt, liest nochmals von vorn.

Da der Ehemann der Antragsstellerin und Vater der Waise, der Polier Johann Paul Franck, beim Bau des neuen Waisenhauses (Seilerstr.) und demnach in seiner Funktion als Angestellter der Stiftung verunfallt und im Gefolge dessen verstorben ist, beschloss der Stiftungsrat …

Nein. Wird er jetzt selbst schon paranoid, dass er alles auf sich bezieht? Oder ist das wirklich …

Hoffmann atmet tief ein und aus. Die Franck wäre die Tochter des Mannes, an dessen Tod er schuld ist? Sein dummer Streich von damals wäre der Grund, warum die Mutter in Armut gestürzt wurde und das Mädchen ins Waisenhaus musste? Das wäre ja furchtbar. Da kann er der Franck ja kaum noch ins Gesicht sehen.

Hoffmann sitzt eine Minute reglos.

Dann schlägt er mit Schwung die Akte zu.

Was soll's. Es ist ja reine Spekulation, womöglich, nein, wahrscheinlich sind beim jahrelangen Bau des Waisenhauses mehrere Unfälle passiert. Von einem Sturz stand da kein Wort.

Aber –

Polier. Der Vater der Franck war Polier. Und Hoffmann sieht plötzlich seinen eigenen Vater vor sich, wie der mit Entsetzen in der Stimme erzählt: An der Waisenhausbaustelle sei der Polier vom Gerüst gestürzt. So mächtig ist die Erinnerung, dass Hoffmann schlagartig sogar das Essen riecht, das es an dem Tag bei seinen Eltern gab: Kartoffelpuffer.

Verdammt. Es ist wohl tatsächlich wahr, die Franck ist die Tochter dessen, dem er den Tod gebracht hat. Ihre Mutter hat sie Pauline genannt nach dem verstorbenen Vater Paul, als letztes Liebeszeichen an den Toten. Hoffmann öffnet wieder die Akte, sieht noch einmal nach dem Geburtsdatum der Franck: acht Monate nach seinem eigenen Abitur. Ja, das kommt hin.

Verdammt.

Doch er lebt ja seit zwanzig Jahren mit der Sache. Was macht es denn für einen Unterschied, ob er nun zufällig die Tochter kennt? Der Fehltritt mit den Freunden ist längst Geschichte, und an dem geschehenen Unglück lässt sich so oder so nichts mehr ändern.

Hoffmann klopft sich, wie um sich zu wecken, auf die Schenkel, steht auf und steckt die Akte dahin, wo sie hingehört. Aus dem Sinn mit den dummen Gedanken.

Morgen muss er übrigens betreffs der Franck wirklich einmal zu einer rigiden Behandlung schreiten. Es sieht ja sonst aus, als unternähme er gar nichts. Als Arzt hat er nun die Verantwortung für sie.

Sein Disput mit Therese kommt ihm erst wieder in den Sinn, als er zu Hause die Tür aufschließt. Sie kann ihm doch unmöglich immer noch böse sein?

Heinrich, 1834 bis 1835

Es gab wenige Momente, in denen Heinrich von seinem leichten Herzen und frohen Mut verlassen wurde. Die Ankunft zum Studienjahr in Paris war einer. Er kannte Frankfurt, Heidelberg, Halle. Nicht im Traum wäre ihm in den Sinn gekommen, dass eine Stadt so groß, so grau, so unüberschaubar sein konnte wie diese. Von der Post ausgesetzt in der Mitte des stinkenden, viele Geschosse hohen Molochs, verstand er nichts und niemanden, vor allem nicht das rasende, zu zwei Dritteln verschluckte sogenannte Französisch, das er die Leute sprechen hörte. Er fühlte sich winziger als jede Ameise und den Scharen von anderen im Weg, die zielstrebig hierhin und dorthin marschierten. Völlig verschüchtert, hatte er die größten Probleme, eine Herberge und etwas zu essen zu finden.

Am Morgen nach der ersten Nacht (die Herberge war katastrophal) hatte er schon Lust, wieder abzureisen. Aber noch gab es Hoffnung. Er hatte, wie meist, wenn er irgendwohin kam, für die ersten Tage diverse Verabredungen mit am Ort befindlichen Frankfurtern ausgemacht. Sobald er einen Frankfurter am Wickel hätte, würde Paris seine Kälte und seinen Schrecken verlieren.

Seine Fernverabredungen hatten immer geklappt wie bestellt, ob in Heidelberg, Leipzig oder Mainz. Jetzt aber geschah, was noch niemals geschehen war; die brieflich ausgemachten Treffen platzten der Reihe nach. Paris schien verhext. Entweder er fand die Adresse nicht, oder der, den er suchte, wohnte dort nicht mehr; bei Stelldicheins an öffentlichen Orten stand Heinrich sich vergebens die Beine in den Bauch, Pariser Eingeborene rempelten und hetzten blicklos an ihm vorüber. Er fragte sich, wie es ihm jemals gelungen war, in der Fremde neue Bekanntschaften zu schließen.

Nach einer Woche hatte er solches Heimweh und war so verloren, dass er fest beschloss, am nächsten Tag zurück nach Hause zu fahren.

Da traf er einen Hallenser Studienfreund auf der Straße. Reiner Zufall. Der Freund war ebenfalls zwecks Medizinstudien hier und half ihm, wenigstens die gröbsten praktischen Probleme zu lösen. Etwa, sich in den Kliniken vorzustellen und als Hospitant bei den Professoren einzuschreiben.

Ganz warm mit Paris wurde Heinrich nie. Aber die Töchter des Privatquartiers, in dem er schließlich gut unterkam, halfen seinem Alltagsfranzösisch auf die Sprünge. Die beiden älteren Mädchen schienen sogar Ambitionen auf eine eheliche Verbindung zu haben. Die hatte aber Heinrich nicht. Er war hier in jeder Hinsicht nur vorübergehend.

In der Chirurgie an der Charité lernte man so einiges, am tiefsten prägte sich allerdings ins Gedächtnis, dass der Spruch «Operation gelungen, Patient tot» auf harten medizinischen Realitäten beruhte. Gewisse Chirurgen vergaßen oft ganz und gar, dass an der Geschwulst, die sie meisterlich operierten, noch ein lebender menschlicher Körper hing, der erhalten werden wollte.

Das Jahr war nicht ganz um, da schrieb einmal wieder Schwester Sophie, was Vater und Mutter verschwiegen. Nämlich: Heinrich müsse heimkommen und sehen, dass er in Frankfurt ins Berufsleben eintrete, um die Familie zu versorgen. Der Vater habe seit einer Grippe im letzten Jahr Wasser im Bauch, sei schwach und warte nur noch schweigend auf den Tod.

Heinrich konsultierte noch einmal des Vaters letzte Briefe. Sie waren wie immer. Nichts ließ er von seinem wahren Zustand merken. Heinrich hatte den Vater erst im Studium, aus der Ferne, lieben gelernt. Diese selbstlose Rücksichtnahme dem Sohn gegenüber verstärkte seine Liebe.

Er war froh, jetzt eine Ausrede zu haben, die ihm erlaubte, endlich nach Hause in die Heimat zu fahren.

Drei Jahre beinahe hatte die Cholera die deutschen Länder verschont. Bei den ängstlich Interessierten hatte sich die Hoffnung verbreitet, die Seuche sei zwar 1831 ins Land gekommen, aber danach auch wieder gegangen, und zwar für immer.

Sie war aber nur im Kreis gelaufen. Von Paris aus kroch sie nach Süden und dann an der Mittelmeerküste entlang wieder gen Osten, nach Italien. Seit 1835 nun verfolgte Herr August Passavant, wie sie sich von Turin aus unaufhaltsam nordwärts bewegte. Im Spätsommer '36 musste er auf seiner großen Karte im neuen Billardzimmer (Passavants waren in einen Neubau an der Eschersheimer Landstraße umgezogen) je ein rotes Fähnchen in die Orte Mittenwald und Altötting stecken. Keine zwei Wochen später gab es in München den ersten Fall.

Das versetzte August Passavant in eine Angst, die er in all den Cholerajahren zuvor so stark und erstickend nicht verspürt hatte. In München lebte sein Bruder, also rückte ihm die Krankheit jetzt geradezu intim auf die Pelle. Zudem war zu fürchten, sie werde entlang der Handelsroute von München über Nürnberg in Bälde auch in Frankfurt angekommen sein, das, genau wie München, Anno '32 noch glücklich verschont geblieben war.

Der Münchener Bruder Peter schien sich allerdings nicht im Geringsten zu sorgen. *Du machst Dir falsche Vorstellungen*, schrieb er Ende September, *wir bemerken hier gar nichts von der Cholera. Sicher, die Zeitungen erwähnen alle ein, zwei Wochen einmal einen einzelnen Krankheitsfall. Das interessiert aber niemanden, ist gar kein Thema in den Gesprächen, und das Leben geht in allem seinen gewohnten Gang.*

Im Oktober jedoch berichteten die Frankfurter Zeitungen: Die Cholera breite sich in München, nach zunächst nur sporadischen Fällen, epidemisch aus.

Der sofort brieflich befragte Bruder Peter stritt das nicht ab. *Es dürfte damit zu tun haben* – schrieb er aus dem Seuchenherd –, *dass beim Oktoberfest einige zu tief ins Glas geschaut haben. Niedernhuber berichtet mir, in seinem ärztlichen Mitteilungsblatt werde vermeldet, Trinker seien durch die Cholera am meisten gefährdet. Um uns musst Du Dir jedenfalls keine Sorgen machen, denn die Seuche betrifft ja generell nur schlecht genährte, unreinlich und in Gedränge lebende Personen aus den untersten Klassen.*

Entsprechend dieser Annahme hatte die Stadt München Vorkehrung getroffen. Man verteilte Suppe an die Ärmsten und sah ihnen durch eine Gesundheitspolizei in die Wohnungen, um die gröbsten Unreinlichkeiten abzustellen und die Miasmen an weiterer Ausbreitung zu hindern.

Der nächste Brief aus München kam im Frankfurter Hause Passavant zigfach perforiert und mit einem «Sanitätsstempel» an, der ihn als geräuchert auswies. Diese Desinfektionsmaßnahme eines Münchner Amtes überzeugte August Passavant sogleich, dass das Papier mit Choleramaterie verseucht sein müsse.

«Nun gehen Sie doch raus aus dem Esszimmer damit, Herrgott!», pflaumte er das Mädchen an. Sie möge den Brief im Flur öffnen und von dort aus verlesen.

Auch der Magd war der Brief jetzt unheimlich geworden. Er roch streng, als sie ihn öffnete, sie hielt ihn angeekelt ein Stück von sich. Leider war sie im Lesen nicht die Geübteste, und die Klaue des Münchner Herrn Passavant war eine Sache für sich. Holpernd, stolpernd und ratend kämpfte sie sich durch und kam ziemlich bald an die Stelle, die ihren Brötchengeber zuvörderst interessierte:

«Merkwürdigerweise» – ein schweres Wort! – «scheint unser gutes Viertel doch recht stark von der Seuche betroffen. Man hört öfter Leichenwagen bimmeln, und heute früh musste ich erfahren, dass seit gestern auch Gollwitzers nebenan einen Kranken im Haus haben. Freilich ist es der Sohn, der gern mit zweifelhaften Freunden umherzieht und der sich die Krankheit sonst wo geholt haben mag. Es geht das Gerede, die Bäche wären verseucht; die Gazetten und Sanitätsräte versichern allerdings, dass sich Ansteckungsstoffe in Wasser unmöglich halten können. Wir vertrauen hier so oder so auf unser gutes, reines Brunnenwasser und sind ja gottlob auch noch alle gesund.»

Drei Tage später, im nächsten, kurzen Brief, berichtete Peter Passavant dem Frankfurter Bruder von «einem kleinen Durchfall» bei seiner Frau und «etwas Darmkollern» bei sich selbst, wobei es sich jedoch kaum um die echte Cholera handeln könne, die ja viel heftiger einsetze und der die Kranken oft in wenigen Stunden erlägen.

August Passavant war nach dieser Nachricht, die wieder von der Magd vom Flur aus holpernd verlesen wurde, der Appetit auf sein Schinkenbrot mit Gürkchen leider vergangen. «So, Fräulein», rief er in den Flur, «Sie nehmen drei Wochen Urlaub und verlassen sofort mein Haus. Den Brief nehmen sie gleich mit und werfen ihn in die nächste Aschentonne. Wenn Sie in den drei Wochen nichts entwickeln, können Sie danach wiederkommen.»

«Aber –»

«Nichts aber. Nehmen Sie Ihren Umhang und gehen Sie.»

Da in Flur und Treppenhaus die Luft durch den Brief nun verseucht war, konnte man erst einmal das Esszimmer nicht verlassen. Von seinem Platz aus wies August Passavant brüllend durch die offenstehende Tür die verbliebenen Bedienten an, dieselbe sofort zu schließen und dann das Treppenhaus ausgiebigst zu lüften, zu räuchern und wieder zu lüften.

Er atmete auf, als sich mit einem Knall die Tür schloss.

«Es wird doch nicht die Cholera sein, was sie haben», sagte Louise, mehr zur eigenen Beruhigung.

«Das glaubst nur du!», polterte ihr Mann. «Eine Rücksichtslosigkeit von Peter, mit Kollern im Darm noch einen Brief abzuschicken.»

Kaum hatte er es gesagt, rumorte es ihm selbst im Bauch.

Er lehnte sich zurück, jetzt konnte er wirklich nichts mehr essen.

«Theodor, was macht das Latein?», fragte er.

Theo, ansonsten bei Tisch zum Schweigen angewiesen, zuckte mit den Schultern. Er hatte gerade einen dicken Bissen auf der Zunge und wusste, dass Reden mit vollem Mund zu den Dingen gehörte, die den Papa nach eigener Aussage «fuchsteufelswild» machten. Es gab natürlich Momente, da machte ihn alles fuchsteufelswild. Theo nahm das inzwischen recht gelassen, auch pflegte er in Gegenwart des Ziehvaters nicht viel zu sagen. Das bot wenig Angriffsfläche.

«Konjugier mir mal etwas durch.»

Theo schluckte den Bissen hinunter. «Sum, es, est, sumus, estis, sunt. Eram, eras, erat –»

«Etwas anderes. Fällt dir nichts Besseres ein als *esse*?»

«Habeo, habes, habet, habemus, habetis –»

«Ja, ja, gut. Louise, stell dir vor, ich bekomme meine nervöse Diarrhöe. Das ist doch wirklich eine Gemeinheit. Jetzt, wo man den Flur nicht betreten kann.

Er lehnte sich bleich zurück, tupfte sich mit der Serviette über die Glatze.

«Ich werde dich ablenken», erklärte Louise, die wusste, dass genau dies von ihr erwartet wurde. «Ich war gestern Morgen bei Nettchen Hoffmann. Die sind wieder umgezogen –»

«Schon wieder? Es geht ja, scheint's, immer weiter bergab mit der Familie, seit der Mann gestorben ist. Hat denn der Sohn jetzt endlich die Arztzulassung?»

«Der Richel? Ja, das hat er nun hinter sich gebracht, er verdient jetzt auch ein bisschen, er ist von der Stadt angestellt als Leichenbeschauer in Sachsenhausen.»

«Louise, ich bitte dich. Sprich jetzt nicht von solchen Dingen. Übrigens ist das wohl kaum eine ehrenwerte Tätigkeit, da könnt der junge Hoffmann gleich Scharfrichter werden. Ein merkwürdiger Charakter ist er ohnehin, ich weiß noch, wie er mir letztes Jahr gesagt hat, er kann die Arztzulassung nicht beantragen, weil ihm die siebzehn Gulden Gebühr fehlen. Als könnte er sich das Geld nicht leihen und als praktizierender Arzt bald zurückzahlen. Da beißt sich doch die Katze in den Schwanz. Aber auf jedem Ball und jedem Fest trifft man ihn, da schmeißt er sich in Spiel und Tanz und macht Knittelverse, statt dass er sich um einen anständigen Lebensunterhalt für Mutter und Schwestern kümmert. Es wird Zeit, dass ihm einmal jemand steckt, wer ihm eigentlich sein Studium bezahlt hat. Dann würde er sich vielleicht ein bisschen mehr um Pflichterfüllung bemühen.»

«Ja, der Richel Hoffmann ist wirklich eine leichtlebige, gesellige Natur, ganz anders, als der alte Hoffmann war. Aber ich wollte dir doch was erzählen. Hoffmanns sind also jetzt wieder umgezogen, in den zweiten Stock von ihrem eigenen alten Haus am Untermainkai. Und jetzt rate mal, wer seit ein paar Tagen zu Parterre gleich unter ihnen wohnt!»

«Ich habe nicht die geringste Ahnung. Der Kaiser von China wegen mir.»

«Beinahe, August, beinahe. Der Kurfürst, Wilhelm der Verjagte, mit seiner ewigen Mätresse, der Reichenbach!»

«Ach geh! Die führen ihr Lotterleben doch in Hanau?»

«Nicht mehr. Sie mussten wohl das kurfürstliche Territorium verlassen, und da lag Frankfurt am nächsten.»

«Aber der Kurfürst würde doch nicht in eine ganz gewöhnliche Wohnung –»

«Es soll auch nur vorübergehend sein, man munkelt, sie

wollten sich auf der Neuen Mainzer Gasse was kaufen oder bauen. Sind sich unterdessen natürlich zu fein, um Nettchen auf der Treppe guten Tag zu sagen. Als ich gestern früh bei Nettchen war, kam zwischendurch auch der Richel vorbeigeschneit. Du kennst ihn ja, er macht oft so drollige Sprüche. Jedenfalls sagt er gestern: Man hätte hier viel Gelegenheit, auf die kurfürstlichen Glatzen zu spucken.» Louise musste über ihren eigenen Bericht kichern. Ihr Mann schwieg. «Und tatsächlich», fuhr sie fort, «der Richel hat gleich zur Demonstration vorn ein Fenster aufgemacht, da konnte man von oben dem Kurfürsten auf den Kopf sehen. Der verbringt wohl die Tage damit, dass er aus dem Fenster auf den Kai glotzt. Wenn du da vorbeigehst, wirst du ihn sicher auch mal bewundern können. Nettchen sagt, man hört ihn auch oft, sie streiten viel, er und die Reichenbach.»

Hier grunzte August. «Der Kurfürst kann einem leidtun», kommentierte er. «Die Reichenbach war blutjung, als er sie zu sich genommen hat, verliebter Pfau, der er war, und jetzt hat er die alte Vettel lebenslang am Hals. – Theodor, was ist hieran so spaßig?»

«Nichts, Papa.»

«Was heißt hier nichts, wie soll ich denn dein freches Grinsen deuten?»

«Nichts. Ich kenne bloß ein Gedicht über die Gräfin Reichenbach.»

«Du kennst ein Gedicht über die Gräfin Reichenbach? Ja, was wird das für ein Gedicht sein! Sag es auf, dann werde ich dir erklären, warum man solche Gedichte besser nicht kennt.»

Theo sah fragend Louise an, deren Ausdruck ihm aber keinen Hinweis gab, wie er sich zu verhalten habe. Er zuckte die Schultern und rezitierte:

«O Cholera, verschone mich,
hol den Fürsten Metternich.

Und willst du was nach deiner Art,
etwas ganz besonders Feines,
so hol die Gräfin Reichenbach
und den Finanzminister Deines.» Er grinste.

«Theodor! Ja, da hört sich doch … über Krankheiten macht man keine Scherze. Und das, wo unsere Münchner Verwandten um ihr Leben bangen müssen. Pfui, schäm dich!»

Der Junge murmelte: «Ja, Papa», sah aber völlig unbewegt drein. Man wusste nie, was er dachte. Wieder einmal wurde August bewusst, dass Theo je älter, desto hübscher wurde. Das Kerlchen hatte in seinem kurzen zehnjährigen Leben schon verdammt viel unverdientes Glück gehabt.

«Wollen wir den Tisch aufheben?», fragte Louise. «Sie dürften draußen mit dem Räuchern nun fertig sein.»

Am nächsten Morgen in aller Frühe ließ August Passavant an seiner Haustür ein Schild anbringen, des Inhalts: «Instruktion für den Postboten. Bis auf weiteres wird Korrespondenz aus München nicht entgegengenommen. Aus München stammende Briefe müssen postalisch aussortiert und ungeöffnet verbrannt werden.»

Dieses Schild hing noch, als einige Wochen später, es war Ende November, von der Thurn-und-Taxis'schen Post eine ältere Frau und ein Kind nach Frankfurt an die Adresse Passavant ausgeliefert wurden. Der Hausherr war im Geschäft, als es an der Tür klingelte.

Theo, zufällig in der Nähe, öffnete. Er musterte erst das Kind, das ihm gegenüberstand, einen Jungen mit unreiner Haut, etwas größer als er selbst, dann die Frau, dann das Gepäck. Irgendwie spürte er, dass die Frau etwas Bittstellerhaftes in der Haltung hatte.

«Was wollen Sie?», fragte er.

«Grüß Gott, ich bin die Frau Leonhard, das ist der Gotthold. Du bist bestimmt der Theodor, nicht? Grüß dich, Theodor. Der Herr Passavant müsste uns eigentlich erwarten.»

Sie warf bei den letzten Worten einen zweifelnden Seitenblick auf das Schild. Theo und sein Stiefcousin Gotthold fixierten sich stumm. Dann sah Theo der Frau ins Gesicht. «Ich glaube nicht», sagte er ruhig, «dass mein Vater Besuch aus München empfängt. Wegen der Cholera.»

«Ja mei, er wird doch sein eigen Fleisch und Blut nicht von der Tür weisen. Der Gotthold und ich sind nach dem Tod von seinen armen Eltern und der Schwester beide vom Sanitätsamt zehn Tage in Hausarrest gesetzt gewesen, zur Quarantäne. Das ist jetzt auch schon fast zwei Wochen her. Wir sind wirklich pumperlgesund. Hat denn der Herr Passavant unsere Briefe nicht bekommen?»

«Briefe aus München bringt uns die Post nicht mehr. Ich kann Sie nicht reinlassen, ich bekomme sonst Ärger mit Papa.»

«Was ist denn das für ein Empfang, nach allem, was der Gotthold hat durchmachen müssen? Ist denn die … deine … die Frau Passavant nicht da?»

«Nein, im Augenblick nicht», sagte Theo.

«Wann kommt sie denn zurück, oder der … dein Vater?»

«Weiß ich nicht. Heut Abend vielleicht.»

«Jesses Maria. Ich hätt nicht geglaubt … Theodor, schick uns doch einen Bedienten heraus. Der muss uns das Gepäck tragen. Wir werden bis heut Abend in ein Hotel gehen. Dann, wenn der Herr Passavant wieder da ist, werden wir schauen, wie es weitergeht. Also wirklich, nach all dem Unglück.»

Einige Minuten später wurde Theo von Louise in ihr Schlafzimmer gerufen.

«Theochen? Wer war denn das eben?»

Trotz brennender Lampen und weit geöffneter gelber Vorhänge war es duster in dem Raum, der nach Norden aufs

Nebenhaus ging. Louise war dabei, mit einem heißen Eisen ihre Haare zu ondulieren. Sie sah in den Spiegel und arbeitete konzentriert weiter, während Theo erzählte.

«Das war jemand aus München. Der Cousin Gotthold und eine Frau. Ich glaub, die Eltern vom Gotthold sind an der Cholera gestorben.»

Louise fuhr herum.

«Du lieber Gott! Wie furchtbar! Hast du … sind sie …»

«Ich hab gedacht, der Papa schimpft bestimmt, wenn wir die reinlassen. Wegen Ansteckung und so. Sie sind jetzt in ein Hotel. Der Bertram ist mit, das Gepäck tragen.»

Es roch nach verbrannten Haaren.

«Au!» Louise hielt eine abgesengte Locke hoch. «Verdammt. Theo, hat denn die Frau etwas gesagt, ob der Gotthold etwa jetzt bei uns einziehen soll?»

Theo zuckte mit den Schultern, drehte sich um und ging.

Mai 1853, Hoffmann'sche Wohnung in der Hochstraße

Hoffmann ist nach seinem abendlichen Klinikausflug und einem Zerstreuungsbesuch im Bürgerclub erst gegen halb elf wieder zu Hause.

«Theres? Therese?»

Der Salon ist leer.

Hoffmann schlendert durch die übrigen Räume und findet Therese mit zum Zopf geflochtenen Haaren und einem Buch auf den Knien im Bett sitzen. Er begrüßt sie betont fröhlich mit einem Kuss, doch sie erwidert den Kuss nicht, ja zuckt sogar zurück und zieht ein miesepetriges Gesicht.

Diese unnachgiebig beleidigte Ader kennt er nicht an ihr. Die Wechseljahre? Doch dazu ist es eigentlich zu früh. Er knöpft die Weste auf, in Gedanken dichtet er: *Heiße Liebe – alte Ehe*, stockt: Was ist die passende Metapher dazu? *Süße Früchte – harte Steine?* Nein, es muss sich ja auf «Ehe» reimen. *Süße Früchte, herbe Schlehe?* Nein, Unsinn. Neuer Versuch: *So wie oft auf süße Blüten folgt im Herbst die herbe Schlehe, so auf heiße, süße Liebe folgt hernach die kalte Ehe.* Das geht. Hoffmann setzt sich auf den Bettrand und notiert den Vers schnell in sein Kritzelbüchlein.

Da beginnt Therese plötzlich zu reden.

«Da du die Sache offensichtlich schon für in deinem Sinne entschieden hältst, lass mich dir eines sagen. Ich bin wirklich keine Meckerziege und habe immer alle deine Marotten hingenommen. Zum Beispiel, dass du, seit wir verheiratet sind, einen Verein nach dem anderen gegründet hast und fast jeden Abend zu irgendeiner anderen spaßigen Sitzung läufst, während ich allein zu Hause sitze. Das mit der Wohnung in der neuen Anstalt geht jetzt aber eindeutig zu weit, und du sollst wissen, dass ich das nicht mitmachen werde. Ich und die Kinder werden in diese neue Wohnung nicht einziehen, Punktum. Entweder du bleibst hier bei uns, oder du ziehst alleine in deine neue Anstalt. Dann sind wir eben getrennt von Tisch und Bett. Das ist deine Entscheidung.»

Sie presst die Lippen zusammen und nimmt ihr Buch wieder auf die Knie. Hoffmann bemerkt, dass ihre Hand leicht zittert. Er fühlt sich bleiern müde.

«Theres. Ich dachte immer, wir führen eine gute Ehe?»

«Das dachte ich auch, Heinrich», sagt sie leise. Sie seufzt, legt die Arme um die Knie. Das Buch rutscht herab und auf den Boden.

«Dann wollen wir uns doch jetzt nicht über ungelegte Eier streiten. Die Stadt hat die neue Anstalt noch nicht genehmigt. Vielleicht wird sie nie gebaut.»

«Das sagt mein Bruder auch. ‹Echauffier dich nicht›, sagt er, ‹das sind alles bloß Phantasiegespinste deines Mannes.› Du hast aber letztes Jahr nicht für Phantasiegespinste drei Monate lang holländische und englische und französische Sanatorien besichtigt. Du weißt ja sogar schon, wie du in der neuen Anstalt die Gitter und die Bäder haben willst. Und ich soll mich drauf verlassen, dass der Klotz nie gebaut wird? Ach, Heinrich, natürlich wird er gebaut. Du wirst mit deiner Penetranz alle Gegner weichklopfen. Im Pflegeamt hast du's ja schon geschafft. Am Ende sagt auch der Senat ja, bloß damit sie deine Überredungsversuche und Spendenbetteleien vom Hals haben. Und wenn's dann in vier oder fünf Jahren so weit ist und der Kasten steht, dann wirst du erwarten, dass ich mit einziehe, und wie die Unschuld aus allen Wolken fallen, wenn ich mich weigere. Aber mich wirst du mit deiner Penetranz nicht umstimmen. Ich hab von Anfang an gesagt, das geht nicht, ich komme nicht mit in eine Wohnung in der Anstalt. Das ist mein erstes und mein letztes Wort. Du musst dich nun entscheiden, ob du bei mir und deinen Kindern bleiben willst oder zu deinen Irren ziehen.»

«Ach, Theres. Ich versteh dich ja. Aber ich habe mich in der Sache ja quasi schon gegenüber der Stadt verpflichtet. Ich kann da jetzt nicht mehr zurück.»

«Na bitte. Dann hast du dich ja entschieden.» Sie wischt sich mit der Hand durchs Gesicht.

«Nun sei doch vernünftig, Theres.»

Da reckt sie den Kopf mit dem spitzen Näschen und sieht ihn mit tränenfeuchten Augen böse an.

«Heinrich! Wir sind hier nicht in deinem Struwwelpeter, und ich bin kein ungezogenes Kind. Hab doch wenigstens den Anstand, mir zuzugestehen, dass ich mich nicht unvernünftig verhalte, wenn ich mich weigere, mit den Kindern in eine Irrenanstalt irgendwo in der Walachei umzuziehen. Das ist ja wohl das mindeste.»

Er seufzt und beginnt, sich den Vatermörder zu lösen.

«Ich hab ja schon gesagt, ich kann dich verstehen. Nur gibt es eben im Berufsleben eines Mannes gewisse Zwänge …»

«Ach, sei doch einfach still, wenn du mir nichts Besseres zu sagen hast.» Sie legt sich mit Schwung hin, dreht ihm den Rücken zu und mit der Rechten der Lampe auf ihrem Nachttisch den Docht herunter.

Familie Passavant, 1836

Nach vierwöchiger Privatquarantäne in Frankfurter Gasthäusern wurde der verwaiste Gotthold Passavant von seinem Onkel August für nichtinfektiös befunden und in die Familie August Passavant eingeführt. Es war am Morgen des Heiligen Abends.

Louise konnte nicht übersehen, dass Theo und Gotthold sich abschätzend umtigerten wie zwei Kater an der Reviergrenze. Auf den ersten Blick ähnelten die Jungen sich frappant mit ihren dunklen Locken und Augen. Obwohl Theo natürlich der hübschere war, hätte der pickelige Gotthold gut der große Bruder sein können. Erst bei genauerem Hinsehen bemerkte man, dass die Gesichtszüge sich stark unterschieden.

«Na, Gotthold, wie steht's mit dem Lateinischen?», fragte August seinen Neffen bestgelaunt beim Mittagessen. Der Tisch war mit Tannengrün und Goldnüssen geschmückt, es duftete nach Kerzen, Braten und gebrannten Mandeln. «Kann ich dich denn ab Epiphanias hier ins Gymnasium geben?»

«Unser Gotthold ist schon in Tertia», antwortete statt

des Jungen seine Tante Leonhard. (Sie würde nach dem Fest ohne ihn zurück ins verseuchte München fahren.) «Das Latein hat ihm nie Probleme bereitet.»

August sah zu seinem Neffen hinüber und zwinkerte ihm zu. Louise wusste gar nicht, wann sie ihren Mann zuletzt derart aufgekratzt erlebt hatte. Nach dem Mittagessen, für gewöhnlich Augusts heilige Ruhezeit, verkündete er launig, er werde «dem Jungen jetzt das Haus zeigen». Eine exklusive Tour, bei der der Rest der Familie nicht erwünscht war. Während Louise im Salon weiter angestrengte Konversation mit der Tante Leonhard betrieb und ängstlich ihren Theo beobachtete (der in scheinbar gelangweilter Pose am Tisch saß), hörte sie von ferne immer wieder ihres Mannes stolzgeschwellte Stimme tönen.

Es war beinahe eine halbe Stunde vergangen, als August endlich wieder den Salon betrat, die Hand auf der Schulter seines Neffen und ohne einen Blick für den Rest der Gesellschaft.

«So, mein Junge. Das mit dem Zimmer klären wir noch. Natürlich muss ich dir auch noch das Geschäft zeigen und dich meinen Leuten vorstellen. Aber das hat Zeit bis nach den Feiertagen. – Louise, schütt uns doch ein Gläschen Punsch ein, eins für mich, ein halbes für Gotthold, zur Feier des Tages.»

Louise goss zwei Gläser ein. Sie warf einen Blick auf Theo. Er saß zurückgelehnt, mit verschränkten Armen und steinernem Gesicht.

«Du bist noch ein bisschen klein für Punsch, Theochen», sagte sie.

Er zuckte mit den Schultern.

«Wann kommt denn seine Mutter?», fragte August und wies mit dem Kinn auf Theo.

«Seine Mutter? Du meinst Henriette. Morgen Nachmittag, wie immer.»

«Ich denke, wir können ihr dieses Jahr erlauben, Theo einmal mit zu sich nach Hause zu nehmen. Bis Silvester.»

Louise hielt das gerade jetzt für eine schlechte Idee. «Du warst doch sonst immer so dagegen», rutschte ihr heraus. Dann besserte sie nach, entsprechend der Erfahrung, dass August immer das Gegenteil von dem befürwortete, was sie vorschlug: «Ich fand ja schon immer, ein-, zweimal im Jahr könnten wir Henriette erlauben, ihn ein paar Tage zu sich zu nehmen. Der Einfluss dort ist zwar nicht der beste …»

August ließ den Köder links liegen, er war schon wieder ganz woanders. «Probier einmal aus, ob dir das Klavier zusagt», forderte er Gotthold auf. «Es ist ein Erbstück und nicht mehr besonders; bislang hat es uns ausgereicht, aber wenn du natürlich höhere Ansprüche stellst …»

«Ich spiel dir was vor», mischte sich jetzt ungefragt Theo ein. Flink lief er zum Instrument, setzte sich und hämmerte auswendig Mozarts Türkisches Rondo in die Tasten, in dem schnellsten Tempo, das er gerade noch durchhalten konnte.

Sein Cousin schlenderte hinzu, die Hände in den Taschen. Als Theo fertig war, bemerkte Gotthold abschätzig: «Das Stück ist natürlich eher was für Kinder.»

«Der Theo ist ja auch zwei Jahre jünger als du», griff Louise ein und hörte die blankliegenden Nerven in der eigenen, zu hart klingenden Stimme. «Nun spiel du uns was vor, ich bin sicher, dass du viel weiter bist.»

Gotthold verdrängte Theo vom Klavierstuhl und lehnte sich in die Tasten, als gehe es um einen Preis. Louise hätte am liebsten gestöhnt. Unter den Armen war sie pitschnass geschwitzt. Ihr neues Ekzem an der Hand juckte höllisch, und am Hinterteil zwickte der steife Rosshaarunterrock. Wenn nur endlich dieses Weihnachten vorüber wäre.

Spät in der Nacht kehrten die Eheleute Passavant von der Christmette heim und stiegen in müder Eintracht und trübem Lichtschein zu ihren Schlafzimmern im zweiten Stock hinauf. Die Jungen waren vor der Kirche ins Bett geschickt worden. Beim Passieren von Theos Zimmer sah man jedoch Licht unterm Türspalt. Zweitens hörte man dumpfe Geräusche. August wurden die Augen groß, er packte Louise eisern am Arm. Den Kopf vorgeschoben, lauschte er, und sie tat es zwangsläufig auch. Kein Zweifel, es waren Schnauf- und Stöhnlaute aus dem Zimmer zu hören.

«Das darf nicht wahr sein», sagte August, ließ Louise endlich los und riss die Tür auf.

«Ja potzsapperment, was geht denn hier für eine Sauerei ...»

Dann sah er, es war eher eine Rauferei als eine Sauerei, in der sich die beiden Jungen allerdings ziemlich heftig am Boden wälzten.

«Theodor!», brüllte August, so laut er konnte (Louise hatte ihn lange nicht mehr so brüllen gehört). «Ja Theodor, ich glaube wohl, du bist des Wahnsinns!» Dunkelrot an Hals, Gesicht und Glatze marschierte August auf die Kampfhähne zu und riss Theo an den Armen, bis er von Gotthold und dieser von ihm abließ. «Entschuldigung, Onkel», murmelte Gotthold, aber August hörte ihn gar nicht, riss Theo hart hoch auf die Füße, schüttelte ihn durch und gab ihm rechts und links eine Ohrfeige. «Ich will dich lehren, dich mit deinem Cousin zu prügeln! Hörst du, Theodor, noch einmal erwisch ich dich, noch einmal, wie du mit dem Gotthold raufst, dann kannst du zurückgehen, wo du hergekommen bist! Verstanden?»

«Ja, Papa», sagte Theo leise. Sein Blick war unbewegt.

Mai 1853, Hoffmann'sche Wohnung

Hoffmann liegt wach. Ihm geht die Patientin Franck durch den Kopf. Er ist nicht gewissenhaft genug vorgegangen. Da gibt es doch offenbar eine Geschichte in der Familie, die ihr zu schaffen macht und über die er allmählich Bescheid wissen muss. Er hat zwar einen Verdacht … vielleicht sollte er einfach Theo Franck-Passavant fragen.

Nicht, dass sein Wissen über das Familiendrama der Patientin helfen wird. Es gibt zwar Leute, die glauben, man könnte Seelenkrankheiten heilen, indem man mit den Kranken über ihre Sorgen redet. Doch Hoffmann kann über solche Ansichten bloß lachen. Dergleichen hört man meist von Personen, die einen wirklich Geisteskranken noch nie gesehen haben; von lebensfernen Berufsgrüblern wie Theologen oder Philosophen. Solche Leute halten ja gern die innere Logik ihrer ersponnenen Phantastereien für den Beweis von deren Richtigkeit. Man würde, fand Hoffmann, so manchen Pfaffen oder Philosophen für wahnkrank erachten, besäßen die Herren nicht akademische Titel und ein schönes graecolateinisches Vokabular und würden ihre Phantasmen nicht den Vorurteilen von Tradition und Zeitgeist entsprechen. Er hat einen Schneidergesellen in der Anstalt, der glaubt, die Freimaurer hätten sich gegen die ganze Welt verschworen. Der argumentiert auch ganz logisch und hat sogar schon den Krankenwärter Pfefferle von der Richtigkeit seiner wahnhaften Annahmen überzeugt. Im passenden geistigen Klima oder mit einem Autoritätsposten versehen kann man mit Unsinnspredigten ein großes Gefolge erwerben, denn es gibt immer Menschen, die einem wissend tuenden Propheten blind folgen.

Betreffs der Franck also. Mentale Notiz: Herausbekommen, was da in der Familie vorgefallen ist. Er muss abschätzen können, welcher Besucher sie aufregen wird und welcher nicht. Bevor er sie irgendwann entlässt, muss er ohnehin wissen, ob ihre persönlichen Verhältnisse schwierig sind. Ist sie noch nicht ganz gesund, kann die Begegnung mit der Familie dann einen Rückfall provozieren. Und was kann er noch für sie tun? Ja, behandeln kann er sie, verdammt nochmal! Morgen wird er ihr Eisenkali verabreichen. Womöglich ist schlicht ihre Blutarmut an allem Schuld. Hunger als Auslöser hat Hoffmann jedenfalls oft genug erlebt. Das gibt sich dann nach einer Woche guter Nahrung von selbst.

Und Therese …

Wie soll das mit ihnen beiden weitergehen? Ungebeten kommen ihm Bilder einer möglichen Zukunft ins Hirn: Er und Therese wären getrennt, und statt ihrer würde, offiziell als Haushälterin, eine genesene kleine Pauline Franck bei ihm einziehen …

Was für ein Unsinn. Nun fängt er selbst schon an zu spinnen. Aber es hat ihn ins Mark getroffen, dass Therese glaubt, er betreibt die ganze Sache mit der neuen Anstalt nur zu seinem eigenen Besten. Hat sie denn nicht verstanden, dass ihm der Einsatz für diese armen Menschen zur echten Berufung geworden ist?

Und da Thereses Berufung als Ehefrau ja die sein muss, seine Karriere voll zu unterstützen … Die Entscheidungen hat eben am Ende der Mann zu treffen.

Übrigens schläft Therese genauso wenig wie er. Er weiß das, weil er sie nicht atmen hört. Ist Therese wach, atmet sie geräuschlos. Sobald sie aber einschläft, fängt sie an zu schnaufen, dass man es sogar bis draußen vor die Schlafzimmertür hört. Seltsam, dass eine so zarte Person so laut atmen kann.

«Theres?», fragt er in die Dunkelheit.

«Ja?»

«Sag mal, hörst du bei mir auch am Atmen, ob ich schlafe oder nicht?»

«Ja, sicher.»

«Atme ich lauter, wenn ich schlafe?»

Sie gibt einen Laut zwischen Kichern und Grunzen von sich. «Nicht nur lauter. Du schnarchst.»

«Was, ich schnarche? Das hat mir noch keine gesagt.»

«Das hoffe ich doch. Du schnarchst allerdings am meisten, wenn du auf dem Rücken liegst. Auf der Seite geht es.»

Er verlässt sein Bett, tappt auf bloßen Füßen zu ihrem und legt sich einfach dazu.

«Theres. Ich halt es nicht aus, wenn du mir böse bist. Komm, gib mir deine Hand.»

Es gibt eine kurze Pause.

«Meine Hand bekommst du, aber zu Kreuze krieche ich nicht.»

«Ich habe auch nur um die Hand gebeten. Damit wär ich schon glücklich.»

«Na, dann», sagt sie leise und nimmt seine fest in ihre. Wie sicher sie im Dunkeln danach gezielt hat.

Sie halten sich ein bisschen die Hände, aber das reicht ihm noch nicht. Er rollt halb auf sie. «Du Kindskopf», sagt sie und beginnt ihn zu streicheln. (Es kommt ihm vor, als hätte er lange nicht mehr so bei ihr gelegen. Man vergisst es einfach zu tun, wenn es jeden Tag möglich ist.)

«Was machen wir denn nun, wir beiden Streithähne?», murmelt er. «Ich will in die neue Anstalt ziehen, du willst in der Stadt bleiben, aber wir wollen uns beide nicht trennen. Das ist eine Aporie, wie die Philosophen sagen, unlösbar, da hilft nur ein Kompromiss.»

«Hm. Ein Kompromiss. Du schläfst einen Tag in der Anstalt, den nächsten bei uns? Ich ahne aber, dass ich dich dann erst recht nie zu sehen kriege. Du wirst ja alle deine zahlreichen Sitzungen auf die Tage legen, an denen du abends in der Stadt bist.»

«Dann komm doch du zusätzlich an den andern Tagen mit

zu mir in die Anstalt. Da hast du mich abends und mittags ganz für dich.»

«Das hört sich nach einem Nomadenleben an. Und die Kinder ...»

«Bis die neue Anstalt gebaut ist, sind die nicht mehr so klein. Wir könnten natürlich auch losen.»

«Losen?»

«Ja. Gewinnst du, bleiben wir beide in der Stadt. Gewinne aber ich, ziehst du mit mir in die Anstalt. Das Trostpflaster für dich wäre, dass ich dann nicht mehr so viel abends fort bin. Für Einkaufen und Schule und dergleichen, da lassen sich Lösungen finden. Zur Not muss die Stadt einen Wagen stellen, man wird schon einsehen, dass es nötig ist und wir uns keinen eigenen leisten können.»

«Wenn du verlierst, würdest du auf die Arztwohnung in der Anstalt ganz verzichten?»

«Würde ich. Darum geht es ja.» (So sicher ist Hoffmann sich da keineswegs. Aber bis es ernst wird mit der Entscheidung, wird es noch Jahre dauern, und dann ist die Lage vielleicht eine ganz andere.)

«Gut, dann lass uns losen.»

Therese spricht undeutlich, weil er sie zu küssen begonnen hat, was Weiteres geschickt abbiegt.

Nach einigen Minuten, mitten im Gemenge, springt er auf, zündet seine eigene Bettlampe an und notiert in sein Kritzelheft: *Augen, die recht bitter grollen, sind gar bald die schelmisch hellsten; Lippen, die recht finster schmollen, sind zu Küssen oft die schnellsten.*

«Heinrich!», ruft Therese lachend. «Du notierst jetzt irgendeinen Vers? Also wirklich. Das glaubt man nicht. Du unmöglicher Mensch.»

August wischte sich über die Glatze. Die Hitze war drückend. Ein Rätsel, wie man bei diesen Temperaturen am Tanzen Freude finden konnte. Es waren auch hauptsächlich die jungen Leute, die sich auf der Tanzfläche verausgabten. Vorneweg natürlich: Heinrich Hoffmann. Der war mit Ende zwanzig noch immer nicht ernsthafter geworden und spielte mit vollem Einsatz den *Maître de plaisir*.

«Merkt der Hoffmann nicht, dass er sich zum Kasper macht?», raunte August seiner Frau zu, die neben ihm saß. «Allein diese Dialekt-Knittelverse! Aber wahrscheinlich wird er genau deshalb immer eingeladen. Dass er den Hofnarren gibt. Ansonsten hätte ein so kleines Lichtchen wie er in diesen unseren Kreisen gar nichts zu suchen.»

«Meinst du? Aber er macht ja nicht nur gute Stimmung. Er ist doch auch mit dem Eduard befreundet», erinnerte Louise, bevor ihr die Bergmannskapelle mit türkisch anmutendem Tschinderassassa das Wort abschnitt.

Sie meinte Eduard Passavant-Cornill, den Sohn eines Cousins von August. Eduard und Heinrich hatten sich zu beider Kinderzeiten im damaligen Passavant'schen Haus am Untermainkai kennengelernt und waren natürlich auch beide Schüler am Gymnasium gewesen. Jetzt gehörten sie dem gleichen Freundeskreis aus jungen Ärzten und Kaufleuten an, sodass Heinrich bei dem heutigen Ball nicht fehlen konnte. Der fand nämlich bei Eduards Schwiegervater statt: einem Hut- und Hasenhaarfabrikanten namens Donner.

Der «Ballsaal» war bloß ein mäßig großer Salon, sodass man notgedrungen zum Tanz die Tische fortgeräumt hatte. Wer nicht auf den Beinen war, musste mit einer Stuhlreihe an der hinteren Wand vorliebnehmen. Dabei lagen gleich hinter dem Donner'schen Privathaus an der Fischerfeldstraße die Fabrikhallen. August war der Meinung, dass sich dort gewiss ein größerer Raum hätte finden lassen, statt dass man sich hier wie die Heringe drängte.

Der Fabrikant Donner hatte vier Töchter gezeugt und das Beste daraus gemacht: nämlich die älteste mit seinem Compagnon von der Hutfabrik verheiratet, die nächste mit einem Handelspartner in Metz. Eine weitere Tochter, Nanni, war in diesem Jahr an den besagten Eduard Passavant-Cornill gegangen, ebenfalls Kaufmann.

«Der Eduard macht sich gut im Geschäft, höre ich», brüllte über die Musik ein graugelockter Herr zu Augusts Rechter. Es war Carl Passavant, ein weiteres Mitglied von Augusts ausgedehnter Sippe. Aus einem Zweig allerdings, der dekadent geworden war, wie das ab der dritten Generation einer Kaufmannsdynastie ja öfter geschieht. Das beste Beispiel war der Schopenhauer, den sie auf dem Weg hierher samt seinem ewigen Pudel am Mainufer gesehen hatten. Auch der war ein reicher Kaufmannssohn, der sein Leben und sein Erbe mit brotloser Schöngeisterei herumbrachte. August fand es sehr auffällig, dass diese dekadenten Typen, Kunsthistoriker, Philosophen und was sie alles Albernes waren, zumeist unverheiratet blieben, sodass sich ihr schlechtes Erbgut quasi von selbst aus den Familien ausmerzte.

«Ja, ja, der Eduard, der macht seinen Vorfahren Ehre», nickte August und fragte sich, ob der dekadente Verwandte die versteckte Beleidigung überhaupt bemerkte. Nebenbei streifte sein Blick die Tanzfläche. Oho, was gab es denn da? Na, aber!

«Sag einmal, Louise, hat der Hoffmann jetzt eine Verlobte, oder was seh ich da? Der tanzt doch jetzt schon zum dritten oder vierten Mal mit diesem blassen rotblonden Ding mit der spitzen Nase. Und wie er an ihr klebt. Das ist ja schon fast Unzucht. Was für ein ordinäres kleines Stück. Weißt du, wer die ist?»

«Nein, aber das Mädchen ist mir bei Eduards Hochzeit schon unangenehm aufgefallen. Da saß sie in der Kirche neben mir und hat sich mit ihrer Freundin sehr albern benommen. Kupferhaare und diese himmelwärts gestellte Nase, das Gesicht vergisst man nicht.

«Ich weiß, wer das ist», mischte sich Carl vorgebeugt ein. «Wurde mir auf der Hochzeit vorgestellt. Das Fräulein ist justament die jüngste Tochter vom alten Donner. Therese heißt sie, glaube ich.»

August lachte herzlich. «Na, da hat sich der Heinrich Hoffmann aber um zwei Größen vergriffen. Die Tochter vom Fabrikanten Donner! Wie viel verdient der Hoffmann noch gleich mit seinen Leichen? Waren es 400 Gulden oder 500 im Jahr? Davon muss er dann noch die Mutter und Schwestern ernähren. Die können sich ja nicht einmal ein Stück Fleisch leisten. Donner wird sich hüten, so einem seine Tochter zu geben. Wo ist der alte Donner eigentlich?»

«Der ist krank, meines Wissens», antwortete Carl.

«Ach, deshalb», kommentierte August. «Der Hoffmann denkt, weil der Alte heut nicht guckt, kann er sich alles erlauben.»

«Was das Einkommen vom Hoffmann betrifft», ergänzte Carl, «der ist doch nicht nur Leicheninspektor, der betreibt doch neben dem Amt auch eine Praxis.» (Carl Passavant war selbst Arzt, aber mehr theoretisch-theologisch als praktisch-aktiv.)

«Aber das ist doch fast nur eine Armenpraxis», berichtigte Louise. «Und zwei Tage die Woche steckt er sowieso in diese kostenlose Ambulanz in der Kastenhospitalgasse, die ein paar junge Ärzte aufgemacht haben. Nettchen, also seine Mutter, sorgt sich um ihn, er verdient wirklich nicht viel.»

«Cousin», wandte sich Carl Passavant an August (Cousins waren sie nicht direkt, doch unter Frankfurter Passavants nannte man sich grundsätzlich so), «waren das eigentlich Ihre

Söhne, mit denen ich Sie habe kommen sehen? Der jüngere kam mir bekannt vor, aber der ältere …»

«Das ist mein Neffe und angenommener Sohn Gotthold. Aus München, meines Bruders Peter Sohn. Der Peter und Familie sind leider Gottes im letzten Jahr der Cholera erlegen.»

«Ach, das tut mir sehr leid. Stimmt, ich habe die Anzeige erhalten. Ja, die Cholera, diese Geißel der Menschheit, straft alle Medizin Lügen, nicht wahr. Ich bin ja justament '32 bei der ersten Epidemie nach Wien gegangen, um die Krankheit mit eigenen Augen kennenzulernen. Die Hellsicht hat mir gesagt, sie werde nicht bis Frankfurt kommen. Ich habe recht behalten. Haben Sie jemals meinen senckenbergischen Vortrag über Hellsicht gelesen, Cousin?»

«Ihre Hellsicht können Sie jetzt anwenden», warf Louise beinahe barsch ein. «Ich bin etwas besorgt. Als wir eben über die Kinder sprachen, ist mir aufgefallen, dass ich Theo und Gotthold seit einer Ewigkeit nicht gesehen habe. Wo stecken die denn? Bei mir haben sie sich nicht abgemeldet.»

August hob die Brauen und wellte die Glatze. «Die haben sich vielleicht in irgendeinem Zimmer schlafen gelegt. Es ist ja schon spät.»

«Ach was. Die Jungen gehen oft noch viel später ins Bett.»

Louise erhob sich. Ihre scharfen, allmählich alternden Züge unter der ondulierten Frisur waren leicht gerötet. Sie wanderte die Stuhlreihe entlang, dann ziellos unter den Tänzern umher und sprach hier und da Leute an. August verlor sie bald aus den Augen.

«Der junge Hoffmann ist ja nun endlich der Loge beigetreten», bemerkte Carl, nachdem sie fort war.

«Nicht ohne mein Zutun», versicherte August. «Ich habe ihn eines Tages direkt konfrontiert: Sage einmal, Heinrich, habe ich gesagt, weißt du eigentlich, wer dir dein halbes

Studium und die Promotion finanziert hat? Ich glaube wohl kaum, denn sonst hättest du nicht mehrfach abgelehnt, als dich Verschiedene angesprochen haben, ob du nicht in die Loge eintreten willst! Ohne mehrere hundert Gulden Zuschuss von uns hätte dein Vater dich nicht studieren lassen können. Willst du dir das mit dem Beitritt nicht doch noch einmal überlegen?»

Carl schmunzelte. «Wie hat er reagiert?»

«Das tue ihm leid und sei ihm sehr peinlich, der Vater habe ihm mit keinem Wort etwas gesagt. Ich glaube das gern, der Architekt Hoffmann war ein Kauz. Wie übel die finanziellen Verhältnisse waren, hat die Familie wohl erst nach seinem Tod erfahren. Immerhin hat der junge Hoffmann nach meinem Hinweis dann ja promptest die Aufnahme beantragt.»

«Und ist jetzt fleißig mit dabei. Eine Bereicherung für die Loge.»

August hob die Brauen. «Wie man's nimmt. Er hat diese Begabung, mit seinen dummen Witzen altehrwürdige Zeremonien ins Geschmacklose zu ziehen.»

Carl lachte. «In der Tat, diese Neigung hat er, Cousin. Er geht auch zu einem Ärztestammtisch, hab ich mir sagen lassen, alles junge Leute, da hat er ein Lied gedichtet, für jeden Arzt eine Strophe. Und über sich selbst singt er justament: Der Hoffmann ist zu gar nichts nütz, der macht zu allem dumme Witz.»

Louise kam rotgesichtig und mit einer schweißklebenden Locke an der Stirn zurück.

Niemand, erklärte sie atemlos, wisse, wo die Jungen seien. Eduard habe die beiden vor ein, zwei Stunden draußen vorm Haus im Abendlicht auf der Treppe sitzen sehen. Seitdem seien sie spurlos verschwunden.

Mai 1853, Anstalt für Irre und Epileptische

Hoffmann fühlt sich übernächtigt. Er braucht eine Sekunde, bis er registriert, was der Verwalter Antoni zu ihm sagt: Eine Frau Völker sitze seit sechs Uhr früh in der Schreibstube und wolle ihn sprechen.

Die Mutter des Patienten Völker also. Die von dem Patienten in einem Tobsuchtsanfall körperlich angegriffen wurde, weil er sich im Wahnglauben befand, dass sie ihm Gift ins Essen mische. Erst danach hat sie ihn einweisen lassen.

Die Frau, eine Walküre von fast sechs Fuß, erhebt sich bei Hoffmanns Eintritt, ihre große schwarze Witwenhaube macht sie noch größer. Neben ihr steht irgendein Gepäck. Aha, sie will verreisen.

«Morgen, Herr Doktor. Wie geht es denn meinem Sohn?»

«Wechselhaft. Die letzten Tage wird er wieder ganz von seinen hypochondrischen Ängsten beherrscht. Er hat mir auch wieder absonderliche Briefe geschrieben. Leider war er die ganze Woche nicht an der Luft, ich bin einfach nicht dazu gekommen. Vielleicht klappt's heut einmal, bei dem schönen Wetter, das täte ihm sicher gut.»

Hoffmann pflegt höchstselbst Patienten spazieren zu führen, die niemanden haben, der sie einmal abholen kommt. Bei Völker ist zwar die Mutter vorhanden. Doch die scheut sich nach dem Vorgefallenen vor ihrem Sohn, und zweitens ist bei einem potenziell tobenden Kranken eine Frauensperson kaum die richtige Begleitung. Wiewohl es fraglich ist, ob die Frau Völker schwächer ist als Hoffmann. In der neuen Anstalt jedenfalls wird man sich all diese Gedanken und Mühen nicht machen müssen. Da wird es große ummauerte Gärten geben, wo die Kranken ihren Auslauf bekommen. Hier aber tritt man vor die Tür und ist in der Stadt, da kann natürlich nicht jeder Irre ohne Aufsicht hinaus.

Die Frau setzt sich endlich, seufzt.

«Ach, Herr Doktor, wird es denn je wieder besser werden mit dem Christian?» Ihre Brauen bilden ein Dach aus zwei schrägen Strichen nach unten.

«Wissen Sie, Frau Völker, ich hab hier Leutchen gehabt, die zwischendurch noch viel verrückter waren als Ihr Herr Sohn und die sich trotzdem wieder berappelt haben. Bei einem so jungen Patienten hat man immer Grund zur Hoffnung. Übrigens denk ich manchmal, Ihr Sohn übertreibt seine Symptome ein bisschen. Er steigert sich manchmal richtig hinein. Kann es sein, dass er gar keine Lust hat, wieder nach Hause zu kommen und arbeiten zu gehen?»

Die Mutter zieht einen Flunsch. «Aja, wem macht es schon Spaß, arbeiten zu gehen. Der Christian wär natürlich lieber was anderes geworden als wie grad Handlungsangestellter. Aber mer muss ja von irgendwas leben.»

«So, so. Was hätt er denn lieber gemacht?»

«Was mit Musik, Herr Doktor. Er spielt doch so gern Geige. Deshalb bin ich ja hier, ich hab gedacht, ich bring dem Christian seine Geige vorbei. Vielleicht lassen Sie ihn einmal spielen, es muss ja nicht lange sein, dass es die andern Patienten nicht wahnsinnig – dass es sie halt nicht stört.»

«Ach, deshalb die Kiste. Ich dachte schon, Sie wollen verreisen. Nein, ich habe nichts dagegen, wenn Ihr Sohn ein bisschen fiedelt. Wir veranstalten hier im Winter zweiwöchentlich einen Musikabend, da kommt ein kleines Kammerorchester, das gefällt den Patienten sehr. Sie sollten mal sehen, wie manch ein verrückter Geist dann ganz andächtig sitzt und lauscht.»

Mit dem Wort «verrückter Geist» hat er sie getroffen, das sieht er ihr an. Nun ja, wer einen seelisch Kranken zum Sohn hat, der muss sich mit unangenehmen Realitäten abfinden. Es sind nicht die Worte das Problem, sondern die Dinge.

«Dann lassen Sie Ihre Kiste hier, Frau Völker. Was ist da alles drin? Doch nicht nur die Geige?»

«Die Geige und ein Notenpult. Noten hab ich ihm auch einen Stapel dazugelegt. Und grüßen Sie den Christian schön von mir. Fragen Sie ihn doch bitte, ob er mich sehen will.»

«Wird gemacht.»

Als sie draußen ist, öffnet Hoffmann die Kiste. Die kommt ihm nicht ungelegen. Laut den Schriften Esquirols gehört das Musizieren zu den Heilmitteln der Seelenstörungen. Das kann er jetzt überprüfen.

Hoffmann hat länger kein Notenpult mehr aufgebaut. Der Ständer ist ein schweres Holzgerät und macht einige Schwierigkeiten, bevor er endlich steht. Die Geige? Liegt voll besaitet im Kasten, da muss nichts gebastelt werden. Gut. Jetzt noch Noten. Hui, wenn der Völker das alles spielen kann, dann ist er nicht schlecht. Hoffmann legt etwas Leichtes von Mozart auf das Pult. Er ist zwar selbst mehr für Beethoven und die Romantiker, hat aber bei den Musikabenden in der Anstalt den Eindruck gewonnen, dass Mozart und verstaubter alter Kram aus dem Barock, beispielsweise Mendelssohns geliebter Bach, stärker beruhigend wirkt. (Das waren noch Zeiten, als er mit Mendelssohn bei der Oberschweinstiege gefeiert und gesungen hat! Wie heiß verliebt war er damals in Therese …)

Sobald alles hergerichtet ist, begibt er sich zu dem Aufenthaltsraum der Männer, um Völker zu holen. Der ist aber nicht da. Dafür haben die üblichen Pappenheimer Hoffmann sofort an der Tür erspäht, winken und rufen ihn Aufmerksamkeit heischend zu sich, also muss er hier erst einmal Visite machen. In der Ecke halten zwei Wärter einen Epileptiker am Boden, der schrecklich krampft. Es ist der arme Kreyenbach, der hat phasenweise um die sechzig Grand-Mal-Anfälle am Tag. Ein Elend. Hoffmann staunt immer, dass die schweren

Epileptiker, soweit ihr Geist dafür noch hinreicht, sich in den anfallsfreien Phasen meist recht guter Laune erfreuen.

«Wo ist der Völker?», fragt er bei erster Gelegenheit Pfefferle.

«Will heut sein Bett nicht verlassen.»

Nachdem Hoffmann sich vom größenwahnsinnigen Eilers ein Geschenk von zweihunderttausend Talern hat versprechen lassen, kann er sich loseisen und findet Völker tatsächlich in dessen Schlafraum vor. Das Haar ist seit Tagen ungekämmt, der elende Ausdruck macht das Gesicht um Jahrzehnte älter.

Er könne nicht aufstehen, das Ende sei nahe, er habe schon gar keinen Puls mehr.

Hoffmann nimmt das lasch herabhängende Handgelenk des Kranken und tastet.

«So, da hätten wir den Ausreißer. Vierundachtzig. Er fliegt ein bisschen, Ihr Puls, Herr Völker, aber er ist eindeutig vorhanden. Wenn Sie mich in die Schreibstube begleiten wollen, da kann ich Sie besser untersuchen.»

Völker kriecht aus dem Bett, schleppt sich düster murmelnd hinter Hoffmann her, die Haare stehen ihm vom Kopf ab wie Vogelnester vom letzten Jahr. Es sei, wenn nicht heute, dann wahrscheinlich morgen sein Todestag, fabuliert er. Es müsse in den nächsten Tagen dazu kommen. Sein Tod stehe fest.

«So, Herr Völker, hineinspaziert.»

Hoffmann lässt Völker in die Schreibstube vorgehen, schließt die Tür, dann steht er bloß noch daneben und beobachtet. Völkers Gesicht belebt sich in der Sekunde, als er sein Instrument entdeckt. Vorsichtig geht er darauf zu, nimmt die Geige in die Hand, zupft, macht ein paar schräge Striche, dann beginnt er routiniert, die Saiten zu stimmen. So heiter konzentriert hat Hoffmann ihn noch nie gesehen.

«Ich darf doch spielen?»

«Ja, sicher, dazu ist die Geige da.»

Völker nimmt den Mozart vom Ständer, fischt aus dem Notenstapel ein Stück von David (angeblich von Vitali, aber Hoffmann weiß von Mendelssohn, dass David diese «auf dem Dachboden gefundene» Vitali-Chaconne in Wahrheit selbst geschrieben hat).

«So, Herr Doktor. Sie kennen mich ja nur als armes Pflänzchen. Jetzt werde ich Ihnen mal zeigen, was für ein Kerl ich eigentlich bin.»

Oje, Größenwahn, denkt Hoffmann. Und zwar so lange, bis Völker die Chaconne zu spielen anfängt. Der Mann spielt ja einen wunderschönen Ton! Und da der Komponist des Stückes selbst Violinvirtuose ist, bietet es nach einem gesetzten Anfang mehr und mehr Gelegenheit, technisches Können auszuspielen. Es stellt sich heraus, der Völker geigt wie ein junger Gott, viel zu gut für einen Laien. Geschweige denn einen akut an Hirn und Geist erkrankten Irren.

«Ich bin platt, Herr Völker», gesteht Hoffmann, als sein Patient, ans Ende der ersten beiden Notenblätter gekommen, pausiert und ihn angrinst. Allerdings ist Hoffmann über das fröhliche Grinsen Völkers mindestens so erstaunt wie über seine musikalische Stärkedemonstration. «Darf ich noch weiterspielen?», fragt der angeblich Kranke.

«Aber sicher. Wegen mir können Sie jeden Tag ein, zwei Stunden spielen. Ich lass Sie jetzt allein. Nebenan ist der Herr Antoni und führt Aufsicht, dem sagen Sie dann, wenn Sie gehen wollen. Die Geige hat Ihnen übrigens Ihre Frau Mutter vorbeigebracht, die lässt Sie grüßen.»

«Herr Dr. Hoffmann?»

«Ja?»

«Ist denn eigentlich das Mädchen noch im Haus, das Fräulein Franck?»

«Ja. Ich will jetzt grad zu ihr.»

«Dann wünschen Sie ihr doch von mir gute Besserung.»
Die hat die Franck garantiert nötiger als er.

Es steht schlimm um sie. Sie ist im Stupor, Hoffmann kann gar nichts für sie tun. Das Eisenkali, das er ihr mit dem Löffel eingibt, schluckt sie nicht, es tropft ihr gelblich aus dem Mund auf den Schoß. Man hat sie gesetzt, in der Jacke, aber die ist überflüssig. Die Kranke ist zu keiner Bewegung fähig. Hoffmann beugt ihren linken Unterschenkel nach oben, er wirkt wachsartig, bleibt steif in der Luft stehen, als er ihn loslässt. Er wartet eine Minute, dann umfasst er den Knöchel, drückt das Bein vorsichtig nach unten, stellt es wieder hin. Es ist ein Elend.

Auf dem Rückweg unten trifft er Völker an, wie der gebückt und stöhnend den Flur entlangschlurft.

«Herr Völker? Was ist denn?»

«Ach, Herr Doktor. Das war zu viel für mich. Ich habe mich überanstrengt. Nun ist es entschieden, mein Tod ist unausweichlich.»

Familie Passavant, 1837

«Die Jungen werden heimgegangen sein. Es dürfte sich um Theos Idee gehandelt haben. Er kennt den Weg besser und übt ja allgemein einen schlechten Einfluss aus.»

So die Diagnose von August betreffs der Unauffindbarkeit seiner beiden angenommenen Kinder auf dem Donner'schen Ball. Es wurde eben erwogen, jemanden zu schicken, um im neuen Passavant'schen Haus an der Eschersheimer Landstraße nachzusehen, als ein halbwüchsiges, pausbackiges blondes Mädchen, irgendjemandes Tochter, von der Diskussion Wind bekam und sich vorlaut wirkend bei Louise meldete: Sie wisse ja nicht, ob es wichtig sei, aber sie habe zwei Jungen darüber sprechen hören, dass es so heiß sei, und einer von beiden habe dann vorgeschlagen, zum Rechneigrabenweiher zu gehen, um sich abzukühlen, was sie persönlich für eine kolossal dumme Idee gehalten habe, denn der Rechneigrabenweiher sei ja so dreckig, und Mücken gebe es da auch zu Hauf.

«Du lieber Gott», sagte Louise. «Wann war denn das?»

«Ich hab nicht auf die Uhr gesehen. So vor ein, zwei Stunden vielleicht. Es war jedenfalls noch hell.»

Der Rechneigrabenweiher lag von der Fischerfeldstraße aus gleich um die Ecke. Er war das, was hier im Osten nach dem Schleifen der Stadtbefestigung vom alten Wassergraben übrig geblieben war. Die Jungen hätten, wenn sie tatsächlich dort baden gegangen waren, längst zurück sein müssen. Louises ungutes Gefühl steigerte sich in die Beinahe-Gewissheit eines Unglücks.

Um nichts zu beschreien, versuchte sie, ruhig zu bleiben. Sie informierte August, der, nunmehr im Stehen, aber noch immer mit «Cousin» Carl an der Seite, in eine Schimpftirade über Theo ausbrach. Louise rieb sich ihr Ekzem. «Wir müssen zum Weiher gehen und die Jungen suchen», erklärte sie zum guten Schluss.

«Das fehlt noch, dass ich hinterherlaufe wie ein Kindermädchen», schimpfte August. «Wenn *du* in der Dunkelheit umherirren willst, bitte.»

Da gab es eine Bewegung an der Tür zum Saal. Die Leute stoben wie vom Wind geblasen auseinander, gaben den Blick frei auf einen Jungen, der durchnässt und bleich hereinkam. Theo.

Sein und Louises Blick trafen sich. In Louises Seele verschob sich etwas. Beherrschung bewahren, die Situation meistern, das war jetzt ihre Pflicht. Sie ging auf Theo zu. Ihr Mann rief irgendwas von hinten, aber sie hörte es nicht.

«Was ist passiert, Theochen?»

«Gotthold. Ist ins Wasser gefallen. Wir waren am Weiher.» Er zitterte und fing an zu schluchzen.

Louise umfasste ihn wortlos. Seine Kleider und Haare waren triefnass und rochen nach altem Brunnen; über seinen Kopf hinweg rief sie, schnell, es müsse ein guter Schwimmer sofort zum Weiher, am besten auch ein Arzt.

Es war klar, wer darauf sofort zur Stelle war: der junge Heinrich Hoffmann. Er befahl, Theo mitzunehmen, und eilte vorneweg, hinaus auf die schlechtbeleuchtete Straße, so schnell, dass Louise mit dem schwach einherstolpernden Theo kaum nachkam. Noch andere Männer schlossen sich an. Irgendjemand setzte, obwohl es nur ein paar hundert Schritte bis zum Weiher waren, einen Wagen in Betrieb und nötigte Louise mit Theo darauf. August saß plötzlich im Dunkeln ihr gegenüber auf der Bank, murmelte vor sich hin und tupfte sich mit einem Tuch die Glatze. Louise zwang sich, die Sinne beieinanderzuhalten und ihre Rolle zu spielen. «Musst uns sagen, wo wir anhalten müssen, Theochen», forderte sie ihren Sohn auf.

«Hier», sagte Theo, kaum hatten sie die Anlagen erreicht.

«Halten Sie! He! Halten Sie an!», rief Louise durchs Fenster dem Kutscher zu, der eigentlich den Auftrag hatte, über die Wege bis zum Weiher durchzufahren. Als der Wagen stand, stieg Louise mit Theo aus, schon wieder verunsichert, ob das klug war, und sah sich um. Etwas weiter vorne auf der Straße ging Heinrich Hoffmann mit einer Laterne, er war zu Fuß kein bisschen langsamer gewesen. Ein Pulk anderer, ebenfalls mit Laternen, folgte gleich hinter dem Wagen. «Theo meint, wir sollten von hier aus zum Weiher», rief Louise Heinrich hinterher, und alle inklusive des fluchenden

August marschierten oder rannten nun in der Dunkelheit quer über die feuchte, rutschige Wiese, Louise mit Theo an der Hand. Bald ahnte man zwischen den Bäumen glatt und still den Weiher liegen. Als der kleine Fischersteg in Sicht kam und dann im silbrigen Mondlicht eine Ahnung von einer Ahnung von einem dunklen Etwas an dessen Ende, preschte Heinrich mit wild schwankender Laterne vorneweg.

«Ist das etwa der Gotthold? Auf dem Steg?», flüsterte Louise Theo zu.

«Ja.»

Louise war verwirrt, denn sie hatte Gotthold im Wasser erwartet. Sie schnaufte durch und schlug einen langsameren Schritt ein. Starrte dabei auf das Ende des Steges, wo Heinrich nun angekommen war und sich als schwarzer Schatten in grauschwarzer Umgebung herunterbeugte. Seine Laterne, die er abgestellt hatte, störte mehr, als dass sie nutzte; alles, was hinter ihrem kurzen Lichtkegel lag, schien dunkler, als es ohne sie gewesen wäre. Man sah also fast nichts. Aber man ahnte genug.

Dann war Louise am Wasser.

«Theochen, du bleibst hier.»

Sie betrat vorsichtig den taufeuchten Steg, da kam ihr Heinrich schon schwerfällig entgegen. Quer vor der Brust hielt er mühsam einen Körper, von dem auf der einen Seite schlaff die Arme und der Kopf und auf der andern die Beine herabhingen.

«Schnell zurück», sagte er gepresst, «wir müssen ihn wärmen, es könnt ja sein, dass es noch hilft.»

Juni 1853, Anstalt für Irre und Epileptische

Der Stupor hat lange Tage gedauert, während deren die Franck nicht einmal Wasser ließ und den Körper so steif hielt, dass man sie kaum bewegen konnte. Hoffmann hat mit ihrem Tod gerechnet. Dergleichen Fälle hat er schon erlebt. Blasenpflaster hat er versucht und am Ende sogar das Haarseil, eine Folter, bei der man eine lange Wunde schneidet und mittels einer eingelegten Haarschnur offen hält; er glaubt fest, dass eine Wirkung, falls denn vorhanden, von den Schmerzen mehr als von der eigentlich beabsichtigten Drainage von Giften ausgeht.

Ganz schleichend wird es jetzt besser. Sie sitzt noch immer still und sieht nach unten, geht aber auf Aufforderung und sanften Armdruck den Weg vom Bett zum Aufenthaltssaal und zurück, sie isst ein wenig, und die Ausscheidungen funktionieren wieder. Am zehnten Tag nach der Verschlechterung beschließt Hoffmann, das Seil herauszunehmen und den Schnitt nicht mehr offen zu halten. Er kniet im Aufenthaltsraum vor der Kranken und verbindet die eiternde Wunde am Arm. Da sagt sie ganz sanft: «Herr Doktor, wer spielt denn da so schön Geige?»

Ihre ersten Worte seit zehn Tagen. Gott sei Dank.

«Das ist der Herr Völker, ein Patient.»

«Der spielt so schön, das hat mich jeden Tag beruhigt, wenn ich die Geige gehört habe.»

«Teufelsmusik», schimpft die Mitpatientin, die unlustig Baumwolle zupfend danebensitzt, eine abgemagerte Chronikerin von um die vierzig, die nach Jahren der Krankheit viel älter aussieht. «Der Teufel ist das, Herr Doktor, der Teufelsgeiger, das weiß doch ein jeder. Der Deibel sitzt in der Wand. Der kommt die Nacht aus der Wand und überfällt mich im Bett. Da müssen Sie was gegen tun. Zustände sind das hier.»

«Ja, ja, Frau Schenk, wir bemühen uns. – Fräulein Franck, zu Ihnen. Waren Sie denn wach, während Sie sich nicht bewegen konnten?»

«Was? Ja. Nein. Manchmal nachts hab ich geschlafen. Meistens war ich wach.»

Er hätte das nicht ansprechen sollen, hört die Angst in ihrer Stimme, die eben noch so entspannt und getröstet geklungen hat.

«Herr Doktor?»

«Ja?»

«Was ist mit mir? Bin ich verrückt?»

Dasselbe Spielchen, das er schon einmal mit ihr hatte.

«Sie haben eine Geisteskrankheit. Eine heilbare.»

«Aber Sie können das doch gar nicht wissen.»

«Was? Ob es heilbar ist?»

«Ob das nicht wirklich ist.» Sie beugt sich vor, flüstert: «Ob meine Verwandten mich … meine Mutter. Ob die das nicht sind.» Sie wirkt aufgeregt, beugt sich noch weiter zu ihm und flüstert ihm direkt ins Ohr: «Meine Mutter. Die versucht mir das Hirn wegzunehmen, und wenn ich einen Gedanken hab, dann holt sie ihn weg, als ob der Wind ihn wegweht. Sie hat mich auch verhext, dass alle meine Glieder so steif geworden sind. Und das alles, weil ich etwas nicht erzählen soll. Herr Doktor, es gibt doch das Beichtgeheimnis. Haben Ärzte nicht auch so was?»

«Ja, wir sind auch zur Verschwiegenheit verpflichtet.»

«Dann will ich Ihnen etwas sagen. Es muss aber in einem Keller sein, wo uns niemand hören kann.»

Hoffmann seufzt. Regelmäßig erhält er verrückte Beichten. Gestern erst hat ihm eine dürre Neueinweisung als großes Geheimnis offenbart, dass sie die angetraute Braut Jesu sei. Vorgestern hat ihm der größenwahnsinnige Bäcker Eilers von einem Schatz von hundert Millionen Golddukaten berichtet, der in seinem Garten vergraben liege, und ihm konspiratorisch versichert: Das weiß niemand, Herr Doktor, nur Sie und ich!

«Wir müssen das auf später verschieben, Fräulein Franck. Heute Nachmittag vielleicht. Ich muss jetzt erst einmal meine Visite zu Ende bringen. Versprechen Sie mir, dass Sie heute Mittag auch tüchtig essen?»

Heinrich, Familie Passavant, 1837

Heinrich tat alles, was man seines Wissens tun konnte: Am Weiher noch hatte er den Jungen an den Beinen hochgehalten, damit das Wasser aus der Lunge floss, und ihm den Leib massiert. Bei Donners versuchte er mit einem Pfeifenstiel, ihm Luft in den Mund zu blasen, benetzte seine Zunge mit Alkohol, wieder und wieder. Schließlich probierte er es mit Wärmen, doch das nur noch pro forma, denn bis das Donner'sche Küchenpersonal den kalten Ofen zum Glühen gebracht und zwei Pfannen mit Kohlen befüllt hatte, da gab es längst keinen Zweifel mehr, dass man hier nur mehr eine Leiche beheizte.

Während die Köchin dem Ertrunkenen eine Pfanne auf den Bauch drückte, saß Heinrich erschöpft auf einem harten Holzstuhl und sah zu. Der tote Junge lag auf dem Küchentisch. Außer Heinrich war kein einziger Arzt unter den Ballgästen, sodass er, unerfahren, wie er war, und voller Zweifel über seine ärztlichen Fähigkeiten, ganz allein die Verantwortung trug.

Nach kurzer Erholpause raffte er sich wieder auf die Füße und verließ die Küche. Gleich hinter der Tür im Korridor stand August Passavant, rauchend, mit verschwitzter

Glatze, wild abstehendem grauem Haarkranz und fahlem Gesicht.

Heinrich eröffnete ihm, es gebe keine Hoffnung mehr. Passavant schien keine andere Auskunft erwartet zu haben. «Ich brauche einen Schnaps, Hoffmann», sagte er.

«Kommt sofort. Wie geht es Ihrer Frau und Ihrem Ziehsohn, wie heißt er gleich, Theo?»

«Sicher besser als mir. Kann ich's wagen, mit in die Küche zu kommen, oder ist der Anblick zu gräulich?»

«Kommen Sie nur. Ihr Gotthold sieht ganz friedlich aus.»

Drin wies Heinrich, während er einen Korn eingoss, die Köchin an, das Wärmen der Leiche aufzugeben und die Pfannen lieber dem lebenden Kind zu bringen, das im zweiten Stock in ein Bett gelegt worden war.

Passavant setzte sich, versenkte nach einem Blick auf den toten Neffen das Gesicht in beide Hände. Heinrich ging auf ihn zu und hielt ihm das Glas hin. «Komm, Bruder, trink einen Schluck», sagte er, die Freimaurer-Anrede benutzend, die ihm dem intimen Augenblick angemessener schien als das kalte Sie. Passavant nahm die Hände vom Gesicht, griff das Glas und nippte daran, hustete und zog die Nase hoch. Dann sagte er: «Hoffmann, Sie müssen mir helfen. Ich habe einen schrecklichen Verdacht.»

«Und der wäre?»

«Ich glaube, unser Theo hat den Gotthold ertränkt.»

Heinrich zog die Brauen hoch, steckte die Hände in die Hosentaschen.

«Das müssen Sie mir erklären.»

«Aus Eifersucht. Wir haben den Gotthold letzte Weihnachten bei uns aufgenommen. Dem Theodor hat das nie gepasst. Er ist ja ein angenommenes Kind, dachte sicher, der Gotthold wird mein Erbe werden und nicht er. Jetzt hat er die Gelegenheit genutzt und ihn aus dem Weg geräumt. Liegt noch dazu oben im Bett und flennt, der kleine Heuchler, der bösartige, und lässt sich von Louise trösten. Sie sind doch von Beruf Leichenbeschauer, Hoffmann. Was meinen Sie? Gibt es nicht Zeichen an dem toten Kind, dass es so gewesen ist? Ich muss das wissen, verstehen Sie.»

«Aber natürlich. Ich werde mein Möglichstes tun. Ihr Verwandter Eduard ist im Augenblick draußen unterwegs, den Doktor Cretzschmar zu holen, den Stadtphysikus, der soll hier mit mir die offizielle Leichenbeschau machen; ich bin ja für den hiesigen Bezirk gar nicht zuständig. Mir kommt bei der Sache auch einiges seltsam vor. Ich verstehe nicht, warum wir den Jungen auf dem Fischersteg statt im Wasser vorgefunden haben. Ich hätte Ihren Theo sowieso noch über die Umstände befragt. Mein Vorschlag ist, wir machen das jetzt gemeinsam. Und hinterher sehen der Dr. Cretzschmar und ich uns an, ob der Befund an dem Toten zu dem passt, was der Theo uns erzählt. Sind Sie damit einverstanden?»

«Ja. Aber mich müssen Sie entschuldigen. Mir wird übel, wenn ich an den Theo nur denk. Gehen Sie allein hoch und verhören Sie ihn anständig und seien Sie bloß nicht zimperlich. Eigentlich müsst ich ihn prügeln, bis er's zugibt, aber dazu fehlt mir heute die Kraft. Ich bin ein schwacher Mensch, Hoffmann, ein schwacher Mensch.»

«Das sind wir alle. Wissen Sie, Passavant, nach diesem üblen Schock legen Sie sich am besten oben in ein Bett. Ich hole Ihnen das Thereschen Donner, die wird sich ganz lieb um Sie kümmern.»

Während August Passavant von der rotblonden Donner-Tochter mit der spitzen Nase in ein Schlafzimmer geleitet wurde, setzte sich Heinrich nebenan bei dem kleinen Theodor ans Bett. Der Junge schlief oder tat so. Louise, die dabeisaß, war es offenkundig gar nicht recht, dass Heinrich stören kam, aber er bestand darauf, es müsse sein. Das Kind, zehn Jahre alt vielleicht, schlief auf der Seite, engelsgleich, sehr hübsch und mit zarten Salzkrusten auf den Wangen vom Weinen.

Der Puls war um die achtzig, die Körpertemperatur normal. «Theodor? Theo?»

Der Junge, der von seinen Handgriffen längst wach geworden sein musste, drehte sich auf den Rücken und sah ihn apathisch an. Apathisch, nicht ängstlich.

«Grüß dich, Theo. Ich bin der Doktor Hoffmann. Du kennst mich doch sicher noch, oder? Keine Angst, ich will dir keine schreckliche Medizin eingeben, Blutegel hab ich auch keine mitgebracht. Ich will nur ein bisschen mit dir reden. Wie ist das denn passiert, heute Abend, dass der Gotthold ins Wasser gefallen ist?»

Theo wand sich, im wörtlichen Sinne. Das war allerdings nichts weiter als ein Zeichen, dass das Thema quälend für ihn war. Wie sollte es auch anders sein, bei den Umständen

«Wir sind Boot gefahren», druckste er schließlich.

«Was für ein Boot?»

«Da war eins, so ein kleines, am Steg angebunden. Wir haben gedacht, das gehört niemandem.»

Heinrich sah es im Geiste vor sich, Jungenhände, die ein Seil aufknoten, abenteuerlustig und mit leisem schlechtem Gewissen, weil ihnen das niemand erlaubt hat.

«Ein Ruderboot?»

«Ja.»

«Und dann?»

«Dann sind wir gefahren. Und wir haben dann aus Spaß so geschaukelt im Boot, und dann ist der Gotthold reingefallen.»

«Wie, im Sitzen ist er übern Rand gekippt?»

«Nein. Im Stehen. Wir sind aufgestanden und haben das Boot geschaukelt.»

«Und dann?»

«Dann hat er im Wasser so gezappelt und geschrien und ist immer untergegangen.»

«Er konnte nicht schwimmen?»

«Nein.»

«Und dann?»

«Dann hab ich mich vorgebeugt und versucht, ihn an der Hand festzuhalten, und dann hat er gezogen, und ich bin auch reingefallen.»

«Du kannst schwimmen?»

«Ja.»

«Und weiter?»

«Dann hab ich … ich hab im Wasser nach ihm gesucht, aber er war plötzlich nicht mehr da, und ich bin wieder zum Boot geschwommen. Und dann hab ich überall geguckt, es war auch schon ein bisschen dunkel, bis ich ihn wieder gesehen hab, und bin mit dem Boot hingepaddelt und hab wieder versucht, seine Hand zu kriegen. Als ich ihn dann erwischt hab, da war er ganz still im Wasser und hat nicht mehr so gezogen. Ich hab ihn versucht reinzuhieven ins Boot, aber hab es nicht geschafft. Dann hab ich ihn am Handgelenk festgehalten, und mit dem andern Arm hab ich gerudert, so abwechselnd rechts und links, und hab versucht, zum Ufer zu kommen, es ging aber bloß ganz langsam, weil ich nur eine Hand frei hatte, und als ich endlich wieder an dem Steg war, hab ich das Boot angebunden und dann war es leichter, ihn reinzuziehen. Da war er aber schon ohnmächtig. Und dann hab ich ihn von dem Boot auf den Steg geschoben.»

«Wozu das?»

«Ich … ich weiß nicht, er sollte halt an Land, wo er sicher ist, ich dachte, da erholt er sich dann.»

«Das hat er aber nicht.»

«Nein. Ich hab ihm auf die Brust gedrückt, falls da Wasser drin ist, dass es rauskommt, es hat aber alles nichts geholfen.»

«Wusstest du vorher, dass der Gotthold nicht schwimmen kann?»

«Nein. Nein, ich dachte, der kann schwimmen.»

Das war gelogen, eindeutig, die Stimme verriet es. Aber es war eine verständliche Lüge, fand Heinrich, eine Schutzbehauptung: Dem toten Gotthold konnte man keine Vorwürfe machen ob seiner Unvernunft, als Nichtschwimmer auf einem einsamen Weiher Bötchen gefahren zu sein. Theo aber lebte, ihm konnte man die ganze Schuld zuschieben, konnte ihm vorhalten, dass er Gotthold nicht gehindert, oder schlimmer, dass er den Nichtschwimmer zu der Unglücksfahrt erst angestachelt hatte. Und das hatte er wahrscheinlich auch. Heinrich konnte sich bestens vorstellen, wie das verlaufen war: Theo, der den Vorschlag macht, in der Nussschale auf den Weiher hinauszufahren, Gotthold, der nicht als Memme dastehen will und deshalb mitmacht. Vor allem bei dem Schaukelspiel später. Das war Wahnsinn, aus der Sicht eines Nichtschwimmers.

Oder war es ganz anders gewesen?

Glaubte man August Passavants Verdacht, hatte Theo Gotthold aus dem Boot oder vom Steg gestoßen. Allerdings konnte sich Heinrich das schlecht vorstellen.

Hinter ihm ging die Tür auf.

«Herr Doktor? Der Herr Stadtphysikus Dr. Cretzschmar ist jetzt da und fragt nach Ihnen.»

Heinrich verließ Theo und begleitete den Diener nach unten. In der Küche wartete Cretzschmar auf ihn, ein stämmiger Typ mit hängendem Bulldoggengesicht, der Autorität *en masse* ausstrahlte. Heinrich atmete innerlich auf.

«So, Hoffmann. Da woll'n wir mal unseres Amtes walten. Tod durch Ertrinken, höre ich?»

«Höchstwahrscheinlich.» Heinrich berichtete, was er von Theo gehört hatte.

Im gelben Schein von zwei Öllampen war danach er es,

der Arzt geringeren Ranges, der dem bleichen Toten auf dem Küchentisch die muffig-feuchten Kleider auszog.

Es gab Griffspuren an einem Handgelenk, Schürfspuren an Rumpf und Beinen, wahrscheinlich entstanden, als Theo den bereits toten Gefährten aus dem Boot auf den Steg gehievt und geschoben hatte.

Der ganze Befund passte zu Theos Erzählung. Es gab hier nichts, was Augusts Verdacht bestätigte.

Heinrich ahnte allerdings, dass der Verdacht nicht vollkommen aus der Luft gegriffen war. Zu deutlich hatte er Furcht und schlechtes Gewissen in der Stimme Theos gehört. Er konnte sich vorstellen, was dahintersteckte: Zwei Jungen, geschwisterliche Freunde, doch unterschwellig Konkurrenten. Gotthold aus Theos Sicht ein Eindringling, der ihm seine Position in der Familie streitig machte. Der verlockende dunkle Weiher, das Boot, Gotthold, der Nichtschwimmer: Gut möglich, dass Theo die Versuchung gespürt hatte, eine für Gotthold riskante Situation herbeizuführen, ja dass er in kindlichem Groll seinen Tod gewünscht hatte. Wie groß musste aber Theos Entsetzen gewesen sein, als Gotthold dann tatsächlich im Wasser zappelte, als dies Bild kein kindlicher Wunschtraum, kein Spiel mehr war und es dem Gefährten wirklich ans Leben ging. In diesem Augenblick musste Theo klargeworden sein, dass er dies nicht gewollt hatte.

Der Junge tat Heinrich leid. Sicher wand er sich jetzt in schlechtem Gewissen, ewig würde ihn seine Schuld verfolgen.

«Also ist die Sache klar», fasste Cretzschmar zusammen.

«Ja», nickte Heinrich. «Unfalltod durch Ertrinken.»

Pauline, städtisches Waisenhaus, zur selben Zeit, 1837

Pauline war dankbar, ein Mädchen zu sein. Man wurde weniger geprügelt. Von den Lehrern und auch von den Jungen, die sich meist untereinander schlugen. Man bekam nicht dauernd Krätze und Grind und andere Scheußlichkeiten. Man bekam sinnvolle und leichte Arbeit zu tun, wie Flicken und Nähen an den blauen Waisenuniformen, statt der Schikanedienste, die die Jungen machen mussten, wie Steinblöcke schleppen, erst in die eine und dann in die andere Richtung, stundenlang, egal bei welchem Wetter. (Diese sinnfreie Tätigkeit der männlichen Waisenhauszöglinge sollte Erziehung zu Zucht, Ordnung und Fleiß gewährleisten und war die Folge dessen, dass die Stadt kommerzielle Kinderarbeit im Waisenhaus nicht mehr erlaubte. Dadurch waren die dortigen Pädagogen in die Verlegenheit gesetzt, sich Ersatz auszudenken. Sisyphusarbeit schien die ideale Lösung.)

Da Pauline also glücklicherweise ein Mädchen war, war sie zufrieden hier. Sie hatte ein schlechtes Gewissen, wenn sie die Jungen jammern und schimpfen hörte. Natürlich verriet sie nicht, dass sie sich im Waisenhaus recht wohl fühlte. Damit würde sie sich bloß bei den andern unbeliebt machen.

Sie hatte doppelt Glück gehabt. Gleich an dem Tag, an dem sie angekommen war, weggeholt von ihrer Pflegemutter Tante Käthe, ohne Vorwarnung, todunglücklich, da hatte sie eine Freundin gefunden: das Hannchen im Nebenbett, das schon ein paar Wochen da war und wusste, was hier wann passierte und worauf man achten musste. Das Hannchen und sie hatten sich eng zusammengeschlossen. Zu zweit fühlten sie sich stark und nicht allein. Pauline wurde bald klar, wenn man brav war und sich im Hintergrund hielt, dann war es im Waisenhaus auch nicht schlechter als bei der Tante Käthe.

Da hatte sie die letzten Jahre verbracht. Die Tante Käthe war zwar meistens nett zu ihr gewesen. Aber sie roch nicht gut, und dann kam ihr unten immer der Unterleib heraus, und weil sie sich nicht gut bücken konnte, hatte sie immer Pauline befohlen, den Unterleib wieder reinzuschieben, und Pauline hatte das eklig gefunden. Besonders weil eben die Tante Käthe unten nicht gut roch. Das war sie jetzt los.

Die Sonntage waren natürlich bitter. Man hatte ihr, als sie neu war, gesagt, ihre Mutter würde sie sonntags besuchen kommen. Sie hatte überlegt, ob wohl die Tante Käthe gemeint war, denn an ihre richtige Mutter konnte sie sich kaum erinnern. Aber die Tante Käthe kam nicht zur ersten sonntäglichen Besuchszeit. Und auch sonst niemand. Pauline, sechs damals, hatte natürlich geheult. Hannchen, die Gute, hatte sie mit Lügen getröstet: *Ihre* Mutter würde auch nur jedes zweite Mal kommen.

Für Pauline war aber auch am zweiten Sonntag niemand da. Und auch nicht am dritten. Nachdem Pauline sich getraut hatte, die Hausmutter nach Tante Käthe zu fragen, hieß es, die Tante Käthe sei nicht verwandt mit ihr und die dürfe sie gar nicht besuchen. Da wusste Pauline, dass es zur Besuchszeit um ihre richtige Mutter ging. Dass die es war, die sie nicht besuchte. Sie wusste nicht viel von ihrer Mutter, außer dass sie eine arme Witwe war. (Das hatte ihr die Tante Käthe gesagt.) Und sie lebte noch. Nach ihrem ersten Jahr im Waisenhaus hatte Pauline sich getraut und danach gefragt, da hatte man ihr deutlich gesagt: Nein, tot sei die Mutter nicht und sie erhalte alle Jahre einen Brief, in dem stehe, was für Fortschritte Pauline mache.

Von vielen anderen Kindern waren die Mütter tot. Die bekamen aber trotzdem Besuch: von Tanten, Onkeln, Omas, großen Geschwistern. Bloß sie, deren Mutter noch lebte, saß am Sonntag allein in der Ecke. Warum, das konnte Pauline überhaupt nicht verstehen. Und je weniger, desto älter sie wurde. Was dachte sich die Mutter? Hatte sie denn nicht einmal ein Stündchen Zeit sonntags?

Sie würde die Mutter besuchen gehen, wenn sie groß war und weg aus dem Waisenhaus, irgendwo in einer Stellung untergebracht. Oft lag sie nachts wach und malte sich aus, wie das ablaufen würde. An einem freien Nachmittag würde sie hinmarschieren, zu der Adresse, die sie dann kennen würde, und würde zu der Mutter sagen: Weißt du, wer ich bin?

Dann gab es zwei Möglichkeiten. Entweder die Mutter würde ihr in die Arme fallen und zu weinen anfangen und ihr erklären, warum sie all die Jahre nicht hatte kommen können. Oder die Frau würde sie kalt ansehen, und dann würde Pauline sagen: Ich bin die Pauline, dein Kind. Weißt du, dass ich die Einzige im Waisenhaus war, die all die Jahre kein einziges Mal Besuch bekommen hat? Die Einzige. Du bist eine Rabenmutter, das wollte ich dir sagen. Und jetzt will ich dich nie mehr wiedersehn.

Familie Passavant, 1837

Dr. Schopenhauer wohnte am Main an der Schönen Aussicht. Morgens und Abends pflegte er den geliebten Pudel Atman, genannt Butz, spazieren zu führen, so auch an dem Morgen nach Gottholds Tod. Schopenhauers üblicher Spazierweg führte ihn Richtung Obermain den Kai entlang und dann beim Fischerfeld in die Anlagen. Sein Butz hatte einen Lieblingsbaum am Rechneigrabenweiher. An den Abenden saß Schopenhauer dort gerne auf der Bank. Heute früh schlug er einen Bogen durch die Fischerfeldstraße. Da traten am Donner'schen Haus, gerade als er es erreichte, August Passavant samt Frau und Kind aus der Tür.

Dr. Schopenhauer und Herr Passavant waren mit ihren ausladenden Backenbärten und nach oben gekämmten Haarkränzen gleich frisiert, was sie allerdings nicht füreinander einnahm. Denn jeder sah im anderen eine Karikatur seiner selbst. Dazu hatte man auch Grund: Schopenhauer deshalb, weil Passavant zehn Jahre älter war als er und sowohl weniger Haare als auch weniger Grips darunter hatte, Passavant, weil der einsame Philosoph mit dem ewigen Pudel und dem norddeutschen Akzent einem Frankfurter Kaufmann nur lächerlich erscheinen konnte. Außerdem kannten die Herren sich zu gut. Vor einem halben Jahr hatte es sich zufällig ergeben, dass Arthur Schopenhauer und August Passavant beim Mittagessen im *Englischen Hof* an denselben Tisch gesetzt wurden. Dies war die Zeit, da in München die Cholera und in Passavants Eingeweiden die Angst wütete. Und siehe da, Schopenhauer ging es ebenso. Es habe ihn ursprünglich aus Angst vor der Cholera nach Frankfurt verschlagen, erzählte der Philosoph, sobald Passavant die Krankheit erwähnte. Während der Epidemie 1831 in Berlin habe er nur schnell weit weg gewollt und sei in Frankfurt gelandet. Sein Intimfeind und Berliner Philosophenkollege Hegel habe seine Flucht feige gefunden und vor den Studenten über ihn gelästert, prompt sei der eitle Schwätzer dann selbst der Seuche erlegen. Ja, ja, wer den Helden spielen wolle, den bestrafe das Schicksal. Schopenhauer und Passavant waren sich im Weiteren über Hasenbraten mit Speck einig, dass die jetzige Münchener Epidemie Übles für Frankfurt verspreche und dass man bei dem ersten Fall in Nürnberg oder gar Würzburg die Flucht ergreifen müsse. Nur, wohin? Wo in Europa war man denn noch sicher? Passavant berichtete von seiner Karte im Billardzimmer, die voller verschiedenfarbiger Fähnchen steckte und den Verlauf der Seuche seit 1829 dokumentierte. Sollte man Orte wählen, an denen die Cholera schon einmal oder noch nie gewesen war? Wie wäre es mit Hamburg, beispielsweise? Oder sollte man sich aufs platte Land zurückziehen, in der Hoffnung, dass Landluft gesünder sei? Man diskutierte das über reichlich Wein und kam schließlich auf die Weiber zu sprechen, von denen beide Herren im Leben sehr enttäuscht worden waren und die, hier war man sich erneut sehr einig, als läppische, dumme und parasitäre Wesen nur Verachtung verdient hatten.

Nach solchen Bekenntnissen unter Fremden kann es sein, dass man sich danach nicht gerne wiedersieht. Zumal wenn man ja im Grunde – Philosoph auf der einen, Kaufmann auf der anderen Seite – so wenig gemein hat.

Als die Herren an jenem Morgen in der Fischerfeldstraße unerwartet aufeinandertrafen, da gaben sie sich ein höfliches «Morgen» und lüpften die Zylinder. Passavant war nicht nach Konversation mit Schopenhauer, was er deutlich machte, indem er schnellen Schrittes auf die andere Seite der Straße eilte und den bereitstehenden geschlossenen Wagen bestieg.

«Sind die Herrschaften umgezogen?», fragte Schopenhauer Louise, die weniger fix war.

«Nein, wir waren hier nur auf Besuch.»

In diesem Moment fasste Schopenhauer Theo ins Auge. «Na! Habe ich dich nicht gestern Abend am Weiher raufen sehen?»

Theo zeigte keine Reaktion.

«Du bist mir ein Racker!», sagte Schopenhauer, worauf Louise, sehr nervös, Theo am Arm nahm und sagte, nichts für ungut, aber man müsse jetzt.

Manche Dinge wollte sie gar nicht wissen.

Nun stand er also im Erwerbsleben. Doch der Arztberuf war nicht Heinrichs Berufung. Es schmeckte nach Unredlichkeit und Hausierertum: sich erst bei Leuten anzudienern, in der Hoffnung, dass sie einen als Arzt zu Rate ziehen, um dann geschäftig in ihre Häuser zu kommen und sie mit Mittelchen zu traktieren, die die eine heilkundliche Schule für gut, die andere aber für schlecht befand und von deren Wirkung man selbst nicht überzeugt war. Freundlichkeit und Trostspenden war schon eher seine Sache, sodass er fast lieber an das Bett von Sterbenden gerufen wurde als zu jemandem, der noch Heilung erwartete. Tumore und Brüche, da konnte man zwar etwas tun – doch Heinrich hatte in Paris so viele grässlich missglückte Operationen gesehen, dass er immer tagelang nicht schlief, wenn er einen Eingriff durchführen sollte. Schließlich las er im Heilkundeblatt: Chirurgen stürben früh wegen der vielen Anspannung. Beinahe atmete er auf; das war doch ein guter Grund, nie wieder zu operieren. Dann war es eben nichts mit der Chirurgenkarriere. Er war ja zum Glück auch als Geburtshelfer ausgebildet. Allerdings – die Hebamme, mit der er sich zu dem Behufe zusammentat, die hatte seine Weisungen kaum nötig.

Kinder als Patienten waren ein Übel für sich. Sie fingen vor Angst an zu heulen, sobald er in ihr Zimmer trat. Er konnte sich denken, warum. Hatte Mutter Nettchen ihm nicht als Kind oft gedroht: Wenn du dies und jenes tust oder nicht tust, dann wirst du krank und dann kommt der Doktor und gibt dir bittere Medizin? Kinder fürchteten den Doktor ebenso sehr wie den Schwarzen Mann.

Immerhin hatte Heinrich durch seinen weiten Freundeskreis eine Menge Leute, die ohne übertriebene Anbiederei von seiner Seite auf die Idee kamen, ihn als Arzt zu konsultieren. Nur ist das mit Freundespatienten so eine Sache: Kann man von denen Geld nehmen? Wenn es nicht gerade eine im Gold schwimmende Familie war wie die Nestlé-Andreae, dann hörte sich Heinrich am Ende der Behandlung häufig genug sagen: Nein, das sei ein Freundschaftsdienst gewesen, das koste selbstverständlich nichts! Namentlich kannte er, durch seinen billigen Mittagstisch im *Haus Ulm* in der Schäfergasse, haufenweise junge Maler und Schriftsteller. Die waren doch alle Hungerleider. Und wenn die gerade ihn an ihr Krankenbett holten, dann musste er davon ausgehen, sie hofften, ohne Bezahlung davonzukommen. Bei den Malern stellte er es so an, dass er sich eine Skizze oder dergleichen als Lohn ausbat. Das schmeichelte den Herren. Und falls sie irgendwann berühmt würden, bekämen die Blätter einen Wert. Solange das nicht der Fall war, hatte er immerhin was Schönes an die Wand zu hängen.

Derzeit hing sein malerischer Arztlohn im Gasthaus *Zum Tannenbaum* in der Brückenstraße an den gekalkten Wänden. Im *Tannenbaum* hauste er, inzwischen wieder gemeinsam mit Mutter und Schwestern, als Dauergast. Irgendwie kamen sie hin mit dem Geld, es gab ja noch ein kleines Erbe vom Vater zu verzehren, auch hatte die Stadt für die vom Vater gebaute Wasserleitung noch etwas nachgezahlt. Doch an Sparen war nicht zu denken.

Eigentlich auch nicht an Therese Donner.

Zu Anfang und aus der Ferne war ihm das rotblonde junge Mädchen mit der spitzen, hochfahrenden Nase nicht ganz geheuer gewesen. Aber dann saß er anlässlich von Freund Eduard Passavant-Cornills Hochzeit neben ihr am Tisch. Da war ihm schlagartig aufgegangen, dass das grazile, aber kecke Ding eigentlich genau das war, was er suchte. Als sich dann noch herausstellte, auch ihr war, wie Heinrich, früh die Mutter gestorben, da schien es wie ein Gottesurteil. (Genau besehen war die Parallele keine. Heinrich hatte in Nettchen eine Mutter gehabt, Therese dagegen bloß kalte Gouvernanten ... aber so genau rechnete man nicht, wenn die Liebe zuschlug.) Eigentlich war er ja unglücklich in Emma Andreae verliebt. Die hatte das witzig gefunden, allerdings nicht ihr Bruder. Bald aber hatte er sich an Therese Donner derart leidenschaftlich festgebissen, dass die ältere Liebe ihm wie eine kindische Entgleisung vorkam und schnell und schmerzlos einging. Bei jeder Feier, jedem Ausflug im Freundeskreis klebte er an Thereses Seite. Anders als bei früheren Flammen gab hier näheres Kennenlernen keinen Anlass, seine Neigung abzuschwächen. Ob *sie* ihn allerdings mehr als nur nett fand, das wusste er nicht. Immerhin beschwerte sie sich nicht über seine Anhänglichkeit. Und ihr Vater, der Fabrikant Donner, der erst krank war, dann starb, der konnte sich nicht beschweren, denn er erfuhr zeitlebens nie, dass der fidele, aber blanke Dr. Hoffmann um seine Tochter buhlte.

Nach dem Tod des Alten kam Therese, neunzehnjährig, unter die Kuratel zweier Vormünder. Bei Bällen und Ausflügen waren die hochwohlgeborenen älteren Herren selten zu sehen. Irgendjemand musste ihnen aber wohl etwas zugetragen haben. Jedenfalls bestellte einer der Vormünder (sein Sohn war ein Studienfreund) Heinrich eines Tages zu sich und nahm ihn, statt ihn wie erhofft ärztlich zu konsultieren, in ein peinliches Verhör: Ob es wahr sei, dass er Absichten betreffs der Therese Donner habe? Nein, wehrte Heinrich ab, er schätze sie sehr, aber das stehe ihm doch gar nicht zu, man sei nur gut Freund miteinander. Er gebe halt auf das arme Waisenkind ein bisschen acht.

Seine Praxis ging inzwischen eher bergab als bergauf. Und zwar weil er daran arbeitete, anderweitig Ruhm und Einkommen zu finden. Im Jahr 38 gab es mehrere Anlässe, die ihm so recht klarmachten, dass er in Wirklichkeit nicht zum Arzt, sondern zum Dichter geboren war. Der eine Anlass war das Fest zum fünfzigjährigen Doktorjubiläum von Dr. Lejeune im Oberforsthaus, bei dem er ein selbstverfasstes Poem vortrug, das humoristisch das tausendjährige Doktorjubiläum des Hippokrates behandelte. Die trockenen alten Kollegen prusteten vor Lachen, ja lagen teils unterm Tisch, und beschworen ihn, er müsse das unbedingt veröffentlichen. Wie er denn dazu komme, eine solche Begabung bisher unter Verschluss gehalten zu haben? – Aha, hier auch! Ganz Ähnliches hörte er ja an seinem Mittagstisch im *Haus Ulm* von den Maler- und Schriftstellerfreunden. Die fanden, er solle humoristischer Dichter werden.

Im Herbst desselben Jahres kam das deutsche Sängerfest. Heinrich war als begeisterter, aber schlechter Sänger und Musikliebhaber im Cäcilienverein; dank der vielen Bälle kannte ihn in der besseren Gesellschaft jeder. Also konnte er sich kaum beschweren, dass er ins Veranstaltungskomitee berufen wurde. Danach war über Wochen die ärztliche Tätigkeit sekundär. Heinrich erbettelte Geld und freie Unterkunft für Gäste, plante das Programm. Und als er dann mit dem Rest des Komitees am Fahrtor die per Boot eintreffenden Sängerdelegationen aus ganz Deutschland begrüßte, vor geschmückter Mainfront, mit Tausenden, die an allen Fenstern standen und die Fahnen schwenkten und alle gemeinsam in Jubelschreie ausbrachen, da flossen ihm die Tränen, so schön war das alles. Sein alter studentischer Patriotismus stand von den Toten auf (Ehre, Freiheit, Vaterland!). Schlagartig verstand Heinrich, dass in Zeiten von Burschenschaftsverboten und Zensur dies «Deutsche Sängerfest» in Wahrheit eine politische Veranstaltung war.

Am übernächsten Abend, beim Bankett mit Honoratioren an der Mainlust bei Fechenheim, durfte er als Komiteemitglied einen von vielen Toasts aussprechen. Eigentlich hatte er ja etwas Humoriges geplant. Aber die patriotische Begeisterung trieb ihn dazu, stattdessen die Pressefreiheit hochleben zu lassen. (Wie hatte der kleine Körner ihm damals geschrieben? Auch du wirst deinen Teil fürs Vaterland noch tun!) Die Reaktion am Festtisch allerdings war verhalten. Etwas später hörte er mit halbem Ohr, wie sich jemand bei Speyer, dem Komiteevorsitzenden, beschwerte, man dürfe so junge, vorwitzige Leute nicht auf eine Festgesellschaft loslassen, das sei gefährlich.

Als das Sängerfest zu Ende war und die Sänger heimgekehrt, da hatte das Komitee Geld übrig. Damit, so wurde beschlossen, würde man eine Stiftung gründen. Also hatte Heinrich schon wieder ehrenamtliche Arbeit. (Warum machte die eigentlich immer viel mehr Spaß als die bezahlte?) Was ihn außerdem Zeit kostete: Inzwischen erwartete jeder, der ihn einlud, ein humoristisches Versepos passend zum Anlass. Und dann waren da die heimlichen Verse, die er für den Schritt in die große, die nationale Öffentlichkeit sammelte. Denn die Dichter- und Malerfreunde im *Haus Ulm* hatten ihn überredet. Er würde es wagen und eine Sammlung Gedichte verlegen lassen. Danach würde das Schicksal entscheiden, was aus ihm werden sollte: Arzt oder Dichter. (Schon Schiller hatte ja vor demselben Dilemma gestanden ...)

Bei Heinrich meldete sich das Schicksal aber früher, als er mit seiner Gedichtsammlung fertig war.

Und zwar in Form eines ehemaligen Studienkumpels namens Louis Brentano, inzwischen, wie bei den Brentanos üblich, Handelsmann. Louis tauchte eines Februarmorgens im Jahr 1839 in Heinrichs Dauerlogis im Gasthaus *Zum Tannenbaum* auf und erklärte: Sein guter Freund Dufay, reich und tuberkulosekrank, wolle des besseren Klimas wegen nach Sorrent gehen. Die Familie bestehe aber darauf, es müsse ein heimischer Arzt ihn begleiten, und der junge Dufay wünsche nun am liebsten ihn, Heinrich, in der Rolle zu sehen. «Du seist nicht so ein strenger alter Herr, da würdet ihr zusammen hübsch Spaß haben können», so laut Louis Brentano des Freundes Begründung. Er, Brentano, sei beauftragt, Heinrichs Antwort einzuholen. Es stünden sechshundert Gulden Lohn nebst Kost und Logis in Aussicht. Wie seine Antwort laute?

Das war nun typisch Louis Brentano (der lustig veranlagt war, aber einfach von Gemüt): zu glauben, dass man eine solche Entscheidung übers Knie brechen könne! Heinrich musste das erst auf sich wirken lassen.

Lust hatte er sehr wohl. Seit seiner Wanderung durch Thüringen damals hatte das Reisen es ihm angetan. Und nun gar Italien … seine Malerfreunde schwärmten, man sei kein Mensch, wenn man Italien nicht gesehen habe, es sei ein ganz anderes Leben dort, näher an der Sonne, näher bei Gott. Hatte Italien nicht Goethe, nach Jahren der dichterischen Stagnation, die Feder gelöst? (Allerdings … ein derart fremdes Land … er hatte in Paris doch damals Heimweh gelitten.)

Heinrich erklärte also Louis: Er brauche Bedenkzeit, er müsse ja für diese Italienfahrt die Praxis und die sichere Stellung am Leichenschauhaus aufgeben, die Mutter und Schwestern allein zurücklassen, das müsse er mit der Familie in Ruhe besprechen. Als Louis fort war, ging Heinrich fünf Minuten im Zimmer hin und her. Dann hatte er sich entschieden. *Er* würde nicht entscheiden. Therese Donner würde es für ihn tun, von ihr würde es abhängen.

Jetzt konnte er nicht mehr kneifen. Er setzte sich auf den Hosenboden und schrieb mit feuchten Fingern einen Brief an «Fräulein Donner», in dem er der Kleinen erstens sein Herz und zweitens seine Hand anbot. Falls sie nein sagte, dann *musste* er nach Italien, schon um sich abzulenken. Wahrscheinlich würde er dort bleiben, entweder in Rom oder in Neapel, würde zeichnen, dichten und für deutsche Zeitungen schreiben und hier und da deutsche Reisende verarzten … Sagte sie aber ja, dann hatte er guten Grund, dem jungen Dufay ein klares Nein zu übermitteln.

Nach drei Tagen wurde Heinrich von Philipp Donner, Thereses älterem Bruder und nun Fabrikant in der Nachfolge des Vaters, in das Haus in der Fischerfeldstraße bestellt. Ins Billardzimmer. Therese war nicht zu sehen.

«So, lieber Freund Hoffmann. Sie wollen also meine kleine Schwester heiraten. Das liebe Mädchen ist gar nicht abgeneigt, die Familie an sich auch nicht, aber ich muss Sie doch fragen, wie Sie denn eigentlich bei Ihrem Einkommen meine Schwester zu ernähren gedenken?»

Er habe sich darüber natürlich selbst Gedanken gemacht, begann Heinrich. (Später wurde kolportiert, er habe gesagt: «Ei, da kaufen wir ein Billettchen bei der Lotterie, und dann wird das schon.» Aber das war natürlich frei erfunden.) *Sofort* wolle er gar nicht heiraten, erklärte er, sondern noch etwas zuwarten, bis seine Verhältnisse in eine bessere Ordnung gekommen seien. Er habe begründete Aussichten, seine Einkommensverhältnisse in der Zukunft entscheidend zu verbessern.

Was er denn damit meine, fragte Donner. Er spiele doch nicht etwa auf seine dichterischen Ambitionen an, von denen man im Hause Donner mit einiger Verwunderung gehört habe?

Da hatten die Dichter- und Malerfreunde vom *Haus Ulm* wohl geredet. Heinrich hatte tatsächlich genau das gemeint, aber da es offensichtlich inopportun war, es zuzugeben, behauptete er jetzt das Gegenteil: Nein, er meine sein Fortkommen im Arztberuf.

So?, fragte Donner. Nun habe man aber den Eindruck, dass Heinrich so viele andere Aktivitäten und Steckenpferde pflege, dass seine Praxis darunter leide.

«Das sehen Sie falsch, Donner», erklärte Heinrich. «Bedenken Sie, ich bin nicht aus einer Arztfamilie, ich muss mir einen Patientenstamm erst aufbauen. Dafür gibt es kaum etwas Besseres als einen großen Freundeskreis und vielfältige

Beziehungen. Mein eigentliches Ziel ist aber ein anderes. Überlegen Sie, Donner, mit wem ich alles befreundet bin, da sind Söhne von beinahe allen Senatoren und der Stadtphysici dabei. Wenn ich diese Freundschaften pflege, mich zugleich bei ehrenamtlicher Arbeit für die Stadt einsetze, wie bei der Armenklinik und beim Sängerfest, da habe ich doch gute Aussichten, berücksichtigt zu werden, wenn einmal eine städtische Stellung frei wird. Ich denke an ein Physikat oder die Leitung eines Hospitals. Ich bin sicher, in den nächsten Jahren wird es hier so kommen, wie es in Berlin und Paris schon ist, dass Stellungen an Hospitälern ihren Mann voll ernähren, viel sicherer und bequemer als eine Privatpraxis. Das kann wohl noch zehn Jährchen dauern, aber wenn es so weit ist und eine Hospitalstelle wird frei, dann bin ich in bester Position. Das müssen Sie zugeben.»

Philipp Donner, ganz Geschäftsmann, war von dieser Rede zur Hälfte beeindruckt (Hoffmann war offenbar doch ernsthafter an einer Karriere interessiert, als es bisher schien) und zur Hälfte nicht (es waren ja alles unausgegorene, phantastische Zukunftsvisionen). Die Entscheidung war aber so oder so schon vorher gefallen. Therese wollte den jungen Hoffmann nun einmal. Der war kein schlechter Mensch und ein langjähriger Freund der Familie. Wie würde es aussehen, wenn man ihn abwies? Außerdem konnte man das gar nicht. Therese würde mit ihrem 21. Geburtstag, das hieß in einem Jahr, Geld aus dem väterlichen Erbe zustehen. Wenn sie wollte, konnte sie sich das Geld auszahlen lassen und sich mit ihrem Hoffmann auch gegen den Willen der Familie ein schönes Leben machen. Da war es doch besser, man stimmte ihren Heiratswünschen zu und verpflichtete sie bei der Gelegenheit moralisch und vertraglich, das Geschäft nicht durch eine Komplettauszahlung ihres Erbes zu belasten.

«So, so. Also, Hoffmann, ich kann Ihnen Folgendes anbieten. Sie warten mit der Bekanntgabe der Verlobung, bis Therese nächstes Jahr volljährig wird. Damit wir die Anfrage bei den Vormündern umgehen können, Sie verstehen. Und dann würden wir Ihnen aus dem Geschäft in den ersten drei, vier Jahren so viel zuschießen, dass Sie sich mit Therese eine anständige Wohnung nehmen können. Von Luxus rede ich nicht. Wir hoffen natürlich, dass Sie hart an Ihrer Karriere arbeiten und sich als Thereses würdig erweisen.»

Er sei bester Absicht, sagte Heinrich, und sehr glücklich ob der Auskunft. Ob er denn jetzt seine Braut sehen dürfe?

Die hatte rote Wangen vor Aufregung, fand aber, wie sich herausstellte, sobald man allein war, die ganze peinliche Situation ziemlich witzig. «Theres!», sagte Heinrich in gespieltem Tadel. «Was soll denn dein Bruder denken, wenn der uns hier so kichern hört!»

«Das ist mir egal», sagte sie und küsste ihn. Dann fragte sie: «Weißt du überhaupt, dass ich nicht kochen kann? Sagt mir doch Philipp heute Morgen: Nur dass du's weißt, Theres, wenn du den Hoffmann heiratest, den armen Wicht, da musst du selbst kochen. Das wird kein Zuckerschlecken. Darauf ich: Ich denke, doch.»

Juni 1853, Hoffmann'sche Wohnung in der Hochstraße

«Weißt du noch, Heinrich? Wir wollten doch losen. In einer gewissen Sache. Ich sage nur: Anstalt.»

«Ach, und ich hatte gehofft, du hast es vergessen.»

«Der Vergessliche von uns beiden bist du», neckt Therese. Man ist beim Frühstück, Hoffmann, Therese und die beiden jüngeren Kinder. (Carl, der Älteste, ist schon in der Schule.) Draußen prasselt seit der Nacht monoton der Regen.

«Worüber wollt ihr denn losen?», fragt Lina, die Neunjährige.

«Großes Indianergeheimnis», erklärt Hoffmann und holt einen Rheingolddukaten aus der Kommode. «Kopf oder Zahl?», fragt er Therese.

«Kopf», sagt die.

«Das hätte ich auch genommen.»

«Pech. Du hast mich gefragt.»

«Du Gnadenlose. Wer wirft?»

«Eins von den Kindern. Wer hat Lust?»

«Ich! Ich!» Das ist der kleine blonde Eduard, genannt Bapp.

Er steht auf, bekommt die Münze in die Hand gedrückt und wirft sie ungeschickt von sich. Sie landet unterm Tisch. Da treffen sich auch Hoffmann und seine Frau, die blitzschnell von verschiedenen Seite gekrochen kommen. «Man muss ja Betrug vorbeugen», erklärt Therese dazu.

«So, so. Es ist aber wirklich Zahl, siehst du?» Hoffmann schiebt ihr die Münze entgegen.

«Aber nur weil du es dem Bapp mit der Zahl nach oben in die Hand gedrückt hast.»

«Dann hättest du aber früher Einspruch erheben müssen.»

Therese seufzt. «Du hast recht. Ich seh's als Gottesurteil. Du bist eben ein Glückspilz. Über die Modalitäten wird aber noch geredet.»

«Da steht mir ja noch einiges bevor. Weißt du, was mir die Louise Passavant mal gesagt hat, als wir noch nicht verheiratet waren?»

«Was denn? – Au!» Therese stößt sich den Kopf, als sie rückwärts wieder unterm Tisch hervorkriecht.

«Die Louise hat gesagt: ‹Also, Richel, man munkelt, du

bist mit der Therese Donner liiert. Ist da was dran?› – Was ich natürlich verneint habe. Worauf sie sagt, da sei sie aber froh für mich, die Therese Donner könne sie keinem Mann anempfehlen, die sei so blasiert und anspruchsvoll, sie habe nämlich auf der Hochzeit vom Eduard gehört, wie die Kleine einer Freundin gesagt habe, wenn sie heirate, müsse sie unbedingt ihr eigenes Atelier im Hause haben.»

Therese lacht. «Ja, das waren noch Träume. Das war, bevor ich mich in einen armen Mann verliebt habe. Aber dass er mich nun gleich in ein Irrenhaus verschleppen will … das ist ja schlimmer als bei Eugène Sue.»

Aufgrund seines Sieges beim Losen geht Hoffmann heute allerbester Laune in die Anstalt. Der Regen strömt, die Pfützen sind tief, die Füße werden nass, aber das macht nichts. Bei der Visite findet er die Patientin Pauline Franck in gutem, ansprechbarem Zustand vor, genau wie am Vortag. Seine Laune ist so blendend, dass er sich diesmal bereitfindet, ihrem Irrsinn nachzugeben und sie zwecks einer Wahnbeichte in den Keller zu begleiten.

Pauline, 1844

Waisenjungen wurden mit zwölf entlassen und als preiswerte Arbeitskräfte an die städtischen Handwerker verteilt. Waisenmädchen behielt man, dank der nützlichen Arbeit, die sie für das Haus leisteten, zwei Jahre länger.

Im Herbst 44 war es so weit. Pauline und Hannchen hatten ihren ersten Satz zivile Kleidung bekommen (weitgehend selbstgenäht). Von allem zwei, je ein Teil zum Anziehen und eins zum Wechseln. Am letzten Morgen saßen sie mit ängstlichem Gefühl im Bauch auf der Bank im Gebetssaal. Am Ende des Gottesdienstes verlas der Pfarrer dem Alphabet nach die Liste der zu Entlassenden.

«… Dilcher, Johanne. Wird Hausmädchen beim Gymnasialprofessor Hechtel, Schlachthausgasse. Franck, Pauline Henriette. Küchenmädchen bei Dr. Georg Varrentrapp, Rossmarkt.»

Am Ende mussten sie sich vorn ihr Dienstbuch abholen. Den Weg zu den Dienstherren zu finden, in der Stadt, die sie in all den Jahren hinter Mauern kaum gesehen hatten, das würde ihre erste Probe sein.

Hannchen und Pauline konnten bis zum Rossmarkt zusammen gehen. Von da musste Hannchen allein weiter.

Pauline klopfte das Herz, als sie an der Schelle zur Wohnung Dr. Varrentrapp zog. Sie zuckte erschrocken, als nach langer Wartezeit tatsächlich die Tür aufging. Ein Herr im jungen mittleren Alter stand vor ihr, in Weste und Rock, sein ernstes Gesicht mit den großen Nasenlöchern und buschigen Brauen erinnerte Pauline vage an den Wachhund des Waisenhauses.

Ob Sie die Pauline Franck sei? Dann möge sie bitte hochkommen.

Sie folgte, zuckte erneut vor Schreck, als sie die Haustür hinter sich zuschlagen hörte. Es ging zwei Stockwerke hoch, der Geruch im Treppenhaus war ihr ganz fremd. Der in der Wohnung auch. War der Herr mit dem Wachhundgesicht jetzt eigentlich der Dr. Varrentrapp selbst? Oder ein Angestellter?

Der Doktor war es selbst. Dr. Georg Varrentrapp hatte, als eine neue Hausangestellte vonnöten war, aus eigenem Antrieb nach einem Mädchen vom Waisenhaus gefragt. Gemeinsinn und Wohltätigkeit sah er als seine Prioritäten. Er war ein Heidelberger Studienkollege von Heinrich, aber trotz Burschenschaftskomplikationen volle drei Jahre früher fertig geworden. Die Karriere war bei ihm ebenfalls in flotterem und steilerem Gang. Georgs Vater, Dr. Varrentrapp senior, war oberster städtischer Mediziner und leitete diverse Hospitäler. Georg stieg im Heilig-Geist-Spital als Assistenzarzt ein und erwarb sich außerdem einen Ruf in Fragen staatlicher Hygiene (wegen der Cholera interessierte Hygiene plötzlich jeden). Bei seinem in Frankfurt bekannten Namen hatte er keine Mühe, eine zahlungskräftige Patientenklientel aufzutun.

Für Pauline aber gab es bald Schwierigkeiten. Der Dr. Varrentrapp führte sie in die Küche mit den Worten, dies sei nun ihr Reich und ihres allein; es gebe nämlich keine andere Hausangestellte und seine Gattin weile derzeit bei ihren Verwandten in Leipzig. Er erwarte also, dass sie das Einkaufen mit übernehme. Geld werde nebst dem Schlüssel täglich in der Teedose am Fensterbrett bereitliegen.

Wo sie einkaufen solle, druckste Pauline, sie kenne sich in der Stadt noch nicht aus.

Sie solle sich bei den Frauen in den anderen Wohnungen des Hauses erkundigen. Übrigens habe sie außer dem Üblichen noch seine ärztlichen Utensilien zu säubern, wo es einige Besonderheiten zu beachten gebe; dies werde er ihr aber wann anders zeigen, er müsse jetzt fort zu seinen Krankenbesuchen. Ach ja, die Schlafstelle. Dr. Varrentrapp führte sie von der Küche in den Flur und deutete auf einen mit Türchen verschlossenen Hängeboden: Dort oben werde sie schlafen, die Leiter befinde sich in der Speisekammer und sei über Nacht hochzuziehen sowie die Tür des Hängebodens zu schließen, aber dies sei ja aus Anstandsgründen wohl selbstverständlich. So, nun müsse er sich beeilen, er werde gegen zwölf zum Mittagessen zurück sein und wolle dann gleich essen.

Pauline stand wie vor den Kopf geschlagen, bis er fort war.

Sie hätte ihm natürlich gleich sagen müssen, dass sie Kochen nicht gelernt hatte. Du lieber Gott. Sie hatte nicht gedacht, dass ihre Dienstzeit so schlecht beginnen würde. Ahnungslos, wie sie war, hatte sie sich für kompetent genug gehalten, am ersten Tag schon Lob einzuheimsen.

Um wenigstens nicht wegen Untätigkeit gescholten zu werden, biss sie die Zähne zusammen und tat sofort, was sich nicht vermeiden ließ: Sie klopfte im Stockwerk darunter an eine Zimmertür (eine Wohnungstür gab es nicht, alles war zum Treppenhaus hin offen). Eine kleine, korpulente, goldschmuckstrotzende Dame erschien aus dem Nebenzimmer. Pauline stellte sich und das Problem vor und bat um Hilfe sowohl beim Einkaufen als auch beim Kochen.

«Der Doktor Varrentrapp!», schimpfte die kleine Runde und wackelte mit den Goldohrringen. «Der Ärmste ist so weltfremd. Hätte er mich gefragt, dann hätte ich ein passendes Mädchen ausgesucht. Es gibt ja genügend Agenturen in der Stadt. Aber nein, er muss ein Waisenmädchen haben. Jetzt soll ich den Salat ausbaden.» Die Dame war dennoch hilfreich, schickte das eigene Mädchen mit zum Einkaufen und gab danach ein paar grobe Anweisungen fürs Kochen. «Linsensuppe mit Würstchen», dekretierte sie, das könne man kaum verderben.

Gegen zwölf hatte Pauline tatsächlich etwas Suppenartiges fertiggebracht. Es schmeckte entsetzlich fad, aber wenigstens nicht giftig oder ungenießbar. Zwischendurch deckte sie den Tisch, mit wahrscheinlich dem falschen Geschirr (woher sollte sie es auch wissen?), aber ihr war das allmählich egal, es war so oder so schiefgelaufen, und sie konnte nichts dafür.

«Was ist denn das?», rief prompt der Doktor Varrentrapp, als er seinen ersten Löffel Suppe geschluckt hatte. «Ja meine Zeit, bringen Sie mir das Salz, Fräulein, Sie haben ja überhaupt nicht gesalzen.»

Hatte die Dame von unten nicht gesagt: Linsen nie salzen? Egal. Pauline biss wieder die Zähne zusammen, suchte und fand in der Küche Salz, aber kein Fass, gab mit einem Löffel etwas Salz auf eine Untertasse und eilte damit in das Speisezimmer.

«Was soll denn das?»

«Ihr Salz. Tut mir leid, Herr Doktor, ich hab keinen Streuer gefunden.» Sie war kurz vorm Heulen.

«Ja, liebes Kind, dann fragen Sie doch, die Salzstreuer sind, glaube ich, hier in der Anrichte.»

«Herr Doktor, ich muss Ihnen noch was sagen. Sie haben mich hier fürs Kochen eingestellt, aber ich muss das Kochen ja erst noch lernen.»

«Was?»

«Ich kann nicht kochen. Ich werde natürlich zusehen, dass ich es bald kann, die Frau und ihr Mädchen von unten können mir sicher helfen.»

«Na, das ist ja eine schöne Überraschung. Kein Wunder, dass die Suppe so seltsam schmeckt. Aber ich habe doch eigens …» Varrentrapp zog die buschigen Brauen zusammen, ließ seinen Teller stehen und verschwand in der angrenzenden Schreibstube. Mit den Augen auf einem aufgeschlagenen Brief kam er laut lesend zurückgewandelt:

«Wir können Ihnen hier eines unserer fügsamsten Mädchen anbieten, Pauline Henriette Franck, seit dem sechsten Lebensjahr bei uns im Hause, aus geordneten Verhältnissen stammend, gesittet und höflich, geschickt und fleißig im Nähen, Zuschneiden, Sticken, Bügeln, Waschen, Putzen, Spülen, Anrichten und anderen Hausarbeiten, ebenso im Schreiben und Rechnen und mit etwas Erfahrung gewiss zu einer Hausmamsell zu gebrauchen. – Ts, ts. Das Kochen wird freilich nicht eigens erwähnt, aber wenn da steht ‹Hausmamsell›, da muss ich doch annehmen … Ein Ärgernis. Tut mir leid, Fräulein, es ist ja nicht ihre Schuld, aber ich werde nun das Waisenhaus bitten, Sie gegen ein Mädchen, das kochen kann, auszutauschen.»

Nachdem er unwillig den einen und nur diesen einen Teller Suppe verzehrt hatte, schrieb er einen Brief, den sie nach dem Abspülen gleich zum Waisenhaus tragen sollte.

«Bis Ersatz gefunden ist, müssen Sie natürlich bei mir bleiben. Essen werde ich derweil anderswo, Sie können sich also Ihre Experimente sparen.»

Pauline schämte sich, als sie nachmittags am Waisenhaus schellte und dem Verwalter den Beschwerdebrief über sich selbst abgab. Außerdem war sie noch nicht einmal die erste Nacht weg, da regte sich schon Heimweh nach ihrem alten Zuhause.

Der licht- und luftlose Hängeboden, wo sie bei Varrentrapp schlafen sollte, war eine Sache für sich. Entsprechend unruhig war die Nacht, gut nur, dass sie außer Frühstück nun wenigstens kein Essen bereiten musste. Den Tag über war der Doktor bei Hausbesuchen. Sie hatte die Wohnung inklusive blutiger Instrumente zu säubern. Die Wohnung war in schlechtem Zustand. Um auch bestimmt wie befohlen bis vier fertig zu werden, hetzte sie. Als im Groben alles geschafft war, es war drei Uhr, setzte sie sich mit einem Butterbrot an den Küchentisch und nahm sich das Intelligenzblatt, in dem der Doktor beim Frühstück gelesen hatte. Von den politischen Artikeln verstand sie nicht viel, außer dass es meistens um die Türken ging. (Wer auch immer das eigentlich war. Anscheinend hatte sie im Waisenhaus hinterm Mond gelebt.) Aber es gab viele Anzeigen von Dienstmädchen, die eine Stelle suchten. Mit klopfendem Herzen blätterte sie, da fanden sich auch Anzeigen, die von Herrschaften aufgegeben worden waren. Beispielsweise die: *Dringend: zuverlässiges Frauenzimmer ab sofort als Spül- und Hausmädchen in großen Haushalt gesucht. Nur mit Empfehlung. Anfragen an Vermittlungsinstitut Frau Klinger, Predigerstraße.*

Empfehlungen oder Zeugnisse wurden leider in fast allen Anzeigen verlangt. Huch! Was war das? Es klingelte. War sie befugt, aufzumachen in Abwesenheit des Doktors?

Sie entschied sich dafür und fiel fast um vor Schreck und Freude, als sie unten das Hannchen vor der Tür fand. Durfte sie Besuch empfangen? Sie hatte keine Ahnung, nahm aber das Hannchen mit nach oben und in die Küche. («Das ist Ihr Reich», hatte der Doktor schließlich gesagt.)

Das Hannchen sprudelte.

«Ich hab gar nicht viel Zeit, aber das Fräulein, also, die Schwester von meinem Brötchengeber, die hat gemeint, kurz bei meiner Freundin vorbeigehen darf ich, dass wir uns für morgen verabreden können. Du hast doch morgen Nachmittag auch frei, gell? Ich hab's übrigens gut getroffen, hab ein niedliches Mansardenzimmer ganz für mich. Die Schwester zeigt mir alles, bis ich mich selbst auskenne. Treffen wir uns morgen? Um halb drei hier vorm Haus?»

Pauline hatte mitnichten morgen frei. Aber vor vier, fünf kam der Doktor wohl nicht nach Hause. Und es hatte ihr auch niemand explizit verboten, vor die Tür zu gehen. Wenn doch die Arbeit gemacht war.

«Ich weiß nicht, ob ich wegkann. Aber vielleicht … weißt du, Hannchen, ich hab was vor. Ich will mich heimlich bei einer anderen Stellung bewerben.»

Es war eigentlich verrückt. Aber manchmal klappen ja gerade die verrückten Ideen, weil man nicht damit rechnet.

Mit Hannchen als Begleitschutz fragte Pauline sich am folgenden Nachmittag zu der Vermittlungsagentur in der Predigerstraße durch, fragte nach der Anzeige *Spül- und Hausmädchen in großen Haushalt gesucht* – und wurde sofort zu der Adresse der Herrschaften an der Obermainanlage geschickt, da diese heute Abend eine Feier hätten und jede zusätzliche Hand gebrauchen könnten.

Das Haus war eine Villa, rundum von Garten umgeben.

Hannchen wartete am Zaun. Pauline wagte sich hinein, sie hatte aber längst Angst vor der eigenen Courage und davor, dass der Doktor Varrentrapp früher als angekündigt nach Hause käme und sie nicht vorfände. Am Haustor bekam sie erst einmal einen Rüffel von dem öffnenden Diener (ob sie noch nie etwas von Dienstboteneingängen gehört habe, oder wie?). Wider Erwarten wurde sie dann aber vorgelassen in ein sehr intimes Damenzimmer, wo die Hausherrin, eine Frau Dürlemann, in einem großen Ohrensessel auf sie wartete. Die Frau Dürlemann war sehr jung, sehr hellblond, sehr rundgesichtig und empfing sie so freundlich, dass Pauline ihr gleich alles gestand, nämlich wie es sich mit ihr und ihrer Stellung beim Dr. Varrentrapp verhielt und dass sie jetzt eigentlich gar nicht hier sein dürfe. Die Dame befand, dass erstens Paulines Ehrlichkeit für sie spreche und dass sie zweitens heute Abend von ihren Spülkünsten eine Probe ablegen könne. Falls sie heut einspringe, werde man ihre Bewerbung wohlwollend berücksichtigen.

Sie würde sehr gerne, sagte eifrig Pauline, bloß müsse sie jetzt eigentlich gleich wieder zum Doktor Varrentrapp. Der wolle um vier oder fünf nach Hause kommen.

Das war ein Dilemma, das die Dame sehr einfach löste. Sie schrieb dem Doktor Varrentrapp einen Brief, in dem sie Pauline entschuldigte und die Schuld auf sich nahm. Den Brief brachte Pauline, begleitet von Hannchen, selbst zu Varrentrapp (der zum Glück noch nicht zu Hause war). Schmerzender Füße ungeachtet marschierte sie dann stramm zurück zur Obermainanlage, entdeckte richtig den Dienstboteneingang der Villa und folgte dem Lärm bis in eine riesige Küche, in der mehrere Leute am Arbeiten waren.

«Ah, die Neue, Gott sei dank!», rief eine beschürzte ältere Frau mit Hängebacken. «Dich kann ich gebrauchen! Hier, komm her: die Orangen schälen und die Haut von den Schnitzen ziehen, kannst du das?»

Ja, das konnte Pauline, weil sie es mit ihren drei Weihnachtsorangen immer selbst so gehalten hatte. Bestens aufgehoben stand sie also in der allgemeinen Aufregung des Küchenpersonals vor dem Festessen und pulte, da sah sie einen kleinen Jungen in der Tür auftauchen.

Paulines Herz tat einen Sprung. Sie hatte noch nie etwas so Niedliches gesehen! Ganz kleine Kinder gab es im Waisenhaus ja nicht. Der süße Zwerg, mit zarten hellbraunen Haaren wie Daunenfedern, sah sie großäugig an. Sie tat, als merke sie es nicht. Aus dem Augenwinkel beobachtete sie, wie der Kleine vorsichtig immer näher kam, bis er kurz neben ihr stehen blieb. Da sah sie hin und lächelte. «Wie heißt du denn?», piepste er prompt.

«Pauline. Und wie heißt du?»

«Fritzi. Mein Papa sagt aber, ich soll sagen Heinrich Friedrich Wilhelm. Was machst du da?»

«Orangen abziehen. Willst du eine Scheibe?»

«Mhm.» Er streckte sein Händchen aus. Gerade hatte er seine Scheibe halb im Mund und lutschte daran, da donnerte die Stimme der Köchin quer durch den Raum:

«Fritzi, Fritzi, Fritzi! Den jungen Herrn können wir heut nicht gebrauchen!» Die Köchin kam angerauscht und schob das Kind unsanft Richtung Tür. «Los, ab Marsch, zur Frau Mama!»

Sie gab ihm einen freundlichen Klaps auf den Po zum Abschied. Pauline schmunzelte. Sie war sich plötzlich ganz sicher, dass sie in diesem Haus bleiben wollte.

Pauline und die Villa Duerlé, November 1844

Es gibt Zeiten, da ist es sehr leicht, sehr reich zu werden. Unter der Voraussetzung natürlich, dass man schon ein bisschen reich ist. Beispielsweise, dass man in der Umgebung einer wachsenden Stadt einige Morgen Acker- und Gartenland besitzt. Da wacht man dann eines Tages auf und sieht, dass die wertlosen Äcker nicht mehr in der Walachei, sondern am Stadtrand liegen und dass diverse Bankiers (Juden zumal, die in der Stadt keinen Grund erwerben dürfen) bereit und in der Lage sind, zwecks ausschweifender Park- und Villenanlagen Unsummen dafür zu bezahlen. Ist man klug und jung genug, wartet man aber noch zu, bis die Stadt quasi schon um die Äcker herumgewachsen ist und man sie jetzt, aufgeteilt in Hunderte von Einzelgrundstücken für dicht an dicht gebaute Stadthäuser, noch viel teurer verkaufen kann.

Die Familie Dürlemann hatte das erlebt. Noch 1830 hatten die Kinder und Enkel den Alten für «bekloppt» erklärt, weil er sein Land, statt es an Rothschilds zu verkaufen, behielt, um weiter Grünzeug anzubauen. Auf einem der Äcker seiner Gärtnerei errichtete er eine Baracke, in der er zehn Arbeiter Zigarren drehen ließ (Marke: Duerlé). Glücklicherweise besaßen in Frankfurt immer mehr Herren das Geld und die Neigung zum Schmauchen von Giftstumpen, und andererseits gab es genügend Bauernlümmel und arbeitslose Schneidergesellen, die bereit waren, für einen Appel und ein Ei in einer Fabrik zu schuften. Im Jahr 1842 konnten die Kinder und Enkel endlich den renitenten, uralten Großvater Dürlemann als senil unter Kuratel stellen. Man verlegte die Zigarrenfabrik nach weiter draußen auf eine billige Parzelle, gab den Kräuteranbau auf und verkaufte flugs einen Großteil des Grundes. Im Jahr 1844 baute sich das neue Familienoberhaupt Peter Dürlemann, selbst schon sechzig, mit der Hälfte des Erlöses ein herrliches, großes, modernes Haus im gotischen Stil an der Obermainanlage. Neben ihm und seiner Gattin zog der erwachsene Sohn Wilhelm ein. Natürlich auch dessen junge Frau, weißblond, rundgesichtig und mit zur Röte neigender Haut gestraft. (Herr Dürlemann senior fand, sein Sohn habe sich bei der Schwiegertochter vergriffen, es müsse an der Kurzsichtigkeit gelegen haben, hätte er damals schon seinen Zwicker besessen, wäre das nicht passiert.) Das junge Paar hatte zwei Kinder, Otto und Fritz.

Im Oktober des Jahres stellte man im Haus Dürlemann ein neues, sehr junges Mädchen für alles namens Pauline Franck ein.

Unterm Dach in der Villa Duerlé gab es sechzehn Kammern, die jede ein Fenster mit Gaube, aber keinen Ofen hatten. In einer der Kammern schlief Pauline. In einer anderen wohnte der Urgroßvater, der kindisch geworden war und unter sich machte. Die Familie hielt ihn deshalb die meiste Zeit hier eingeschlossen. Eine von Paulines Aufgaben war, nach dem Greis zu sehen und ihn sauber zu halten. Spaß machte das nicht, besonders das Sauberhalten, aber irgendjemand musste dem Ärmsten ja helfen. (Sie hatte es immer gewusst, es gab Schlimmeres als das Waisenhaus. Und dabei war der alte Mann steinreich. Er hatte es bloß vergessen.)

Sowohl oben in ihrer Kammer als auch unten in der Küche bekam Pauline oft Besuch vom kleinen Fritzi. Die junge Frau Dürlemann hatte es schon gemerkt und kam immer geradewegs zu ihr, wenn sie ihn vermisste: «Fritzi, störst du schon wieder die Pauline!», sagte sie dann beispielsweise. «Die will doch nachmittags einmal eine Stunde ausruhen! Los, komm mit!»

«Ach, Frau Dürlemann, er stört mich nicht!», pflegte Pauline darauf zu sagen. Sie war ganz verliebt in den Jungen. Er war ja so niedlich. Es gab zwar im Haus eine «Kufernande» (Pauline fand erst später heraus, dass sich das Gouvernante schrieb). Die war eigentlich für beide Kinder zuständig. Aber sie war mehr mit Otto, dem Älteren, beschäftigt, der Französisch, Rechnen und Klavier bei ihr lernte. Fritzi langweilte sich regelmäßig und lief fort.

«Pauline, darf ich Sie was fragen?», sagte eines Nachmittags die Frau Dürlemann, als sie ihren Fritzi wieder in Paulines Dienstmädchenkammer fand.

«Ja, sicher.»

«Wissen Sie, es ist mir etwas peinlich. Ich weiß ja, Sie kommen aus dem Waisenhaus. Ich habe keine Ahnung, wie da die Verhältnisse sind. Was ich fragen wollte, ist, können Sie eigentlich lesen?»

Pauline lachte. «Ja, natürlich.»

«Wie gut?»

«Sehr gut. Ich hatte immer ein ‹sehr gut› im Lesen.»

«Ach, wissen Sie, das ist mir recht. Sie können dem Fritzi Lesen beibringen. Dann verstreicht die Zeit nicht ungenutzt, die er Ihnen stiehlt. Die Kufernande ist zwar sehr kompetent im Französischen und Englischen, aber ich glaube, mit unserem Fritzi versteht sie sich nicht richtig.»

Eigentlich auch nicht mit dem Otto, dachte Pauline, hielt aber den Mund. Das war nur ihr oberflächlicher Eindruck, sie konnte das gar nicht beurteilen, so selten sah sie Otto und die Gouvernante. In der Küche hieß es, die Gouvernante sei hinter dem jungen Herrn Dürlemann her. Oder er hinter ihr. Der Herr Dürlemann junior galt beim weiblichen Personal als verkappter Charmeur, den man gern bediente. Er war nicht unfesch für seine gut dreißig Jahre. Das hellbraune Haar trug er oben auf dem Kopf lang, gekräuselt und modisch stark nach vorn gekämmt, er hatte einen Zwicker und einen ausladenden krausen Backenbart sowie eine schmale, feine Nase, die ihn freundlich und edel aussehen ließ.

«Gibt es im Haus eine Fibel?», fragte Pauline seine Frau.

«Ich sehe im Schulzimmer nach», beschloss die.

Die junge, blonde Frau Dürlemann (sie hieß Babette) stieg zwei Treppen hinab zum Reich der Kinder. Im Schulzimmer fand sie ihren Sohn Otto vor, weißblond und rosahäutig wie sie, wie er über Rechenaufgaben saß.

Die Fibel und die ganzen alten Kinderbücher seien in einem Regal in der Bibliothek, schnaubte der Junge auf ihre Frage, ohne den Blick vom Heft zu heben. (Otto war acht Jahre alt und hatte für Fibeln und Bilder-ABCs nur Verachtung übrig.) Frau Dürlemann musste also wieder eine Treppe hinauf, wo das Reich ihrer Schwiegereltern mitsamt der Bibliothek lag. Die junge Frau Dürlemann pflegte ihre eigene Lektüre, Romane von Clauren und Sue, in ihrem Schlafzimmer zu lesen und aufzubewahren; die Bibliothek betrat sie so gut wie nie. Jetzt ausnahmsweise musste sie aber hinein – und erschrak entsetzlich ob des Anblickes, der sich ihr bot: Die Gouvernante hockte auf Knien vor dem genießerisch im Sessel zurückgelehnten Schwiegervater. Näheres wurde zum Glück vom Schreibtisch verdeckt. Die junge Frau Dürlemann murmelte «Verzeihung» und zog die Tür rasch wieder zu. Drinnen hörte sie den Alten keifen: Die ungezogene Person könne wohl nicht anklopfen. Wie sein Sohn doch seine Frau so schlecht gewählt habe.

Ach! Sie wusste ja ohnehin, dass der Alte genau wie seine Frau sie nicht leiden konnte. Es ausgerechnet in dieser Situation durch die Tür ins Gesicht gesagt zu bekommen, fand sie ihrerseits impertinent. Wer hatte sich denn hier schlecht benommen? Sie wohl am wenigsten.

Ihr Mann pflegte um diese Zeit seine Kontrolle im Geschäft am Hühnermarkt zu machen, wo die eigenen Zigarren und sonstige Rauchwaren verkauft wurden. Am liebsten wäre sie hingelaufen. Aber eine Dame ganz allein zu Fuß durch die Stadt, wie sah das denn aus. Und falls sie jetzt außer der Reihe den Wagen zum Geschäft anspannen ließ, dann fragten sich die Dienstboten natürlich auch, was denn vorgefallen sei. Sie wusste, in der Küche wurde getratscht, dass es dampfte. Also blieb ihr nichts, als zu warten, bis ihr Mann wiederkam. Natürlich stieg sie erst noch einmal ganz hoch zu der Pauline und sagte ihr, die Fibel müsse Otto erst suchen. (Hoffentlich fragte sich das Mädchen nicht, warum sie so rot im Gesicht war.) Dann musste sie wieder alle Treppen hinunter (wie war die alte Mietwohnung früher so praktisch gewesen!), setzte sich im Ankleidezimmer in den Ohrensessel und wartete. Dummerweise hing gegenüber der Spiegel. Gott, warum hatte sie bloß so durchsichtige Haut?

Erst gegen sieben hörte sie ihren Mann Wilhelm zurückkommen. Nun war die unangenehme Begebenheit schon so lange her, dass sie Zweifel spürte, ob es nicht einfacher sei, Wilhelm nichts zu sagen. Aber wie hieß es noch in diesem dummen Ehebüchlein, das ihr die Schwiegermutter zur Hochzeit geschenkt hatte: Ein Weib soll keine Geheimnisse vor dem Manne haben. Darauf konnte sie sich berufen. Außerdem konnte Wilhelm ruhig wissen, dass sein Vater ein geiler alter Bock war. Oder?

Mit beschlagenem Zwicker und traurig hängenden, kondenswasserfeuchten Favoris stakste Wilhelm in den Raum und brachte die eisige Kälte von draußen mit.

«Ach, hier bist du. Guten Abend, Sternchen.» Er nahm den Zwicker zum Polieren ab, dabei sah er kritisch seine Frau an. «Was bist du aber wieder so rot; du solltest dich vor dem Essen pudern, du weißt, Vater sieht es nicht gern, wenn du …»

«Dein Vater hat heute kein Recht, sich über meine Hautfarbe zu beschweren.»

«Nanu! Was bist du aber heftig! Ist etwas vorgefallen? Du weißt ja, er ist manchmal schwierig, aber mir zu Gefallen solltest du doch dein Möglichstes tun, dich mit meinen Eltern zu vertragen.» Er gähnte, zog den gelben Gehrock aus und nahm den grünen Hausrock vom Ständer.

Seine Frau wusste, es war wie immer, sie konnte nicht gewinnen. Aber sie versuchte es trotzdem.

«Du hast keinen Grund, mir Vorwürfe zu machen, ich habe überhaupt nichts getan. Ich habe lediglich gewagt, auf der Suche nach einem von Ottos Büchern die Bibliothek zu betreten. Und da finde ich deinen Vater mit der Schmidt in der widerlichsten … sie hat ihm … ach, ich mag es gar nicht aussprechen, was ich gesehen habe. Es beschmutzt einem im wahrsten Sinne des Wortes den Mund. Jedenfalls war es mehr als kompromittierend für deinen Vater. Und jetzt sitze ich hier und schäme mich, weil ich es gesehen habe. Ich hoffe, er schämt sich nur annähernd so sehr.»

Wilhelm glotzte ihr ausdruckslos entgegen. Der Hausrock saß noch nicht ganz und rutschte ihm links von der Schulter.

«Was hast du gesagt?»

«Du hast richtig gehört. Ich will es eigentlich nicht wiederholen, es reicht, dass ich es gesehen habe.»

Wilhelm zog eilends den Rock zurecht und den Gürtel zu, setzte den Zwicker auf die schmale Nase, prüfte im Spiegel seine Favoris und sein Haar, schnaubte unbefriedigt und entschwand. Minuten später waren von oben laute Stimmen zu hören.

Babette Dürlemann hatte nicht damit gerechnet, dass er den Alten damit konfrontieren würde.

Er blieb lange fort. Erst hörte man seine und seines Vaters Stimme, dann eine Weile nichts, dann nur seine.

Babette saß auf glühenden Kohlen und hoffte. Ach, wenn Wilhelm doch den Eltern sagen würde, dass er aus dem gemeinsamen Haus wieder ausziehen wolle. Dass er seiner Frau dies nun nicht mehr zumuten könne.

Als er zurückkam, war zur Abwechslung er rot. Und grimmig. «Was sitzt du hier um die Uhrzeit noch im Deshabillé! Mach dich bereit fürs Essen, Mama ist jetzt auch zurück, es geht gleich los. Babette, wirklich, man sollte dich ... also, hör zu, du hast dir eingebildet, was du gesehen hast. Das Fräulein Schmidt hat dem Vater die Reitstiefel ausgezogen, das ist alles. Habe den Anstand und sprich die Sache beim Essen wenigstens nicht an.»

Frau Dürlemann junior war nach dieser Mitteilung nicht danach, am Abendessen teilzunehmen. Sie griff zu den Waffen einer Frau, erklärte sich einer Ohnmacht nahe, wankte zum Bett und klingelte nach einem Dienstmädchen.

Herr Wilhelm Dürlemann wusste allerdings sehr gut, was von den polternd und rechthaberisch vorgetragenen Schutzbehauptungen seines Vaters zu halten war. Er befand nicht nur dessen Spielereien mit dem Personal für unter der Würde des Hauses (insbesondere wenn man sich auch noch dabei erwischen ließ). Er war auch persönlich vergrätzt, hatte er doch selbst ein Auge auf die voluptuöse Gouvernante geworfen, sich jedoch jede Annäherung verkniffen, weil er erstens seine Frau liebte, sich das zweitens nicht schickte und weil drittens die Gouvernante ihrerseits keine Zeichen der Willigkeit gab. Dass sie aber nun mit dem alten Herrn auf diese Weise ... und dass er sich das auch noch von seiner Frau sagen lassen musste ... also wirklich, das war das Letzte.

Das Fräulein Gouvernante Schmidt selbst flüchtete sich übrigens, mit den Vorwürfen konfrontiert, in schmollendes Schweigen. Worauf Wilhelm ihr eine feuerte. Und dann noch eine. Das tat gut.

Während des Abendessens fiel das Tischgespräch mager aus. Die Gouvernante – der als Angestellter weibliche Nervenschwäche nicht nachgesehen wurde und die daher nicht kneifen konnte – saß in einem hochgeschlossenen Kleid wie die beleidigte Unschuld am Tisch und präsentierte linksseitig eine rote Wange. Wilhelm sann überm Hasenbraten darüber nach, wie er dem Luder noch eins auswischen und die Umtriebe abstellen könne, ohne sich mit dem schwierigen Vater anzulegen. Als er Sohn Otto husten hörte, kam ihm die geniale Idee.

«Otto bekommt ja schon wieder seinen Bronchialkatarrh», kommentierte er. «Das Wetter ist ja auch zu scheußlich. Wir sollten ihn nach Soden zur Kur schicken.» Dafür erhielt er grunzende Zustimmung von seinem nichtsahnenden Vater und einen Vortrag über die Vorzüge des Schädel'schen Gästehauses in Soden von seiner Mutter. Das reichte.

Am nächsten Morgen um sechs, der Vater schlief noch, hieß Wilhelm Dürlemann packen und den großen Wagen anspannen: Seine Frau und die Kinder sollten zur Gesundheitspflege die Wochen bis Weihnachten in Soden verbringen. Selbstverständlich müsse das Fräulein Schmidt mitfahren.

Die betroffenen Frauen waren stinksauer. Erstens hatten sie keine Lust aufeinander. Zweitens war Soden im November eine Zumutung. Es gab dort keine einzige gepflasterte Straße, bei jedem Schritt vor die Tür kämpfte man sich durch knietiefen Schlamm und Kot. Drittens hatte keine von beiden einen Zweifel, dass es sich hier um eine Strafexpedition handelte.

Doch es half nichts. Wilhelm befahl, sie mussten fahren.

Pauline kam auch mit. Das war Frau Dürlemanns Idee. Sie konnte das Mädchen für Fritzi und allerlei Dienste gebrauchen. Und sie war so immerhin nicht allein mit dem Fräulein Schmidt.

Bad Soden, am selben Morgen

In Soden in der Frau Schädel'schen Privatpension arbeitete seit kurzem die Gesche Kunz, vierzig Jahre alt, Köchin. Sie war von weit her aus dem Kurhessischen gekommen. Warum? Weil sie wegmusste. Irgendwohin, wo man sie noch nicht kannte. Sie war ein Pechvogel. Überall, wo sie hinkam, war zufällig der Typhus ausgebrochen. Sie hatte ihn beim ersten Mal überstanden und bekam ihn nun selbst nicht mehr. Aber abergläubisch, wie die Leute sind, hatte Gesche irgendwann den Ruf weg, ausgerechnet sie würde den Typhus verbreiten.

Hier in Soden kannte zum Glück niemand die alten Geschichten. Nun war sie schon vier Wochen da und hatte sich allmählich auch an den schrecklichen (vielmehr schrecklischen) Dialekt gewöhnt. Die Schädel'sche Pension war wegen des Winters leer, Gesche hatte außer der Frau Schädel und sich selbst bloß einen einzigen Dauergast zu bekochen. Der hatte keine Zähne und aß nur Suppe. Wenig Arbeit. Heut aber kommt sie gerade vom Abtritt, da sagt ihr die Frau Schädel: Gesche, fünf neue Gäste aus Frankfurt zum Mittagessen. Sehen Sie zu, dass Sie eine anständige Mahlzeit zusammenbringen. Vier Gänge, Salat und alles.

Heinrich als junger Ehemann etwa zur gleichen Zeit, Dezember 1844

Es schneite zum zigsten Mal seit Mitte November, dünne, im eisigen Wind tanzende Flocken. Die Zeitungen waren voll von Geschichten über Vögel, die angeblich in dieser oder jener Gegend Deutschlands schwarmweise erfroren von den Bäumen fielen. Auf dem Römerberg aber herrschte trotz des sibirischen Wetters das übliche Weihnachtsmarktgetümmel. Therese hatte Heinrich zum Geschenkekaufen geschickt. Sie selbst war hochschwanger und hatte keine Lust, sich durch Schnee, Kälte und Getümmel zu pflügen.

Heinrich war eine Spur melancholisch. Ein paar Jahre lang war er der glücklichste Mensch auf der Welt gewesen. Doch allmählich sah er die ersten zarten Risse im Porzellan. Therese erwartete das zweite Kind. Er erinnerte sich gut an die berauschende Mischung aus Angst und Euphorie, die er beim ersten gespürt hatte. Doch jetzt – war es ja fast schon Routine. Wie die ganze Ehe. Kein morgendliches Erwachen mehr mit dem jubelnden Gedanken: Da ist sie, ich habe sie. Abnutzungserscheinungen gab es auch anderswo: bei den Tutti Frutti, einem Männerclub, den Heinrich gegründet hatte. Jeden Samstag traf man sich mit dem Zweck gegenseitiger Bildung und Belustigung im Augsburger Hof. Inzwischen kannte man sich allerdings zu gut; kaum jemandem fiel noch etwas Neues ein.

Für launige Vorträge bei den Tutti Frutti hatte Heinrich in den letzten Jahren viel Zeit drangegeben. Und nicht nur dafür. Seine reiche Sammlung eigener Gedichte hatte er 42 wirklich drucken lassen; bescheiden daherkommende, unpathetische Reime, gerade darin aber verbarg sich eine gewisse Größe, die man nur sehen musste. Der Band hatte leider eher wohlmeinende denn euphorische Besprechungen in den örtlichen Zeitungen erhalten. Besprechungen, die allesamt daran krankten, dass ihre Schreiber seine Freunde waren und jeder das wusste. Freunde waren auch die Käufer des Buches. Immerhin besaß Heinrich so viele Freunde, dass der Absatz für einen Gedichtband beinahe akzeptabel war.

Weit schlechter erging es seinem zweiten literarischen Versuch, einer Komödie, in der er die Philosophie von Hegel und

Schelling als hochtrabenden Unsinn bloßstellte. Er hatte insgeheim damit gerechnet, ganz Deutschland würde über das Werk reden. Doch offenbar fand niemand außer ihm Hegel zum Brüllen. Nicht einmal die Freunde erwarben das Bändchen, denn die hatten ja alle bei den Gedichten schon einen Gefälligkeitskauf getätigt. Außer Heinrich selbst hatte sich für das fertiggedruckte Buch kein einziger Abnehmer gefunden.

Was dazu führte, dass kein einziger Frankfurter Buchhändler bereit war, Heinrichs neuestes und seiner Ansicht nach bestes Werk zu verlegen: nämlich eine Parodie über den Reliquienkult des «Heiligen Rockes» von Trier (den sich die katholische Kirche dieses Jahr nicht entblödet hatte, zur Wallfahrt auszustellen). Heinrich kam bei jeder neuen Lektüre seines eigenen pseudofrommen Geschreibsels nicht aus dem Lachen heraus. Doch im Frankfurter Buchhandel war man überzeugt, dass es hierfür «kein Publikum» gebe. Da wusste Heinrich, woran er war. Er schwor sich, nie wieder Zeit fürs Schreiben zu vergeuden. Oder Geld.

Für seine gedruckte, aber unverkäufliche Hegel-Komödie stand er bis heute mit achtzig Gulden Druckkosten bei der Jäger'schen Verlagsbuchhandlung in der Kreide. Seine Finanzen standen so schlecht, dass er die Summe einfach nicht zusammenbrachte. Sicher, es war ihm dieses Jahr dank Diplomatie, Frechheit und guter Beziehungen geglückt, ein neues Pöstchen als Anatomielehrer am Senckenbergischen Institut zu ergattern. Beim Leichensezieren fühlte er sich so recht in seiner Welt. Doch wieder war es nur ein Nebenpöstchen, das Gehalt langte nicht einmal für die Miete der gutbürgerlichen Wohnung am Main, in die er mit Therese gezogen war. Und seine Praxis, die war in den Jahren seiner belletristischen Zeitverschwendung keinen Deut einträglicher geworden.

Weihnachtsgeschenke für sein kleines Carlchen mussten aber trotz des klammen Portemonnaies sein. (Zur Not musste er Thereses Vermögen antasten.) Heinrich suchte nach einem Bilderbuch, stöberte soeben, bislang erfolglos, in der Brönner'schen Verlagsbuchhandlung bei der Paulskirche. Die Auswahl hier war ebenso schlecht wie bei Jäger am Dom, wo er zuvor gesucht hatte. (Prompt war er vom alten Jäger auf die achtzig Gulden angesprochen worden, die er ihm schuldete.) Hauptsächlich lagen für Kinder ellenlange Erzählungen aus, in schwülstigem, moralinsaurem Stil, zum Beispiel hier, ein Buch von dem berühmten Christoph von Schmid: *Der gute Fridolin und der böse Dietrich*.

Heinrich las die erste Seite, da reichte es ihm schon, so sehr ging ihm der übermenschlich gute, dümmlich-fromme Fridolin gegen den Strich. Er blätterte weiter, zum «bösen Dietrich». Aha: *Uneingedenk der treuherzigen Warnungen des verstorbenen Vaters gestattete die Mutter dem mutwilligen Knaben, herumzulaufen wie und wohin er nur wollte. Er war selten zu Hause, und wo immer er hinkam, plagte er die Kinder, quälte die Tiere und richtete überall Schaden an.*

Das war schon besser. Aber sein dreijähriges Carlchen würde mit diesem hochgeschraubten Stil nichts anfangen können, da halfen auch die paar Bilder nichts. In einem anderen sogenannten Bilderbuch waren Tische und Stühle abgebildet, daneben stand der Maßstab der Abbildung. Was sollte denn das?

Heinrich stellte die beiden Bilderbücher schnaubend zurück. So! Genug gestöbert. Er sah ja gar nicht ein, warum er gutes Geld ausgeben sollte, um die schlechten Kinderbücher anderer Leute zu kaufen. Bildchen zeichnen konnte er schließlich selbst. An Phantasie hatte es ihm ebenfalls nie gemangelt.

Also kaufte er kurzentschlossen statt eines Buches einen neuen Skizzenblock und ein unliniertes Schreibheft à 16 Blätter. Eines mit ein paar bunten Kriegsszenen auf dem Einband, wie es Kinder mögen.

Auf dem Nachhauseweg fielen ihm passende Verse zu

einem eigenen bösen Dietrich ein: Der Dieterich, der Dieterich, der war ein arger Wüterich, der fing die Fliegen in dem Haus und riss ihnen die Flügel aus …

Das war doch was! Da würde er doch ruck, zuck ein spaßiges Kinderbuch hinbekommen.

Ruck, zuck ging allerdings gar nichts. Er hatte bis Weihnachten noch viel Zeit, seine Idee zu verfluchen.

Pauline und Familie Dürlemann, Dezember 1844

Eine Woche nach der Ankunft in Soden fühlten sich sowohl die Gouvernante Fräulein Schmidt als auch ihr Zögling Otto nicht gut. Sie hatten auch beide etwas Fieber. Otto klagte über Bauchschmerzen. Es ging aber vorüber. Am Ende der folgenden Woche wurde Pauline nachts von der Gouvernante geweckt. Mit Otto stimme etwas nicht. (Otto schlief bei der Gouvernante im Zimmer, Fritzi bei ihr.)

Pauline warf ihr Umhängetuch über das Nachthemd und ging mit. Der kranke Otto saß weißgekleidet im Bett, begrüßte Pauline mit den Worten: Sie solle ihn bloß in Ruhe lassen, er wisse, dass sie vom Teufel sei, der Teufel stecke mit dem Schornsteinfeger unter einer Decke und bei seinem Vater habe er neulich auch Hörner gesehen. Dann warf er die Decke von sich.

«Hast du Fieber?», fragte Pauline, ging zu ihm und fühlte. Nicht nur dass er hoch fieberte. Da war doch … sie schob das Hemd zur Seite. Auf der Brust bis zum Hals verteilten sich rote Frieseln. «Können das Masern sein?», fragte sie und drehte sich zur Gouvernante.

Die hielt erschrocken die Hand vor den Mund. «Ich glaube, das ist Typhus», hauchte sie.

Und der war es auch, bestätigte am nächsten Tag ein Sodener Doktor. Er riet von einer Heimfahrt ab, man solle den Jungen lieber an Ort und Stelle pflegen.

Nicht, dass man etwas tun konnte. Otto bekam Durchfall, aber das war das Geringste. Er delirierte, wand sich in Schmerzen, zuckte in Fieberkrämpfen, am fünften Tag wurde er schnell schwächer. Die Frau Dürlemann, die an seinem Bett wachte, sah mit ihren Augenringen und fahlem Gesicht selbst wie der Tod aus. Das Fräulein Schmidt lag inzwischen wie ihr Zögling krank zu Bett. Pauline saß die halbe Zeit zur Unterstützung der Frau Dürlemann mit bei Otto. Sie fühlte sich ihrerseits nicht wohl, fürchtete, sie könne es auch bekommen.

Otto starb am selben Abend. Da endlich sah sein verkrampftes Gesicht friedlich aus.

«Geht es dem Otto jetzt besser?»

Das fragte Fritzi mit ängstlicher Stimme, als Pauline vom Sterbezimmer zu ihm kam.

«Ja», sagte sie, «er schläft ganz tief.» Sie hatte Beklemmungen in der Brust vor lauter Angst, dass sie und Fritzi auch krank würden. Aber das durfte sie ihn natürlich nicht merken lassen.

Am nächsten Morgen schien bei eisigem Wind strahlend die Sonne. Um zehn Uhr war der Herr Wilhelm Dürlemann mit zwei Wagen da, um die ganze Familie abzuholen.

Die kranke Gouvernante Fräulein Schmidt, entschied man, solle lieber in Soden bleiben und sich von den Angestellten der Pension pflegen lassen. Dafür hinterließ der Herr Dürlemann Pflegegeld für vier Wochen, was Pauline nett von ihm fand.

«Warum kommt denn der Otto nicht mit?», piepste Fritzi, als er in den Wagen kletterte.

Es hatte ihm ja noch niemand gesagt.

«Der Otto kommt nicht mehr nach Hause», verkündete Herr Dürlemann streng, als habe er gegen den Älteren eine Strafe verhängt. Übrigens war die Aussage nicht ganz richtig. Der zweite Wagen war nämlich für Otto bestimmt.

«Der Otto muss jetzt lange schlafen», log Pauline, um es abzumildern.

«Wie lange?»

«Bis er in den Himmel kommt. Da geht es ihm dann noch besser.»

Fritzi in seinem roten Kinderröckchen verschwand mit verlorenem Blick im Inneren des Landauers.

Kaum zog der erste Wagen an, ging der zweite Kutscher Otto holen. Die Leiche, mit Bettlaken umwickelt, wurde eingeladen, dann stieg Pauline zu. Sie musste mit dem Toten fahren.

Heinrich, Dezember 1844

Schnell eine Skizze hinkritzeln, das war eine Sache. Ausgearbeitete Bilder am Stück produzieren eine ganz andere. Man sah leider, dass er kein Maler war, seine Figuren wirkten allesamt schief und krumm. Aber für Kinder, fand Heinrich, machte das gar nichts, im Gegenteil, da passte es, wenn die Bilder unbeholfen aussahen und nicht nach alten Meistern. Vor allem durften die Bilder nicht bloß Illustrationen sein, sondern die ganze Geschichte sollte Carlchen an den Bildern verfolgen können. Die Moral ließ sich so auf das Niveau von kleinen Knirpsen bringen, die nur mit dem Auge lernen. Also: Einen kleinen Frechdachs hingezeichnet, gezeigt, wie der alles kaputt macht (Krach! Ab das Stuhlbein!), wie er den Fliegen die Flügel ausreißt, sein Kindermädchen und einen Hund peitscht, und dann, schwupp, folgt die Strafe auf dem Fuß, beziehungsweise ins Bein, wo der Hund hineinbiss. Das ließ sich auch wunderbar darstellen: Nackte Haut! Strömendes rotes Blut! Herrlich! *Das* war doch etwas Anschauliches, so recht für Kinder! Und dann als Krönung eine kleine Selbstironie, die Carlchen natürlich nicht verstehen würde. Aber Therese würde sich amüsieren. Wovor fürchten sich nämlich Kinder am meisten? Natürlich, vorm Doktor mit der bitteren Medizin. Da malt Heinrich also dem Frechdachs, während der als armer Tropf blutend darniederliegt, zur Abschreckung einen Doktor und eine große, böse Medizinflasche ans Bett.

Doch die vielen Möbelbeine an Bett und Nachttisch waren beim Zeichnen die reine Plackerei. Da hieß es ordentlich die Perspektive konstruieren. Heinrich fühlte förmlich den Vater im Nacken; der hatte als Architekt größten Wert auf Perspektive gelegt und sich tief enttäuscht gezeigt, wann immer Heinrich hier schlampte. Dem Vater durfte er keine Schande machen. So zeichnete und radierte er nun volle zwei Nachmittage am Krankenlager des gestraften bösen Friedrich. («Friedrich», weil ihm «Dietrich» doch ein bisschen zu nahe an Christoph von Schmid war.) So. Fast fertig. Nun noch ein Bild vom braven Hund, wie der den Kuchen des bösen Friedrich essen darf als Lohn für seine Leiden. Eine einfache, gerechte Welt. Wie im Märchen. Und die trefflichen Verse dazu, einfach, prägnant und zum Brüllen: ... der schlug die Stühl und Vögel tot, die Katzen litten große Not ... Heinrich war sehr zufrieden.

Allerdings: Das Heft war mit der Geschichte vom bösen Friederich nicht annähernd gefüllt. Die ganze Erzählung machte gerade einmal drei Seiten voll. Plus das schöne Titelbild – mit dem Christkind und dem für Bravheit reich belohnten kleinen Carl unterm Weihnachtsbaum –, machte *summa summarum* vier Seiten.

Ein bisschen wenig für das selbstgemalte Bilderbuch, das Heinrich Therese großspurig angekündigt hatte. Er zählte die leeren Blätter im Heft. Noch zwölf.

Doch Aufgeben galt nicht. Seit kein Vater mehr da war, der ihn ermahnte, hatte Heinrich nach üblen Erfahrungen sich selbst zur Regel gesetzt: Angefangenes muss zu Ende gebracht werden. Und es konnte ja kaum so schwer sein, sich das Gleiche in Grün noch einmal auszudenken. Also machte Heinrich den Fehler, noch eine zweite Geschichte von Unartigkeit und Strafe anzuhängen. Worauf noch eine dritte folgen musste und so weiter. Die Zeit, die das kostete! Allerdings wurde ihm die Perspektive immer gleichgültiger.

Die letzten beiden Geschichten gefielen ihm am besten. Da hatte er die Strafe fürs Unartigsein ins Grausig-Groteske übersteigert: Klipp und klapp, die Daumen ab! Der Essensverweigerer schließlich schrumpfte zum Strich zusammen und war am fünften Tage tot. Wieder hatte Heinrich einen Ärztewitz eingebaut: Der Junge hieß Suppenkaspar, nach dem Kollegen Dr. Casper, der jüngst im Heilkundeblatt Tag für Tag die Symptome eines sich zu Tode hungernden Strafgefangenen dokumentiert hatte. Voll war das Heft damit noch immer nicht. Aber es reichte.

Nun die Verse fertig dichten, die Konturen mit Tinte nachziehen und alles kolorieren. Gott, war das mühselig. Nach über zwei Wochen harter Arbeit machte Heinrich ein Kreuz, nämlich das Grabeskreuz vom Suppenkaspar, und wusste, jetzt war es geschafft.

Im Schlafzimmer roch es nach saurer Milch. Therese schaukelte im türkisen Nachtrock mit dem Schaukelstuhl, summte etwas Weihnachtliches, das eine Woche alte Wickelkind im Arm. Sie sah bleich und müde aus. Bei der Geburt hatte sich

Heinrich diesmal immerhin weniger lächerlich angestellt als beim ersten Mal. (Da war er zusammengeklappt, nach dem Motto: Die Patientin lebt, der Arzt ist tot. Er, der so viele Geburten geleitet hatte, auch bei Frauen, die genauso zart gebaut waren wie Therese. Aber die waren eben nicht seine Therese.)

«Schau mal, Herzchen, was ich hier habe.» Er war so stolz, dass es ihm nicht gelang, die Stimme unten zu halten. Natürlich erwachte die Kleine, machte ein paar glucksende Mundbewegungen. Therese sah ihren Mann mäßig erwartungsvoll an.

«Ich bin endlich fertig mit Carlchens Bilderbuch.»

«Oh! Lass mich sehen.»

Er nahm Therese den Säugling ab. Es war ein Mädchen, Lina. Die Kleine öffnete wie gähnend den Mund und streckte beidseitig die Ärmchen aus. Heinrich nahm sie in die rechte Armbeuge, schob ihr einen Finger in die Handfläche, und sofort wickelte sie ihre kleine Hand fest darum. Er fragte sich immer, woher dieser Reflex bei Kindern kam. Während er den Säugling in die Wiege legte, kicherte Therese überm bösen Friederich.

«Gegen Tierquälerei, da wird dich Daumer loben», kommentierte sie.

«Ach komm, Theres! Fang nicht von deinem Freund Daumer an. Der würde hier sicher religionsphilosophische Interpretationen suchen. Menschenopfer. Blutopfer. Der Kult des heidnischen Nikolaus.»

«Apropos. Das Carlchen wird nicht verstehen, dass du hier die Geschichte vom heiligen Nikolaus und den drei Jungen im Pökelfass persiflierst. Das macht aber nichts. Ah, hier kommt die Häschen-und-Jäger-Geschichte, die hab ich als Kind, glaub ich, mal im Guckkasten gesehen. Bei der spitzen Nase vom Jäger hast du dich hoffentlich nicht von meiner inspirieren lassen?»

Noch zwei, drei Blätter, dann war sie durch. So viel Arbeit, so schnell gelesen. Das habe er schön gemacht, sagte sie, bestimmt werde Carlchen sich mehr freuen als über jedes gekaufte Buch. Eines allerdings gehe so nicht.

«Was meinst du?»

Sie blätterte zurück und zeigte auf den dicken Strahl roten Blutes, der sich aus dem beschnittenen Daumen von Daumenlutscher-Peter ergoss. «Hier. – Und hier.» Das Bild mit dem bösen Friederich im Bett, wo es unter der Bettdecke rot hervortroff. «Und hier.» Die Bissszene: Aus Friedrichs Bein floss ein breiter Blutbach. «Ich fürchte, das muss alles weg. Übermal es irgendwie. Das ist viel zu makaber für kleine Kinder. Ein paar Blutstropfen lass ich angehen, aber nicht diese Ströme.»

«Aber das macht es doch gerade anschaulich.» Auf das hemmungslos fließende Blut war Heinrich besonders stolz gewesen.

Therese lachte. «Glaub mir, mein Lieber, die Bilder sind auch ohne Blutorgien noch eindringlich genug. Das Carlchen würde nicht verstehen, dass das eine Übertreibung ist. Nein, das Blut muss weg.»

«Das ist aber Wasserfarbe, die kann ich nicht einfach übermalen.»

«Warum nicht Deckweiß?»

«Das sieht man doch! Gibt eine dicke weiße Kruste! Das verdirbt alles!»

«Dann sieht man's halt. Es ist doch bloß fürs Carlchen. Der hat das Heft sowieso bald in Stücke gerissen.»

Ob sie mit dem Blut recht hatte? Als Heinrich sich die Bilder noch einmal ansah, kam es ihm fast so vor. Also versuchte er es mit Radieren, nahm am Ende das Messer, schabte die «Blutorgien» vom Papier und ersetzte sie durch bloße Tropfen.

Pauline und Familie Dürlemann, 1845

In den ersten Januartagen starb in Soden in der Pension Schädel die Gouvernante Fräulein Schmidt.

Als die Nachricht die Villa Duerlé erreichte, traf sie am meisten den Herrn Dürlemann senior. Er suchte Trost für seinen Verlust darin, sich in der ehemaligen Kammer der Gouvernante umzusehen und ein nach ihr duftendes Leibchen sowie den Schmuck einzustecken, den er ihr im letzten Jahr geschenkt hatte. Das Geld, das er ihr ebenfalls gegeben hatte, fand er leider nicht. (Es ruhte in der Sparkasse der Polytechnischen Gesellschaft, auch Sparkasse von 1822 genannt, als Grundstock für das Mädchenpensionat, das das Fräulein Schmidt hatte eröffnen wollen. Dort würde es noch achtzig Jahre ruhen, bis es als herrenloses Gut galt und eingezogen wurde.)

Der junge Wilhelm Dürlemann und seine hellblonde Frau waren vom Tod ihres ältesten Sohnes stark mitgenommen. Bei Wilhelm merkte man es daran, dass er mehr Zeit als sonst in der Zigarrenfabrik verbrachte und, war er daheim, nur gereizt mit seiner trauernden Frau sprach. («Was bist du so lasch, Babette, nun reiß dich doch zusammen! Andere Frauen verlieren auch Kinder und gehen die Woche später wieder in Gesellschaft. Es hilft nichts, das Leben muss weitergehen.») Der Tod des Fräulein Schmidt aber war Anlass, dass die Eheleute sich endlich einmal wieder einig fühlten. Nämlich darin, dass man nicht sofort eine neue Gouvernante brauche. Die Gründe waren diffus und abergläubisch, beide empfanden nämlich, die Gouvernante sei schuld an Ottos Tod. (Hatte er sich nicht bei ihr angesteckt? Sie war doch auch das Luder, das die Unglücksfahrt nach Soden verursacht hatte.) Dem Wort Gouvernante haftete also ein Todesgeruch an – und abgesehen davon, hatte man durchaus nicht vor, dem Vater Dürlemann ein neues junges Blut vor die Nase zu setzen.

All dies fasste man natürlich nicht in Worte. Die junge Frau Dürlemann bemerkte lediglich, als die Nachricht aus Soden kam: «Für Fritzi reicht doch eigentlich die Pauline.»

Erleichtert sah sie, dass ihr Mann dem keinen Widerstand entgegensetzte. Sondern er streckte nach kurzer Reflexion die Hand zum Beistelltisch mit der Klingel (neckisch in Schildkrötenform, der Kopf war die Schelle) und befahl dem herbeigeläuteten Hausmädchen, Pauline zu suchen und vorbeizuschicken. Die Gerufene kam passenderweise gleich mit Fritzi an der Hand.

«Da sind Sie ja», begrüßte sie der Hausherr. «Sie haben es wohl noch nicht gehört, jedenfalls, das Fräulein Schmidt wird nicht mehr wiederkommen. Meine Frau und ich haben deshalb beschlossen, dass Sie sich um unsern Friedrich kümmern sollen. Das heißt, Sie sind von Ihren Küchenaufgaben vorläufig freigestellt.»

Pauline sagte Danke und dachte im nächsten Moment: Warum bedanke ich mich, das haben die doch nicht für mich getan. Außerdem …

«Aber … wie ist es denn mit dem alten Herrn? Für den bin ich ja auch zuständig, bleibt das so?»

«Was? Wie bitte? Wovon reden Sie?»

Dem jungen Herrn Dürlemann bebten der Backenbart sowie der Zwicker, zornesrot und drohend stand er auf. Seine Frau beschwichtigte: «Sie meint den Urgroßvater.»

«Ach so, den Oppa meinen Sie. Wie lange brauchen Sie denn für den am Tag?»

«So drei Stunden.»

Es waren in Wirklichkeit höchstens anderthalb. Aber Pauline war die Lüge herausgerutscht, sie wollte die schwere Aufgabe gern loswerden. Im Gegensatz zum Küchendienst. Den machte sie eigentlich gerne.

«Gut, dann geben Sie eben in der Zeit, wo Sie beim Oppa sind, den Friedrich bei meiner Frau ab.»

Es war genau, wie man es ihnen im Waisenhaus eingebläut hatte: Eine Lüge rächt sich. Denn nun würde es ja herauskommen, dass sie kürzer für den Alten brauchte, als sie behauptet hatte. Oder sie musste länger bei ihm bleiben.

Gleich kam noch eine Sorge in ihr hoch: So lieb sie den kleinen Fritzi hatte – wie sollte sie ihn eigentlich den ganzen Tag beschäftigen? So ein Waisenhaus hatte schon was für sich. Da wusste man wenigstens immer, was man zu tun hatte.

Übrigens hatte Pauline neuerdings wieder Heimweh nach dem Waisenhaus. Ach, das schöne Weihnachtsfest dort.

«Was meinst du, brauchen wir jetzt ein neues Küchenmädchen?», fragte Herr Dürlemann seine Frau, als Pauline mit Fritzi abgezogen war.

«Ich glaube, es wird auch ohne gehen», antwortete die. «Wir haben die Pauline im Herbst doch hauptsächlich fürs Helfen bei Festen und zum Spülen eingestellt. Das kann sie doch abends noch erledigen, nachdem sie den Fritzi ins Bett gebracht hat. Ich sprech nochmal mit ihr.»

«Gut, sehr gut. Im schlimmsten Fall kommt natürlich ein neues Küchenmädchen allemal billiger als eine neue Gouvernante.»

«Weißt du, eigentlich müssten wir aber der Pauline eine Gehaltserhöhung geben. Wenn sie jetzt Kindermädchen wird, mein ich.»

«Ach was. Ist die nicht aus dem Waisenhaus? Da ist die froh, dass sie bei uns so gut untergebracht ist. Aus was für familiären Verhältnissen so jemand stammen mag – unsereins kann sich das gar nicht vorstellen.»

Es sollte in der kommenden Zeit noch mehr Typhusfälle geben. Aber im Januar kündigte sich das nur durch die fortgesetzte Eiseskälte an.

Bei Klein-Linas Taufe hatte es in der fast leeren Katharinenkirche zehn Grad Celsius unter null. Das Taufbecken war zugefroren. Als die Festgesellschaft nach dem Akt in schnellem Marsch Heinrichs und Thereses Wohnung am Kai erreicht hatte, waren alle so froh, im Warmen zu sein, dass die Stimmung ausgelassen wurde. Heinrich zeigte Carlchens neues «Bilderbuch» herum. «Das musst du drucken lassen!», befand der dröge Schwager Donner, worauf Heinrich herzlich lachte. Das fehlte noch, dass er es nach allen seinen literarischen Misserfolgen nun mit einem Kinderbilderbuch versuchte! Ausgerechnet!

Aber er nahm das Heftchen am nächsten Samstag mit zur Clubsitzung seiner Tutti Frutti, wo man ja sowieso immer mal eine Eigenproduktion vorzulegen hatte. Die Frutti schrien vor Lachen über die plumpen Bilder und die Rüttelverse. Bei diesem Erfolg des Grotesken ärgerte sich Heinrich fast, dass er die Bäche von Blut getilgt hatte. Der Protokollant an dem Abend war der Frutto «Spargel», im bürgerlichen Leben Dr. Löwenthal, und der lachte nicht, sondern wurde geschäftlich. Die «Zwiebel» (nämlich Heinrich) möge ihm das Heftchen mitgeben, er wolle es als Kinderliteratur drucken lassen!

Heinrich nahm das nicht ganz ernst. Löwenthals Verlag war klein und neu (und gehörte offiziell dem Teilhaber Rütten, weil Löwenthal es nicht geschafft hatte, eine Konzession zu bekommen.) Beschwipst sagte Heinrich zum «Spargel»: «Na gut, wenn Sie mir achtzig Gulden Honorar geben, dann geb ich Ihnen das Büchlein zum Druck.» Achtzig Gulden betrugen ja Heinrichs Schulden bei der Jäger'schen Buchhandlung, die er irgendwie zusammenkratzen musste. Er hatte allerdings bloß einen Scherz gemacht, rechnete nicht damit, dass Löwenthal ihn für den Druck seiner Bildergeschichten tatsächlich bezahlen wollte. Jedenfalls nicht im Vorhinein. Doch der «Spargel» sagte sofort: «Abgemacht.» Und steckte das Heft ein.

Heinrich bekam am nächsten Morgen den größten Ärger mit seinem kleinen Carl. Das Buch war weg? Aber das war doch seins! Sein Buch! Es gab Tränen.

Kurz vor dem Druck fiel Heinrich ein, was er noch auf eine der leergebliebenen Seiten bringen konnte. Nämlich ein Kerlchen, das sich die Haare und Nägel nicht schneiden ließ und entsprechend aussah. Einen Struwwelkopf mit langen Nägeln hatte er oft Kinderpatienten zur Ablenkung und Beruhigung vorgekritzelt, wenn die aus Angst vor dem Arzt brüllten. Nun würde der struwwelige kleine Rebell im Büchlein den Schlussmann machen. Heinrich wollte ihn Struwwelhannes nennen. Da sagte aber der Verleger Freund Löwenthal: «Man sagt nicht Struwwelhannes, man sagt Struwwelpeter!» Und er hatte natürlich recht. Es passte für den Reim sowieso besser. Man musste nur den Daumenlutscher-Peter vorne auf Konrad umtaufen. Fertig.

In diesem Rekordwinter blieb der Main bis genau zum 25. März fest gefroren. Dann brach das Eis großflächig. Überall mainaufwärts schmolz schlagartig der seit November liegengebliebene Schnee. Am 30. März stand das Wasser an der Frankfurter Mainfront bei einem Pegel von sechs Metern vierzig hoch in den Häusern. Es floss ab, nur um beim nächsten Tauwetter wieder zu steigen.

Heinrich vertrug seit der Kindheit nasse Wohnungen nicht. Er hatte die Hochwasser glücklich überstanden, da kam er eines Tages zur Unzeit nach Hause, weil er etwas vergessen hatte, und platzte mitten in einen Großputz, den Therese mit der Magd veranstaltete. Er hatte verboten, in seinem Arbeitszimmer jemals den Boden mit Wasser zu wischen; nun aber kam er herein, die Dielen glänzten pitschnass, Fenster und Türen standen offen, und es gab einen infernalischen Zug. Prompt rieselte es ihm ganz merkwürdig durchs Rückenmark. Er wusste, jetzt hatte ihn eine Krankheit erwischt, eine üble. Und Therese war schuld.

Es brach erst Tage später aus. Das Fieber jedenfalls. Die schlechte, aggressive Laune, die ihn die ganze Krankheit über begleitete, die hatte er schon vorher.

Es wurde ein monatelanges Dauerfieber. Er fühlte sich unendlich elend, magerte ab. Jacob Emden, der Arzt am Judenspital, dem er noch am meisten vertraute, gab ihm Chinin, das aber nicht half. War es Sumpffieber, war es keins? Oder vielleicht ein Typhus? Leider war Heinrich nun selbst der Patient, und von dieser Warte aus wirkten die Schwächen der medizinischen Wissenschaft nicht mehr witzig. Einundzwanzig verschiedene Kollegen standen in den Monaten seiner Krankheit nacheinander an seinem Bett, jeder nahm dieselben rituellen Handlungen vor (Puls, Bauch, Zunge prüfen), jeder gab ihm einen anderen Rat, und alle konnten sie nichts, aber auch gar nichts an seinem Zustand ändern. Bis am Ende, nach drei Monaten und einer Woche, ungefragt der Doktor Müller kam. Den konnte Heinrich überhaupt nicht leiden. (Der Müller hatte, was er nicht hatte, nämlich eine bestens gehende Praxis mit vielen reichen Patienten, was den Mann, fand Heinrich, als Schmeichler und Quacksalber auswies.) Müller hatte sich irgendeine Eingeborenenmedizin aus Südamerika schicken lassen. Die wollte er jetzt an Heinrich als Versuchsobjekt ausprobieren. Heinrich schimpfte vom Kissen über diese Frechheit (dem Müller ins Gesicht natürlich!), machte aber mit bei dem Experiment. Was sollte er tun, seine Lage war verzweifelt.

Das Zeugs schmeckte scheußlich. Am nächsten Tag ging

es ihm besser. Am dritten Tag war er gesund. Absolut gesund.

Heinrich ließ eine dicke Lieferung von dem Wundermittel kommen und schenkte sie, als sie nach einem Jahr eintraf, dem Senckenbergischen Institut für künftige Verwendung. Dort lagerte das Zeugs, als im Herbst 46 zum zweiten Mal hintereinander die Kartoffelernte durch Fäulnis ausfiel und ein drittes Mal im folgenden Jahr, sodass in den ärmeren Landstrichen Deutschlands der Hunger und seine Gefährten Ruhr und Typhus reiche Ernte einfuhren. Als Heinrich die Berichte des Dr. Virchow zu den grässlichen Zuständen im schlesischen Typhuswinter las, da dachte er nicht an sein Wundermittel, dessen Namen er übrigens bald vergessen hatte. (Irgendwas mit S? oder doch C?) Sein Gedächtnis war eben niemals besonders gut.

Juni 1853, Anstalt für Irre und Epileptische

Hoffmann steht mit der Franck im kalten Keller, wo die feuchten Wände vor sich hin muffen. Schon nach fünf Minuten fröstelt er, fürchtet, eine Krankheit heraufzubeschwören, zieht den Paletot fest um sich. Die Franck aber scheint die Kälte nicht zu stören. Lang und breit erzählt sie ihm, wie sie vor Jahren bei Zigarren-Dürlemann Kindermädchen war. Als sie sich endlich dem Punkt ihrer Geschichte nähert (falls es denn einen Punkt gibt), da geht es noch langsamer. Sie unterbricht sich dauernd, um verrückt ins Leere zu lauschen, in verkrampfter Haltung, die Hand hinterm Ohr: Sie müsse überprüfen, ob die Verwandten ihr zuhörten. Sie glaube, wenn sie die Stimmen der Verwandten hören könne, dann könnten die Verwandten auch sie hören und ihre Gedanken lesen, weil dann «die Linie arbeite.» Manchmal arbeite sie, manchmal liege sie still.

«Welche Linie?», fragt er.

«Die Telegraphenlinie.» Sie sei zu dem Schluss gekommen, es lasse sich alles nur so erklären, dass die Verwandten sie mit Hilfe von Telegraphie und einer Elektrisiermaschine überwachten. Die Stimmen würden telegraphisch übertragen, aus dem Telegraphenbüro an der Börse. Mittels der Elektrisiermaschine vom Gymnasium würden sie ihr außerdem das Gehirn verrückt machen, sodass sie sich manchmal so absonderlich im Kopf fühle, als ob sie es gar nicht sei oder sich nicht bewegen könne. Sie hoffe bloß, in den Keller kämen die elektrischen Strahlen nicht. Es komme auf die Wände und die Winkel an, es sei ihr nämlich aufgefallen, dass sie an manchen Ecken im Haus Stimmen höre und an manchen nicht.

Hoffmann seufzt innerlich. Es gebe im Frankfurter Gymnasium keine Elektrisiermaschine, erklärt er, obwohl er weiß, dass es zwecklos ist. Aber die Patientin hat eben noch so klar gewirkt, es ist zu schade, dass sie jetzt wieder so fulminant deliriert.

Sie aber steht nach seinem Einwand plötzlich ganz gerade da. «Behandeln Sie mich nicht wie ein Kind», sagt sie, «dem man einfach irgendwas erzählen kann. Sie wissen das doch gar nicht, ob die im Gymnasium eine Elektrisiermaschine haben.»

Es ist das erste Mal, dass er die sonst lammfromme Franck zornig sieht, die dunklen Brauen fest zusammengezogen. Er kann nicht anders als ihr neuerlich widersprechen; sie will ja unbedingt ernst genommen werden, also bitte:

«Doch, ich weiß das, weil ich selbst hier auf dem Gymnasium in die Schule gegangen bin. Und ich kann Ihnen versichern, es gibt dort keine Elektrisiermaschine.»

Sie sieht ihn fast mitleidig an. «Aber dass Sie in die Schule gegangen sind, das ist doch Jahrzehnte her!» (Du lieber Gott. Sieht er so alt aus? Das machen die weißen Ecken im Bart.) «Heutzutage haben die dort eine Elektrisiermaschine, meine Freundin führt nämlich dem Professor Hechtel den Haushalt, der ist Lehrer am Gymnasium, und der hat es ihr erzählt.»

Hoffmann lacht. «Den Hechtel kenne ich, den kann ich ja fragen, dann wird er mir vielleicht sagen, dass Sie recht haben. Wir können aber den Professor Hechtel auch fragen, ob die Elektrisiermaschine von jemandem außerhalb der Schule benutzt wird. Da wird die Antwort sicher anders lauten.»

«Das würde der Hechtel doch gar nicht wissen. Davon wird Ihnen an der Schule auch niemand was sagen. Der Theo macht das bestimmt heimlich, wahrscheinlich hat er jemanden bestochen, dass er an die Elektrisiermaschine kann, wann er will.»

Hoffmann seufzt. Ein ganz elaborierter Wahn ist das inzwischen. Immerhin ist man durch dies verrückte Gerede endlich auf den guten Theo gekommen. Hoffmann hat es ja die ganze Zeit geahnt, dass hier der Hase im Pfeffer liegt. Nun endlich kommt also die traurige Geschichte unter Drucksen und mit vielen verrückten Lauschpausen ans Licht. Bald hat die Franck glühende Wangen vor Scham. Die Ärmste.

Er unterbricht sie irgendwann. Was braucht er weitere Details, was soll er hier weiter frieren, das Wesentliche ist doch klar. Er könne gut nachvollziehen, sagt er, dass all dieses sie so mitgenommen habe, dass das überreizte Gehirn in eine Melancholie gefallen sei. Nun sei ja die unselige Geschichte glücklicherweise durch ihren Klinikaufenthalt zu einem Ende gekommen. Er werde, wenn Sie wünsche, auch mit Theo einmal diesbezüglich reden, er kenne den jungen Mann nämlich flüchtig …

«Nein! Bitte, bitte, auf gar keinen Fall dürfen Sie mit dem

Theo reden! Der darf doch gar nicht wissen, dass ich Ihnen das erzählt …»

«Ist ja gut, ist ja gut. Wenn es Ihnen nicht passt, werde ich kein Sterbenswörtchen sagen. Das ist doch selbstverständlich. So, Fräulein Franck, jetzt haben wir aber lange genug hier im Keller geschwätzt. Sie frieren doch bestimmt. Und ich habe Termine in der Stadt. Wir gehen jetzt hoch.»

Sie ist so unwillig, dass er sie am Arm nehmen und quasi die Treppe hochschieben muss. Dass sie einen Grund haben könnte, noch länger unten zu bleiben, dass noch etwas Wichtiges fehlt an ihrer Geschichte, auf die Idee kommt Hoffmann nicht. Er wundert sich höchstens, warum sie mit ihren Kindermädchenzeiten bei Dürlemann angefangen hat, die doch mit den späteren Verwicklungen, scheint's, in gar keinem Zusammenhang stehen. Aber so sehr wundert er sich nun auch wieder nicht, sie ist halt verrückt, da erzählt man nicht kohärent.

Pauline, Ende 1845

Fritzi war im Mai fünf geworden. Um ihm erstens anständig Lesen und Schreiben beizubringen und ihn zweitens gemäß dem Wunsch der Eltern von lauten und gefährlichen Spielen abzuhalten, hatte Pauline sich ein Schulprogramm für ihn ausgedacht. Mit viel Turnen im Hof. (Geturnt hatten sie im Waisenhaus jeden Abend stundenlang.) Ottos alte Schulbücher und Fibeln hatte sie in der Bibliothek suchen müssen und dabei einiges an Büchern gefunden, was sie selbst interessierte. Schade, dass ihre Zeit zum Lesen so knapp war.

Einmal hatte sie in der Bibliothek ein ungutes Erlebnis mit

dem älteren Herrn Dürlemann, der sich dort gerne aufhielt. Er hatte ihr ein albernes Kompliment gemacht: Sie sehe aus wie Schneewittchen, Haar schwarz wie Ebenholz, Haut weiß wie Schnee und Lippen rot wie Blut. Was erstens Unsinn war, ihre Haare waren nämlich allerhöchstens dunkelbraun und ihre Lippen nicht besonders rot, und worauf sie zweitens natürlich nichts Vernünftiges sagen konnte. Sie gab also irgendein Kichergeräusch von sich und starrte blöd auf die Buchrücken. (Sie stand vor einem Regal.) Und dann hatte der alte Herr ihr doch tatsächlich von hinten tief in den Rock gefasst! So was kannte sie allerdings. Sie war nicht umsonst inmitten von einem Schwarm Jungen aufgewachsen, von denen die älteren sich oft als streunende Gassenbuben durchs Leben geschlagen hatten, bis die Polizei sie aufgriff und ins Waisenhaus steckte. Dummerweise hatte sie wie aus der Pistole geschossen so reagiert, als wäre der Herr Dürlemann senior auch einer von den Gassenbuben: war herumgeschnellt, hatte ihm vage einen Tritt verpasst und gekeift, er könne sich mal ins Knie … . Danach war sie wie der Wind aus dem Zimmer und davon, hatte schwitzend und etwas zittrig den Fritzi von seiner Mutter abgeholt (wie konnte sie sich nur so danebenbenehmen!) und sich den ganzen Tag und den nächsten gefürchtet, was für ein Nachspiel das wohl geben würde. Es gab aber kein Nachspiel. Der alte Herr Dürlemann sah seitdem bloß geflissentlich an ihr vorbei. Und sie betrat die Bibliothek nur noch morgens um fünf, wenn er schlief. Die nötigsten Bücher für Fritzi stellte sie gleich unten im Schulzimmer auf den Kaminsims.

Im Oktober starb der greise Urgroßvater Dürlemann. Zwei Wochen lang hatte er gehustet und nichts essen wollen, dann war er tot. Pauline hatte eine unangenehme Arbeit weniger, war sehr erleichtert und hatte ein schlechtes Gewissen deshalb. Im November bekam die Frau Dürlemann ein neues Kind. Es war ein Junge und bekam den grässlich unmodernen Namen Johann Gerhard, wie der Urgroßvater. Doch der kleine Johann Gerhard wollte nicht recht trinken und starb nach zwei Wochen. Als wäre der Name ein Omen gewesen. Pauline wusste gar nicht, was sie dem Fritzi dazu sagen sollte. Furchtbar: erst der eine Bruder, dann der nächste. Allerdings war es für Fritzi noch am wenigsten schlimm. Er hatte ja kaum gewusst, dass seine Mutter guter Hoffnung war.

Die Frau Dürlemann lag nach dem Tod des Kindes viele Tage im Bett und wollte niemanden sehen. Was man ihr zu essen hochbrachte, rührte sie kaum an. Doch eines Morgens tauchte sie im Schulzimmer auf: piekfein angezogen im gelbbraunen Winterkleid samt Haube, bunt geschminkt, nur etwas starr im Gesicht.

«Mama!» Fritzi flitzte auf die Mutter zu und schlang seine Arme um ihren gebauschten Rock. Sie legte ihm die Hand auf den Kopf.

«Frau Dürlemann, es tut mir so leid», flüsterte vom Tisch aus Pauline.

«Kein Wort davon, bitte. Ich will es vergessen. Fritzi, was wünschst du dir denn vom Christkind?»

«Ich hab es aufgeschrieben. Soll ich's dir zeigen?»

«Ja.»

Fritzi lief zur großen Schulkommode und zog mit beiden Ärmchen und herausgestreckter Zungenspitze die oberste Schublade auf. (Er war so süß, Pauline hätte ihn aufessen können.) Stolzgeschwellt brachte er seiner Mutter die Wunschliste, die er unter Paulines Anleitung geschrieben und gemalt hatte.

«Aber Fritzi! Das ist ja wunderschön! Hast du das ganz alleine gemacht?»

«Ja. Bloß die Pauline hat mir 'n bisschen geholfen.»

Pauline schmunzelte der Frau Dürlemann zu. Sie hatte ihn erst seine Wünsche auf ein Schmierblatt krakeln lassen, dann hatte sie alles mit Bleistift in Schönschrift auf ein Zeichenblatt gebracht, dahinter zeichnete sie jeweils ein Bild des gewünschten Geschenks. Fritzi hatte das Ganze dann mit ein paar ungeschickten Farbklecksen versehen und den Bleistift mit Tinte nachgezogen. Der Effekt war wirklich sehr hübsch.

Die Frau Dürlemann sah über das Blatt Pauline an: «Sie haben die Bilder von irgendeinem Bogen abgepaust, nehme ich an?»

«Nein, nein, die hab ich schon selbst gezeichnet. Wir hatten ja Zeichenunterricht im Waisenhaus.»

«So, so. Also, wenn man Sie so hört, dann hat man den Eindruck, im Waisenhaus geht es den Kindern besser als außerhalb. Die Stadt steckt da zu viel Geld hinein, das ist nicht gerecht.»

Pauline spürte ihre Wangen rot werden. Was sollte denn das? Die Frau Dürlemann war doch sonst so nett.

«Nun, Fritzi, eine Eisenbahn wünschst du dir also. Was meinst du, warst du denn brav genug dafür?»

«Ja!»

(Fritzi war einfach zu drollig, fand Pauline).

«So. Dann wollen wir auf den Weihnachtsmarkt gehen und nachsehen, was es dort für Eisenbahnen zu kaufen gibt. Dass wir dem Christkind auch die richtige verraten können.»

«Au ja! Krieg ich auch gebrannte Mandeln?»

«Nur wenn du brav bist. – Pauline, machen Sie den Jungen fertig und sich selbst auch, Sie begleiten mich.»

Das war Pauline recht. Zwar pfiff draußen ein feuchtkalter Wind. Aber es war immer gut, aus dem Haus zu kommen.

Als sie beinahe beim Judenmarkt waren, sagte die Frau Dürlemann: «Ach wissen Sie, Pauline. Da war heute früh eine Anzeige im Intelligenzblatt. Dieser neue Buchhändler Rütten bietet ein Bilderbuch an, *Lustige Geschichten für Kinder von drei bis sechs Jahren*. Der Laden ist hier gleich um die Ecke in der Brückhofstraße. Nur gehe ich dort nicht gerne hin, da arbeitet auch ein gewisser Löwenthal, der schaut mich immer so an. Mir sind diese Juden unangenehm. Gehen Sie doch einmal rein und lassen Sie sich das Buch zeigen, damit ich weiß, ob es sich lohnt. Ich gehe derweil schon vor bis zur Fahrgasse, dass ich nicht dumm bei dem Rütten vor dem Laden herumstehen muss. Ich warte also bei der Fahrgasse auf Sie. An der Ecke.»

«Wo muss ich denn entlang zu dem Laden?»

«Sie gehen hier vom Judenmarkt den Wollgraben runter, dann kommen Sie auf den Anfang von der Brückhofstraße und sehen es schon.»

Und so war es auch. Pauline kam sich ganz großartig vor, sich in einem Geschäft ein Buch zeigen zu lassen wie eine Dame. Fertig mit ihrem Auftrag bei Rütten, lief sie im Sauseschritt zum vereinbarten Treffpunkt. Die Frau Dürlemann sah verfroren aus und hatte ihre Hände im Muff.

«Und? Haben Sie das Buch gesehen?»

«Ja, es –»

«Moment. Fritzi, geh doch einmal zehn Schritte fort bis zu der Gaslaterne. Da bleibst du stehen, bis ich dich rufe.»

Das Kind gehorchte.

«So. Haben Sie einmal reingeschaut?»

Pauline nickte eifrig. «Ich hab's ungefähr bis zur Mitte durchgeblättert. Ich muss sagen, die Bilder sind furchtbar. Schlecht gemalt und ganz hässlich. Wenigstens sind es viele Bilder, auf jeder Seite sind welche, und bunt sind sie auch. Was mir gut gefallen hat, die Geschichten sind gereimt. Ich glaube, Kinder mögen das.»

«Ach Gott. Nun weiß ich gar nicht. Wie viel kostet es denn?»

«Oh. Das hab ich gar nicht gefragt.»

«Pauline! Na, Sie sind mir eine. Wozu habe ich Sie denn in den Laden geschickt? – *Fritzi! Nein! Fritz!*»

Fritzi war bei der Laterne hin und her gehüpft, höchstwahrscheinlich hatte er kalte Füße. Der Junge kam einem Pferd in die Quere, fiel hin, die Hufe tänzelten einen Augenblick über ihm, dann rollte er sich in Sicherheit, rappelte sich hoch und lief weinerlich und völlig verkotet Pauline in die Arme.

«Pauline!», schimpfte danebenstehend die Frau Dürlemann. «Wie *konnten* Sie nur so unachtsam sein! Sie sind doch verantwortlich für den Fritzi, Sie dürfen den Jungen keine Sekunde aus den Augen lassen! Wirklich! Ich hab ihn in Ihre Obhut gegeben, weil ich gedacht habe, es ist Verlass auf Sie. Und jetzt sehe ich, dass Sie gar nicht achtgeben.»

Pauline zitterte innerlich, hielt sich schon für gefeuert mit einem schlechten Zeugnis, wegen nichts und wieder nichts – oder war sie doch schuld? Wäre sie allein mit Fritzi gewesen, hätte sie sicher besser aufgepasst. Sie verfluchte sich. Die Frau Dürlemann redete unterdessen weiter.

«Nun geben Sie ihm wenigstens anständig ein paar Schläge, dass er es sich merkt. Ich will mir nicht die Kleider schmutzig machen, bei Ihnen ist es ja schon geschehen.» (Also nahm Pauline Fritzi am Arm und gab ihm drei Klapse auf den Hintern. Der flennte jetzt richtig, obwohl sie nicht fest zugeschlagen hatte.)

«Fritz! Stell dich nicht so an, ein Junge weint nicht. – So, nun bleibt ja nichts, als dass Sie das Kind nehmen und auf schnellstem Wege heimführen. Waschen Sie es dann gleich und bringen Sie es mit einer Wärmpfanne und einer heißen Brühe ins Bett, dass es sich nicht erkältet. Aber Pauline – versprechen Sie mir eins.»

«Ja, Frau Dürlemann.»

«Versprechen Sie mir, dass Sie von nun an auf den Fritz achtgeben, als wäre er Ihr Augapfel.»

«Ja, Frau Dürlemann.»

«Lassen Sie ihn niemals, niemals aus den Augen!»

«Ja, Frau Dürlemann.» (Und wenn Sie mal auf den Lokus musste – sollte sie ihn da etwa auch mitnehmen?)

«Ich werde Sie persönlich verantwortlich machen, wenn dem Fritzi etwas passiert.»

«Ja, Frau Dürlemann.»

«Haben Sie mich verstanden?»

«Ja, Frau Dürlemann.»

Der lief plötzlich die Nase, sie schnäuzte sich und sprach mit belegter Stimme weiter. «Nein, ich glaube, Sie haben mich noch nicht verstanden. Versprechen Sie mir, Pauline, dass Sie niemals, niemals zulassen werden, dass dem Fritzi etwas zustößt?»

«Ja, Frau Dürlemann, das verspreche ich Ihnen.»

«Gut. Dann gehen Sie jetzt beide. Adieu, Fritz, und sei nie wieder so unartig. Du sollst still stehen, wenn man es dir sagt. Sonst kommt an Weihnachten der Knecht Ruprecht und prügelt dich grün und blau.»

Auf dem Heimweg versuchte Pauline pflichtbewusst, dem erschrockenen, aber unverletzten Fritzi die Lehre aus dem Geschehen einzubläuen: dass er sich unter allen Umständen vom Fahrweg fernzuhalten habe – es sei denn, ein Erwachsener führe ihn an der Hand. Sie machte einen Merkvers draus: «Hüpfe niemals dort, mein Kind, wo die Pferdewagen sind.» Das sagten sie ungefähr zehnmal zusammen auf.

Frau Dürlemann kam eine knappe Stunde später nach Hause und traf im kleinen Salon auf ihren Gatten, der zum Mittagessen gekommen war. Er saß im Sessel, in der Hand die Oberpostamtszeitung.

«Du bist auf!», rief er erfreut. «Hast dich endlich überwunden.»

«Wurde auch Zeit!», hörte man die Schwiegermutter aus dem Nebenzimmer keifen. Wilhelm beugte sich vor, justierte den Zwicker und musterte konzentriert seine Frau. «Warst du draußen?»

«Ich hab für den Fritzi nach Weihnachtsgeschenken gesehen.»

«Ja, ja», hörte man durch die angelehnte Tür von nebenan, «eine Woche krank, dann gleich ins Weihnachtsgetümmel und Geld ausgeben.» Im Gefolge der Stimme erschien nun auch der weißbehaubte Kopf der Schwiegermutter in der Tür. «Hätt'st mir ja emal Bescheid sagen können, dass du fortgehst, Babette. Wir haben uns Sorgen gemacht.»

«Das tut mir leid.»

«Ja, ja. Das sagt sich so.» Die Schwiegermutter verschwand wieder aus der Türöffnung. Doch Schritte waren keine zu hören. Babette ging demonstrativ zur Tür und schloss sie.

«Nun sei doch nicht so empfindlich», rügte ihr Mann. «Mutter hat völlig recht, du hättest dich abmelden müssen. Warum bist du übrigens alleine gegangen? Du weißt doch, dass ich das nicht gern sehe.»

«Ich war ja nicht alleine, ich hatte Pauline und Fritzi dabei, bloß … Fritzi ist gefallen und war so verdreckt, dass er nach Hause musste. Da bin ich notgedrungen allein weiter, wir waren ja schon fast da. Auf dem Rückweg war ich bei Rütten. Schau, was ich gekauft habe.»

«Du warst bei Rütten? Du wolltest da doch nicht mehr hingehen. Hat dich dieser schmierige Jud wieder belästigt?»

«Nicht direkt belästigt, er war bloß wieder *besonders* zuvorkommend. Ich war auch nicht lange da, hab mir geben lassen, was ich wollte, und weg war ich. Hier, schau, dafür hatten sie heute früh eine Anzeige im Intelligenzblatt. Ich hab gedacht, es ist was für Fritzi.»

«Sternchen, sag doch nicht immer Fritzi. Dafür ist er nun zu alt. Fritz lasse ich angehen, Fritzchen zur Not, aber bitte nicht Fritzi. So heißen nur Mädchen. – Ja, was ist denn das! Ein Kinderbuch von Rütten? Wie – na! Der Autor heißt

‹Reimerich Kinderlieb›! Wer's glaubt, wird selig. Babette, du hast dich foppen lassen. Wir waren doch neulich zusammen in dem Laden, Rütten verkauft liberale politische Sachen, alles haarscharf an der Zensur vorbei. Gutzkow, diesen Marx und dergleichen. Was du hier gekauft hast, diese fratzenhaften Bilder, das sind doch in Wahrheit politische Karikaturen! Die Kinderbuchaufmachung ist bloß die Tarnung, dass die Zensur den Autor nicht dranbekommt. Bring's gleich wieder zurück. Nein, Unsinn, schick die Pauline.»

Er pfefferte das Buch auf das Tischchen.

Seine Frau hob entnervt die Augenbrauen. «Aber Schatz. Das haben die als Kinderbuch für Weihnachten im Intelligenzblatt angepriesen. Die Pauline hat sich's im Laden angesehen, es ist wirklich für Kinder.»

«Was weiß denn die Pauline schon.»

Er nahm das Büchlein wieder auf, blätterte, las. *Konrad, sprach die Frau Mama, ich geh aus und du bleibst da … fort geht nun die Mutter und, wupp! den Daumen in den Mund.*

«Na ja. Vielleicht ist es tatsächlich als Kinderbuch gedacht. Aber es gehört schon ein schlechter Geschmack dazu, diesen fratzenhaften Bilderbogenstil für die Erziehung von Kindern zu verwenden.»

Er legte das Buch auf den Tisch zurück, rieb sich die Hände.

«Ich überlege aber trotzdem, ob ich nicht wegen dem Löwenthal was unternehmen muss. Der Jude wird allgemein immer frecher. Wenn man durch die Stadt geht, lauter Judennamen an den Geschäften. Wie die Heuschrecken fressen sie den deutschen Handel kaputt. Heut sagt mir der Bachmann, Stern bietet nicht nur die eignen, sondern auch unsere Zigarren um zwei Kreuzer billiger an als wir. Das sind doch unlautere Geschäftspraktiken. Ich sollte einmal an Rütten ein anonymes Billet schreiben: Sehr geehrter Herr, wissen Sie eigentlich, dass Ihr jüdischer Angestellter in Ihrer

Abwesenheit deutsche Bürgersfrauen mit seiner morgenländischen Lüsternheit belästigt, bitte stellen Sie doch lieber einen Deutschen mit anständiger Gesittung ein.»

«Aber Schatz. Der Rütten ist, glaub ich, selbst ein Jud.»

«Was? Der Rütten auch? Na siehst du, ich sag es ja. Der Jude unterwandert alles. Am Ende wird von deutschem Sinn und deutscher Ehre nichts mehr übrig bleiben. Die Erzählungen von Christoph von Schmid, das sind deutsche Kinderbücher. Nicht dieser Dreck.» Mit einer wegwerfenden Bewegung wischte er mit den Fingern gegen das Buch. Leichtgewicht, das es war, rutschte es ein Stück auf dem Tisch. Aber herunter fiel es nicht.

Juni 1853, Haus der Familie August Passavant

Zufällig ergibt es sich, dass Hoffmann am selben Tag, als er morgens die Keller-Eröffnungen der Patientin Franck angehört hat, abends bei August Passavants eingeladen ist.

August feiert Geburtstag, den siebenundsiebzigsten. Oder vielmehr, seine Frau feiert.

Louise hat den Beschluss gefasst und die Gästeliste gemacht, und August hat sie gelassen, weil er in seinem Alter zu müde für Debatten ist. Bloß auf Zapfenstreich um zehn hat er bestanden, damit er seinen Schlaf bekommt. Würde es nach August gehen, er würde sogar auf Abendgäste ganz verzichten. Dafür fühlt er sich zu zerbrechlich. So viele gesundheitliche Gefahren hat er in jüngeren Jahren glimpflich überstanden. Aber in seiner jetzigen Lebensphase lauert der Tod hinter jeder Ecke. Es vergeht keine Minute, in der ihn nicht die Angst vorm Sterben begleitet. Da mag er sich nicht blühende junge Leute ansehen müssen, die noch so viel Zukunft vor sich und nicht diese Last des Alters zu tragen haben. Davon abgesehen, ist er zu schwerhörig geworden, um Festen Freude abzugewinnen. Louise natürlich, mit ihren Mitte fünfzig, die ist noch jung und fidel, die will Trubel haben.

Morgens sind die verzweigte Familie, die Angestellten der Firma und ein Abgesandter der Stadt zum Gratulieren angetanzt. Am frühen Abend geht es mit einer Gratulantenprozession vor dem Festessen weiter: hauptsächlich die Privatbekanntschaften und natürlich die halbe Loge. Immerhin, es ist doch schmeichelnd zu sehen, dass man was dargestellt hat im Leben und in den Augen vieler offenbar noch immer etwas darstellt. Die haben keine Ahnung, wie öd und traurig es in ihm aussieht. Und August lässt sich natürlich nichts anmerken, gibt immer mal einen launigen Spruch zum Besten, einen von der Sorte, die überall passen – denn er versteht bei dem Stimmengewirr natürlich nur jedes dritte Wort, das an ihn gerichtet wird. Glückwunschsprüche sind ja meist sowieso bar jeden Inhalts. Hingegen kann man, wenn man auf die Worte nicht hört, an den Gesichtern und den Posen viel mehr ablesen.

Der junge Hoffmann ist nicht devot, dafür wie immer freundlich. Aber sapperment, was hat der Hoffmann sich in den letzten Jahren zu seinen Ungunsten verändert! Er ist doch früher ein fescher junger Mann gewesen, wenn auch immer schmächtig und schmalschultrig. Nun aber dieser abstehende, immer länger werdende, schüttere Bart … der Mann sieht damit aus wie ein Strauchdieb, merkt er das nicht? Und ausgerechnet der Hoffmann soll beim Essen den Toast sprechen. Louises Beschluss, natürlich. Peinlich. Aber selbst das ist unwichtig angesichts des unaufhörlich näher kriechenden Todes.

Ein Herr mit Glatze, dem Hausherrn gar nicht unähnlich, mit markantem, faltigem Gesicht und hochgekämmtem weißem Haarkranz, tritt auf Hoffmann zu.

«Entschuldigung, sind Sie nicht ein gewisser Hoffmann?»

«Ja. Allerdings soll es mehrere mit dem Namen geben. Ich bin der Dr. Hoffmann von der Irrenanstalt.»

«Dann sind Sie der richtige. Ich bin überhaupt nur deshalb zum Chapeaumachen hier aufgekreuzt, weil ich wusste, dass ich Sie hier treffen würde. Mein Name ist übrigens Schopenhauer.»

«Das war mir bekannt. Schon deshalb, weil Ihr Pudel berühmt ist. Wir waren früher beinahe Nachbarn, als ich mit meiner Frau noch am Main gewohnt habe.»

Schopenhauer lacht. «Hätte ich damals gewusst, was Sie für ein Kerl sind, ich wäre nicht immer stur an Ihnen vorbeigelaufen. Mensch, Hoffmann! Ich habe Ihr Buch gelesen. Das ist kolossal, wirklich kolossal! Ich habe mich gekringelt vor Lachen.» Er klopft Hoffmann auf die Schulter. Der versucht, gute Miene zu machen, obwohl er sich eher belästigt denn erfreut fühlt. Er hat die Nase voll davon, immer gerade für den *Struwwelpeter* Lobeshymnen zu bekommen. So viel Geistreiches für Erwachsene hat er geschrieben, er leistet gute Arbeit für die Stadt in so vielen Gremien und im Irrenhaus, doch ausgerechnet ein paar Verse und Bildchen für Kleinkinder, das bleibt jahrelang bei den Leuten hängen. Jüngst hat er mitgehört, wie auf der Zeil ein Mann seinem Begleiter zuraunte: Da geht der Struwwelpeter-Hoffmann. Struwwelpeter-Hoffmann! Da schüttelt es ihn. Gebe Gott, dass er so nicht der Nachwelt überliefert wird. Aber dagegen tut er ja was. Wenn die neue, riesige Anstalt gebaut wird draußen vor der Stadt, die wird dann sein Monument sein. Vom *Struwwelpeter* wird dann keiner mehr reden.

Zu Schopenhauer sagt er: Das Büchelchen sei an sich der

Rede nicht wert, aber er freue sich natürlich, dass die bösen Buben sogar einem gestandenen Philosophen Spaß gemacht hätten.

«Ja gerade, Hoffmann, ja gerade! Kaum jemand kann so gut beurteilen wie ich, wie recht Sie haben! Das ganze hegelianische System ist doch nichts als tiefsinnig klingender Dreck! Und die Leute laufen dem hinterher, weil sie glauben, wenn jemand sinnlose Wortschwälle absondert, dann müsse er ein Genie sein. Mensch, Hoffmann, dem Hegel haben Sie's gegeben!»

Der lacht befreit. «Ach, Schopenhauer, ich hab Sie doch zuerst missverstanden, ich hab ja gedacht, Sie reden vom *Struwwelpeter*! Es freut mich ungemein, dass Sie meine *Mondzügler* gelesen haben. Ich fürchte nur, Sie und ich, wir sind die Einzigen in der Stadt, die daran Freude hatten.»

Schopenhauer hat keine Kinder und nicht die entfernteste Ahnung, wer oder was «der Struwwelpeter» ist. Aber das stört die folgende glückliche Verbrüderung beider nicht. Ebenso wenig die Tatsache, dass Hoffmann weiß, falls er Schopenhauers Schriften kennte, hielte er diese wahrscheinlich für genauso haarsträubend abstrus wie die Hegels, der zufällig Schopenhauers Erzfeind ist.

Vorläufig allerdings unterhält man sich ausgezeichnet über den Hegel'schen Unsinn und die Dummheit der Menschen. Bis Hoffmanns Blick auf Theo Franck-Passavant fällt, der am anderen Ende des Raumes im Gedränge zu sehen ist.

«Schopenhauer, wir beide sprechen uns sicher noch. Sie müssen mich jetzt entschuldigen, ich habe mit dem Sohn des Hauses ein ernstes Wort zu reden.»

«Ah! Ich entsinne mich, der ist ein Früchtchen. Gut, dann mache ich mich jetzt fort, solche Umtrünke sind nichts für mich. Ich werde mich bei Ihnen melden, junger Mann, und bleiben Sie, wie Sie sind! Adieu!»

Hoffmann kämpft sich Richtung Theo durch die Gratulanten. Zwar hat die Patientin Franck gesagt, er solle Theo nicht in der Sache ansprechen. Aber sie ist krank, und er weiß es besser.

Theo hat zugenommen, er sieht älter aus, das Gesicht ist leicht vergröbert, kurz, er ist nicht mehr ganz so unverschämt schön, wie er als Kind und Jüngling gewesen ist. Er trägt frech eine rote Weste; die Farbe sieht man heutzutage selten, aber sie kleidet ihn bestens. Gerade steht er inmitten eines Pulks von jungen Leuten und lacht über irgendwas. Hoffmann stößt ihn mit dem Ellenbogen an und raunt:

«Theochen darf ich ja nun nicht mehr sagen, aber ich müsst trotzdem einmal ein Wort mit Ihnen wechseln. Es geht um Ihre Schwester oder Halbschwester. Können wir irgendwo ungestört reden?»

Theo wirkt unangenehm überrascht, weist ihn aber nicht ab.

«Na gut, dann kommen Sie mal mit. Aber nur ganz kurz. Wenn Vater etwas ärgert, dann meine Abwesenheit an seinem Geburtstag.»

Der junge Mann übernimmt die Führung, hinaus in die Diele und in einen angrenzenden Abstellraum, in dem alte Besen und Putzlumpen vor sich hin stinken, mit nur einem kleinen, vergitterten Oberlicht als Fenster. Unwillkürlich ist Hoffmann an die Pauline Franck erinnert. Die hat ihn zum Reden in den Keller gezwungen. Als läg's im Blut, das Faible für düstere Räume. Jedenfalls hört man von der Feier gar nichts mehr, sobald die Kammertür zu ist.

«Und?», fragt Theo, gelangweilte Ungeduld in der Stimme.

Hoffmann legt los. «Sie wissen ja, das Mädchen ist im Augenblick bei mir in der Klinik. Und da hat sie mir heut früh unter dem Siegel der Verschwiegenheit so eine Geschichte erzählt, Sie beide hätten …»

«Ach Gott. Ich muss gar nichts weiter hören. Hoffmann. Ich denke, Sie sind Irrenarzt. Merken Sie denn nicht, dass meine Schwester tagein, tagaus Gespinste des Wahns ausbrütet? Eine Zeitlang hat sie diese fixe Idee, dann die nächste. Morgen wird sie berichten, ich wär mit ihr auf den Mond geflogen, und übermorgen, der Teufel hätt sie angestiftet, was weiß ich, beispielsweise einen Pfarrer zu vergiften. Lassen Sie mich mit dem Unsinn in Ruhe. Ich hoffe bloß, Sie erzählen die irren Geschichten meiner Schwester nicht herum. Übrigens mögen Mama und Papa nichts von meinen leiblichen Verwandten hören, von der Schwester wissen sie gar nichts. Ich verschweige es sogar, wenn ich meine leibliche Mutter besuche. Louischen wird da sonst ganz eifersüchtig. Also kommen Sie bloß nicht auf die Idee, den alten Herrschaften von meiner Schwester und ihren Hirngespinsten zu erzählen.»

«Nein, natürlich nicht. Deshalb wollte ich ja mit Ihnen im Privaten reden; es ging mir eigentlich auch nur darum, Sie zu bitten, das Mädchen jetzt und auch noch nach ihrer Entlassung möglichst nicht zu sehen. Sie regen sie auf, das könnte ihre Genesung gefährden.»

«Dagegen habe ich nichts einzuwenden. Mir ist jeder Kontakt mit der Schwester eine Last. Sie war noch nie ganz richtig im Kopf. Genest denn so jemand?»

«Häufig ja.»

«Ach, tatsächlich? Einer meiner Freunde von der Börse hat einen Onkel in der Anstalt bei Eltville, der ist da schon seit zwanzig Jahren. Solche Geschichten hört man doch öfter. Wenn die Leute einmal drin sind in der Klapsmühle, dann kommen sie nicht wieder raus.»

«Chroniker gibt es, natürlich. Aber von den neu hereinkommenden Kranken kann ich fast die Hälfte nach drei, vier Monaten wieder entlassen.»

Das muss Hoffmann auch. Es ist ja so eng in der Anstalt.

Geld und Personal sind knapp. Was natürlich in den neuen, teuren Privatsanatorien alles anders ist.

Als er zwei Stunden später seinen Paletot nimmt, um das Passavant'sche Haus zu verlassen, kommt ihm Theo hinterher.

«Hoffmann? Ich wollte nur sagen, wenn ich mitkriegen sollte, dass Sie irgendwelche irren Geschichten meiner Schwester herumerzählen, bei wem auch immer und ob als Tatsachen oder nicht, dann hetze ich Ihnen einen Anwalt auf den Hals. Sie dürfen, soweit ich weiß, kein Wort weitergeben von dem, was Kranke Ihnen sagen. Nur dass Sie gewarnt sind.»

Hoffmann hebt die Brauen. «Ist ja gut, Franck. So viel Aufregung um nichts, das soll gar nicht gut fürs Herz sein.»

In der Nacht träumt Hoffmann, er wäre wieder ein Kind und irgendein blondgelockter, wettergegerbter Arbeiter auf einer Baustelle seines Vaters lehre ihn, Gerüstknoten in Hanfseile zu machen. Bis auf die Haut- und Haarfärbung sieht der Arbeiter genau aus wie Theo.

Mitten im Traum schreckt ihn ein rhythmisches Krachen auf, Hoffmann denkt, halb wach, es sei ein Gerüst, das falle, dann erwacht er ganz und weiß, das ist Unsinn. Die krachenden, klappernden Geräusche, die längst schon wieder leiser werden, die sind nichts weiter als ein altersschwacher Wagen und Pferdehufe von draußen. Doch ihm klopft das Herz, als wollte es den Pferdehufen Konkurrenz machen. Der Bauarbeiter im Traum, war das eine Erinnerung? War das der damals am Gerüst Verunglückte – Theos Vater?

Hoffmann hat sich das noch gar nicht klargemacht, so sehr ist er auf die Pauline Franck als seine Patientin fixiert. Aber natürlich, ihr Vater, der durch den Unfug damals gestorben ist, der ist auch Theo Franck-Passavants Vater.

Und er selbst ist natürlich nicht nur am Waisenhausschicksal der Pauline Franck mit schuld, sondern auch daran, dass Theo als Kind von der Mutter fortgegeben wurde. Einige Minuten lastet das alles schwer auf ihm. Dann fällt ihm ein, i wo, der Theo zumindest hat ja profitiert von der Sache. Schließlich hat ihn das Unglück seines Vaters in einen reichen Kaufmannshaushalt gebracht und ihm Möglichkeiten eröffnet, die er bei seinen leiblichen Eltern nie gehabt hätte.

So ist das Schicksal. Nimmt auf der einen, gibt auf der anderen Seite.

Hoffmann dreht sich halb beruhigt um. Aber der Schlaf kehrt nicht mehr zurück.

Wilhelm Dürlemann, Februar 1848

Im Jahr 1845 setzte Herr Wilhelm Dürlemann den Preis seiner Zigarren um zwei Kreuzer herab.

Im Jahr 1846 gründete er eine *Gesellschaft zur Pflege der deutschen Gesittung im Handel*, wo Skat gespielt, Preise abgesprochen und nationale Anliegen debattiert wurden (wie beispielsweise der Eisenbahnstreckenentwurf von List, der auf skandalöse Weise Berlin und überhaupt Preußen bevorzugte, Frankfurt aber mit nur einer einzigen Bahnlinie versah!).

Im Jahr 1847 schickte Herr Dürlemann ans Frankfurter Konversationsblatt einen Aufsatz mit dem Titel *Die sogenannten Töchterschulen und das Gouvernantenunwesen*. Dort zeigte er die üblen Folgen auf, die resultieren, wenn das weibliche Geschlecht, dessen beschränkter Geist und reizbares Nervensystem dafür nicht geschaffen sind, sich ernsthafte Bildung und Wissenschaft zu erwerben anmaßt. Dies führe nicht nur auf moralische Abwege, indem es den betroffenen Mädchen eine falsche Selbständigkeit gegenüber dem Manne vorgaukele, sondern es schwäche durch eine dauerhafte Überreizung des bloß aufs Muttersein ausgerichteten weiblichen Gehirns Nerven und am Ende den Körper derart, dass üble Krankheiten zu befürchten seien, die von Hysterie bis Typhus reichten.

Der Artikel wurde vom Konversationsblatt gedruckt, fand viel Zustimmung bei der männlichen wie auch der weiblichen Leserschaft (soweit diese nicht allzu gebildet war) und setzte seinen Autor in den Ruf, einer der wenigen geistig Tätigen unter den Kaufleuten zu sein.

So kam es, dass Wilhelm Dürlemann früh im Jahr 1848 die Ehre widerfuhr, für einen der berühmten Salonabende in das Haus Louis Brentano geladen zu werden.

Louis Brentano, ehemals Lotterstudent in Heidelberg, hatte es zu einem fetten Vermögen gebracht. Und das einfach, indem er das Cousinchen heiratete, in das er schon immer verliebt gewesen war. Unglücklich verliebt. Das Cousinchen hatte nämlich eine Mutter, die klug und vorausschauend war und ihr Töchterlein eben nicht an den schmachtäugigen, aber mäßig betuchten Louis, sondern blutjung an einen millionenschweren alten Herrn Berna verheiratet hatte – der bekanntermaßen seit Jahren Blut hustete. Und siehe da, nach kaum einem Jahr war der alte Huster tot und die junge Marie steinreich und frei zu heiraten, wen sie wollte. Sie war so dumm, sich für ihre Kinderliebe, den Cousin Louis, zu entscheiden. (Alle Brentano-Guaita-Cousinen wollten als Kind den Louis heiraten. Man wusste ja, ein Cousin würde es höchstwahrscheinlich sein müssen, damit Geld und Geschäft in der Familie blieben. Und der Louis war eben eindeutig der schönste, der zur Auswahl stand.) Da aber Louis erst zum Studium fort war und danach meist in der Wiener Filiale tätig, hatte Marie eigentlich wenig Ahnung, was sich hinter seinen schönen Augen verbarg. Nach ein, zwei Jährchen Ehe wusste sie es dafür umso besser: Louis war flatterhaft und ungebildet, interessierte sich bloß für den Jagdsport und gewiss nicht für Religion. Damit war er leider in allem genau das Gegenteil von ihr, Marie. Aber aus dieser Familienehe kam sie natürlich nicht so einfach wieder heraus. Zum Glück war das Haus groß.

Das fand auch Heinrich, der erstens die Marie ein bisschen bewunderte und deshalb öfter bei den Brentanos auftauchte und der zweitens der Meinung war, das prachtvolle Haus und der ganze Reichtum müssten noch zu etwas anderem nütze sein, als eine unglückliche Ehe zu versüßen. Beispielsweise, um mal wieder einen Männerclub zu gründen. (Seine lieben Tutti Frutti, ohnehin langweilig geworden, waren vor kurzem an politischen Differenzen ganz eingegangen.) Für Jux wie bei den Tutti Frutti war das Haus Brentano natürlich zu gediegen und die edle Marie zu ernsthaft veranlagt. Aber ein seriöser wöchentlicher Konversationssalon ließe sich hier einrichten, zu dem man dann auch nationale Geistesgrößen einladen konnte, die sich auf der Durchreise in Frankfurt befanden. Bei den Tutti Frutti hatte es ja bloß für abgewrackte jungdeutsche Literaten wie Gutzkow gereicht. Doch mit diesem Prachtbau als Treffpunkt – da konnte man jeden ansprechen, und sei's der König von Preußen persönlich.

Heinrich drängelte so lange in Richtung Konversationssalon, bis beide Brentanos unwillig einwilligten. Die Liste der erwählten Teilnehmer, nämlich der politisch und geistig wichtigsten Männer der Stadt, sowie die Einladungstexte und die Einführungsrede waren Heinrichs Sache, den Rest übernahm allwöchentlich das Brentano'sche Küchenpersonal.

Das Treffen am letzten Donnerstag des Februar 1848 war bei weitem nicht das erste. Doch dieser Donnerstagabend sollte allen Teilnehmern lange in Erinnerung bleiben.

Besonders Herrn Wilhelm Dürlemann. Während er sich im hellen, weichen Licht blinkender Kristallkronleuchter über seinen Anti-Gouvernanten-Artikel bauchpinseln ließ und versuchte, geistreich zu wirken, fiel sein Blick übers Büfett auf die einzige Frauengruppe im Saal, die in einer Fensterecke auf purpurnen Fauteuils um die Hausherrin drapiert saß. Darunter war auch eine hellhaarige Dame, die beim Lachen große, schöne Zähne zeigte und die ihm sehr ins Auge stach. Sich von Grüppchen zu Grüppchen und ums Büfett herum vorarbeitend, näherte sich Wilhelm unauffällig der Damenecke. Am Ziel verbeugte er sich höflich, sein Name sei Dürlemann, Duerlé Zigarren, falls das jemandem etwas sage, haha, er sei zum ersten Male hier und wolle sich der Dame des Hauses selbstverständlich auch persönlich vorstellen – worauf die Dame des Hauses streng dreinblickte und «angenehm» sagte. Eine Sekunde stand Wilhelm etwas dumm da, dann rettete ausgerechnet seine geheime Favoritin mit den schönen Zähnen die Situation, indem sie ihn ansprach: Zigarren? Oh! Ihr Vater sei auch in Tabak tätig.

Ach! Das treffe sich ja gut. Ob sie Engländerin sei?

Das bejahte die reizende Person. Die übrigens nicht mehr zwanzig, sondern sicher schon dreißig war, aber das war Wilhelm ganz recht, so hatte er nicht das Gefühl, mit einem halben Kind zu sprechen.

Nun müsse er aber natürlich noch wissen, wie sie heiße!

Elizabeth Allen, ihre Freunde nennten sie Lily.

Dabei strahlte sie die ganze Zeit wie ein Honigkuchenpferd, als sei es ein großes Glück, mit ihm reden zu dürfen. So anders als seine Frau, die inzwischen ein griesgrämiger Jammerlappen geworden war; er hörte ja nur noch Klagen. (Oft fragte Wilhelm sich heutzutage, ob seine Eltern nicht recht gehabt hatten damals, als sie ihn davon abhalten wollten, Babette zu heiraten, eine Mittellose aus kleinstbürgerlichem Haus. Aber er war eben sehr verliebt gewesen und sie damals so reizend. Er flog nun mal auf diese sehr Blonden mit den zarten, hellen Augenbrauen. Nur, wie die Mutter damals immer sagte: Liebe vergeht.)

Es ergab sich, dass er und die Lily Allen (erdbeerblond) bald ein Stückchen von der Weibergruppe entfernt beisammenstanden. Ziemlich dicht beisammen, damit man sich hörte, es war ja laut im Saal. Er musste ihr dauernd auf den Mund sehen, er mochte diese spröden, etwas dicken Lippen, die offiziell als hässlich galten, aber bei ihr … und die großen, geraden weißen Zähne, die gefielen ihm ausnehmend. Nebenbei versuchte er, sich aufs Gespräch zu konzentrieren. Sie sei mit ihrer Tante in Deutschland auf Reisen, erfuhr er, ein paar Wochen hier, ein paar Monate dort, Heidelberg habe ihnen bislang am besten gefallen, und der herrliche Blick vom Schloss, dergleichen gebe es in England gar nicht. Aber Heidelberg sei natürlich nur etwas für den Sommer, deshalb sei man für den Winter nach Frankfurt gegangen, die Tante habe hier viele Freundinnen; es gefalle ihr, Lily, in Frankfurt sehr gut, sie wohnten im Salzwedel'schen Gärtnerhaus in Sachsenhausen, da spuke es übrigens! Nein, wirklich, er solle nur nicht denken, sie spaße! Sie komme übrigens aus Durham.

Ob sie denn noch ledig sei, wenn sie so viel reisen könne, wagte Wilhelm irgendwann.

Aber gerade da gab es vorne am Eingang zum Saal eine Aufregung, alles wandte sich hin, alles wurde mucksmäuschenstill, um zu erfahren, was da vor sich gehe.

Ein neuer Gast war eingetroffen, trug den Zylinder noch auf dem Kopf und den Stock in der Hand sowie Dreck vom Weg an den Hosen, und als ihn jetzt der ganze Saal angaffte, rief er: «Meine Herren! Es geht Sie alle an, eine Katastrophe ist über uns gekommen. Am Bahnhof ist eben ein Handlungsreisender abgestiegen, der war gestern früh noch in

Paris, dort ist eine große Revolution ausgebrochen, auf den Straßen liefern sich Militär und Volk Schlachten!»

Eine Sekunde war es still, dann sagte der alte Hofrat Beil, der einen dicken kaiserlichen Orden am Frack trug: «Jaja, was hört man am Bahnhof nicht alles für Geschichten. Handlungsreisende, das sind die besten Quellen, die müssen sich überall wichtig machen. Die erzählen von dreiköpfigen Ungeheuern, wenn der Tag lang ist. Also, meine Herrn, keine Angst, zurück zur Tagesordnung! Und ans Büfett!» Alles lachte.

Wilhelm nicht. Die Zeitungen hatten doch bereits von Protesten in Paris geschrieben, irgendwas mit Abschaffung des Wahlzensus? Aber vor allem, wie brachte er jetzt das Gespräch wieder dorthin, wo …

«In England wir haben nicht so viele politische Unruhen als auf dem Kontinent», lachte Lily mit ihrem umwerfenden Mund, als er sich wieder ihr zuwandte. «Oh, Sie haben gefragt, nein, ich bin nicht ledig, ich bin Witwe. Ich habe viele Jahre meine kranke Mann gepflegt, wissen Sie. Jetzt brauche ich, wie sagt man …»

«Zerstreuung», half er nach, völlig entrückt.

«Ah, ja, Zerstreuung, deshalb reise ich.»

«Kann ich Ihnen denn bei der Zerstreuung irgendwie behilflich sein?», hörte Wilhelm sich in schlüpfrigem Ton sagen; der Schweiß brach ihm aus, dann versuchte er zu retten: «Ich meine natürlich, ich könnte Ihnen, öhm, vielleicht würden Sie es interessant finden, einmal meine Zigarrenfabrik zu besichtigen …» Gott, war er blöd. Zigarrenfabrik. Dümmer ging's nicht.

«Oh!», rief Lily. «Eine wundervolle Idee! Dann ich kann meine Vater schreiben, wie hier in Deutschland die Fabriken sind. Ich habe immer schwierig zu finden ein Thema, über das ich meine Vater schreiben kann.» Sie lachte wieder, zeigte ihre gesunden Zähne.

«Ja, das kenne ich», log Wilhelm erleichtert, «die Gespräche mit meinem Vater kreisen meist auch nur um das eine, Geschäft, Geschäft und nochmals Geschäft.»

Was war diese Lily Allen eine famose Person! So völlig unkompliziert. Und der Mund. Zum Anbeißen. Und diese helle, durchscheinende Haut mit den kleinen Sommersprossen … Er wusste gar nicht, wie er hier heil wieder herauskommen sollte. Wenigstens so, dass sein Zustand niemandem auffiel. Er fühlte sich geschwollen in der unteren Körperhälfte. So war es ihm lange nicht gegangen.

Am nächsten Morgen waren zahlreiche Teilnehmer des Brentano'schen Salons verkatert. Diverse Bänker und Rentiers beispielsweise, die in ihrer Oberpostamtszeitung zum Frühstück lesen mussten, dass der Handlungsreisende betreffs einer Revolution in Paris sehr recht gehabt hatte. Zum anderen Herr Dürlemann, für den die Pariser Revolution bloß ein zusätzliches Ärgernis bedeutete, neben seiner Frau, die das Leiden Christi spielte.

Warum? Weil er sich in der Nacht hatte nehmen wollen, was ihm zustand. War im Dunkeln zu ihrem Bett und hatte nach ihr gegriffen. Darauf Babette (während er ihr das Hemd nach oben und die Beine auseinanderschob):

«Nein, Schatz, nein! Du weißt doch.»

Nämlich dass sie letztes Jahr verkündet hatte: Sie wolle keine weiteren Kinder mehr bekommen, sie könne nun nicht mehr. (Zuvor war, vermaledeites Pech, das letzte Kind, ein zehn Monate altes Töchterchen, wiederum gestorben, am Keuchhusten.)

Er schob sich auf sie, umgriff hart den Arm, mit dem sie versuchte, ihn fortzudrücken. «So. Jetzt hör mir einmal zu», fauchte er im Flüsterton. «Ich habe den ganzen Winter Rücksicht genommen, das ist lange genug. Jetzt solltest du dich allmählich erholt haben von deiner Hysterie. Ich will nichts als mein Recht, das weißt du.»

«Ach Schatz, ach Schatz», wimmerte sie weinerlich. Der Widerstand mit den Armen ließ nach, aber die Beine hielt sie stocksteif. Irgendwie rutschte in dem Gemenge sein Glied in den warmen Spalt zwischen ihren geschlossenen Oberschenkeln, und kaum war das geschehen, ergoss er sich auch schon zitternd, lächerlich, wie ein Anfänger, der es nicht lange genug halten kann, um das Loch zu finden. Seine Gedanken rasten. Er machte das Beste draus.

«So, Babette, ich habe, wie du merkst, noch einmal Rücksicht genommen auf deine Angst. Aber glaube bloß nicht, dass deine Verweigerung nicht Folgen hätte. Glaube das bloß nicht.»

War Verweigerung des ehelichen Verkehrs nicht ein Scheidungsgrund? Gott! Da hätte er ja … aufgewühlt und zugleich todmüde tappte Wilhelm auf kalten Dielen und im Dunkeln zu seinem eigenen Bett. Als er lag, hörte er, wie sie anfing, irgendwas in die Waschschüssel zu tunken und an sich herumzuwischen. Stundenlang, als habe er sie mit Aussatz befleckt. Später hörte er sie leise schluchzen. Das war kein Zustand. Er brauchte ein eigenes Schlafzimmer.

Nachdem Wilhelm sich am Morgen gegenüber seiner Mutter rechtfertigen musste, was denn die Babette schon wieder habe, die unmögliche Person, betrat er gegen Mittag, von einer Idee und einer Vielzahl unterschiedlicher Motive getrieben, das Ankleidezimmer, in das sie sich verkrochen hatte.

«Babette?»

Sie wandte ihm von ihrem Lesesessel ein rotes, unglückliches Gesicht zu. Ein bisschen sah sie aus wie ein krankes Kind, Wilhelm beschloss, sie auch so zu nehmen. Er nahm sich einen Stuhl und setzte sich ihr gegenüber. «Ich sehe ja, du bist mit den Nerven sehr herunter. Du hast ja auch einiges durchgemacht in den letzten Jahren. Vielleicht wäre ein Kuraufenthalt …»

«Ach! Willst du mich im Winter nach Soden schicken wie damals Otto?», spuckte sie.

«Du lieber Gott, Babette. Was ist denn das für ein Vorwurf? Du bist doch diejenige, die immer jammert, sie will zur Kur! Übrigens haben wir beinahe März, und so kalt wie '45 ist es dies Jahr gerade nicht. Von Winter kann keine Rede mehr sein. »

«Aber Schatz, man fährt trotzdem besser im Juni. Und wo ich hinwollte, war Karlsbad, nicht Soden.» Und zwar mit Wilhelm allein, ohne die Schwiegereltern. Aber selbst dieser Wunsch war lange her.

«Weißt du was, Babette. Ich denke, ich werde einen Arzt holen, der soll einmal mit dir sprechen. Wenn dich der Arzt dann tatsächlich für nervenkrank hält, dann will ich das Geld nicht scheuen, und wir werden in Bälde einmal nach Karlsbad fahren. Wir beide oder du allein, ganz wie dir beliebt.»

Babette hätte sich eigentlich freuen müssen. Wäre da nicht sein Ton gewesen, der sich kalt, lehrerhaft und irgendwie unecht anhörte. Eigentlich wollte sie auch partout keinen Arzt sehen. Als aber Wilhelm draußen war, da arbeitete es in ihr: Wie angenehm das wäre, einmal ein paar Wochen raus aus dem Haus, weg von den Schwiegereltern …

Am frühen Abend kam der angekündigte Medizinmann. Und zwar nicht ihr gewöhnlicher Doktor Müller. Sondern ein alter, weißhaariger, gebrechlich, aber gediegen wirkender Herr, der Dr. Varrentrapp senior. Seines Zeichens Leiter diverser städtischer Hospitäler. Unter anderem der Irrenanstalt, was sich so bemerkbar machte, dass er dort alle zwei Wochen einmal vorbeisah, um festzustellen, ob ein Irrer oder Epileptiker etwa körperlicher Behandlung bedürfe. Dank dieser Tätigkeit galt der Doktor Varrentrapp senior als der beste Experte für Seelenstörungen in der ganzen Stadt. Deshalb hatte Wilhelm ihn und keinen anderen holen lassen.

Wilhelm hatte feuchte Finger, als er den Varrentrapp unten im Vestibül persönlich in Empfang nahm.

«Auf ein Wort, bevor Sie die Patientin sehen», raunte er.

Varrentrapp ließ sich in den angrenzenden, düster mit blauen Vorhängen verhängten Empfangssalon führen.

Seine Frau leide nun schon seit Jahren an einer Nervenschwäche, berichtete Wilhelm. Es habe womöglich etwas mit dem Verlust mehrerer Kinder zu tun, jedenfalls liege sie entweder abgespannt zu Bett und wolle nicht am Familienleben teilnehmen oder aber sie sei aufs äußerste zänkisch-hysterisch, um nicht zu sagen tobsüchtig, dann komme ihr alles verquer, sie mache ihm die abstrusesten Vorwürfe, ja man müsse sich in Acht vor ihr nehmen, sie werde nämlich auch handgreiflich, heute früh beispielsweise … (Wilhelm zog seinen Ärmel hoch und zeigte einen langen Kratzer, den er sich am Nachmittag selbst beigebracht hatte.) Er glaube, dass vielleicht eine Kur oder ein Sanatoriumsaufenthalt ihr guttun würden. Ob der Doktor ihm da Hoffnungen machen könne?

All das höre sich nach einer Manikerin an, diagnostizierte Varrentrapp. Ob sich der Zustand wesentlich bessern könne, sei zweifelhaft, jedoch bestehe ja immerhin die Möglichkeit, die Kranke, wenn sie für die Familie nicht mehr tragbar sei, in einer Nervenheilanstalt unterzubringen. Natürlich nicht hier in Frankfurt, das sei sowohl für die Familie wie auch für die Kranke unangenehm, zumal die hiesige Anstalt sich in keinem guten Zustand befinde. Sondern man wähle in dergleichen Fällen meist eine Anstalt in einiger Entfernung. Die Illenau sei komfortabel und beliebt, doch natürlich sehr weit weg. Glücklicherweise entstehe derzeit auf dem Eichberg bei Eltville neben dem dortigen alten Irrenhaus ein herrlicher Neubau, wo zahlende Patienten aus den besseren Kreisen ebenfalls ein angemessenes Ambiente vorfinden dürften. Das sei weit genug entfernt und doch so nahe, dass man, wenn man es wünsche, die Kranke besuchen könne. – Ob er nun die Patientin sehen dürfe?

Wilhelm schwankte zwischen Scham und Euphorie (du liebe Güte, was war das leicht!). Es gelang ihm nicht ganz, seine innere Erregung zu verbergen. Das machte jedoch nichts, da der Doktor Varrentrapp gewohnt war, Angehörige von Geisteskranken vor Angst oder Scham beben zu sehen. Unter Wilhelms Führung ging es zurück durchs Vestibül und zu den Schlaf- und Ankleideräumen des Paares. Der Doktor erklärte vor der Schlafzimmertür, die Patientin allein sehen zu wollen. Jetzt bebte Wilhelm erst recht. Varrentrapp verschwand in der Tür und schloss sie wieder.

Dahinter fand der Doktor ein im Bett liegendes Häufchen Elend. Der Puls war hundertzwanzig, der Kopf heiß, klare Anzeichen also für eine Hirnkongestion. Wie sie sich augenblicklich fühle?

Schwach und müde, sie wolle eigentlich gar nicht mehr leben, sie habe auch immer solche Herzpalpitationen. Es sei aber sicher nervlich bedingt, sie habe zu viel Aufregung und Herzeleid in den letzten Jahren gehabt und niemals eine Erholung.

Darauf Varrentrapp: Ihr Mann berichte, dass sie gelegentlich sehr gereizt sei. Ob das stimme?

Ja, antwortete sie nach kurzer Pause, manchmal sei sie wirklich sehr gereizt.

Wie sie schlafe?

Sehr schlecht, oft gar nicht.

Ob sie sich selbst als nervenkrank bezeichnen würde?

Ja, ganz bestimmt.

Ob sie schon einmal daran gedacht habe, sich das Leben zu nehmen?

Einige Male sei ihr der Gedanke schon gekommen.

Ob sie denke, dass ihr ein Erholungsaufenthalt in einem Sanatorium oder dergleichen guttun könne?

Das glaube sie sehr.

Er sehe einen Bluterguss an ihrem Arm, wie sie sich den zugezogen habe?

Oh, da habe sie sich gestoßen.

Ob sie in dem Moment, da sie sich gestoßen habe, sehr aufgeregt gewesen sei?

Das wisse sie nicht mehr, es sei die Kante vom Schrank gewesen. Doch, jetzt wisse sie es wieder, sie sei tatsächlich sehr aufgeregt gewesen, deshalb habe sie nicht richtig aufgepasst und den Arm mit Schwung an den Schrank gehauen.

Wie das Verhältnis zu ihrem Mann sei?

Oh, sehr gut eigentlich.

Damit hatte der Doktor Varrentrapp genug gehört.

Es sei ein Aufenthalt in einer Nervenheilanstalt dringend in Erwägung zu ziehen, riet er flüsternd im Vestibül dem Gatten, möglicherweise sei in diesem Falle sogar Heilung möglich, da die Patientin sehr einsichtig in ihre Krankheit scheine. Jedoch gelte es zu überlegen, ob man mit einer Einweisung nicht warten solle, bis auf dem Eichberg bei Eltville das neue Haus fertiggestellt sei. Vielleicht könne bis dahin ein Aufenthalt in einsamer Natur, in den Bergen etwa oder an der See, der Patientin guttun, nur dass sie dort strengstens beaufsichtigt werden müsse, damit sie sich und anderen kein Leid antue. Dies seien alles schwierige Entscheidungen, die er der Familie überlasse.

Er werde jedenfalls ein Attest ausstellen.

Wilhelm ließ sich danach noch einmal in die Zigarrenfabrik kutschieren. Er war mitten im Prüfen der Bücher fürs letzte Jahr und hatte heut wegen der Störungen durch Babettes Zustand kaum etwas geschafft.

Das Büro der Fabrik war düster und trist. Um sich die Stimmung zu versüßen, schrieb er zwischendurch ein Billet an Frau Elizabeth Allen, Gärtnerhaus Salzwedel'scher

Garten, Schaumainkai, mit der Anfrage, ob sie denn an der kleinen Fabrikbesichtigung noch interessiert sei. Sie wisse ja, damit sie ihrem Vater etwas zu erzählen habe.

Auf die Bücher konnte er sich schlecht konzentrieren, fuhr aber dennoch erst gegen elf Uhr nachts wieder nach Hause, in der Hoffnung, Babette möge schon schlafen. Was auch zutraf. Hinsichtlich Babettes kämpften bei ihm zwei gegensätzliche Empfindungen um die Vorherrschaft. Nämlich sein schlechtes Gewissen, dass er sie forthaben wollte, zum einen und zum anderen die aufkommende Überzeugung, dass, wer von einer anerkannten Kapazität als geisteskrank erkannt worden war, dies auch tatsächlich sein müsse.

Das letztere Gefühl geriet in Oberhand, als am nächsten Morgen pünktlich das versprochene Attest eintraf, unterschrieben von gleich zwei Ärzten, nämlich Varrentrapp und dessen Sohn. *Frau Wilhelm Dürlemann leidet aktuell unter einer seelisch-nervösen Störung, deren Behandlung und Beobachtung in einer dafür geeigneten Nervenheilanstalt anzuraten ist.*

Konnte er denn über ein solches Attest einfach hinweggehen?

Er bereute beinahe, gestern auf diesen gewagten Einfall mit dem Arzt gekommen zu sein. Jetzt war er derart unter Zugzwang …

Mittags kam ein Billet von «Mrs. Lily Allen», worin diese sich «entzückt» über die «sehr nette Einladung» zeigte und sich willig erklärte, «Ihre wundervolle Fabrik zu sehen», und das so endete: «Würde es möglicherlich Ihnen morgen angenehm sein? Wenn nicht, zögern Sie nicht es mir zu sagen! Ihre Freundin Lily.»

Wilhelms Laune schoss nach oben. Es prickelte ihn überall vor Vorfreude.

Was aber mit Babette unternehmen? Dass dies jetzt alles so zusammenkommen musste, war sehr lästig. Er hätte ja vor Monaten schon einen Arzt … nun war es aber, wie es war.

Gestern hatte er Babette vorgelogen, Varrentrapp habe sich ihm gegenüber noch nicht geäußert, sondern der Arzt wolle ein schriftliches Attest vorlegen, in dem er dann eine Kurnotwendigkeit entweder bejahen oder verneinen würde. Wenn Wilhelm nun den geraden Weg ging, mit dem eingetroffenen Attest in der Hand zu Babette, und ihr sagte: Siehst du, der Doktor findet, du bist geisteskrank, ich soll dich für ein paar Wochen auf den Eichberg bringen lassen. Da konnte er sich doch vorstellen, wie Babette reagieren würde. Rot und hysterisch würde sie werden, würde ihm unterstellen, er und seine Eltern hätten ein Komplott gegen sie geplant. Er würde dann notgedrungen den Doktor Müller oder noch einmal den Varrentrapp holen, die angesichts des hysterischen Zustands der Patientin die Diagnose bestätigt sehen würden, und dann würde Babette womöglich mit Zwangsjacke abgeführt direkt in die Frankfurter Anstalt, schreien und keifen würde sie auf dem Weg in den Wagen, die Nachbarn und die Dienstboten würden reden … kurzum, die Geschehnisse könnten sehr leicht an das Ohr von Lily Allen dringen. Und das wäre Wilhelm doch sehr unangenehm.

Am Abend endlich zeigte er Babette das Attest. Um allerdings sofort hinzuzufügen, wenn sie nicht anderer Meinung sei, würde er es vorziehen, sie nicht in eine Nervenheilanstalt zu schicken. Wie wäre es stattdessen mit einem Erholungsaufenthalt in Heidelberg? Nicht weit, mildes Klima, herrliche Spazierwege, gute Hotels. Er denke an den Badischen Hof, den kenne sie doch noch von der Hochzeitsreise?

Babette in ihrem Lesesessel wirkte von alledem ganz perplex. Was hatte sie für einen tumben Ausdruck im Gesicht! Sie war ja wirklich nicht mehr ganz in Ordnung im Oberstübchen.

«Ja, aber wir wollten doch nach Karlsbad fahren!», brachte sie hervor.

«Ja wollten, wollten! Du kannst doch wohl kaum erwarten, dass ich mich um diese Jahreszeit und von jetzt auf gleich für einen Kuraufenthalt freimache. Außerdem, hast du nicht selbst gesagt, du wolltest so früh im Jahr nicht weit reisen?»

«Wieso so früh im Jahr, wir können doch im Sommer –»

«Also Sternchen, ich bitte dich! Hier steht schwarz auf weiß, dass du krank bist und der Behandlung bedarfst! Wenn ich dich schon gegen Varrentrapps Rat nicht in eine Irr–, äh, Nervenheilanstalt bringe, dann darf ich mit der Erholungsreise wenigstens nicht säumig sein. Bis Juni zu warten, das könnte ich nicht verantworten.»

«Aber Schatz! Ich bin doch nicht krank, ich bin bloß ein bisschen abgespannt!»

«So?» Er wedelte mit dem Attest. «Hier steht etwas anderes! Übrigens finde ich dich undankbar. Das habe ich nicht verdient, dass du dich beschwerst, wenn ich dir sage, dass ich dich freundlicherweise in ein teures Hotel im schönen Heidelberg schicken will! Jetzt will ich keine Widerrede mehr hören. Stattdessen pack schon einmal und überlege, wen vom Personal du mitnehmen willst. Du fährst morgen.»

Am liebsten hätte Babette Pauline samt Fritzi mitgenommen. Aber da war diese schlechte Erinnerung, wie Otto damals bei gerade so einer plötzlich anberaumten Reise gestorben war. Ihre abergläubische Angst um Fritzi hielt sie ab, ihren Mann auch nur danach zu fragen.

Am nächsten Mittag schon war Babette samt einem der Dienstmädchen in Heidelberg. Ihr Zimmer im Badischen Hof in der Hauptstraße war sehr nobel. Die Sonne strahlte vom Himmel, die Luft war klar und mild. Bei ihrem ersten Spaziergang am Berg zwischen Stadt und Schloss roch es nach Erde, aus der sehr bald der Frühling sprießen will. Die Forsythien blühten sogar schon. Eigentlich konnte sie sich nicht beschweren. Sie wusste selbst nicht, warum ihr bei der ganzen Sache so unwohl war.

Pauline hatte sich bei der plötzlichen Abreise der Frau Dürlemann am Morgen nichts weiter gedacht. In der Küche wurde natürlich getratscht, weil der Arzt dagewesen war, man munkelte von Schwindsucht. Pauline wusste aber, das konnte es nicht sein, die Frau Dürlemann hatte doch gar nicht gehustet.

Am selben Abend allerdings, da wunderte sich Pauline doch. Sie kam gerade mit Fritzi vom Turnen auf dem nach hinten liegenden Pferdehof zurück, da hörten sie von vorn den Herrn Dürlemann und eine fremde Frauenstimme, die sehr aufgekratzt klang. «Wer ist denn das?», flüsterte Pauline Fritzi zu, doch der wusste es nicht. Kurz darauf kam das mollige Küchenmädchen Liesel mit Tellern und einer Tischdecke ins Schulzimmer: Sie solle vom Herrn Dürlemann ausrichten, der Fritz möge heute ausnahmsweise mit Pauline im Schulzimmer speisen. Pauline stand auf, um den Tisch von Büchern leerzuräumen.

«Warum denn?», wollte Fritzi wissen. Er war inzwischen acht, so alt wie sein Bruder Otto, als er gestorben war. «Das hat dein Vater nicht gesagt», informierte Liesel, um dann an Pauline gewandt weiterzureden, als wäre der Junge nicht da: «Hast's sicher noch nicht gehört, Müssjöh hat eine Weibsperson vom Geschäft mitgebracht. Engländerin soll sie sein. Hab sie noch nicht gesehen, aber durch die Tür geht's andauernd turtelturtel, verstehst, was ich mein. Ich werd ja bedienen, dann werd ich euch hinterher Bericht erstatten.»

Gegen neun war Fritzi im Bett. Pauline wankte schlaftrunken zum Spülen in die Küche, da hörte sie schon von draußen eine künstlich hochgeschraubte Stimme – sie platzte mitten in eine schauspielerische Darbietung Liesels.

«Oh!!! Ich schwöre, Cigaretten werden sein eine große Süccess! Es sind Tabak in Papier gesteckt, so raucht man in Türkei! Oh, Sie müssen dies unbedingt probieren!»

«Nicht so laut», warnte die Köchin. Die anderen, Liesel eingeschlossen, lachten sich schief.

Ein Stockwerk weiter oben hörte Herr Dürlemann nicht mehr als nur entfernte Stimmen, während er in seliger Verzückung im Ankleidezimmer eine sehr teure Zigarre rauchte. Den Zwicker hatte er abgenommen und auf die Kommode gelegt. Er schaute gerade ganz nach innen, dafür brauchte es keine scharfe Fernsicht.

Was war doch die Lily so süß! Und hatte sie nicht, auf ihre unnachahmliche, natürliche Art, ihr Interesse an ihm klar bekundet? Beim Abschied hatte sie ihm ganz lange ihre Hand gelassen und, während er die Hand schamlos küsste, mit schiefgelegtem Kopf gelächelt. Zuvor, während des Essens, hatte die Mutter sie gefragt, ob sie Kinder habe. Darauf Lily: «Nein, leider nicht.» Und dann hatte sie nach einem Zögern zaghaft weitergeredet: «Mein Gatte, er war so krank, Sie verstehen, das ist nicht … nützlich für Kinder. Doch ich hoffe sehr, dass ich in eine spätere Ehe werde Kinder haben.»

«Da sollten Sie sich aber sputen», bemerkte dazu schroff der Vater – wirklich, er war oft unendlich taktlos. Und wie ging die wunderbare Lily damit um? Spielte sie die beleidigte Leberwurst, um ihm, Wilhelm, hinterher die Fehler seines Vaters vorzuhalten? Nein! Stattdessen sagte sie fröhlich: «Oh, da haben Sie wahrscheinlich recht!», und strahlte den alten Herrn derart an, dass der ganz entwaffnet war. Den Rest des Abends bekam sie kein schlechtes Wort mehr von ihm zu hören. Man musste den Alten eben zu nehmen wissen.

Es klopfte an der Tür. Wilhelm wollte jetzt eigentlich nicht in seinen süßen Träumen gestört werden. Es klopfte nochmals, dann ging ungebeten die Tür auf. Die Mutter kam herein, angetan mit Schlafrock und Schlafhaube, die Furchen und Hautlappen in ihrem Gesicht warfen tiefe Schatten im schwachen Lampenlicht, was ihren strengen Blick noch verstärkte.

«So, mein Guter, jetzt muss dir deine Mama doch einmal was sagen. Da haben wir nun den Fall, genau wie wir's dir prophezeit haben: Irgendwann wird sich eine opportune Verbindung auftun, haben wir gesagt, und dann reut es dich. Eine große Schönheit ist die Frau vielleicht nicht, mit den Wulstlippen und den Pferdezähnen und den Sommersprossen, und so jung ist sie auch nicht mehr, aber Geld hat sie und den Vater und den Onkel im englischen Tabakhandel. Was hättest du da Exportmöglichkeiten. Bei stabiler Gesundheit scheint sie auch zu sein, das ist bei einer Frau sowieso das Wichtigste. Aber nein, unser Söhnchen muss ja unbedingt mit zwanzig die Erstbeste heiraten, nach der ihm der Sinn steht. Da siehst du nun, was du davon hast. Gute Nacht.»

Weg war die Mutter. Verflucht nochmal, was hatte ihn das jetzt rausgerissen aus seinen süßen Wallungen. Ach! Verflucht. Verflucht.

Juni 1853, Anstalt für Irre und Epileptische

«Ja, was ist denn das! Das bin wohl ich! Haben Sie das etwa gezeichnet, Fräulein Franck?»

«Ja.» Sie lächelt. Mit der Zeichnung hat sie Hoffmann zwar nicht gerade schmeichelhaft getroffen, wie ein Verbrecher sieht er aus. Aber verdammt, da kann doch tatsächlich eine seiner Kranken besser zeichnen als er!

Hoffmann blättert im Heft nach vorn. Noch mehr

Zeichnungen, alles düstere, bedrohliche Szenen, mit dicken schwarzen Schraffuren verdunkelte Räume, in denen ein armes, nur angedeutet hingeworfenes Menschlein offenbar grässliche Angst hat, von etwas Dämonischem gefressen zu werden. Diese Ausgeburten des Wahnsinns lässt Hoffmann lieber unkommentiert. Ah, hier, ganz am Anfang des Hefts: wieder ein Porträt, sehr skizzenhaft hingeworfen, aber treffend.

«Ist das der Patient Völker?» fragt er.

«Ja. Er wollte mich vorm Gottesdienst porträtieren. Das hab ich ihm aber verboten. Damit er Ruhe gibt, hab ich dafür ihn gezeichnet, danach hat er mir das Schreibzeug geschenkt.»

«Das durfte er gar nicht. Mit dem Schreibzeug soll der Völker englische Übersetzungen machen. Aber ich will es Ihnen einmal lassen. – Fräulein Franck, am Tor ist eine junge Person namens Johanne Dilcher, die will unbedingt mit Ihnen spazieren gehen. Ich würde Sie ein Stündchen gehen lassen. Trauen Sie sich das zu?»

«Ja. Mit dem Hannchen, ja.»

«Keine Stimmen im Kopf heut?»

«Doch. Doch, ein-, zweimal. Aber ... Herr Doktor, ich weiß jetzt, dass ich mir das wohl einbilde. Ich muss versuchen, einfach nicht hinzuhören. Vielleicht hört ...» HÖRT! HÖRT! HÖRT AUF! «... Vielleicht geht es dann weg.»

«Ja, das probieren Sie. Gut, dann bringe ich Sie jetzt persönlich zum Tor.»

Auf der Treppe flüstert sie: «Herr Doktor? Sie müssen aber bald noch einmal mit mir in den Keller. Ich hab Ihnen doch das Wichtigste noch gar nicht erzählt.»

«Ach? Ich dachte, das sei neulich alles gewesen?»

«Nein», flüstert sie.

«Ja, aber Fräulein Franck, wenn Sie sich die Stimmen nur einbilden, dann ist es doch gleich, ob wir im Keller sind oder anderswo. Ihre Verwandten hören Ihnen nicht zu. Fernhören gibt es nicht.»

HÖRT! HÖRT!

Sie bleibt stehen. «Das mag schon sein. Aber wir müssen trotzdem in den Keller. Es soll uns gar niemand belauschen können. Auch hier drin niemand.»

«So. Na, das sehen wir. Haben Sie mir denn das letzte Mal die Wahrheit erzählt? Ist das wirklich so passiert mit –»

«Psst! Natürlich ist das wirklich passiert. Warum … ich würde doch nicht …»

«Ja, ist ja gut. Jetzt kommen Sie mal weiter.»

Prompt steht unten im Korridor der Patient Völker. «Morgen», sagt er, die Augen nur auf der Franck. Er hat wohl ihre Stimme gehört und ist sofort herbeigeeilt. Notdürftig ordnet er sich mit der Hand das Haar.

«Nun belästigen Sie mir das Fräulein Franck nicht immer, Herr Völker», mahnt Hoffmann. «Sonst muss ich am Ende noch einschreiten. Ich will Sie sowieso bald entlassen.»

«Ach, Herr Doktor, bitte nicht. Ich will's hier in der Gegenwart von Damen nicht sagen, aber ich habe wieder, Sie wissen schon … Hm, äh, haben Sie eigentlich seitdem noch mehr gezeichnet?»

Das Letzte ist allein an die Franck gerichtet.

«Völker! Sie sind aber! Nun lassen Sie mir das Mädchen in Ruh! Marsch, zurück in Ihre Abteilung!»

Die Franck zuckt zusammen vor Schreck, als Hoffmann so plötzlich losbrüllt. Aber manchmal muss man eben grob werden.

Er entriegelt die Tür. Draußen vor den Stufen steht wartend die Besucherin Johanne Dilcher, im gleichen Alter wie die Franck, aber stärker gebaut, rotbackig und mittelblond, mit ihrem Verlobten.

«Paulinchen!»

«Hannchen!»

Die Mädchen fallen sich in die Arme. Hoffmann öffnet den Mund, um der Freundin ein paar Verhaltensmaßregeln mit auf den Weg zu geben, dann erinnert er sich, das vorhin schon getan zu haben. Eine resolute Person, diese Dilcher. Zunächst hatte er auf ihr Begehr nein gesagt, da blaffte sie ihn an: «Die Pauline muss doch mal raus, dass sie gesund wird! Hier in dem Loch wird sie's bestimmt nicht!» Und der Blick dabei … als wäre er persönlich an der Krankheit der Franck schuld.

Hoffmann zieht sich zurück und die Tür zu.

Mit dem Völker hat er noch ein Wörtchen zu reden. Oder sogar deren zwei.

Heidelberg, März 1848

Im Hotel Badischer Hof hing dicke Luft. Schuld daran war ein Trupp ernster politischer Herren, die im Speisezimmer Deutschlands Zukunft besprachen und dabei sehr viel Rauch produzierten. Als Babette von ihrem üblichen Spaziergang kommend den verqualmten Vorraum betrat, öffnete sich die Tür des Speisezimmers, einer der Herren trat heraus, bebrillt und schwarz umbartet, und wollte an ihr vorbei auf dem Weg zum Abtritt. Da fiel ihr auf: Den kannte sie doch, das war ein Frankfurter!

«Der Dr. Jucho!», rief sie. Der stutzte und sah sie an. «Ach! Die Frau Dürlemann, nicht wahr? Was machen denn Sie hier?»

«Nichts weiter, es ist nur so zur Erholung.»

«Ach! Ich muss wohl davon ausgehen, dass Ihr Mann sich

durch diese Flucht aus der Vaterstadt als Feind der Volksbewegung zu erkennen gegeben hat.»

«Wie? Wovon … Aber mein Mann ist ja in Frankfurt! Ich bin ganz alleine hier! Zur Erholung, sage ich doch, das hat mir der Doktor Varrentrapp verschrieben.»

«Na, dann will ich nichts gesagt haben.»

In diesem Moment ging die Außentür des Hotels auf, und Herr Dürlemann trat ein. Babette war sprachlos. Dr. Jucho lachte schallend und setzte seinen Weg zum Abtritt fort.

«Wilhelm! Wie kommst du denn –»

«Babette! Ja, was ist denn das für eine Begrüßung: ein entsetzter Blick? Lieber Gott, ich dachte, du freust dich, wenn ich komme! Wer … also nein! War das etwa eben der Advokat Jucho, mit dem du hier …»

«Ja. Wir haben uns eben zufällig –»

«Zufällig? Erzähl mir doch keine Märchen, Babette, dein Blick sagt alles.»

Er griff sie hart am Handgelenk. «Bring uns auf dein Zimmer. Das ist nichts, um es hier zu besprechen.»

Sie hatte den Impuls, ihren Arm loszureißen, beherrschte sich aber, weil sie sich schon genug vor ihrem Mädchen schämte, das natürlich dabei war. Gehorsam marschierte sie den Korridor entlang Richtung Treppe. Beim Hochsteigen ließ Wilhelm von selbst locker.

Oben angelangt und hinter verschlossener Tür, das Mädchen blieb draußen, begann er: «Was bist du doch so schamlos! Sieh dir nur an, wie prächtig ich dich hier untergebracht habe, und du nutzt meine Gutmütigkeit und Großzügigkeit, um mit dem Jucho –»

«Wilhelm! Jetzt reicht es mir aber auch!» (Ihre Stimme zitterte. Warum schaffte sie es nie, mit der rechten Autorität aufzutreten?) «Du kannst doch nicht denken, dass ich mit dem Jucho … dass ich mit dem was habe!»

Jetzt war es an Wilhelm, höhnisch zu lachen.

«Nein, Babette, so dumm bin ich nicht. Von dem Jucho kann man politisch halten, was man will, wer aber 1833 mit dem Wachensturm zu tun hatte, ist jedenfalls ein Mann der Tat, der wird kaum auf die Idee verfallen, sich ausgerechnet dich schlaffes Wesen als Gespielin auszusuchen. Nein, o nein, ich weiß, was du mit dem Jucho zu reden hast. Er soll dich beraten, wie du dich am günstigsten von mir scheiden lassen kannst.»

Babette dachte, sie höre nicht recht. Das war doch alles gar nicht wahr.

«Das … das … du redest Unsinn. D-die haben unten eine Versammlung, politische Versammlung, hör doch, du hörst sie doch reden!»

In der plötzlichen Stille waren von unten Männerstimmen zu vernehmen. In Wilhelm kam die Ahnung auf, er könne sich getäuscht haben. Was dumm wäre. Er hatte das heute ganz anders anfangen wollen.

«Das eine schließt ja das andere nicht aus», sagte er schroff.

Babette sagte nichts, kehrte ihm den Rücken und sah unter einem Tränenschleier aus dem Fenster; sie war plötzlich so unendlich müde. Vielleicht sollte sie sich tatsächlich von Wilhelm scheiden lassen.

Nein, um Gottes Willen. Fritzi. Den hätte sie dann auch nicht mehr. Dann wäre sie ganz allein.

«So, Sternchen. Jetzt will ich dir sagen, warum ich gekommen bin.» (Babette dachte wieder, sie höre nicht recht, als er hinter ihr plötzlich so freundlich sprach – als wäre eben überhaupt nichts gewesen. Oder war es tatsächlich ihr Nervenkostüm, das nicht in Ordnung war und das sie alles so seltsam empfinden ließ?)

Sie hörte, wie er sich auf einen Stuhl in der Sitzecke des Zimmers fallen ließ. Dann ein tiefes Atemholen für eine lange Rede.

«Du ahnst nicht, was in Frankfurt los ist. Eingeschlagene Fenster, aufmüpfig umherstreunender Pöbel, gestern eine Meute von Tausenden auf dem Römerplatz. Am Ende haben sie mit Äxten am Römer die Türen eingeschlagen und den Kaisersaal gestürmt. Heut überall Kämpfe auf den Straßen. Es ist die Revolution, Babette. Und da ich gehört habe, dass es in Baden nicht besser sein soll –»

Der Bericht riss Babette aus ihrer Grübelei am Fenster, sie drehte sich zu Wilhelm um. «Also, hier ist gar nichts passiert», sagte sie. «Man sieht halt überall Männer mit diesen hässlichen schwarz-rot-gelben Kokarden, und einmal hat mir einer ein Flugblatt in die Hand gedrückt, von wegen die Banken müssten verstaatlicht werden und die Leibeigenschaft beseitigt und die Juden müsste man alle aus Deutschland vertreiben. Das war alles. Ich denke, hier ist es sicher. – O Schreck! Wilhelm! Wo ist denn der Fritz? Du hast doch unsern Fritzi nicht bei den Zuständen allein zu Haus zurückgelassen?»

«Also, nun werd doch nicht gleich wieder hysterisch! Erstens ist der Fritz nicht allein, sondern in Obhut seiner Großeltern und sämtlicher Dienstboten, zweitens besteht nun nicht gerade die Gefahr, dass der Pöbel unser Haus stürmt. Die Kämpfe sind ja alle in der Innenstadt. Höchstens an den Laden am Hühnermarkt gehen die vielleicht. Aber was Baden betrifft, da täuschst du dich, die Franzosen sind dabei, an den Grenzen einen Volkssturm aufzuziehen. In Baden wird es Krieg geben. Da kannst du drauf wetten. Deshalb bin ich ja hier, ich will dich abholen und an einen sicheren Ort bringen. Aber ich hatte wahrlich nicht damit gerechnet, dass du mich so unfreundlich empfängst. Jetzt solltest du jedenfalls anfangen zu packen, damit wir heute noch über die Grenze nach Nassau kommen. Nassau wird zweifellos ruhig bleiben.»

(Nassau? Wieso Nassau?)

«Wohin wollen wir denn in Nassau?»

«Bitte, Babette. Säume nicht, ruf das Mädchen rein und packe, sonst ist es zu spät. Ich bringe dich an irgendeinem hübschen Ort am Rhein unter. Wo du sicher bist.»

Babette war das alles gar nicht recht. Sie hatte sich gerade gut eingelebt hier in Heidelberg. Aber was sollte sie tun, sie holte das Mädchen.

Wilhelm blieb stur im Zimmer sitzen, putzte seinen Zwicker und sah beim Packen zu. Babette war irritiert. Sie fühlte sich wie beaufsichtigt.

«Willst du nicht nach unten gehen und essen?», fragte sie.

«Nein. Wir essen unterwegs.»

«Wie fahren wir denn? Mit der Post? Sollten wir nicht lieber bis Frankfurt mit der Eisenbahn? Ich weiß allerdings nicht, ob ein Zug geht um diese Zeit.»

«Darum musst du dich nicht bekümmern. Ich habe eine Chaise gemietet.»

«Eine Chaise? Aber … passen wir da denn alle hinein? Mit Gepäck?»

«Babette, ich sage doch, darum musst du dich nicht bekümmern. Das Mädchen bleibt natürlich hier und nimmt morgen die Eisenbahn.»

Babette sagte nichts mehr. Sie lehnte sich ans Fensterbrett, abwesend dirigierte sie das Mädchen beim Packen.

«Wohin am Rhein geht es denn?», fragte sie nach einer Weile ihren Mann.

«Das wird sich zeigen. Kiedrich, denke ich.»

Kiedrich. Nein, das war nicht, wovor sie sich fürchtete. Das war Eltville. Aber lag das nicht gleich daneben?

«So, Madame, ich bin fertig. Wenn der Herr mir dann noch Geld geben wollen, ich soll doch morgen mit der Eisenbahn …»

Wilhelm zückte die Börse.

«Ich mach mich derweil noch einmal frisch», sagte Babette hastig und verließ das Zimmer, bevor ihr Mann reagieren konnte. Sie ängstigte sich gewiss umsonst (es stimmte ja, sie hatte wirklich schwache Nerven). Und übrigens würde Wilhelm sie so oder so wohl kaum daran hindern wollen, vor der Reise noch einmal aufs Örtchen zu gehen.

Trotzdem aber ging sie nicht hier oben zum Abtritt, sondern hastete die Treppe hinunter ins Erdgeschoss. Auf dem Rückweg von den Privets dann überrumpelte sie sich selbst, indem sie geradewegs auf den großen Speiseraum mit dem Schild «Geschlossene Versammlung» zusteuerte, die Tür öffnete und mit unerwartet klarer, lauter Stimme sagte: «Dr. Jucho, bitte, ich brauche bitte sofort auf ein Wort den Dr. Jucho.»

Alles starrte. Den Jucho entdeckte sie in den Rauchschwaden erst, als er höchst irritiert und peinlich berührt aufstand. Irgendjemand lachte. Dann stand der Jucho allein mit ihr vor der Tür.

«Was um Himmels Willen wollen Sie?»

Sie flüsterte in raschem Tempo los: Sie fürchte, ihr Mann sei gekommen, sie gegen ihren Willen in die Irrenanstalt bei Eltville zu bringen, er, Jucho, möchte sich bitte in ein, zwei Wochen nach ihr erkundigen und, wenn sie dann tatsächlich in der Anstalt sei, als ihr Anwalt alles tun, sie dort herauszuholen.

«Aber – gute Frau …»

Weiter kam Jucho nicht. Babette hörte auf der Treppe Schritte und machte sich sofort in diese Richtung davon. Jucho schüttelte baff den Kopf und betrat wieder den Saal. Dort war es mucksmäuschenstill.

«Und?», fragte Gervinus.

«Nichts. Die gute Frau ist offenbar verrückt. Wo waren wir stehengeblieben?»

Juni 1853, Taunusanlage

Aus Paulines Mund kommt ein Schreckenslaut. Hanne fühlt, wie die Freundin an ihrem Arm förmlich in sich zusammensackt, die Augen sind weit aufgerissen.

«Gottchen, Paulinchen, was ist denn?»

Paulines Mund bewegt sich, aber es kommt kein Laut. Die Blätter der Weide, unter der sie stehen geblieben sind, werfen im Abendlicht seltsame Schatten auf ihr Gesicht. Siegmund, Hannes Verlobter, greift von der anderen Seite zu, damit sie nicht fällt.

«Hörst du wieder Stimmen?»

Pauline schüttelt den Kopf, bewegt den Mund, endlich stammelt sie etwas: «Ich seh … ich seh …» Stille. Hanne und Siegmund starren jeweils auf Pauline in ihrer Mitte, und deshalb sehen sie lange nicht, was von vorne kommt.

Nämlich Theo. In roter Weste, ein starker, schöner Mann in der weichen Sommerabendsonne.

Nur eine Handbreit vor Pauline bleibt er stehen, sieht drohend auf sie herunter, dann sagt er leise: «So, Schwesterchen, Liebste. Ich weiß, dass du geredet hast. Wenn du noch *einmal* auch nur ein Wort über mich verlierst, dann erwartet dich nichts Gutes. Du kannst dir denken, wie ich das meine. Und denk nicht, dass du dich vor mir verstecken kannst. Ich hab meine Augen und Ohren überall.»

Spricht's, macht auf dem Absatz kehrt und schlendert gemütlich davon.

Pauline beugt sich vor und fängt an, trocken zu würgen.

«Ei, Paulinchen! Komm, lass das sein, er ist ja weg. Dem Kerl, wirklich, dem könnt ich stundenlang die Fresse polieren. Hol tief Luft. Durch die Nase. Durch die Nase. Ja, siehst du, so ist's besser. Jaaa. Komm, wir setzen uns auf die Bank.»

Der Verlobte Siegmund seufzt und schleicht widerwillig mit zur Bank. Er hat es der Hanne ja gleich gesagt: Das wird spaßig, hat er gesagt, eine Mordsidee von dir, klar, an unserm einen freien Nachmittag führen wir eine Verrückte aus. Jetzt auf der Bank zittert und bebt die Pauline am ganzen Körper. Gott, ist das unangenehm.

«Ist ja gut. Ist ja gut», murmelt Hanne und streichelt ihr den Rücken. «Sage mal, Paulinchen, der hat doch einen Schaden, der Kerl. Was will der denn noch von dir?»

Pauline schüttelt bloß den Kopf, schnappt nach Luft, atmet immer schneller, der Brustkorb hebt und senkt sich heftig.

«Paulinchen! Nun hör auf damit. Hör auf. Mund zu, durch die Nase atmen, ganz ruhig, ganz langsam. Gaaanz ruhig. Ja, so, so ist's gut.»

Als sie ruhiger geworden ist, sackt Pauline nach vorn und fängt hemmungslos an zu weinen.

«Es stimmt doch», schluchzt sie, «es stimmt doch, sie können alles hören.»

Siegmund rollt mit den Augen.

«Siggi, gib dein Taschentuch», befiehlt Hanne.

Wilhelm Dürlemann, 6. März 1848

Wilhelm hatte die Nacht in einem Gasthof in Eltville verbracht und nicht gut geschlafen. Beim nächtlichen Aufstehen für den Nachttopf war er auf seinen Zwicker getreten. Nun war rechts das Metall zerdrückt und das Glas natürlich zerbrochen.

Er sah ohne Zwicker so schlecht, dass er am Morgen kaum

die Anlegestelle fürs Schiff nach Mainz fand. Ganz bescheiden verlangte er beim Einlass eine Karte dritter Klasse. Es war in diesen Zeiten einfach sicherer, nicht aus der Masse der Bürger herauszustechen.

Beim Aufenthalt in Mainz sah er verschwommen schwarz-rot-goldene Fahnen. Ansonsten alles ruhig.

Was war heute das Wetter wieder so schön! Dieser März 48 begann sensationell. Auf dem Marktschiff von Mainz nach Frankfurt aber, nach dem Halt in Höchst, meldete sich bei Wilhelm erneut dies unangenehme Gefühl. Es schlechtes Gewissen zu nennen wäre zu viel gesagt. Die Last der Verantwortung vielleicht. Denn er hatte ja recht gehandelt! Das musste jeder einsehen. In diesen Zeiten, in denen Aufstand, Krieg und Plünderung drohten, da galt es, eine schwache, seelenkranke Frau an einem Ort unterzubringen, wo sie sicher und gut versorgt war. Es war dunkel gewesen bei der Ankunft auf dem Eichberg gestern Abend, doch im Laternenschein ließen sich die soliden Klostermauern der alten Irrenanstalt erahnen. Da kamen so schnell keine zottelbärtigen Jahn'schen Turnerhorden hinein! (Die Invasoren vorgestern im Römer, das waren hauptsächlich Turner gewesen. Die hatten sich mit ihrer Turnerei so lange für den Kampf ertüchtigt, dass sie das Gelernte jetzt unbedingt anwenden mussten, ob's nun passte oder nicht.) Ja, eine Irrenanstalt sollte für Turner und selbst für Soldaten tabu sein. Übrigens hätten die Wärter Babette gestern sicher nicht aufgenommen, wenn sie nicht tatsächlich in eine Irrenanstalt gehörte. Sie hatte ja lauthals protestiert: Sie sei nicht verrückt, ihr Mann wolle ihr Böses. Falls es bei dem Wortlaut des Attests irgendeinen Zweifel gab, ob dies eine Einweisung in die Anstalt rechtfertige, so hätten die Wärter sie doch wieder fortgeschickt. Stattdessen lachten die nur: Ja, ja, das behaupte hier jeder, und griffen Babette an den Armen. Als sie dann beim Abführen schrie, das war Wilhelm bis ins Mark gedrungen. Aber dies wilde Kreischen war natürlich gerade der Beweis dafür, dass die arme Person tatsächlich geisteskrank war und in Behandlung gehörte.

Wilhelm fingerte abwesend an seinem kaputten Zwicker in der Rocktasche, da stieß ihn sein Nebenmann an: «He! Sie Hans-guck-in-die-Luft! Wir sind da.»

Er hielt sich beim Aussteigen lieber die intakte Hälfte des Zwickers vors Auge, nicht dass er noch danebentrat und ins Wasser fiel. Mit der wiedererlangten Sehschärfe entdeckte er preußisches Bundesmilitär mit Pickelhauben am Fahrtor. Aha, der Umsturz war also entweder niedergeschlagen, oder es war zu einem Kompromiss gekommen. Die Soldaten musterten die Aussteigenden. Als drei zottelhaarige und bärtige Personen den Anlegesteg überquerten, marschierten die Pickelhauben los und griffen die Männer, sobald sie Kaiboden unter den Füßen hatten. Wilhelm drängte sich vorbei und sah zu, dass er weiterkam. Mit halbem Ohr hörte er noch, wie die Soldaten brüllten: Fremde Turner würden nicht in die Stadt gelassen, die Männer müssten gleich wieder mit demselben Schiff zurück.

In der Stadt schien alles ruhig, wenn er auch mehrfach in der Ferne kleine Gruppen erahnte, die auf seltsame Weise herumstanden oder -gingen. Wachen? Patrouillen? Egal.

Endlich zu Haus, berichtete ihm der Vater, in der Fabrik sei heut wieder Ruhe eingekehrt, ein bekannter Agitator unter den Arbeitern sei zum Glück fortgeblieben, verhaftet wahrscheinlich, er habe an dessen Stelle gleich jemand Neuen eingestellt. (Dies war nicht schwer, da seit dem Karlsruher Bankenkrach Anfang des Jahres mehrere Frankfurter Firmen zugemacht hatten, dies nach drei Jahren Missernten und Teuerung, und man sich demzufolge in der Fabrik vor Arbeitssuchenden kaum retten konnte.)

Was er mit Babette erreicht habe, wollte der Vater wissen.

Diese sei nun sicher und unter Aufsicht, berichtete Wilhelm.

Wie viel das koste?

Neunzig Gulden im Monat.

Donnerwetter! Müsse das denn sein?

Es sei ja nicht für ewig.

«Das bezweifle ich noch», befand der Vater.

Todmüde zog Wilhelm in seinen Räumen die verstaubten Reisekleider aus. Merkwürdig, nach Haus zu kommen und hier nicht Babette anzutreffen. Und so endgültig jetzt.

Er klingelte, ließ sich von der Rosine, oder wie sie hieß, einen eingetretenen Glaskrümel aus der Fersenhornhaut pfriemeln, der ihn den ganzen Tag geplagt hatte. Dann schickte er das Mädchen mit dem kaputten Zwicker zum Brillenmacher. Es eile.

Gleich danach fiel ihm ein, er hatte ja noch seinen alten Zwicker von vor zehn Jahren. Als er den in der Schublade gefunden und auf der Nase hatte, sah die Welt schlagartig wieder aus, wie sie sollte. Wilhelm atmete auf.

Am gleichen Abend noch um kurz nach acht fand er sich zur wöchentlichen Sitzung der *Gesellschaft zur Pflege der deutschen Gesittung im Handel* ein (offiziell übrigens Tabakskränzchen genannt, damit man dem politischen Versammlungsverbot nicht in die Quere kam).

«Freunde, Freunde!», rief er, als er das Wohnzimmer des Tabakhändlers Leißler betrat, wo die Sitzung stattfand. «Ich war zwei Tage nicht da, erzählt mir, was sich seitdem getan hat!»

«Wir können zufrieden sein», befand Keller. «Jetzt ist alles wieder ruhig. Und was das Papier betrifft, das der junge Binding und der junge Varrentrapp am Freitag dem Senat eingereicht haben, das wurde ganz in unserm Sinne entschieden.»

«Nämlich? Abgeschmettert, oder wie?»

«Ha, viel besser. Die meisten Forderungen hat der Senat als die Seinen angenommen. Mit einer Ausnahme, nämlich … raten Sie!»

«Ah!» Wilhelm strahlte in freudiger Ahnung. «Etwa die Judenfrage?»

«Exakt! Die volle Gleichberechtigung der Juden, sagt der Senat, entspreche eben nicht der herrschenden Volksmeinung in der Stadt und eine derart unpopuläre Maßnahme könne, ohne Bürgerkrieg zu befürchten, dem Volke nicht zugemutet werden.»

«Hepp, hepp!», rief Wilhelm zum Spaß und klopfte in die Hände. «Was ist der Senat doch so weise.»

Sie fing ja bestens an, die neue Zeit.

Juni 1853, Anstalt für Irre und Epileptische

Der Patient Völker verlässt am Morgen die Anstalt. Nicht endgültig. Nur für den Tag. Seine Mutter hat ihm eine neue Arbeitsstelle als Schreiber bei einem Advokaten verschafft. Da Völker sich partout für zu krank hält, um entlassen zu werden, die Mutter sich auch noch etwas vor ihm fürchtet, hat Hoffmann vorgeschlagen, zunächst von der Anstalt aus Völkers Lebens- und Arbeitstauglichkeit zu erproben. Ob er ihn nun tagsüber in der Anstalt zur Beschäftigung Übersetzungen schreiben lässt oder ob Völker in der Stadt den Sekretär macht, das bleibt sich fast gleich. Bis darauf, dass der junge Mann sich nun die Haare kämmen muss. Und das ist ihm heut früh sichtbar geglückt.

Wer Hoffmann allerdings Sorgen bereitet, ist die Franck. Die wollte er in den letzten Tagen auch schon fast entlassen.

Aber heute sieht sie furchtbar aus. Apathisch, kalkweiß und irgendwie verschwollen sitzt sie zwischen den anderen und zupft mechanisch immer wieder am selben Fetzchen Flachs. Ihn hat sie noch gar nicht wahrgenommen.

Hoffmann schlängelt sich durch zu ihr. «Fräulein Franck?»

Sie zuckt wild zusammen. Kein gutes Zeichen.

«Wie geht es Ihnen denn heute?»

«Schlecht», murmelt sie.

«Das tut mir leid. Hat Ihnen gestern der Spaziergang nicht gutgetan?»

Sie schnauft, sieht stur nach unten auf den Flachs.

«Ich darf nichts sagen.»

Du lieber Gott. Wieder vollkommen verrückt.

«Was dürfen Sie denn nicht sagen?»

«Nichts.» Sie schluckt, zieht die Nase hoch, zupft weiter am Flachs. Eine Träne löst sich und kullert langsam über die Wange nach unten. Er greift nach ihrem Puls. Hart und schnell.

«Sie hören wieder Stimmen?»

«Das ist es nicht.»

Trotzig fast.

Er gibt die Retourkutsche: «Wenn Sie es mir nicht sagen wollen, dann hat es ja keinen Zweck, dass ich weiter frage.» Und geht ab. Er hat hier im Haus noch anderes zu tun. Fieber hat die Franck keines, körperlich ist sie ja eine der Gesündesten im Haus. Sie hustet nicht einmal.

Im Gegensatz zu der immer mehr verfallenden armen alten Kraus, der er nun in ihrem Zimmer über einen Schlauch gequirltes Ei mit Brühe einflößt. Bei der geht es aufs Ende zu, sie ist ein Skelett, die Haut fault schon. Er fragt sich, ob er der Leidenden eigentlich einen Gefallen tut, indem er ihr seit Monaten künstlich das Essen zuführt, das sie sich weigert, auf natürlichem Wege aufzunehmen. Es wäre sonst schneller gegangen. Aber was soll er tun, er ist ja Arzt, seine Aufgabe ist, Leben zu erhalten.

Als er mit dem benutzten Schlauch in einem Eimer aus dem Krankenzimmer der Kraus tritt, sieht er zu seinem Erstaunen die Franck in ihrem Fünferzimmer verschwinden. Da haben die Wärter wieder nicht aufgepasst, gerade die Franck soll nach dem Suizidversuch nicht allein im Haus umhertappen. Hoffmann folgt ihr schnellen Schrittes, drückt die nur angelehnte Tür des Krankenzimmers auf und tritt ein. Die Frank sitzt mit dem Heft, das ihr der Völker geschenkt hat, auf ihrem Bett und kritzelt. Sie sieht erschrocken hoch, beugt sich dann ohne ein Wort wieder hinunter und kritzelt weiter. Er sieht sich das einen Augenblick an; gerade als er etwas sagen will, reißt sie das beschriebene Blatt heraus, zerknüllt es in der Hand und steht auf. «Sie wollen mich bestimmt holen?», sagt sie.

Hoffmann fragt sich, was wohl gerade in ihrem Kopf vorgeht.

«Jedenfalls wollte ich nach Ihnen sehen», sagt er.

«Ich gehe jetzt wieder arbeiten», erklärt sie mit der typischen Tonlosigkeit der Melancholiker und schreitet Richtung Tür. Als sie an ihm vorbeistreicht, fühlt er ein Zerren an seiner Rocktasche, er greift schließlich mit der freien Hand hinein, findet das zerknüllte Blatt. Da ist sie schon im Korridor. Hoffmann stellt den Eimer ab und entfaltet den Zettel.

Es stimmt doch, meine Verwandten hören alles, sogar im Keller. Gestern im Park Theo getroffen. Er weiß, dass ich geredet habe. Er bringt mich um, wenn ich Ihnen noch ein Wort verrate.

Schlagartig gehen Hoffmann die Augen auf. Er stöhnt. Was hat er da wieder angestellt! Schnell schnappt er den Eimer und marschiert mit langen Schritten der Patientin hinterher. Erst im Aufenthaltsraum erwischt er sie.

«Fräulein Franck. Bitte kommen Sie einen Augenblick mit.»

«Nein!» Sie schüttelt beinahe flehentlich den Kopf, macht stumme Zeichen in Richtung seiner Jackentasche.

«Liebes Kind, es ist nicht, wie Sie denken, ausnahmsweise muss *ich* Ihnen etwas sagen. Kommen Sie, wir gehen nach unten in die Schreibstube.»

Sie kommt widerwillig mit, das Gesicht starr.

In der Schreibstube schließt er hinter sich ab, vorher gibt er dem Antoni, der hier zu tun gehabt hat, zum Reinigen den Eimer samt Magenschlauch, den er die ganze Zeit mit sich geschleppt hat.

«So. Bitte setzen Sie sich.»

Sie gehorcht, sieht sich ängstlich um.

Hoffmann seufzt.

«Es tut mir leid, was Ihnen gestern passiert ist», sagt er.

Sie bekommt große Augen und gestikuliert *Halt!* mit beiden Händen.

«Nein, nein, keine Angst, er kann uns nicht hören. Es gibt kein Fernhören. Ich bin schuld. Von mir weiß er es. Ich habe neulich beim Geburtstag vom alten Passavant Ihren Theo getroffen. Da hab ich gedacht, ich nehme mir den jungen Mann einmal vor; ich hab ihn also beiseitegenommen und ihm gesagt: Ihre Schwester Pauline ist in meiner Klinik in Behandlung, sie hat mir da so dies und jenes erzählt, seien Sie doch bitte so freundlich und halten Sie sich künftig ganz von dem Mädchen fern, schon Ihr Anblick regt Sie zu sehr auf.»

Pauline sieht ihn entgeistert an. Dann fängt sie geräuschlos an zu weinen.

Er hockt sich vor sie und nimmt ihre Hände. «Kindchen. Kindchen, es tut mir leid. Es tut mir so leid. Aber jetzt ist es ja gut. Jetzt wissen Sie, dass er doch keine überirdischen Fähigkeiten hat.»

«Er hat mir gedroht gestern», schluchzt sie. «Es war so schrecklich. Warum … warum – ich hab Ihnen doch gesagt – Sie haben mir doch versprochen …»

«Dass ich dem Theo nichts sage?» Er steht aus der Hocke auf. «Ja, das kann sein, ich hab eben gedacht, ich tue Ihnen was Gutes. Aber ich wusste nicht, was Ihr Theo für eine Plage ist.»

Sie sieht ihm ins Gesicht und flüstert: «Gar nichts wissen Sie, gar nichts.»

Hoffmann nimmt den zweiten Stuhl, stellt ihn schräg neben ihren und setzt sich.

«Kindchen. Wenn es da noch etwas gibt, das ich wissen sollte, wird es dann nicht Zeit, dass Sie es mir sagen?»

«Nein. Wie denn? Wie kann ich Ihnen denn jetzt noch vertrauen?»

Hoffmann schweigt lange, sieht stumm auf seine und ihre Knie. «Und wenn ich als reuiger Sünder zu Ihnen komme? Wenn ich Ihnen sage, dass ich meinen Fehler einsehe und hoch und heilig schwöre, mein Schweigeversprechen diesmal einzuhalten?»

Sie zieht die Nase hoch und nestelt an ihrer Anstaltsschürze herum.

«Haben Sie Kinder?», fragt sie plötzlich.

«Ja, drei.»

«Dann schwören Sie bei Ihren Kindern.»

Donnerwetter!, denkt Hoffmann. Es ist ihm nicht ganz wohl dabei. Aber am Ende schwört er beim Leben seiner Kinder, dass er «unter keinen Umständen irgendeiner Menschenseele auch nur die geringste Andeutung davon machen wird, was das Fräulein Franck mir jetzt anvertrauen wird».

Als er mit seinem Schwur fertig ist, stöhnt Pauline leise und lehnt sich bleich nach hinten. Hoffmann geht an eine Schublade und holt eine Dose hervor. «Ehe Sie mir zusammenbrechen, hier, nehmen Sie ein Stück Gebäck.»

Er nimmt allerdings auch eins.

«So. Und jetzt erzählen Sie.»

Noch ein Abend in der Villa Brentano, 30. März 1848

Im großen Saal der Villa Brentano konnte man an diesem Donnerstag deutlich erkennen, welchen Wirtschaftszweig die revolutionäre Frühlingsstimmung am meisten oder vielleicht als einzigen schädigte: das Barbiergewerbe. Die Bänker und die alten Herren blieben konservativ, doch jeder zweite unter fünfzig zeigte seine plötzlich aufgeblühte nationale Gesinnung durch ein seit Wochen unrasiertes Gesicht.

«Na, ich sehe, auch Sie werden jetzt selbst zum Struwwelpeter», begrüßte der Advokat Jucho Heinrich, der wie er ins Vorparlament gewählt worden war. Das Vorparlament würde morgen das erste Mal tagen und sollte demokratische Wahlen zu einer gesamtdeutschen verfassunggebenden Versammlung vorbereiten. Jucho, dessen üppiger schwarzer Bart ihn als Veteranen des Freiheitsstrebens auswies, konnte selbst am wenigsten glauben, dass das, was man jüngst auf dem Treffen in Heidelberg ausgeheckt hatte, sich jetzt wirklich so abspielte, ganz friedlich, ganz diszipliniert, wie es ja auch dem deutschen Charakter entsprach. Die Zeit war eben reif.

Ja, endlich traue er sich auch, lachte Heinrich und strich sich mit der Zigarre in der Hand übers sprießende Kinnhaar. Er habe im Gegensatz zu Jucho eine Familie zu versorgen, da habe er etwas Subversiveres als die bösen Buben im *Struwwelpeter* leider bisher nicht zustande bekommen. Oder als Rauchen auf der Straße.

«Damals 33 beim Wachensturm», raunte Jucho, «waren Sie da eigentlich auch eingeweiht?»

«Ich war ja noch Student und gerade unabkömmlich in Halle», flüsterte Heinrich zurück, «aber ja, ich wusste, dass etwas geplant war, von Körner, meinem Schulfreund.»

Er sei selbst voll eingeweiht gewesen, berichtete Jucho, habe sich aber geweigert mitzumachen und den jungen Feuerköpfen ebenfalls abgeraten. Es sei ja genau das zu befürchten gewesen, was dann geschah: dass eine bewaffnete Aktion den Herrschenden nur den Vorwand liefern würde, die Fesseln der Unterdrückung und Zensur für Jahre noch viel fester zu zurren. Ob Heinrich eigentlich wisse, was aus Körner geworden sei?

«Aber sicher. Körner schreibt mir immer zu Weihnachten. Der kleine Kerl hat in Amerika große Karriere gemacht, augenblicklich ist er, glaube ich, oberster Richter im Staate Illinois. Es ist aber dort auch nicht alles Milch und Honig, politisch gesehen, er hat sich wohl in seiner Partei sehr unbeliebt gemacht, weil er die Sklaverei ablehnt.»

«Ah, ja. Natürlich. Apropos, Hoffmann, wie stehen Sie zum Bürgerrecht und Wahlrecht für Juden?»

«Ei, voll dafür, natürlich. Gleichheit muss immer auch Gleichheit für die Juden sein.»

«Na bestens, da sind wir uns einig. … Oh. Sehen Sie! Da kommt Robert Blum!»

Man kannte den Leipziger Volkstribun natürlich von Abbildungen, obwohl man erst jetzt sah, dass er dick war und sein Bart hellrot. Ob die Gerüchte stimmen konnten, dass die Frauen auf ihn flogen, fragte sich Heinrich, wurde aber sofort abgelenkt durch das Erstaunliche, was nun geschah: Der ultrakatholische, stockreaktionäre alte Senator von Guaita ging strahlend auf den dicken Rotbart zu, schüttelte lange und herzlich dessen Hand quasi im Namen aller Anwesenden und erklärte: Es gehe ihm das Herz über vor Freude, einen so eingeschworenen Volksmann wie Blum in Frankfurt begrüßen zu dürfen!

«Da wird einem ja schlecht!», raunte Heinrich Jucho zu. «Ach, im Gegenteil», raunte Jucho zurück, «wenn die Opportunisten aus den oberen Etagen ihr Fähnchen in den

Wind hängen, kommt das im Augenblick nur uns zugute. Kommen Sie, wir müssen uns Blum vorstellen.»

Der kam allerdings schon auf sie zu. «Jucho?», fragte er mit feistem Strahlen und streckte die Hand aus. Seit seiner Haft 34 kannte man eben auch Juchos bärtiges Gesicht deutschlandweit.

Am verwegensten von allen aber sah der badische Abgeordnete Hecker aus. Bloß war er nicht hier, sondern saß bei Heinrich daheim (wo er einquartiert war) und unterhielt Therese. Heinrich hatte seinem Studienfreund Hecker das Mitkommen schlicht verboten, als er sah, in welchem Aufzug der Mann zu gehen gedachte. Nämlich genau so, wie er aus Baden angereist war: mit befiedertem Räuberschlapphut, Bluse ohne Weste, überkniehohen Stiefeln sowie Säbel und Gewehr. «So willst du zum Konversationsabend gehen?», war es Heinrich entsetzt herausgerutscht.

Ja, sicher! Das sei die ehrenvolle Uniform eines echten Volksmannes. Übrigens habe er gar nichts anderes zum Anziehen dabei.

«Sei mir nicht böse, Fritz. Wenn du so gehen willst, dann bleibst du lieber hier. Im Hause Brentano ist man etwas konservativ.» Heinrich fürchtete, dass man ihn mit Heckers bewaffnetem Republikanismus in einen Topf werfen würde. Und wer wusste, wie sich das später auf die Karriere auswirkte …

Als er aber Guaita den Blum umschwänzeln sah, da wusste er, er hatte sich umsonst gesorgt.

Ungefähr eine Stunde nach der Ankunft Blums kam Dr. Jucho in der Nähe des Tabakfabrikanten Dürlemann zu stehen. Da trieb es ihn doch, einmal nachzufragen. Er wandte sich Dürlemann zu, wechselte ein paar belanglose Worte, um sich schließlich zu erkundigen, ob eigentlich seine Frau noch immer in Heidelberg sei.

Seit wann Jucho eigentlich so mit seiner Frau befreundet sei, das ihn dies interessieren dürfe, gab Dürlemann nach einer Pause die Frage zurück.

Jucho hob die Brauen. «Ich bin gar nicht besonders mit Ihrer Frau befreundet; ich wüsste aber nicht, dass mir das eine banale Erkundigung verbietet. Ist Ihre Frau also wieder hier?»

«Wie ich schon sagte, ich bin Ihnen hierüber keine Auskunft schuldig.»

Dürlemann drehte ab. Jucho pfiff leise. Sein erster Gedanke war, dies Verhalten spreche für ein schlechtes Gewissen. Aber dann fiel ihm ein, was es wirklich war: die Scham darüber, eine Irrsinnige in der Familie zu haben. Nicht mehr als das.

Familie Dürlemann und Pauline, von März bis April 1848

Frau Lily Allen und ihre Tante wollten eigentlich erst im April weiterreisen, und zwar über Thüringen nach Berlin.

Doch der März 1848 war wärmer als so mancher Juni. Der Mrs. Allen und vor allem ihrer ursprünglich aus Deutschland stammenden Tante juckte es deshalb in den Fingern, das Winterquartier im Salzwedel'schen Gärtnerhaus früher als geplant zu verlassen. Dies erfuhr Wilhelm, als er Mitte März die Damen zwecks eines Spaziergangs Richtung Gerbermühle besuchte. Wilhelm riet aufgrund der unruhigen Lage vom Reisen sehr ab, worauf die Tante ausrief: Oh, man habe vor Revolutionären keine Angst, diese seien, soweit man gesehen habe, in Deutschland sehr zivilisiert und vor allem seien alleinreisende Damen für gewöhnlich nicht das Ziel von Angriffen des Pöbels. Man müsse sich nur entsprechend volkstümlich anziehen, sie beide trügen fürs Reisen aber sowieso immer nur das Allereinfachste. Oh, er hätte Lily bloß sehen müssen letzten Sommer, wie ein Bauernmädel sah sie aus! Sie schwöre!

Eingedenk der drohenden Gefahr von Lilys Abreise packte Wilhelm der Mut zum Risiko. Am gleichen Abend, nachdem man bei der Gerbermühle chemisch riechende Farbschwaden im Main von der dortigen Fabrik hatte bestaunen müssen, in Oberrad gegessen hatte und eigentlich sehr müde zurückgekommen war, bat er die Tante um eine private Unterredung mit ihrer Nichte.

Dies wurde gestattet. Die Tante zog sich zwar nicht zurück, aber schickte «die jungen Leute» mit einer Laterne in das Gewächshaus, das im Erdgeschoss unter der Gärtnerwohnung lag. In der erdig-modrig riechenden Blätterkulisse sah Lily Wilhelm mit nur einem halben Honigkuchenpferdlächeln an und wartete. (Sah sie verschmitzt drein? Schüchtern? Er wusste es nicht.) Wilhelm räusperte sich, dann rutschten ihm die Worte in die für solche Fälle üblichen Bahnen. Doch als er am Ende der üblichen Bahnen ankam und Lily stärker lächelte und zum Sprechen ansetzte, da war er eben noch nicht am Ende.

Es schmerze ihn zu sagen, dass dies noch nicht alles sei, es gebe leider einen Umstand, der die Umstä-, äh, der die Lage erheblich kompliziere, nämlich den, dass er leider bereits … er zögere, diesen Zustand noch so zu nennen, jedoch, vor dem Gesetz eben sei er leider noch verheiratet, mit einer Frau allerdings, die ihm schon lange keine mehr sei und die sich derzeit sicher verwahrt in einer entfernten Irrenanstalt befinde. Er habe von dieser seiner ersten Frau auch einen achtjährigen Sohn, den er Lily bislang verschwiegen habe und der natürlich in seinem Hause lebe. Er bitte sie, zumindest so lange noch in Frankfurt zu bleiben, bis er sich bei einem Advokaten kundig gemacht habe, ob es Mittel und Wege gebe, eine solche Ehe scheiden zu lassen, und wie lange dies dauern werde.

«Oh!», sagte Lily. «Oh!»

Und bat sich bis zum folgenden Abend Bedenkzeit aus.

Am nächsten Mittag schon erhielt Wilhelm einen Brief, worin sie ihm schrieb: dass sie sehr (sehr!) gerne seine Frau werden wolle, dass aber gerade deshalb der Anstand gebiete, sich, solange er noch verheiratet sei, nicht «in physischer Proximität» zu ihm aufzuhalten; sie sei daher mit der Tante abgereist, doch er möge ihr bitte «sehr schnell» postlagernd nach Weimar schreiben, wie sich die Dinge entwickelten, betreffs der Erkundigungen, die er einzuziehen gedenke. Sie «erwarte sehnsuchtig auf gute Nachrichten».

Von den Erkundigungen, die Wilhelm nun vertrauensvoll bei einem Advokaten einzog, erfuhr unter der Hand und ganz zufällig Anfang April dessen Kollege Jucho. Der fand dies nun doch verwunderlich.

Der von Wilhelm zugezogene Anwalt seinerseits erfuhr erstaunt von Jucho, dass die angeblich seit Jahren geisteskranke Frau Dürlemann frühestens am 5. März in die Eltviller Anstalt gekommen war. Mit anderen Worten, sie war nicht einmal zwei Wochen dort, als der Herr Dürlemann ihn, den Advokaten, mit hochakuten Scheidungsplänen konsultierte.

Der Advokat bestellte Wilhelm zu einer Unterredung ein. Die Vöglein zwitscherten durchs offene Fenster, während der Anwalt eröffnete, dass er seine ersten optimistischen Auskünfte betreffs der Scheidung vielleicht zurücknehmen müsse. Er sei davon ausgegangen, dass die Krankheit der Frau Dürlemann von langer, chronischer Dauer sei; eben dies sei ja die Voraussetzung, wolle man auf Scheidung wegen Geisteskrankheit klagen. Nun müsse er aber hören, die

Frau Dürlemann sei erst ganz kürzlich in die Nervenheilanstalt verbracht worden.

Dies sei schon richtig, gestand Wilhelm gereizt. Jedoch habe ja schon lange vorher eine seelische Krankheit bestanden!

Ob es hierfür denn Zeugen gebe?

Öh, äh, ja, er denke, dass seine Eltern eine diesbezügliche Aussage machen würden.

Dies sei aber eine unsichere Sache, befand der Anwalt, da es ja immerhin möglich wäre, dass die Frau Dürlemann sich von der Irrenanstalt aus per Korrespondenz ebenfalls einen Anwalt nähme, und dieser würde dann vielleicht Zeugen vorladen, die das Gegenteil behaupteten. Da könnte es am Ende noch so ausgehen, dass Wilhelm schuldig geschieden werde und faustdick Alimente zahlen müsse.

Als Konsequenz aus diesem Gespräch verfasste Wilhelm daheim gleich hastig ein Schreiben an die Irrenanstalt Kloster Eberbach auf dem Eichberg bei Eltville, des Inhalts: Briefe an seine Frau, die nicht von ihm stammten, sollten ihr keinesfalls ausgehändigt werden, da sie die Kranke zu sehr aufregten. Stattdessen sollten bitte alle etwaig an sie eingehenden Briefe ungeöffnet an ihn selbst weitergeleitet werden. Damit seine Frau in ihrem Wahn keinen Unfug anrichte, möchten desgleichen alle von ihr verfassten Briefe, ungeachtet des Adressaten, geradewegs an ihn gesandt werden, sodass er überprüfen könne, ob sie ihrem gedachten Empfänger zuzustellen seien oder nicht.

Postwendend erhielt er die Antwort, dass man dem Folge leisten werde. Im Übrigen habe man bereits zweimal in seinem Sinne eingegriffen, indem nämlich die Frau Dürlemann jüngst Briefe unangemessenen Inhalts geschrieben und man diese an den Advokaten Jucho sowie den Senator Guaita gerichteten Schreiben selbstverständlich nicht abgesandt habe. Die Klinik sei hier gerade bei Patienten erster

Klasse sehr genau, um den Angehörigen Peinlichkeiten zu ersparen.

Wilhelm brachte die Nachricht zum Schwitzen. An den Guaita! Himmel! Was kamen der Babette für Ideen! Wollte ihn bei den Honoratioren anschwärzen! Ein solcher Brief konnte in der Stadt seinen Ruf ruinieren. Ach, Unsinn. So durfte er nicht denken. Er hatte sich ja nichts vorzuwerfen, dann würden es auch andere nicht tun. Übrigens schien es eine bekannte Tatsache zu sein, dass Irrenhausinsassen Beschwerdebriefe schrieben. Die nahm also sicher niemand ernst.

Nur einen Tag später erhielt Wilhelm selbst einen Brief von Babette.

Sie hätten sich doch einmal so geliebt! Sie könne kaum glauben, dass er nun so schmählich mit ihr umgehe. Sie wisse nämlich, welches üble Spiel er mit ihr spiele. Nach alledem könne sie seine Ehefrau nicht mehr sein, sie werde auf Scheidung klagen, und zwar wegen Untreue seinerseits mit einer gewissen Lilli Ellen.

Wilhelm atmete schwer. Woher um Gottes Willen hatte denn Babette diese Information?

Sie hatte sie aus der Küche. Dort war in der zweiten Märzwoche durchgesickert, wo genau die Frau Dürlemann «ausspannte». In Verbindung mit den wiederholten Besuchen der Engländerin hielt man dies für «das Letzte» (so Küchenmädchen Liese und Kindermädchen Pauline) beziehungsweise «eine Sünde vor Gott» (die Köchin) und war auf die Idee gekommen, dass man eigentlich die Verratene über die Umtriebe ihres Mannes brieflich aufklären müsse. Was man auch tat: Pauline, die das am besten konnte, schrieb, die beiden anderen Verschwörerinnen saßen daneben und soufflierten. Auf dass man nicht Gefahr lief, die Stellung zu verlieren, dachte man sich eine frei erfundene Absenderin aus (ein «Fräulein Adele Korn»). Pauline verstellte mühsam ihre im Haus allzu bekannte Schrift.

Sie hätte sich das auch sparen können. Ein paar Wochen später war sie ohnehin nicht mehr Kindermädchen im Haus Dürlemann.

Juni 1853, Anstalt für Irre und Epileptische

Die kleine Schreibstube ist völlig verqualmt. Hoffmann hat eine Zigarre an der anderen angezündet. Nun ist die Franck fertig und schweigt, er sitzt da mit einem qualmenden Stumpen in der Hand und weiß nicht, wie er das Schreckliche verdauen soll.

«Sie dürfen niemandem was sagen», erinnert heiser das Mädchen. «Sie haben's mir geschworen, bei Ihren Kindern.»

Das weiß er noch zu gut. Aber das sind nicht einmal seine einzigen Bauchschmerzen. Bei weitem nicht.

Pauline, 1848

Fritzi wurde im April acht Jahre alt und Pauline neunzehn. Fritzi war jetzt mehr ein Teil von ihr als jemals eine Person vorher, weit mehr als Hannchen sogar. Wie ihr Kind eben. So viele Jahre hatten sie jetzt gemeinsam verbracht. Sie hatte ihn ja die ganze Zeit, bis auf die drei Vormittage die Woche, an denen für je drei Stunden der Privatlehrer Dr. Rudolph kam. Der gab Französisch und Englisch. Das konnte Pauline natürlich nicht.

Sie selbst gab Fritzi noch immer sehr viele Stunden die Woche reinen Schreibunterricht. So viel wie Rechnen und Zeichnen zusammen. Fritzi war nämlich ein bisschen langsam im Schreiben, jedenfalls langsamer, als sie es als Kind gewesen war. Es fiel ihm schwer, sich die richtige Schreibweise der Wörter zu merken, und seine Schrift stakste unregelmäßig und ungeschickt übers Papier. Inzwischen ging es aber schon ganz gut. Sie ließ ihn einfach alles zwanzigmal lesen und zwanzigmal abschreiben. Nach jeder halben Stunde Schreiben ließ sie ihn zehn Minuten turnen, das lockerte die Quälerei auf.

Der Sprachlehrer Dr. Rudolph war noch ganz jung, Anfang, Mitte zwanzig, sehr blass und zerstreut, mit verwuschelten Haaren und etwas ungepflegten Fingernägeln. («Struwwelpeter» nannte Fritzi ihn.) Pauline war fast von seinem ersten Besuch an in den Dr. Rudolph verliebt. Sie fieberte den Tagen entgegen, an denen er kam. Dabei sah sie ihn immer nur zur Begrüßung und zum Abschied. Manchmal, wenn die Herrschaften außer Haus waren und sie nicht allzu viel Arbeit hatte, nahm sie sich zehn Minuten und lauschte an der Tür des Schulzimmers auf den Unterricht. Der Dr. Rudolph war ja so niedlich, wenn er Französisch sprach! Und ganz lieb zum Fritzi. Der Kleine schien sich mit dem Schreiben auf Englisch und Französisch besonders schwerzutun. «Mein guter Fritz!», pflegte der Dr. Rudolph bei einem Fehler zu sagen. «Mein guter Fritz, so könnte man es schreiben – doch so schreibt man es nicht!» Er sagte das sehr oft. Obwohl der Dr. Rudolph so nett war, kam Fritzi immer trübsinnig aus seinem Unterricht getappt. Ob sie dem Dr. Rudolph ihre simple Methode mit dem Zwanzigmal-Wiederholen verraten sollte? Aber das stand ihr natürlich nicht zu. Außerdem, es war ihr ganz recht, dass Fritzi besser bei ihr lernte als bei Dr. Rudolph. Nicht dass er ihr irgendwann entzogen würde und ganz in die Obhut eines Hauslehrers kam.

Nachts vor dem Einschlafen träumte sie sich zurecht, sie würde den Dr. Rudolph heiraten und sie beide bekämen den Fritzi zum Aufziehen ins Haus. Was ja neuerdings gar nicht mehr so unwahrscheinlich war, denn seine Mutter war ja fort.

Frau Dürlemann lernte bald, dass sie von der Anstalt aus nichts bewirken konnte. Wie lebendig begraben war sie hier. Es war fast, als gingen ihre Briefe gar nicht raus. Denn selbst wenn man sie für verrückt hielt, irgendeiner der Bekannten und Advokaten, an die sie sich wandte, müsste ihr doch zumindest einmal antworten!

Eines Tages wurde ihr ein Brief ihres Mannes überreicht, der so begann: *Du wirst nun gemerkt haben, dass du ohne meine Zustimmung von der Anstalt nicht entlassen werden kannst.*

Da stieg ihr das Blut zu Kopf vor ohnmächtiger Wut. Sie lief dem Wärter hinterher: «He, Sie, Gellert! So, ich habe hier nun den Beweis, dass mein Mann gegen mich konspiriert. Ich verlange, sofort den Dr. Fliegel zu sprechen, sofort!»

Der Wärter lachte. «Wie's beliebt», sagte er, «aber das wird Ihnen nichts nützen.» Die Verrückten lernten wirklich nie, dachte er.

Der Dr. Fliegel, ein großer, stattlicher, ergrauter Mann, der sich zufällig gerade in der Nähe befand, wurde also geholt und hörte sich das Gleiche noch einmal an, ergänzt durch die Forderung: Sie verlange, sofort entlassen zu werden, sofort! Dies sei Freiheitsberaubung! Sie sei nicht entmündigt und ihr eigener Herr!

«Frau Dürlemann, regen Sie sich ab, das hatten wir doch alles schon. Sie sind hier eben nicht Ihr eigener Herr. Sie sind hier in einer Irrenanstalt. Ob die Irren gesund genug sind, um entlassen zu werden, das bestimmen diese natürlich nicht selbst, sondern das kann nur ärztlicherseits entschieden werden.»

«Ja, du lieber Gott! Dann entscheiden Sie doch, dass ich entlassen werde!»

«Das kann ich nicht, da Ihr erregter Zustand mir zeigt, dass Sie geistig nicht gesund sind.»

«Ich krieg gleich die Krätze!», fauchte Babette. «Sie würden sich genauso aufregen an meiner Stelle, genauso! Sie haben gestern die Bopp entlassen, die ist tausendmal verrückter als ich!»

«Das ist Ihre Ansicht. Die Frau Bopp hat eine Schwester hier am Ort, die sie nehmen will.»

«Ja, verdammt, ich hab einen Bruder in Gießen! Aber ich kann dem nicht einmal schreiben! Hier, sehen Sie –» Sie hielt Fliegel fuchtelnd den Brief vor die Nase.

«So, jetzt reicht es!», dekretierte der. «Jetzt kommen Sie ins Wasser! Gellert, die Frau Dürlemann ist aufgeregt, ich ordne zwölf Stunden Badebehandlung an. Zwölf Stunden mindestens.»

Die Patientin kreischte, als sie von Gellert davongezerrt wurde. Dr. Fliegel hielt sich die Ohren zu und fühlte sich in seinem Urteil sehr bestätigt, dass er es hier mit einer paranoiden Manikerin zu tun habe.

Babette verbrachte nun sechzehn Stunden angekettet in einer lauwarmen Badewanne. Als sie verkühlt und mit aufgeweichter Haut wieder herausgelassen wurde, fand sie beim Anziehen zwischen ihren Kleidern den zerknüllten Brief. Bei nächster unbeobachteter Gelegenheit las sie ihn erstmals ganz und stellte fest, dass ihr Mann eine Erpressung versuchte.

Er habe sich mit seinem Anwalt besprochen. Dieser sei zu dem Schluss gelangt, die schnellste und für ihren Ruf schonendste Scheidungsmethode sei die folgende: Sie müsse zugeben, dass sie den ehelichen Verkehr verweigert habe und auch weiter verweigern werde. Er würde sich dann bereitfinden, trotz ihrer Schuld an der Scheidung jährlich dreihundert Gulden Alimente zu zahlen. Mehr werde sie gewiss nicht brauchen, da sie ja den Bruder in Gießen habe, bei dem sie wohnen könne. Er habe mit dem Bruder bereits korrespondiert und dieser sei willens, seine kranke Schwester bei sich aufzunehmen, falls sie «räsonabel im Kopf» sei und ihm «keine Schikanen» mache.

Solltest Du Dich bereitfinden, bei dieser günstigen Lösung ruhig und vernünftig mitzuwirken, so würde ich dies als Zeichen nehmen, dass du von deiner Nervenkrankheit genesen bist, und bei der Klinik um sofortige Entlassung nachsuchen. Du könntest übermorgen schon in der Post nach Gießen sitzen.

Babette konnte nicht mehr. Sie redete sich ein, wenn sie erst einmal draußen und in Sicherheit wäre, könnte sie noch mehr erreichen.

Also schrieb sie, sie werde ihren Teil tun. Und als am folgenden Abend Wilhelms Anwalt mit einem für sie gepackten Koffer, Reisespesen und einem Papier zum Unterschreiben kam, unterschrieb sie.

So begann sich Wilhelms Herzensangelegenheit in die schönsten Bahnen zu fügen. Für Mai plante sein Advokat die Scheidung, im Juni oder Juli schon konnte die Hochzeit sein. (*Oh! So werde ich also nicht mehr nach Russland reisen!*, schrieb Lily. Wilhelm nahm das als Scherz. Sie hatte doch nicht wirklich und ohne männliche Begleitung nach Russland reisen wollen?)

Eingedenk dieser Entwicklungen hielt es Wilhelm eines Sonntags für geboten, einmal zu überprüfen, wie weit denn sein Sohn Fritz im Englischen gediehen sei. Schließlich würde die Firma Duerlé nun verstärkt mit englischem Import-Export zu tun haben, und Fritz war der designierte Nachfolger.

Er ließ also Fritz eine halbe Stunde vorm Abendessen in die gute Stube zitieren.

«Well, my son, now tell me some of the English cities you know», stelzte er in der Fremdsprache.

Fritz kicherte albern und fragte: «Was?»

«Now my son, do not be frech, äh, äh, naughty, we speak English now. Tell me some English cities.»

«Was?» Jetzt in ängstlichem Ton. Bei Wilhelm kam die erste üble Ahnung auf.

«Do you know London?»

Landen?

«N-n-no.»

«What! You do not know London?»

«N-n-no I not know.»

«Himmelherrgott», murmelte Wilhelm, sprang auf und holte einen Pariser *Figaro* vom März, der im Zeitschriftenständer vor sich hin gammelte.

«Hier, diesen Artikel, lies ihn mir Satz für Satz vor und übersetze!»

Schon das französische Vorlesen lief so, dass Wilhelm wusste, mit der Übersetzung konnte es nichts werden. Was sich auch bestätigte.

Wilhelm fühlte, er habe sich bisher zu wenig um die Ausbildung seines Sohnes gekümmert. Zur Abhilfe tat er nun seine Pflicht und verpasste dem Jungen wegen Lernfaulheit zehn Schläge mit des toten Großvaters Gehstock. Dann befahl er dem Kindermädchen, Fritz sofort und ohne Essen ins Bett zu bringen.

Kaum war das Kind fort, schickte er den Wagen zu Dr. Rudolph, dem Lehrer, und ließ ihn holen.

Rudolph trat eine gute Viertelstunde später etwas zerzaust, aber guten Mutes ein. Er rechnete damit, dass sein Stundendeputat angehoben würde. (Weiß Gott, dass es nötig war.)

Wie er es sich erkläre, fragte Wilhelm streng, dass sein

Schüler nach einem Jahr Unterricht nicht in der Lage sei, zwei, drei französische Wörter am Stück auch nur glatt vorzulesen, geschweige denn zu verstehen? Wie er es sich weiter erkläre, dass Fritz nicht nur kaum ein Wort Englisch verstehe, sondern auch von der Stadt London noch nie gehört habe?

Rudolph geriet ins Schwitzen. Er hielt den kleinen Fritz für reizend, aber minderbegabt. Doch das sagte sich vor einem Vater nicht gut.

«Ei, was London betrifft, da fragen sie den Falschen», begann er, «ich unterrichte den Fritz ja nicht in Geographie. Ich konstatiere aber leider auch in meinem Unterricht einen sehr langsamen Progress. Es ist – es liegt hauptsächlich daran, dass das Kind sich mit dem Schreiben und Lesen so schwertut. Ich muss sagen, als ich den Fritz bekommen hab, da … man kann sagen, dass er beinahe das Abc nicht sicher beherrschte. Und als ich gehört habe, er hatte gar keinen Lehrer und keine Gouvernante, sondern das Kindermädchen hat ihm Lesen und Schreiben beigebracht, da wusste ich natürlich alles. Ich gebe mir wirklich die redlichste Mühe, Herr Dürlemann, aber was einmal falsch gelernt und von der Methode her verdorben ist, das bekommt man nicht so schnell wieder heraus.»

Jetzt wurde es Wilhelm heiß. Was hatte er all die Jahre im Freundeskreis angegeben, er lasse seinen Sohn so billig von einem Küchenmädchen unterrichten, die könnte Lesen, Rechnen und Katechismus genauso gut wie jede Gouvernante! Und für den Fachunterricht könne er sich dank dieser Einsparung leicht einen richtigen, qualifizierten Lehrer leisten, einen Mann und Akademiker.

Übrigens erinnerte er sich noch sehr gut, dass Babette ihm vor Jahren gesagt hatte: Die Pauline habe dem Fritzi sehr schön Lesen und Rechnen beigebracht. Aber aus heutiger Sicht besehen, was wusste schon Babette. Die war ja wahrscheinlich nicht ganz richtig im Kopf.

Wilhelm ließ den Rudolph gehen. In der Nacht überlegte er hin und her, was werden solle. Er konnte ja nun kaum eine Gouvernante einstellen, nachdem er diesen beißenden Artikel gegen das Gouvernantenunwesen geschrieben hatte, den die ganze Stadt kannte. Doch ein männlicher Vollzeit-Hauslehrer war viel teurer. Und das, wo er künftig dreihundert Gulden im Jahr Babette als Alimente in den Rachen werfen musste. Ein Hauslehrergehalt beinahe. Ärgerlich. Sehr ärgerlich.

Am nächsten Morgen erleichterte Wilhelm sich erst einmal, indem er diese Pauline wegen Inkompetenz zusammenstauchte. Frech war sie auch noch. Er hatte die Person ja nie gemocht. Kurz danach kam ihm eine zündende Idee. Einige seiner Vereinskollegen beschäftigten Weiber in ihren Fabriken. (Er selbst nicht, er hielt das für unmoralisch: Mit jeder beschäftigten Weibsperson nahm man einem halben Familienvater das Einkommen.) Wie aber, wenn er die Pauline als Arbeiterin an einen seiner Freunde auslieh? Er würde ihr weiter ihren alten Dienstmädchenlohn zahlen und die Differenz zum Fabrikverdienst einbehalten.

Glücklicherweise war heute Montag. Also abends Sitzung seines «Tabakkränzchens».

Wie viel er eigentlich seinen Weibern an Lohn gebe, fragte er den Kollegen Forsboom.

«Aja, das wechselt. Sie meinen erwachsene Weiber, keine Kinder? Da hab ich ja nur gelegentlich eine. Weniger als den Männern natürlich. Wer gut eingearbeitet ist, kriegt acht Gulden im Monat.»

Wilhelm rechnete: Machte 96 Gulden im Jahr, minus die 28, die Pauline bisher bekam. Blieben 68 für ihn, wenn er das Mädchen in die Fabrik verlieh. Das lohnte sich nur knapp, sie aß ja auch was. Aber es war besser als nichts.

«Ich hätte da ein Mädchen, für das ich im Augenblick keine Verwendung habe. Könnten Sie es gebrauchen?»

Forsboom lachte. «In diesen hungrigen Zeiten? Seit Ende 45 weise ich jeden Tag fünf Leute ab. Nein, ich bin voll besetzt.»

Alle anderen auch, falls sie überhaupt Weiber beschäftigten.

Zwei Abende später tat Wilhelm das Undenkbare: Er ging zu seinem verhasstesten Konkurrenten, dem Juden und Nicht-Vereinsmitglied Stern. Der Mann hatte neben Bolongaro die größte Tabakfabrik am Ort. Er beschäftigte fast zur Hälfte Frauen, weil er, wie alle Juden, vor lauter Profitgier auf althergebrachte Sitten pfiff.

Was wohnten die Gebrüder Stern so renommistisch am Anfang vom Hirschgraben! Im Hirschgraben gab es jetzt viele Juden. Die meinten wohl, sie könnten sich von ihrem Judengassenmief reinwaschen, wenn sie in der Neustadt in der Nähe vom alten Goethe'schen Haus wohnten. Dabei waren die wirklich guten Viertel längst woanders.

Wilhelm ließ sich melden. Der einzig im Geschäft aktive der Gebrüder Stern empfing ihn ein paar Minuten später in einem kleinen kahlen Zimmer, während man aus dem Hintergrund den Lärm einer großen Gesellschaft hörte. Irgendein Judenklüngel, bei dem Wilhelm nicht genehm war, offensichtlich.

Was er wünsche, fragte Stern, als sei Wilhelm ein Bittsteller.

Bloß eine belanglose Frage, sagte der, die sei ihm eingefallen, als er zufällig hier vorbeikam. Er habe da ein ganz vorzügliches, fleißiges Hausmädchen, für das er einige Monate oder länger eine Beschäftigung außerhalb suche. Ob Stern die in seiner Fabrik gebrauchen könne?

«Überhaupt nicht. Ich habe gerade letzte Woche drei Frauen neu eingestellt.»

Ach? Bei Stern liefen die Geschäfte gut? So, so. Na, abwarten, bis Wilhelm sein England-Exportgeschäft aufzog. Da würden diese ganzen Lokalgrößen hier noch staunen.

«Höchstens», redete Stern weiter, «bräuchte ich ein Mädchen im Laden. Da ist uns gerade jemand ausgefallen. Die Kundschaft sieht ja ein hübsches, junges Weibsbild hinterm Tresen immer gern. Aber Ihr Hausmädchen ist sicher weder jung noch kann es rechnen.»

«Im Gegenteil!», rief Wilhelm. «Blutjung, hübsch genug und hat jahrelang meinem Sohn die Rechenlehrerin gemacht!»

Tatsächlich? Dann möge er ihm die Kandidatin gleich morgen früh um sieben ins Geschäft vorbeischicken, damit er sie in Augenschein nehmen könne.

So verblieb man.

Wilhelm schüttelte draußen auf der Straße den Kopf. Das war ja wieder typisch: Eine junge, hübsche Verkäuferin suchte der Stern, auf dass die Kundschaft und wahrscheinlich auch er selber was zu gucken hatte! Diese Juden. Diese in jeder Hinsicht respektlose Einstellung zur germanischen Frau. Widerlich.

Pauline mochte das zuerst gar nicht glauben. Wegen irgendwelcher gemeiner Lügen vom Dr. Rudolph sollte ihr von einem Tag auf den nächsten Fritzi entzogen und ihr ganzes Leben umgekrempelt werden? Aber was beschwerte sie sich. Der Frau Dürlemann war es ja ähnlich ergangen. Höchstwahrscheinlich. In der Küche wartete man immer noch, ob sie nicht vielleicht wiederkäme.

Der Herr Stern in seinem Laden am Dom wollte von ihr nur eines wissen: Wenn jemand Zigarren à 49 Kreuzer wünsche und gebe ihr einen Gulden, wie viel sie dann zurückgeben müsse? Elf Kreuzer, antwortete sie ohne Zögern. Er befand, sie sei aber fix im Rechnen, und er wolle sie auf Probe nehmen.

Nach einer Woche, sie hatte sich gerade in dem Geschäft eingefunden, wusste, wo alles war und wie viel es kostete, da kam der Herr Stern abends wütend in den Laden: So, sie sei entlassen. Er habe gerade von Dürlemann erfahren, dass sie dessen Angestellte sei und bleiben solle. Auf Dürlemann'sche Spione in seinem Geschäft und seiner Fabrik könne er allerdings verzichten.

«Aber … Herr Stern, ich kann gar nichts dafür.»

«Das will ich gerne glauben, aber ich kann Sie nun nicht mehr weiterbeschäftigen.»

«Aber … ich … wenn ich bei Dürlemann kündige, dann könnten Sie mich doch …»

«Nein. Das Vertrauen ist zerstört. Wenn Sie von Dürlemann wegwollen, suchen Sie sich was anderes. Da Sie gut rechnen können, werden Sie in irgendeinem Geschäft schon was finden.»

Pauline ging in der Villa Duerlé geradewegs zu Herrn Dürlemann, der natürlich schon wusste, was passiert war. Nachdem sie Bericht erstattet hatte, bat sie freimütig: Ob sie nun nicht wenigstens halbe Tage wieder als Kindermädchen für Fritzi eingesetzt werden könne? Sie vermisse den Jungen und er sie.

Was sie sich erlaube, wunderte sich Herr Dürlemann (er hatte längst andere, bessere Pläne). Sie habe keine Rechte an dem Kind. Das komme überhaupt nicht in Frage. Vielmehr solle sie morgen à elf Stunden pro Tag in seiner eigenen Tabakfabrik anfangen. Er habe in der Fabrik eine Kraft entlassen, um ihr eine Arbeitsstelle frei zu machen. Abends könne sie dann noch ein, zwei Stunden in der Küche helfen.

Wie viel sie denn dann als Lohn erhalten solle, fragte sie.

«Ja, sieben Gulden im Quartal natürlich, wie bisher. Es hat sich ja an unserem Verhältnis nichts geändert.»

«Stern zahlt so viel die Woche.»

«Was haben Sie ein freches Maul! Ich gebe Ihnen Kost und Logis, Stern tut das nicht, das ist der Grund.»

Pauline wollte eigentlich darauf was sagen. Dass sie sowieso mittags und abends hauptsächlich die Reste aß, die sonst weggeworfen würden. Und dass ihre Kammer unterm Dach sowieso da war und nichts extra kostete, jedenfalls keine Heizkosten. Da oben war es im Winter bitterkalt.

Aber sie verkniff es sich. Es hatte ja gar keinen Zweck. Gar keinen.

In der Tabakfabrik gab es anderthalb Stunden Mittagspause, damit man zum Essen nach Hause gehen konnte. Am dritten Tag zog sich Pauline in der Pause das grässlich unbequeme hellrote Kleid mit Rosshaarunterrock von Frau Dürlemann über, das deren Mann ihr für die Bewerbung bei Stern gegeben und nicht wieder zurückgefordert hatte. Damit klapperte sie in der Stadt die Geschäfte nach einer Stellung ab. Vergeblich.

Sie war schon die ganze Neue Kräme bis zur Paulskirche hinuntergekommen, da riet ihr ein älteres Fräulein in einem Buchladen: Sie solle es doch bei Gastwirten probieren. Die suchten bestimmt händeringend nach Personal.

«Wieso?»

«Na, wegen der Nationalversammlung. Die fängt doch bald an. Wenn die ganzen politischen Schwafelhänse kommen und die Presse dazu, die müssen doch alle irgendwo verköstigt werden. Fragen Sie doch im Weinhaus Jacobi.»

«Wo ist denn das?»

«Gleich hier in der Schüppengasse. Gehen Sie nur die Paulsgasse durch, dann sind Sie schon da.»

Der Rat war gut. Im Weinhaus Jacobi suchte man Verstärkung. Pauline wurde inspiziert und für gut befunden – falls Sie denn bereit sei, zum zehnten Mai anzufangen? Das war sie. Natürlich wusste sie, das Ganze war riskant. Die Stellung würde ja nur auf Zeit sein, während der Dauer der Nationalversammlung eben. Aber sie würde morgens immer freihaben, weil Jacobi erst um elf öffnete. Da hatte sie viel Zeit, sich um was anderes zu bemühen.

Erst beim nachmittäglichen Tabakblätterentrippen in der Fabrik fiel ihr ein: Gab es nicht eine Kündigungsfrist? Sie fragte am Abend in der Villa Duerlé ihre Freundin, die Köchin. «Ja, sicher, da gibt's eine Frist, sechs Wochen für Dienstmädchen. Also, wenn *du* kündigen willst, nicht umgekehrt. Aber der Herr Dürlemann will dich doch, scheint's, sowieso loswerden. Frag ihn doch einfach.»

Zum zweiten Mal binnen kurzem wurde daher Pauline ungebeten bei ihrem Brötchengeber vorstellig, mit der Mitteilung, dass sie ihn zum Zehnten des Nächsten verlassen wolle. Ob das möglich sei?

Herr Dürlemann war entsetzt.

Wie Sie ihn nur derart habe hintergehen können? Mit keinem Wort habe sie ja ihre Absicht auch nur angedeutet! Dies gehöre sich nicht! Welche Treulosigkeit, da die Familie Dürlemann sie so viele Jahre mit leichter, angenehmer Tätigkeit beschäftigt gehalten habe, die zudem von ihr noch mangelhaft erledigt worden sei, sodass sie ihm jetzt einiges schuldig wäre! Wie beispielsweise zumindest einige Jahre brave Arbeit in der Tabakfabrik!

Herr Dürlemann redete noch weiter und sich so in Rage, dass ihm am Ende die Option, einfach nein zu sagen, entglitt. Also endete er mit den Worten, Pauline sei entlassen. Und zwar sofort. Ob sie gehört habe? Sofort. Sie dürfe nicht einmal mehr die Nacht in seinem Hause verbringen.

Es war aber schon dunkel.

Sie habe allerdings ihren Lohn für das Quartal noch zu bekommen, sagte Pauline, innerlich zitternd.

So? Der Ansicht sei sie? Das sei ja interessant. Da solle sie doch morgen noch einmal vorbeischauen und fragen, vielleicht habe er sich bis dahin so weit beruhigt, dass er sich überwinden könne, ihr für ihren sogenannten Unterricht beim Fritz noch gutes Geld in den Rachen zu werfen. Habe sie sich eigentlich schon einmal überlegt, was sie dem Jungen angetan habe?

Pauline nahm den Verweis auf den nächsten Tag als Erlaubnis, die Nacht noch zu bleiben. Vorsichtshalber räumte sie schon alles leer und legte sich zum Schlafen in eine andere Kammer. Nämlich in die vom alten Urgroßvater Dürlemann selig, weil die verschließbar war und sie den Schlüssel noch hatte.

In der Nacht weinte sie ein bisschen. Es war doch traurig, so zu gehen, nach all den guten Jahren.

Heinrich, 28. Juni 1848

In letzter Zeit lief Heinrichs Praxis besser. Zahlende Kundschaft konsultierte ihn, nicht selten fünf-, sechs- siebenmal am Tag. (Es lag doch nicht etwa am *Struwwelpeter*? Die letzten Auflagen, mit einigen weiteren Geschichten ergänzt, verkauften sich wie warme Semmeln.) Dummerweise kam in diesem Jahr manches zusammen, was ihn davon abhielt, seine neue Beliebtheit als Arzt pekuniär richtig auszunutzen. Im April, nach dem Vorparlament, hatte er vor lauter Diskutieren und Debattieren einen derartigen Katarrh, dass Therese ihn zur Kur nach Soden verschickte.

Nachdem Heinrich die politischen Streitereien so schlecht vertragen hatte, kam ihm die blendende Idee, etwas für den politischen Frieden zu tun. Und zwar mit einem neuen Club. Einem allgemeinen Bürgerverein, in den ohne Ansehen von Religion und Stand jeder Frankfurter aufgenommen werden konnte. Zurück aus Soden, gewann Heinrich einen Haufen

Honoratioren für den Plan, köderte sie damit, dass der Verein Bekanntschaft zwischen den Klassen und politischen Fraktionen ermöglichen und auf diese Weise einem Bürgerkrieg vorbeugen solle, was ja derzeit sehr, sehr nötig schien. Einige der konservativen hohen Herren missverstanden nur leider den Ausdruck «ohne Ansehen von Religion und Stand». Beispielsweise der Champagnerhändler und Bankier Mumm, Erbe derjenigen, die damals die Konkursmasse des Lausberg'schen Weinhandels aufgekauft hatten. Einfache Handwerker sollten in dem Bürgerclub Mitglied werden können? Mumm war ganz dafür. Aber als er erfuhr, dass diese Leute auch *Rederecht* im Club erhalten sollten – das überstieg seine Vorstellungskraft.

Soweit Heinrich nicht mit dem Bürgerverein befasst war, verbrachte er seine freie Zeit oben auf der Empore in der Paulskirche. Als Zuhörer jetzt, nicht mehr als Parlamentarier. Es war für die Nationalversammlung streng nach Proporz gewählt worden, und das an Bevölkerung kleine Frankfurt stellte anders als im Vorparlament nur einen einzigen Abgeordneten. Das war der Advokat Jucho.

Das deutsche Volk oder vielmehr der Teil, der hatte wählen dürfen, der hatte, vernünftig, wie der Deutsche nun einmal ist, nicht kleine Leute, sondern gestandene Personen in das Parlament gewählt, die entweder hohe Beamtenstellen oder wohlklingende adelige Namen besaßen oder zumindest, wie Jucho, einen Doktortitel. Die jeweilige politische Einstellung der Herren Parlamentarier ließ sich an den Bärten und den Haaren ablesen: Deren Länge zeigte, ob und wie lange man schon ein Volksfreund war. Die struwweligsten Köpfe allerdings waren gar nicht hier. Heinrichs Studienfreund Hecker nicht, weil er im April Karlsruhe mit Gewalt hatte nehmen wollen, was leider schiefgegangen war, und sich nun auf der Flucht befand. Karl Marx nicht, weil er bei der biederen Mehrheit an Wahlbürgern im Rheinland gar nicht erst kandidiert hatte – Marx hatte es ohnehin mehr mit der Theorie als mit der Praxis: Feder und Papier beugten sich seinem Intellekt erfahrungsgemäß leichter als Menschen.

Bei der Eröffnung der Nationalversammlung hatte Heinrich Tränen in den Augen gehabt. (Einheit, Freiheit, Vaterland!) Schon am dritten Tag allerdings begann er sich zu langweilen. Neunzig Prozent dessen, was die Redner von der Kanzel absonderten, war elender Erbsenzählerkram um die Geschäftsordnung oder die pure Phrasendrescherei, mal revolutionär, mal staatstragend, je nach Standpunkt. Die Zwischenrufe ebenso. Und so ging es weiter. Wochenlang. Als würde es irgendwohin führen, wenn jeder nur ausführlich seine Meinung sagte.

Aber heute war Heinrich begeistert: Es gab Nägel mit Köpfen! Mit überwältigender Mehrheit angenommen wurde ein «Gesetz über die Einführung einer provisorischen Zentralgewalt». Mit anderen Worten: Das deutsche Volk hatte sich selbst in Einheit und Freiheit eine Regierung gegeben. Das war unumkehrbar. Und die Sitzung war auch noch pünktlich zum Mittagessen zu Ende.

Beim Herausdrängeln von den Emporen stieß jemand Heinrich von der Seite an.

«Na, Hoffmann? Erhebend, was: Tag eins der neuen Zeit!»

Es war der lange Daniel Hechtel, der alte Freund aus der Schülerzeit, inzwischen selbst Professor am Gymnasium. Mit dem hatte Heinrich seit einigen Jahren nicht gesprochen.

«Hechtel! Ja, erhebend. Die letzten Wochen dacht ich schon, das wird nichts; das ganze Gerede …»

«Gehst du jetzt auch essen? Wir wär's mit Jacobis Weinhaus? Da gibt's neuerdings zum Wein einen ganz ordentlichen Handkäs und Kasseler Rippchen.»

«Süß ist's, fürs Vaterland zu trinken, was?», witzelte Heinrich. Er hatte eigentlich keine Lust. Aus gewissen Gründen war er sauer auf Hechtel. Aber er ging trotzdem mit. Vielleicht ließ sich sein Problem mit dem alten Schulfreund ja heute ganz einfach aus der Welt schaffen.

Im Weinhaus war es düster, übervoll und laut. Sie bekamen zwei einander gegenüberstehende Stühle am Ende eines langen Tisches zugeteilt. Im allgemeinen Lärm hörte man von den schwäbelnden Herren gleich daneben nur Fetzen wie «Lakaien des Polizeistaats», «Kamarilla», «Polizeimandarin», das übliche Demokratenvokabular. Die Kellner waren weit entfernt beschäftigt. Heinrich stützte sich mit den Ellenbogen auf den Tisch. Wo er nun schon einmal mit Hechtel zusammensaß, ging er lieber gleich ans Eingemachte.

«Sag einmal, Hechtel. Was ich mich seit einiger Zeit frage: diese Kritik von meinem Struwwelpeter-Bilderbuch im Konversationsblatt, unterschrieben von diversen Frankfurter Lehrern. Stecktest du dahinter? Ich hab mich nämlich gefragt, was gestandene Gymnasialprofessoren ein bescheidenes Bilderbuch interessiert. Da hab ich gedacht, da muss einer beteiligt sein, der mich persönlich kennt. Du oder Creizenach. Aber eher du.»

Hechtel sah ihn pikiert an.

«Dann hätte ich wohl meinen Namen daruntergesetzt. Nein, ich stecke nicht dahinter. Aber wenn du mich schon fragst, ich teile die Kritik.»

Irgendwie hatte Heinrich das gewusst. Er hätte gar nicht fragen sollen. Albern, sich von diesen pädagogischen Unkenrufen über den *Struwwelpeter* so ins Mark treffen zu lassen. Aber es hatte ihn getroffen.

«Das sehen viele Eltern anders», rechtfertigte er sich. «Da hab ich von negativen Wirkungen noch nichts gehört. Im Gegenteil, ich bin schon auf der Straße angesprochen worden, man wäre mir so dankbar, weil der dreijährige kleine

Sohn fröhlich den *Struwwelpeter* auswendig hersagt, dabei habe man vorher gedacht, es würde etwas mit dem Kind nicht stimmen, weil es so schlecht sprach.»

«Ich will dir gerne glauben», konzedierte Hechtel, «dass Kinder an deinen Fratzenbildern und deinen Rappelversen Freude haben. Aber siehst du denn nicht, dass gerade da der Hund begraben liegt? Dein Buch ist vergiftetes Konfekt. Die Kinder nehmen sich die bösen Buben doch zum Vorbild! Nimm nur den bösen Friederich, da wird in den Bildern die Zerstörungslust des Kindes doch geradezu zelebriert. Hei, das Stuhlbein bricht! Rupf, fort ist der Fliegenflügel! Oder der Zappelphilipp, wie er mit seinem Kippeln den Vater provoziert. Dagegen die lächerlichen Eltern, hilflos sitzen sie da und lassen sich alles bieten! Du sagst es ja direkt: *Und die Mutter blicket stumm auf dem ganzen Tisch herum.* Wie sollen die Kinder denn da Respekt vor den Eltern lernen?»

«Ei sicher, es stimmt, die Kinder sollen sich mit den Frechdachsen ein bisschen identifizieren können. Aber das ist doch gut so. Diese frommen Tugendhänschen aus den üblichen Kindererzählungen, die sind so fern vom Denken eines Kindes, da kann es doch überhaupt nichts mit anfangen! Was ich eigentlich sagen will, der Punkt ist doch, am Ende jeder Geschichte wird das Kind bestraft. Die Moral ist ja ganz eindeutig: Es wird den Kindern vor Augen geführt, dass schlechtes Betragen üble Folgen hat.»

Hechtel schüttelte besserwisserisch den Kopf. «Nein. Nein, mein Freund, genau das passiert eben nicht. Die Bestrafung in deinen ‹drolligen Geschichten› ist zu märchenhaft. Es gibt in Wirklichkeit keine Schneider, die einem die Daumen abschneiden, es gibt keine großen Nikoläuse mit hausgroßen Tintenfässern, und man stirbt nicht, bloß weil man ein paar Tage sein Mittagessen nicht isst. Das weiß jedes Kind. Wenn du mit solchen auf lustig gemachten Bildern von

Unarten überhaupt eine positive Wirkung erzielen kannst, dann nur, wenn am Ende eine Strafe steht, die die Kinder auch wirklich fürchten. Sprich, du müsstest zeigen, wie der Vater oder die Mutter das Balg übers Knie legt und windelweich prügelt und es danach für einen Tag bei Wasser und trocken Brot in die Besenkammer sperrt. Dann hättest du auch dem Respekt vor den Eltern nicht geschadet. Das ist überhaupt das Verheerendste an deinem Bilderbuch, dass die Eltern als Erzieher von den Kindern überhaupt nicht ernst genommen werden.»

Heinrich spürte Zweifel nagen. Ja, wenn er das Buch gleich für die Allgemeinheit produziert hätte, wer weiß ... aber er hatte es ja bloß ganz privat für seinen Carl gezeichnet. Und der bekam, wenn überhaupt je, höchstens mal einen sanften Klaps auf den Poppes. Heinrich pflegte seine Kinder nicht zu schlagen. Es war keine Prinzipiensache, es hatte sich einfach so ergeben. Wahrscheinlich lag es an seiner eigenen laschen Erziehung durch das gutherzige Nettchen. Der Vater hatte sich allerdings Respekt zu verschaffen verstanden, aber der hatte sich spät eingemischt, erst als Heinrich sich schon auf der schiefen Bahn befand. Und was war der Anlass zu Heinrichs Besserung gewesen? Die Prügel eines Lehrers ... Oje. Hatten Hechtel und die ganzen Kritikaster etwa doch recht? War das der Grund, warum er sich von der Kritik so getroffen fühlte?

«Hast du Kinder?», fragte er unvermittelt Hechtel. In demselben Augenblick fand sich aber endlich eine überlastete Bedienung bei ihnen ein, ein Mädchen, und fragte, was sie bringen dürfe.

«Einen Schoppen von Ihrem offenen Weißen. Und Handkäs mit Musik und Kasseler für mich», kam es von Hechtel. «Und du, Heinrich?»

«Hätten Sie auch was Warmes?»

«Nein, leider nicht.»

«Dann bringen Sie mir auch das Kasseler. Und ein Glas Roten dazu, was Französisches, wenn Sie haben.»

«Sagen Sie mal, kennen wir uns nicht?», fragte Hechtel plötzlich das Mädchen, ein etwas ernst wirkendes dunkelhaariges Ding.

«Ein bisschen vielleicht. Sie sind der Professor Hechtel, oder?»

«Ja.»

Sie lächelte verschmitzt. «Ich bin die Freundin von Ihrem Mädchen Hanne.»

«Ach, natürlich. Ich dachte, Sie machen dem Zigarren-Dürlemann das Kindermädchen?»

«Das hab ich auch, bis vor ein paar Wochen.» Die Bedienung pausierte, wandte sich schon zum Weggehen, dann drehte sie sich plötzlich wieder um und schob nach: «Ich hab gekündigt. Wissen Sie, mit dem Herrn Dürlemann stimmt etwas nicht im Moment, ich glaub … ich glaub, der wird verrückt.»

(Pauline spürte das Blut ins Gesicht steigen, was hatte sie sich denn bei dem Spruch gedacht? Wie war ihr denn das rausgerutscht? Egal, jetzt fix weiterarbeiten, sonst gab es Ärger mit Jacobi.)

«Die Antwort auf deine Frage ist übrigens nein.»

Heinrich tauchte aus seiner Grübelei auf. «Was? Welche Frage?»

«Ob ich Kinder habe. Aber glaube mir, als Lehrer hat man auch ohne eigene Kinder genügend Erfahrung.»

«Ich finde diese ganzen *Struwwelpeter*-Kritiken trotzdem übertrieben. Ich habe ja diese Geschichten nicht alle aus dem Nichts erfunden, solche Bilder gab es auch früher schon, ohne dass … zum Beispiel den Zappelphilipp, das ist eine Szene, die hat mein Bekannter Rustige vor Jahren in Öl gemalt, und ich wüsste jetzt nicht, dass ihm jemand den Vorwurf gemacht hätte –»

«Der Maler Rustige hat über sein Kunstwerk allerdings

nicht die Überschrift ‹Lustige Geschichten für Kinder› gesetzt. Das hätte man ihm als Zynismus ausgelegt.»

Da war was dran. Heinrich fühlte sich in die Enge getrieben. Das kam selten vor. Er richtete den Oberkörper auf, lehnte sich im Stuhl zurück, atmete durch und griff zum letzten Mittel. «Wenn das alles so ist, wie du sagst, warum halten dann so viele Eltern das Buch für geeignet für ihre Kinder? Der *Struwwelpeter* ist jetzt in der fünften Auflage. Sind die Käufer alle verblendet?»

Hechtel schob sein langes Gesicht vor, um Heinrich in dem Lärm zu verstehen. Natürlich hatte er auch hierauf eine Antwort.

«Nicht verblendet. Sie sind Herdentiere. Der Nachbar hat's für seine Kinder gekauft, dann muss man's auch haben. Und weil sie selbst über das Buch lachen können, meinen sie in ihrer Blödheit, es müsste doch auch etwas für ihre Dreijährigen sein. – Heinrich, ich verrate dir jetzt was. Weißt du, warum ich so penetrant bin? Warum ich nicht einfach sage, alter Freund, ich hab dein Bilderbuch gesehen, es ist dir köstlich gelungen? Ich will es dir sagen.» Er wurde plötzlich leiser, sodass Heinrich sich auch wieder vorbeugen musste, um ihn zu hören. Fast trafen sie sich in der Tischmitte. «Also. Du kannst dich wahrscheinlich gar nicht mehr entsinnen. Aber wir, du und ich und Körner und Beer, wir haben nach dem Abitur einen unserer famosen Streiche ausgeheckt, und zwar haben wir an der Baustelle vom jetzigen Waisenhaus am Gerüst Seile gelockert. Aus purem Übermut. Und den Sonntag drauf hör ich bei meiner Mutter, deren Mann ja Zimmermann war, es wär auf einer Baustelle der Polier vom Gerüst gestürzt und ums Leben gekommen und er hätte im Sterben noch gesagt, das Gerüst hätte geschwankt, und hinterher hätte man festgestellt, da waren ganz unten die Hälfte der Seile lose. Ich hab nicht gewagt nachzufragen, ob das am Waisenhaus war, aus Angst, mich zu inkriminieren, aber es kann ja kaum anders gewesen sein. Du kannst dir denken, wie ich mich gefühlt hab. Natürlich hätte ich Feigling es euch andern sagen müssen, aber ich –»

«Ach, Hechtel, ich wusste es ja auch! Mein Vater war doch Architekt, der hat es ebenfalls zu Hause erzählt. Und ich hab natürlich genau wie du den Mund gehalten. Da haben wir Buben böse Schuld auf uns geladen. Aber was um Himmels willen hat das nun mit dem *Struwwelpeter* zu tun?»

«Du siehst den Zusammenhang nicht? Ich kann das kaum glauben. Nachdem uns diese Geschichte unterlaufen ist, da kann ich die Verharmlosung und Glorifizierung von Lausbubenstreichen einfach nicht gutheißen. Ich halte das in einem Kinderbuch für schlicht gemeingefährlich. Und ja, wenn du's unbedingt wissen willst, ich stecke doch ein bisschen mit hinter dem Artikel im Konversationsblatt. Ich hab die anderen bestätigt, dass sie ihre Kritik schriftlich machen und sie veröffentlichen müssen, wollte nur selbst nicht erscheinen, weil du mein guter alter Schulfreund bist und ich dir nicht wehtun wollte.»

Das hast du aber doch, dachte Heinrich. Dann sagte er: Jetzt sei ihm auch etwas aufgefallen. Nämlich dass die Geschichte mit dem Gerüst das beste Beispiel dafür sei, dass die *Struwwelpeter*-Geschichten pädagogisch nützlich und nicht schädlich seien.

«Was?» Hechtel wirkte belustigt, er flüsterte nicht mehr, im Gegenteil. «Na, da bin ich aber gespannt, wie das gehen soll. Nachdem die ganze pädagogische Welt entsetzt von dem Buch ist. Erkläre dich näher.»

«Die Strafe der Natur.»

«Wie?»

«Denk doch mal nach! Sind wir nach der Geschichte mit dem Gerüst von unseren Eltern geprügelt worden? Nein! Es wusste ja gar niemand außer uns. Und dennoch sitzt uns beiden die Sache nach zwanzig Jahren noch in den Knochen. Wir haben unsere Lektion gelernt, weil uns die unmittelbaren schlimmen Folgen unserer Handlung vor Augen geführt wurden. Genau das ist doch der *Struwwelpeter*. Den Kindern werden Folgen vor Augen geführt. Das nehmen die ernster als jede elterliche Strafe. Das wirkt auch, wenn die Eltern nicht da sind.»

«Du lieber Gott. Wir waren achtzehn, neunzehn, der *Struwwelpeter* ist für Dreijährige. Die denken anders. Die können Ursache und Wirkung noch gar nicht erkennen. Lass uns aber die Diskussion nicht von vorn beginnen, wir werden uns nicht einig. Ich verstehe zumindest jetzt, was du dir bei deinen wilden Bildergeschichten gedacht hast. Du hast bloß etwas zuviel Phantasie. – Warst du nicht eigentlich damals derjenige, dem die Idee gekommen ist, mit dem Gerüst und den Seilen?»

«*Ich?* Wie kommst du denn darauf?»

«Ich weiß nur noch, ich war hochgeklettert, und als ich runterkam, hattet ihr schon angefangen. Und du hast irgendwas erzählt, dass du von deinem Vater wüsstest, wie man diese Knoten macht.»

«Unsinn, das muss später gewesen sein. Ich bin auch erst dazugekommen, als ihr andern schon mitten dabei wart, und ich war doch viel höher geklettert als du. Ich war sogar ganz oben. Nein, ich bin als Letzter vom Gerüst gestiegen, und da war der Streich schon in vollem Gange. Ich fand das eigentlich damals schon nicht gut, aber ich wollte euch nicht den Spaß verderben.»

«Ich hatte auch meine Zweifel. Übrigens, du hast recht, ich erinnere mich jetzt, dass du über mir warst, als ich geklettert bin. Wie einem doch die Erinnerungen wiederkommen, wenn man sich zurückversetzt. Du oder ich sind also nicht der Anstifter. Bleiben Körner oder Beer. Körner ist ja wohl in Amerika. Weißt du, was Beer heute macht?»

«Ja sicher. Ich sehe ihn zwar kaum je. Aber der ist Polizeibeamter.»

«Ausgerechnet.»

«Ja, ausgerechnet.»

Juni 1853, Anstalt für Irre und Epileptische

Verdammt. Hoffmann ist spät dran, muss ausgerechnet jetzt, wo ihm von seinem Schock über die Geschichte der Franck ganz schlecht ist, zu einer Sitzung im Städel'schen Kunstinstitut. Dank seiner Malerfreunde vom *Haus Ulm* gehört er dem Städel-Stiftungsrat an (ehrenamtlich natürlich). Es geht heut um die Frage eines Grundstückskaufs für einen Städel-Neubau; das Haus in der Neuen Mainzer Straße wird ja bald zu klein werden. Dummerweise hat Hoffmann zu allem Übel in seiner Zerstreutheit heute früh die Mappe mit den Unterlagen in der Badestube liegengelassen. Daher muss er in voller Straßenbekleidung noch einmal an den Tobsuchtszellen vorbei. Und es geschieht, was geschehen muss: Er bekommt einen Klumpen Dreck aufs Revers. Denn aus den Tobsuchtszellen lärmt es nicht nur. Es stinkt auch. Und manchmal kommen eben Stinkbomben geflogen. Der arme Patient Schirmer beschmiert sich mit Kot, und er wirft ihn auch durchs Gitter, wenn jemand vorbeikommt. Das ärgert sogar die Ratten, die einen Bogen um Schirmers Zelle machen.

Unmögliche Zustände. In Hoffmanns geplanter neuer Anstalt vor der Stadt werden die Tobsüchtigen einen eigenen, isolierten Flügel bekommen, mit den Fenstern nach Norden statt nach Süden wie der Rest des Gebäudes, und fern der

Gärten. Dann werden diese unheilbaren Schwerstkranken niemanden mehr stören können.

Die Sitzung der Städel-Stiftungsverwaltung ist fruchtlos. (Immerhin lenkt sie von der Causa Franck ab.) Hoffmanns Vorschlag ist, für den Neubau des Museums ein Gartengrundstück an der Bockenheimer Landstraße zu erwerben. Die meisten Mitglieder der Administration folgen ihm darin. Einer aber hat heute den streitsüchtigen Herrn Jügel mit zur Sitzung gebracht, angeblich weil der eine große Bilderschenkung plane. Jügel hat hier eigentlich gar kein Rederecht, mischt sich aber dennoch ein, und zwar pocht er darauf, dass die Bockenheimer Landstraße ganz die falsche Adresse fürs Städel'sche Institut sei. Ein Museum dürfe nicht so weit draußen liegen. Der alte Herr redet sich in Rage, am Ende hält er Hoffmann vor, er sei mit seinem schlechten Geschmack überhaupt am ganzen künstlerischen Niedergang des Städel schuld und habe damals mit einer anderen falschen Entscheidung schon den Direktor Veit vertrieben.

Müde, hungrig und gereizt marschiert Hoffmann nach der Sitzung die Neue Mainzer Straße und weiter die Hochstraße entlang bis nach Hause. Wo er feststellen muss, dass Therese Besuch hat. Den Dichter Daumer. In seiner Abwesenheit. Und er hat gedacht, diese alte Geschichte sei nun endlich vorbei.

Daumer trägt noch immer seine nazarenerhaft langen Haare ohne Bart. Dass es sich auf der Krone lichtet, tut dem salbungsvoll-jugendlichen Blick keinen Abbruch. «Ach, Hoffmann», ruft Daumer, «ich wollte gerade gehen, aber wissen Sie, vielleicht ist es ganz gut, dass wir uns noch begegnet sind. Ich habe Ihnen nämlich als Geste ein kleines Geschenk aus Nürnberg mitgebracht.»

Der chronisch geldklamme Daumer und ein Geschenk? Was kann das sein – Lebkuchen im Juni? Nein, sondern ein arg mitgenommenes, gefaltetes Zettelchen, das sich als Ausriss aus irgendeinem Bilderbogen oder illustrierten Blatt erweist. Ein Kupfer nach einem Ölbild, Thema: Der Arzt Pinel befreit die Irren der Salpêtrière von ihren Ketten. Und natürlich sind die abgebildeten Irren keine rasenden männlichen Tobsüchtigen, sondern kraftlos und traurig dreinblickende Frauen. Dem Mädel im Zentrum rutscht schlüpfrig das ansonsten gut sitzende weiße Kleid von der Schulter. Diese französischen Maler! Ohne nackte Schultern geht es bei denen nicht.

«Sie sind doch jetzt Irrenarzt», kommentiert Daumer, «ich hab gedacht, dies gibt Ihnen vielleicht eine Anregung.»

«Guter Mann, das ist nett von Ihnen, aber Pinels sämtliche Werke über Seelenstörungen sind mir bestens bekannt, die stehen alle drüben in meinem Arbeitszimmer. Und in Ketten am Boden liegt in der Frankfurter Anstalt schon seit Jahrzehnten niemand mehr. Übrigens, die Zustände in der Salpêtrière – ich war ja als Student dort, in dem Krankenhaus gibt es Ecken, wo die Ratten besser gepflegt werden als die Kranken. – Was macht denn die werte Gattin? In Nürnberg geblieben?»

«Richtig. Ich bin ja zum Aufpäppeln hier bei meiner Schwester. So, wie meine Frau kocht, wissen Sie, da hat man sich gelegentlich mal gastronomischen Urlaub verdient. Bei Ihrer lieben Frau sitze ich allerdings für die geistige Nahrung.»

Hoffmann verzieht sich lieber in sein Arbeitszimmer, ehe er sich vergisst. Es ist ja nicht einmal, dass er ernsthaft eifersüchtig ist auf den Daumer. Der Schreiberling ist zehn Jahre älter als er, bei schlechter Gesundheit und ohne Geld. Was ihm trotzdem manchmal die Galle hochtreibt, das ist, wie Therese es hinnimmt, dass der Mann sie unverhohlen anhimmelt. Und dass sie sich von seinen mystischen Spleens beeinflussen lässt. Der Daumer fällt von einem wüsten Fanatismus in den nächsten. Einmal hält er Vorträge, die ganze alttestamentarische Religion sei nichts weiter als ein verwerflicher Menschenopferkult, das nächste Mal will er zum Judentum konvertieren. Nur ein Spinner wie Daumer konnte damals auf diesen Betrüger Caspar Hauser hereinfallen. Therese sollte wirklich klüger sein. Unwürdig ist das. Und es geht seit Jahren.

Aber eigentlich hat Hoffmann heut andere Sorgen. Die Franck. Du lieber Gott. Nun hat er die Verantwortung in der Sache. Was soll er bloß tun?

Da fällt ihm ein, es gibt vielleicht jemanden, mit dem er unverbindlich darüber sprechen kann. Schulfreund Beer. Natürlich. Der ist Jurist und arbeitet bekanntlich bei der Polizei. Welch günstiges Zusammentreffen.

Pauline, 1848

Im September lief die Revolution aus dem Ruder. Zwei Wochen gärte es in Frankfurt, dann, am 18. mittags, die ersten Schüsse. Im Gastraum des Jacobi'schen Weinhauses wurde es erst still, dann sehr laut: Alles brüllte durcheinander, alles sprang auf, viele drängten zur Tür, unter Röcken kamen Waffen hervor (Gewehre, Äxte, Hämmer). Andere, Parlamentsabgeordnete zumeist, zwängten sich nach hinten, wo sie glaubten, sicherer zu sein, von draußen drängten zugleich Leute von der Straße in den Gastraum. Pauline wurde in dem Tumult ein Tablett mit vollen Gläsern heruntergerissen.

Der Wirt Jacobi brüllte, jeder solle da stehen bleiben, wo er sei, die Leute an den Tischen sollten sich auf die Tischplatten stellen, um mehr Platz zu schaffen. Dem wurde Folge geleistet. Der Kellner Schiller schloss die Tür ab. Nach und nach kehrte im Raum Ordnung, aber keine Ruhe ein. Draußen ging die Schießerei weiter, bald nicht nur Gewehre, auch Kanonenschüsse, Lärm und Gebrüll aus allen Richtungen. Offensichtlich befand man sich mitten in der Kampfzone. Der Wirt Jacobi bereute sehr, heute sein Weinhaus geöffnet zu haben. Den Morgen über hatte man schon Rufe wie «Bürger, zu den Waffen!», «Preußen raus!», «Freiheit für Schleswig!» gehört und auf den Gassen junge Leute Barrikaden bauen sehen. Da aber das preußische und österreichische Militär am Paulsplatz dem ruhig zusah, hatte Jacobi geglaubt, die Truppen hätten von der Nationalversammlung den Befehl, bloß die Paulskirche zu schützen, aber ansonsten nicht zu kämpfen.

In Wahrheit warteten sie auf Nachschub. Und der war nun eingetroffen und Frankfurt im Bürgerkrieg: rote Fahnen gegen schwarz-rot-goldene. Das Volk gegen seine eigene Nationalversammlung und die Zentralregierung.

Jacobi ließ noch ein paar Gäste, die gehen wollten, zur Hintertür hinaus. Dann wurden Pauline und der Kellner Schiller angewiesen, die Fenster und Türen von innen mit Brettern zu verrammeln. «Ich versteh das alles nicht mehr», sagte Pauline, während der Schiller nagelte und sie das Brett festhielt, «wenn doch die schleswig-holsteinischen Abgeordneten vorgestern für den Friedensvertrag gestimmt haben …»

«Na, *das* versteht wirklich keiner, Paulinchen. Klar ist aber doch, die Nationalversammlung hat vor der Reaktion und den Fürsten gekuscht und die deutsche Ehre und die deutsche Treue in den Schmutz gezogen.»

Es ging um die Schleswig-Holsteinische Frage. Wie seit Monaten. Pauline hatte bei Jacobi ständig Sprüche dazu gehört, wie etwa: Verrat an Schleswig-Holstein sei Verrat am Deutschtum.

Zwar hatte jahrhundertelang niemand etwas dagegen

gehabt, dass Schleswig und Holstein dem dänischen König unterstanden. Im 48er Freiheitsfrühling aber kamen die deutschen Liberalen dort auf die Idee, Einheit und Freiheit bedeuteten vor allem eines: die Loslösung von Dänemark. Dumm nur, dass in Schleswig viele Dänen wohnten. Die waren neuerdings auch sehr freiheitlich gesinnt und verstanden unter Freiheit keineswegs den Anschluss an Deutschland. Freiheitliche Dänen und freiheitliche Deutsch-Schleswig-Holsteiner wurden sich im Mai wenigstens darin einig, dass man sich um der Freiheit und der Ehre des eigenen Volkes willen nun gegenseitig kriegerisch bekämpfen müsse. Worauf die Kieler deutschen Freiheitsfreunde den Deutschen Bund und das neue deutsche Parlament um Hilfe riefen. Die Hilfe war nicht schwer zu bekommen, da Parolen wie «Freiheit, Einheit, Vaterland» oder «von der Etsch bis an den Belt» in Frankfurt hohe Konjunktur hatten; außerdem hatten preußische Könige noch nie eine Gelegenheit ausgeschlagen, den eigenen Einflussbereich auf Kosten der Nachbarfürsten zu erweitern. So verteidigte nun der Preußenkönig im Auftrag der neuen deutschen Nation die Kieler Freiheitsfreunde gegen die Flensburger und Kopenhagener Freiheitsfreunde; sprich, die preußische Armee sollte Schleswig-Holstein für das deutsche Reich erobern. Militärisch klappte das bestens, bald stand man in Jütland. (Die preußischen Soldaten wunderten sich sehr, dass in Schleswig sogar von den «deutschen» Bauern dänischer Dialekt gesprochen wurde.) Leider meldeten sich nach und nach sämtliche europäischen Nachbarländer von England bis Russland und verkündeten, dass man eine deutsche Annexion Schleswigs nicht akzeptieren werde und übrigens mit Dänemark Verträge betreffs militärischen Beistands habe. England schlug vor, Schleswig in einen deutschen und einen dänischen Teil aufzuteilen. Die Frankfurter Patrioten in der Nationalversammlung waren empört: Es wäre ja Verrat am Deutschtum, auch nur einen Deutschen der dänischen Fremdherrschaft auszuliefern! (Dergleichen Sprüche kosteten nichts und machten einen beim Volk beliebt.) Preußen verhandelte monatelang; doch der Friedensvertrag, den man Ende August 48 schließlich aufgedrückt bekam, der war schlechter als alles, was vor dem Einmarsch an Verhandlungslösungen im Angebot gewesen war.

Infamie!, schrie es in der Nationalversammlung und im Weinhaus Jacobi. Preußen habe durch seine Unterschrift die deutsche Sache verraten und Deutschlands Ehre befleckt! Ohne Zustimmung des Parlaments sei der Friedensvertrag sowieso ungültig! Soso, sagten daraufhin die Preußen sinngemäß, wenn ihr es besser könnt, dann macht doch mal. Das versuchte die Nationalversammlung zwei Wochen lang. Dabei fiel auf, dass sich in der Sache gar nichts tun ließ. So nahm das Parlament am 17. September den Vertrag, den es zwei Wochen zuvor abgelehnt hatte, mit knapper Mehrheit doch noch an. Einige der lautesten Schreihälse für ein freies Schleswig waren jetzt unter den Jastimmen.

Nach Monaten voller pathosschwangerer Reden, wonach das Schicksal des deutschen Volkes mit Schleswig stehe oder falle, war das dem einfachen Frankfurter schwer begreiflich zu machen. Daher der Bürgerkrieg.

Im Weinhaus Jacobi saß man hinter den verrammelten Fenstern im Beinahe-Dunkeln. Die Lampe auf dem Tresen brannte auf Sparflamme. Der Kampfeslärm draußen zehrte an den Nerven, die Zeit verrann entsetzlich langsam. Unter den Gästen herrschte eine Anspannung, die sich immer wieder in Streit entlud, ja gegen vier entwickelte sich an einem der Tische eine regelrechte Schlägerei. Danach hatte man auch hier drin einen Verletzten, betrunken noch dazu, dem Pauline die Kopfwunden auswusch. Was, wenn die Kämpfe sich tagelang zögen? Bald schon würde das Wasser ausgehen. Würde Pauline dann raus und zum Brunnen müssen?

Tatsächlich, sie musste. Doch da hatte der Lärm stark

nachgelassen, es war gegen sechs. Vorher hatte man etwas von Waffenstillstand brüllen gehört. Pauline hatte den Verdacht, dass der Herr Jacobi sie als Experiment hinausschickte. Sie dachte an die Taube, die Noah aus der Arche gelassen hatte, weil er sehen wollte, ob sie zurückkäme oder nicht.

Jacobi öffnete ihr die Hintertür, sodass sie übers Nebengebäude auf die Gasse konnte. Da sah es aus wie … wie nach einem Krieg eben.

Das Pflaster war großflächig aufgebrochen. Pflastersteine und Berge von Brettern, Bruchholz, Wagenrädern und Fässern lagen auf dem Boden, alles Überreste einer Barrikade, dazwischen ein paar Kanonenkugeln und der Arm eines Toten, der steif aus dem Schutt ragte. Ruckartig sah Pauline weg, als sie den Arm entdeckte. Am Ende der Straße patrouillierten Soldaten mit gezückten Bajonetten in blau-weiß-schwarzen Uniformen: österreichisches Militär. Die Schüppengasse war also offenbar genommen, der Paulsplatz auch. Sie hetzte los zum Brunnen am Römerberg. Da hörte sie von den anderen Frauen: Es könne nicht mehr lange dauern, die Fürstensoldateska habe die besseren Waffen. Eine andere wusste aber: Es kämen noch Freiheitskämpfer aus den Dörfern nach und die Turner hätten unterdessen in der Bornheimer Heide zwei Parlamentsabgeordnete gefangen genommen.

Der Waffenstillstand sollte nur bis sechs dauern. Pauline wartete ungeduldig am Brunnen, füllte ihre Eimer voll und machte, dass sie wieder zurückkam. Dabei hielt sie den Blick stur nach rechts auf die Häuser, als hätte sie den Schiefhals, damit sie bloß nicht wieder den Toten ansehen musste.

Als das Schießen wieder losging, später als angekündigt, unkte jemand: Die Preußen und Österreicher hätten wohl bloß wieder auf Verstärkung gewartet. Vielleicht stimmte es: Kaum eine Stunde nach Ende des Waffenstillstands war der Spuk vorbei.

Um neun fand Jacobi, dass man dem Frieden trauen könne. Der Kellner Schiller bekam den Befehl, die Nägel aus den mittags befestigten Brettern zu reißen, Jacobi schloss die Türen auf, und all die unfreiwilligen Dauergäste machten sich von dannen. Drei Parlamentsabgeordnete allerdings hatten solche Angst, aus irgendeinem Fenster von einem Freischärler erschossen zu werden, dass sie sich nur von Soldaten eskortiert vor die Tür wagten. Von einem der Soldaten, die Jacobi zu dem Zweck herbeirief, erfuhr man: Die Bornheimer Turner hätten den Abgeordneten Lichnowsky geschleift und ihm mit Sensen das Fleisch von den Knochen geschält.

In der Nacht konnte Pauline nicht schlafen. Vor Aufregung wahrscheinlich. Außerdem hatte sie Kopfschmerzen von dem vielen Zigarrenqualm, wie eigentlich jeden Tag. Sie war nicht glücklich bei Jacobi. Bei Dürlemanns war es ihr bessergegangen. Die Tage waren da zwar genauso lang gewesen. Aber hier im Weinhaus fehlte bei der Arbeit vollkommen die Freude. Das Leben war ohne ihren Fritzi so unendlich trist.

Dazu hatte Pauline Sorgen. Die Nationalversammlung würde nicht ewig währen, und dann würde sie bei Jacobi rausfliegen, weil sie ja nur die Zusatzkraft war. Sie hatte es immer wieder versucht die letzten Monate, aber es war ihr einfach nicht gelungen, eine Stellung in einem Geschäft zu finden.

Am nächsten Morgen kam ihr der Zufall zu Hilfe. Irgendjemand erzählte: Der Tote, der gestern draußen in der Schüppengasse im Schutt lag, das sei ein Schneidergeselle gewesen, der habe in der Textilhandlung Reuter auf der Zeil gearbeitet. Pauline war heut früh von fünf an zum Straßereinigen abgestellt. Als sie fertig war, hatte sie noch eine Stunde bis zum offiziellen Dienstantritt. Da machte sie sich ordentlich zurecht und lief schnell hoch zur Zeil zu diesem

Laden Reuter. Sie kannte ihn vom Sehen: *Herrenkonfektionswaren, Lingerie und Accessoires* sagte das Schild; das Geschäft war groß und lag auf der Schattenseite der Zeil, nicht sehr weit von der Katharinenkirche.

Ein Herr mit hoher Stirn, schwarzen Brauen, grauen Haaren und einem hageren Gesicht mit Kinnbart verhandelte in dem Laden gerade mit dem Glaser. Eines der Schaufenster hatte gestern einen Schuss abbekommen. Das war nicht dramatisch, da das Schaufenster aus vielen kleinen viereckigen, bleigefassten Scheiben bestand. Nur eine davon war zersplittert. Pauline wartete, bis sie dran war, dann fragte sie den Herrn, ob er wohl der Herr Reuter sei (er war es), und trug ihm brav ihre Bewerbung vor. Zur Unterstützung zeigte sie eine Empfehlung vom Tabakhändler Stern, die sie sich besorgt hatte, sowie einen Schrieb vom Waisenhaus, wonach sie gut nähen könne. Von Jacobi, ergänzte sie, könne sie sicher auch eine Empfehlung beibringen, nur wisse der Herr Jacobi derzeit noch nicht, dass sie fortwolle. Sie sei den vielen Rauch leid.

Der Herr Reuter erklärte, dies treffe sich insofern günstig, als er gerade einen Angestellten verloren habe. Er könne für nichts garantieren, eigentlich wolle er lieber einen Mann, aber er würde sie eine Woche auf Probe nehmen. Ab sofort. Vielmehr, ab heut Nachmittag um drei.

Pauline grübelte auf dem Rückweg, wie um Himmels willen sie das dem Herrn Jacobi beibringen solle. Sie fand keine gute Lösung. Im Weinhaus angekommen, ging sie gleich zu ihm und versuchte es mit einer halben Lüge: Die Ereignisse gestern hätten sie so mitgenommen, sie sei mit den Nerven ganz herunter, sie glaube, sie könne heut nicht arbeiten, überhaupt würde sie am liebsten aufhören, die viele Aufregung im Gastraum, die Streitereien, die Betrunkenen, der Lärm, das sei nichts für sie, den Zigarrenqualm vertrage sie sowieso nicht.

«Na bitte, dann gehen Sie halt, wenn Sie gehen wollen», zuckte Jacobi mit den Schultern. «Aber schreiben Sie mir bitte noch ein Schild *Aushilfe gesucht* und hängen Sie es draußen auf. Im Schildermalen sind Sie doch so gut. Ihr Bett oben räumen Sie bitte bis morgen.»

Damit hatte Pauline nicht gerechnet. Beinahe war sie betroffen, dass dem Herrn Jacobi ihr Weggang gar nichts ausmachte. Und natürlich hatte sie Angst, dass sie bei Reuter nach einer Woche gehen müsste.

Das musste sie aber nicht. Vielmehr sagte ihr der Herr Reuter am Ende der Woche, sie habe sich passabel geschlagen, nur ihr Aufzug sei eine Katastrophe, er werde ihr deshalb morgen von zu Hause was anderes mitbringen. Außerdem solle sie sich doch bitte von dem Fräulein Jung (das war die Kollegin) zeigen lassen, wie sie die Haare ordentlicher bekäme, immer diese Strähnen im Gesicht, das sehe so fahrig aus.

Pauline fiel ein halbes Gebirge vom Herzen.

Reuter hatte ihr eine Mansarde mit Ofen im Nebenhaus vermittelt. In der Wohnung darunter wohnte gemeinsam mit ihrer Schwester das Fräulein Jung, Agathe mit Vornamen, Mitte vierzig, groß und hager, das den Reuter'schen Laden führte. Der Herr Reuter selbst kam immer nur für ein Stündchen jeden Tag oder wenn etwas anlag. Ansonsten arbeitete noch der Gottfried Backes im Laden, ein fröhlicher junger Mann mit schütterem Schnurrbart, der Kaufmann lernte und bei Reuter fürs Grobe wie Lagerarbeiten und Transporte zuständig war.

Das Agathchen Jung gerierte sich schon bald als Paulines mütterliche Freundin. Pauline fand das manchmal etwas anstrengend. Immer wusste Agathe alles besser, dauernd prahlte sie mit ihrer unendlichen Lebenserfahrung, die Pauline angeblich fehlte. Aber trotzdem oder gerade deshalb: So nach vier, sechs Wochen, da fühlte Pauline sich bei Reuter und in ihrem neuen Leben ganz zu Hause, viel mehr als in all den Monaten bei Jacobi.

Bloß ein Kummer blieb: Sie sehnte sich noch immer nach Fritzi zurück.

Eines Samstagabends Anfang Dezember stand Pauline im Laden und faltete ein paar Teile zusammen, da hörte sie plötzlich jemanden jubelnd «Pauline!» rufen. Sie drehte sich um, ein hübscher haselnussbraunhaariger Junge kam auf sie zugerannt: Fritzi! Sie machte die Arme auf und hielt ihn fest. Ganz fest. Am liebsten hätte sie geheult. Er war ja so gewachsen! Ging ihr schon bis an die Brust. Alles in den paar Monaten, die sie ihn nicht gesehen hatte.

Kaum ließ sie locker, sprudelte er los. «Pauline, es ist schrecklich ohne dich! Warum kannst du nicht wiederkommen? Was ist der Papa so stur! – Lily, du kannst doch auch nochmal mit ihm reden!» Da merkte Pauline erst, eine sommersprossige Frau stand daneben, lilagewandet, und strahlte sie mit einem freundlichen Pferdelächeln an. Natürlich, die Engländerin. Das hatte man sich ja denken können.

«Oh, das habe ich schon versucht», sagte die und strahlte weiter. «Der Junge misst Sie sehr. Aber er muss jetzt richtige Unterricht bekommen.»

«Der Lehrer Rudolph!», stöhnte Fritzi. «Pauline, der ist so schrecklich geworden. Weißt du, dass der jetzt bei uns wohnt? Ich muss den ganzen Tag lernen! Den ganzen Tag! Und er hat immer so ein blödes Stöckchen in der Hand, damit haut er mir auf die Finger, jedes Mal, wenn ich im Latein was Falsches sage. Hier, guck!» Fritzi hielt ihr seine strapaziert aussehenden Fingerknöchel vors Gesicht.

Ein paar Minuten später schon waren die beiden wieder fort. Pauline war aufgewühlt, sie wusste nicht, ob es ihr wirklich guttat, Fritzi gesehen zu haben. Fritzi, der jetzt ein Leben ohne sie führte. Mit der Engländerin kam er anscheinend gut aus. Die schien ja auch ganz nett zu sein. Pauline war eifersüchtig auf sie. Schrecklich eifersüchtig.

Gegen sechs, es war längst dunkel, drehte sie wie immer samstags um die Zeit das Türschild auf «Geschlossen». Dann machte sie sich daran, die Vorhänge an den hohen Fensterfronten zuzuziehen. (Nach den Schießereien im September war kurz von eisernen Rollläden die Rede gewesen, die der Herr Reuter anbringen wollte. Dann hatte er es sich anders überlegt.) Als Pauline mit den Vorhängen zugange war, sah sie jemanden draußen vor dem Fenster stehen, der sich die Auslagen besah, schemenhaft und gelblich nur im Licht der Laterne, beinahe wie ein Geist, bloß dass der Geist kein sieches Skelett war, sondern ein starker, hübscher junger Mann mit einem Lockenkopf. Sie hielt einen Moment inne und sah ihn von der Seite an. Der junge Mann kam ihr so merkwürdig bekannt vor. Aber zugleich wusste sie, dass sie ihn bestimmt noch nie gesehen hatte, denn er wäre ihr doch aufgefallen. Sie schüttelte das seltsame Gefühl ab und trat auf die andere Seite, um die andere Hälfte des Vorhangs zuzuziehen. Da bemerkte der junge Mann sie, sah hoch und ihr ins Gesicht. Unwillkürlich lächelte sie. Er lächelte zurück. Schnell zog sie zu. Ihr Herz klopfte laut. Du lieber Gott. Das war doch hoffentlich kein Einbrecher, der darauf wartete, dass sie die Kasse öffnete?

Weil das Fräulein Jung und der Lehrling heut vom Herrn Reuter zu einer Besorgung nach Mainz geschickt worden waren, musste sie nach Ladenschluss allein die Einnahmen zählen und die Tagesabrechnung machen. Sie fühlte sich beobachtet, konnte sich kaum konzentrieren, so unruhig war sie. Endlich war sie aber fertig. Zum Glück musste sie mit dem Geld nicht raus auf die Straße. Sie steckte es in einen Beutel und verließ den Laden nach hinten ins Haus, wo im zweiten Stock, den Reuters alte Eltern bewohnten, in der Wand vom Plumpsklosett ein Tresor versteckt war. Dort würde sich der Herr Reuter morgen oder Montag früh das Geld holen. Als das erledigt war, fiel Pauline ein Stein vom Herzen. Sie machte sich über den Hinterhof ins Nachbarhaus, wo sie schließlich bei der Schwester vom Agathchen Jung die Schlüssel zu Laden und Tresor abgab. Dann war sie für die Woche fertig und konnte hoch in ihr eigenes Zimmer. Ganz ruhig war sie nun. Sie hatte sich auch bestimmt nur eingebildet, dass der junge Mann es auf die Kasse abgesehen haben könnte. Er hatte doch so nett gelächelt.

Juni 1853, Hoffmann'sche Wohnung, Hochstraße

Als er sich in der Causa Franck auf den Weg zum Polizeiamt macht, sieht Hoffmann kurz im Salon vorbei, um Therese zu sagen, dass er geht. (Im Gegensatz zu Daumer, der natürlich immer noch hier sitzt.) Da sagt Therese: «Hast du den Brief von Hechtel gesehen?»

«Wie? Einen Brief von Hechtel? Nein.»

«Auf deinem Schreibtisch. Ich hab ihn natürlich nicht geöffnet. Aber ich nehme an, es geht um unsern Carl. Ich mache mir etwas Sorgen.»

Um Carl? Unsinn. Hechtel ist doch dieses Jahr gar nicht mehr Carls Klassenlehrer. Das war er in der Sexta gewesen, als Hoffmann sich regelmäßig über den alten Schulfreund ärgern musste, weil Hechtel von allen Lehrern die schlechtesten Noten an Carl vergab und ihm dazu noch strenge Bemerkungen ins Zensurenheft schrieb. Übrigens sind Carls Zensuren generell eher schwach. Der Junge geht zwar recht gern zur Schule, hat viele Freunde, ist nachmittags meist mit irgendeinem Klassenkameraden unterwegs. Lernen allerdings ist noch nie seine Sache gewesen.

Hoffmann überlegt, ob er Hechtels Schreiben jetzt ignoriert. Doch so sehr treibt es ihn auch wieder nicht zu der heiklen Unterredung, die er mit seinem anderen alten Schulfreund Beer bei der Polizei vorhat. Also geht er schließlich doch noch einmal zurück ins Arbeitszimmer. Tatsächlich, da liegt der Brief. Seit ihrem unguten Gespräch über den *Struwwelpeter* im Sommer '48 gab es praktisch keinen persönlichen Kontakt zwischen ihm und Hechtel. Ärgerlich irgendwie, dass der alte Schulfreund sich jetzt brieflich an ihn wendet statt persönlich.

Lieber Freund, beginnt es ominös, *es kann Dir kaum entgangen sein, dass Dein Sohn Carl an unserer Schule die größten Schwierigkeiten hat.* (Also doch Carl! Therese lag richtig. Aber was geht Carl jetzt den Hechtel noch an?) *Da der Junge meiner Ansicht nach nicht so unbegabt ist, wie es scheint, nur äußerst faul, unordentlich und unkonzentriert, hatte ich gehofft, dass Du anlässlich der schlechten Zensuren im ersten Jahr die nötigen strengen Maßnahmen ergreifst. Das ist aber entweder nicht geschehen, oder aber Carl ist doch stärker geistig beeinträchtigt, als ich den Eindruck hatte. Bislang ist der Knabe, als Dein Sohn, von den Kollegen hier mit zwei zugedrückten Augen behandelt worden. Nun höre ich aber, dass man sich besprochen hat und Carl in diesem Jahr nicht versetzen will. Dies Dir anzuzeigen, fühle ich mich verpflichtet. Da es an sämtlichen Grundlagen hapert – Lesen, Schreiben, Rechnen, ich muss es so hart sagen –, da ein großer Gelehrter aus Deinem Carl sicher niemals werden wird, wäre mein Rat, ihn bald ganz aus dem Gymnasium zu nehmen und ihn nach einigem Privatunterrichte an die Wöhlerschule zu geben, wo er in irgendeinem praktischen Fache in Handel oder Technik ausgebildet werden kann; freilich müsste er auch dafür mehr Fleiß zeigen als bisher geschehen. Es grüßt Dich und Deine Frau, D. Hechtel.*

Hoffmann legt den Brief ab, beschämt über seinen Sohn und verärgert über Hechtel, der ihm hier, offenbar schadenfroh, wieder zu lasche Pädagogik vorwirft. Dabei hält Hoffmann seinem Carl ja schon ständig Vorträge, er müsse sich bessern und lernen. Der Junge hört sich das zerknirscht genug an. Und oft, wenn Hoffmann nachmittags im Haus ist und Carl herumtrödeln sieht, schickt er ihn zum Arbeiten an den Schreibtisch. Dafür, ihn beim Lernen selbst an die Hand zu nehmen, hat er nun wirklich keine Zeit. Therese hingegen ist in Mathematik und Latein nicht so bewandert. Außerdem hat sie schon mehrfach berichtet, der Junge wolle sich nicht helfen lassen.

Carl ist überhaupt seit einiger Zeit seltsam und widerspenstig geworden. Warum kann Hoffmann nicht einfach einen folgsamen, durchschnittlich begabten Sohn haben wie andere Leute auch? Dunkel erinnert er sich, dass in seiner Kindheit von Schwachsinn in der Familie Lausberg die Rede gewesen ist. Sollte etwa Carl … ach was.

Alles halb so schlimm. Er selbst ist ja schließlich mal in der Schule sitzengeblieben! Und am Ende ist trotzdem was aus ihm geworden. Bei Carl sind also Hopfen und Malz noch nicht verloren. Übrigens hat Hoffmann im Augenblick ja eigentlich eine viel drängendere Sorge. Die Geschichte der Franck.

Apropos, ob nicht Carl …

Hoffmann springt auf und ist in ein paar Schritten im Salon. «Theres? Wo sind denn die Kinder?»

«Bei deiner Mutter. Bis auf Carl, dem hab ich befohlen hierzubleiben. Der Brief?»

«Erzähl ich dir später.»

Er findet Carl in seinem Zimmer, dösend auf dem Bett.

«Carl! Du Faulpelz! Was machst du denn da am helllichten Tage auf dem Bett? Hast du nichts zu tun? Du solltest lieber für die Schule arbeiten.»

«Hab ich schon», murmelt es träge vom Bett. «Und Mama hat mir verboten rauszugehen. Darf ich jetzt?»

«Du darfst jetzt erst einmal gar nichts. Ich glaube nicht, dass du genügend gelernt hast. Aus der Schule habe ich nämlich heute wieder Schlechtes über deine Fortschritte gehört. Sehr Schlechtes. Wie wär's, wenn du dich ans Lateinische machst? Komm, aufgestanden, das Buch hervorgeholt und an den Schreibtisch.»

Carl wälzt sich auf und folgt scheinbar eifrig dem Befehl. Am Schreibtisch, die Augen, ohne zu sehen, aufs geöffnete Buch gerichtet, wartet er, dass der Vater geht. Das Lateinlehrwerk ist ein Buch mit sieben Siegeln für ihn; wie so manch anderes auch. In den ersten ein, zwei Wochen auf dem Gymnasium hat sich für Carl schon alles entschieden. Er konnte gleich schlecht folgen, in jeder Stunde taten sich neue Rätsel auf, die für andere offenbar keine waren, so viele, dass er den Mut verlor und keine Chance für sich sah. Also hat Carl sich darauf verlegt, es mit dem Folgen im Unterricht gar nicht mehr zu versuchen. Gegenüber den Kameraden spielt er den Spaßvogel und abgrundtief Faulen, das ist besser, als wie ein Idiot dazustehen.

«Carl!»

Oje. Was jetzt? Hoffentlich will der Vater nicht in sein Heft sehen.

«Ist in deiner Klasse nicht ein junger Dürlemann? Fritz, Friedrich oder wie er heißt?»

«Fritzchen Dürlemann? Ähm – der war mal bei uns, ganz am Anfang. Ich war ein paarmal bei denen.»

«Warum ist der nicht mehr bei euch?»

«Ähm, umgezogen, glaub ich. Hat der Hechtel damals gesagt.»

«Aha.»

Hoffmann verlässt ohne ein weiteres Wort das Zimmer, schließt die Tür zum Flur hinter sich und atmet in tiefer Erleichterung durch. Umgezogen! Du liebe Güte! Und er lässt sich heut von der Franck diesen kolossalen Bären aufbinden. Da scheint der gute Theo doch recht zu haben: Es sind alles Wahngespinste, was sie erzählt.

Pauline, Dezember 1848 bis Sommer 1849

Irgendwann in der folgenden Woche war Pauline dabei, einem feisten Herrn die Hose zum Kürzen abzustecken, hatte dazu einen Haufen Nadeln im Mund, da sah sie aus den Augenwinkeln einen jungen Mann mit dunklem Lockenkopf den Laden betreten. Der sah ganz *besonders* aus, so sehr, dass sie einen Schauder im Rücken spürte bei seinem Anblick. War es derselbe, den sie am Samstag durchs Fenster gesehen hatte? Es kam ihr so vor, obwohl sie sich nicht genau an dessen Gesicht erinnern konnte, es war ja so dunkel gewesen.

Der Herr Reuter, zufällig gerade selbst im Laden, übernahm die Bedienung des jungen Mannes. Pauline spitzte die Ohren. Derweil versuchte sie sich zu beeilen, um möglichst schnell die Nadeln aus dem Mund loszuwerden, denn damit sah man so blöd aus.

Er habe neulich einen Schal mit Goldkante in der Auslage gesehen, hörte sie den jungen Mann sagen. Ob die Schals schon aus seien? (Was war denn an der Stimme, dass der Klang sie so ins Mark traf? Das war doch eine ganz gewöhnliche Männerstimme.) «Wir haben nur umdekoriert», sagte der Herr Reuter und glitt zu den Schubladen. «Zwei-zwei-drei?», fragte er Richtung Pauline. «Zwei-drei-drei», lispelte die (gemeint war ein Zahlencode für die Schubladen).

Der gelockte junge Kunde sah jetzt seinerseits aus den Augenwinkeln kurz zu ihr hin, ohne ein Zeichen des Erkennens. War es doch nicht derselbe wie neulich? Sie hockte hier aber auch ungünstig auf dem Boden, halb versteckt von einem stämmigen, kurzen Männerbein.

Während sie das zweite Hosenbein fertig steckte, entschied sich der junge Mann für einen der Schals und bat, den Kauf auf die Rechnung seiner Mutter, Frau August Passavant, zu schreiben. Der Schal sei ein Weihnachtsgeschenk für seinen Vater.

Uff! Endlich war Pauline fertig. Der dicke Kunde mit den Hosen schlurfte zum Umkleiden, sie stand auf, da wandte sich der junge Mann zum Gehen. Er stutzte leicht, als sein Auge auf Pauline fiel, lächelte angedeutet, dann war er draußen.

«Schreiben Sie die Rechnung für den Schal, Fräulein Franck», befahl der Herr Reuter. «An Frau August Passavant. Und geben Sie einen Rabatt von fünf Prozent, Passavant ist einer unserer Lieferanten.»

Pauline sah wie üblich im Adresshandbuch nach. Da fand sie unter vielen anderen Passavants: *Passavant, August, Handelsmann, Eschersheimer Landstraße 5*. Das war also die Familie.

Sonntags hatte Pauline nun immer frei. Ihre alte Waisenhausfreundin Hannchen allerdings nicht, weil die noch immer dem Professor Hechtel den Haushalt führte. Paulines Sonntage begannen jetzt, indem sie mit Agathchen Jung und deren Schwester die Kirche besuchte. Für den Mittag luden die beiden Fräulein Jung sie meist zum Essen ein, später ging man spazieren, die Eschenheimer Straße hoch in die Anlagen. Neuerdings pflegte Pauline hinterm Eschenheimer Turm verstohlen das Haus Eschersheimer Landstraße Nummer 5 anzupeilen, wo die Familie August Passavant wohnte. Man sah aber nie jemanden.

Pauline hatte auf dem Spazierweg noch mehr zu spionieren. Vor dem Eschenheimer Turm, in der Eschenheimer Straße Nummer 33, lag das Putz- und Nähwarengeschäft *J. P. Franck*.

Längst hatte Pauline im Frankfurter Adresshandbuch des Reuter'schen Geschäfts den Namen Franck nachgeschaut. Es gab ihn gut zwanzigmal in der Stadt, vom Apotheker bis zum Schornsteinfeger. Fast ausschließlich waren es Männer, denn es standen ja nur die Haushaltsvorstände im Adressbuch. Paulines Mutter sollte allerdings selbst drinstehen, denn sie war ja Witwe. Unter Franck im Adresshandbuch verzeichnete Frauen gab es aber bloß zwei. Das war zum einen die Besitzerin des besagten Putzgeschäfts in der Eschenheimer, die als *Franck, J. P., Nachfolgerin* firmierte, sowie eine *Fr. Rosine Franck, geborene Doctor*. Diese Rosine Franck war Prokuristin in einem Manufakturwarenhandel auf der Zeil. Eigentlich konnte sie nicht Paulines Mutter sein, weil sie dem Geburtsnamen nach Jüdin war und Pauline doch aus dem christlichen Waisenhaus kam. Andererseits, sah sie nicht ein bisschen jüdisch aus? So ein ganz kleines bisschen?

Das waren aber alles nur unausgegorene Gedanken. Bislang hatte Pauline die beiden fraglichen Geschäfte nur von außen betrachtet. Sie hatte nichts weiter vor, als die beiden Kandidatinnen einmal von weitem zu sehen. Sprechen wollte sie mit ihrer Mutter gar nicht. Nicht, nachdem die sie all die Jahre so im Stich gelassen hatte. Bloß neugierig, das war sie.

Am Nachmittag des 28. März 1849 wurde Pauline von Agathchen Jung zum Römerplatz geschickt, um ein verlorenes Schaf zu suchen, nämlich den Lehrling Backes. Der war beauftragt gewesen, in der Mittagspause einem Kunden im Haus *Zum Engel* eine Bestellung vorbeizubringen. Nun war er seit über einer Stunde fort und kam und kam nicht wieder.

Pauline hatte die Neue Kräme erreicht, da läuteten mit einem Mal alle Kirchenglocken los, dazu Kanonensalven. Oben an den Häusern öffneten sich die Fenster, von Richtung Paulsplatz hörte man Stimmen, die im Chor «Hoch, hoch» oder dergleichen brüllten. Jetzt ahnte Pauline natürlich, wo der Lehrling Backes abgeblieben war.

An der Börsenhalle, von der Agathchen Jung der Meinung war, sie sehe aus wie ein türkisches Bad, bog sie in die schmale Gasse zum Paulsplatz. Die Glocken läuteten ohrenbetäubend. Das Getümmel hier auf dem Platz war nicht sehr dicht, sodass Pauline den schmächtigen Lehrling bald entdeckt hatte, nämlich unter den Lauschern an der südlichen Treppe der Paulskirche. Sie steuerte auf ihn zu und gab ihm einen Stups in den Rücken, er drehte sich um und grinste schuldbewusst. Seine Ohren waren rot vor Kälte, und seine Augen glänzten feucht. «So, so», neckte Pauline unterm Glockenlärm, «ich dachte, du bist gegen einen Fürsten als Staatsoberhaupt. Aber die Wahl vom blöden Friedrich Wilhelm musstest du unbedingt miterleben!»

Der Lehrling Backes wischte sich verstohlen seine Tränen der Rührung ob der Kaiserwahl aus den wasserblauen Augen, schob sich die Mütze zurecht und versuchte zu grinsen. «Bei solch historischen Momenten, Paulinchen, da will man doch später seinen Enkeln erzählen, man wäre dabeigewesen. Schlimm genug, dass ich gestern die Abstimmung über die Verfassung versäumt hab. Meckert die Jung schon, wo ich bleibe?»

«Na, was denkst du, du bist doch schon ewig weg. Wir haben uns direkt Sorgen gemacht.»

In dem Moment hörte das Läuten auf.

«Komm, wir gehen», beschloss Pauline. «Die Bestellung hast du ja wohl abgegeben, oder?»

«Klar, oder siehst du etwa noch ein Päckchen bei mir?»

Während sie den Platz überquerten, öffnete sich das Westtor der Börsenhalle, zwei Herren traten heraus und wandten sich Richtung Kirche. Pauline traf fast der Schlag, als sie merkte: Der eine der beiden Börsenhändler war der junge Passavant, der den Schal gekauft hatte und nach dem sie seit vielen Wochen vergeblich Ausschau hielt. Als ihre Wege sich kreuzten, stutzte er leicht, dann warf er Pauline ein langes Lächeln zu, das einen Gletscher zum Schmelzen gebracht hätte.

Der Lehrling Backes, der davon nichts mitbekam, redete ununterbrochen: wer sich bei der Kaiserwahl warum enthalten habe, dass er jetzt doch auch finde, eine konstitutionelle Monarchie sei die beste Lösung, dass die Linke dadurch erst ihre Forderungen durchgebracht habe …

Pauline allerdings interessierte das gerade überhaupt nicht. In ihr drin klingelten jetzt die Glocken und übertönten alles andere. Es war um sie geschehen, was den jungen Herrn Passavant betraf. Und eines wusste sie, es war schlimmer als beim Lehrer Rudolph. Viel schlimmer.

Im April ging es politisch hoch her. Das Volk und sein Parlament trugen dem Preußenkönig die Rolle des Kaisers im neuen, vereinigten Deutschland an. Friedrich Wilhelm ließ die Frankfurter Delegation anreisen, empfing sie in vollem Hofstaat und – lehnte ab. Warum? Die Kaiserwürde könne nur Gott verleihen und nicht das Volk, behauptete er und hielt das für Moral. (Mit Gott als Verleiher von Herrscherwürden hatte der König insofern gute Erfahrungen gemacht, als das Himmelswesen sich in die Regierungsgeschäfte nicht einzumischen pflegte. Das würde mit dem Parlament einer konstitutionellen Monarchie leider anders sein.) Nun saß das Deutsche Volk auf seiner schönen, in einem Jahr der Debatten gefeilten Verfassung und wusste nicht, wohin damit. Die Mehrheit war des Debattierens müde und stimmte mit den Füßen ab: Die Parlamentarier fuhren nach Hause und ließen das Projekt des vereinigten, fortschrittlichen Deutschlands im Stich.

In der Textilhandlung Reuter regte das sowohl den Inhaber wie den Lehrling Backes ungemein auf. Doch an Pauline zog es vorüber; sie war im Geiste meist ganz woanders. Das erkannte eines Tages auch der Herr Reuter.

«Fräulein Franck, was ist denn mit Ihnen? Was gibt es denn da draußen immer zu gucken?»

«Ach, gar nichts weiter», murmelte Pauline und wandte sich weg vom Fenster.

Seitdem sie wusste, der junge Passavant handelte an der Börse, lugte sie ständig aus den Ladenfenstern auf die Zeil Richtung Hauptwache. Da musste er ja entlang, wenn er von seinem Elternhaus in der Eschersheimer zur Börse am Paulsplatz wollte. Nur konnte sie leider nicht den ganzen Tag am Fenster stehen, und so dauerte es Wochen, bis sie ihn tatsächlich von weitem erspähte. Ihr fuhr regelrecht ein Stich in den Bauch, als seine Gestalt an der Hauptwache erschien. Am liebsten wäre sie sofort hinaus und ihm entgegen, um wieder so ein Lächeln wie neulich zu bekommen. Es quälte sie furchtbar, dass *Er* jetzt da draußen war, und sie musste hierbleiben. Ach, könnte sie doch nur bei Reuter kündigen, dann könnte sie den ganzen Tag zwischen Eschersheimer und Paulskirche spazieren gehen, mit dem einen Ziel, *Ihm* zu begegnen.

Sie hatte aber Glück, denn schon am nächsten Tag kam sie ihm so nahe wie niemals. Sie war hinten und kontrollierte eine Lieferung. Da hörte sie Agathe Jung gedämpft sagen: «Nein, welche Ehre, die Frau Passavant und der Herr Sohn!»

Pauline traf es wie ein Blitzschlag. Alles ließ sie liegen und huschte zur der Tür, von der sie den Laden im Blick hatte. Natürlich hätte es bei den vielen Passavants in Frankfurt leicht jemand anderes sein können. Aber nein, sie hatte sich nicht getäuscht. *Er* war es tatsächlich und sah so aus, wie eben nur er aussehen konnte. Die Mutter daneben war eine ältere Frau mit schmalem, langem, scharfgeschnittenem Gesicht. Unter der Haube quoll eine steif gestärkte Lockenpracht hervor. Pauline blieb in der Tür stehen und verschlang die Szene mit den Augen. Ihr Herz hämmerte.

«Als Erstes würden wir gern Halsbinden und Stehkragen gezeigt bekommen», verkündete die Frau Passavant, während sie ihrem schweigenden Sohn liebevoll den Rücken tätschelte. Eigentlich hätte Pauline jetzt vorkommen müssen und das Gewünschte dienstfertig herbeibringen, doch sie klebte verschämt in der Tür und traute sich nicht. Agathchen Jung hatte ihre Gehilfin noch nicht entdeckt und stieg nun in der anderen Ecke des Ladens auf die Leiter.

«Bei den Halsbinden denke ich an konservative Farben», erläuterte die Mutter. «Schwarz und Gold sind ja derzeit nicht mehr opportun, Rot erst recht nicht. Ich glaube, am ehesten ist vielleicht ein mattes Grün ... Theo hat leider so viel Rot und Schwarz, wissen Sie, aus der Studentenzeit, diese Künstlerkleidung, damit kann ich ihn gar nicht mehr vor die Tür lassen.»

Theo. So hieß er also. Theo.

Die Mutter redete und redete: «... vor allem, wo er doch jetzt Staatspapiere handelt. An der Börse. Da muss es schon etwas konservativer sein. Ach ja, was Sie da haben, gefällt mir gut. Was meinst du, Theochen? Diese moosgrüne Halsbinde? Nehmen wir fünf Stück?»

Ihr Sohn stand eine Spur gelangweilt daneben. Er gab ein leichtes Nicken. Seine Augen glitten über die hintere Türöffnung, wo sich Pauline befand, anscheinend ohne sie zu sehen. Agathchen Jung aber hatte ihre Gehilfin jetzt erspäht. «Die Herrschaften wünschen auch Hemdblusen», sagte sie, «Pauline, würden Sie den Herrn ausmessen.»

Pauline holte wie ein Automat Stab und Maßband, während *Er* den Gehrock auszog. Als sie vor ihm stand, brach ihr der Schweiß aus. Sie fürchtete, schlecht zu riechen, versuchte krampfhaft, die Arme am Körper zu halten, während sie tat, was sie tun musste. Übrigens verzog er dabei keine Miene, kein spezielles Lächeln für sie, kein Zeichen des Erkennens, nichts. Hatte sie sich das nur eingebildet, dass da etwas zwischen ihnen war, dass er es auch spürte?

Am Schluss wurde von Frau Passavant eine helle Weste gewünscht, die zu den moosgrünen Halsbinden passte, konservativ im Stil, nicht zu dandyhaft. Neue Kundschaft war eingetroffen, sodass Pauline sich allein um die Westen für Theo Passavant kümmern musste. Fiebrig riss sie Schubladen auf, als Erstes griff sie nach einem cremefarbenen neutralen Nichts, dann musste sie ihm aber doch auch was Schönes aussuchen, etwas Besonderes, das zu ihm passte. Reuter führte eine Weste aus dickem Seidendamast, sündhaft teuer, in die zart changierend Rankenmuster eingewebt waren. Die nahm sie ebenfalls heraus und präsentierte dann beide Exemplare wortlos den Herrschaften. (Warum um Himmels willen bekam sie den Mund nicht auf?)

«Also, die Rechte ist unmöglich», kommentierte die Mutter. «Sie haben mir wohl nicht zugehört, Fräulein, ich sagte, doch, *konservativ*, das hier fällt doch etwas zu sehr aus dem Rahmen, wenn Sie verstehen, was ich meine. Aber die andere ist akzeptabel. Zur Binde passt sie auch. Sieht nur vielleicht ein bisschen billig aus. Was meinst du, Theochen?»

«Sie sind beide gut. Wir nehmen beide», dekretierte der.

«Meinst du wirklich? Aber …»

«Eine für den Alltag, die andere für besondere Anlässe. So haben Sie sich das doch gedacht, Fräulein, oder?»

Er sah Pauline in die Augen und lächelte.

«Ja, genau so», sagte sie und lächelte zurück.

Also doch. Also doch.

In den nächsten Wochen sah man Theo Passavant noch mehrfach bei Reuter, wo er Kleinigkeiten kaufte. Mal war Pauline sich sicher, dass er nur ihretwegen komme, dass er spüren musste, was sie spürte, diese starke, starke Anziehung zwischen ihnen beiden. Dann wieder zweifelte sie, ob er sie überhaupt als Person erkannte; vielleicht war er immer und zu jedem Mädchen ein bisschen charmant.

So jedenfalls sah das der Lehrling Backes, der bei Theos nächstem Auftauchen dabei war und in null Komma nichts etwas gemerkt hatte. Kaum war Theo draußen, fing Backes zu lästern an: «Ts, ts, Paulinchen, bist du etwa eifersüchtig, dass ich den schönen Mann bedienen durfte?» Ein Spruch, der Pauline ziemlich ärgerte, erstens weil sie anscheinend so durchschaubar war, zweitens weil das, was sie an Theo Passavant fand, mit «schön» gar nichts zu tun hatte, sondern da war etwas anderes, viel weniger Greifbares, ein Zauber, der ihr sagte: Er gehört zu mir und ich zu ihm.

In den nächsten Wochen musste sie sich ständig Neckereien anhören. «Hach, unsere Pauline ist wieder so verträumt, bestimmt denkt sie an ihren Prinzen, den göttlichen Passavant», hieß es beispielsweise. Meist hatte der Lehrling Backes damit völlig recht: Sie hatte gerade an Theo gedacht (wobei das allerdings keine große Prophetenleistung von Backes darstellte, da sie zu jeder Tages- und Nachtzeit Theo im Sinn hatte). Sie war unkonzentriert bei der Arbeit, verrechnete sich oft. Die Tagesabrechnung zu machen, früher ein Klacks, dauerte ewig, weil die Gedanken bei den trockenen Zahlen einfach nicht bleiben wollten.

Als Theo an einem Abend im Juni nach längerer Abwesenheit wieder einmal den Laden betrat, da war Pauline sehr dankbar, dass weder der Lehrling Backes noch das Fräulein Jung im Verkaufsraum anwesend war, sondern nur sie und der Herr Reuter, der von all den Neckereien nichts mitbekommen hatte.

Theo fragte nach Baumwollstrümpfen. Darauf Reuter wie üblich, wenn sie frei war: «Fräulein Franck, suchen Sie doch dem Herrn bitte das Passende aus dem Sortiment.» Was sie auch tat und Theo die drei vorhandenen Qualitäten auf einem Schautablett präsentierte.

«Fräulein Franck heißen Sie?», fragte der unvermittelt.

«Ja», sagte sie und sah ihm in die Augen. «Pauline Franck.»

«Ich nehme diese hier», sagte er nach einer Pause und legte die Hand auf das mittlere Paar. «Die Größe stimmt so.» Pauline spürte das Gewicht seiner Hand auf dem Tablett, es war wie eine Berührung.

«Gut», sagte sie. «Ich packe sie Ihnen ein.»

Als er draußen war, fragte der Herr Reuter:

«Was war denn das eben?»

«Was?»

«Warum hat er nach Ihrem Namen gefragt?»

«Das weiß ich auch nicht», log sie.

Sie war selig.

An einem Samstagabend im Juli hatte sie wieder einmal allein das Geschäft zu hüten. Als sie nach Ladenschluss die Vorhänge zuzog, stand *Er* plötzlich draußen vor dem Fenster. Wie damals, als sie ihn zum ersten Mal sah. Nur dass es heute nicht dunkel war. Und er betrachtete nicht die Auslagen, sondern sah einfach nur zu ihr hoch. Sie lächelten sich an.

Ohne ein Zögern, als ob es ein Buch wäre, das sie schon kannte, ließ Pauline die Vorhänge und ging zum Sekretär, wo der Schlüssel lag. Als sie damit an die Tür kam, stand Theo schon wartend davor. Sie öffnete, sie gaben sich ein wortloses Lächeln, er kam die paar Stufen hoch, und die Tür schloss sich hinter ihm.

«Ich habe letzte Woche schon einmal nach Ladenschluss auf Sie gewartet», sagte er, «aber Sie kamen nie raus.»

«Ich wohne hier nebenan und nehme den Weg über den Hof», sagte Pauline. Alles war plötzlich so einfach. Sie war so glücklich.

Er ging ein paar Schritte hin und her, als ob er sich im Laden umsehe.

«Leider habe ich heut Abend schon anderes vor. Aber würden Sie morgen Nachmittag mit mir spazieren gehen?»

«Ich … ich muss dann was absagen. Das macht aber nichts. Ja, würde ich.»

«Treffen wir uns hier vor der Tür, so um drei?»

«In Ordnung.»

«Gut. Bis morgen dann.» Er streckte seine Hand aus. Sie gab ihm ihre. Statt sich zu verbeugen, hob er die Hand langsam an sein Gesicht und küsste sie andeutungsweise. Dann war er weg.

Pauline musste sich setzen, so aufgewühlt war sie. Das Glück war wie ein Rausch, fast zu viel, fast wäre es ihr lieber, wenn das Treffen nicht schon morgen, sondern erst in einer Woche wäre. Sie musste sich an Theo Passavant in so hohen Dosen erst gewöhnen. Und ein kleines bisschen ganz tief unten spürte sie Angst, worauf sie sich da einließ.

Am nächsten Tag erzählte sie den beiden Fräulein Jung, sie komme nicht mit spazieren, sie habe für den Nachmittag eine Verabredung. «Mit dem Hannchen, oder wie?», fragte Agathe, was Pauline schlecht bejahen konnte, sodass sie auf penetrante Nachfragen am Ende zugeben musste, ein Herr habe sie gebeten.

«Ach! Wer denn?»

Pauline platzte eigentlich vor Stolz, aber sie wollte es trotzdem nicht sagen. Es war ja klar, dass sie unter Stand für Theo Passavant war, und in so einem Fall waren die «ehrenhaften Absichten» des Mannes immer fraglich. Da wollte sie sich jetzt nicht rechtfertigen müssen.

Pünktlich Sonntag Schlag drei war sie unten vor dem geschlossenen Laden – und schämte sich, weil er nicht da war und sie hier nun stand wie bestellt und nicht abgeholt. Garantiert sahen die Fräulein Jung von ihren Fenstern zu. Pauline wartete und wartete, es wurde ihr immer unangenehmer, außerdem nieselte es, ausgerechnet. Vielleicht kam er ja wegen des schlechten Wetters nicht. Ab wann ging man in so einem Fall als Mädchen fort? Sie hatte gerade beschlossen, sie müsse wohl nach dem Viertelstundengeläut gehen, als sie ihn von der Eschenheimer auf die Zeil biegen sah. Gott sei Dank.

Sie ging ihm entgegen. (Ob das unschicklich war? So oder so würde ihr Agathchen Jung später Vorträge über ihr Benehmen halten.) Gerade als sie sich in der Mitte trafen, rissen die Wolken auf, und die Sonne ließ das nasse Pflaster glänzen. Sie standen voreinander und strahlten sich wortlos an, und Pauline hatte wieder dieses Gefühl wie gestern, dass alles ganz einfach war mit ihm, dass es gar keine Erklärungen brauchte. (Er gab übrigens auch keine für sein Zuspätkommen.) «Da das Wetter jetzt besser wird», sagte er zur Begrüßung, «brauchen wir das hier glücklicherweise nicht.» Er wedelte mit einem zusammengeklappten schwarzen Parapluie. «Ich dachte, wir gehen in die Gärten Richtung Bockenheim?»

Natürlich schloss Pauline sich dem Vorschlag an.

«Richtung Bockenheim kommen wir nämlich nicht am Haus meiner Eltern vorbei», erläuterte er freimütig, während sie im Gleichschritt die Hauptwache passierten. «Mein alter Herr würde bestimmt Zeter und Mordio schreien, wenn er mich mit Ihnen sähe. Ich fürchte, der hat für mich höhere Töchter im Sinn, nicht die Ladengehilfin von Reuter. – Und vor welchem Drachen müssen Sie mich verstecken?»

Pauline lachte. Der Ausdruck war so passend. «Vor Agathchen Jung, das ist Reuters Geschäftsführerin, Sie wissen schon. Die hat beschlossen, dass sie bei mir quasi die Mutter vertreten muss. Bestimmt hat sie uns eben aus dem Fenster gesehen. Ich werde tausend strenge Ratschläge bekommen, wenn ich zurückkomme.»

«Die Mutter vertreten? Haben Sie etwa keine?»

«Nein. Nein, habe ich nicht. Einen Vater auch nicht, ich bin seit der Kindheit Waise.»

«Und müssen sich ganz allein durchs Leben schlagen? Da hab ich es ja besser, und ich habe wirklich genügend auszusetzen an meinen alten Herrschaften.»

Er sei seit dem letzten Herbst vom Studium zurück, erzählte er, der Vater wolle ihn eigentlich in der Firma unterbringen, dort habe er aber schon in den Semesterferien so viel ausstehen müssen, der alte Herr habe ihn nämlich seiner Hofschranze, dem Lagerverwalter, als Lehrburschen unterstellt. Der Lagerverwalter sei dann beim geringsten Fehler Theos, weil er sich nicht befugt fühlte, den Sohn vom Chef zu tadeln, zu Theos Vater gerannt, mit der Folge, dass der Vater Theo jedes Mal vor versammelter Mannschaft heruntergeputzt habe. Dergleichen werde er sich nicht mehr antun, er stelle sich jetzt auf eigene Beine, heutzutage sei mit Geldgeschäften ohnehin mehr zu verdienen als im Handel; der Vater sehe bloß diese Entwicklung nicht.

Pauline kommentierte die Geschichte mit ein paar verständnisvollen Worten. Sie waren nun zwischen Gärten und Villen angekommen, da tänzelte Theo zwei Schritte vor und drehte sich frontal zu Pauline.

«Wollen wir nicht du zueinander sagen? Das fühlt sich für mich natürlicher an.»

«Ich hab nichts dagegen», antwortete Pauline fröhlich. Es war wirklich alles so einfach mit ihm. Ihre Ängste heut Nacht, alles umsonst.

Er heiße übrigens Theo, sagte er.

«Ich weiß, wie du heißt», lächelte Pauline. «Und ich –»

«Pauline Franck. Das hab ich mir dann doch gemerkt. So, meine liebe Pauline. Schau mal da, die Enten. Die Erpel haben so hübsche Federn an der Seite, lass uns sehen, ob ich es schaffe, dir eine zu besorgen. Was wettest du, wer gewinnt, die Erpel oder ich?»

«Die Erpel», lachte Pauline. Noch nie in ihrem Leben hatte sie sich so glücklich und so leicht gefühlt, so als ob sie flöge.

«Ha! Das werden wir sehen. Du verlierst die Wette.» Theo gab ihr den Hut, ließ den Schirm fallen, rannte los und blitzschnell zwischen die äsenden Vögel auf einen Erpel zu, der knapp entwischte. Die Enten stoben hierhin, stoben dorthin, Theo immer hinterher, immer eine Handbreit zu spät, um einen Erpel zu fassen, ständig lachend und fluchend, und Pauline lachte mit, lief selbst hierhin und dorthin, versuchte, den fliehenden Vögeln den Weg abzuschneiden. Die Enten waren von all den Bemühungen so wenig beeindruckt, dass die meisten kaum je auch nur aufflogen.

«Ich kann nichts dafür», sagte Theo am Schluss, heftig atmend, mit einem roten Hauch auf den Wangen. «Ich hab die falschen Kleider an. Ich müsste mich ins Gras werfen und auf die Kleider pfeifen. Und das erklär hinterher mal meinen Eltern. – Komm, wir gehen weiter.»

Er nahm seinen Hut und hob den Schirm auf. Den freien Arm streckte er auffordernd nach Pauline aus. Sie ging die zwei Schritte auf ihn zu, dann spürte sie Theos Arm um die Schultern. Sie konnte nicht anders und griff nach seiner Taille. Ihre Krinoline knackte und knickte zur Seite (es war noch das Kleid von Frau Dürlemann), das war ihr aber herzlich egal. Ebenso wie die Maulaffen, die ein paar Gärtner feilboten, an denen sie bald vorüberkamen. Lange gingen sie Arm in Arm ohne viel Worte. Pauline dachte: Das ist das Paradies, so hab ich's mir gewünscht, sonst konnte sie gar nichts denken. In der Nähe der Kettenhöfe kam eine aus Holzstämmen grob gezimmerte Bank in Sicht.

Theo schlug vor, sich zu setzen. Sie saßen noch nicht lange, da beugte er sich zu ihr, schob ihr Häubchen und ihren Kragen sanft zurecht und hauchte ihr einen zarten Kuss auf den Nacken. Seine Hand ließ er dort ruhen, als er sich wieder zurücklehnte. Er sah sie an und sagte: «Pauline Franck, erzähl mir von dir. Ich will alles über dich wissen.»

Juni 1853, Hoffmann'sche Wohnung in der Hochstraße

Hoffmann liegt seit Stunden wach. Wieder einmal quält ihn sein Hirn mit Grübeleien. Eigentlich müsste die Seele ja Ruhe haben. Schließlich ist er in der Sache Franck seine Sorgen los! Nicht einmal sein heiliges Schweigegelübde ihr gegenüber hat er brechen müssen. Und erst recht erspart er sich die persönlichen Konsequenzen, die blühen könnten, wenn er das alles dem Beer im Polizeiamt sagen müsste. Ja, er hat sich auch selbst keine Vorwürfe mehr zu machen. Denn die Aussage der Franck hat sich ja als gänzlich phantastisch und unzuverlässig erwiesen. Nichts von der Gruselgeschichte ist wahr.

Warum also kann er schon wieder nicht schlafen?

Wegen Carl vielleicht und dessen Schulschwäche. Diese Peinlichkeit gegenüber Hechtel, der ihn vor Jahren falscher Erziehungsmethoden bezichtigt hat und jetzt triumphieren darf, weil der Sohn seinem Vater in der Schule keine Ehre macht. Außerdem spürt Hoffmann das ganze Jahr schon, dass er nicht mehr rankommt an den Jungen, dass irgendetwas geschehen ist, was ihn dem Vater entfremdet.

Aber Hoffmanns schlaflose Grübeleien haben sich nur die erste Zeit nach dem Zubettgehen um Carl gedreht. Jetzt kreisen sie wieder penetrant um die Geschichte der Franck, als hätten sie die ganze Zeit dahin gewollt. Als die dunkelsten Stunden der Nacht anbrechen, so ab zwei Uhr, da kann er wieder nicht mehr glauben, dass die Franck alles erfunden haben soll. So vieles kommt ihm in den Sinn, was zu ihrer Erzählung passt wie ein Schlüssel ins Schloss. Dinge, die ganz unerklärlich sind, es sei denn, man nimmt die Geschichte als wahr.

Na bestens! Er driftet wahrscheinlich gerade in die Paranoia. Diese Dinge, die so gut zu passen scheinen, die haben nämlich allesamt mit ihm selbst zu tun. Eben das ist ja typisch für den Paranoiker: alles auf sich zu beziehen. Wahrscheinlich ist an den paranoiden Gedanken sein schlechtes Gewissen schuld wegen der verfluchten uralten Gerüstgeschichte. Das trübt sein Urteilsvermögen, lässt ihn nach Schuld bei sich suchen, auch wo keine ist. (Beginnender Sündenwahn?)

«Heinrich?»

Thereses Stimme, verschlafen aus ihrem Bett.

«Ja.»

«Schon das dritte Mal wache ich auf, und du schläfst nicht. Ist alles in Ordnung?»

«Ja, ja. Ich komme nur nicht aus dem Grübeln raus.»

«Wegen Carl?»

«Ich … Ja.»

«Wir sprechen morgen darüber, schlaf jetzt.»

Stille.

Dann Therese: «Es ist doch nicht wegen Carl.»

Er seufzt.

«Ach, jedenfalls nicht nur. – Ich hab da eine Patientin, diese Pauline Franck, von der ich mal erzählt habe. Die hat mir heute eine Geschichte aufgetischt, etwas, was sie angeblich mit ihrem Bruder erlebt haben will. Ach, übrigens, der Theo Franck-Passavant ist tatsächlich der Bruder, hat sich herausgestellt. Die beiden sind Vollgeschwister. Behalt es aber bitte für dich.»

«Werde ich. Ich war ja von Anfang an dafür, den Passavants nichts zu sagen.»

«Ja. Jedenfalls weiß ich jetzt nicht, was ich tun soll. Wenn das stimmt, was die Kranke mir erzählt hat, dann habe ich eine üble Verantwortung. Dann müsste ich eigentlich nicht zu den Passavants, sondern zum Peinlichen Verhöramt damit.»

«Und? Warum gehst du nicht? Sie tut dir leid?»

«Ja, auch. Aber – ach, Theres. Es ist viel mehr als das. Es fängt damit an, dass ich ihr hoch und heilig und beim Leben meiner Kinder hab schwören müssen, niemandem ein Wort zu sagen. »

Therese lacht irritiert auf. «Beim Leben deiner Kinder? Wie kommt sie denn darauf? Das ist ja verrückt.»

Er hört, wie Therese sich im Bett aufsetzt.

«Am besten, du erzählst mir die ganze Geschichte.»

Er seufzt. «Würde ich ja gerne. Aber –»

«Du hast Angst?»

Es raschelt, schabt, dann geht ein Streichholz und schließlich Thereses Nachttischlicht an. Sie dreht den Docht bis zum Anschlag nach oben.

«Das verjagt die Geister der Dunkelheit», behauptet sie. «So, mein Lieber. Komm zu mir ins Bett. Und dann erzähl.»

«Ich weiß aber gar nicht, wo ich anfangen soll.»

«Ganz von vorn. Es ist erst drei. Wir haben noch viel Zeit.»

Das Fräulein Jung hatte keine guten Augen und am Sonntag nicht erkennen können, wer die Mannsperson war, die Pauline abholen kam. Diesem Manko wurde schon am folgenden Dienstagabend abgeholfen, als man in der Jung'schen Wohnung abends um acht Pauline die Treppe nach unten nehmen hörte. Ein Blick aus dem Fenster lokalisierte den Verehrer diesmal direkt vorm Laden nebenan, und das Fräulein Jung brauchte nicht sehr lange, um festzustellen, dass sich unter dem Zylinder der August Passavant'sche Sohn verbarg.

Am nächsten Morgen, das Geschäft war noch geschlossen und Pauline staubte ab, verkündete das Fräulein Jung, die Kasse prüfend, dass man Pauline zu ihrem Galan gratulieren könne. Da sie (Pauline) nun einmal keine Mutter habe, die ihr raten könne, und nicht über die nötige Lebenserfahrung verfüge, wolle sie (Agathe Jung) Pauline jetzt aufklären, wie sie verfahren müsse. Erstens, sie dürfe sich keinesfalls öfter als ein-, zweimal die Woche mit dem jungen Mann treffen. Zweitens, sie müsse alles daransetzen, den Eltern vorgestellt zu werden. Drittens, sie dürfe es nicht zu Zärtlichkeiten wie etwa Küssen kommen lassen, bevor sie bei den Eltern gewesen sei. Das könne sie dem jungen Mann auch ruhig so sagen, er müsse sie für diese Haltung hoch respektieren.

Aus diesen Ausführungen schloss Pauline, dass man ihren wunden Lippen weniger ansah als befürchtet; außerdem, dass das Fräulein Jung wohl niemals sehr verliebt gewesen war. Pauline hatte von Anfang an geahnt, dass die Abendverabredung gestern aufs Küssen bei der ersten Dämmerung hinauslaufen würde. Den ganzen Tag davor schon hatte sie an nichts anderes denken können. Es gab kaum etwas, jedenfalls nicht vernünftige Erwägungen, was sie davon abgehalten hätte. Seit sie gestern Abend in einer dunklen, menschenleeren Ecke beim Rechneigrabenweiher von Theo an einen Baum gedrückt worden war und lange, lange seine Lippen und später seine Zunge auf und in ihrem Mund gefühlt hatte, seitdem erst wusste sie, wie *unanständig* Küssen war. Und dass es die Sehnsucht nicht stillte, sondern dass man davon immer noch mehr und noch mehr wollte und dann vielleicht noch mehr als bloß Küssen.

Drei, vier Wochen ging es so weiter. Man traf sich alle paar Tage draußen, oft abends, mied, um Theos Eltern und deren Bekannten nicht zu begegnen, deren Geschäfts- und Spazierwege und konnte auch sonst die halbe Zeit nicht, wie man wollte. Mehrfach befand Theo: Es wäre doch schön, wenn man irgendwo ein ruhiges Plätzchen hätte, wo man allein sein könnte! Ein Gartenhäuschen oder dergleichen. Pauline stimmte zu.

Am Sonntag darauf saßen sie einmal wieder auf der Bank bei den Kettenhöfen, wo wegen schönen Wetters viel Betrieb war. Da griff Theo in seine Rocktasche, produzierte ein klingelndes Geräusch und sagte: «Rate mal, was ich hier habe.»

Natürlich kam sie nicht drauf. Schmuck war es nämlich keiner. (Ein Schmuckgeschenk wäre Pauline nicht einmal recht gewesen, das war so … *gewöhnlich* und nicht dem verzauberten Band angemessen, das sie zwischen Theo und sich spürte.) Sondern es war ein Schlüsselbund mit einem alten und zwei glänzenden neuen Schlüsseln. Die Schlüssel gehörten, berichtete Theo, zu einer Jagdhütte in der Nähe der Oberschweinstiege im Stadtwald. Die Besitzer seien die Eltern seines Freundes Frey, die sie aber nicht benutzten. Der Sohn habe die heruntergekommene Hütte seit der Schülerzeit für Feiern mit Freunden und dergleichen verwendet, es sei dort bequem genug.

Am übernächsten Sonntag, dem ersten, an dem Theo wieder Zeit hatte, wanderten sie am Vormittag gemeinsam die Darmstädter Landstraße entlang in den Wald. Das Wetter war sonnig, aber nicht zu heiß, und das war auch gut so, weil der Weg sich von der Zeil aus gesehen mindestens eine Stunde zog.

Im Stadtwald wimmelte es von Ausflüglern, die Straße war zudem mit Überlandverkehr gut befahren. Einsam wurde es erst, als Theo ein Stück hinter der Oberschweinstiegschneise links von der Straße ab ins Gehölz einbog. Vorher zeigte er Pauline das Zeichen: den Buchstaben F, den hier jemand in einen Kiefernstamm geritzt hatte. «Ab hier hart nach Osten halten», erklärte Theo. Da es gerade Mittag war und die Sonne durch die Wipfel schien, war es nicht schwer, die Ostrichtung zu erkennen. Pauline fragte sich allerdings, wie man das bei anderem Wetter bewerkstelligen sollte. Sie versuchte, sich ein paar Landmarken einzuprägen, Steine, Sträucher, Stämme, aber irgendwie sah alles gleich aus. «Es ist nicht weit», beruhigte Theo, «vielleicht vierhundert Schritt, wir können uns nicht verlaufen.» Pauline konzentrierte sich auf den Weg und darauf, ihr Kleid möglichst wenig von Nesseln und Brombeeren zerreißen zu lassen. Agathchen Jung hatte ihr mal *Grimms Kinder- und Hausmärchen* zu lesen gegeben, sie fühlte sich an zwei der Märchen erinnert, «Hänsel und Gretel» und «Brüderchen und Schwesterchen», in denen verstoßene Kinder durch den Wald irren.

Irgendwann rief Theo von vorn: «Ach, da ist es! Fast wären wir vorbeigelaufen.»

Pauline sah hoch und folgte seinem Finger nach Süden. Zwischen Eichenlaub in mittlerer Höhe sah man ein paar Holzbalken, die mit etwas Phantasie zum Dach einer Hütte gehören konnten.

Sie hielten direkt darauf zu. In unmittelbarer Nähe ihres Ziels war das Unterholz so dicht, dass man nicht hindurchkam. Theo führte Pauline ein Stück außen herum, bis sich in südlicher Richtung die Büsche öffneten und den Blick auf eine kleine Waldwiese und die winzige Jagdhütte dahinter freigab. Die Sonne blitzte auf zwei kleine verglaste Fenster, Buschwerk mit roten Beeren rankte an den Ecken, ein Eichhörnchen huschte übers Dach. Es war das reine Idyll.

Theo nahm sie bei der Hand: «Komm.»

Die Tür der Hütte war mit einem alten Schloss, einem Riegel und zwei neuen Vorhängeschlössern gesichert. (So viel Aufwand für das schlichte Hüttchen, wunderte sich Pauline.) Theo gab ihr das verschnürte Proviantpäckchen zu halten, das er die ganze Zeit geschleppt hatte, holte den Schlüsselbund hervor und drehte ein Schloss nach dem anderen auf. Mit einem Quietschen öffnete sich die Tür. Aus dem Raum dahinter kam ihnen ein staubiger Geruch nach Kiefernholz und etwas Undefinierbarem entgegen.

Theo ließ Pauline vorgehen. Sie trat von der hellen Lichtung aus in Düsternis und sah zuerst kaum etwas. Rechts und links fiel je ein dickes Bündel Licht durch die Fenster auf den Boden, der Lichteinfall machte tanzenden Staub und den Dreck an den beinahe blinden Fenstern sichtbar. An der Wand rechts entdeckte Pauline ein bezogenes Bett, an der Rückwand ein weiteres sowie einen klobigen Vitrinenschrank mit Gewehren in der einen und Essgeschirr in der anderen Hälfte. Links stand eine verzinkte Badewanne mitten im Raum, halb voll mit Wasser, in dem sich irgendetwas Dunkles abzeichnete. Nur auf den vordersten Rand der Wanne fiel Licht. Was darin lag, war schwer zu erkennen. «Was ist denn das!», rief Pauline und war in drei Schritten da.

Es waren ungefähr zehn Champagner- und Cognacflaschen, die hier jemand kalt gestellt hatte. Das Wasser war alt und roch leicht modrig, am Rand hatten sich Algen abgesetzt.

Theo kommentierte: «Da siehst du, wozu die Hütte in den letzten Jahren benutzt worden ist: Studentenfeiern. – Fällt dir was auf?»

«Wieso, was soll mir auffallen?»

«Woher das Wasser kommt.»

«Woher kommt es denn? Gesammeltes Regenwasser?»

Theo ging zur Rückwand. Dabei wurde es plötzlich heller, weil er die niedrige Türöffnung für Lichteinfall freigab, und nun sah Pauline auch schon, dass ganz links in der Ecke neben dem Vitrinenschrank eine Wasserpumpe aus der Bretterwand kam. «Gleich hierhinter ist ein Brunnen», erklärte Theo und klopfte auf den Pumpenschwengel. «Komfortabel, was? Besser als in jedem zweiten Bürgerhaus. Die Wanne ist allerdings nicht zum Baden hier. Dadrin haben die nach der Jagd irgendwelche Viecher ausgenommen. Aber das ist schon ein paar Jahre her. Würde ich nicht machen wollen. Wild totschießen ist eine Sache. Aber was danach kommt – ekelhaftes Geschäft.» Er drehte sich zu ihr. «So, meine Pauline. Jetzt sind wir hier und ganz alleine. Komm in meine Arme.»

Minuten später landeten sie auf einem der Betten, und dann war es bald so weit, dass Pauline sich nun doch in der Position fand, die das Fräulein Jung ihr von Anfang an zugedacht hatte. Sie musste keusch nein sagen. Nämlich dass sie sich nicht ausziehen lassen wolle. Es war das erste Mal überhaupt, dass sie Theo einen Widerspruch entgegensetzte (das erste Mal auch, dass es wirklich nötig war). Sie hatte beinahe Angst, wie er reagieren würde. Mit Moral fing sie lieber gar nicht erst an, sagte einfach die Dinge so, wie sie waren, nämlich dass sie es sich absolut nicht leisten könne, schwanger zu werden, und dass sie nicht das geringste Risiko eingehen wolle. («Freie Liebe ist was für adelige Fräuleins, die eigenes Geld haben», hatte Agathchen Jung mal gesagt. Und da hatte sie recht.)

Theo lachte. «Mensch, Paulinchen. Ich will doch noch viel weniger als du, dass du schwanger wirst. Du könntest dann zu mir kommen und sagen, wir müssen sofort heiraten, und ich wäre der Dumme, der das vor meinen Eltern vertreten muss. Mein Alter ist Mitte siebzig, ständig macht er

Andeutungen, dass ich von seinem Erbe nichts kriege, wenn ich mich nicht bewähre. Da will ich ihm garantiert nicht die Argumente liefern.» Er küsste sie. Dann: «Komm, Paulinchen, ich will doch nur deine Haut spüren.»

Sie wusste nicht, was sie darauf sagen sollte, ließ den Widerstand. Ganz wohl war ihr nicht, andererseits war sie froh, das Korsett loszuwerden und endlich wieder frei atmen zu können.

Die nächsten zwei Stunden passierte eine ganze Menge, aber nichts, Gott sei Dank, wovon man schwanger werden konnte (jedenfalls soviel Pauline aus dem Mund der Gassenbuben im Waisenhaus bekannt war, und Theo schien die gleichen Informationen zu besitzen).

Als Pauline am frühen Abend mit müden Gliedern nach Hause kam, da war sie wie im Rausch.

Sie war kaum fünf Minuten zurück, da klopfte es. Penetrant. Dazu bald Agathchen Jungs Stimme: «Pauline! Pauline! He da, Fräulein Franck!»

Pauline stellte sich tot. Auf Agathchen Jung hatte sie jetzt partout keine Lust.

Erst am übernächsten Sonntag passte es Theo wieder. «Wir treffen uns an der Oberschweinstiege», schrieb er in einem seiner inzwischen häufigen Briefchen an sie. Er selbst wolle bis dorthin eine Droschke nehmen, damit man sie in der Stadt nicht zusammen sah. Er hatte es immer gescheut, mit ihr durch die Stadt zu gehen.

Ansonsten war an dem Sonntag alles genau wie das Mal davor, nur schöner. Das Hüttchen im Wald war schon ein Zuhause geworden, ein geheimes Nest, das nur ihnen gehörte. Wie war das in dem Märchen «Brüderchen und Schwesterchen», hatten die beiden nicht auch ein Häuschen im Wald gehabt, wo sie ganz abgeschieden lebten? Allerdings war Theo kein Reh.

Diesmal lagen sie eine Weile nackt wie zwei Löffelchen ineinandergeschmiegt, Pauline vorne, Theo hinten. Irgendwann spürte Pauline von hinten Theos Glied ganz langsam dick werden und sich zwischen ihre Pobacken schieben. Am Ende machten sie etwas, von dem Pauline nicht gedacht hätte, dass man es überhaupt machen konnte. Sie wusste nicht, ob es schrecklich oder schön oder beides war, wahrscheinlich beides, sie musste ein paarmal schreien, wie gut, dass sie hier ganz allein waren, weit und breit kein Mensch. Gott, wenn Agathchen Jung das wüsste.

Als sie sich später anzogen, Pauline zuerst, sagte Theo, der noch lag:

«Pauline. Ich habe da ein Anliegen. Ich würde dich gern jemandem vorstellen.»

Sie richtete sich vom Strumpfüberstreifen auf. Er klang so seltsam. «Ja? Wem?»

«Meiner Mutter.»

Pauline wurde rot vor Freude.

Theo sprach weiter: «Aber anders, als du jetzt denkst. Es gibt etwas, was ich dir noch nicht erzählt habe. Ich habe nämlich noch eine zweite Mutter außer der Louise Passavant. Ich bin von den Passavants nur adoptiert, die haben mich zu sich genommen, als ich ein oder zwei Jahre alt war. Ich bin Waise von Vaters Seite. Meine leibliche Mutter habe ich jedes Jahr zu Weihnachten sehen können. Seit ich erwachsen bin, besuche ich sie dann und wann, aber Passavants dürfen das nicht wissen. Ich hab der Mutter schon lange gesagt, dass ich eine Freundin habe.»

Pauline war baff, so viel Neues war das auf einmal. Dann lief sie halb angezogen zu Theo und küsste ihn. Er war Waise von Vaters Seite, genau wie sie! All das war ja wieder ein Grund mehr, warum sie zusammengehörten, warum nichts sie jemals trennen würde.

Der Besuch bei Theos leiblicher Mutter wurde für den

nächsten Samstag nach Paulines Arbeitsschluss vereinbart. Samstags habe der Mann von der Mutter Skatabend, da sei er außer Haus, das sei günstig.

Er sei auf den Samstag sehr gespannt, sagte Theo noch zum Abschied. Und da klang er wieder so seltsam.

Juni 1853, Hoffmann'sche Wohnung in der Hochstraße

«Um Himmels willen. Da bist du nun in einem Dilemma.» Therese sitzt seitlich im Bett, mit dem Rücken an der bloßen Wand, nur die Beine hat sie unter der Decke. Am Schlafzimmerfenster wird es hinter den Vorhängen schon hell.

«Siehst du», sagt Hoffmann.

«Aber du meinst, es ist wahrscheinlich alles nur erfunden?»

«Das Verbrechen, ja. Nach dem, was ich von Carl gestern gehört habe. Der Rest wird schon stimmen. Dass sie mit ihrem Bruder was hatte jedenfalls. Das liegt ja allzu nahe, bei den Umständen. Aber da müsste man nichts unternehmen.»

«Nein, natürlich nicht, da kommt man gar nicht in Gewissensnöte, das ist reine Privatsache von den beiden armen Kindern, wenn es auch verboten ist. – Heinrich, verzeih mir, aber ich glaube, es ist Wunschdenken, dass sie die Sache erfunden hat. Du willst nicht daran glauben, was in deiner Lage verständlich ist, deshalb suchst du nach Indizien dagegen. Um ehrlich zu sein, ich hätte Carls Worte genau andersherum gedeutet.»

Hoffmann lehnt mit dem Kissen im Rücken am Kopfteil

des Bettes. «Hättest du?» Er seufzt und schiebt die Haare hinters Ohr.

Therese stupst ihn mit ihrem Fuß ans Bein. «Du kannst es übrigens ganz leicht herausfinden. Es gibt drei Leute, die du fragen kannst. Hechtel, Beer oder natürlich Dürlemann. Zumindest einer von denen muss ja wissen, ob das so passiert ist, wahrscheinlich aber alle drei.»

«Entschuldigung, Theres, wie soll ich das denn anfangen, ohne mein eigenes Wissen und damit meine Quelle preiszugeben? Wir waren uns doch eben einig, dass es … wie du sagtest … schwierig damit ist. Selbst Hechtel und Beer traue ich nicht übern Weg.»

Therese lacht. «Mein Lieber! Du hast doch sonst so viel Phantasie, wenn es um Ausreden geht! Fang es ganz plump an, das kannst du am besten.»

Pauline, September 1849

Seine Mutter, erzählte Theo, heiße Frau Moritz.

Sie waren auf dem Weg zur Sandgasse, wo sie wohnte. Die Sonne war eben untergegangen. Im September wurden die Tage so schnell kürzer. Pauline war aufgeregt, weil sie merkte, dass Theo aufgeregt war. Das kannte sie nicht an ihm. Wie dieser Besuch bei seiner leiblichen Mutter verlief, war ihm wohl sehr wichtig.

In dem Haus stand die Tür offen, eine Klingel gab es nicht. Vom Eingang aus ging es zu einer dunklen Kellertreppe und diese nach unten ins Souterrain. Theo ging vor, Pauline folgte. Noch auf der Treppe rief er: «Mutter, ich bin da!»

Unten betraten sie einen engen Korridor, in dem ihnen

jemand entgegenkam, eine kleine Frau, kleiner noch als Pauline, sonst ließ sich nichts erkennen. Die Frau sagte: «Mein Junge!», und fasste Theo am Arm. Aus einer Tür weiter vorn kam ein schwaches Licht, man hörte eine jugendliche Stimme sagen: «... eine *mariage* in Herz», aha, da spielte jemand Karten. Pauline stand von Theo verdeckt im Gang, die Frau merkte gar nicht, dass da noch jemand war. «Ich hab dir jemanden mitgebracht», sagte Theo schließlich, drehte sich um und wies auf Pauline. «Einen Überraschungsbesuch.»

«Ei, was stehen wir hier draußen, so kommt doch», sagte die Frau und ging vor in eine geräumige und nicht ganz schlecht eingerichtete Stube. An der hinteren Wand unterm Fenster saßen drei ältere Kinder und ein junger Mann mit Karten an einem blankpolierten Tisch und sahen nur flüchtig auf. Die Lampe auf dem Tisch stand auf Sparflamme.

«Ei, wir haben Besuch, nun dreht doch den Docht hoch, das wir hier nicht so im Finstern sind», sagte die Frau. Der Älteste, der vielleicht zwanzig war, gehorchte und spielte dann, betont desinteressiert am Besuch, die nächste Karte aus.

«So», sagte die Frau und stand, sich unschlüssig die Hände reibend, während sie Pauline musterte. Sie sah Theo weniger ähnlich, als Pauline erwartet hatte. An irgendjemanden erinnerte sie sie trotzdem.

«Mutter, darf ich dir meine Freundin vorstellen: Fräulein Pauline Franck. Sagt dir vielleicht der Name was?»

«Sicher sagt mir der Name was.» Die Frau blickte weiter nur Pauline an, ihre Augen wurden immer starrer. Und Pauline dachte: Was ist denn das?, und wusste mit einem Mal, etwas war ganz, ganz falsch hier.

«Ist sie verwandt mit meinem Vater?», fragte Theo.

«Ei, frag sie doch, das weiß sie doch selber am besten!», sagte die Frau, ohne den Blick von Pauline zu wenden. Dann giftete sie schlagartig los: «Was hast du dir nur gedacht, dass du frech in meine Wohnung spaziert kommst! Denkst du, ich nehm dich mit offnen Armen auf und beglückwünsch dich noch, dass du deinen Bruder verführt hast, du Flittchen, du durchtriebenes!»

Theo murmelte irgendwas, was Pauline nicht mitbekam. Sie begann zu zittern. «S-s-s… Sie sind meine Mutter?», stotterte sie halb verständlich hervor.

«Aber nur auf dem Papier! Ansonsten bin ich deine Mutter nicht, und du bist meine Tochter nicht, dich Luder will ich nicht geboren haben! Ja, ich schäm mich, dass ich dich zur Welt gebracht hab, schämen tu ich mich, ersäufen hätt ich dich sollen, du warst sowieso nur eine Plage!» Die Frau zitterte am ganzen Leib, genau wie Pauline.

Im Hintergrund saßen ihre anderen Kinder, vier an der Zahl, das jüngste zehn Jahre alt, still wie der Tod, und hörten zu.

«So, Mutter, jetzt reicht es aber», kam es kalt und ruhig von Theo. «Sie weiß von nichts, sie ist nicht schuld. Du bist schuld. Warum hast du mir nie gesagt, dass ich eine Schwester habe?»

«Ei, du weißt es nicht, aber die weiß es! Das werden die ihr beim Waisenhaus gesagt haben! Warum hat die sich denn grad an dich rangeschmissen? Das ist doch kein Zufall! Die ist auf das Passavant'sche Geld aus, da hat sie die Verwandtschaft ausnutzen wollen, das Drecksluder!»

Theo war plötzlich bei der Mutter, griff sie an den Schultern und schüttelte sie: «Jetzt hör verdammt nochmal auf damit und beantworte mir meine Fragen. Also, die Pauline ist meine Schwester? Vollschwester oder nur Halbschwester?»

Die Frau rieb sich die Schulter, sah überallhin, nur nicht Pauline an.

«Ei, dein Vollgeschwister natürlich, sie ist die Tochter vom Paul, genau wie du.»

«Aha. Und warum hast du mir dann nie gesagt, dass ich noch eine Schwester habe?»

«Warum hätt ich's dir denn sagen sollen? Du kanntest sie ja nicht. ... Ei, genau weil ich so was hab verhindern wollen, wie jetzt passiert ist, dass das Luder sich an dich ranmacht ...»

Da hörte Pauline nicht mehr zu. Ihre Ohren nahmen nichts mehr auf, ihr Körper machte sich selbständig, drehte sich um, tappte durch den Flur und die Treppe hinauf, die Gasse entlang. Sie war ganz abwesend, merkte kaum, dass sie zu weinen begonnen hatte. Dass Theo hinter ihr hergekommen war, wusste sie erst, als er an ihr rüttelte.

«Pauline! Pauline. Es tut mir leid, das war ein Schreck für dich. Ich hab das so nicht geahnt, ich dachte, am wahrscheinlichsten sind wir Cousin und Cousine. Und dass die Mutter so reagiert ... jetzt hör doch auf zu weinen. Es macht doch recht überlegt keinen Unterschied. Wir können ja so oder so nicht heiraten.»

Pauline schluckte zweimal. «Bitte», sagte sie, «ich will jetzt gern allein sein. Lass mich nach Hause gehen.»

«Gut», sagte er, «dann gehe ich jetzt und versuche, Mutter zu beruhigen. Die ist ja wirklich übergeschnappt.» Er ließ sie stehen und hastete zurück.

Pauline setzte Fuß vor Fuß durch die halbe Stadt, bis sie oben in ihrem Kämmerchen angekommen war. Dort ließ sie sich aufs Bett fallen und weinte los, weinte und weinte, so unstillbar und krampfartig wie seit der frühen Kindheit nicht, wenn überhaupt je, es gab die seltsamsten Geräusche, als ob das gar nicht sie wäre, aus der die Geräusche kamen. Nach einer Weile bekam sie nicht mehr richtig Luft, nur entweder zu viel oder zu wenig, ihr war ganz schlecht.

Draußen klopfte es. Erst leise, dann immer lauter.

«Pauline! Pauline!»

Pauline flennte davon bloß noch mehr.

«Pauline!» Klopf, klopf. «So mach doch auf!» Klopf, klopf.

Mit einem Mal senkte sich die Klinke, und die Tür öffnete sich. Pauline hatte vergessen abzuschließen.

Herein kam Agathe Jung, schon in Nachtkleid und Nachthaube.

«Du jemine! Hat er dich sitzenlassen, der Schuft?»

Pauline schüttelte den Kopf. «Nein. Viel schlimmer.»

«Schlimmer? Ja was! Erzähl!»

«Kann ich nicht», presste Pauline heraus.

«Wie? Na komm! Nun erzähl es schon.»

Pauline schüttelte noch einmal den Kopf. «Ich kann das nicht erzählen», sagte sie, deutlicher. Wenn man sie doch wenigstens in Ruhe ließe.

Der Wunsch wurde erfüllt. Binnen kurzem war Agathe Jung beleidigt und stellte fest, bitte, wenn sie's nicht erzählen wolle, dann solle sie's halt lassen, sie dränge sich nicht auf. Beim Gehen warf sie noch hinterher: Pauline solle aufpassen, dass sie morgen nicht verweint aussehe, das gezieme sich für eine Verkaufsangestellte nicht. Und verschwand.

Pauline wusste, sie musste wirklich aufhören zu heulen. Das machte alles schlimmer statt besser. Sie nahm ihr Handtuch von neben der Waschschüssel, rollte es zusammen und biss hinein. Und dann versuchte sie, ganz ruhig zu werden und an gar nichts zu denken.

Pauline stand wie neben sich die nächsten Tage. Das konnte doch alles gar nicht wirklich passiert sein.

«Was ist denn mit dir los?», fragte eines Morgens der Lehrling Backes. «Kriegst den Mund nicht auf und guckst wie sieben Tage Regenwetter. Ist dir wer über die Leber gelaufen, oder was?»

«Sie hat Liebeskummer», verkündete spitz und wissend das Fräulein Jung.

«Ach. Der göttliche Theo will dich nicht mehr?»

«Lasst mich doch alle in Ruhe!», brüllte Pauline heraus, legte sich die Hand aufs Gesicht und rannte nach hinten. Zehn Sekunden später war Agathchen Jung bei ihr und griff sie hart am Arm. «So, Fräulein», fauchte sie leise. «Jetzt lass mich dir mal was sagen. Du genießt hier keine Sonderrechte. Wenn du Männergeschichten hast, dann ist das deine Sache. Aber lass dir hier bei der Arbeit nichts davon anmerken. Du bist schon lange nicht mehr so konzentriert dabei wie früher. Jetzt wäschst du dir das Gesicht, kneifst dir in die Backen, dass du nicht so blass aussiehst, und wenn dann gleich der erste Kunde reinkommt, dann dienerst du dich an und umschwirrst ihn, als ob du keine Sorge auf der Welt hättest, als hier deine Arbeit gut zu machen. Verstanden? Ob du's nun glaubst oder nicht, das wird dir sogar helfen.»

Juni 1853, Anstalt für Irre und Epileptische

Am Donnerstag nach Hoffmanns Gespräch mit Therese meldet sich wieder jemand an der Anstaltspforte, der die Patientin Franck zum Spazierengehen abholen will: das hagere Fräulein Jung samt Schwester. Es ist kurz nach eins. Zu Hoffmanns Erstaunen und Beruhigung erklärt sich die Kranke, die gerade gegessen hat, bereit mitzugehen. Hoffmann wird Zeuge, wie sie die Jung bittet: Man möge aber bitte sofort abbiegen, falls irgendwo Theo Passavant auftauche!

«Ja, Paulinchen, ist das denn immer noch nicht vorbei mit dem, dass du dich vor dem schämst?», rügt die Jung.

«Doch, doch, das ist ganz und gar vorbei, und ich schäm mich auch nicht, es ist nur … er … er.»

«Er belästigt das Fräulein Franck», erklärt Hoffmann. «Ich kann das bestätigen. Bitte sorgen Sie dafür, dass der Kerl ihr nicht nahe kommt.»

«Das werden wir, Herr Doktor. Das werden wir. Ich bin übrigens ganz angetan, wie Sie die Pauline schon so gut wieder hingekriegt haben. Das ist ja enorm. Kein Vergleich mit wie wir dich hergebracht haben, nicht wahr, Paulinchen?»

«Na ja», sagt die und zeigt ein trauriges halbes Lächeln. Sogleich geht bei Hoffmann die Stimmung in den Keller. Dabei weiß er, mit ihm hat es gar nichts zu tun, dass die Patientin Franck sich nicht freuen kann. Sondern das wird die Grundtraurigkeit der Melancholiker sein, eine Verdunkelung der Seele, eine geringere Lebhaftigkeit, die leider auch nach der Genesung oft zurückbleibt. Wenigstens gegen die Blutarmut hat er etwas tun können. Sie nimmt Eisen mit Gottgnadenkraut, die letzten Tage ist sie deutlich weniger blass.

Gute zwei Stunden später, Hoffmann kommt gerade selbst vom Essen zurück und schellt an der Anstaltstür, hört er von ferne laute Stimmen und Lachen von jungen Leuten. Er blickt in die Richtung, aus der das Lachen kommt – und da entdeckt er niemand anderen als die Pauline Franck, fröhlich kichernd und scherzend, wie sie mit dem Fräulein Jung auf der einen und nicht deren Schwester, sondern einem jungen Mann auf der anderen Seite die Gasse entlangkommt. Hoffmann fällt auf, es sind ja ganz dieselben Begleiter, die sie damals bei ihrer ersten Ankunft in der Anstalt hergebracht haben. Doch das Bild ist heute ein völlig anderes. Er bleibt in der von Antoni entriegelten Tür stehen, bis die drei heran sind. «Da können Sie mir das Fräulein Franck gleich wieder mitgeben», sagt er scherzhaft. Die beiden verabschieden sich herzlich und mit «auf bald» von der Kranken.

«Was war denn so lustig?», fragt er, als sie eingetreten sind, die Franck. Sie lächelt. «Ach, nichts weiter, der Gottfried, also, der Herr Backes, ist so eine Ulknudel. Wir haben auch eben den Herrn Völker getroffen, das war auch ein bisschen lustig. Sie kennen ihn ja.»

Ei, ei, ei! Natürlich, der Völker ist jetzt auf dem Weg von der Mittagspause zu seiner externen Arbeit bei dem Advokaten. Schon wieder hat Hoffmann nicht aufgepasst und die Franck einer Unannehmlichkeit ausgesetzt. Aber heute scheint es sie nicht zu stören.

«Sie hören gar keine Stimmen mehr?», fragt er. So froh und angstfrei wie jetzt hat er die junge Person ja noch nie gesehen.

Da wird sie gleich wieder ernst. Streicht sich aber dabei eine lose Strähne zurück wie eine ganz gesunde junge Frau. «Doch. Aber nicht mehr die ganze Zeit. Und es geht mir im Ganzen besser, es fühlt sich wieder alles – als ob das wieder ich bin und mein Hirn wieder tut, was ich will. Es sind wirklich nur noch die Stimmen, und die sind leiser und seltener. Vielleicht … wissen Sie, am meisten haben die Stimmen immer SAG NICHTS zu mir gesagt. Vielleicht haben sie jetzt keinen Grund mehr. Ich hab ja nun Ihnen alles gesagt, jetzt ist es zu spät, es mir zu verbieten.» Sie lächelt verschmitzt, legt den Kopf ein bisschen schief. «Eigentlich müssten die Stimmen jetzt zu Ihnen kommen! Hören Sie schon was?»

«Bis jetzt noch nicht», sagt Hoffmann, und es wird ihm ganz mulmig dabei.

Pauline, September 1849

Agathchen Jung hatte recht mit ihrer Mahnung, sich nichts anmerken zu lassen und dass es sogar helfen würde. Nachdem Pauline sich zwei Tage zusammengerissen und die fröhliche, fleißige Ladenangestellte geschauspielert hatte, fand sie sich wieder, fühlte sich nicht mehr, als hätte eine böse Macht sie aus der Welt herausgerissen.

Außerdem sah alles längst nicht mehr so furchtbar aus, wie es zuerst schien.

Sicher, der Schreck war groß. Die Mutter, die so gemein zu ihr gesprochen hatte, als reichte es nicht, dass sie sie im Waisenhaus Sonntag für Sonntag allein hatte sitzenlassen, weil sie sich einen feuchten Kehricht für ihr Töchterchen interessierte. Wie konnte das eigentlich sein, dass die Mutter eine so bösartige Person war? Theo und sie, Pauline, waren doch die Kinder, und sie waren beide nette Menschen! Na, wer weiß, wie sie beide geworden wären, wenn sie nicht von der Mutter fortgemusst hätten. Offensichtlich konnte Pauline sich glücklich preisen, dass sie statt bei ihrer Mutter im Waisenhaus gelandet war.

Also, über den Schreck mit der Mutter würde sie hinwegkommen. Warum auch nicht. Sie hatte vorher keine Mutter gehabt, jetzt hatte sie eben auch keine. Es hatte sich nichts geändert. Blieb das mit Theo. Das Unglaubliche. Theo ihr Bruder – das bedeutete, dass er nicht mehr ihr Freund sein durfte und niemals ihr Mann und dass sie alles, was sie beide zusammen getan hatten, nie wieder tun würden.

Was hatte Theo gesagt: «Es macht keinen Unterschied, wir können so oder so nicht heiraten.» Für Pauline machte es aber einen Unterschied. Ob er ihr Freund war oder nicht, ob es eine Hoffnung gab oder nicht, ob ihr Leben seinen Sinn verloren hatte oder nicht.

Mitte der Woche bekam sie einen Brief von Theo, überschrieben mit «Meine Liebste». Er hoffe, sie habe sich von dem Schrecken erholt. Er könne wegen lästiger Verpflichtungen mit den Eltern diesen Sonntag leider nicht freimachen, sehr wohl aber den nächsten. Ob sie sich um elf an der Oberschweinstiege treffen wollten?

Beinahe als wäre nichts geschehen. Aber warum auch nicht? Theo war ja nicht aus der Welt, bloß weil er ihr Bruder war! Das hatte sie sich in ihrem ersten Schreck nur eingeredet. War es nicht in Wahrheit sogar besser, wenn sie Geschwister waren? Waren sie nicht so viel tiefer, viel untrennbarer verbunden? In den nächsten Nächten lag sie lange wach und malte sich die Zukunft aus. Theo musste sie nicht mehr vor den Passavants verstecken, denn sie war ja seine Schwester! Er würde irgendwann bei den Passavants ausziehen, und dann würden sie zusammen eine Wohnung nehmen. Es gab so viele Schwestern, die den Brüdern den Haushalt führten. Beide würden sie ledig bleiben, damit niemand zwischen sie käme. Es würde etwas fehlen, die Kinder und was man tat, um sie zu bekommen, aber dafür wären die Liebe und die Freundschaft umso tiefer. Vielleicht würden sie Waisenkinder in Pflege nehmen. Ja, natürlich, das würden sie.

Als Pauline am übernächsten Sonntagvormittag auf ihrem Weg zur Oberschweinstiege durch Sachsenhausen wanderte, kündigte sich mit frischem, kaltem Wind von Nordwesten der Herbst an. In der Nacht hatte es sogar Reif gegeben. Seit neun schien die Sonne, aber es würde lange dauern, bis sich die Luft auf spätsommerliche Temperaturen erwärmt hatte. Am Himmel flogen die Wolken.

Die Oberschweinstiege war ein Umweg, wenn man zu der Jagdhütte wollte. Aber sie war ein übliches Ziel für Ausflüge, und Theo wollte wohl bei den Droschkenkutschern nicht auffallen.

Hier im Wald kam die Sonne nicht auf den Boden, und es war noch kühler als in der Stadt. Dennoch waren an diesem Sonntag andere Spaziergänger unterwegs, die Pauline musterten, wie sie an der Oberschweinstiege wartete. Sie zog ihr dünnes Cape fest um sich und ging ein bisschen hin und her. Sie war wohl viel zu früh dran. Bei dem langen Weg hierher brach sie immer lieber zeitig auf, und weil sie fror, war sie heute sehr schnell gegangen.

Endlich kam ein Wagen aus Richtung Darmstädter Landstraße und hielt in einiger Entfernung. Pauline wurde es ganz warm vor Freude und Aufregung, als sie sah, wie Theo ausstieg. Sie ging rasch auf ihn zu, er begrüßte sie mit dem üblichen wortlosen, geheimnisvollen Lächeln, sie strahlte zurück, und als sie heran war, hielt er einen Moment still ihre Hand. Nach den Offenbarungen bei der Mutter hatte sie fast Angst vor dem Wiedersehen gehabt, aber nun war wieder alles ganz einfach! Wie gut, ihn zu sehen, nach all den Sorgen. Der Rest würde sich finden.

Da murmelte Theo: «Heiliger Strohsack», in gereiztem Ton. Hinter seinem anfahrenden Wagen kamen Spaziergänger hervor, eine alte Dame mit zwei jüngeren zur Begleitung, und die Dame rief: «Ja, sieh mal einer an, der Theo! Das ist ja schön, dich treffe ich so selten die letzten Jahre, Louischen kommt ja meistens zu mir. Du kennst mich ja wohl noch? Obwohl ich so alt und grau geworden bin?»

«Sicher kenne ich Sie noch. Ich weiß bloß nicht, wie ich Sie nennen soll, ob Frau Hoffmann oder Tante Nettchen. Und wie geht's den werten Töchtern?»

Die Frau Hoffmann bestand darauf, weiterhin Tante Nettchen genannt und auch geduzt zu werden. Die Töchter, die Mitte dreißig waren, plapperten kokettierend mit Theo, und irgendwann kam, was kommen musste: «Tante Nettchen» beäugte mit neugierigem Wohlwollen Pauline und erkundigte sich, wer denn eigentlich das reizende junge Fräulein sei.

«Oh», begann Theo abwehrend, «die Verlobte eines Bekannten, wir warten hier auf ihn. Ein Fräulein …», er drehte sich Pauline zu. «Entschuldigung, wie war gleich Ihr – ach, da fällt's mir ein, Fräulein Meyer.»

Pauline war es beinahe unheimlich, wie gut Theo log. Oder vielleicht war sie nur düpiert, weil er sich nicht zu ihr bekannte. (Hätte er nicht sagen können: Das ist meine Schwester?)

Man redete noch zwei, drei Sätze, dann verabschiedeten die Damen sich und spazierten weiter. «Wir müssen jetzt leider noch hier in der Kälte stehen bleiben», raunte Theo, «wir warten ja angeblich auf jemanden. Was meinst du, war ich überzeugend? Mir ist der Arsch auf Grundeis gegangen, als ich die Alte gesehen hab. Das ist genau, was nicht passieren durfte. Die petzt garantiert bei erster Gelegenheit meiner Mutter, dass sie mich hier mit einer Weibsperson angetroffen hat.»

Pauline war während Theos Rede erschrocken über seine derbe Wortwahl. (Warum denn eigentlich? Beim Lehrling Backes störte sie so was doch auch nicht! Und sie wusste doch, dass Theo kein Blatt vor den Mund nahm.)

«Mit deiner Mutter meinst du die Frau Passavant?», fragte sie.

«Ja, natürlich. Bei der leiblichen Mutter wär's egal. Die würde sich zwar endlos aufregen, wenn sie hörte, dass wir uns weiter treffen, aber von der bin ich finanziell nicht abhängig. – So, komm, jetzt können wir endlich gehen, die Weiber sind weit genug. Aber lass uns Abstand voneinander halten, falls sie sich umdrehen. Denk dran, du bist die Verlobte meines Freundes.»

Theo redete belangloses Zeug, bis sie das Jagdhüttchen erreicht hatten. Drin war es ungemütlich kühl.

«Das ist hier ja kälter als draußen», kommentierte Theo. «Na herrlich. Hat eine Wasserpumpe, der Schuppen, aber keinen Ofen. Im Winter können wir das vergessen. Aber heute geht's grad nochmal. Komm, ich halt dich warm.» Pauline ließ sich in die Arme nehmen, hielt sich an ihm fest.

Bald ging Theo zum Küssen über. «Was ist denn?», fragte er, als Pauline nicht mit der rechten Leidenschaft mitmachte.

«Ich … ich weiß nicht. Sollten wir nicht erst über alles reden?»

Er ließ sie los, sah sie irritiert von oben an.

«Worüber? Dass wir Bruder und Schwester sind? – Da gibt es nichts zu reden. Es ist, wie es ist.»

«Aber …»

«Was aber?» Er zuckte mit den Schultern. «Wie ich schon sagte, da wir sowieso nicht heiraten können, ändert es nichts. Es sei denn, du wirst jetzt plötzlich ganz fromm und sittsam und lässt dich von biblischen Geboten ins Bockshorn jagen. Ich dachte, du bist nicht so.»

«Bin ich auch nicht. Aber … es ist doch …»

Jetzt fielen ihr nicht mal ein paar vernünftige Worte ein. Sie fühlte sich ganz hilflos.

«… können wir da denn einfach so drüber hinweggehen?», bekam sie schließlich heraus und wusste, wie dumm das in seinen Ohren klang. Sie verstand sich selbst nicht, eigentlich wollte sie ja nichts anderes als Theo küssen und alles mit ihm machen, was sie vorher gemacht hatten. Aber sie wollte trotzdem mit ihm darüber reden, dass sie Geschwister waren. Was das für sie bedeutete. Und warum Theo ihr all die Monate, seit sie sich kannten, nie etwas verraten hatte von seinem Verdacht, dass sie verwandt seien, warum er nicht offen mit ihr gewesen war. Vielleicht zierte sie sich in Wahrheit deshalb so, weil da noch etwas zwischen ihnen stand.

Theo stellte die Hände auf die Hüften. «‹Können wir da denn einfach so drüber hinweggehen?›», äffte er sie nach. «Was willst du damit sagen? Was heißt es denn, wenn wir nicht darüber hinweggehen? Aus, Schluss, vorbei, oder wie? Also, du willst nicht mehr. Das hättest du vorher sagen können, dann hätten wir uns beide nicht hierher bemühen müssen.»

Pauline war zum Heulen. Warum tat alles so weh, was er sagte?

«Nein, ich ... aber wir könnten uns doch auch als Geschwister treffen! Nur so, zum Reden und Spazierengehen! Du könntest mich doch jetzt sogar deinen Eltern vorstellen, als deine leibliche Schwester –»

Theo lachte sarkastisch. «Als Geschwister! Du und ich ganz keusch als Brüderchen und Schwesterchen, die sich beim Tee übers Wetter unterhalten, oder wie? Du glaubst doch selbst nicht, dass das gutgeht. Übrigens hat man eine Geliebte für was anderes. Fürs Konversieren hab ich Leute genug, da brauch ich keine neue Schwester.»

Er steckte die Hände in die Taschen und ging unruhig ein paar Schritte hin und her. Pauline stand sprachlos.

«Aber jetzt, wo du protestierst», redete er weiter, «da erkenne ich allmählich, dass du wahrscheinlich recht hast. Es geht nicht mehr mit uns beiden. Es wäre zu fatal, falls es ans Licht kommt. Eine *affaire de cœur* mit einer Ladenangestellten könnte ich meinem Alten zur Not noch als jugendliche Heldentat verkaufen. Aber wenn rauskommt, dass ich's mit meiner Schwester treibe, bin ich unten durch bei ihm bis in alle Ewigkeit, dem Erbe kann ich dann für immer Ade sagen. Wenn ich nicht gleich vor die Tür gesetzt werde. Nicht mal Louischen würde mich dann noch unterstützen.»

Pauline war wie gelähmt. Etwas in ihr hätte am liebsten schnippisch gesagt: Gut, dann sehen wir uns eben nie mehr wieder. Aber das ging doch nicht, er war doch ihr Lebensinhalt. Und irgendwie hatte er ja recht mit allem, was er sagte. Es klang nur so schrecklich. (War sie zu naiv, zu romantisch, dass sie das alles so traf?)

«Weißt du was, Paulinchen.»

Jetzt trat er wieder dicht heran, legte ihr die Hände auf die Schultern und sah ihr so liebend ins Gesicht, wie sie es kannte. «Weißt du, jetzt kommt ohnehin der Winter, und wir können uns hier nicht mehr treffen. Nachts in dunklen Ecken in der Stadt stehen und sich beknutschen macht bei

Kälte auch keinen Spaß. Lass uns heute noch einmal genießen, was wir haben, und dann verabschieden wir uns für den Rest des Jahres. Wenn der nächste Frühling kommt, schauen wir, wie dann die Dinge liegen. Mein Vater ist nicht mehr der Jüngste, im letzten Winter hat er wochenlang gehustet, wer weiß, ob er diesen übersteht.»

Dann fing er an, sie sehr zärtlich zu küssen.

Juli 1853, Haus Bolongaro-Crevenna, Töngesgasse

Das «Tabakskränzchen» trifft sich nur noch monatlich und selten in voller Besetzung. Zum vierzigsten Geburtstag des Gründers Dürlemann allerdings haben sich die Herren der christlichen Rauchwarenindustrie eine Überraschung ausgedacht.

Als Wilhelm Dürlemann am Tag nach seinem Geburtstag bei Bolongaro hereinkommt, zum gewöhnlichen Treffen, wie er denkt, wird er von hellglänzenden Kronleuchtern und einem «Hoch soll er leben»-Chor der versammelten Tabakgemeinde begrüßt. «Freunde, Freunde!», sagt er gerührt, schiebt an seinem Zwicker und schüttelt zum Dank jedem einzeln die Hand, wobei er Glückwünsche entgegennimmt. Da hat er mit einem Mal jemanden vor sich, den er nicht einordnen kann: Anfang vierzig, straßenköterblonder Vollbart, noch volles, glattes, längeres Haar, etwas schäbig angezogen für eine Abendgesellschaft, er weiß, er kennt das Gesicht, aber der Mann ist doch nicht im Tabakgeschäft, oder …

«Gell, Ihnen fällt mein Name nicht ein? Mich freut immer, wenn das anderen auch passiert, dann denk ich, ich bin vielleicht nicht ganz so auf den Kopf gefallen, wie's mir manchmal vorkommt. Hoffmann, Dr. Hoffmann von der Irrenanstalt.»

«Ach, natürlich! Aber –»

«Ja, jetzt wundern Sie sich, was ich hier mache. Ich bin doch in der Stadt für schlechte Tischreden zuständig. Und weil ich der eifrigste Raucher unter allen Frankfurter Ärzten bin, hat man mir erlaubt, heut Ihre Geburtstagsrede zu halten. Fürchten Sie sich schon?»

Dürlemann lacht. «O ja, das müsste ich wohl. Von Ihren Festreden habe ich gehört. Da soll sich ja mancher einen Krampf gelacht haben. Ich wüsste freilich nicht, was es über mich groß zu sagen gäbe.»

«Ach, wissen Sie, es ist wie mit dem Hunger und dem Essen, die Ideen kommen beim Schreiben.»

«Unseren Freund Hoffmann hier verdanken Sie mir», mischt sich stolzgebrüstet Kamerad Leißler ein, der ein Rauchwarengeschäft an der Katharinenpforte betreibt. «Kommt der Dr. Hoffmann neulich zu mir in den Laden für seine üblichen Zigarren und fragt, ob ich denn eigentlich auch Mitglied in dem Tabakskränzchen wär, und dann meint er, *er* müsste eigentlich Ehrenmitglied sein, so viel, wie er raucht, und ob ich ihn nicht mal mitnehmen will. Darauf ich: Hoffmann, Sie sind mein Mann! Ich besorge Ihnen eine Einladung zum Tabakskränzchen bei Bolongaro, aber nur, wenn Sie uns eine Rede halten!»

Hoffmann fühlt sich hier als Hanswurst geladen, und den Hanswurst gibt er auch. Seine «Geburtstagsrede» handelt erstens vom Rauchen und seinen Nebenwirkungen wie Brandgefahr, ehelichem Zwist und Luftverpestung (da kennt er sich aus), zweitens vom Tabakkränzchen und drittens von dessen Gründer. (Weil er sich mit den beiden Letzteren wiederum nicht auskennt, hat er sich von Leißler vorher einen Spickzettel erbeten, der ihm ein paar verwitzungsgeeignete Stichwörter zur Geschichte des Vereins und über Leben, Werk und Eigenheiten des Herrn Dürlemann an die Hand geben sollte.) Bei alledem spart Hoffmann nicht mit Derbheit, Plumpheit und Groteskem, um so weniger, da er aus seinem Spickzettel nun weiß, dass das Tabakskränzchen eigentlich «Verein zur Pflege der deutschen Gesittung im Handel» heißt und dass der Herr Dürlemann sich «lebenslang gegen israelitische Mauscheleien sowie für eine christliche Geschäftsmoral» eingesetzt hat. So etwas regt Hoffmann furchtbar auf. Vor knapp zehn Jahren ist er mit einem Donnerschlag aus seiner immerhin noch liberalen Loge ausgetreten («decken» nennt man das bei den Freimaurern), als sich herausstellte, dass sie gegen alle maurerischen Prinzipien keine Juden aufnahm. Jetzt aber muss er hier auf einen dezidiert antijüdischen Tabakhansel eine Festrede halten!

Hoffmann hätte also nach Lektüre des Spickzettels die Sache am liebsten abgesagt. Aber dann hat er sich besonnen, dass es ja einen Grund gibt, weshalb er unbedingt an dieser vermaledeiten Veranstaltung teilnehmen will, und dass er außerdem als Hofnarr freie Hand hat zu sagen, wozu er Lust hat. Folglich gießt er seine Tischrede in Reime, was die Narrenfreiheit noch erhöht, und erlaubt sich einen «Di-Da-Dürlemann mit der Zigarre in der Hand», der mit seiner großen Zigarre erst «wackelt und dackelt, rappelt und zappelt» und sie dann verwendet, um einen jüdischen Konkurrenten zu verprügeln («dem Tabakjuden, dass es kracht, den Hintern blitzeblau gemacht»). Er hofft nur, die Herren merken den Spott. Einigen scheint das Lachen im Halse steckenzubleiben, andere grölen dafür umso lauter. Am Ende lässt Hoffmann den Dürlemann noch im Salzwedel'schen Garten «mit fester Hand die Lilie aus dem Engelland» pflücken, dann hebt er das Glas und die

Stimme zu einem Lied («Er ist der Wilhelm Dürlemann, widde-widde-witt-bumm-bumm, das Tabakkränzchen führt er an, widde-widde-witt-bumm-bumm») und ist fertig. Zumindest mit dieser Pflicht.

Zum Abschied, alles verläuft sich schon zur Garderobe, kommt ein müde-betrunkener Dürlemann leicht schwankend auf Hoffmann zu und schüttelt ihm mit einer warmen, feuchten Pranke ausdauernd die Hand.

«Ach, Hoffmann, bei Ihnen muss ich mich noch besonders be-, öh, bedanken! Was war Ihre Rede für ein Knüller! Wirklich, zum Piepen!»

«Freut mich, dass es Ihnen gefallen hat. Sagen Sie, Dürlemann, ich hätt da mal eine private Frage an Sie. Ist nicht Ihr Sohn vor einigen Jahren gestorben?»

«Mein Sohn?» Dürlemann blinzelt hinter dem Zwicker, hält mit dem frenetischen Händeschütteln ein. «Sie meinen den Otto?»

«Nein, ich meine Ihren Sohn Fritz.»

«Fritz?» Dürlemann lässt Hoffmanns Hand los, entfärbt sich, schiebt an seinem Zwicker, sein Blick wirkt entsetzt, sein gekräuselter Backenbart zittert. «Was … wie … wie kommen Sie darauf?»

«Ei, der Junge war mit meinem Sohn Carl in der Sexta. Jetzt ist er weg von der Schul. Ich dacht halt, er wär gestorben.»

Dürlemann seufzt, dann beugt er sich vor, raunt: «Der Fritz lebt heute auswärts bei seiner Mutter, meiner ersten Frau. Aber Hoffmann, bitte, das ist Privatangelegenheit, kein Thema für Tischreden, Sie verstehen.»

«Ich verstehe vollkommen», antwortet Hoffmann strahlend, so glücklich ist er mit der Antwort.

Trotz der vorgerückten Stunde geht er erlöst und beschwingt zu Fuß nach Hause. Wie viele Sorgen macht man sich im Leben doch umsonst! Und er sollte weiß Gott erfahren genug sein, irres Wahngefasel als solches zu erkennen. Selbst wenn ihm die betreffende Patientin besonders am Herzen liegt. Selbst wenn er ihr was schuldig ist. Selbst wenn.

Pauline, 1849 bis 1850

Als Pauline Fieber bekam, das in der folgenden Nacht wieder abklang, glaubte sie zunächst, es wären die Nerven. Wegen Theo und allem. Als sie aber zwei Tage später wieder zu schnattern und dann zu glühen anfing, da wusste sie, das Viertagefieber hatte sie erwischt. Sie hatte es im Spätsommer 45 schon einmal gehabt, diese Fieberanfälle und die Schwäche und die Übelkeit und das furchtbare Schwitzen alle paar Tage. Die Frau Dürlemann hatte damals den Doktor Müller geholt, und der hatte «eine typische Quartana» diagnostiziert und sie mit einer einzigen Dosis Chinin geheilt.

Am Morgen nach dem neuen Fieberanfall, sie war schlapp, aber wieder wohlauf, lief sie zur Apotheke *Zum Schwan* auf der Neuen Kräme und verlangte Chinin. Worauf der Apotheker Hörle sie informierte, dass er innerlich anzuwendende Arzneien nur auf ärztliches Rezept abgeben dürfe. Pauline kehrte müde und unverrichteter Dinge zu Reuter zurück. Ein Arzt! Das würde richtig teuer werden. Der Lehrling Backes meinte, sie solle lieber warten, ob das Fieber überhaupt wiederkäme. Und da hatte er wahrscheinlich recht.

Pünktlich nach zwei Tagen Pause spürte Pauline nachmittags wieder die Anzeichen. Sie hätte heulen können. Bis fünf Uhr hielt sie irgendwie durch im Laden, dann musste sie hoch und sich hinlegen. Das Fräulein Jung schickte den

Lehrling Backes, um den Doktor Knopp zu rufen, der nehme nicht so viel Geld.

Der Herr Doktor kam gegen neun, ganz in Blau gekleidet. Er war im fortgeschrittenen mittleren Alter und litt unter Hühneraugen, und nun musste er im Dunkeln all die Treppen hoch zu einer Dachmansarde, für eine Kranke, von der er wusste, dass sie auf eine Rechnung von deutlich unter einem Gulden hoffte.

Oben in der Kammer lag bei schlechtem Licht ein blasses, verschwitztes Mädel und begrüßte ihn mit den Worten, sie habe ein viertätiges Wechselfieber und brauche Chinin. Wenn der Doktor Knopp etwas nicht leiden konnte, dann waren das solche Eigendiagnosen. Diese Kranken, die sich einbildeten, sie verstünden etwas von Medizin! Weibsbilder schon gar! Er prüfte also Puls, Zunge und Bauch der Leidenden und ließ sich was vorhusten, dann erklärte er: Er bezweifele, dass es sich um ein Wechselfieber handele.

Worauf ihm die Kranke frech widersprach: Doch, sie habe das schon einmal gehabt, daher wisse sie genau, wie sich das anfühle. Knopp runzelte die Brauen. Welcher Pfuscher das denn damals diagnostiziert habe, fragte er.

«Der Doktor Müller.»

«So, so. Dann hat der Doktor Müller baren Unsinn erzählt. Wir sind ja hier nicht an Rhein und Neckar. Die Wechsel- und Sumpffieber sind bei uns in Frankfurt ganz selten, die Quartana erst recht, ja, ich bin der Überzeugung, es gibt das Viertagefieber in Frankfurt gar nicht.»

«Aber ich habe doch –»

«Und selbst gesetzt den Fall, dass es sich bei Ihnen tatsächlich um eine Tertiana oder Quartana handelte. Ich würde dann dennoch kein Chinin verschreiben. Die Erfahrung lehrt, dass Chinin nur eine Scheinheilung bewirkt, das Fieber kehrt dann Monate oder Jahre später wieder und wird umso ärger. Bei einem Wechselfieber gibt es nichts, als es durchzustehen, nur dann ist es kuriert. Aber Sie haben sowieso was anderes. Ich mache jetzt einen Aderlass und verschreibe Ihnen was zum Purgieren.»

Die Fieberattacken plagten Pauline fast ein Dreivierteljahr. Zum Glück ging es meist erst am späten Nachmittag richtig los. Da das nur jeden vierten Tag geschah, Pauline also an der Hälfte der Tage gar kein Fieber hatte, fehlte sie nur wenige Stunden in der Woche im Laden. Agathchen Jung hielt ihre Krankheit sogar vor Reuter geheim. Nach sechs, acht Wochen stieg das Fieber nicht mehr ganz so hoch, wenn es kam, und Pauline konnte meist sogar an den schlechten Tagen bis zum gewöhnlichen Arbeitsschluss unten bleiben, wenn sie sich auch dabei sehr quälte. Und schrecklich, schrecklich müde fühlte sie sich die ganze Zeit. Tag für Tag fiel sie direkt nach der Arbeit ins Bett wie tot. Manchmal hatte sie tagsüber das Gefühl, sie müsste, wo sie stand, zusammensacken vor Müdigkeit.

«Was ist denn eigentlich mit Ihnen, Fräulein Franck?», fragte der Herr Reuter eines Tages. «Sie sehen neuerdings so schlecht aus, so ganz blass und beinahe gelbstichig im Gesicht.»

«Sie hat ein bisschen Bleichsucht», kam Agathe Jung einer Äußerung Paulines zuvor. Später, als Reuter fort war und der Laden geschlossen, forderte sie Pauline auf, ihr die Zunge zu zeigen. «Was?», sagte Pauline und lachte müde. «Ich mein's ernst», antwortete das Fräulein Jung. «Zeig mir mal deine Zunge.» Pauline gehorchte.

«Viel zu hell», kommentierte Agathe den Anblick. «Mädchen, du hast tatsächlich Bleichsucht. Es wird am Fieber liegen. Du isst auch zu wenig. Iss Rote Bete, das hilft.»

Am nächsten Sonntag tischten die Fräulein Jung Rote Bete für Pauline auf. Es schmeckte ihr sogar. Aber danach war sie derart müde, dass sie den Kopf auf den Teller hätte legen und einschlafen können. Natürlich ging sie wieder nicht mit spazieren. Sie war ohnehin so kurzatmig, dass sie kaum die Treppen zu ihrer Mansarde hochkam.

So vergingen der Winter 49/50 und der folgende Frühling wie ein einziger langer, kranker Halbschlaf für Pauline. Selbst ihre Monatsblutung setzte aus. Sie konnte sich später nur an weniges aus dieser Zeit erinnern.

Erst als die Bäume volles Laub trugen, sah sie erstmals wieder Blut in ihrer Wäsche. Nur ein paar Tropfen, aber immerhin. Sie nahm es als gutes Zeichen. In der Woche darauf blieb das Fieber weg. Ganz und gar. Gott sei Dank. Sie hätte jubeln können. Nur die Müdigkeit, die hatte sie leider noch, sie japste noch immer auf der Treppe, und schwindelig war ihr auch ständig. Irgendwann würde auch das vorübergehen.

Bald nach ihrer ersten fieberfreien Woche betrat morgens eine gelockte ältere Frau den Laden, von der Pauline sofort wusste, sie kannte sie – aber erst, als Agathchen Jung sie mit «Frau Passavant» begrüßte, hatte Pauline wirklich begriffen, wer das war. Mit einem Schlag war sie so wach wie seit Monaten nicht und ganz aufgeregt.

Sie brauche einen Satz Wäsche für ihren Sohn, erklärte die Frau Passavant. Die Maße habe sie dabei. Der Herr Sohn wünsche, dass «das Fräulein von Reuter» die Sachen für ihn aussuche. «Aber gern», antwortete Agathe und wandte sich zu den Schubladen.

«Oh, äh, Pardon, nicht Sie», entschuldigte sich die Frau Passavant. «Ich hätte wohl sagen sollen: das jüngere der beiden Fräulein von Reuter. So sagte mein Sohn. Ich glaube, er meint dieses junge Frauenzimmer.»

Sie deutete auf Pauline.

«Ach!?» Agathes Ton verriet üble Missbilligung.

Pauline raste das Herz, während sie ein paar Schritte nach vorn kam, unwillkürlich fragte sie sich, ob sie wohl trotz der Bleichsucht jetzt rot geworden war.

«Mein Sohn sagt, er hat absolutes Vertrauen in den Geschmack Ihres jungen Fräuleins», warf die Frau Passavant mit einem entschuldigenden Lächeln hinterher.

«Das wundert mich nicht», blaffte andeutungsschwanger Agathe. Pauline dankte Gott, dass der Lehrling Backes hinten im Lager war. Noch.

Wenig später verließ die Kundin mit dem Lehrling als Träger eines Pakets sehr schöner und sehr teurer Wäsche den Laden.

«Man möcht es nicht glauben!», fauchte Agathe los, kaum war die Tür zugefallen. «Ich dacht, es wär vorbei zwischen dir und dem Filou. Ich dachte, du hättest gelernt. Aber nein, es reicht nicht, dass er dich kreuzunglücklich gemacht hat und todkrank noch dazu. Nein, du bist so dumm, du musst jetzt gleich weitermachen, kaum dass es dir ein bisselchen bessergeht. Oder wie darf ich das eben verstehen?»

Pauline schwor, seit September von Theo weder gehört noch gelesen noch ihn etwa gesehen zu haben. Sie sei vollkommen unschuldig an dem, was die Frau Passavant eben geäußert habe, und sie wisse auch nicht, was und ob es etwas zu bedeuten habe. Bestimmt habe die Frau Passavant sich bloß daran erinnert, wie sie, Pauline, im letzten Jahr einmal Westen für den Sohn gut ausgesucht habe.

In Wahrheit glaubte und hoffte Pauline anderes. Sie hatte das Gefühl, in ihrem so lange so trüben Leben von ferne ein Licht zu sehen.

Nicht sehr viele Tage später bekam sie einen Brief von Theo, wie üblich franko und «bei Reuter». Pauline ahnte, hätte nicht der Lehrling die Briefe geholt, sondern das Fräulein Jung, dann hätte sie den Brief nie gesehen, weil Agathe ihn geöffnet und gelesen und schnaubend im Ofen verbrannt hätte, ohne ihr ein Wort zu sagen. Aber das Schicksal meinte es gut mit ihr. Backes flötete bloß voller Spott: «O nein, ich glaube, das ist der göttliche Theo», und drückte ihr den Umschlag in die Hand. Pauline versenkte ihn in ihren Kleidern und sah erst in der Mittagspause hinein, obwohl sie es kaum aushielt.

Meine liebste Pauline!

War der Winter nicht schrecklich lang? Leider ist bei mir zu Hause die Lage augenblicklich besonders prekär, speziell mit dem Alten, und ich kann mir nicht das geringste Risiko erlauben. Ich sehne mich jedoch sehr nach Dir. Kannst Du vielleicht nächsten Samstag nachts um 12 am Dom sein, hinten am Pfarreisen bei den Buden? Dann können wir uns wenigstens einmal in den Arm nehmen.

Pauline war es ganz recht, dass das Treffen nachts sein sollte. Sie sah so furchtbar aus, seit sie krank war, diese fahle, gelbliche Haut, die bräunlichen Ringe unter den Augen, das sollte er nicht sehen.

Er sah es nicht. Sie trafen sich über Monate nur im Dunkeln, drückten sich küssend und kosend an Häuserecken und Parkbäumen herum, nicht öfter als einmal die Woche, und plötzlich war alles wie im Sommer 49, als finge alles neu an, als wäre alles dazwischen, die Mutter, der halbe Streit in der Hütte im September, die lange Trennung, nicht geschehen. Nur die Müdigkeit, die verließ Pauline nicht. Aber ihr kleines, geheimes Glück mit Theo gab ihr die Kraft, das auszuhalten. Geheim blieb es, weil Pauline Theo gleich beim ersten Treffen bat, ihr Briefe nur noch postlagernd und nicht mehr übers Geschäft zu schicken, und weil sie sich nachts so sacht und leise durchs Treppenhaus schlich, dass niemand etwas hörte. So verging das Jahr 1850.

August 1853, Anstalt für Irre und Epileptische

Nervös hetzt Hoffmann durch die Visite. Als er merkt, es hat keinen Zweck, bricht er sie ab. Bevor er mit der Franck gesprochen hat, kann er sich leider auf nichts anderes konzentrieren. Dem Wärter sagt er zur Erklärung: Ihm sei eine dringende Terminsache eingefallen, die er sofort erledigen müsse. Glaubhaft genug bei seiner Zerstreutheit. Und beinahe wahr. Die «Terminsache» ist eben die Franck. Die soll nämlich heute entlassen werden. Für halb eins hat sich ihre Arbeitskollegin Jung samt Schwester angesagt, um sie abzuholen. Bei den Schwestern Jung soll die Rekonvaleszentin die erste Zeit wohnen, damit sie nicht allein ist. An die Arbeit will man sie langsam heranführen. Der Jung ist es wohl gelungen, den Prinzipal des Geschäfts, Herrn Reuter, zu überreden, die Position für die Franck frei zu halten. Aber viel länger wird es nicht möglich sein.

Hoffmann hat also der Entlassung zugestimmt, obwohl die Franck zugibt, weiterhin gelegentlich Stimmen zu hören. In jeder anderen Hinsicht jedoch ist sie seit Wochen stabil, und die Stimmen werden von ihr ja als Halluzinationen anerkannt. Sie scheinen sie nur selten zu behindern. Bleibt noch das Wahngebilde, dass sie sich da ausgedacht hat betreffs des Dürlemann-Kindes. Darüber hat Hoffmann noch nicht gewagt, mit ihr zu sprechen. Aber er kann sie kaum entlassen, ohne es zu tun. Also auf zu den Weibern.

Er findet die Franck brav beim Flachszupfen wie jeden Tag. Das Haar hat sie sehr ordentlich zum Knoten gesteckt.

«Fräulein Franck? Sie haben ja heute Ihren Entlassungstag, gell?» Sie gibt ihm ein schüchtern-glücklich-verschmitztes Lächeln, das macht, dass er sie am liebsten umarmen würde. «Dazu würde ich gerne noch ein, zwei Dinge mit Ihnen bereden. Kommen Sie doch einmal mit.»

Anders als früher muss er sie auf dem Weg zur Schreibstube nicht vor einem lauernden Patienten Völker beschützen. Den Völker hat er nämlich schon vor zwei Wochen entlassen. Nachdem der junge Mann seine Arbeit bei dem Advokaten anständig erledigt, auch mit der Mutter wieder bestens auskommt, hat Hoffmann hier ein sehr gutes Gefühl. Bei der Pauline Franck ist ihm leider etwas mulmiger.

«Ich habe eine Bitte an Sie», beginnt er in der Schreibstube das Gespräch. «Ich würde Sie gern nach der Entlassung noch gelegentlich sehen, damit ich weiß, wie sich bei Ihnen die Dinge entwickeln. Sie sind ja noch nicht ganz gesund. Mein Vorschlag ist, kommen Sie einmal die Woche vorbei, Sie wissen ja, vormittags bin ich immer im Haus. Dann sagen Sie mir, wie es Ihnen geht, und ich kann Ihnen dann gleich das Geld für die Woche aushändigen.»

«Gut. An welchem Tag soll ich denn kommen?»

«Ei, heut ist Dienstag, machen wir Dienstag aus. Wenn es Ihnen schlechter gehen sollte, natürlich jederzeit. – Das Geld müssen Sie aber an die beiden Fräulein Jung weiterreichen, Sie wissen ja, es ist für die bestimmt, weil sie Auslagen wegen Ihnen haben.»

«Natürlich.» Sie nickt eifrig.

Das Geld, von dem Hoffmann redet, ist eine kleine List seinerseits. Gegenüber der Franck und ihrer Kollegin Jung behauptet er, eine mildtätige Stiftung habe sich bereitgefunden, zur Unterstützung der Genesenden wöchentlich zwei Gulden zuzuschießen, solange sie keinen vollen Lohn von Reuter erhält. In Wahrheit ist die «mildtätige Stiftung» er selbst. Das Geld sieht er als Wiedergutmachung. Andere Kranke im Alter der Pauline Franck haben Eltern, bei denen sie unterkriechen können, bis sie vollständig genesen sind. Dass die Franck allein ist, auf die Gnade von Fremden angewiesen, daran ist er leider nicht unschuldig, und deshalb hat er sich entschlossen, ihr hier unter die Arme zu greifen. Ärgerlicherweise bloß ist sein schlechtes Gewissen in der Sache nach seinem großherzigen Entschluss kaum geringer geworden, dazu macht ihn die kleine Lüge mit der Stiftung unruhig, weil er fürchtet, dass es herauskommen wird. (Er hätte einfach offen sagen sollen, dass er selbst das Geld gibt. Niemand hätte sich gewundert, niemand hätte es hinterfragt. Aber einmal die Lüge ausgesprochen, ist es unmöglich, davon herunterzugehen. Wie oft in seinem Leben hat er diese Erfahrung gemacht!)

«So, Fräulein Franck. Ich muss jetzt noch in einer anderen Sache mit Ihnen sprechen. Es ist etwas Ernsteres.»

Er zündet sich erst einmal eine neue Zigarre an. Du liebes bisschen. Gerade fühlt er die Versuchung, sich ihr zu offenbaren, so wie sie sich ihm offenbart hat, und von dem Schülerstreich am Waisenhausgerüst und seinen Folgen anzufangen. Aber das würde der Patientin ja gar nichts helfen! Im Gegenteil, es würde sie aufregen, ihre paranoiden Tendenzen unterstützen. Da würde ja ein Gesunder verrückt, wenn ihm der vertraute Arzt sagte: Ich habe übrigens damals mitgeholfen, Ihren Vater ums Leben zu bringen. Nein, nein, kein Wort davon. Es gibt anderes zu bereden.

«Sie haben mir doch neulich diese Geschichte vom Tod von Fritzchen Dürlemann erzählt.»

Sofort springt sie auf, hocherregt, die Lippen zittern. Hoffmann wehrt mit beiden Händen ab: «Nein, nein, keine Angst, ich habe niemandem auch nur ein Wort verraten! Großes Ehrenwort!»

Sie atmet sichtbar auf, die Hand wie schützend auf der Brust.

«Ich habe in dieser Hinsicht gewissermaßen eine gute Nachricht für Sie», fährt er fort, «ich habe zufällig» – wieder eine Lüge – «bei einer Feier den Herrn Dürlemann getroffen, und von dem erfahre ich, sein Sohn Fritz ist wohlauf, er lebt nur jetzt nicht mehr in Frankfurt, sondern irgendwo anders mit der Mutter.»

Das Mienenspiel der Frank ist sehenswert, heftige Gefühlsregungen folgen einander im fliegenden Wechsel. Am Ende sieht sie einfach nur erschrocken aus, von Erleichterung keine Spur. «Das kann nicht sein», flüstert sie wie somnambul, «das kann nicht sein.»

«Es ist aber so. Sie haben sich die ganze Geschichte in Ihrem Wahn nur ausgedacht.»

Sie steht da mit einem irren Ausdruck, wie er ihn lange nicht an ihr gesehen hat. Verdammt. Verdammt. Womöglich hat er jetzt einen Rückfall ausgelöst.

Himmelherrgott. Er schafft es einfach nicht, mit dieser Patientin so umzugehen wie mit allen anderen. So, wie sie es bräuchte. Wie käme er denn sonst auf die Idee, einem Kranken am Entlassungstag seine Wahnvorstellungen von vor Wochen aufzutischen? Mit jedem seiner Versuche, ihr zu helfen, fügt er ihr nur neuen Schaden zu.

Pauline, zwei Jahre zuvor, Juni 1851

«Pauline!», rief es atemlos hinter ihr. Als sie sich umdrehte, war er schon bei ihr, beugte sich lachend und nach Luft schnappend vor, weil er so gerannt war, die Wangen gerötet, die flaumweichen Haare unter der blauen Mütze ein bisschen durcheinander. Eine mit Gurt verschnürte Bücher- und Heftmappe schaukelte wild an dem Riemen, den er in der Hand hielt. Es war Fritzi.

«Dich hab ich gesucht!», lachte er. «Und dann war der blöde Laden zu. Hast du jetzt frei?»

Pauline bejahte, ihr war ganz warm vor Freude. Wie hatte sie dieses fröhliche, kindliche Lachen vermisst! Nur war etwas fremd an seinem Mund … ach, natürlich!

«Du hast neue Zähne bekommen», platzte sie heraus. «Ich hab grad überlegt, was anders an dir aussieht. Außer dass du gewachsen bist natürlich. Mensch, du hast mir gefehlt, Fritzi.»

«Du siehst auch anders aus! Aber ich hab dich trotzdem erkannt!»

«Das ist bestimmt, weil ich krank war. Ich hatte letztes Jahr so ein dummes Fieber. Da hab ich aus dem Spiegel geglotzt wie eine Leiche, jetzt geht es fast schon wieder. Ich will mir schnell was zu essen kaufen, kommst du mit?»

«Au ja!», rief Fritzi, und Pauline konnte sich ein gerührtes Schmunzeln nicht verkneifen, er war ja so süß, hatte ja immer noch dieses ganz Kindhafte nicht verloren.

«Ich geh jetzt aufs Gymnasium», erzählte er fröhlich. «Die Lehrer da sind ’ne üble Bagage, bis auf den Hechtel, das ist mein Klassenlehrer, der geht grad noch. Ist das nicht der, bei dem deine Freundin gearbeitet hat, die Hanne?»

«Das weißt du noch! Ja, das muss der gleiche Hechtel sein. Die Hanne ist da heute noch. Schön, dass er nicht ganz so schlimm ist wie die andern. Wohnt denn der Lehrer Rudolph noch bei euch?»

«Nee, der ist jetzt weg. Ist auch gut so, ich konnt den am Schluss ehrlich nicht mehr sehen. An der Schule hat man wenigstens nicht die ganze Zeit den gleichen Pauker im Nacken. Oah, Pauline, ich bin so froh, dass ich jetzt auf’m Gymnasium bin und schön rauskann. Bei uns zu Hause ist ständig dicke Luft. Beim Essen ist es richtig scheußlich.»

«Wieso dicke Luft? Erzähl! Ist eigentlich die Engländerin noch da?»

«Na klar, die ist doch jetzt Papas Frau. Die Lily allein würd ja gehen. Aber wenn die alle zusammen am Tisch sitzen, du hast das Gefühl, jeder ist jedem böse, die Großmama der Lily, der Papa dem Großpapa … also, ich weiß nicht, wie ich das erklären soll, dicke Luft halt. Deshalb schwänz ich heute auch das Mittagessen. Hab gesagt, ich bin bei irgendwem eingeladen.»

Nachdem sie sich beide je eine Semmel gekauft und draußen verzehrt hatten (Pauline war froh, dass Fritzi seine selbst bezahlte), tröpfelte sanft Regen vom Himmel. Da nahm Pauline Fritzi einfach mit auf ihre Mansarde. Kaum eingetreten, ließ er sein verschnürtes Bücherbündel auf den Boden plumpsen, fläzte sich mit Schwung auf das knarrende Bett und streckte alle viere von sich. Die Schuhe hatte er angelassen, aber Pauline war es nicht nach Schimpfen. «Ach, ist das hier gemütlich!», rief Fritzi. Dann wälzte er sich auf die Seite und sah Pauline an. «Weißt du noch, früher? Als ich immer zu dir hoch in die Kammer gekommen bin?»

Genau daran hatte sie auch gedacht, zwischen Wehmut und Glück. Es war genau wie früher.

«Klar weiß ich das noch.» Sie schnürte sich die Schuhe auf und kam zu ihm auf die alte Rosshaarmatratze, lehnte sich im Schneidersitz an die Wand. Das kleine Mansardenfenster stand offen, von draußen kam Licht in der starken regenbogigen Tönung, die es manchmal bekommt, wenn die Sonne zwischen dunklen Wolken aufscheint. Der Raum war wie verzaubert mit Fritzi darin. Beinahe fühlte sich Pauline selbst wieder wie das sehr junge Mädchen, das sie gewesen war damals bei Dürlemanns, dem die Gesellschaft von Fritzi aus der Einsamkeit geholfen hatte.

Sie saß noch nicht lange, da stellte Fritzi eine Frage, die sie halb erwartet und halb gefürchtet hatte. Liegend sah er mit großen Kinderaugen zu ihr hoch.

«Sag mal, Pauline. Wie war das eigentlich damals mit meiner Mutter? Warum ist die fort? Papa sagt, sie wär verrückt geworden und wär in eine Anstalt gekommen. Aber ich kann mich daran überhaupt nicht erinnern. War meine Mutter wirklich verrückt?»

Da war Pauline in der Bredouille. Sie wollte dem Jungen doch den Vater nicht schlechtmachen! Er hatte es ja anscheinend schwer genug zu Hause. Aber die Mutter wollte sie auch nicht verleumden.

«Ich weiß nicht recht», begann sie vorsichtig. «Sie kam mir recht vernünftig vor. Nur hatte sie viel Kummer, du hattest ja mehrere Geschwister, die gestorben sind. Vielleicht ist sie ganz plötzlich verrückt geworden. Jedenfalls, wir vom Personal haben nur mitgekriegt, dass sie eines Tages mit Gepäck weggefahren ist, es hieß, zur Erholung, sie will ausspannen. Dann, Wochen später, hieß es plötzlich, sie ist in einer Irrenanstalt. – Ist sie denn da immer noch? Weißt du das?»

«Jetzt ist sie angeblich bei irgendwelchen Verwandten. Aber Papa sagt mir nicht, wo, er meint, ich soll die Verrückte nicht sehen. – Was ich bloß nicht verstehen kann: Kaum war die Mama weg, ist die Lily bei uns aufgetaucht. Ist das nicht eigenartig?»

«Wir fanden das damals auch merkwürdig. Weißt du, Fritzi, vielleicht wollten deine Eltern sich trennen. Das kommt manchmal vor, bei Eheleuten, dass man sich streitet und sich trennen will. Vielleicht haben sie das mit der Verrücktheit bloß vorgeschoben, um bei Gericht eine Scheidung zu bekommen.»

Pauline sagte absichtlich *sie*. Sie wollte nicht alle Schuld auf den Vater schieben.

«Haben Papa und Mama sich viel gestritten?»

«Ja, doch, man hat manchmal laute Stimmen gehört. Aus den Privatzimmern.»

«Papa und Lily streiten sich nie. Aber dicke Luft ist trotzdem. – Weißt du, dass ich jetzt saugut Englisch kann? Hat Lily mir beigebracht. Ich kann es bestimmt besser als der olle Rudolph. Sprechen jedenfalls. Englisch schreiben ist aber schrecklich. Die Engländer schreiben alles ganz anders, als sie sprechen. Muss ich dir mal zeigen.»

Fritzi setzte sich im Bett auf, bloß um sich dann in die andere Richtung bäuchlings wieder hinzulegen, sein Kopf landete in Paulines Schoß. «Ist das gemütlich!», rief er und kicherte. «Weißt du noch, Pauline, wie ich manchmal nachmittags in deinem Schoß eingeschlafen bin?»

«Ja, das weiß ich noch. Da warst du allerdings ein bisschen kleiner. Da konnte ich dich noch ganz im Arm halten.»

«Ach, Unsinn. Ich bin doch immer noch klein.» Er kicherte wieder. Pauline legte ihm sanft die Hand auf den Kopf. Tränen saßen ihr in der Kehle, ihre große Liebe für Fritzi wollte raus aus dem Gefängnis, in das sie sie notgedrungen die letzten Jahre eingesperrt hatte. Ganz überwallt von Gefühl saß Pauline da, fing an, das weiche, haselnussbraune Haar zu streicheln. Eigentlich wurde ihr erst jetzt klar, mit welcher Zärtlichkeit sie an dem Kind hing. Nein, vielleicht wusste sie erst jetzt, wie kostbar solche Liebe war. Wenn er doch nur ihrer wäre.

Fast war er es. Fritzi Dürlemann kam von nun an jeden zweiten, dritten Tag in der Mittagspause vorbei. Er schleppte Romane an, *Die Mysterien von Paris*, *Der Graf von Monte Christo*, für Pauline und für sie beide zum Vorlesen. Er versuchte, ihr Englisch beizubringen, und beide lachten sich halbtot dabei. Pauline war so glücklich wie lange nicht.

Jetzt hatte sie sozusagen zwei geheime Lieben.

Anfang Juni erzählte sie der einen Liebe, nämlich Theo, von der anderen.

Heinrich, zur gleichen Zeit, Frühjahr-Sommer 1851

Plötzlich war Heinrich dem Ziel seiner langgehegten beruflichen Träume ganz nahe. Frankfurts bekanntester Arzt, der alte Varrentrapp senior, war schwer erkrankt. Es war klar, dass dessen gesammelte Ämter neu besetzt werden mussten. Die beste Stelle, die am Heilig-Geist-Spital, war leider vergeben: Hier hatte Varrentrapps Sohn Georg vor Jahren schon die Nachfolge in die Hand genommen. Dann war da das Amt des obersten Stadtarztes – auch nichts für Heinrich, denn dafür kam nur einer der anderen Stadtphysici in Betracht; wahrscheinlich würde es Mappes werden, was Heinrich dem trefflichen Menschen gerne gönnte. Blieb die vergleichsweise unrühmliche Leitung der städtischen Irrenanstalt. Diese lag direkt neben der kleinen Armenklinik, an der Heinrich vor Jahren als ärztlicher Grünschnabel mitgeholfen hatte. Aus den vergitterten Fenstern der Anstalt drangen oft Gebrüll und Schreie, die man sich als Vorübergehender bemühte zu überhören. Im Sommer waberten von drinnen fäkale Duftwolken auf die Straße. Den Ruf der Anstalt beförderte all das nicht gerade.

Betreten hatte Heinrich die Irrenanstalt noch nie. (Wer wollte da schon hinein?) Er tat es auch jetzt nicht. Stattdessen las er in der Senckenbergischen Bibliothek ein wenig quer durch die Regale und bestellte dann bei der Jäger'schen Buchhandlung alles, was in der Seelenheilkunde als bewährt, neu oder interessant galt. Mit all seiner Energie warf er sich auf das Thema – und bot binnen zweier Wochen der Senckenbergischen Gesellschaft einen Vortrag an, Titel: *Die Physiologie der Sinnes-Halluzinationen*.

Der Vortrag wurde für den fünften Mai ins Programm gesetzt. Jeder wusste, dies war Heinrichs Bewerbung um die Leitung der Irrenanstalt.

Nun konnte sich Heinrich leider nicht verleugnen. Jedenfalls nicht, wenn er irgendwo vorne stand und reden musste. Daher bekam der ernste Vortrag eine launig formulierte Einleitung: Philosophische Betrachtungen zum Thema werde er sich sparen, erzählte Heinrich fröhlich, das seien nämlich bloß geistige Turnfahrten, die den Fahrenden zwar viel Freude bereiteten, an deren Ende aber man immer genau dort stehe, von wo man losgegangen sei.

Damit auch jeder einsehe, dass metaphysische Betrachtungen philosophischer, theologischer oder psychologischer Art beim Thema überflüssig seien, sprach er es dann ganz deutlich aus: «Das Seelenleben ist für den Naturforscher gleichbedeutend mit Gehirnfunktion.» So. Hiermit wäre ja wohl auch klargestellt, dass er als Anatom und Leichensezierer besonders qualifiziert für die Aufgabe des Irrenarztes war. Denn wer in der Stadt kannte das menschliche Gehirn so gut wie er?

Ein paar Tage nach dem kräftig beklatschten Vortrag wurde ihm tatsächlich vom Pflegeamt – zum Glück hatte er Freunde dort – die Leitung der Irrenanstalt angetragen. Heinrich war euphorisch. Endlich am Ziel! Er konnte es kaum fassen.

Die zugesagten sechshundert Gulden im Jahr waren allerdings eine leichte Enttäuschung. Sicher, es war mehr, als zuvor Varrentrapp bekommen hatte. Aber es reichte ja wieder nicht, um die Familie standesgemäß zu ernähren!

Damit bloß niemand auf die Idee käme, dass er die Stellung auf die leichte Schulter nehme und als Nebentätigkeit betrachte, erklärte er sofort, er werde seinen Posten als Anatomielehrer kündigen, um sich ganz der Irrenanstalt widmen zu können. Im Übrigen gehe er davon aus, dass die Anstalt heutigen Anforderungen nicht mehr genüge und sich viel verändern müsse. Das Gebäude und vor allem der Ort schienen ihm sehr ungeeignet, die Anstalt müsse nach draußen ins

Grüne verlegt werden, dies sei heutzutage gar nicht mehr anders denkbar, er werde sich jedenfalls als Anstaltsleiter bei der Stadt für einen Neubau einsetzen.

Im Pflegeamt hörte man sich das an und sagte nichts dazu. In den letzten fünfzig Jahren hatte die Stadt mehrfach teure Neubaupläne für die Irrenanstalt abgeschmettert, und sie würde es zweifellos wieder tun.

Als Heinrich endlich am 12. Juni die Anstalt, *seine* Anstalt, zum ersten Mal betrat, als er durch die viel zu kleinen Räume und dunklen Flure schritt und die verlorenen, verlassenen, in Zwangsjacken verschnürten Jammergestalten sah, da überrollte ihn die Erkenntnis, dass sein Wissen in Hirnanatomie hier am wenigsten nottat.

Was hier von ihm gefragt war, das war Zeit, Zuwendung, Liebe. Heinrich hatte Chirurg gelernt, hatte als Leichensezierer, als Anatom gearbeitet, sich ganz auf den menschlichen Körper spezialisiert und das deshalb getan, weil die Anatomie als einziges Feld der ganzen Medizin Sicherheit und exaktes Wissen bot. Jetzt aber musste er sich auf das unsicherste Terrain überhaupt begeben. Seelenarzt musste er werden.

Vielleicht war es von allen die wertvollste Aufgabe.

Pauline, Juli 1851

Seit letztem Winter hatte es sich eingebürgert, dass Theo sie seltener zum Stelldichein bestellte, nicht öfter als alle zwei, drei Wochen. Pauline fürchtete, er verliere nach und nach das Interesse an ihr.

Da lag aber eines Tages auf dem Postamt ein Brief für sie,

der ganz anders klang. Irgendwie wusste sie es vorher, dass in dem Umschlag etwas Besonderes steckte, riss ihn schon im Hof der Post auf, zwischen rempelnden Leuten mit Gepäck, Pferden und Fahrpostkutschen, an denen sich Ein- und Aussteigende drängten. An einer leeren Haltestelle lehnte sie sich an den Pfeiler, den scharfen Geruch von Pferdeurin in der Nase, klappte das Papier auf las.

Ich bitte Dich, am Sonntag um zehn zu der bekannten Jagdhütte zu kommen. Ich habe mir neuerlich die Schlüssel besorgt. Es gibt einen besonderen Grund, warum ich Dich unbedingt länger und ungestört sehen muss. Liebe Pauline, mir ist eine Erleuchtung gekommen, wie wir beide trotz allem für immer zusammen sein können. Eben hierüber muss ich mit Dir sprechen. Bitte verbrenne diesen Brief.

Paulines Hände zitterten, als sie das Papier in ihr Täschchen steckte.

Die nächsten Nächte schlief sie schlecht vor Aufregung. Als sie sich am Sonntag auf den Weg machte, da war ihr genauso mulmig zumute wie am Tag, als sie das allererste Mal mit Theo verabredet war.

Sie sollte ja direkt zur Hütte kommen. Ihre Müdigkeit hatte sich im Lauf des letzten Jahres gebessert, aber ein bisschen kurzatmig war sie noch immer, und der weite Weg strengte sie an. Als sie endlich an der Darmstädter Landstraße auf der ungefähren Höhe angelangt war, wo sie in den Wald biegen musste, da fand sie den geritzten Baum nicht, der die Stelle anzeigte! Vielleicht war er inzwischen gefällt?

Bestimmt eine Viertelstunde verbrachte sie damit, vor- und wieder zurückzugehen und mit wachsender Verzweiflung eine nach der anderen die Buchen, Kiefern und Eichen zu mustern. Vielleicht war sie gar nicht an der richtigen Stelle? Womöglich war sie schon zu weit hinter der Oberschweinstiegschneise. Oder nicht weit genug. Sie kannte sich plötzlich überhaupt nicht mehr aus.

Endlich fiel ihr eine beschädigte Rindenstelle ins Auge, die hinter einem heruntergekrachten Ast voller benadelter Zweige hervorlugte. Aus purer Verzweiflung trat sie über den Straßengraben zu dem Baum, sah nach und entdeckte hinter dem losen Ast das geschnitzte F, nach dem sie gesucht hatte. Den Ast riss Pauline lieber gleich herunter, damit Theo nicht ebenso suchen müsste wie sie (und am Ende nicht käme).

Beim Weg quer durch den Wald zur Hütte war sie schon wieder unsicher, der Himmel war bedeckt, sodass ihr der Sonnenstand mit der Richtung nicht half. Bald merkte sie aber, ihre Füße hatten sie aus alter Gewohnheit ganz richtig getragen.

Die Tür des Hüttchens stand offen. Als sie vorsichtig eintrat, da sah sie: Theo war schon da! (War er jemals bei einer Verabredung vor ihr da gewesen?) Es war das erste Mal seit Monaten, nein, eigentlich seit Jahren, dass sie ihn bei Tageslicht sah. Jedenfalls halbwegs bei Tageslicht, es war bei dem trüben Himmel duster hier drinnen. Paulines Herz pochte, sie spürte es kitzeln im Bauch wie damals, als alles anfing, als sie ihn noch kaum kannte.

«Du siehst schlecht aus, bist du krank?», fragte er, nachdem er sie umarmt hatte.

«Ich war krank. Ich hatte doch dieses Fieber. Die Blässe hab ich seitdem. Es ist aber schon besser.»

Es dauerte nicht lange, bis Theo auf seine «Erleuchtung» zu sprechen kam. Die Erleuchtung hieß Amerika. Er wisse nicht, warum er nicht schon viel früher darauf gekommen sei. Wenn sie zusammen nach Amerika gingen, könnten sie heiraten. Er habe sich sagen lassen, dass man es dort bei den Einwanderern mit den Namen und den Urkunden nicht genau nehme. Sie könnten sich entweder Franck mit Nachnamen nennen und so tun, als seien sie schon verheiratet, dann würden sie dort als Eheleute eingetragen. Oder er nennte sich Passavant und sie sich Franck und dann würden sie dort heiraten können.

«Das heißt natürlich hier alle Zelte abbrechen», schloss er. «Aber ich würde das für dich tun. Wenn wir hierbleiben, ist es hoffnungslos. Also, meine liebe Pauline, kommst du mit mir nach Amerika? Als meine Frau?»

Was sollte Pauline da sagen? Es war doch, was sie sich im Grunde ihres Herzens immer gewünscht hatte.

«Ja», sagte sie, ohne nachzudenken. «Natürlich.»

Als die Worte heraus waren, wusste sie schon, es würde ihr noch bange werden: die weite Reise, das fremde Land und dass sie verbotenerweise als Geschwister verheiratet wären, der Abschied von allem Vertrauten hier, von ihren freundlichen Kollegen, von Hannchen, Fritzi und selbst ihrer Arbeit, in der sie sich gut auskannte. Aber das ließ sich nicht vermeiden. Mit Theo nach Amerika zu gehen war eben ein großes Abenteuer. Und es war eindeutig die allerbeste Zukunft, die es auf der Welt für sie gab.

«Wunderbar!», kommentierte Theo ihre Zustimmung. «Jetzt gibt es nur noch eine Schwierigkeit, die unserm Glück im Wege steht. – Wir brauchen Geld. Ich denke, um die zehn-, zwanzigtausend Gulden oder noch mehr, damit ich mich dort geschäftlich etablieren kann. Ansonsten müssten wir unter die Bettler und Tagelöhner gehen. Man hört böse Geschichten von den Hafenvierteln, da ist alles voller Halsabschneider, und die mittellosen Einwanderer sind für die schlechtesten Arbeiten gerade gut genug.»

Da wusste Pauline, am Ende würde es doch nichts werden mit Amerika.

«Aber es heißt doch immer, es gibt so viel freies Land», protestierte sie traurig.

Er lachte. «Den amerikanischen Werbeheftchen darf man kein Wort glauben. Ich habe neulich diese Schrift von einem gewissen Körner gelesen, einem Frankfurter, der in die

Staaten ausgewandert ist. Danach ist drüben alles nicht so einfach, wie man denkt. Die wenigsten schaffen es bis in den Westen, wo noch freies Land zu haben ist. Und wenn sie dort sind, stellen sie fest, ihre Parzelle ist so wüstenmäßig trocken, dass sich überhaupt nichts anbauen lässt. Davon abgesehen, ich bin kein Bauer und will auch keiner werden. Höchstens dass ich Land kaufe und an andere verpachte. Ich gedenke nämlich, in Immobilien zu gehen. Das hat in den Staaten Zukunft. Als Erstes würde ich ein paar Häuser in einer Hafenstadt aufkaufen und zimmerweise an deutsche Einwanderer vermieten. Das ist ein todsicheres Geschäft. Die Rendite ist natürlich gering, aber wenn man mit genügend Kapital anfängt … und da liegt eben der Hase im Pfeffer. Mein Alter würde mir niemals genug geben.»

«Aber … falls er stirbt …»

Pauline schämte sich, dass sie das gesagt hatte.

«Der wird hundert. Redet seit zwanzig Jahren von seiner schwachen Konstitution und ist doch nicht totzukriegen. Übrigens, das Erbe, verlassen kann ich mich darauf nicht. Jedenfalls nicht, wenn ich hier zu Hause sitzen bleibe. Wenn ich erfolgreicher Kaufmann in Amerika wäre, dann sähe die Sache schon wieder anders aus. Dann wäre der Alte so stolz auf mich, dass er mich zum Alleinerben machen würde.»

«Aber … das Geld, das du bräuchtest, das haben wir ja nicht. Also können wir eben doch nicht nach Amerika. Es ist dann alles doch nichts als ein Traum.»

«Weit gefehlt, Paulinchen. Ich habe nämlich eine Idee, wie ich an zwanzig-, dreißigtausend Gulden kommen kann. Eine geradezu superbe Idee.»

Pauline wunderte sich. Was kam denn jetzt?

Theo grinste ihr ins Gesicht.

«Du kennst doch diesen kleinen Dürlemann», sagte er.

Heinrich, Juli 1851

Am Eschenheimer Turm lief Heinrich der Freund und Kollege Mappes über den Weg. «Hoffmann! Du kommst mir gerade recht. Du hast ja wohl gehört, dass dein Nachfolger an der Anatomie feststeht?»

«Ja, sicher, habe ich.»

Man hatte sich für Lucae entschieden, der schon seit ein paar Jahren Pathologievorträge am Senckenbergischen Institut hielt und mit dem Heinrich nur mäßig gut konnte.

«Ich will dich lieber vorwarnen», erklärte Mappes, «dass die Studenten zu deinem Ausstand etwas planen. Nichts Offizielles, aber du kannst dich auf einen Umtrunk an deinem letzten Arbeitstag gefasst machen.»

Das hatte sich Heinrich doch sowieso gedacht.

Pauline, Juli 1851

Pauline war flau im Magen. Am liebsten wäre ihr, wenn Fritzi heute gar nicht kommen würde. Ihr war die ganze Sache hinten und vorne nicht recht. Theo stellte sich das so leicht vor.

Sag ihm doch einfach, dass wir seinen Alten reinlegen wollen. Nach dem, was du mir erzählt hast, kann der seinen Alten doch sowieso nicht leiden.

Irgendwie hatte sie Theo nicht begreiflich machen können, dass Fritzi ein Kind war. Dass er seinen Vater liebte und achtete, obwohl er ihm in mancher Hinsicht böse war. So schien ihr das jedenfalls. Aber Theo dachte ganz anders. Der konnte auch nicht verstehen, dass sie ein schlechtes Gewissen hatte.

Der Dürlemann hat dich doch damals vor die Tür gesetzt. Sieh es als Rache.

Fritzi kam an Samstagen selten. Aber heute, ausgerechnet heute trat er kurz vorm mittäglichen Ladenschluss fröhlich bei Reuter ein.

Es muss ein Samstag sein. Wir probieren es gleich am nächsten. Aber sag ihm vorher nichts, nicht dass er plaudert.

Pauline warf unwillkürlich einen Blick durchs Ladenfenster auf die Straße, während sie Fritzi den Schlüssel zur Mansarde hinhielt. Gegenüber an der Nordseite der Zeil entdeckte sie Theo, der so tat, als lese er im Stehen eine Zeitung.

Vielleicht würde Agathchen Jung ihr über Mittag eine Arbeit geben. Welche auch immer, eigentlich gab es heut nichts.

Die Uhr schlug zwölf.

«So, Pauline. Ich will hier noch einen Brief schreiben und die Lieferpapiere von gestern durchsehen. Aber du bist bis drei entlassen.»

Nun war es an ihr. Ob sie kneifen würde oder nicht.

Pauline konnte keinen einzigen Gedanken fassen, als sie im Nebenhaus die Treppe hochstieg. Bis zur letzten Sekunde wusste sie nicht, was sie tun würde. Als sie aber oben die Tür zur Mansarde öffnete, wo Fritzi auf sie wartete, da ging alles wie von selbst, als hätte sie geübt.

«Weißt du was, Fritzi, ich hab eine Idee. Du beschwerst dich doch immer, dass meine Mittagspause zu kurz ist und wir mit dem *Grafen von Monte Christo* nicht vorankommen. Wie wär's, wenn wir uns ein schönes Wochenende zusammen machen? Ich hab den Schlüssel zu einer Jagdhütte im Stadtwald. Die hat auch Betten und Wasser, wir könnten da das ganze Wochenende bleiben.»

Die Dürlemanns sind stinkreich. Und der Junge ist so vernarrt in dich, der macht, was du sagst. Klar spielt der mit.

«Au ja!», rief Fritzi. «Dann geh ich jetzt erst mal nach Hause zum Essen und erzähl meinem Vater, ich wär übers Wochenende bei irgendwem auf einer Jagdhütte eingeladen. Bei Hoffmanns am besten. Mit denen hat er nichts zu tun.»

Pauline wurde es heiß im Gesicht. Wie kam sie denn aus dieser Falle wieder heraus? Es war doch ein Fehler, dass sie nicht die ganze Wahrheit gesagt hatte. Sich nicht nach Theos Plan gerichtet hatte.

Sag ihm einfach, wir wollen seinen Alten reinlegen.

«Ach nein», haspelte sie, «also, wenn du jetzt deinen Vater fragst, dann erlaubt er's dir vielleicht nicht. Schreib ihm doch lieber ein kleines Billett, dass du das Wochenende mit Freunden auf einer Jagdhütte verbringen willst. Am besten schreibst du, ihr wollt lernen. Ich schick dann später den Lehrling, dass er's bei euch abgeben soll. Der hat nämlich sowieso in der Obermainanlage was zu liefern. Dann kann dein Vater nicht mehr nein sagen.»

Pauline war ganz entsetzt, wie sie lügen konnte. Fritzi würde sie dafür hassen, wenn er es erfuhr. Er würde das alles überhaupt nicht glauben können. Wenn es klappte, wäre sie dann glücklicherweise weit fort. Aber sie war sich leider überhaupt nicht sicher, dass alles so funktionieren würde, wie Theo hoffte. Und wenn nicht … sie durfte daran gar nicht denken.

Es ist ein Spiel fast ohne Einsatz. Zu neunzig Prozent klappt es. Zu zehn Prozent sind wir an derselben Stelle wie zuvor.

Eine innere Stimme beruhigte Pauline: Sie hatte ja immer noch Gelegenheit, Fritzi die Wahrheit zu sagen. Heut Abend zum Beispiel. *Fritzi, ich muss dir was Blödes sagen, ich hab das Billet an deine Eltern nicht abgegeben. Mein Freund meint …* Und dann konnte Fritzi sich überlegen, ob er mitspielen würde oder nicht. Dazu war dann immer noch Zeit.

Fritzi hatte schon seine Mappe geöffnet und machte sich eifrig daran, eine Notiz für den Vater zu schreiben. Pauline wollte überlaufen vor Liebe und schlechtem Gewissen, als sie sah, wie er beim Schreiben vor Konzentration die Zungenspitze zwischen die Lippen schob. Er war ja noch so jung. Kein Wunder, dass sie ihm nicht die Wahrheit gesagt hatte. Sie musste das Kind schützen, es durfte da nicht mit hineingezogen werden, nicht am Ende mitverantwortlich sein vor dem Vater.

Außerdem schämte sie sich. Das war vielleicht der Hauptgrund, warum sie ihm nichts sagen konnte. Sie schämte sich vor Fritzi, dass sie bei so was mitmachte.

Draußen auf dem Dach, ganz dicht beim Mansardenfenster, rief laut eine Krähe. Das Geräusch ging Pauline durch Mark und Bein.

«Was meinst du, geht das?», fragte Fritzi, als er fertig war.

Sie zuckte zusammen, nahm und überflog den Zettel, den nie jemand lesen würde.

«Das ist genau richtig. – Wollen wir jetzt gleich zur Hütte hoch? Da ist es schöner als hier, und du kannst es dir schon mal gemütlich machen, während ich den Nachmittag noch schuften muss.»

Du musst ihn mittags schon auf die Hütte bringen. Er darf nicht die Gelegenheit haben, noch einmal nach Hause zu gehen.

«Au ja, gute Idee. Aber krieg ich auch was zu essen? Ich hab einen Riesenhunger!»

«Aber natürlich kriegst du was zu essen. Guck mal, ich habe uns einen Proviantkorb gemacht.»

Sie holte den Korb aus der Ecke und hob das Tuch an. Darunter Leckereien aus der Passavant'schen Küche, die Theo mitgebracht hatte. Weißbrot, Pasteten, Butter, Kompott, Schinken, Huhn, Kuchen. Selten hatte sie so viel gutes Essen auf einmal gesehen.

«Au Klasse! Bloß zu trinken haben wir nichts.»

«Die Hütte hat Wasser. Ich hab gedacht, wir nehmen mit Wasser vorlieb, Getränke sind so schwer zu tragen. Wir wollen ja auch noch Bücher mitnehmen und eine Lampe. Decken brauchen wir nicht, die sind schon da. Dann habe ich hier noch zusätzlich eine Laterne für den Notfall, aber die kann ich heut Abend noch nachbringen. – Jetzt müssen wir uns ein bisschen beeilen, ich muss ja bis um drei wieder zurück sein!»

Als sie das Haus verließen, erahnte Pauline im Augenwinkel Theo an der Hauptwache. Sie bemühte sich, nicht hinzusehen, bog nach rechts und nahm die Zeil Richtung Brücke. Natürlich waren auf der Zeil viele Leute. Sie hoffte, dass sie beide niemandem auffielen. Die Krähe rief ihnen noch lange hinterher. Pauline war es, als ob die Krähe rufen würde: Da geht sie, da geht sie, die Lügnerin!

Später, im Wald, nochmal eine Krähe. Pauline schien es dieselbe zu sein. Diesmal klang das Krah-krah aber eher so, als ob der Vogel sie warnen wollte. Sie kam sich vor wie im Märchen, wie sie mit dem Essenskorb durch den Wald ging. Wie Rotkäppchen. Als würde in der Hütte der Wolf auf sie warten.

Wilhelm Dürlemann, Juli 1851

Wilhelm betrat die Ehegemächer, um sich seine Hauskleidung anzuziehen und den Zwicker zu polieren. Es war einsam hier. Lily hielt sich den Tag über stets im großen Salon auf, wo sie den Vater unterhielt. Bei dem hatte sie sich von Anfang an lieb Kind gemacht.

Als Wilhelm noch mit Babette verheiratet gewesen war, da hatte die, wenn er kam, meist hier im Ankleidezimmer im Sessel gesessen, mit einem Buch in der Hand. Immer hatte sie sich über sein Kommen gefreut, und gemeinsam hatten sie ein paar intime, entspannte Momente genossen, bevor es zum Essen ging.

Wilhelm war noch kein Jahr mit Lily verheiratet, als es ihm zum ersten Mal geschah: Er kehrte vom Geschäft heim, und als er die Tür zum Ankleidezimmer öffnete, da durchfuhr ihn eine Sehnsucht nach Babette wie ein körperlicher Schmerz. Nun war das zum Dauerzustand geworden.

Was hatten sie es schön zusammen gehabt, vor allem in den Jahren, als sie noch allein wohnten, als auch Sohn Otto noch gelebt hatte. Heute schien es Wilhelm, als hätte das ganze Elend mit dem Tod Ottos begonnen. Das hatte sie beide einander entfremdet.

Aber niemals, nicht einmal in dieser scheußlichen Nacht, als sie sich ihm verweigert hatte, war ihm Babette so fremd gewesen wie heute Lily. Dieses eifrige Lächeln, das er am Anfang so geliebt hatte und von dem er jetzt wusste, dass es künstlich war, reine Fassade, Höflichkeit, nichts weiter. Der Mensch, der sich dahinter verbarg, der war ihm nicht nur fremd geblieben, den mochte er wahrscheinlich nicht einmal besonders. Beispielsweise war sie ihm viel zu selbstsicher für eine Frau.

Wilhelm hatte mit Lily die Katze im Sack gekauft. Fast nichts an ihr war so, wie er gedacht hatte.

Sie war nicht reich. Nur die deutschstämmige Tante war vermögend, und die hatte in weiblicher Perfidie ihre Nichte eigens deshalb auf große Deutschlandreise mitgenommen, damit deutsche Herren, die die Familie nicht kannten, auf die Idee kämen, die junge Witwe verfüge über üppige Mittel. Lilys Vater in Durham, der «in Tabak» Tätige, hatte vor Jahren schon Bankrott gemacht; hatte deshalb die Tochter als blutjunges Mädchen an einen älteren Witwer verheiraten müssen, der wiederum, als er starb, jeden Schilling seinen Kindern aus erster Ehe hinterließ und nichts seiner zweiten Frau. Ihr famoser Onkel in London mit den türkischen «Cigaretten», von dem sie ihm bei ihrem ersten Besuch so begeistert erzählt hatte, ein gewisser Morris, der hatte zwar tatsächlich einen Tabakhandel in der Hauptstadt, war aber nur entfernt mit ihr verwandt und hatte nicht die geringste Lust, Dürlemann'sche Zigarren aus Pfälzer Anbau zu importieren. («*Bitter and harsh in taste, unsuitable for all but the lowest segment of customers*», schrieb er als Reaktion auf ein Versuchspaket; derart schlechte Qualität werde ihm aus Frankreich billiger geliefert.)

Und unfruchtbar war Lily noch dazu. Wilhelm hätte es gleich ahnen müssen, als sie damals insinuierte, der verstorbene Mister Allen sei zum Kindermachen zu krank gewesen. Aber dumm und verliebt, wie er war, hatte er nichts hinterfragt. Jetzt waren sie seit drei Jahren verheiratet, er beschlief sie nach wie vor jeden zweiten Tag, und in den ganzen drei Jahren gab es nie ein Zeichen einer Schwangerschaft. Er wusste es, sie wusste es, aber er fand es unter seiner Würde, sie darauf anzusprechen. Es erinnerte ihn nur an seine Dummheit.

Aber das Schlimmste von allem, das war, dass sie ihn nicht liebte. Nicht im Geringsten. Geschlechtsverkehr ließ sie bloß über sich ergehen. Sie hatte einen Dummen gesucht, er war der Dumme gewesen. Um der Selbstachtung willen musste Wilhelm wenigstens dem Rest der Welt gegenüber so tun, als sei er glücklich mit seiner Wahl. Im Tabakkränzchen ließ er leidenschaftliche Nächte durchblicken. (Er müsse unbedingt vor zwölf gehen, seine Frau warte auf ihn, sie wäre ihm sehr böse, wenn er zu müde sei …) In der Familie ließ er sich nichts anmerken. Höchstens gegenüber der Mutter, die längst einen Hass auf Lily nährte. Zum einen weil sich die vermeintlich gute Partie als Ladenhüter entpuppt hatte, vor allem aber, weil Lily den Vater in schamloser Berechnung um den Finger wickelte und mit dem Alten ein Herz und eine Seele war. Das stieß der Mutter so übel auf, dass sie anfing, lobend von Babette zu reden. «Meine liebe Schwiegertochter Babette pflegte …», fingen solche Sätze an. Was würde Babette staunen, wenn sie das hören könnte!, dachte Wilhelm manchmal.

Auch bei Fritz schmeichelte Lily sich ein, konversierte stets auf Englisch mit ihm (Fritz sprach nun flüssig und so schnell, dass Wilhelm oft nicht folgen konnte), sie trat für ihn ein, wenn Wilhelm etwas verbieten wollte – kurz, sie tat einiges, um den Jungen dem Vater zu entfremden. Überhaupt: Wilhelm fühlte sich immer mehr wie ein Fremder im eigenen Haus. Niemand war da, dem er sich wirklich öffnen konnte.

Der Gong schreckte ihn hoch. Schon wieder hatte er in Babettes Sessel gesessen und gegrübelt. Das wurde allmählich zur schlechten Angewohnheit. Den Gong hatte übrigens Lily eingeführt. Indirekt, wie so vieles. «Ohh!», hatte sie zu Vater gesagt. «Bei uns in England in gute Häuser man lautet einen Gong zum Essen! Das ist soo kultiviert!»

Drei Tage später hatte der Vater bei einem Manufakturwarenspeditionshandel auf der Zeil einen Gong besorgt.

Weil er spät dran war, sah Wilhelm nicht nach dem Tellerchen mit der Post, das wie üblich im kleinen Salon auf ihn wartete. Er war aber keineswegs der Letzte am Esstisch. Fritz fehlte noch.

Da er nicht kam, wurde dem Mädchen befohlen, den albernen Gong nochmals zu läuten. Wilhelm nutzte die Verzögerung, um durch die Zwischentüre nach nebenan zu gehen und doch noch einen Blick auf die Post zu werfen. Auf dem Teller lag heute nur ein Brief, mit Frankfurter Poststempel vom gleichen Tag. Die Adresse wirkte wie aus dem

Schönschriftbuch abgepaust, der Absender, «C. H. Meyer», war Wilhelm unbekannt. Rätselnd hob er die Brauen und schlitzte den Umschlag auf, während er Lily sagen hörte, sie habe Fritz heute noch gar nicht gesehen.

Unterdessen fiel sein Blick auf das Schreiben.

Ihr Sohn Friedrich ist in unserer Gewalt.

Um ihn unversehrt freizulassen, verlangen wir nichts als das nötige Geld, um uns in der Neuen Welt eine Existenz aufzubauen. Gehen Sie noch heute zu Ihrem Bankier, überschreiben Sie ihm unter einem Vorwand 30 000 Gulden aus Ihrem Vermögen und veranlassen Sie ihn, drei Chèques de Banque auf je ein Drittel dieses Betrags auszustellen, zu zahlen an Überbringer, gültig ein Jahr und acht Tage ab Ausstellung. Lassen Sie sich diese drei Chèques aushändigen und versenden Sie sie zusammen in einem unauffälligen Kuvert mit dem Absender Arthur Kleinschmidt postlagernd an Frl. Thecla Meyer, Hamburg. Bringen Sie den Brief eigenhändig Sonntag vor sieben Uhr früh zu dem Briefkasten des Oberpostamts. Versenden Sie ihn als gewöhnlichen Portobrief, also ohne Frankatur und ohne Wertvermerk. Unternehmen Sie nichts weiter in der Sache, vor allem nichts, was die Einlösung des Geldes durch uns oder unsere Weiterreise gefährden könnte. Verläuft alles nach unseren Wünschen, wird Ihr Sohn am Tage nach dem Eintreffen Ihres Briefes freigelassen.

Andernfalls sehen wir uns gezwungen, zu unserem eigenen Schutze das Kind zum Schweigen zu bringen.

So Sie aber besonnen und genau nach unseren Instruktionen handeln, wird Friedrich nichts geschehen.

«Bübelchen, was ist, ist dir schlecht?»

Das war die Mutter, die Wilhelm durch die offene Zwischentür bleich auf einen Stuhl hatte sinken sehen. *Bübelchen* hatte sie Wilhelm lange nicht mehr genannt.

«Nein», sagte er mit trockenem Mund und merkte dabei, dass ihm tatsächlich übel war. «Ich habe hier einen Erpresserbrief. Die Ganoven schreiben, sie halten Fritz gefangen. Warum geht denn verflucht nochmal niemand hoch und sieht nach, ob er da ist? Wer hat ihn denn zuletzt gesehen?»

«Was?», fragte die Mutter verwirrt, während Lily aufstand und nach oben entschwand. «Bubenstreiche», sagte Herr Dürlemann senior abfällig und verlangte den Brief zu sehen. Das ärgerte Wilhelm so, dass er seine Kraft wiederkommen spürte. Mit gepressten Lippen marschierte er hinüber zum Esstisch und hielt dem Vater den Schrieb vor die Nase.

«*Chèques de banque*», murmelte der entgeistert, als er gelesen hatte: «*Chèques de banque.*»

«Eben!», schimpfte Wilhelm. «Das ist kein Bubenstreich. Das sind entweder Berufsverbrecher, oder es ist jemand, der selbst im Geldgeschäft oder zumindest im Großhandel arbeitet und Schulden bis zum Hals stehen hat und nun zum Verbrechen greift, um sich freizuschwimmen. Verflucht.»

Wenige Minuten später war klar, dass Fritz sich nirgendwo im Haus befand und seit dem Morgen von niemandem gesehen worden war. Beim Mittagessen hatte er schon gefehlt, aber dabei hatte man sich nichts gedacht, da er mit dem Heimkommen nach der Schule generell sehr unzuverlässig war (ständig war er «bei Hoffmanns» oder «bei Bindings» oder «bei Bansas» zum Essen geladen).

«So», sagte Wilhelm. «Damit ist es entschieden.» Er griff nach dem Brief.

«Was?», fragte sein Vater. «Wilhelm! Was hast du denn vor?»

«Mich anziehen», kam es schroff von Wilhelm. Er war schon fast bei der Tür. «Dann auf zu Mumm.»

«Du willst das wirklich tun?»

«Ja, was bleibt mir denn anderes übrig? Hast du vielleicht einen besseren Vorschlag?»

Fast war es Wilhelm lieb, dass er jetzt aktiv werden musste, sich zusammenreißen, das Schlottern seiner Knie abstellen.

Diesen Gedanken wegdrücken, dass er dem Sohn all die Jahre vor lauter gebotener Strenge niemals liebe Worte gesagt habe – als würde er Fritz niemals mehr wiedersehen. Doch das würde er ja. Er musste nur alles dafür tun. Dann wäre Fritz bald wieder da, und er könnte sich ruhigen Herzens über das verlorene Vermögen ärgern.

«Ölschläger, spannen Sie an!», brüllte er, bevor er unten die Schlaf- und Ankleideräume betrat. Beste Bekleidung war angesagt, er zog einen festlichen Kragen mit Samtweste in Erwägung, entschied sich dann aber doch fürs rein Geschäftliche, so seriös und farblich dunkel wie möglich, dem Ernst der Lage angemessen.

Im Vestibül bei der Haustür traf er seinen Vater. «Ich komme mit», sagte der. Als sähe ihn Wilhelm seit Jahren zum ersten Mal, fiel ihm jetzt ins Auge, wie alt der Vater geworden war, ein gebrechlicher Greis längst, nicht mehr der imposante Firmenvorstand von früher.

Es war klug, den Vater mitzunehmen, weil dessen Vermögen fürs Lösegeld gebraucht wurde. Wilhelm musste nur zusehen, dass er selbst die Verhandlungen führte.

«Taunusanlage zwei», befahl er dem Kutscher.

Das war die Privatadresse ihres Bankiers Albert Mumm, ganz am anderen Ende der Stadt gelegen. Das Geschäftshaus Mumm und Co., nicht weit von dort in der Gallusstraße, war um diese Zeit zweifellos geschlossen. Auf der Fahrt meldete sich bei Wilhelm nagend das Magengeschwür, das ihn in den letzten Jahren plagte. Er hätte doch etwas essen müssen.

In der Taunusanlage öffnete ein livrierter Diener das Portal der Villa Albert Mumm und erklärte, der Hausherr sei nicht zu sprechen.

Gegen jede Höflichkeit und Konvention bestand Wilhelm in seiner Not penetrant darauf, Herr Mumm müsse zu sprechen sein, es gehe um Leben oder Tod, der Diener werde sehr bereuen, sie nicht eingelassen zu haben, nein, er werde hier nicht fortgehen, bis er Herrn Mumm gesprochen habe. Er trat sogar frech in die Tür, als der Diener sie schließen wollte.

Endlich wurden Vater und Sohn Dürlemann doch zu einem gereizten Mumm vorgelassen, der es sich zum heiligen Prinzip gesetzt hatte, den Abend von Geschäften frei zu halten. Wilhelm fiel kein Vorwand ein, der sein Verhalten gerechtfertigt hätte, sein Mund war ohnehin zu trocken für gefälliges Sprechen, im Magen nagte sich die Säure ins Geschwür – also ging er geradewegs auf Mumm zu und reichte ihm mit einer Entschuldigung den Erpresserbrief.

Mumm las.

«Das ist ja entsetzlich», kommentierte er. «Haben Sie irgendeine Ahnung, wer das sein könnte?» Er reichte Wilhelm den Brief zurück.

«Leider nicht die geringste», entgegnete der. «Ich denke, jemand aus unseren Kreisen. Von dem Wortlaut her.»

«Es sieht freilich so aus. *Chèques de Banque* zu verlangen ist gewieft, das spricht für Kenntnisse im Geldgeschäft. Diese Schecks sollten sich überall in bar einlösen lassen, sogar im Ausland. Viel besser, als wenn Sie auf den eigenen Namen einen Scheck oder Wechsel ausstellen würden. – Gut. Da Sie hier sind, nehme ich an, Sie wollen zahlen?»

«Ja. Ja, ich will zahlen. Und bitte um Ihre Hilfe und Diskretion.»

«Die ist selbstverständlich. Dann warten Sie bitte hier, ich werde jetzt gleich persönlich die nötigen Papiere aufsetzen. Aus wessen Guthaben soll denn die Schenkung an die Bank erfolgen? Von welchem der beiden Herren, meine ich?»

«Hälftig», entschied Wilhelm und musterte aus dem Augenwinkel den Vater, der nicht protestierte.

Die Formalien dauerten beinahe zwei Stunden. Mit dem Prokuristen, einem weiteren Mumm'schen Familienmitglied, das eigens geholt wurde, ging es in die leeren, dunklen Geschäftsräume der Bank, wo die nötigen Stempel und Formulare verwahrt wurden.

Um elf Uhr war man zu Hause in der Villa Duerlé, mit Schecks auf das Bankhaus Mumm über insgesamt 30000 Gulden «an Überbringer».

In der Nacht erlitt der Vater einen schweren Schlaganfall. Man fand ihn am Morgen gelähmt und ohne Sprache im Bett. Nichtsdestotrotz brachte Wilhelm um halb sieben Uhr früh die Schecks in einem wie befohlen beschrifteten Umschlag selbst zum Postamt und warf den Umschlag, ebenfalls wie befohlen, in den dortigen Briefkasten.

Auf dem Rückweg, die Aufgabe erledigt, merkte er erst, wie unendlich elend er sich fühlte.

Pauline, am vorherigen Abend

Es war wie verhext. Gerade heute, wo Pauline so dringend früh wegmusste, fand sich bei der Abrechnung eine Diskrepanz. Agathchen Jung bestand darauf, mit ihr gemeinsam alles von vorn durchzugehen. Die Diskrepanz klärte sich nicht auf. (Pauline ahnte, sie habe sich am Nachmittag vor Aufregung bei einer bestimmten Barzahlung vertan, behielt aber die Ahnung für sich.) Um kurz nach acht endlich wurde sie entlassen. Im Lauftempo hetzte sie nach nebenan und hoch in ihr Zimmer, schnappte sich die Petroleumlaterne, die Theo besorgt hatte, dann wieder runter und raus auf die Straße, zum Glück ohne irgendwo auf Agathchen Jung oder deren Schwester zu treffen. Kurz überlegte Pauline, in ihrer

Not und Eile viel Geld für eine Droschke auszugeben. Sie hatte ja ihre Ersparnisse unterm Rock immer dabei. Dann aber fürchtete sie, ob das nicht gefährlich wäre, zu auffällig, wenn ein Mädchen allein sich abends in den Wald kutschieren ließ.

Also hetzte Pauline zu Fuß zur Brücke und durch Sachsenhausen. Die Angst plagte sie, Fritzi könnte fortgegangen sein, weil sie nicht kam und er sich langweilte. Falls Theo schon den Brief abgeschickt hatte, wäre das schlimm. Und sie wäre schuld, weil sie Fritzi nicht die Wahrheit gesagt hatte.

Endlich erreichte sie den Wald, da japste sie längst und musste langsamer gehen. (Diese vermaledeite Kurzatmigkeit!) Am Himmel leuchteten schon die ersten Sterne. Auf der Darmstädter Landstraße war fast kein Verkehr mehr. Pauline war es unheimlich, so spät allein hier draußen. Wie sich wohl Fritzi fühlte, der seit Stunden allein in der Hütte war? (Wenigstens hatte er Licht und zu lesen.) Trotz der Dunkelheit fand sie heut leicht die Stelle, wo sie ins Gehölz biegen musste. Einmal unter den Bäumen, war es noch dunkler als auf der Straße. Aber sie wollte die Laterne nicht anzünden, fürchtete, dass sie jemandes Aufmerksamkeit erregen könnte mit dem Licht.

Wie still es nachts im Wald war! Und wie laut sich dann jedes kleine Geräusch anhörte. Raschelnde Tiere, die sich vor ihr in Sicherheit brachten. Der Duft nach Pilzen und Harz und Moder. Die ersten hundert Schritte gab es kaum Unterholz, die Bäume, große, alte Laubbäume, standen im Abstand, aber weiter hinten verdichtete sich der Bewuchs, und es wurde ganz düster. Ihr und Theos Gang zur Hütte letzte Woche hatte einen Pfad hinterlassen, wo die Brennnesseln niedergetrampelt und Zweige zur Seite gedrückt oder abgerissen waren. Halb sah Pauline, wo es langging, halb fühlten es die Füße. Nur ein paar Schritte noch, dann stand sie auf der kleinen Lichtung unterm dunkelblauen, sternenbesetzten Himmel der späten Dämmerung.

Die Hütte war vollkommen dunkel. Kein Licht in den Fenstern.

«Fritzi?», rief Pauline ängstlich. «Fritzi!»

Verdammter, verdammter Mist. Sie hatte es doch gewusst. Er war weggegangen. Natürlich. Sie hätte bei ihm bleiben müssen.

Ihr war zum Heulen.

Vielleicht schlief er nur.

Sie marschierte zur Hütte. Die Tür ließ sich nicht aufziehen. Hatte Fritzi von innen verriegelt? Pauline rief noch mindestens dreimal vergeblich nach dem Jungen, rüttelte an der Tür, bis sie merkte: Das Hüttchen war nicht von innen verriegelt. Jemand hatte von außen zugeschlossen. Die Vorhängeschlösser waren alle zu.

Aber die Schlüssel hatte doch sie! Und natürlich hatte sie heute Mittag hinter Fritzi nicht abgeschlossen.

Sie fühlte in ihrer Tasche. Doch, ihr Schlüsselbund war noch da. Dann fiel ihr etwas ein, was Theo letzten Sonntag gesagt hatte.

Ich gebe dir die Schlüssel im Lauf der Woche. Ich will erst noch Zweitschlüssel machen lassen.

Gut, dann hatte wohl Theo noch Zweitschlüssel. Vielleicht war er heut Abend hier gewesen, wollte Bericht erstatten, dass er den Brief abgeschickt hatte (um Gottes willen! Und Fritzi wusste ja von nichts!). Vielleicht hatte er die Hütte leer gefunden, weil sie nicht rechtzeitig gekommen und Fritzi getürmt war.

Pauline merkte, sie war klamm vor Schweiß. Sie stellte die Laterne auf den Boden, zündete sie endlich an. Vielleicht hatte ihr Fritzi oder Theo einen Brief in der Hütte hinterlassen. Vielleicht würde sie ohnehin heute Nacht hierbleiben. Es lockte sie nicht gerade, den ganzen Weg durch die Dunkelheit zurückzugehen. Also drehte sie nacheinander die drei Schlösser auf, nahm die Laterne in die Hand und zog an der Tür.

Das Erste, was sie drinnen sah, war eine Schirmmütze. Sie lag gleich vorne im Laternenlicht auf dem Boden. Fritzis Mütze.

Fritzis Mütze?

Pauline kam der schlimmste Tag ihres Lebens in den Sinn. Der Moment in der dunklen Souterrainwohnung von Theos Mutter, als sie schon spürte, dass etwas ganz und gar falsch war. Genau so fühlte es sich jetzt an: dieses Wissen, dass sie gleich etwas erfahren würde, und dann sähe die Welt mit einem Mal völlig verändert aus.

«Fritzi?», rief sie mit unterdrückter Stimme. (Warum denn so leise? Warum traute sie sich plötzlich nicht mehr, laut zu rufen?) «Fritzi?»

Langsam betrat sie den Raum, zog die Tür hinter sich zu. Sie trug die Laterne zum Bett an der Wand, wo sie den Jungen verlassen hatte. Aber da war kein Fritzi. Das Bett sah aus wie frisch gemacht, die Decke aufgeschüttelt und ordentlich zusammengefaltet. Kein Teller mit Essen stand am Kopfende, keine Bücher lagen herum, der Korb mit dem Proviant war verschwunden. Als hätte das lustige Gelage von heute Mittag niemals stattgefunden.

Pauline spürte Erleichterung aufkommen. Fritzi war gegangen, hatte vorher ordentlich aufgeräumt und alles mitgenommen. Hatte bloß die Mütze vergessen.

Langsam drehte sie sich mit der Laterne in der Hand zum restlichen Zimmer um. Nichts. Alles leer.

Bloß –

Die Zinkwanne. Da war mehr als sonst in der Wanne.

Pauline ging zwei Schritte vor, hielt die Laterne hoch. Dann schrie sie. Und schrie und schrie.

Das Nächste, was sie wusste, das war, dass die Tür aufging, und da kam jemand herein, und es war Theo, kam auf sie zu und schüttelte sie und sagte ihr, sie solle still sein. Und das war sie auch; so plötzlich, wie sie angefangen hatte zu schreien, hörte sie auf. «Du hast dich erschrocken», sagte Theo, «das tut mir leid.» Er hörte sich ganz ruhig an, ganz alltäglich, als wäre alles in bester Ordnung. Pauline hatte das Gefühl, es wäre etwas nicht richtig bei ihr im Hirn, sie brachte das alles nicht zusammen.

«Das musste leider sein», sagte Theo und wies auf die Wanne. «Es war zu unsicher, jetzt, wo der Brief abgeschickt ist. Man kann sich nicht drauf verlassen, dass so ein Kind das Maul hält. Ansonsten läuft alles bestens, Dürlemann und den Senior habe ich vorhin bei Mumm anhalten sehen. Das ist deren Bankier. Wir müssen hier nur noch den Jungen fortschaffen. Es darf uns nichts mit der Sache verbinden.»

Pauline stand und gab keinen Mucks. Als würde sie sich auflösen können, wenn sie nur nichts sagte, auflösen und fort. Als ob das hier, wenn sie schwiege, niemals Wirklichkeit würde.

Die Laterne stand vor ihr auf dem Boden. Wer hatte sie dahin gestellt? Sie hatte keine Erinnerung daran.

Theo verließ kurz die Hütte, kam dann mit einer großen Kiepe und einem Sack zurück. Den Sack warf er vor die Wanne und drapierte ihn so, dass die geweitete Öffnung oben lag. «Komm mal her und hilf mir einladen», sagte er, während er sich über die Wanne lehnte. Es platschte. Mit gebeugtem Rücken hob er das leblose Kind heraus. Pauline löste sich aus der Starre, floh aus der Hütte und stand vorgebeugt würgend auf der Lichtung.

«Was ist denn mit dir?», hörte sie von hinten. «Ach so, du ekelst dich. Du bist halt ein Mädchen. Dann werd ich das wohl alleine machen müssen. Aber glaub mir bloß, Wildschweine ausnehmen ist schlimmer.»

Pauline versuchte, ihren Magen und ihren Atem unter

Beherrschung zu bringen. Sie konnte nicht denken, es hatte auch alles keinen Zweck, sie wusste überhaupt nicht, was sie Theo sagen sollte. Sie musste weg hier, erst einmal weg, und dann versuchen, in den nächsten Tagen mit dem Geschehenen irgendwie klarzukommen. O Gott, wenn sie doch nur die Zeit zurückdrehen könnte.

Irgendwann trat Theo mit der Kiepe und dem Sack darin aus der Tür. «Na, geht's dir wieder gut?», fragte er halblaut.

Pauline nickte schwach. Sie hörte ihre Zähne klappern. (Gut? Niemals in ihrem Leben würde es ihr wieder gutgehen.)

Mit der schweren Kiepe auf dem Rücken kam er ein paar Schritte auf sie zu. Pauline trat zurück, weg von ihm.

«Ich hab jetzt einen gefährlichen Gang vor mir», raunte er. «Wenn mich ein Förster erwischt und als Wilderer anhält, dann sind wir geliefert. Ich muss eine gute Stunde durch den Wald, und das auch nur, wenn ich Glück hab und mich nicht verlaufe, aber ich bin den Weg in den letzten Wochen ein paarmal gegangen. Ich bring ihn zum Buchrainweiher, das ist schon bei Offenbach, da werf ich ihn ins Wasser. Dann denkt jeder, er ist dort ertrunken. Jedenfalls wird man nicht nachweisen können, dass es anders war. Genial, oder?»

«M-hm», murmelte Pauline mit trockener Kehle.

«Sag mal, bist du immer noch sauer, dass ich den Jungen beseitigt habe? Ich hab es doch für dich getan.»

Pauline fehlten die Worte.

«Ich hab mich so erschreckt», sagte sie.

Wie schon öfter mit Theo kam sie sich dumm vor, naiv, wie ein Kind, das mit der harten Welt der Großen nicht zurande kommt.

Theo sagte einen Augenblick nichts, dann: «Wisch hier einmal durch, dass kein Wasser mehr auf dem Boden ist und sonst alles sauber. Dann gehst du nach Hause. Und morgen machst du mit deinen Fräuleins, was du sonst auch tun würdest, das ist am unauffälligsten. Wenn alles gutgeht, hörst du nicht vor dem nächsten Freitag oder Samstag von mir. Sollte dich jemand befragen: Du warst spazieren mit ihm, er habe gesagt, er sei im Wald mit jemandem zum Reiten verabredet, du habest ihn an der Oberschweinstiege verlassen, weil du zurück zur Arbeit musstest, danach hast du ihn nicht mehr gesehen. Hast du verstanden? – Gut. Und sollte dich jemand nach mir fragen, mit mir hast du seit Jahren nicht gesprochen. Sieh vor allem zu, dass dich auf dem Rückweg die Jung nicht hochkommen hört. Und drück uns die Daumen.»

Heinrich, vier Wochen später, 16. August 1851

Zu Heinrichs letztem Arbeitstag an der Senckenbergischen Anatomie (es war eigentlich der letzte Tag von deren Sommerpause) waren wie erwartet reichlich Ärztekollegen und Schüler zwecks Feier erschienen. Es wurde Passendes gesungen, humoristische Lobgedichte auf den Scheidenden wurden rezitiert; Heinrich, von Mappes vorgewarnt, steuerte natürlich ein eigenes Festgedicht bei, ein selbstironisches, versteht sich. Irgendjemand hatte den zu trinkenden Wein und Schnaps spaßigerweise in Flaschen mit dem Schild «Spiritus medicinalis» umgefüllt.

Es stellte sich heraus, dass selbst die gruselige, angefaulte Leiche für Heinrichs letzte Sektion eine Festgabe war. An der Senckenbergischen Anatomie hatte es immer an Leichen gemangelt (da sich der Frankfurter nach dem Tod nicht nackt begucken und zerfleddern lassen wollte). Öfter schon hatte man daher Phantasie, Beziehungen und halblegale Mittel angewandt, um an Anschauungsmaterial für die Teilnehmer der Präparationskurse zu kommen.

Das heutige Objekt nun hatten Heinrichs diesjährige Anatomieschüler angeschleppt, mit dem Kommentar: Einige von ihnen hätten den Kadaver letzte Woche bei einer Wanderung im Stadtwald am Rand eines Weihers gefunden. Wobei man sich zugegebenermaßen nicht sicher sei, ob der Weiher noch auf Frankfurter Stadtgebiet liege oder schon auf Großherzoglich-Isenburger Land. Jedenfalls habe der Tote offensichtlich schon länger dort im Wasser gelegen und nicht gerade den Eindruck vermittelt, dass er jemandem gehöre oder dass man ihn in Isenburg vermissen werde. Also habe man die Leiche eingesammelt und die letzten Tage über in irgendjemandes Garten aufbewahrt, damit man an des verehrten Lehrers Abschiedstag auf jeden Fall was aufzuschneiden habe.

Heinrich rollten sich die Fingernägel auf, als ihm von den Übeltätern blauäugig diese Geschichte vorgetragen wurde. Du lieber Himmel! Gleich, wie alt die Leiche war, damit hätte man doch sofort zum Verhöramt oder zur Polizei gemusst! Und dann war der Tote nicht mal in Frankfurt gefunden worden! (Man kannte das: junge Männer in der Gruppe, da kamen die dümmsten Streiche zustande.) Diese Leichenentführung würde bürokratische Querelen nach sich ziehen, die sich gewaschen hatten. Und das jetzt, wo Heinrich die Anatomieepoche abschließen und sich auf die Irrenanstalt konzentrieren wollte. Im Verhöramt hatte er wenig Beziehungen, die eng genug waren, um hier helfen zu können.

Derjenige, in dessen Hände eine gefundene Wasserleiche normalerweise gehörte, war allerdings sowieso heute anwesend. Das war Heinrichs Freund Dr. Mappes, seit neuestem oberster Stadtphysikus. Und Mappes warf nun über dem makaberen Präsent Heinrich einen Blick zu, etwa des Inhalts: Nein, diese Racker aber auch!

Heinrich atmete auf. Prosit! Wenn Mappes das so nahm,

dann musste er den Bengeln jetzt auch keinen Moralvortrag halten.

Übrigens begann übermorgen ja sein mäßig geliebter Nachfolger Lucae seinen Dienst hier (war aber auffälligerweise zu der Abschiedsfeier nicht erschienen). War es nicht eigentlich Lucae, der sich jetzt mit dem Problem herumschlagen musste?

Die Sektion des Ekelobjekts wurde zum Jux. Bei den vielen Ablenkungen und dem Alkoholpegel ergab es sich, dass Heinrich sie so schlampig durchführte wie noch keine andere in seiner Zeit am Institut. (Er hatte hier sonst sehr gewissenhaft gearbeitet – aus Begeisterung an der Sache und natürlich weil er immer auf ein höheres Gehalt gehofft hatte.)

Man sezierte draußen im Hof, des Geruchs wegen. «Mensch, wenn wir daran gedacht hätten, den Hartmann zu bestellen!», rief einer. «Was wäre das ein Bild, wir alle und der Struwwel um diese Qualle von einer Leich!» (Ein Herr Hartmann hatte jüngst ein Studio für Fotografie in der Stadt eröffnet. Und Struwwel war leider Heinrichs Spitzname bei den Anatomieschülern.) An der Leiche war tatsächlich derart die Haut aufgequollen, dass die üblichen Holzklötzchen zum Stützen des schmalen Körpers unter den Falten ganz verschwanden. Heinrich demonstrierte die Waschhaut an den Händen und Füßen, wo man sie trotz der Fäulnis gut sah. Die Haut, soweit erhalten, ließ sich abstreifen wie ein Handschuh. (Es wurde nach dem Kunststück applaudiert.) Mappes erinnerte Heinrich, ein paar Notizen zur Bekleidung zu diktieren, die in algigen Fetzen an dem Leichnam herunterhing. Das brauche man vielleicht einmal zur Identifizierung.

Nachdem bald klar war, man hatte hier, wie vermutet, eine männliche Leiche vor sich, ein junger Bursche wohl, kümmerte sich Heinrich um die Todesursache nicht mehr so genau. Wie der Kandidat umgekommen war, schien ja offensichtlich: Tod durch Ertrinken, wahrscheinlich im Suff. Ein Unfall eben.

Am Ende waren alle froh, als das stinkende «Geschenk» von den Gehilfen wieder abtransportiert wurde. Schüler und Studenten stimmten dazu bei kreisender Flasche ein Lied an: «Falleri und Fallera, Schnaps ist gut für Cholera.»

Wilhelm Dürlemann, vier Wochen zuvor, am Tag nach der Entführung seines Sohnes, Juli 1851

Von seinem frühen Postgang zurückgekehrt, wurde Wilhelm an diesem tristen Sonntagmorgen bald von der Meldung überrascht, Herr Albert Mumm sei da und wünsche ihn zu sprechen.

Wilhelm empfing den Bankier im großen Salon, wo noch zum Lüften die Fenster offen standen und es morgendlich kühl war. Von oben erahnte er entfernt die Stimme der Mutter, wie sie dem Vater gut zuredete, der nach seinem nächtlichen Schlaganfall stumm darniederlag. Keiner wusste, ob der Vater noch etwas verstand.

«Der Anlass meines Besuchs», erklärte nach kurzer Begrüßung Mumm, «ist folgender: Wir haben uns überlegt, ob es nicht anzuraten wäre, im Namen der Bank über Berlin eine Depesche an die wichtigsten Hamburger Bankhäuser zu schicken.»

Wilhelm bereute in diesem Moment, den Bankier voll eingeweiht zu haben. Er wolle nichts unternehmen, was die Geldübergabe und die Freilassung seines Sohnes gefährden könne, sagte er etwas heftig.

Das sei verständlich, entgegnete der Bankier, aber man könne doch zumindest die Hamburger Banken anweisen, nach Vorlage eines auf die Bank Mumm gezogenen Schecks eine Beschreibung des Überbringers anzufertigen und aufzulisten, welche Spezies oder Noten übergeben worden seien. So habe man eine gewisse Chance, die Spitzbuben später zu stellen und das Lösegeld zurückzubekommen. Am besten würde man all dies übers Polizeiamt veranlassen, dann müsse Dürlemann die teure Depesche nicht selbst bezahlen und auch der Transfer von der Frankfurt-Berliner auf die Berlin-Hamburger Telegraphenlinie würde wahrscheinlich so schneller vonstatten gehen.

Wilhelm fühlte sich nahe der Hysterie. Das Polizeiamt zu informieren sei überhaupt gar nicht in seinem Sinne, protestierte er aufgeregt, denn dann würde ihm die Sache aus der Hand genommen. Seine Priorität sei, den Sohn unversehrt wiederzubekommen. Und dabei könne ihm kein Polizeiamt der Welt helfen.

«Das ist Ihre Entscheidung», sagte Mumm achselzuckend, «so müssen Sie die Depeschen eben aus eigner Tasche zahlen.»

Am Ende ließ sich Wilhelm darauf ein, gemeinsam mit Mumm einen Text zu entwerfen, den Mumm auf Wilhelms Kosten nach Hamburg depeschieren lassen sollte. Und zwar morgen, denn am heutigen Sonntag war das Telegraphenbüro im Börsengebäude geschlossen.

Langgöns, am folgenden Tag, Juli 1851

Seit dem ersten Mai '51 reichte die Südhälfte der im Bau befindlichen Main-Weser-Bahn von Frankfurt über Friedberg, Nauheim und Butzbach bis Langgöns. Im nächsten Jahr würde sie bis Gießen reichen. Die Beamten der Thurn-und-Taxis'schen Lehenspost hatten einiges umzuorganisieren. Manche von ihnen, die Postkutscher der Linien von Frankfurt nach Kassel etwa, waren mit den Entwicklungen überhaupt nicht einverstanden.

Vorläufig wurde seit Mai die nach Norden gehende Post aus Frankfurt in Langgöns von der Eisenbahn auf die Postkutsche verladen. Heute früh nahm der Langgönser Postbote Walter hier einen schweren Postsack mit Endziel Hamburg entgegen. Als er den Sack durch die verbliebenen sommerlich wuchernden Bäume vom Bahndamm Richtung Straße schleppte, sprach ihn von hinten ein Herr an, der in feines schwarzes Tuch gekleidet war und kein bisschen zu schwitzen schien. Die Haare waren aber stark pomadisiert und sahen aus, als würde der Zylinder daran festkleben.

«Können Sie mir vielleicht einen Gefallen tun?», fragte der Herr.

«Was wollen Sie denn? Ich habe zu tun.»

Nun sah aber Walter, dass der Herr zwischen den Fingern der Rechten zwei Goldstücke stecken hatte, die er nervös gegeneinander rieb. Walter blieb stehen und ließ den Postsack sinken.

«Ich habe eine Verlobte in Hamburg», erklärte der Herr.

«Ach so! Sie wollen noch einen Brief beilegen!»

«Nein, ganz im Gegenteil. Ich will einen Brief herausholen.» Der Herr beugte sich zu Walter herunter. Er war ziemlich groß. «Wissen Sie», raunte er, «ich war gestern Abend stark angetrunken, es war ein schlimmer Tag, in verschiedener Hinsicht, kurz, ich war nicht ganz Herr meiner Sinne und habe meiner Verlobten einen bösen Brief geschrieben, der … von dem ich nur hoffen kann, dass das liebe Mädchen ihn niemals zwischen die Finger bekommt. Sie verstehen, was ich meine. In letzter Minute bin ich heut früh in Frankfurt in die Bahn gesprungen, in der Hoffnung, dass ich den Brief hier noch abfangen und das Unglück verhindern kann. Trügt mich die Hoffnung, oder ist der Brief in diesem Sack?»

«Jawoll, wenn der Brief nach Hamburg geht, ist er höchstwahrscheinlich hier drin. Aber –»

«Wenn Sie ihn mir bitte heraussuchen würden, ich gebe Ihnen gerne zwei Louisdor für Ihre Mühen. Das ist es mir wert.»

«Junger Mann, ich versteh Sie ja, ich will auch gern helfen. Aber das geht nicht so einfach, das ist streng verboten, die Briefe sind ja auch alle kartiert, das fällt auf in Hamburg, wenn da etwas fehlt.» Mit einem Blick durch die Bäume prüfte Walter derweil unauffällig, ob etwa ein anderer Postbeamter in der Nähe war. Die Kutsche für die Anschlussstrecke stand schon bereit, der Postillon war aber nicht zu sehen. «Was ist es denn für einer, ein gewöhnlicher Brief?», fragte er schließlich nach.

«Ja, und als *porto* versandt.»

«Aha, dann ist er wenigstens nicht einzeln verzeichnet, sondern nur summarisch. Dann woll'n wir mal sehen, was wir tun können. Ich muss den Sack ja hier sowieso öffnen, dass ich die hiesigen Briefe heraushole.»

Er ging in die Hocke und machte sich an dem Verschluss und den Riemen des liegenden Postsacks zu schaffen, schob den Mund des Sacks weit auf. «So, nun schön vorsichtig, dass uns hier nichts durcheinanderkommt. Hier oben haben wir die Briefe nach Langgöns und Umgebung.» Er blätterte sich durch den obersten Stapel von dünnen Bündeln, nahm mehrere davon heraus. «So. Jetzt müsst ich eigentlich zumachen, aber Ihnen zuliebe will ich einmal sehen, ob ich den Übeltäter nicht gleich erwisch.»

Von ganz unten fischte er einen dicken, verschnürten Packen hervor. «Porto ging der, sagten Sie? Ja, das tut mir jetzt leid. Ich habe hier über zwei Pfund Portobriefe nach Hamburg. Da werd ich mich jetzt nicht durchwühlen.»

«Sehen Sie doch nur einmal nach, vielleicht liegt er ja ganz oben! Der Brief ging postlagernd.» Der Herr rieb geräuschvoll seine Louisdor.

«Ei, das könnt natürlich sein, dass die die postlagernden zuoberst gepackt haben. Wie war denn der Name von der Verlobten?»

«Fräulein Meyer, Thecla Meyer.» Der Herr rieb weiter seine Louisdor, und Walter schnürte die Verpackung des Hamburger Briefpakets auf, dann hatte er die Briefe selbst in der Hand, ebenfalls verschnürt.»

«Nein, der ganz oben ist's nicht. Also, ich will das jetzt eigentlich nicht auch noch aufbinden.»

Er war aber schon dabei. In der geübten Fingerfertigkeit von Postboten begann er bald, sich durch den Packen Briefe zu blättern, da hielt er plötzlich inne, blätterte zurück. «Thecla Meyer?»

«Ja.»

«Und Ihr werter Name?»

«Arthur Kleinschmidt.»

«Ja, da haben wir ihn ja schon! Aber wieso ist der denn so groß und hart, da hätten Sie mir doch gleich sagen können, dass das Format –» Walter stutzte, es kam ihm ein übler Verdacht. «Ja, sagen Sie mal, was ist denn da drin?»

Der Mann lachte leise.

«Das ist mir ganz peinlich. Die Bilder meiner Verlobten. Sie hat mir Porträts von sich geschickt, und ich wollte sie ihr allesamt zurücksenden. Sie verstehen. Es sollte zu Ende sein.»

«Ach so! Natürlich verstehe ich. Dann wäre die junge Dame aber sehr unglücklich gewesen. Da bin ich ja froh, dass ich helfen konnte.» Walter, noch immer in der Hocke, griff nach den beiden Louisdor, die ihm hingestreckt wurden, und reichte dafür den Brief hoch. «Nun gehen Sie aber rasch fort und lassen mich hier allein», sagte er. «Ich muss das alles hübsch ordentlich wieder einpacken.»

Am Ende hatte er auch noch Dreck an der Hose vom Knien. Aber zwei Louisdor sind eben nicht zu verachten. Und man ist ja gerne zu Diensten.

Wilhelm Dürlemann, Juli 1851

Briefe nach Hamburg gingen drei Tage. Dementsprechend hatte man sich in der Villa Duerlé ausgerechnet, dass die Schecks Dienstag oder Mittwoch in Hamburg bei den Ganoven sein müssten.

Inzwischen hörte und sah man nichts von Fritz oder den Erpressern. Als Wilhelm Freitag früh aufstand, draußen regnete es, da sagte ihm ein Gefühl: Wenn er heute wieder nichts hörte, dann hätten die Erpresser ein falsches Spiel gespielt, und er würde Fritz nie wieder sehen.

Die Mutter versuchte ihn während des traurigen Frühstücks am so leer gewordenen Tisch zu beruhigen.

«Ei, du sagst doch selbst, der Fritz ist wahrscheinlich hier in Frankfurt gefangen. Weil der Erpresserbrief doch aus Frankfurt kam. Da müssen natürlich die Lumpen in Hamburg erst ihrem Frankfurter Komplizen schreiben, dass sie das Geld nun haben und der Junge freigelassen werden kann. Drei Tage geht die Post mit den Schecks hin nach Hamburg, einen brauchen die Ganoven zum Abholen und zum Geldeinlösen, nochmal drei Tage, bis ein Brief aus Hamburg hierherkommt. Macht sieben Tage. Das kann vor Montag nächste Woche nichts werden. – Ja Elisabeth, was machst du hier?»

Lily, die gerade in grau-weiß gestreiftem Musselin eingetreten war, gab ihr Honigkuchenpferdlächeln. «Ich möchte frühstücken», sagte sie.

«Hat denn der Vater schon gegessen?»

«Ich weiß es nicht, ich dachte ...»

«Was du dachtest, weiß ich nicht. Wir haben aber gestern ausgemacht, dass du künftig dem Vater die Mahlzeiten gibst. Du bist doch schließlich seine große Freundin.»

«Oh, ich will auch gerne an seine Bett sitzen. Aber zu füttern ihn ich denke das kann eine Dienstbote machen. Bei uns in England in gute Häuser –»

«Was man in England in guten Häusern macht, das interessiert mich nicht. Du hast uns doch immer Wunder was für Geschichten erzählt, wie du so viele Jahre deinen ersten Mann hast pflegen müssen. Nun kannst du dich hier einmal nützlich machen. Los, auf, nach oben. Zu irgendetwas außer Geld ausgeben solltest selbst du gut sein.»

Am Nachmittag um drei wurde einmal wieder Herr Albert Mumm angekündigt. Wilhelm war im Haus, er war nämlich vor Unruhe die ganze Woche über immer nur zu kurzen Inspektionen in Fabrik und Laden gewesen.

Bei dem trüben Regenwetter heute wirkten die Blautöne im Salon dunkelgrau, die Vorhänge schwer.

«Herr Mumm!», rief Wilhelm, als der Bankier eintrat, und ging mit Riesenschritten auf ihn zu. «Vielen Dank für Ihr Kommen. Wir warten sehnsüchtig auf ein Lebenszeichen unseres Sohnes. Haben Sie eine Depesche aus Hamburg? Ist das Geld ausgezahlt worden?»

«Ja und nein. Ehrlich gesagt, ich weiß nicht, was ich davon halten soll.» Mumm sah sich ostentativ nach einem Stuhl um.

«Oh», haspelte Wilhelm, «entschuldigen Sie, bitte setzen Sie sich. Ich … ich bin so aufgeregt, ich vergesse meine Manieren. So. Bitte, erzählen Sie.»

Mumm verzog den Mund zu einem merkwürdigen Ausdruck.

«Ich habe ja meinen Leuten sagen lassen», begann er, «sie sollen es melden, wenn auf uns gezogene Zehntausend-Gulden-Schecks aus Hamburg oder Bremen zur Zahlung eintreffen. Nun fragt heute Mittag ein Angestellter den Prokuristen, ob er denn eigentlich solche Schecks aus anderen Städten auch melden solle. Der Prokurist fragt ihn: Haben Sie denn solche Schecks erhalten?, und der Angestellte sagt: Ja, mehrere in den letzten Tagen, wir haben die ersten beiden auch schon bezahlt, ich hoffe, das war nicht falsch, worauf unser Prokurist den Angestellten beruhigt und sich die Schecks samt Anlagen geben lässt.»

Hier fischte Mumm einen Zettel aus der Rocktasche.

«Also, Dürlemann. Ich habe mir die Papiere angesehen, und es sind zweifellos jene Schecks, die ich an jenem Abend Ihnen ausgehändigt habe. Einer wurde am Montag dieser Woche in Gießen eingelöst, einer den folgenden Tag in Kassel, der letzte in Hannover, ebenfalls am Dienstag. Und jetzt erklären Sie mir, was das zu bedeuten hat.»

«Aber – am *Montag*? Wie ist denn das möglich!»

«Das frage ich Sie.»

«Der Brief ging ja nach Hamburg! Am Sonntag aufgegeben! Wie kann denn –»

«Ach, Dürlemann, lassen Sie doch bitte das Theater. Wir wissen ja beide, dass Sie die Schecks hatten und dass es nur Ihr Wort dafür gibt, dass Sie die Dinger nach Hamburg verschickt haben. Jetzt verstehe ich auch, warum Sie so dagegen waren, dass ich depeschieren lasse und um das Signalement der einlösenden Person bitte.»

«Also! Mumm!» Wilhelm sprang auf, das Gesicht gerötet, die Hand am Zwicker. «Was unterstellen Sie mir da? Das ist doch, das ist doch absurd! Das ist doch hier mein Geld, nicht Ihres, warum soll ich denn …»

«So, bitte, Herr Dürlemann, jetzt setzen Sie sich wieder hin. Lassen Sie uns das ruhig klären. Ich will Ihnen sagen, was ich vermute. Und zwar vermute ich, dass Sie und Ihr werter Herr Vater einen Teil Ihres Vermögens vor der Steuer in Sicherheit bringen wollten, und da haben Sie sich diese Geschichte von der Entführung Ihres Sohnes ausgedacht –»

«Ich wünschte, es wäre so», hauchte Wilhelm abwesend, «ich wünschte, es wäre so.»

Mumm ignorierte ihn. «… und haben mich eigens aus der Abendruhe gestört, um es dramatischer zu machen. Ich werde Sie nun als Ihr Bankier nicht gerade anzeigen, aber für Ihren Schauspielerauftritt an dem Abend bin ich Ihnen wirklich böse; und wenn Sie künftig wilde Pläne hegen oder Ihre Steuerlast optimieren wollen, dann konsultieren Sie mich doch bitte in Ehrlichkeit und Vertrauen, es gibt sicher bessere Wege.»

Wilhelm stand wieder, zitterte vor Erregung. «Das reicht! Verschwinden Sie!», entfuhr es ihm.

Mumm zog die Brauen hoch. «Dann fürchte ich doch, dass unsere Geschäftsbeziehungen mit dem heutigen Tag ihr Ende finden werden. An welche Bank darf ich Ihre Geschäfte übertragen? Nun, das können wir auch schriftlich klären. Empfehle mich.»

Mumm war schon eine Minute draußen, da lief Wilhelm ihm hinterher, stolperte die Treppe hinunter ins Vestibül, riss einen Türflügel auf. «Mumm! Nun glauben Sie mir doch, es ist nicht so!»

Der Bankier saß im geschlossenen Wagen, kurz darauf zogen die Pferde an.

Wilhelm wankte ins Haus zurück. Oben auf dem Treppenabsatz stand breitrockig die Mutter.

«Ei, was war denn das?», fragte sie.

«Ach, Mama.»

«Nu, komm, Bübelchen, lass dich drücken.»

Pauline, in derselben Woche, 21. bis 26. Juli 1851

Pauline fühlte sich die ganze Zeit, als stünde sie neben sich. Als ob sie von außen zusähe, wie die alte Pauline ihrer Arbeit nachging, wie sie zu den Kunden und Agathchen Jung und dem Herrn Reuter sagte, was angemessen war. Ach, wenn sie doch mit der alten Pauline wieder eins werden könnte und alles vergessen. Wenn sie doch nur schlecht geträumt hätte an dem Abend. Wenn sie doch nur etwas falsch gesehen oder missverstanden hätte.

Tatsächlich schien es fast so. Es gab gar keine Gerüchte über ein Verbrechen in der Stadt oder über einen Jungen, der vermisst oder dessen Leiche gefunden wurde. Es kam auch niemand, um Pauline zu befragen, ob sie etwa Fritzi gesehen habe. Fritzi selbst, der kam aber leider auch nicht. Und deshalb wusste Pauline, dass sie nichts geträumt hatte.

In den Nächten lag sie viel wach. Gedankenfetzen hetzten einander. Bilder. Stimmen. Wenn die Gedanken klarer wurden, dann zählte sie sich ihre Fehler auf: Du bist schuld. Hättest du nur dies, hättest du nur das. Hättest du zu Theo nicht von Fritzi gesprochen. Du hättest auf Theos Plan nie eingehen dürfen. Du hättest am Samstag noch es einfach lassen können, einfach den Fritzi am Nachmittag nach Haus gehen lassen und Theo sagen: Er wollte nicht. Und dann der nächste, schlimmste Fehler. Dass sie Fritzi nicht die Wahrheit gesagt hatte. *Wir machen uns ein schönes Wochenende*. Hätte sie, wie von Theo vorgeschlagen, hinzugefügt, worum es eigentlich ging, dann wäre nichts passiert. *Sag ihm, wir wollen seinen Alten reinlegen. Wir wollen dem einen Batzen Geld abpressen.* Fritzi hätte ängstliche Augen gemacht und gesagt: Nein, lieber nicht, da will ich nicht mitmachen. Und dann wäre alles gut gewesen, alles gut. Und warum hatte sie es nicht gesagt? Aus Scham. Weil sie sich vor Fritzi schämte, ihm mit solchen Ideen zu kommen. Aber wenn es eine Sache zum Schämen war, dann hätte sie eben nicht mitmachen dürfen.

Irgendwann am Mittwoch oder Donnerstag fiel ihr die Frau Dürlemann ein. Jahrelang hatte sie daran nicht mehr gedacht, jetzt konnte sie die Stimme förmlich hören: *Pauline! Versprechen Sie es mir, Sie dürfen niemals zulassen, dass dem Fritzi etwas zustößt!*

Als hätte es die Frau Dürlemann geahnt.

Jeder Tag schien mit der Last unendlich lang. Doch Pauline kroch die Zeit noch viel zu schnell. Sie fürchtete sich. Vorm Wochenende. Wenn es erst Samstag und Sonntag würde, dann würde sich schließlich auch Theo melden, sie nach Hamburg rufen, damit sie beide mit dem Geld nach Amerika … Aber das konnte sie doch jetzt nicht mehr. Eigentlich wollte sie mit Theo nie wieder sprechen. Oder würde sie am Ende doch wieder mitmachen? Mit ihm gehen, als wäre nichts geschehen? Aus Angst, Theo zu sagen, was sie dachte. Und weil es einfacher war, so zu tun, als sei gar nichts passiert. Weil sie auch ihren Traum nicht verlieren wollte, den Traum, dass Theo ihre große Liebe sei und von einem Leben mit ihm. (Aber hatte sie diesen Traum nicht schon verloren? Der wahre Theo, das war doch nicht der, von dem sie immer geträumt hatte. Oder … oder war sie es, die einfach dumm war? Die nicht verstand, dass es vollkommen in Ordnung war, was er getan hatte, töten für die Liebe, wie ein Soldat, der für ein hehres Ziel kämpft?)

So vergingen die Tage und Nächte bis zum Samstag. Am Samstagabend klopfte jemand an Paulines Mansardentür. Pauline fiel fast um vor Schreck, aber hinter der Tür stand nur ihre alte Freundin Hanne. Die hatte heut keine Haube auf, sondern trug die Haare lustig in einem Zopf um den Kopf gewunden und grinste breit, als Pauline öffnete.

«Siggi kann heute nicht, da hab ich gedacht, wir schwätzen mal richtig.»

«Komm rein, Hannchen», sagte Pauline.

Siggi war der junge Mann, mit dem Hanne neuerdings ging; ihm zuliebe hatte sie ihren zweiwöchentlichen freien Abend auf Samstag getauscht und für Pauline nun immer wenig Zeit. Leider konnte sich aber Pauline heute über Hannchens Überraschungsbesuch nicht recht freuen. (Ach, wäre sie nur letzte Woche gekommen! Dann hätte Pauline von Theos Plänen erzählt, und Hannchen in ihrer bodenständigen Art, die hätte gesagt: Der Kerl hat sie wohl nicht mehr alle. Und das hätte Pauline aus ihrem Wolkenkuckucksheim zurückgeholt, und alles wäre nicht passiert.)

Hanne setzte sich aufs Bett und erzählte dies und das. Pauline sah immer wieder aus dem Fenster. Draußen kam ein starker Wind auf und blies Wolkenfetzen übern Himmel …

«Sag mal, Paulinchen, was ist denn los mit dir? Hörst du mir überhaupt zu?»

«Doch, doch, ich … ich bin bloß …»

«Och nee, Paulinchen! Nu sag schon. Gibt's Ärger auf der Arbeit? Ach, ich weiß schon, es ist bestimmt wieder der olle Theo.»

Pauline biss sich auf die Unterlippe. Hanne war der eine Mensch, dem sie verraten hatte, dass Theo ihr Bruder war.

Und auch dass sie sich wieder manchmal mit ihm traf. Ach, wenn sie ihr nur auch das Schreckliche jetzt sagen könnte, wenn sie nur nicht mehr allein damit – *Sag nichts*, sagte ihr eine innere Stimme, *sag nichts, du darfst nicht mal Hannchen etwas sagen*.

«Ach, Hannchen, du hast recht, es ist wirklich wegen dem Theo. Es ist was Schlimmes. Aber ich kann nicht drüber sprechen. Bitte dring nicht in mich.»

Hanne schob entrüstet den Kopf nach hinten und machte Rollaugen. «Ach Gott! Was ist denn das für ein Theater?» Dann kroch ihr Entsetzen ins Gesicht, sie beugte sich vor, legte Pauline die Hand auf den Arm. «Paulinchen!», hauchte sie. «Bist du in Umständen?»

Pauline kamen die Tränen. «Ach, Hannchen. Nein, bin ich nicht. Gar nicht. Aber wenn's das nur wäre!»

Hanne ließ Paulines Arm los.

«Wenn's das nur wäre? Sage mal, bist du noch ganz gescheit? – So, Paulinchen, jetzt sag ich dir was. Jetzt reicht's mir mit dem Kerl. Ich weiß nicht, was jetzt wieder ist, aber es ist mir auch egal. Seit Jahren fügt der Theo dir nur Schaden zu. Wenn der was anderes wär als ein Arschloch, der würde dich schön als Schwester bei seinen Eltern einführen, und dann könnt er dir ja immer nochmal heimlich einen Kuss geben, wenn niemand guckt. Aber bloß immer diese Verabredungen mitten in der Nacht, wo du dir eine halbe Stunde die Beine in den Bauch stehst, bis der Herr vielleicht mal geruht zu kommen, dann zehn Minuten Geknutsche und dann geht er wieder zu irgendeiner Reiche-Leute-Feier zwei Straßen weiter, wo er hergekommen ist, tut mir leid, Pauline, das ist wirklich nichts. Wenn ich so viele freie Abende hätte wie du, ich hätt mir längst einen andern gesucht. Kannst ja wegen mir zehn durchprobieren, bis du den Richtigen gefunden hast. Aber jeden Abend allein auf deinem Kämmerlein sitzen und Romane lesen und drauf warten, dass dein Schnösel von Bruder sich mal zehn Minuten mit dir verabredet, das ist doch verrückt! Und ich sag dir noch was: Wenn du dem jetzt nicht ein für alle Mal den Laufpass gibst, dann bin ich dir böse.»

Wilhelm Dürlemann, 28. Juli 1851

Am folgenden Montagmittag noch immer keine Nachricht von oder über Fritz.

Als Mumm letzte Woche da gewesen war, mit der absurden Meldung, die nach Hamburg in die Post gegebenen Schecks seien eingelöst worden, lange bevor der Brief Hamburg erreicht haben konnte – da hatte Wilhelm, als er ruhiger geworden war, eine Art Erleuchtung gehabt.

Seine erste Idee war die folgende: Der Verbrecher oder ein Komplize des Verbrechers müsse ein Postbeamter sein. Nur ein solcher hatte Gelegenheit, den Brief mit dem wertvollen Inhalt abzufangen. Wenn man sich die Orte ansah, an denen laut Mumm die Schecks zu Geld gemacht wurden, Gießen, Kassel, Hannover, so war dies ziemlich genau die Poststrecke nach Hamburg. Wilhelm hatte eine ganze Weile gedacht, dass sich dies wohl so erklären lasse, dass der Ganove der Postillion sei, der die Strecke mit der Kutsche abfuhr … doch bald erinnerte er sich, dass ja seit neuestem ab Gießen die Eisenbahn nach Kassel ging und die Post per Bahn transportiert wurde.

Dann erst schlug die Erkenntnis ein.

Gießen. Der Ort der ersten Scheckeinlösung. In Gießen wohnte ja seine Frau. Vielmehr seine geschiedene Frau. Konnte es Babette sein, die seinen Sohn hatte?

Die Mutter lachte Wilhelm aus, als er seine Ahnung verriet. Aber er wurde sich immer sicherer, ein Gefühl sagte ihm, dass dies die Erklärung von allem sei: Babette wollte sich Fritz wiederbeschaffen. Oder Geld. Oder Rache. Oder alles zusammen. Sie hätte ja nur nach Frankfurt fahren müssen, vor der Schule auf Fritz warten und ihn bitten mitzukommen. Auf dem Weg zum Bahnhof hätte sie nebenbei den frankierten Erpresserbrief in den Briefkasten geworfen. Wilhelm holte den Erpresserbrief noch einmal aus der Schublade. Nun kam es ihm so vor, als ob die überordentliche, verstellte Schrift hie und da Anklänge an Babettes erahnen ließ.

«Bübelchen, was redest du», sagte die Mutter dazu bloß. «Wie soll denn die Babette an die Wechsel gekommen sein?»

Die Mutter sagte immer Wechsel, hatte den Unterschied zum Scheck oder gar zum *Chèque de banque* nie verstanden, und es war ihr auch egal. Sie war ahnungslos. Ahnungslos. Sie konnte Wilhelm nicht helfen. Wie vermisste er die Beratung des Vaters.

«Babette kann einen Gießener Postbeamten bestochen haben», schlug er vor.

Die Mutter fand das viel zu kompliziert. Aber sie hatte keine bessere Erklärung für all die Merkwürdigkeiten anzubieten. Treuherzig wartete sie noch immer, dass jeden Moment Fritz vor der Tür stehe.

Es war entsetzlich schwül an diesem Abend. Mit verschwitzter Hand, verschwitztem Gesicht und ständig rutschendem Zwicker entwarf Wilhelm schließlich einen Brief an Babette, den ersten, den allerersten, seit sie von ihm fortgegangen war. Vielmehr, seit er sie fortgeschickt hatte. Als er zu schreiben begann und nach Worten suchte, da wusste er, dass er ihr manches Unrecht angetan hatte. Spürte auch, wie herzlos es gewesen war, sie ihrem Schicksal zu überlassen und sich nie wieder auch nur nach ihr zu erkundigen.

Am Ende, nach tausend Versuchen, reduzierte er, was er

zu sagen hatte, auf einen simplen kurzen Satz: *Ich muss Dich fragen, ob unser Sohn bei Dir ist.*

Bislang keine Antwort darauf.

Doch am Montagabend lag tatsächlich ein Brief aus Gießen in der Post. Der erste Schimmer einer Hoffnung, die Möglichkeit immerhin einer Nachricht, dass Fritz wohlauf sei, dass er lebe.

Wilhelm nahm den Brief mit klammen Fingern.

Der Absender war aber, sah er, nicht Babette, sondern Babettes Gießener Bruder.

Wilhelm ahnte, dass dies so oder so nichts Gutes zu bedeuten hatte. Er zwang sich, ordentlich das Messer beim Öffnen des Umschlags zu benutzen. Nur die Ruhe bewahren, sonst gingen ihm die Nerven noch zugrunde vor all der Aufregung.

Werter ehemaliger Schwager!

Da er meine Schwester nicht allzu bald erreichen kann, habe ich mir die Freiheit erlaubt, Deinen Eilbrief zu öffnen. Du wirst mir sagen, ob ich ihn nachsenden soll. Ich nehme Dein mir etwas rätselhaftes Schreiben (ist denn Dein Sohn fortgelaufen?) zum Anlass, Dich von gewissen Neuigkeiten in Kenntnis zu setzen.

Deine separierte Frau hat sich nämlich im letzten Jahr mit einem wohlangesehenen hiesigen Bürger und Witwer verehelicht. Von einer Geistesstörung bei ihr war schon bald nach ihrem Umzuge zu uns nichts mehr zu spüren, ja, ich würde heute sogar behaupten, dass ihr damaliges sehr nervöses Betragen bloß auf die traurige Lage zurückzuführen war, in der sie sich befand. Kurz, Babette ist hier in unseren bescheidenen Kreisen bald wieder in Gesellschaft gekommen, wo sie ihrem jetzigen Ehemanne durch ihr freundliches Wesen auffiel. Als dieser Witwer wurde, konnte er Babette ein kleines häusliches Glück bieten. Vor einigen Monaten erhielt Babettes Gatte nun durch verwandtschaftliche Vermittlung das Angebot, in einem westlichen Territorium der Vereinigten Staaten die Postmeisterstelle einer wachsenden Stadt zu übernehmen. Die Auswanderung wurde beschlossen, und die Familie befindet sich auf dem Wege in ihre neue Heimat.

Wilhelm stieß einen kleinen Schrei aus, saß dann mucksmäuschenstill. *Postmeisterstelle.* Wer so etwas in Amerika angeboten bekam, der war zuvor hier in der Heimat garantiert bei Thurn und Taxis gewesen. Es gab keinen Zweifel mehr. Die Beteiligung des Ehemannes erklärte alles, was rätselhaft gewesen war.

«Bübelchen! Was ist! Du bist so rot!»

Das riss ihn aus dem Bann, er sah auf. Die Mutter kam eilends herbeigewackelt, nach dem Schlaganfall des Vaters fürchtete sie nun wohl eine Apoplexie bei ihm.

Wilhelm legte den Brief auf das Silbertischchen.

«Mutter, ich denke, Fritz ist bei Babette. Sie ist mit einem neuen Ehemann in die Staaten aufgebrochen und hat wohl beschlossen, den Jungen mitzunehmen.»

Die Mutter schlug die faltigen, beringten Hände vor den Mund.

«Ja aber! Das geht doch nicht! Und das Geld, das viele Geld!»

«Ich weiß.»

«Je nun! Du musst etwas unternehmen! Amerika, Herrgott, da reicht unsere Frankfurter Obrigkeit nicht hin. Du musst –»

«Ach, lass mich, Mutter. Lass mich in Ruhe nachdenken.»

Wilhelm saß lange tief in Gedanken, aber nicht im kleinen Salon und auch nicht in Babettes Lesesessel, der nun jeden Trost für ihn verloren hatte. Von unsichtbaren Kräften gezogen, stieg er hoch in Fritzens und Ottos altes Schulzimmer, setzte sich wie ein frecher Schüler auf das Schreibpult, das am Fenster stand, ließ die Beine baumeln, sah hinaus in die östliche Gartenlandschaft durch die gotischen Doppelfenster und wurde ganz still. Zum ersten Mal sah er, wie schön es hier war. Dass man immer nicht zu schätzen weiß, was man hat, solange man es hat! Hier, vor dem Fenster, hätte er sich mit Babette malen lassen sollen, kam ihm in den Sinn, sie mit rotem Kleid und roten Wangen und weißer Haube, er in Brauntönen daneben, wie das Kaufmannsporträt eines niederländischen Meisters.

Den ausgeklügelten Entführungsplan hätte er Babette eigentlich nicht zugetraut. Er war zu kaltblütig für sie. Dennoch glaubte Wilhelm nicht, dass der neue Mann die treibende Kraft gewesen war. Der war behilflich, sicher, hatte betreffs des Geldes den trickreichen Plan ausgeheckt, hatte den Brief mit den Schecks abgefangen, wahrscheinlich diese auch eingelöst. Aber die Idee der Entführung, spürte er, stammte von Babette, es war der Muttersinn in ihr, der sie alles vergessen und zu solchen Mitteln greifen ließ. Was hatte sie damals getrauert um die toten Kinder. Und wie hatte er nur glauben können, dass sie sich auf Dauer von Fritz trennen ließ, dem einen, der übrig geblieben war. Von ihrem Fritzi. Ihrem Ein und Alles.

Da verstand Wilhelm plötzlich auch das Geld. Es war nicht für sie bestimmt und nicht für ihren neuen Mann. Es war Fritzens Erbe. Sie wollte den Jungen nicht, indem sie ihn zu sich holte, seines Erbes und seines angeborenen Wohlstands berauben.

Reglos saß Wilhelm und saß. Und als er zwei Stunden gesessen hatte und es draußen dunkel wurde und er sich mit steifen Gliedern aus seiner Starre löste, da wusste er, dass er nichts unternehmen würde. Nichts, außer bei dem Bruder die gezahlten Alimente für die Zeit zurückfordern, in der Babette schon neu verheiratet gewesen war.

Denn dann hatte alles seine Richtigkeit. Er hatte gesündigt, sie hatte gesündigt. Sie waren quitt. Er würde ihr ihren Trost, ihren Fritzi, nicht entreißen. Solange er nur wusste, dass der Junge am Leben war, dass es ihm gutging bei seiner Mutter, war alles nicht so schlimm. Dafür würde ihm, hoffte er, im Himmel eine Strafe erspart bleiben.

Er hatte lange fast nicht mehr an Gott geglaubt. Doch in der letzten Woche spürte er ganz stark die Gegenwart eines höheren Wesens und die Macht, die es über ihn besaß.

Eine gute Viertelstunde später betrat er seine Privatzimmer, um sich fürs Bett bereitzumachen. Da saß diesmal Lily in Babettes Sessel. Wilhelm fiel auf, dass er Lily den ganzen Tag noch nicht gesehen hatte. Überhaupt hatte er sie kaum gesehen während der letzten, traurigen Woche. Sie saß wohl meistens an Vaters Bett. Für sie war dessen Schlaganfall in mancherlei Hinsicht schlimmer als für jeden anderen im Haus. Sie hatte ihre unangreifbare Position als des Vaters Liebling und Protegée verloren.

«Ich muss dir etwas sagen», verkündete sie und zeigte ein halbes Pferdelächeln.

«Bist du krank?», fragte er. Sie hielt sich unterm Negligé den Bauch. Ihm fiel ein, dass sie sich in letzter Zeit öfter übergeben hatte. Der Bauch sah auch ganz aufgetrieben aus.

«Nein», sagte sie, «obwohl, ich habe zuerst sogar geglaubt, ich wäre krank. Aber dann nicht mehr, und ich habe auch den Doktor Mappes kommen lassen. Ich wollte dich viel später überraschen, aber jetzt ich sage es doch, damit du sollst dich erheitern. Wir kriegen ein Kind.»

Wilhelm glaubte, er höre nicht recht.

«Aber Lily! Wie schön! Ich dachte ja schon, du kannst keine Kinder bekommen.»

«Ich dachte auch schon so. Aber manchmal es geschehen Wunder.»

Es war ein Wunder, ein himmlisches Zeichen. Weil er eben losgelassen hatte, Babette mit ihrem Fritzi unbehelligt ziehen ließ, wurde ihm von der Vorsehung ein neuer Sohn als Lohn zuteil.

Nun hatte wirklich alles seine Ordnung. Alles war gut. Er würde nicht mehr an Babette zurückdenken und Lily zufrieden so nehmen, wie sie war.

Theo, 4. August 1851

Theo kam nach zwei Wochen Abwesenheit aus Richtung Heidelberg in die Stadt zurück. Er war außerordentlich zufrieden mit sich. Eigentlich konnte ihn nichts mit dem Lösegeld in Verbindung bringen. Beim Einlösen der Schecks hatte er einen falschen Namen angegeben, außerdem hatte er seine auffälligen, von Natur aus gelockten dichten Haare mit reichlich Zuckerwasser glatt angepappt, die starken Augenbrauen schmal rasiert und sich zusätzlich an den Schläfen mit Puderzucker einen Hauch von Grau gegeben. Noch genialer: Von Hannover aus war er in einem weiten Bogen nach Süddeutschland gereist. Dort hatte er in verschiedenen Städten nach und nach die für die Schecks erhaltenen Golddukaten und Banknoten in andere Spezies und Noten umgetauscht.

Seine Zieheltern glaubten ihn derweil auf Besuch bei zwei Studienfreunden. In den letzten Tagen hatte er mit Louise zwei Briefe gewechselt, um die Lage zu peilen. Nichts, was Louise schrieb, deutete darauf hin, dass er in Frankfurt gesucht oder eines Verbrechens verdächtigt wurde. Pauline hatte also ihre Sache gut gemacht, als man sie verhört hatte.

Oder man hatte sie eben nicht verhört, weil die Dürlemanns an ihr ehemaliges Kindermädchen nicht gedacht hatten; das Verbrechen war vielleicht auch nicht so allgemein bekannt geworden, dass die alte Krähe aus dem Laden zum Verhöramt gelaufen wäre, um zu erzählen, ihre junge Ladenangestellte habe den vermissten Jungen am Tag des Verschwindens bei sich auf dem Zimmer gehabt.

Pauline war der Schwachpunkt bei der Sache. Das war Theo klar. Schlechte Nerven, zu sentimental, was den Jungen betraf. Aber ohne Pauline wäre es nicht gegangen. Das Kind wäre mit ihm niemals mitgekommen.

Im Passavant'schen Haus auf der Eschersheimer gab es ein großes Hallo, als Theo eintraf. Beide Eltern waren sofort im Vestibül zur Stelle. Es erwies sich, der Alte empfing gerade irgendjemanden hier unten im Salon, statt wie sonst um diese Zeit oben in seinem Billardzimmer zu dösen. Dumm, denn Theo hatte sich leise hineinschleichen und sein wertvolles Gepäck selbst hochtragen wollen. Nun war es nichts damit, er musste die Koffer dem alten Bertram überlassen, und der fluchte prompt: «Ei, was hat denn der junge Herr da drin, die Tasch ist ja schwer wie Blei!» Theo antwortete darauf nichts, ignorierte auch das theatralische Stöhnen und Schnaufen des Dieners auf der Treppe. Bloß zu den Eltern sagte er, als Louise mit ihrem verkrampft klingenden Begrüßungsschwall fertig war: «Der Bertram muss aufs Altenteil, der kriegt ja nicht mal einen Koffer hoch.» Das ignorierten ihrerseits die Eltern.

«Du kommst gerade recht», giftete der Alte und polierte sich mit dem Taschentuch die Glatze, «rate einmal, Theodor, wen ich hier im Salon sitzen habe. Na? Rate! Na? Kommst du drauf? Sagt dir das schlechte Gewissen, wer es ist?»

«Ich habe nicht die geringste Ahnung», erklärte Theo, hielt die Hand vor den Mund und gähnte. Er hatte die Erfahrung gemacht, dass Gähnen im richtigen Moment die

Verhandlungsposition enorm stärkt. Erst recht, wenn da jetzt irgendein Polizeischnüffler im Salon saß.

«Es sind die Herren Grunelius und Koch.»

Ach, nur das.

«So?», tat Theo überrascht. «Merkwürdig, warum belästigen die dich?»

Dies laut und deutlich, damit der immer schwerhöriger werdende Alte ihn genau verstand. Und dass es sicher in den Salon drang, dagegen hatte Theo auch nichts einzuwenden. Dorthinein schlenderte er jetzt betont nonchalant. Ein alter Herr Grunelius und ein junger Herr Koch saßen mit finsteren Mienen auf den Fauteuils, je ein Mokkatässchen neben sich.

«Meine Herren», begann Theo statt eines Grußes, «ich habe Ihnen doch gesagt, Sie bekommen ihr Geld.»

Louise und der Alte waren natürlich gefolgt. Louise griff sofort ein: «Theochen, es ist aber nun mal so, dass der Herr Grunelius meint, es wäre eigentlich letztes Jahr schon fällig gewesen und du hättest schon mehrfach den Termin nicht eingehalten, und der Herr Koch meint, es wäre ein Wechsel faul gewesen, den du ihm gegeben hast.»

Theo lächelte milde, zog leicht die Brauen hoch, die Hände in den Taschen, die Beine breit. «In meiner Branche sind Termine eben nicht immer planbar, da gibt es einen Sturm im Pazifik, irgendein Schiff kommt nicht an. Voilà, dann können Zusagen nicht auf den Tag eingehalten werden. Aber wie gesagt, in wenigen Tagen kann ich zahlen.»

Grunelius lachte höhnisch. Auf Zusagen von Herrn Theodor Passavant könne er leider nichts mehr geben.

Der alte Passavant protestierte: «Theodor Franck-Passavant, bitte. Es handelt sich wohlgemerkt nicht um einen leiblichen Sohn, weder von mir noch von meiner Frau. – So, Theo. Viertausend Gulden will der Herr Grunelius von mir, zweitausenddreihundertvierzig der Herr Koch! Ich werde natürlich nicht zahlen, du bist erwachsen, ich bin nicht für deine Schulden verantwortlich. Aber was sagst du nun dazu? Warum hast du dieser Leute Vertrauen und meinen guten Namen missbraucht?»

Theo zuckte unberührt die Schultern. «Ich sage, was ich eben schon gesagt habe. Meine Herren, ich habe selbst zwei hohe Wechsel ausstehen, die zweifellos zur Fälligkeit gedeckt sein werden. Binnen zwei Wochen haben Sie Ihr Geld. Vollständig.»

«Ich glaube Ihnen kein Wort», sagte Grunelius, während Koch zynisch «Hört, hört!» rief.

«Wir stehen vor einem Scherbenhaufen», murmelte der Alte und schüttelte den Kopf, «einem Scherbenhaufen.»

Theo drehte sich derweil zu seiner Mutter und verkündete seelenruhig: «Louischen, erkläre doch bitte den anwesenden Herren, sie möchten das Gezeter bitte erst dann veranstalten, wenn ich in zwei Wochen tatsächlich nicht gezahlt haben sollte.»

Dann schlenderte er aus der Tür.

Als Louise sich gefangen hatte, kam sie ihm hinterher und erwischte ihn an der Treppe. «Theo!», flüsterte sie und hielt ihn am Arm. «Du darfst nicht so unverschämt sein! Diesmal kann ich nicht aushelfen, ich habe das Geld nicht! Es ist zu viel auf einmal! Außerdem –»

Theo unterbrach sie mit einem leichten Lächeln. «Mach dir keine Sorgen, Mama. Ich zahle diesmal selbst. Wirklich. Die Geschäfte laufen ausgezeichnet bei mir.»

Dann nahm er ihr unglückliches Gesicht in beide Hände und küsste sie auf die Wange.

Pauline, August 1851

Alles hat bestens funktioniert. Ich habe das Geld. Du musst zugeben, dass mein Plan genial ersonnen war. Es dürfte bei diesen Umständen am wenigsten Verdacht erregen, wenn wir noch einige Zeit hierbleiben und ganz unserem gewöhnlichen Leben nachgehen. Wenn ich nach Amerika aufbreche, darf es nicht den Charakter einer Nacht-und-Nebel-Aktion haben. Ich werde also meine Eltern von meinen Plänen ganz gewöhnlich in Kenntnis setzen, und wir werden natürlich getrennt aufbrechen und uns erst auf dem Schiff treffen. Wenn ich dann später aus Amerika meinen Eltern schreibe, ich hätte geheiratet, so wird bei ihnen niemals ein Verdacht aufkommen, dass Du meine Schwester sein könntest. Und ich werde mir die Chance auf das Erbe erhalten. Ist das nicht wieder genial? Bis es so weit ist, dürfen wir uns freilich nicht sehen.

So der Brief, den Pauline nach über zwei Wochen auf der Post vorfand. Sie atmete auf, als sie die letzte Zeile las.

Dürfen wir uns nicht sehen.

Das war ihr gerade recht. Nun konnte sie ein paar Wochen länger so tun, als wäre nichts und als würde Theo Passavant und alles, was mit ihm zusammenhing, nicht existieren.

Familie Passavant, Silvester 1851

August Passavant wusste kaum, was er davon halten sollte. Theo hatte für die Familie und die Firma, einschließlich aller Angestellten, ein Silvesteressen im *Englischen Hof* organisiert – und bezahlt. Ein kleines Orchester spielte auf, der

Perlwein floss in hellen Strömen, Schweinebraten und Fasan wurden vertilgt, Theo saß selbstzufrieden in der Mitte und ließ sich bewedeln und belecken.

War all die Pracht mit neuen Schulden bezahlt?, fragte sich August. Wie auch die opulenten Weihnachtsgeschenke, die Theo ihm und Louise gemacht hatte? August traute Theo nie ganz über den Weg. Aber dass er augenblicklich flüssiges Geld genug hatte, das immerhin war nicht zu leugnen. Die alten Schulden waren schließlich alle bezahlt.

Theo sprach von Finanzgeschäften mit Übersee, Karibik, Amerika, in die er «eingestiegen» sei. August hätte es gern geglaubt, doch er konnte sich gewisser Zweifel nicht enthalten. (Wer waren denn seine Geschäftspartner? Warum hörte man nie etwas von ihnen?) Und natürlich konnten solche Geschäfte ebenso spektakulär krachen, wie sie derzeit anscheinend Profit abwarfen. Immerhin: August hatte vorläufig betreffs des Erbes Ruhe. So viele Jahre hatte Louise ihm damit die Nerven geraubt, hatte immer wieder davon angefangen, er dürfe Theo nicht übergehen. Seit aber bei Theo das Geld sprudelte, war ihr dies offenbar nicht mehr so dringlich.

Nur machte sich August diesbezüglich jetzt selbst so seine Gedanken. Wenn Theo sich wirklich aus eigener Kraft ein gut laufendes Geschäft aufgebaut hatte, hatte er sich dann das Erbe nicht verdient? War er nicht jetzt ein würdiges Mitglied einer Kaufmannsdynastie, ein echter Passavant, ganz so, wie man es sich bei seiner Aufnahme in das Haus erhofft und gewünscht hatte? Doch leider, leider, er wurde und wurde mit dem Jungen nicht warm. Beim Gedanken, er würde ihn als Haupterben einsetzen, plagten August sofort dumpfe Ängste. Da würde er sich ja nie mehr sicher an Leib und Leben fühlen! Jede Speise würde er auf dem Teller dreimal umdrehen, aus Angst, der Junge wolle ihn vergiften. Alles Unsinn sicher, aber dennoch …

Er würde ihm ein kleines Legat geben. Mehr nicht.

Die Hauptsache war zwar das Geld. Aber Theo hatte wirklich vorgehabt, mit Pauline nach Amerika zu gehen. Wegen der Angst vor Entdeckung, und natürlich wäre es nett gewesen, es mit der Kleinen richtig krachen zu lassen. (Gerade das Verbotene musste es wohl sein, was ihn an ihr noch reizte. Denn er hatte längst gemerkt, so ganz sein Alter Ego, wie er zu Anfang geglaubt hatte, war sie nicht. Überhaupt nicht.)

Nun erwies sich allerdings das Leben mit Geld in Frankfurt als sehr angenehm. (Was der Alte guckte, wenn er das Gold wie Kupfer springen ließ!) Und von den Behörden drohte offenbar nicht die geringste Gefahr. Kurz, Theo hatte keine rechte Lust mehr, sich davonzumachen. War gerade dabei, den Alten subtil weichzuklopfen, dass er betreffs des Erbes umkippte. Dann hätte er so oder ausgesorgt. Dann konnte er es auch in Frankfurt mit Pauline treiben, soviel er Lust hatte, und ihr sogar Kinder machen, alles egal. So scharf wie vor ein paar Jahren war er auf sie ohnehin nicht mehr.

Übrigens war die Hälfte des Beutegeldes schon weg. Nachdem durchgesickert war, er sei flüssig, hatten sich nach und nach die ganzen lieben alten Freunde und Gläubiger von früher eingefunden und die Hand aufgehalten. Fast alles Kleckerbeträge zwar, Spielschulden und dergleichen, aber es läpperte sich. Und er musste brav blechen, weil er gegenüber den Eltern den honetten Geschäftsmann markierte. Nun ja, der Alte war so fragil geworden, ließ sich im Geschäft immer öfter vertreten. Saß jetzt hier bei der Feier wie ein Ölgötze am Kopf des Tisches und bekam nichts mit. Eher früher als später würde er den Löffel abgeben. Mit bis dahin hoffentlich geändertem Testament.

Ein gutes Jahr danach, Februar 1853

In der Mittagspause lief Pauline in die Altstadt, um einen Laib Brot zu kaufen. Da umfasste sie plötzlich jemand von der Seite.

«Schwesterchen! Wie gut, dass ich dich treffe, ich wollte dir sowieso schreiben.»

Sie sah entsetzt auf und Theo ins Gesicht, seine weiße Atemwolke berührte sie. Er lachte. «Ich hab dich erschreckt? Du bist wirklich ein Hase. Ich muss dich sehen. Im Dunkeln, du weißt schon. Am besten heut Abend. Um neun ist spät genug, da ist bei der Kälte kaum jemand unterwegs. Also, um neun vor der Ladentür. Aber pass auf, dass die Jung, oder wie sie heißt, dich nicht hört.»

Pauline konnte vor Schreck nicht klar denken. Sie murmelte etwas Zustimmendes. Schon deshalb, weil es das Einfachste war, das Einfachste, um ihn sofort wieder los zu sein.

Den Rest des Tages saß ihr eine helle Angst im Nacken. Die Gedanken rasten, aber blieben fetzenhaft, sodass sie zu keinem Schluss kommen konnte, was sie tun sollte. Auf die Arbeit konnte sie sich überhaupt gar nicht konzentrieren. Agathchen Jung fiel es gleich auf, aber sie schob es auf Fieber; Pauline hatte um Weihnachten wieder mehrfach Fieber gehabt.

Nach Feierabend setzte sie sich in ihrer Kammer unbequem in Kleid und Korsett aufs Bett, statt sich umzuziehen. Das war die Entscheidung, nun wusste sie, dass sie hingehen würde. Weil es besser war, als hier zu sitzen und zu denken: Er steht jetzt unten vorm Haus. Vielleicht würde er irgendwie ins Haus gelangen, wenn sie nicht kam, und an der Kammertür klopfen. Oder bei nächster Gelegenheit, wenn sie draußen war, würde er sowieso wieder urplötzlich an ihrer Seite auftauchen wie ein böser Geist.

Außerdem: Pauline spürte da noch etwas. Den hartnäckigen Rest ihrer Leidenschaft. Etwas zog sie zu ihm, obwohl sie wusste, dass er kein lieber Mensch war und schlecht für sie.

Um neun stieg sie nach unten. Er war schon da.

Ganz manierlich führte er sie am Arm in die dunklen Ecken neben der Katharinenkirche. Dort in der Kälte fing er an, sie zu küssen, und sie küsste ihn zurück und wusste zugleich, dass das ganz schrecklich war, dass sie einen Mörder küsste, dass sie ihn hasste. Nach zwei oder drei Minuten ließ er das Küssen und begann zu reden.

«Warst du sehr unglücklich, dass du so lange nichts von mir gehört hast?»

«Nein», hörte Pauline sich schlicht sagen, erstaunt und froh, dass sie sich traute. Er nahm ihre Antwort, als hätte sie nichts oder das Gegenteil gesagt, hauchte ihr ins Ohr: «Es war eine Vorsichtsmaßnahme. Aber nun wissen wir ja, dass niemals eine Gefahr bestand. Mein Plan war einfach zu genial, um aufgedeckt zu werden. Bist du eigentlich von irgendwem über den kleinen Dürlemann befragt worden?»

«Nein.»

«Also nicht einmal das. Die Beamtenbäuche bei der Polizei und beim Verhöramt sind wirklich zur Gänze verblödet. – Also, Liebste. Ich habe hier unterdessen meine Affären geordnet, musste leider auch Schulden abbezahlen, dazu haben mich die Eltern gezwungen, ich habe auch ein paar Kontakte in den Staaten schon aufgebaut. Es ist so weit, wir können in Bälde aufbrechen. Die Karten sind schon gekauft, in vier Wochen geht unser Schiff von Hamburg. Dummerweise ist nicht mehr alles Geld da, weil ich ja Schulden bezahlen musste. Wir brauchen also noch einen kleinen Geldsegen, aber das dürfte kein Problem darstellen. Ich habe wieder den perfekten Plan. Der kleine Dürlemann ist damals mitgekommen, weil er dich kannte und dir aus der Hand fraß. Jetzt werden wir uns den jungen Alfred Bolongaro vornehmen, und der wird mitkommen, weil er die Hütte kennt. Die Freys haben ihre Jagdhütte nämlich seit letztem Jahr an die Bolongaros vermietet. Toni Frey ist in Berlin, das ist mein Studienkumpan, der mir damals die Schlüssel geliehen hat, und die Bolongaros haben natürlich erst recht keine Ahnung, dass ich einen Zweitschlüssel für ihre gemietete Hütte besitze. Betreffs der Bank – aber das musst du gar nicht wissen. Du musst bloß wieder den Lockvogel spielen, bei einer Weibsperson wird der Junge viel eher mitkommen. Pass auf, wir machen es folgendermaßen: Morgen Mittag um halb eins treffen wir uns vorm Arnsburger Hof, und ich zeige dir den kleinen Bolongaro, wenn er aus der Schule kommt. Übermorgen um die gleiche Zeit fängst du ihn mit einem Fresskorb ein Stück weit vom Schultor ab und sagst, seine Eltern hätten Besuch von den Freys bekommen und die Männer wollten bei der Jagdhütte eine große Treibjagd veranstalten und du sollest ihn abholen und auf die Hütte führen. Wenn er fragt, wer du bist, sagst du, du wärst das Mädchen von den Freys. Wenn du mit ihm ankommst, werde ich schon in der Hütte sein und auf euch warten. Wenn es dir graust, kannst du ja –»

«Nein.»

«Oho! Das hätte ich dir gar nicht zugetraut! Dann bleibst du eben dabei und hilfst –»

«Nein.»

«Was ‹nein›? Stimmt noch alles mit dir? Kannst du heut nichts anderes sagen als nein?»

«Ich mach da nicht mit.»

«Du machst da nicht mit? Ach, Pauline, nun komm mir nicht mit frommen Weiberskrupeln. Du willst doch mit mir nach Amerika!»

«Nein.»

«Wie bitte? Hängt bei dir die Feder, dass du immer nein sagst?»

Sie riss sich los.

«Ich mache da nicht mit, und ich will auch nicht mit dir nach Amerika», sagte sie laut und barsch, drehte sich um und ging.

Da kam er mit raschen Schritten hinterher und hielt sie hart fest.

«Moment, Moment, Moment», zischte er. «So einfach geht das nicht. Du hast es mir versprochen, es ist alles vorbereitet, ich habe Opfer gebracht, ich liebe dich. Ich habe für dich alles riskiert, nun kannst du nicht so egoistisch –»

«Leck mich am Arsch.» Sie versuchte sich loszumachen. Der Theo war ja so, so furchtbar. Warum hatte sie das so lange nicht wahrhaben wollen?

«Ohohoho! Was meine skrupulöse Pauline für Wörter kennt! Ja, dich am Arsche lecken würde ich ja gerne, Paulinchen, aber dazu müssen wir erst in Amerika … hör zu, ich nehme an, es ist gekränkte Eitelkeit, weil ich dich so lange habe warten lassen –»

«Lass mich los!» Jetzt keifte sie richtig.

«Ich lass dich doch nicht so einfach gehen.»

Da stieß Pauline, mit voller Lunge und geschlossenen Augen, einen spitzen, kreischenden Schrei aus, wie sie ihn ihr ganzes Leben noch nicht hervorgebracht hatte.

Und Theo ließ los, trat zwei Schritte zurück. «Ich glaube, du wirst verrückt. Du bist ja völlig durchgedreht.»

Pauline rannte, so schnell sie konnte, nach Hause.

September 1853

Hoffmann und Therese sind bei Schwager Donner in der Fischerfeldstraße zu Besuch gewesen. Das Spätsommerlicht strahlt golden die Stadt an, als sie am Abend vor die Tür treten. Sie lassen die Droschke stehen und machen sich zu Fuß auf nach Haus, Therese an Hoffmanns Arm wie zu Verlobtenzeiten. Gleich um die Ecke, in der Schützenstraße, gilt es, von hinterm Zaun die Baustelle der neuen Synagoge zu bestaunen. Man sieht schon, was es werden soll.

«Warum eigentlich immer dieser türkisch-maurische Stil bei den Synagogen?», wundert sich Therese. «Dem Tempel in Jerusalem sieht das jedenfalls nicht ähnlich.»

Ihr Wissen über den antiken Jerusalemer Tempel hat sie garantiert von Daumer, denkt Hoffmann, und ignoriert es.

«Ganz einfach», sagt er, «man baut die Synagogen so, weil diese Kuppeln hübsch aussehen. Wie eine Kirche kann man's nicht machen, also nimmt man eben einen anderen Stil, der dem Auge schmeichelt.»

Therese spekuliert darüber, wie man wohl Synagogen baute, wenn es in Frankfurt genauso viele Mohammedaner wie Juden gäbe, aber Hoffmann ist abgelenkt und hört nicht zu.

«Schau mal, Theres», unterbricht er sie. «Das Baugerüst hat ja gar keine Seile! Da sind eiserne Haken dran!»

«Ach, das ist jetzt immer so. Ist es dir nicht aufgefallen, es gibt auch keine Seiler mehr in der Seilerstraße. Es hat sich ja so vieles verändert seit unserer Kindheit. Überall Metall. Allein die Eisenbahn.»

Sie haben hier genug gesehen, setzen sich in der sanft blendenden Abendsonne wieder in Bewegung. Hoffmann drückt Thereses Hand, mit der sie sich bei ihm eingehakt hat.

«Ja, das Leben wird immer technischer», meditiert er. «Es macht mir die Kranken ganz kirre, diese unsichtbaren fernwirkenden Kräfte, Elektrizität und Telegraphie und Fotografie, selbst die Rohrpost, das ist alles wunderbarer Stoff für den Paranoiker. Auch die Pauline Franck hat damals –»

«Apropos Pauline Franck: Du wolltest sie doch noch was fragen. Hast du's endlich getan?»

Hoffmann stöhnt. «Ach, Theres. Sie war so krank, man muss so dankbar sein, dass ich sie entlassen konnte und dass sie endlich in einem stabilen Zustand ist. Wenn ich jetzt wieder davon anfange, es könnte ihre Genesung gefährden.»

«Meinst du? Es wäre aber doch gut, Gewissheit zu haben.»

Wozu?, denkt Hoffmann. War es nicht gerade Therese, die ihm einmal gesagt hat, er sei in der Sache am meisten der Kranken verpflichtet und niemandem sonst?

«Lass uns von etwas anderem reden.»

Sie wollen über den Anlagenring zurück, sind nun im Grünen angekommen. Der Anblick des Rechneigrabenweihers und der Dürlemann'schen Villa weckt leider verschiedene ungute Gefühle, die alle im Zusammenhang mit der Pauline Franck stehen. Jetzt drückt Therese ihm den Arm.

«Mein Lieber, ich fürchte, ich habe noch ein anderes schwieriges Thema in petto. Was machen wir denn mit Carl? Irgendetwas muss noch dieses Jahr geschehen. Wir tun dem Jungen nichts Gutes, wenn wir nicht eingreifen. Er gibt sich so unberührt von den Misserfolgen, aber ich glaube nicht, dass er glücklich ist.»

«Es geht allerdings um mehr als nur Glück», befindet Hoffmann, der seit längerem einen schmerzhaften Groll auf Carl nährt. Ein derart fauler, unfähiger Spross ist eine Schande für seinen guten Namen. Und Hoffmann hat einen guten Namen bitter nötig, er will ja noch einiges erreichen, die neue Anstalt, ein anständiges Gehalt. Bei seiner Kampagne für den Neubau kommt es ihm nicht gerade zupass, dass jeder Zweite, den er von seinen Plänen zu überzeugen sucht, weiß, sein ältester Sohn ist eine völlige Niete.

«Es geht um seine Zukunft, Theres. Er muss ja einmal einen Beruf ergreifen, wir wollen ja, dass ein anständiger Mensch aus ihm wird. Doch was kann ich mehr tun, als den Jungen wieder und wieder ermahnen? Und das tue ich ja, beinahe täglich, du weißt es ja. Ein Hauslehrer wäre wohl das Richtige. Doch den können wir uns nicht leisten.»

«Ich habe selbst tatsächlich auch an einen Hauslehrer gedacht. Vielleicht ist es doch möglich. Daumer würde gern nach Frankfurt ziehen, er könnte –»

«Daumer?!» Hoffmann bleibt vor Schreck und Entrüstung stehen. «Theres! Also! Wirklich! Unser Carl als Nachfolger von Caspar Hauser? Das kommt nicht in Frage. Den Daumer ertrage ich mit Mühen, wenn er gelegentlich mal vorbeisieht. Würde er bei uns wohnen, ich würde mich unentwegt mit ihm streiten.»

«Aber er würde ja gar nicht bei uns wohnen! Er würde zu seiner Schwester ziehen. Du müsstest ihn kaum sehen. Er würde ...»

Hoffmann hält wieder an, stellt sich vor seine Frau und nimmt sie rechts und links an der Hand.

«Theres, Liebste. Hör mir zu und sieh mich an. Ich will nicht, dass der Daumer öfter zu uns ins Haus kommt, als er es jetzt schon tut. Verstehst du mich?»

Therese sieht erst baff drein, dann lacht sie. «Das ist ja köstlich. Ist mein Hoffmann etwa gar eifersüchtig? Es ist doch nur platonisch.»

«So? Daumers *Du, meine Königin* ist rein platonisch gemeint? Aber lass mich dir sagen, Theres, es ist gerade das Platonische, auf das ich eifersüchtig bin. Diese schöngeistige, mystifizierende Ader, die Daumer hat, das vermisst du wohl an mir, und das tut mir weh.»

Therese sieht nach hinten, sieht nach vorn, und dann reckt sie sich hoch und drückt ihrem Mann einen Kuss in den Bart. «Du sollst nur ganz so bleiben, wie du bist», sagt sie dazu.

Hoffmann weiß, das sagt sie nur, um ihn zu trösten. Aber immerhin ist das Thema ‹Daumer als Hauslehrer› vorläufig vom Tisch. Er greift in die Rocktasche nach dem Zigarrenkästchen, jetzt muss er erst einmal eine rauchen. Als der Glimmstängel schön duftend qualmt, kommt ihm die Erleuchtung.

«Ach, Theres!» Er greift seine Frau am Arm und zieht sie weiter, voller Energie.

«Weißt du, wie wir Carl von seinem Phlegma kurieren? Ich werde ihm ein Buch schreiben! Löwenthal findet sowieso, ich sollte ihm wieder ein Manuskript für ein Bilderbuch liefern. Diesmal wird es eins über einen Jungen sein, der faul ist und in der Schule nicht aufpasst, und wie schlecht es ihm am Ende deshalb ergeht. Ich muss Carl gar nicht sagen, dass ich an ihn dabei denke! Das wird er von selbst wissen. Und seine Schulkameraden auch. Dann schämt er sich und setzt sich hoffentlich auf den Hosenboden.»

Therese seufzt leise. Ob das helfen wird, da hat sie ihre Zweifel. Aber sie lässt ihrem Mann die Euphorie.

Pauline, früher im selben Jahr,
Februar bis Mai 1853

Pauline schlief kaum in der Nacht nach dem Treffen mit Theo. Sie war zwar stolz, dass sie ihn so abserviert hatte. Aber die Nacht und den ganzen nächsten Tag über wusste sie, irgendetwas war nicht in Ordnung. Auch die folgenden

Nächte war nichts mit Schlafen. Am folgenden Freitag sah sie durchs Ladenfenster ihre Mutter.

Sie kam nicht rein, glücklicherweise. Sah aber rein. Ging dann weiter.

Hatte Theo die Mutter geschickt, um sie zu beobachten?

In der Folgezeit entdeckte Pauline jedes Mal, wenn sie draußen war, eine Person, die sie heimlich zu beobachten schien. Irgendetwas Furchtbares bereitete sich vor. Manchmal hörte sie Leute leise flüstern: «Da ist sie!» – «Da geht sie!»

Sie brauchte eine Weile, bis sie ungefähr verstand, was da gespielt wurde.

Es waren zwei Gruppen. Man konnte sie an der Haarfarbe unterscheiden, jedenfalls wenn sie sich zeigten. Die Blonden waren meist von den Behörden. Die spionierten ihr nach, um sie für das Verbrechen dranzukriegen; hofften, dass sie sich irgendwann verriet. Die Dunkelhaarigen waren irgendwelche Verwandten, die sie nicht kannte. Die waren von der Mutter und Theo geschickt und sollten aufpassen, dass sie den Blonden nichts verriet.

Bald hatten Theo und Konsorten mitbekommen, dass sie wusste, was gespielt wurde. Sie sprachen jetzt ganz ungezwungen und laut miteinander und immer öfter direkt zu ihr. In ihrem Kopf sprachen sie. Pauline hatte keine Ahnung, wie das möglich war. Etwas mit Elektrizität wahrscheinlich. Es war eine schreckliche Zeit. Sie konnte ja mit niemandem darüber reden. Dabei konnte sie sich bei der Arbeit so schlecht konzentrieren.

Eines Morgens, als sie ausnahmsweise gut geschlafen hatte, wachte sie auf und wusste, etwas stimmte überhaupt gar nicht mit ihr. Sie versuchte sich zu bewegen, da bewegte sich auch etwas, sie konnte es sehen. Aber das war nicht ihr Körper. Das war etwas Fremdes. Nicht sie. Sie war gar nicht mehr da. Man hatte sie vertauscht.

Irgendwann kam Agathchen Jung hoch, regte sich auf und wollte ihr helfen. Aber sie konnte ihr nicht helfen. Sie war ja nicht mehr da. Nur der fremde Körper und fremde Stimmen im Kopf, und sie hatte nicht einmal ein Gehirn mehr. Sie konnte gar nicht denken.

«Es hat keinen Zweck, sie muss in die Irrenanstalt», hörte sie irgendwann. Und das war schrecklich. Aber vielleicht wäre dort jemand, der ihr helfen könnte. Dem sie alles sagen konnte.

September 1853, Anstalt für Irre und Epileptische

«Hat Ihnen das Fräulein Jung schon geschrieben? Ich komme wohl heut zum letzten Mal vorbei.»

Die Pauline Franck sieht drein wie ein Schüler, der nach bestandener Prüfung stolz die Schule verlässt, aber nicht ohne Bangen ins Leben hinaustritt.

«Den Brief habe ich noch nicht bekommen, nein», sagt Hoffmann und wühlt, mit der einen Hand paffend, mit der andern in den Papieren, die ihm Antoni zur Durchsicht auf den Tisch der Schreibstube gelegt hat. Tatsächlich, da ist ein Brief des Fräulein Jung dabei. Er lässt ihn vorläufig liegen, während die Pauline Franck erzählt: Sie erhalte seit zwei Wochen wieder vollen Lohn von Reuter, nachdem sie seit längerem nun schon ohne Schwierigkeiten den ganzen Tag ihrer Arbeit nachgegangen sei. Und sie wolle ja nichts beschreien, aber sie habe jetzt auch schon lange keine Stimmen mehr gehört. Sie wolle natürlich heute auch kein Geld mehr von der Stiftung erbitten, sei nur gekommen, um sich zu verabschieden.

Die Nachricht bedrückt Hoffmann in mehrerer Hinsicht. Übrigens rührt die Franck ihm heut besonders das Herz, sie trägt etwas Taubenblaues (hatte er dergleichen nicht an ihrer Mutter gesehen?), das mit dem dunklen Haar und den dunklen Brauen auf seltsame Weise harmoniert und sie sehr ernst und sehr unschuldig und sehr liebreizend aussehen lässt.

Aber er kann sie doch nicht so gehen lassen. So ohne endgültige Klärung. (Klärung für ihn oder für sie?)

«Das ist schön, dass sich bei Ihnen alles so gut entwickelt. Ich habe damals gleich gedacht, Sie sind ein heilbarer Fall, nun freue ich mich natürlich umso mehr. Es gab ja bei Ihnen auch einen Anlass, dass es Ihnen so schlechtging … – Fräulein Franck? Dürfte ich wohl noch einmal auf diese schreckliche Geschichte zurückkommen, die Sie mir erzählt haben? Ich hätte da noch eine Frage.»

Sofort kriecht die Angst in ihr Gesicht.

Hoffmann hat allerdings auch welche. Wie das so geht im Leben: Wenn man einmal auf etwas gestoßen ist, hört und liest man plötzlich überall davon. Nachdem nun also Hoffmann von der Franck gehört hat, ihr Bruder Theo habe den kleinen Fritz Dürlemann ertränkt, und von Tabak-Dürlemann selbst wiederum, sein Sohn sei gar nicht tot, sondern lebe bei der Mutter, da sind ihm hie und da in Gesellschaft merkwürdige Tuscheleien über die Familie Dürlemann zu Ohren gekommen. Beispielsweise, Dürlemann habe einmal unversteuertes Geld außer Landes geschafft, indem er eine Erpressung vorgetäuscht habe. Oder auch, Dürlemanns geschiedene Frau habe ihrem Mann mit Tricks und Schlichen sein halbes Vermögen entwendet und deshalb müsse die Familie seit 51 ihr oberstes Stockwerk vermieten. Und zum Dritten, die Geschiedene habe den Sohn Fritz in einer Nacht-und-Nebel-Aktion nach Amerika entführt und niemand wisse, wo er sich aufhalte. Auch über Theo Franck-Passavant gibt es Gerüchte. Beispielsweise: Niemand wisse, womit der vor zwei Jahren plötzlich so reich geworden sei, dass er alle seine Schulden bezahlen konnte. Weiter heißt es: Inzwischen sei er wieder blank und mache neue Schulden.

All das hat bei Hoffmann eine gewisse Unsicherheit produziert, ob denn der junge Fritz wirklich noch lebe. So hat er sich jüngst in der Senckenbergischen Anatomie das fragliche Sektionsprotokoll herausgesucht. Jenes über den unbekannten jungen Toten, das er gemeinsam mit dem Kollegen Mappes einem angetrunkenen Studenten in die Feder diktiert hat, damals, als Hoffmanns Abschied von der Anatomie gefeiert wurde, jener unbekannte Tote, von dem er gleich nach der ersten Erzählung der Franck gefürchtet hat, es könnte sich um den armen Fritz Dürlemann gehandelt haben.

Hoffmann hat sich also mit dem Protokoll an den Lesetisch der Senckenbergischen Bibliothek gesetzt und geblättert. Es ist eine Kopie, das Original dürfte beim Verhöramt liegen, hier oder in Isenburg. Er sucht nach irgendwas, das den Verdacht entweder bestätigen oder entkräften kann. Er findet – nichts. Der Tote trug nichts und vor allem keine Papiere in den Hosen- und Rocktaschen. Durch die lange Liegezeit bei Sommerwärme, teils im Wasser, durch Fisch- und anderen Fraß war die Leiche sehr entstellt gewesen. Ja, sogar das Geschlecht hatte man erst innerlich sicher feststellen können. Etwaige Zeichen des Ertrinkens waren längst zerstört, Gewalteinwirkung ließ sich nicht feststellen, aber man hatte, nach seiner Erinnerung, auch nicht danach gesucht. Die Körpergröße hatte sich messen lassen, fünf Fuß ein Zoll rheinisch, erwachsene Männer aus den niederen Ständen sind oft nicht größer. Man hatte eben damals geglaubt, jemanden niederen Standes vor sich zu haben, einen Sechzehn-, Siebzehnjährigen, der betrunken in den Teich gefallen war, dessen Saufkumpane es dann mit der Angst bekommen und sich davongemacht hatten.

Kopfhaar: Mittelbraun, fein, glatt bis leicht gewellt.

Bekleidung: Kurzer Rock aus feiner blauer Webwolle, gut geschneidert. Weite Hose aus graublauem Leinen, dito. Unterhemd aus weißem Leinen, dito. Bluse aus hellgelbem Kattun, dito. Kein Kragen.

Hellgelbe Bluse. Nicht mehr sehr häufig heutzutage. Das Bunte hätte sie an ein Kind denken lassen müssen. Oder auch nicht, ein besserer Handwerksbursche hätte es genauso sein können. Die Haut an den Händen, an der sich die Beschäftigung für gewöhnlich ablesen lässt, die war zu gequollen gewesen, soweit sie überhaupt noch vorhanden war.

Hoffmann hat das Protokoll nach sorgfältiger Durchsicht wieder einsortiert. Und weiß seitdem natürlich ganz genau, was er die Franck fragen müsste. Er raunt also jetzt leise, damit es draußen niemand hört:

«Sie hatten mir ja erzählt, wie Sie den Fritz Dürlemann auf diese Jagdhütte geführt haben. Erinnern Sie sich daran noch?»

«Ja, natürlich.» Sie flüstert ebenfalls.

«Sie denken noch immer, dass das wirklich stattgefunden hat?»

(Die Hütte! Man könnte nach der Hütte suchen. Warum hat er daran noch nicht gedacht?)

«Ja.»

(Ach was. Die Hütte gibt es natürlich, in der hatte sie sich ja mit Theo zum Debauchieren getroffen. Daran war nichts erfunden, das ist sicher.)

«Wissen Sie denn noch, was das Fritzchen an dem Tag für Kleider anhatte?»

Sie überlegt eine Sekunde, dann sagt sie: «Ich glaube, ja. Ich seh ihn vor mir.»

«Können Sie die Kleider beschreiben?»

«Eine blaue Schirmmütze und eine blaue Jacke. Die Hose weiß ich nicht mehr so genau. Er hatte seine gelbe Bluse an.»

Hoffmann zündet eine neue Zigarre an der alten an, pafft heftig, bis sie brennt. *Gelbe Bluse.*

«Wie groß war der Fritz denn damals etwa?»

«Groß. Für sein Alter. Ungefähr so groß wie ich. Aber noch ganz schmächtig, wie ein Kind, nicht wie ein Mann. – Herr Doktor Hoffmann, warum fragen Sie mich das alles?»

Mit einem Mal klingt sie nicht nur ängstlich, sondern misstrauisch, aggressiv beinahe. Sie denkt, er will sie verpfeifen.

«Liebes Kind, keine Angst. Ich wollte nur – ich muss Ihnen jetzt sagen, nachdem ich neulich der gegenteiligen Ansicht war, ich fürchte nun doch, alles hat wirklich so stattgefunden, wie Sie es mir erzählt haben. Ich habe im Senckenbergischen Institut, äh, ein paar alte Akten durchgesehen. Es ist einmal jemand Ertrunkenes in einem Teich im Wald gefunden worden. Könnte sein, dass das Ihr Fritz war. – Es tut mir leid. Es tut mir leid, Kind. Weinen Sie jetzt nicht, es ist so viele Jahre her, der Junge hat seinen Frieden längst gefunden.» – In einem Isenburger Armengrab. – «Ist ja gut. Es tut mir sehr leid, dass ich Ihnen neulich Hoffnungen gemacht habe. Der Dürlemann hat mir da etwas Falsches erzählt.»

Der Dürlemann weiß selbst nicht, was mit seinem Sohn geschehen ist. Das wird Hoffmann jetzt erst klar. Der gibt sich Wunschträumen hin. Weil gewisse Personen bei der Sektion den Verdacht auf ein Verbrechen nicht hatten und an einen im Rausch ertrunkenen Isenburger Handwerksburschen glaubten. So wurde der Fund nie publik gemacht in Frankfurt.

«So, Fräulein Franck. Jetzt reden wir aber über etwas Schöneres. Sie bekommen heute Ihre beiden Gulden von der Stiftung noch einmal. Aber diesmal behalten Sie sie selbst, das Fräulein Jung hat ja wohl keine Auslagen mehr für Sie. Sie hatten genügend Einkommensausfall durch die Krankheit, da können Sie das Geld sicher gebrauchen.»

Die Franck steht auf, bereitet sich aufs Gehen vor. Nun wird das letzte Bild, das er von ihr hat, eines mit Tränen in den Augen sein. – Ach, wozu wird er so sentimental? Die Stadt ist klein, er muss ja nur zu Reuter gehen, wenn er sie einmal sehen will. Übrigens kann sie jederzeit einen Rückfall erleiden. Was er allerdings auf keinen Fall erleben will.

Er reicht ihr das Geld. Sie fragt, wem sie schreiben könne, um sich bei der Stiftung für die Unterstützung zu bedanken. Sie sei sehr dankbar dafür, sie wisse gar nicht, wie es ohne gegangen wäre. Das geht Hoffmann runter wie Öl. Es sei eine anonyme Stiftung, behauptet er (gibt es das überhaupt?), er werde aber ihren Dank ausrichten.

«Und sollte es Ihnen einmal schlechter gehen, Fräulein Franck, zögern Sie nicht und suchen Sie mich auf.»

Sie lächelt traurig, bedankt sich für die gute Behandlung und dass er sich so nett um sie gekümmert habe. Aber sie hoffe natürlich, dass sie nicht mehr wiederkommen müsse.

«Sie hoffen also, dass Sie mich niemals wiedersehen? Na, also! Aber ich will es Ihnen verzeihen, ich weiß ja, wie es gemeint ist.»

Jetzt lacht sie. Na, Gott sei Dank.

«Also, liebes Fräulein ...» Er legt die Zigarre ab, greift nach ihrer Hand. «Ich wünsche Ihnen das Aller-, Allerbeste.» Sie zieht ein Lächeln, aber wieder spürt er ihre typische Traurigkeit dahinter. Er nimmt ihre kleine Hand zwischen seine beiden. «Wissen Sie was? Ich habe Ihnen das noch gar nicht erzählt! Ich habe, als ich ein Kind war, Ihren Vater flüchtig gekannt. Mein Vater war ja Architekt, ich war öfters mit auf Baustellen, und da entsinne ich mich eines Bauarbeiters namens Franck, der recht nett zu mir war. Umso mehr freue ich mich natürlich, dass ich Ihnen ein wenig helfen konnte. Wenn Ihr Vater nicht damals gestorben wäre, all diese schrecklichen Sachen wären ja gar nicht passiert, nicht wahr, und sie wären sicher auch nicht krank geworden. Aber man kann sich im Leben nicht immer alles aussuchen ...»

«Herr Doktor? Wie sah denn mein Vater aus?»

«Ich habe da nur eine sehr dunkle Erinnerung. Braungebrannt, wie alle Menschen, die an der Luft arbeiten, die Haare dunkelblond und stark gelockt, ein gutaussehender Mann.» Das Letztere ist seine Umschreibung für *sah Theo ähnlich*, was er mehr glaubt, als dass er es weiß, und den Namen Theo will er ihr auf jeden Fall ersparen. Gott, er hält ja noch immer ihre Hand. «Also, Fräulein Franck, wie gesagt, ich wünsche Ihnen alles Gute. Sehen Sie zu, dass Sie immer gut essen. Und wenn Sie einmal krank sind oder sonst wie Hilfe brauchen, zögern Sie nicht, mich aufzusuchen ... Nun gehen Sie, sonst werde ich hier noch ganz gerührt. Sie müssen ja auch zurück zu Ihrer Arbeit.»

Sie lacht, nimmt ihre Hand aus seiner, verabschiedet sich und geht.

Am Abend muss er es Therese sagen. Gelbe Bluse, blauer Rock, passende Körpergröße. Das Verbrechen hat tatsächlich stattgefunden.

Therese ist entsetzt. Seit er auf der Tabakfeier Dürlemann befragt hat und diese harmlose Antwort bekam, hat sie sicherer als er geglaubt, es müssten alles bloß Halluzinationen der Franck gewesen sein und dass ihr guter Hoffmann selbst ein wenig paranoid ist, wenn er immer wieder anderes vermutet.

«Jetzt hast du eine entsetzliche Verantwortung», sagt sie. «Um Himmels willen. Was tust du?»

«Ach, Theres. Du weißt es doch. Am liebsten will ich gar nichts tun. Ich will doch das Mädchen nicht den Behörden ausliefern.»

«Aber ... ein solches Verbrechen kannst du doch nicht verschweigen!» Therese ist ganz blass.

«Ich weiß. Ich weiß. Aber … ach, Theres, ich kann es nicht. Das kann ich ihr nicht antun, sie hat genug gelitten, sie bereut ja so bitter –»

«Das bezweifle ich nicht. Aber es geht ja gar nicht um sie. Es geht um Theo. Den kannst du doch nicht davonkommen lassen. Es könnte doch sein, dass er noch einmal … Nettchen erzählte doch neulich, er habe Louise wieder um Geld gefragt. Er scheint wieder knapp bei Kasse zu sein. Das bedeutet nichts Gutes, nachdem er das letzte Mal so ungeschoren davongekommen ist –» (und als Kind schon einmal, ergänzt Hoffmann im Geiste), «… da muss man ja befürchten, dass er wieder etwas Ähnliches versucht.»

Hat Therese nicht Theo früher immer verteidigt?

Doch sie hat ja recht. Er sieht es ein. Aber er will lieber sterben als sein Schweigegelübde gegenüber seiner Kranken brechen und die Geschichte an die Behörden geben und der Pauline Franck hinterher ins Gesicht sehen müssen, wenn sie vor Gericht steht. Das kann er nicht. Er kann das nicht.

«Ach, Theres. Ja, das muss alles bedacht werden. Ich werde nachdenken, ich werde mir etwas einfallen lassen müssen, um Theo unschädlich zu machen, ohne dass ich der Pauline Franck dabei schade.

Ihm fällt aber nichts ein.

Und dann ist er eingespannt bis übern Kragen in seine Kampagne für die neue Anstalt, schreibt Artikel, schreibt und malt das neue Buch für Carl, gründet ein Spendenkomitee für den Anstaltsneubau, diskutiert und intrigiert im Pflegeamt, macht sich Feinde und Freunde, organisiert und schreibt Briefe und geht bei den Honoratioren von Tür zu Tür und sammelt Geldversprechen, eines höher als das andere, der Freiherr von Wiesenhütten kündigt ein Legat im Testament an. Dann kommt der Tag, wo Hoffmann herausfindet, dass Carl, sein Sohn Carl, das Lesen und Schreiben nur unzureichend beherrscht, dass er all die Jahre, wenn er sagte, er läse, nur so tat, dass er, wenn er sagte, er schreibe, immer nur die gleichen sinnlosen Wortreihen in seine Hefte gemalt hat, dass die Hefte, die er gelegentlich zeigte, von einem Kameraden stammten, dass er Lügen über Lügen aufgetürmt und ein ausgeklügeltes Betrugssystem entwickelt hat, um den Übelstand vor den Eltern und allen anderen zu verbergen. Es folgen die Auseinandersetzungen, die schlaflosen, sorgenvollen Nächte, die Überlegungen, was zu tun sei bei Carl, ob man ihm selbst helfen könne oder ob etwa doch ein Hauslehrer, eine besondere Schule, ein besonderes Lehrsystem, ein spezielles Internat irgendetwas erreichen und die größte Katastrophe noch abwenden könne und ob man die steigenden Einnahmen durch den *Struwwelpeter* hierfür verwenden könne und müsse.

Kurz, Hoffmann hat anderes zu tun und anderes zu denken. Und er vergisst vorübergehend die Geschichte der Pauline Franck.

September 1853, Pauline

In den ersten beiden Wochen, in denen Pauline bei Reuter wieder voll bezahlt wird, hat sie gleich dreimal, was der Lehrling Backes spöttisch «Herrenbesuch» nennt.

Eines Morgens früh betritt ein gar nicht bemerkenswert aussehender junger Mann den Laden, und es meldet sich in Paulines Bauch ein merkwürdiges Gefühl zwischen Fremdheit und Bekanntheit, zwischen Abstoßung und Anziehung, ganz ähnlich, wie als sie zum allerersten Mal durchs Fenster Theo sah. Pauline ist jedenfalls hellwach für den jungen Mann, während der das «Guten Tag» von Agathe Jung erwidert und einen suchenden Blick durch den Raum schickt. Sein Auge bleibt an Pauline hängen.

«Sie sind doch die Pauline Franck?», fragt er.

Ihr wird ganz anders.

«Ja, das stimmt.»

«Ich bin dein Halbbruder. Meine Mutter ist sehr krank, es geht wohl aufs Ende zu. Jetzt sagt sie dauernd, sie will dich noch einmal sehen, sie hätte dir vielleicht Unrecht getan, und dann will sie dich um Verzeihung bitten. Kannst du jetzt mitkommen? Oder wann hast du frei?»

«Das Fräulein Franck hat keine Zeit», erklärt sofort streng Agathe Jung, die gesehen hat, wie Pauline der Staubwedel in der Hand zittert.

«Ich will auch gar nicht mitkommen», sagt Pauline, kurzentschlossen, einen Kloß im Hals. «Das ist mir viel zu aufregend, ich bin auch nicht ganz gesund. Aber richten Sie … richte ihr doch aus, dass ich ihr verzeihe. Nur sehen will ich sie nicht.»

Er zuckt die Schultern, desinteressiert. «Na gut. Für den Fall soll ich sagen, es wäre damals nur wegen dem Theo gewesen, dass sie sich so echauffiert hat, weil sie Angst um den Theo hatte oder so ähnlich. Sie würde sich halt immer so viel Sorgen um den Theo machen. Ich hab ihr gesagt, das ist der Pauline bestimmt total egal, aber ich soll's dir jedenfalls sagen. Gut, dann geh ich jetzt.»

«Was hat sie eigentlich?», fragt Pauline noch schnell.

«Ei, wissen wir nicht so genau, es geht schon lange, sie kann nichts essen und so, der Doktor meint, es ist wohl ein Krebs.»

Hätte Pauline bloß nicht gefragt. Das will sie doch gar nicht wissen.

«Also, Adieu dann», sagt er, hat es eilig fortzukommen.

«Adieu.»

Eine Woche später ist der Halbbruder wieder da, aber Pauline im Lager. Sie hört die Ladenglocke und von vorn ein paar Worte: «abgeben», «gestorben», «Fräulein Franck». Als sie unruhig nachsehen geht, ist die Tür eben wieder zugefallen, der Herr Reuter reicht ihr mit irritiertem Blick ein Päckchen, das sei für sie abgegeben worden, ihre verstorbene Mutter hätte es ihr hinterlassen. Pauline sagt brav: «Danke, Herr Reuter», knickst halb, nimmt das Päckchen nach hinten. Es ist ein Kleid drin, ein getragenes, taubenblau, sehr züchtig, aber schön eigentlich, etwas zu weit für sie, aber es lässt sich schnüren.

Pauline kann sich auf das Kleid und auf den Tod der Mutter nicht richtig konzentrieren. Sie ertappt sich, wie sie ganz aufgeregt und ganz unglücklich zugleich ist, weil der Halbbruder hier war und sie ihn nicht gesehen und nicht mit ihm gesprochen hat. Das darf doch nicht wahr sein, denkt sie, ich kann mich doch nicht schon wieder in einen Bruder verlieben. Er war ja nicht einmal besonders nett.

Das Kleid riecht muffig. Es müsste zu waschen sein. Oder vielleicht tut es fürs Erste Agathchen Jungs Sprühflasche mit Kölnisch-Wasser-Imitat.

Der Tag darauf ist der, an dem sie ihren letzten Termin beim Doktor Hoffmann hat. Das lenkt kurzfristig ab. Doch nachts schleichen sich wieder träumerische Gedanken an den Halbbruder ein! Sie schläft auch schlecht deshalb, Pauline macht sich schon Sorgen, sie könnte wieder verrückt werden. (Ist das nicht sowieso schon verrückt, nach jemandem zu schmachten, der erstens der eigene Bruder ist und den man zweitens nicht einmal besonders leiden kann – soweit man ihn denn kennt?)

Ein paar Tage darauf, es geht ihr schon besser, ist Pauline wieder im Lager, als sie von Agathe Jung gerufen wird: «Pauline! Hier ist jemand, der will dich sprechen!»

«Gott, Paulinchen», lästert der Lehrling Backes, «nein, was bist du so begehrt! Ein Herrenbesuch am anderen!»

Mit pochendem Herzen und mulmigem Gefühl geht Pauline nach vorn. Und dann ist sie zugleich enttäuscht und erleichtert, als sie erkennt, es ist nicht der Halbbruder, sondern es ist – ihr ehemaliger Mitpatient, der Herr Völker. So fesch und so gerade aufgerichtet und mit so frischgewaschenen, locker fallenden blonden Haaren wie heute hat sie den allerdings noch nie gesehen. Er strahlt sie an, sie lacht zurück.

«Ich muss mich entschuldigen», beginnt er, «dass ich hier so reinplatze, aber ich wusste nicht, wie ich sonst … ich habe überhaupt nur auf verschlungenen Pfaden erfahren, dass Sie hier arbeiten. Ich freue mich ja sehr, dass es Ihnen so viel besser geht. Unser guter Hoffmann wollte mir natürlich nicht sagen, wo ich Sie finden kann. Ich will jetzt auch nicht lange stören, ich wollte nur fragen, ob … oder wann Sie vielleicht einmal Zeit hätten, mit mir auszugehen.»

Pauline fühlt sich hin und her gerissen. Sie findet den Völker nett und irgendwie lustig, aber sie weiß ja ziemlich genau, er will etwas von ihr. Und sie nicht von ihm. Gar nicht. Und wenn sie mit ihm ausgeht, dann macht sie ihm doch Hoffnungen. Außerdem hat sie, wenn sie es recht bedenkt, sowieso keine Lust, sich mit ihm zu treffen. Sie will an ihre schlimme, schlimme Zeit in der Anstalt so wenig wie möglich erinnert werden.

Pauline druckst. Am liebsten würde sie die volle Wahrheit sagen, gerade weil sie den Völker mag. Dann entschlüpft ihr doch eine weiße Lüge. Eine so durchschaubare, dass sie sich schämt. Sie habe in nächster Zeit leider gar kein Stündchen frei, behauptet sie. Natürlich versteht er. Behält den freundlichen Ausdruck, nur das Lustige, Fröhliche ist schlagartig fort aus seinen Augen. «Ja», sagt er und sieht nach unten auf seinen Hut, den er zum Gruß abgenommen hat und in der

Hand hält. «Das ist schade. Aber ich hätte mir ja eigentlich denken können … was ich Ihnen noch sagen muss, Fräulein Franck, es wäre nur für einen Abschied. Ich gehe nach Amerika, in vier Wochen geht mein Schiff von Le Havre. Aber wenn Sie keine Zeit haben …»

Pauline schwankt. Soll sie ihm das abschlagen?

Agathchen Jung wirft ihr einen wild auffordernden Blick zu.

«Also», sagt Pauline, «vielleicht kann ich mir dann doch etwas freimachen. Fräulein Jung, könnte ich vielleicht heut Abend früher gehen, so um sechs?»

Am besten heute, dann hat sie es hinter sich.

«Ich denke, das kann ich erlauben», verkündet würdevoll Agathe.

Als der Völker draußen ist, bekommt Pauline einen Vortrag zu hören. Wie sie denn dazu komme, diesen freundlichen, wohlerzogenen, nett aussehenden Mann abblitzen zu lassen? Sie weine doch nicht etwa immer noch dem Theo Passavant hinterher! Was denn der Herr Völker von Beruf sei?

«Handelsangestellter, glaube ich. Oder nein, jetzt ist er Schreiber bei einem Advokaten.»

«Siehst du! Das passt doch zu dir, das wäre genau das Richtige für dich! Etwas Besseres bekommst du nicht! Und der Herr Völker ist auch noch dein Alter und sieht ganz ansprechend aus.»

Was soll das denn, er geht doch sowieso nach Amerika, denkt Pauline. Und dann sagt sie: «Der Herr Völker war doch mit mir in der Irrenanstalt.»

«Oh», sagt Agathchen entgeistert. «Natürlich. Ich entsinne mich. Ach so.»

Ein Kunde tritt ein, das Gespräch ist beendet. Aber Pauline weiß, Agathchen Jung wird sie mit dem Herrn Völker nicht mehr bedrängen.

Am Abend bringt Völker beste Laune mit und zwei große Stücke Zwetschgenkuchen in Papier. Natürlich gehen sie spazieren, landen auf einer Bank in den Anlagen, essen Kuchen, reden. Vor allem er redet. Pauline kennt den Völker nicht anders als nervös, aber natürlich merkt sie, dass er aufgeregt ist, weil er verliebt in sie ist. Und auch dass er sich bemüht, unterhaltsam zu sein, um ihr zu gefallen, was ihr alles nicht recht ist, aber ihr schmeichelt. Der Abend verläuft durchaus angenehm. Nur einmal will er wissen, seit wann sie denn so gut genesen sei, dass sie wieder arbeiten könne. Dann, wie es ihr in der Anstalt noch ergangen sei, nachdem er draußen war, und wie sie sich jetzt eigentlich fühle, ob alles wieder genau so sei wie vor der Krankheit oder ob sich etwas an ihrer Seele verändert habe.

Bei der letzten Frage wird es Pauline zu viel. Vorher hat sie einsilbig geantwortet, jetzt sagt sie: Sie wolle über all das lieber nicht reden, alles mit der Krankheit, das bedrücke sie zu sehr. Er schweigt einen Moment, dann sagt er, er könne das gut verstehen, und entschuldigt sich, dass er gefragt habe, und Pauline sagt, nein, dafür müsse er sich doch nicht entschuldigen. Er erzählt daraufhin, er habe bis heute gelegentlich so Gedanken, da überlege er, sei das jetzt noch normal oder schon wieder eine hypochondrische Melancholie und manchmal wisse man eben tatsächlich nicht … und unterbricht sich und entschuldigt sich, dass er wieder davon angefangen habe. Jedenfalls habe er gemerkt, es gehe ihm immer am allerbesten, wenn er sich mit Musik beschäftigen dürfe – da unterbricht ihn Pauline: «Ach ja, Sie spielen ja so schön Geige! Ach wissen Sie, Herr Völker, Ihr Geigenspiel hat mir damals gutgetan, als es mir so schlechtging.»

Das freue ihn sehr, sagt er und atmet tief durch, das mache ihn glücklich und er danke ihr, dass sie es ihm gesagt habe. Weil er so gefühlig wird, bereut Pauline gleich, den Mund aufgemacht zu haben, nicht dass er jetzt denkt, dass sie sonst was damit meint. Außerdem will sie ja über die Zeit der Krankheit nicht sprechen.

Er redet aber schon unverfänglich weiter: wie er sich seit dem sechzehnten Lebensjahr, seit er Lehrjunge geworden ist, mit dem trockenen Handelsberuf nicht anfreunden könne, das Sprachenlernen für die Korrespondenz habe ihm noch Freude gemacht, aber das sei auch schon alles und er würde regelrecht leiden, wenn er den ganzen Tag nicht musizieren könne. Für seine schwachen Nerven sei es wohl doch das Beste, wenn er die Musik zum Beruf machte. Seine paar Jahre Gymnasium habe er als Bub schon finanziert, indem er ein bisschen Geigenunterricht gegeben habe. Später habe er jedoch gemerkt, hier in Frankfurt sei es für neue Musiklehrer fast unmöglich, mehr als ein paar Kreuzer zu verdienen, die Konkurrenz sei so groß, es gebe hier Virtuosen aus Italien, Frankreich, Sachsen, die nach Frankfurt gekommen seien, um reichen Kaufmannskindern Violine und Klavier beizubringen. Nun habe er aber gehört, dass im amerikanischen Westen ein großer Mangel an guten Musiklehrern herrsche. «Und raten Sie mal, von wem ich das gehört habe. Von unserm Doktor Hoffmann, als ich ihm erzählt habe, eigentlich wollte ich Musiklehrer werden, aber davon gebe es schon zu viele. ‹Gehen Sie doch nach Amerika!›, sagt er. ‹Vor ein paar Jahren hat mir mein Freund Körner aus dem amerikanischen Westen geschrieben, seine Kinder würden aufwachsen wie die kleinen Wilden, es gibt dort weit und breit keine Bibliothek und nicht einmal einen Klavierlehrer!›»

Pauline lacht, sie kann sich Hoffmann so gut vorstellen, wie er freudig echauffiert mit der Zigarre fuchtelt. Doch die Geschichte geht noch weiter. «Und dann hat unser guter Hoffmann wahrhaftig seinem Freund Körner geschrieben, der dort wohl ein großer Politiker ist, und ihn befragt, ob denn noch Bedarf für einen Geigen- und Klavierlehrer in seiner Stadt ist, er kenne da jemanden, der das übernehmen würde. Und stellen Sie sich vor, vor kurzem kam ein Brief von diesem Körner zurück, alle seine Bekannten sind begeistert, dass ein Musiklehrer kommen soll, und ich habe quasi schon zwanzig Schüler im Abonnement. Die Stadt heißt Belleville, am Fluss Missouri im Staate Illinois, im mittleren Westen. Es ist zivilisiert genug, nicht so eine Grenzstadt mit Goldsuchern und Indianerscharmützeln.»

Pauline bestätigt, das alles sei ein großer Glücksfall, muss aber natürlich an ihre eigenen Amerikapläne mit Theo denken, die auf so schreckliche Abwege geführt haben.

«Mir graust allerdings vor der Überfahrt», erzählt Völker, «das soll gar nicht spaßig sein. Da ist man eingepfercht wie die Heringe im Fass, bekommt nur Salzfleisch und Zwieback zu essen, kaum was zu trinken und kein Waschwasser, und das acht Wochen lang. Am schlimmsten sind allerdings die englischen Schifffahrtslinien, deshalb fahre ich von Le Havre. Immerhin muss ich nicht so viele Lieben hier zurücklassen. Ich habe ja hier nur noch meine Mutter. Die werde ich natürlich auch vermissen, aber ich fürchte, die Mutter ist ganz froh, wenn sie mich los ist. Die Krankheit, wissen Sie … das hat so vieles verändert.»

«Ja», sagt Pauline bloß. Sie schweigen einen Moment vor sich hin. Jetzt wird er noch ernster, räuspert sich, sieht nach unten, auf seine Hände. Seine Haare wehen sanft im Wind.

«Ich hatte ja eine Freundin, vorher.» Er flüstert fast. Sie muss die Ohren spitzen, damit sie ihn versteht, bei dem Verkehrslärm von hinten und dem Kinderjohlen von den Wiesen. «Vielmehr eine Verlobte. Es war ziemlich … es war sehr eng, wenn Sie verstehen, was ich meine. Sehr leidenschaftlich. Aber sobald ich dann krank wurde … sie wollte mich nicht mehr sehen. Auch danach nicht. Als ich wieder zurück aus der Anstalt war.»

«Das tut mir sehr leid», flüstert Pauline. Sie weiß, er wartet gespannt, ob sie auch so eine traurige Liebesgeschichte anzubieten hat. Aber ihre Geschichte ist ja nun eine ganz andere. Außerdem will sie nichts sagen, was ihm Hoffnungen macht. Sie schweigt und nestelt an dem leeren Kuchenpapier, das sie noch in der Hand hält.

«Ich habe einige Bücher», sagt er schließlich, «die ich nicht mitnehmen kann. Lehrbücher für Französisch und Englisch beispielsweise. Hätten Sie daran Interesse?»

Pauline sagt sofort ja, dann verbessert sie sich: Nein, sie habe ja doch keine Zeit dafür. Und zwar weil ihr einfällt: Wenn er Bücher für sie bringt, dann muss sie ihn ja nochmal sehen. Und es sollte doch nur dieses eine Mal sein, so war es doch verabredet.

Dann bekommt sie ein schlechtes Gewissen, dass sie so kleinlich ist, dass sie nicht einmal Bücher von ihm nehmen will, die sie eigentlich gern hätte. Es ist ja nicht gerade, dass es so furchtbar wäre, mit dem Herrn Völker einen Abend zu verbringen. Bis darauf, dass es sie ein klein wenig aufwühlt natürlich. Wegen der Erinnerungen an die Zeit in der Anstalt. Und dann will sie ihm eben keine Hoffnungen machen.

«Da drüben in der Villa unter den Bäumen», sagt sie, um abzulenken, «da war ich mal Kindermädchen.»

«Wirklich? Wann war das denn?»

Sie fängt an zu erzählen, merkt sofort, das führt ja schon wieder auf Abwege, zu Erinnerungen, an die sie nicht erinnert werden will. Eigentlich will sie an ihr ganzes Leben nicht erinnert werden. Es gibt nichts mehr, nichts in ihrem vergangenen Leben, woran sie unschuldig oder mit Freude denken kann. Alles ist verdorben durch das, was danach geschah. Es bleibt ihr nur die Zukunft.

Bald schläft das Gespräch ein. Pauline sagt, nach angemessener Frist, sie wolle jetzt bitte nach Hause gehen. (Sie muss sowieso auf den Topf.)

Also bringt er sie, bemüht sich, wieder ein Gespräch in Gang zu bringen, und sie gibt Gleiches zurück. Aber es ist jetzt alles etwas künstlich und traurig geworden, es dämmert auch schon, sie sind doch länger draußen gewesen, als Pauline gedacht hat.

Als sie sich dann endlich vor der Haustür zum Abschied gegenüberstehen, die abendliche Zeil ist ganz leer bis auf sie beide, da kommt es doch noch zu einem unangenehmen Moment. Er will es ihr wohl leichtmachen, gibt ein bisschen die Witzfigur, um das Drama herauszunehmen.

«Ich weiß ja schon, dass Sie nein sagen werden. Aber ich kann trotzdem nicht gehen, ohne zu fragen. Mein liebes Fräulein Franck, als ich Sie endlich gefunden hatte und heute Morgen zu Ihnen in das Geschäft gekommen bin, da habe ich in meiner Dummheit gehofft, dass wir uns noch öfter sehen können in der nächsten Woche, bevor ich fortmuss, und dann wollte ich … dann hätte ich Sie natürlich am Ende fragen wollen, ob Sie als meine Verlobte mitkommen wollen. Jetzt frage ich Sie trotzdem. Ich kann einfach nicht fahren, ohne gefragt zu haben.»

Pauline hat einen furchtbaren Kloß im Hals. Sie hat es doch geahnt. Das ist schrecklich jetzt. Sie räuspert sich.

«Es tut mir leid», murmelt sie bloß und hofft, das sagt alles.

«Ja, mir auch», sagt er und sieht eine Sekunde weg. Dann: «Aber es ist nicht wegen einem andern?»

Jetzt soll sie ihm auch noch eine Begründung liefern! Du lieber Gott. Sie kennt ja den Grund, sie sieht ihn noch immer vor sich, wie er in der Anstalt aussah, als es ihr so schlechtging, als sie neu war und selbst kaum gerade gucken konnte, und dann kam er auf sie zugeschlurft wie ein Gespenst aus einer Halluzination, vornübergebeugt, schief, mit irrem Ausdruck, und die Haare standen verfilzt in alle Richtungen, und er erzählt ihr was von Samen, der ihm herausläuft.

«Nicht wegen einem andern», sagt sie.

«Sie mögen mich nicht?»

Bitte! Bitte!, denkt Pauline. «Doch», sagt sie notgedrungen, «ich mag Sie sehr gern, Herr Völker, natürlich mag ich Sie, aber nicht so. Nicht so.» Und dann rutscht es ihr heraus: Sie könne ihn nicht lieben, weil er so verrückt gewesen sei, als sie ihn kennengelernt habe.

In dem Moment, als die Worte draußen sind, da weiß Pauline, wie *furchtbar* es ist, was sie da gerade gesagt hat, wie herzlos und wie abgrundtief dumm gerade von ihr. Aber da hat sie es schon gesagt.

Der Christian Völker hat feuchte Augen bekommen und sagt sehr leise und sehr traurig, das habe er sich gedacht. Und es sei merkwürdig, bei ihm sei es gerade umgekehrt. Für ihn sei es so, gerade weil sie beide einander in ihrer Verrücktheit gekannt hätten, sei nur sie die richtige Gefährtin für ihn. Und dann sagt er Adieu, dreht sich um und geht.

Pauline fühlt sich so schlecht.

Sie nimmt den Hausschlüssel, den sie selten benutzt, weil sie ja sonst aus dem Laden übern Hof in ihre Mansarde geht, schließt auf und betritt den Flur. Da steht sie im Dunkeln. Was ein schrecklicher Abend, denkt sie.

Sie kann es schwer ertragen, dass er sie so in Erinnerung behält. So als – dumme Ziege.

Und dann reißt sie die Tür wieder auf, springt die beiden Stufen hinunter und rennt ihm hinterher, wie sie lange nicht gerannt ist. Er ist schon fast auf dem Rossmarkt, dreht sich um, als er die Laufschritte hört, wartet, bis sie heran ist.

Pauline japst.

«Ich wollte nur sagen, ich könnte mich erschießen, dass ich das eben gesagt habe, es war so … so gemein und so dumm von mir.»

«Es war die Wahrheit», sagt er nach einer kurzen Pause. «Und die Wahrheit ist nicht immer schön.»

«Nein», sagt Pauline. «Das ist sie nicht.» Jetzt laufen ihr die Augen über, sie weiß nicht, warum.

«Einmal umarmen?», fragt er, und Pauline nickt und lässt sich umarmen und drückt ihn auch ganz fest und ihr Gesicht an seine Brust. Sie muss immer noch weinen. Das Umarmen tut gut. Geschwisterlich zwischen zwei ehemals Verrückten, die wissen, es kann sie jederzeit wieder treffen. Sie ist so froh, dass er es ihr nicht nachträgt. Nach einer Weile schiebt er sie sanft weg und sieht sie an, im Laternenschein. «Schreibst du mir mal?», sagt er.

«Ja», sagt Pauline. «Aber wohin?»

«Ich schicke dir meine Adresse.»

«Gut.»

Dann trennen sie sich. Pauline laufen immer noch ein bisschen die Tränen. Aber jetzt geht es ihr besser.

Im nächsten Jahr, Mai 1854

Hanne kann über Pauline nur den Kopf schütteln.

Immerhin, mit dem Theo hat sie Schluss gemacht. Sagt sie jedenfalls. Aber kommt sie jetzt endlich mit tanzen? Einmal alle Jubeljahre. Und dann drückt sie sich noch meist unglücklich in den Ecken herum und geht früh wieder.

«Also Paulinchen, du warst doch früher nicht so schüchtern!», sagt Hanne dazu und rollt die Augen.

Früher war früher, denkt Pauline. Sie hat keinen Spaß an den Tanzabenden, fühlt sich immer, als gehöre sie nicht dahin, als wäre sie eine Ente unter Schwänen oder umgekehrt. Als müsste sie die ganze Zeit etwas schauspielern, was sie nicht ist.

Übrigens kann sie sich Tanzlokale momentan geldlich gar nicht leisten. Pauline hat ein Steckenpferd. Noch immer verbringt sie die Abende am liebsten allein in ihrem Kämmerchen. Aber statt die ganze Zeit geliehene Romane zu lesen, schreibt sie jetzt stundenlang Briefe an den Christian Völker. Zehn, zwanzig Seiten die Woche bekommt sie schon zusammen. Und jede Woche einen dicken Brief nach Amerika, das kostet. Er schreibt ihr immer franko, da kann sie sich nicht lumpen lassen und porto schicken, sondern sie muss ebenfalls frankieren.

Die Briefe vom Christian Völker sind köstlich. Sie holt manchmal sogar die alten hervor und liest sie nochmals. Er schreibt sehr lieb, und natürlich hat er Unmengen zu erzählen, weil er eben in Amerika ist und viel erlebt. Manchmal wünscht sie sich, alles selbst zu sehen. *Das Licht hier ist ganz anders*, schreibt er zum Beispiel, *viel heller, viel stärker, und der Himmel die meiste Zeit von einem klaren Blau, wie man es zu Hause nur ganz selten sieht.*

Es läuft gut für den Christian Völker. Am Anfang hat er bei Doktor Hoffmanns Freund Körner gewohnt, dessen Kinder er unterrichtet, und seine übrigen Schüler hat er in deren Häusern aufgesucht. Im Januar aber hat es bei Körners nachts gebrannt. Das große neue Haus (er hat es ihr einmal aufgezeichnet) wurde zur guten Hälfte zerstört (ein aufregender Brief!). Für Christian war dort nun kein Platz mehr, und Pauline sorgte sich, wie es mit ihm weitergehen solle. Aber die Schwierigkeit war im nächsten Brief schon gelöst. Das Geld aus dem Unterricht reichte, um sich bei einer Witwe einzumieten, da hat er nun drei Zimmer für sich. Einen Tag die Woche fährt er nach St. Louis, das auf der anderen Seite des Missouri-Flusses nicht weit entfernt liegt. Man hat dort von ihm gehört, und so hat er auch von dort Unterrichtsanfragen bekommen.

Das Straßenbild von St. Louis: Die Stadt selbst ist hässlich, zwar großzügig und modern, aber die Häuser eckig und ganz schmucklos wie in den Staaten üblich, und zwischendrin ragen überall hohe

Fabrikschornsteine, aus denen es sauer qualmt. Aber die Menschen hier! Pauline, was hättest du Porträts zu zeichnen!

Und dann erzählt er von freien Negern, von Pflanzern mit großen Hüten, von Waschbärbraten mit Mohrenhirse, von Mestizen und Mulatten.

Pauline dagegen muss sich für ihre Briefe was aus den Fingern saugen. Alltägliche Kleinigkeiten aus dem Geschäft, die sie ein bisschen aufbauscht und interessant macht, und manchmal erzählt sie auch von früher. Das Schreckliche natürlich nicht, aber sie hat ihm längst angedeutet, dass es da etwas gibt, worüber sie nicht sprechen kann.

Pauline ist allerdings nicht nur im Briefeschreiben fleißig. Sie arbeitet sich durch die Bücher, die eines Morgens im letzten September von Christians Mutter vorbeigebracht wurden. Darunter: *Neue Sammlung englischer und teutscher Handelsbriefe* oder *Gespräche über die gewöhnlichsten Vorfälle im Leben, englisch und teutsch* und dergleichen. Da schwitzt sie nun abends drüber. Am Seitenrand finden sich Bleistiftkritzeleien vom Christian, die helfen ihr oft mit den Vokabeln. Pauline träumt schon, sie könnte, wenn sie fleißig lernt, einmal *richtig* Gouvernante werden. Oder die Nachfolgerin von Agathe Jung als Geschäftsführerin bei Reuter.

Diesbezüglich allerdings ist der Lehrling Backes harte Konkurrenz. Er hat seine Prüfung mit Bravour bestanden und darf sich neuerdings Kaufmann nennen. Englisch kann er auch ein bisschen (Pauline denkt aber, sie kann es jetzt besser!). Vor allem jedoch parliert und schreibt Backes flüssig Französisch. Im Französischen hat Pauline nun gar nichts zu melden. Und Kaufmann ist sie auch nicht.

Ende Mai sitzt sie abends in ihrem Mansardenzimmer, das Fenster hat sie wie meist im Sommer offen stehen, draußen gurren ein paar Tauben. An einem Butterbrot kauend, nimmt sie sich fröhlich den neuen Brief aus Amerika vor, den sie heut Mittag von der Post geholt hat. Der Brief ist keine vier Seiten lang. Sie ist enttäuscht, weil es sonst mindestens zehn sind. Und dann liest sie. Heiß sei es mittlerweile geworden in Belleville, die Sonne hier habe eine Kraft wie nie in Frankfurt, ob sie irgendwo in einen Atlas oder auf eine Weltkarte schauen könne, es liege wohl tatsächlich St. Louis auf derselben Höhe wie Sizilien oder Südspanien. *Am gestrigen Sonntag habe ich trotz der Hitze einen Wagenausflug durch die Felder mitgemacht. Seit letzter Woche haben wir zur Rechten neue Nachbarn, eine deutsch-amerikanische Familie namens Seibert mit vielen Kindern. Die junge Generation ist hier geboren und spricht untereinander mehr Englisch als Deutsch. Die älteste Tochter, Miss Harriet Seibert, ist zwanzig, eine sehr nette Person, die ganz gut Klavier spielt, sagt sie. Ihr Vater meint aber, nicht ganz gut, sondern ganz außerordentlich gut; die Miss Seibert ist nämlich ein paar Jahre an der Ostküste auf ein Internat gegangen. Die Ärmste musste mir im Wagen ständig mit ihrem Hut zufächeln, weil sie fand, ich sei so rot vor Hitze, dass ich bestimmt den Schlag bekommen würde, weshalb ich mich natürlich sogleich ängstigte, alsbald tot umzufallen. Sie hat mich aber, glaube ich, nur aufgezogen, denn wie ich heute sehe, war meine Gesichtsfarbe mindestens zur Hälfte Sonnenbrand. Diese sizilianische Sonne bin ich einfach nicht gewohnt. Morgen bin ich nun bei den Seiberts zum Essen eingeladen, und dann will ich mit der Miss Harriet ausprobieren, ob wir nicht ein paar hübsche Stückchen für Violine und Klavier zusammen hinbekommen. Aber gewiss im Schatten!*

Pauline legt den Brief hin. Die Briefe vom Christian haben ihr immer gute Laune gemacht. Dieser nicht.

Miss Harriet Seibert. Eine sehr nette Person. Spielt ausgezeichnet Klavier.

Pauline zieht die Beine an, wickelt die Arme darum und setzt das Kinn auf die Knie. Auf die Idee war sie nie gekommen, dass er natürlich irgendwann eine andere lieben wird. Sie hätte nicht gedacht, dass ihr der Gedanke so wehtut.

Aber sie selbst – sie will ihn doch nicht. Das Für und Wider hat sie im Hinterkopf längst durchgespielt in den letzten Monaten, in denen sie dank der Briefe so viel bei ihm war und in denen er ihr auf seine Art lieb und teuer geworden ist. Eigentlich gibt es fast nur Wider und kein Für: Sie hat hier in Frankfurt ihre Arbeit, ihre Freunde. Sie kann nicht einmal kochen. Sie und der Christian sollten auch eigentlich keine Kinder zusammen kriegen (der Doktor Hoffmann hat ihr nämlich mal gesagt, dass es auch erblich sein könne). Und was wird sein, falls der Christian wieder verrückt wird und nicht mehr arbeiten kann, was soll dann in der Fremde aus ihnen werden? Und sie ist kein bisschen in ihn verliebt.

Aber jetzt, wo sie so sitzt und grübelt, da weiß sie, gerade das Letzte ist kein Wider. Das ist ein Für. So klug sollte sie doch nun sein. Das eine Mal mit Hannchen und Siggi im Tanzlokal, da hat sie sich beinahe wieder verliebt, nur hat sie es absichtlich kleingehalten, indem sie einfach in das Lokal, wo der Betreffende wohl Stammgast war, nicht wieder mitgegangen ist. Und zwar weil sie gemerkt hat, dass es ihr nicht guttut: dieses heftige, wallende Gefühl, dieses zwanghafte An-nichts-anderes-denken-Können, nicht mehr Herr über das eigene Gehirn zu sein, beinahe als würde man verrückt. Das verträgt sie nicht mehr. Das hat sie vielleicht noch nie vertragen. Vielleicht ist das auch gar nicht richtig, so heftig, wie sie sich verliebt.

Und da ist noch was. Der, bei dem es sie diesmal erwischt hatte, das war einer mit schwarzen, glatten Haaren gewesen, der ein bisschen verwegen aussah. Und nicht nett. Wieder nicht nett. Diesmal hat sie es gleich gemerkt. Es ist wohl immer ein ähnlicher Typ, bei dem sie das Flattern bekommt. Und was sie reizt, was so geheimnisvoll wirkt, das ist nichts Gutes. Das ist einfach nur – Kälte. Kalt sind ihre Geliebten.

Das Gegenteil von Christian Völker.

Nein, in den ist sie nicht verliebt. Aber er ist ihr sehr lieb, seit dem Tag, an dem sie sich auf dem Rossmarkt verabschiedet haben. Er ist doch wirklich ihr Seelengefährte. Und die anderen können es nie sein.

Da beginnt Pauline einen Brief. Es fällt ihr schwer. Sie will nichts heucheln, was nicht ist. Sie will auch dem Christian diese Miss Harriet Seibert nicht ausreden, die bestimmt eine ausgezeichnete Frau für ihn wäre, viel besser als sie, besser gebildet, musikalisch, war nie verrückt, hat keine entsetzlichen Dinge auf dem Gewissen, kann wahrscheinlich auch kochen.

Sie will ihn ja nicht unter Druck setzen.

Also schreibt sie so, dass er leicht nein sagen kann. Nimmt es schon vorweg, das Nein, so wie er es damals für sie getan hat.

Am nächsten Mittag ist der Brief abgeschickt.

Am selben Abend, es ist ein Samstag, sitzt Pauline allein im Laden und macht die Abrechnung. Da wird ihr mit einem Mal ganz anders. Sie sieht auf. Weil es Sommer ist und hell draußen, hat sie die Vorhänge noch nicht zu, und da steht draußen am Fenster ganz in Schwarz Theo, hält sich die Hand über die Augen und sieht zu ihr herein.

Pauline steht ruckartig auf und stolpert ins Hinterzimmer. Sie zittert. Die Ladentür ist verschlossen, Gott sei Dank. Dann überlegt sie, ob er es überhaupt wirklich war, ob sie nicht wieder eine Halluzination hatte. Sie hat furchtbare Angst. Eine gute Stunde treibt sie sich hinten herum, dann wagt sie sich wieder nach vorne. Kein Theo. Sie zieht die Vorhänge zu, zündet das Licht an.

Noch ein Grund, warum sie so viel auf ihrem Zimmer sitzt und kaum ausgeht: Sie hat Angst, Theo zu treffen. Sie hat einfach Angst vor ihm und vor dem, woran er sie erinnert.

Ist das nicht ein Grund, nach Amerika zu gehen? Damit sie Theo nie, nie mehr wiedersehen muss.

Christians Antwort lässt auf sich warten. Erst bekommt sie noch zwei gewöhnliche Briefe, abgeschickt vor Wochen, in denen immer wieder von Miss Harriet Seibert zu lesen ist. Pauline verflucht sich, dass sie in ihrem Antrag so geizig mit Liebesworten war, sie hat ihm nicht einmal ansatzweise eine Liebeserklärung gemacht, jetzt weiß sie fast nicht mehr, warum.

Tief unten in ihrem alten Gepäcksack steckt das Schreibheft, das sie damals in der Anstalt vollgemalt hat. Sie hat es hier reingestopft, weil sie es nie mehr sehen wollte, aber wegwerfen konnte sie es auch nicht, es war zu sehr ein Teil von ihr. Jetzt holt sie das gebogene, zerdrückte Heft hervor, schlägt es irgendwo auf, überblättert die schauerlichen, dunkel schraffierten Bilder, dann hat sie, was sie sucht: das skizzenhafte Porträt, das sie vom Christian damals gezeichnet hat. Sie streichelt dem Porträt über die Wangen. Natürlich liebt sie ihn. Nur anders.

Die Antwort auf ihren Antrag kommt nach beinahe zwei Monaten, in einem großen roten Umschlag, auf den am Rand eine halbe Notenzeile skizziert ist. Noten kann Pauline zwar keine lesen, aber bei dem Anblick weiß sie trotzdem, wie die Antwort lautet. Sie strahlt, öffnet den Brief noch auf dem Posthof, da kommt ihr etwas Gedrucktes, Hartes entgegen, eine Fahrkarte, eine Dampferfahrt von Le Havre.

Es ist noch unbequemer als segeln, schreibt er dazu, *aber die Überfahrt dauert nur fünfzehn Tage. Wenn schon Quälerei, dann lieber so kurz wie möglich!* Und zig Seiten gute Ratschläge für die Reise. Und dass er sie in New York abholen komme. Und wie sehr, sehr er sich freue. Und dass er, um ganz ehrlich zu sein, und er müsse gleich um Verzeihung bitten, dass er also eine gewisse Miss Harriet Seibert absichtlich etwas häufiger erwähnt habe, weil er gehofft habe …

Pauline lacht. Und weint ein bisschen. Und lacht. Das muss sie Hannchen erzählen.

Was Hannchen wohl sagen wird?

Hoffentlich schreibt sie ihr nach Amerika. Und Agathchen Jung auch.

Oktober 1854

Der alte August Passavant hatte großes Glück. Wie die meisten Menschen hatte er sich am meisten nicht vorm Tod, sondern vor einem langen, schweren Sterben gefürchtet. Die letzten zehn Jahre seines Lebens hatte er beinahe ununterbrochen diese Angst mit sich herumgeschleppt. Als es dann aber so weit war, da erging es ihm ganz glimpflich. August war, auf der Suche nach einem Bildnis seiner Großmutter (an die er in letzter Zeit häufig denken musste), mit Gattin Louise im Schlepptau schnaufend die Treppe zum Dachgeschoss hinaufgestiegen. Oben angekommen, bemerkte er urplötzlich ein seltsames Gefühl in der Brust, dann wurde ihm schwarz vor Augen, er merkte noch halb, wie er zusammenbrach, dann nichts mehr.

Eine knappe Woche später findet an einem trüben, kühlen Herbsttag die Beerdigung statt. Während der sterbenslangweiligen Reden hat Hoffmann, der selbstverständlich geladen ist, nichts weiter zu tun, als seinen Blick auf dem nunmehr siebenundzwanzigjährigen Passavant'schen Ziehsohn Theodor ruhen zu lassen, der schräg vor ihm sitzt, sich ebenfalls offenkundig langweilt, ansonsten aber bester Laune zu sein scheint und dies nur notdürftig zu verbergen sucht.

Da kommt nach und nach in Hoffmann alles hoch. Die Schuld, die vielfache, die er auf sich geladen hat in der Sache:

am Tod des Vaters Franck, an den folgenden schwierigen Familienverhältnissen mit all ihren Konsequenzen, weiter daran, dass Theo als Kind nicht zur Verantwortung gezogen wurde, nachdem er höchstwahrscheinlich seinen Cousin ertränkt oder doch dessen Ertrinken befördert hatte, was wiederum den Jungen charakterlich vollends verderben musste; schuld auch mit daran, dass das spätere Verbrechen an Fritzchen Dürlemann nicht erkannt wurde und bis heute ungesühnt blieb, ja alles zusammen genommen hat er sogar mit Schuld an diesem Verbrechen selbst sowie an der Krankheit der Pauline Franck.

Die enorme Schuld und Verantwortung wandelt sich, während Hoffmann sitzt und ohne Unterlass den Theo Franck-Passavant ansieht, in einen bösen Hass auf diesen. Da sitzt er, ein Mörder, Erpresser und Verführer seiner eigenen, zerbrechlichen Schwester, und der Ausdruck in seinem allzu gutaussehenden, allmählich feister werdenden Gesicht könnte selbstzufriedener und gleichgültiger nicht sein.

Hoffmann denkt an die Pauline Franck, die sich bis heute vor dem Bruder fürchten muss, dessen bloßer Anblick auf der Zeil schon ausreichen kann, ihre geschädigte Seele in einen Rückfall zu treiben. Die Ungerechtigkeit des Lebens! Theo hat die Früchte des Verbrechens genossen, die Schwester aber ist erkrankt vor schlechtem Gewissen. Heute steht sie brav jeden Tag bei Reuter im Laden, während Theo ein Lotter- und Luxusleben führt und finanziell wiederum fein raus ist: Zwar erbt er nichts, zwar scheint das Beutegeld bei Geschäften verspielt oder ausgegeben zu sein. Aber jetzt, da der alte Passavant tot ist, wird wohl Louischen ihrem Liebling nichts missgönnen.

Da wird Hoffmann mit einem Mal klar, dass Louise Passavant in Gefahr schwebt. Er hört sie noch, wie sie vorhin mit Nettchen sprach: «Theo will mit mir auf Reisen gehen. Ich hätte verdient, dass ich endlich mal rauskomme. Ich war ja quasi eingesperrt mit einem Invaliden die letzten Jahre! Der Bodensee soll es werden, die Rheinfälle, dann die Schweiz.»

Der Bodensee! Die Rheinfälle! Wie leicht konnte an einem Gewässer ein ‹Unfall› passieren. Wie wenig würde ein Schweizer Beamter auf die Idee kommen, der kultivierte junge Mann habe seine eigene nichtschwimmende Mutter ins Wasser gestoßen und untergetaucht, bis sie tot war.

Hoffmann ist es jetzt eiskalt. Später, als der Leichenschmaus im Hause Passavant in allgemeine Geselligkeit ausartet, nimmt er Theo beiseite. Er müsse mit ihm reden. Er führt den Widerwilligen in dieselbe große, staubig riechende Besenkammer, in der er im letzten Jahr schon einmal eine Unterredung mit ihm gehabt hat. Hoffmann schließt die Tür, lehnt sich gemütlich davor, steckt eine Hand in die Hosentasche und führt mit der andern genießerisch seine Zigarre an den Mund.

«Also, Hoffmann, was wollen Sie?», blafft Theo.

Hoffmann hebt ironisch einen Mundwinkel unterm Bart und lässt ihn wieder sinken. «Also, junger Mann, ich versuche es kurz zu machen. Ich weiß ja nun so einiges über Sie. Mehr, als Sie ahnen können. Ich hatte nämlich gleich zweimal in meinem Leben das Pech, eine Kinderleiche zu sezieren, an deren Tod Sie nicht ganz unschuldig waren. Betreffs der zweiten Leiche habe ich auch sonst so meine Quellen, und damit meine ich nicht Ihre arme Schwester, sondern gewisse private Kontakte zum Polizeiamt und anderen Personen. Also, Franck. Wenn ich bisher geschwiegen und Sie gedeckt habe, dann nur um Ihre Familie zu schützen. Nachdem nun aber Ihr Herr Ziehvater tot ist, sehe ich gewisse Gefahren für das Leben Ihrer Mutter. Man kann Ihnen ja keine zwei Schritte über den Weg trauen. Deshalb will ich jetzt Nägel mit Köpfen machen. Wenn Sie wollen, dass ich weiterhin meinen Mund halte, dann tun Sie Folgendes: Sie lassen sich von Louise ein-, zweitausend Gulden geben, verschwinden binnen sechs Wochen aus der Stadt und gehen nach Amerika. Sagen Sie Ihrer Mutter einfach, Sie hätten Hunderttausende Spielschulden und müssten weg. Das glaubt sie Ihnen sofort. Übrigens, ich habe, was ich weiß, niedergeschrieben, das liegt versiegelt in mehreren Abschriften bei Verwandten und einem Notar. Im Falle meines Ablebens … Sie ahnen ja sicher, was ich meine. Dumm sind Sie ja nicht. Also, Franck, verstehen wir uns? Entweder Sie verschwinden, oder ich rede.»

Theo Franck zeigt einen untypischen Gesichtsausdruck. Er sieht ratlos aus. Nicht entsetzt, nicht betroffen oder verwundert, bloß ratlos.

«Aber Hoffmann. Das … ich verstehe nicht, warum das nötig ist. Ich verspreche, ich werde Louischen nichts tun. Solange Sie mir drohen, haben Sie mich doch hier ebenso unter Kontrolle. Dafür muss ich nicht nach Amerika gehen.»

«Das werden Sie aber. Mir kann es gar nicht weit genug weg sein.»

«Hoffmann, haben Sie ein Einsehen. Louischen braucht mich doch. Ich schwöre, ich tue ihr nichts. Ich hatte das auch gar nicht vor.»

«Ach nein? Also, Franck, Louise kann Sie sicher besser entbehren, als Sie denken. Die macht sich wahrscheinlich wenig Illusionen über Sie. Außerdem will *ich* Sie endgültig los sein, und das ist die Hauptsache. Ich will einfach Ihre Verbrechervisage nicht mehr in der Stadt sehen müssen, die mich ständig daran erinnert … das tut nichts zur Sache. Amerika ist gerade weit genug. Ich bin hier jetzt auch fertig mit Ihnen, Diskussion beendet, Mitte des Monats sind Sie aus der Stadt. Sie werden vorläufig nach Illinois gehen und sich bei meinem alten Freunde Gustav Körner melden, die Adresse bekommen Sie. Ich werde Körner bitten, Ihnen eine körperliche Arbeit oder Farmland zu vermitteln. Vor allem werde ich Körner in meinem Weihnachtsbrief fragen, ob Sie angekommen sind. Falls nicht, dann wissen Sie ja, was geschehen wird.

«Sie … Sie sind nicht besser als ich. Ich könnte Sie anzeigen, wegen Erpressung, dann kommen Sie auch dran wegen Mitwisserschaft.»

«Wohl bekomm's. Und immer hübsch nachdenken, bevor Sie sich den Kopf abschneiden lassen, nicht wahr, Franck.»

Damit öffnet Hoffmann die Tür der Besenkammer und schlendert davon. Er tut unberührt, aber ihm bricht der Schweiß aus den Poren. Du lieber Himmel. Nicht dass er jetzt wieder einen Fehler begangen hat! Womöglich ist Theo imstande und zeigt ihn tatsächlich an, bereit, die Folgen zu tragen, wenn er im eigenen Untergang nur andern böse eins auswischen kann. Hoffmann hätte ihn nicht so in die Enge treiben dürfen.

Im Salon, noch ganz in Gedanken, wird er von einer schnarrenden, lauten Stimme überfallen: «Hoffmann! Sie will ich die ganze Zeit alleine erwischen. Ich muss Sie doch noch fragen, wie Sie eigentlich meine *Welt als Wille* fanden!»

Es ist Schopenhauer. Er hat Hoffmann zu dessen Leidwesen vor einiger Zeit seine sämtlichen Werke geschenkt. Zweitausend Seiten müßige, um sich selbst kreisende Gedanken, intelligentere, klarere, wahrere zwar als Hegels, aber eine Zumutung nichtsdestotrotz. Das Schlimmste war der erste Band, der war so trocken, dass das Papier schon bröselte.

Aber das sagt Hoffmann ihm nicht.

«Faszinierend, Ihr großes Werk. Klug und durchdacht. Ich muss aber sagen, Schopenhauer, ich gehe nicht in allem mit Ihnen konform. Sie sehen die Menschen zu pessimistisch. Sie sind doch nicht halb so schlecht, wie sie Ihnen scheinen.»

Theo, November 1854

Das Schiff, das Theo am 28. Oktober für die Überfahrt in die Staaten betritt, ist eine nagelneue dreimastige Segelbark. *Johanne* heißt sie, was für Theo einen unangenehmen Beiklang hat, eine Freundin von Pauline hieß so. Pauline, das Luder, das Dummchen, das verrückt geworden ist und ihn verraten hat und übrigens immer zu bieder und zu blöd für ihn war, aber das hat er lange nicht sehen wollen.

Während das Schiff in Geestemünde noch zwei Tage lang Proviant aufnimmt, macht Theo sich mit den Zuständen an Bord vertraut. Er kann sich nun beglückwünschen, dass er nicht an der falschen Stelle gespart hat, sondern als beinahe Einziger erster Klasse reist. Auf dem unbelüfteten Zwischendeck drängen sich zweihundert Menschen oder mehr dicht an dicht auf Holzpritschen, wie ekelhaft es hier zugehen wird, sobald man auf See ist, kann er sich vorstellen.

Theo tritt seine Reise guten Mutes an. Der alberne Hoffmann, der meint, dass er in den Staaten Farmer oder Arbeiter werden wird! Absurd. Louise kann ihn dort ja per Geldanweisung genauso aushalten wie zu Hause. Angenehmer eigentlich, weil er ihr nun nicht mehr den lieben langen Tag Honig um den Mund schmieren muss. Übrigens wird das Aushalten bald gar nicht mehr nötig sein. Theo hat noch immer seine Immobilienpläne, drüben wird er geschäftlich viel mehr Möglichkeiten haben als in Frankfurt, wo die Pfründe schon verteilt sind. Mangels Flüssigem bei Louise hat er allerdings nicht so viel Kapital dabei, wie ihm damals die Dürlemann-Verlade eingebracht hat. Vielleicht hätte er doch damals schon gehen sollen. Ach was, nein, dann hätte er Pauline mitgenommen und bald darauf eine Verrückte am Hals gehabt. Nein, es war alles bestens so.

Am zweiten November endlich segelt das Schiff los, die

Weser hinunter. Als man die See erreicht und der Lotse von Bord geht, ist es schon lange dunkel. Theo verträgt das Schlingern recht gut. Dann, nachts, wacht er auf, und ihm ist übel. Den Kajütennachbarn hört er über sich stöhnen, es riecht nach Erbrochenem. Na bestens, das fängt ja gut an. Aber woher kommt denn dieser Krach … von draußen kommt er, woher sonst. Ein ohrenbetäubendes Getöse. Fürchterliches Knarren des Schiffes dazu. Ein Sturm wohl, und nicht der schlechteste. Kein Wunder, dass der Magen rebelliert.

Theo hält irgendwie aus bis sieben Uhr, nun muss es allmählich hell werden. Er schleppt sich auf schwachen Beinen hoch auf Deck, eigentlich hofft er, es wird ihm an der Luft besser gehen, aber als er die Berge von Wellen sieht und wie der Bug plötzlich abkippt und nach unten ins Nichts rast, da fällt es ihm gleich aus dem Gesicht, er hält sich am Geländer des Deckausgangs fest, besudelt das nasse Deck. Dann plötzlich schlägt eine Wucht von kaltem Wasser auf Theo nieder. Als er wieder etwas sieht, steht das Wasser kniehoch, ein Matrose in Ölzeug brüllt ihm von der Reling etwas zu, was in dem Getöse nicht zu verstehen ist, und macht dazu wilde Handzeichen: Passagiere unter Deck.

Später, viel später sitzt Theo in neuen, trockeneren Kleidern apathisch auf dem Kajütenboden, seinem Kameraden oben in der Koje geht es noch weit schlechter als ihm. Der Smutje sieht vorbei, bringt Schiffszwieback und etwas Brühe in einer Feldflasche. «So ein Herbststurm kann zwei, drei Tage dauern», erzählt er in seinem platt gefärbten Deutsch, das Theo schwer versteht. An Kurshalten sei nicht zu denken, es gehe augenblicklich nur darum, sich vom Land wegzuhalten. «Warum das?», fragt Theo schwach. «Wenn wir sowieso nicht vorankommen, warum landen wir nicht und sitzen das verdammte Wetter aus?»

Der Smutje lacht. «Jo, dann landen Sie mal sicher in so einem Sturm!» Und Theo versteht.

Über Nacht wird es nicht besser. Der Smutje erzählt am nächsten Tag, man sei zur Sicherheit gen Norden gesteuert, viel was anderes sei bei dem Wind auch nicht möglich gewesen, nun sei man beinahe an Helgoland. Der Käpt'n wolle bald wieder nach Süden und auf Kurs. Lange könne das Wetter nicht mehr dauern.

Theo, elend, aber nicht so elend wie der Blut erbrechende Mitgefangene in der zwei Ellen schmalen Erste-Klasse-Kajüte, schöpft Hoffnung, dass es irgendwann vorüber sein könnte. Dass es irgendwann draußen wieder still wird. Es geht aber den ganzen Tag und die ganze Nacht und den ganzen nächsten Tag und die ganze nächste Nacht so weiter. Zeit hat aufgehört zu existieren in der Unendlichkeit der Qual.

Ganz früh am Morgen, das Schiff schlingert wie ehedem, es knarrt, prasselt und tost wie ehedem, glaubt Theo, dass es ihm ein wenig besser geht. Könnte das Gefühl in seinem Magen Hunger sein?

Er wagt sich zum ersten Mal wieder die wankende Treppe hoch gen Deck, dabei stürzt ihm Wasser entgegen, nein, besser geworden ist der Sturm nicht. Oben streckt er nur kurz seinen Kopf hinaus, zwischen den eisigen Gischtspritzern spürt er etwas Hartes, es ist Hagel, er sieht direkt nach oben oder dahin, wo oben sein sollte, sieht einen Mast unter straffen Segeln (wie schaffen die das, zu steuern bei dem Wetter?), dann sieht er, ganz oben an demselben Mast, graue Fetzen im Wind: ebenfalls Segel. Gerissene.

Theo geht lieber wieder nach unten. Irgendwann kommt der Smutje, Theo lässt sich die ungefähre Uhrzeit sagen, nämlich neun, und stellt seine Taschenuhr. Einige Zeit später wird es draußen eine Spur von einer Spur leiser. Der Hagel lässt nach. Na endlich, denkt Theo.

Da kommt schon wieder der Smutje, steht bleich und gehetzt in der Tür: «Wir laufen auf Land, packen Sie die wichtigsten Sachen.» Dann ist er wieder weg. Was soll das heißen? Theo fasst sich an seinen klammen Rock, hier ist überall Geld vernäht. Banknoten, in Watte verpacktes Gold. Er hat nur einen kleinen Teil dem Schiffstresor überantwortet, nur zum Schein, damit alle denken, er hat nichts an sich, was sich zu stehlen lohnt.

Es gibt einen Schlag, einen Stoß von unten, Theo haut es gegen die Wand – ist das Schiff …? Aber nun schlingert es wieder. Gerade will er sich beruhigen, da gibt es nochmals einen Stoß, und den Bruchteil einer Sekunde zeitversetzt kracht irgendwo Holz. Einmal mehr hebt sich das Schiff und gleitet, senkt sich, hebt sich, doch zu dem Lärm von Sturm und Brechern kommen nun Schreie aus Hunderten von Menschenkehlen. Vor der Tür ein Getrampel. Das Schiff dreht sich, hebt sich, senkt sich, einmal, zweimal, zehnmal, senkt sich, setzt mit einem neuen Krachen auf, kippt seitwärts, bleibt liegen.

Theo reißt die Kajütentür auf, ein Schwall Wasser dringt ein, draußen ist gleich die Treppe, aber dahin kommt er nicht, alles ist verstopft von hysterischen, jammernden, drängelnden grüngesichtigen Auswanderern aus dem Zwischendeck, nichts geht vorwärts, nichts zurück. Die meisten sprechen Schwäbisch, Theo fällt auf, wie sehr er Schwäbisch hasst. Von oben eine brüllende Stimme: «Ruhe bewahren, wir sind am Strand von Spiekeroog!» Ein erlöster Aufschrei aus der Menge übertönt halb das Folgende: «… warten … See … Tide.»

Und dann schlägt etwas mit einer unglaublichen Wucht auf das Wrack, dass es taumelt, neuerlich gibt es ein entsetzliches Krachen von splitterndem Holz. Die gedrängte Menschenschlange in dem um fünfundvierzig Grad gekippten Korridor vor der Kajütentür drückt mit Gewalt vorwärts, nun gibt es für Theo auch kein Halten mehr, er will hier nicht der Letzte sein, der herauskommt, stürzt sich hinein, wo eigentlich nichts und niemand mehr hineinpasst, schlägt, beißt, klettert, drückt sich voran, von schräg oben kommt wieder und wieder Wasser. (Am Strand von Spiekeroog? Wahrscheinlich in der Brandungszone. Bloß raus hier, bevor das Wrack vollläuft oder über ihm zusammenbricht.) Irgendwann ist er endlich, endlich oben auf der Treppe und draußen auf dem schräg liegenden nassen Deck, hält sich am nächsten zu greifenden Balken fest, sieht sich um, sieht einen gefallenen, zerborstenen Mast, sieht rotes Wasser (rotes Wasser?), dann graues Wasser, graue Wogen, wohin der Blick reicht, kein Spiekeroog weit und breit, dann einen Berg von Wasser, der auf ihn zukommt und sich türmt und türmt und türmt, und dann bricht er direkt über ihm und reißt ihn mit.

So still ist es unter Wasser, so mühelos die Bewegung, dass Theo fast erleichtert ist. Es zieht ihn nach unten, er denkt ans Ertrinken, denkt an das schwere Gold in seinen Taschen, dann zieht es ihn wieder nach oben und noch mehr nach oben, Theos Kopf kommt frei, in Gischt und Luft und Tosen, er schnappt hustend, aber glücklich nach Luft, dann sieht er unter sich, weit unter sich das Deck und weiß, er ist verloren. Mit der ganzen Kraft des Brechers haut es ihn gegen das Schiff. Ein Schmerz, ein Dämmern, eine vage Angst, dann Dunkelheit.

Auf der anderen Seite der Bark, bloß hundert, hundertfünfzig Schritt entfernt, stehen die Bewohner von Spiekeroog im Sturm aufgereiht, rufen, winken mit den Hüten, nehmen das seeumspülte Wrack in ihre Seelen auf. Sie können nichts tun.

Fünf, sechs Stunden später ist alles vorbei. Es ist beinahe Ebbe, die *Johanne* liegt frei auf dem Strand, und viele, die unter Deck ausgeharrt haben, können nur leicht verletzt geborgen werden.

Unter den verstümmelten Leichen, die den Strand säumen, ist auch Theos.

Epilog

Heinrich bekam seine neue Anstalt, monumental und gotisch wie eine alte Schlossanlage, innen aber modern und hygienisch auf dem neuesten Stand. Er bekam auch, was er sich sonst erhofft hatte, nämlich eine gesicherte, bequeme Lebensstellung, die «den Mann voll ernährt»: Jetzt war er wirklich jemand in den Augen der Stadt, nachdem er den teuren Bau durchgesetzt hatte, und so wurde sein neues Gehalt für die gleiche Arbeit auf das Vierfache des bisherigen, nämlich auf 2400 Gulden im Jahr, festgesetzt. Dazu freie Wohnung in der Anstalt, großzügig geschnitten (die Pläne hatte er selbst mitentworfen!), mit herrlichster Aussicht auf die Gärten und die Stadt in der Ferne. Seinem Hallenser Studienfreund Krahmer schrieb er, nur halb im Scherz: Jetzt könne er's ja sagen, er habe die Anstalt eigentlich nur für sich erbaut.

Nachdem er all das erreicht hatte, wurde Heinrich wieder, was er von Natur aus war: faul. Zwei, drei Stündchen morgens brachte er mit Visiten und Anstaltsbürokratie zu. Das war's. Ansonsten: Klavierspielen, Lesen, ein bisschen Sozialkontakt im Bürgerverein, Besuche, Spazierengehen, wieder Lesen ... das war sein Leben. Eines, mit dem er bald merkwürdig unzufrieden war. Er fühlte sich leer. Sein Lebenswerk, schrieb er Krahmer, sei getan, er habe nun keine Aufgabe mehr. Er vergaß, dass gleich hinter den Mauern seines neogotischen Schreibzimmers die eigentliche Aufgabe auf ihn wartete: Menschen, gequält von kranken Hirnen und unendlicher Einsamkeit, die sich über jede Zuwendung freuten, wenn sie von Herzen kam, also über das, was er am Besten konnte.

Tobsüchtige, vor Jahren unheilbar gestempelt, die im abgelegenen Nordflügel vor sich hin siechten und sich die Köpfe an den Wänden einschlugen, ohne Chance auf eine etwas bessere Existenz, wenn nicht er ihnen eine gab.

Früher, als Heinrich sich noch beweisen musste, da hatte er sich immer wieder sogar um Aufgegebene bemüht. Überhaupt: Früher, in der alten Anstalt, als alles so eng beisammen war und das Phänomen der Verrücktheit noch neu und interessant für ihn, da hatte er stundenlang mit Patienten gesessen und geredet und gelacht oder Karten gespielt, hatte sie auf Spaziergänge in die Stadt mitgenommen oder fuhr sie mit der Kutsche aufs freie Feld.

Jetzt brauchten die Kranken solche Dienste nicht mehr. Sie hatten ja einen großzügigen, begrünten Hof zum Ausgang. Vielmehr vier Höfe, hoch ummauert, denn es war jetzt alles modern nach Krankheitsform und Geschlechtern getrennt. (In die schönen Gärten vor der Anstalt, die ohne Mauern, ließ man nur wenige.) Angehörige kamen kaum noch. Die Anstalt war ja so weit draußen.

Als Heinrich Hoffmann sich 1888 im hohen Alter pensionieren ließ, da schimpften seine Nachfolger, ein Dr. Sioli und sein Assistent Dr. Alzheimer, heftig über die üblen Zustände, die sie in der Anstalt vorfanden. (Das hatte Tradition in der Frankfurter Irrenpflege. Über zwei Jahrhunderte war hier eigentlich jeder neue Anstaltsleiter sehr entsetzt von den Zuständen, die ihm der liebe Kollege hinterließ. Mit den Jahren nutzte sich das Entsetzen dann ab.) Am lautesten schimpfte der Dr. Alzheimer. Die Patienten waren ja hier völlig sich selbst überlassen, zogen sich seltsam an und gingen den abstrusesten Spleens nach. Und überhaupt: Einzelzimmer, Zweierzimmer, Aufenthaltsräume, Klavierspiel, Kartenspiel, Billard – das war ja alles so was von altmodisch! Das entsprach so gar nicht den Erkenntnissen der modernen Medizin! Die Geisteskranken waren eben das, krank, und auch so zu behandeln. Also: große Krankensäle, in denen alle unter Aufsicht waren. Und Bettbehandlung, die Patienten mussten liegen und durften nicht dauernd herumlaufen. Dann diese schrecklichen Zwangsmaßnahmen in der Hoffmann'schen Anstalt! Gitter, verschlossene Türen, Zwangsjacken! Das war doch alles gar nicht nötig, Dauerbäder über zwölf Stunden halfen genauso, zumal es heute auch diese wunderbaren Beruhigungspillen aus Chloralhydrat gab. Das war heilsam für die Nerven aller Beteiligten, und die Patienten blieben brav im Bett oder der Wanne liegen, wie es sich gehörte. Eine moderne Behandlung war aber in dieser verbauten Anstalt überhaupt nicht zu leisten. Es musste dringend eine neue her, mit modernen Krankensälen und Badewannen für Dauerbäder gleich daneben. Am besten weit draußen vor der Stadt. Irgendwo im Taunus.

Entschuldigung der Autorin

Wie ich ihn kenne, denke ich, dass Heinrich Hoffmann mir nicht allzu sehr verübeln wird, seine Person, Lebenserinnerungen und übrige Schriften hier *en détail* verwertet und ihm leider auch einen folgenreichen Streich angedichtet zu haben, den er (soweit ich weiß) niemals begangen hat. Ebenso wird er mir hoffentlich verzeihen, dass ich für nichts als einen mir ansonsten entgangenen Jux das kurfürstliche Glatzenspucken etwa zwei Jahre vorverlegt habe – und ein paar weitere ähnliche minimale Freiheiten mit den biographischen Ereignissen.

Post mortem entschuldigen muss ich mich ganz besonders bei C. N., P. M. und manch anderen, aus deren Leidensgeschichten, dargestellt in Heinrich Hoffmanns psychiatrischen Schriften, ich mich ungefragt bedient habe.

Die Familie Passavant in all ihren zahlreichen Zweigen möge mir verzeihen, dass ich ihr den fiktiven August samt seinem Bruder Peter ins Nest gesetzt habe. Die Familie Paul Franck ist nicht identisch mit irgendwelchen der real in Frankfurt existierenden Francks, und eine Familie Dürlemann hat es unter den Frankfurter Tabakdynastien nicht gegeben. Die Textilhandlung Reuter ist nicht identisch mit dem an derselben Adresse damals tatsächlich situierten Textilgeschäft. Die meisten weiteren Personen sind historisch. Die Doctores Varrentrapp mögen mir ihren Fehlgriff betreffs der Frau Dürlemann verzeihen, die Tabakprominenz ihre Teilnahme an Herrn Dürlemanns antisemitischem Tabakkränzchen und die Herren Hechtel, Beer und Körner ihre Teilnahme an dem Jugendstreich.

Die Namen einiger nicht prominenter historischer Personen, die hier als sie selbst und mit tatsächlich dokumentiertem Verhalten in negativer oder intimer Weise auftreten, habe ich verschwiegen oder geändert, um deren postume Privatsphäre und eventuell noch in Frankfurt lebende Nachkommen zu schützen.

Danksagung

Bedanken möchte ich mich bei Walter Sauer und Ulrich Wiedmann für Hoffmann-Nachhilfe sowie bei den Herren Joseph Dunkel aus Winkelheim, Peter Struwwel und Polykarpus Gastfenger für schöne Stunden.

Die Hauptpersonen und ihre Familien

Heinrich Hoffmann:	Arzt und Satiriker
Philipp Hoffmann:	sein Vater
Nettchen Hoffmann, geborene Lausberg:	seine Tante und Stiefmutter
Therese, geborene Donner:	seine Frau
Carl, Lina, Eduard:	Kinder von Heinrich und Therese Hoffmann
Pauline Franck:	Hoffmanns Patientin
Henriette, verwitwete Franck, verehelichte Moritz:	ihre Mutter
Paul Franck, Polier:	ihr Vater
Theo Franck-Passavant:	leiblicher Bruder Paulines und Ziehkind von
August Passavant:	Textilgroßhändler
Louise Passavant:	dessen Frau, Freundin der Familie Hoffmann
Gotthold Passavant:	deren Neffe aus München
Babette Dürlemann:	langjährige Arbeitgeberin Paulines
Wilhelm, ihr Mann:	Tabakfabrikant
Friedrich, genannt **Fritzi:**	deren Sohn, Paulines Zögling
Otto:	weiterer Sohn der Dürlemanns
Peter Dürlemann:	Wilhelms Vater, Oberhaupt der Tabakdynastie
Dessen Frau:	Wilhelms Mutter (Vorname unbekannt)
sowie	
Fräulein Schmidt:	Gouvernante im Haus Dürlemann
Elizabeth «Lily» Allen:	englische Reisende

Weitere Personen

Christian Völker:	Patient in der Irrenanstalt, kaufmännischer Angestellter, Musiker
Die engen Schulfreunde Heinrich Hoffmanns:	
Daniel Hechtel:	Gymnasialprofessor
Ernst Beer:	Polizeiassessor
Gustav Körner:	Politiker
Schopenhauer:	Rentier und Philosoph
Johanne Dilcher, genannt Hannchen:	beste Freundin Paulines und Haushälterin bei Daniel Hechtel
Georg Varrentrapp:	Arzt, Freund Heinrich Hoffmanns und kurz Arbeitgeber Paulines
Dr. Varrentrapp senior:	dessen Vater, Stadtphysikus
Daumer:	Dichter, Theologe, Erzieher Caspar Hausers und Hausfreund bei Hoffmanns
Dr. Jucho:	Anwalt, Politiker
Jacobi:	stadtbekannter Wirt und kurz Arbeitgeber Paulines
Reuter:	Textilhändler, langjähriger Arbeitgeber Paulines
Agathe Jung:	dessen Geschäftsführerin
Backes:	kaufmännischer Lehrling bei Reuter
Albert Mumm:	Bankier
Weitere Mitglieder der Sippe Passavant:	
Peter Passavant:	Münchner Bruder August Passavants
Eduard Passavant-Cornill:	August Passavants Neffe zweiten Grades, Freund von H. Hoffmann und Schwager von dessen Frau
Carl Passavant:	Arzt und Theologe